붉은 대문

붉은 대문

초 판 인 쇄	2018년 1월 10일
초 판 발 행	2018년 1월 15일

저 자	린위탕
옮 긴 이	윤해연·윤성룡
펴 낸 이	박현숙
펴 낸 곳	도서출판 깊은샘

등 록	1980년 2월 6일 제2-69
주 소	서울특별시 용산구 원효로80길 5-15 2층
전 화	02-764-3018~9
팩 스	02-764-3011
이 메 일	kpsm80@hanmail.net

인 쇄	임창P&D

I S B N	978-89-7416-251-1 03820

책값은 뒤표지에 있습니다. 잘못된 책은 구입하신 곳에서 교환해 드립니다.

이 도서의 국립중앙도서관 출판예정도서목록(CIP)은 서지정보유통지원시스템 홈페이지(http://seoji.nl.go.kr)와 국가자료공동목록시스템(http://www.nl.go.kr/kolisnet)에서 이용하실 수 있습니다. (CIP제어번호 : CIP2017035440)

린위탕林語堂 장편소설

붉은 대문

윤해연·윤성룡 옮김

朱門

깊은샘

리페이(李飛)   소설의 주인공. 해박한 지식과 훌륭한 문필을 갖춘 신공
                  보사의 특파원 기자.

두러우안(杜柔安)   자유로운 의지를 지닌 여자사범대 학생. 지고지순한 사
                  랑을 위해서는 모든 희생과 수난을 기꺼이 감내하는 순
                  정파.

란루수이(藍如水)   상하이 출신의 부잣집 도련님으로 리페이의 대학 친구.

추이어윈(崔遏雲)   아름답고 실력 있는 대고 공연 예술인.

두주런(杜祖仁)   전임 시안시장 두판린의 차남. 미국 뉴욕 대학에서 경영
                  학을 전공하고 귀국한 젊은 사업가.

샹화(香華)   상하이의 명문가 출신으로 대학교육을 받은 신여성. 두
                  주런의 부인.

두중(杜忠)   두러우안의 아버지. 학문과 서예에 뛰어난 유학자. 군주
                  제를 옹호하는 정치가.

두판린(杜范林)   두중의 동생이자 두러우안의 작은아버지. 전임 시안시장
                  을 지낸 권세가.

차이윈(彩雲)   두판린의 본부인.

춘메이(春梅)   두판린의 첩. 타고난 명석함과 지혜를 지니고 있다.

판원보(范文博)   리페이의 친구. 민간 비밀결사 조직의 일원. 예술계나 사
                     교계의 인맥이 넓다.

리핑(李平)   리페이의 형. 양모와 가죽 제품을 판매하는 성공적인
                     상인.

돤얼(端兒)   리페이의 형수. 전통적인 여성으로 소박하고 따뜻한 마
                     음씨를 지니고 있다.

리(李) 부인   리페이의 어머니. 부드럽고 온화한 성품을 지녔다.

탕어멈(唐媽)   두러우안을 어릴 때부터 키우고 돌본 하녀.

양 주석   낫 놓고 기역자도 모르는 군벌.

마중잉(馬仲英)   한족계 무슬림 장군.

아자얼(阿扎爾)   산차이 무슬림 동네의 종교 지도자이자 마을 수령.

하이지에쯔(海杰兹)   산차이 무슬림 동네의 어른. 두중의 어린 시절 친구.

하진(哈金)   하이지에쯔의 아들. 마중잉 장군 수하의 중령.

단쯔(蛋子)   무슬림 고아. 두러우안의 죽마고우.

이 소설 속의 인물들은 모두 허구이다. 모든 소설에 등장하는 인물들과 마찬가지로 실제 생활에서 나오는 여러 가지 소재를 취해 그려낸 것이다. 자신이 이 소설에 등장하는 군벌이나 모험가, 사기꾼 또는 탕아의 실존 모델이라고 스스로 착각하는 사람은 결코 없을 것이다. 물론 어떤 숙녀분이 소설에 나오는 명문가 규수나 애첩과 아는 사이라는 환상을 갖거나 자신이 비슷한 경력을 갖고 있다고 해도 무방하다.

그러나 신장사변은 진실이며 역사적 인물들도 본명으로 등장한다. 최초로 한족 군사들과 가솔을 이끌고 신장으로 이주한 대정치가 쭤쭝탕,[1] 1864년부터 1878년까지 위구르 무슬림 반란을 주도한 야쿱 벡,[2] 하미 회왕의 수상 욜바스 칸,[3] 자신이 조직했던 벨라루스 군대에 의해

---

1 쭤쭝탕(左宗棠, 1812~1885). 청나라 말기의 유명한 군사가 겸 정치가. 상군(湘軍)을 통솔하여 태평천국의 난을 평정했으며, 무슬림 반란을 진압하고 신장성을 설치함으로써 중국의 판도를 크게 넓혔다.
2 야쿱 벡(Mohammad Yaqub Beg, 1820~1877). 중국식 이름은 아고백(阿古柏). 러시아와 영국의 후원을 업고 신장에 침입하여 칸국을 세웠으나 쭤쭝탕의 군사에게 패배했다.
3 하미(哈密) 회왕(回王)은 강희 36년(1697)부터 약 200년간 청나라의 위탁을 받아 하미 지역을 통치하던 위구르족의 봉건 영주이며, 욜바스 칸(堯樂博斯汗)은 당시 하미에서 상당한 권세를 가진 인물이었다.

신장에서 쫓겨난 후 난징에서 재판을 받은 진수런,[4] 그 뒤를 이어받은 전설적 만주 대장군 성스차이,[5] 한때 중앙아시아 무슬림 제국을 건설하려는 야망을 품었다가 1934년 카슈가르 주재 소련 영사 콘스탄티노프를 따라 국경을 넘은 한족계 무슬림 명장 마중잉[6] 등이 그들이다.

또한 스벤 헤딘[7]의 『대마의 패주』와 우아이천[8]의 『변성몽난기』 등은 1931~1934년의 위구르 무슬림 반란을 기록한 첫 자료들이다. 이 소설은 당시 반란의 1933년 부분에만 관련이 있다.

린위탕

---

4 진수런(金樹仁, 1879~1941). 중화민국 국민정부 시기의 신장성 주석. 통치기간 동안 한족과 회족의 갈등을 격화시켜 신장의 혼란과 불안을 가중시켰다.

5 성스차이(盛世才, 1895~1970). 펑톈파(奉天派) 군벌 출신으로 진수런 부대의 참모장, 제1사단장, 신장임시변방 도독, 신장성 주석 등을 지냈다. '상승장군', '신장왕' 등의 별칭을 갖고 있다.

6 마중잉(馬仲英, 1910~1937). 중국 깐쑤성 린샤(臨夏) 출신의 회족 군벌. 군사를 이끌고 두 차례 신장에 침입하여 진수런, 성스차이 등과의 싸움에서 비범한 군사적 재능을 드러냈다.

7 스벤 헤딘(Sven Hedin, 1865~1952). 스웨덴 출신의 지리학자이자 탐험가, 사진가. 1890년 12월부터 1935년 2월까지 5차례 중국 서북 지역을 탐험했다. 『대마의 패주(Big Horse's Flight: the Trail of War in Central Asia)』는 성스차이와 마중잉 간의 전쟁을 기록한 것이다.

8 우아이천(吳藹宸, 1891~1965). 푸젠성 출신의 중국 제1세대 광산 기사. 중화민국 초기 신장을 답사했으며 1930년대 초 신장성 정부의 고문으로 초빙되었다. 『변성몽난기(邊城蒙難記)』는 당시 진수런과 성스차이 등에 의해 전란을 겪고 있던 신장의 사정을 기록하고 있다.

| 차례 |

제 1 부

대부관저

1

리페이(李飛)는 찻집 안쪽 테이블에 자리를 잡고 앉아 큰길과 맞은편 가게들을 내다보고 있었다. 찻집 바로 맞은편은 비단과 명주실을 파는 큰 가게이다. 2월의 날씨는 몹시 추웠다. 가게는 두텁고 육중한 바람막이 커튼으로 자욱한 모래바람을 막아내고 있었다. 그 오른편은 양고기 전문 음식점이다. 여름에는 문이 활짝 열려 있었지만 지금처럼 추울 때에는 판자와 작은 덧문으로 감싸고 윗부분에 유리로 창을 만들어 안쪽을 엿볼 수 있게 해 놓았다.

노새가 끄는 수레의 바퀴 자국이 선명한 가장자리 보행로는 세찬 바람으로 먼지가 자욱하다. 비라도 내리면 흙탕물은 보행로와 아스팔트 길 사이에 있는 배수구로 흘러들지 못하고 보행로로 넘쳐흘러 길게 수레바퀴 자국을 만들어 낸다. 날이 개면 산들바람이 일으킨 먼지로 다시 행인들의 얼굴은 먼지투성이가 된다.

전통의 굴레에 얽매인 노새가 끄는 낡은 수레는 중앙의 아스팔트 포장도로를 피해 여전히 보행로로 다닌다. 아마도 성 정부에서 그들더러 아스팔트 도로로 다니지 말라고 명령을 내렸거나, 아니면 평생 진흙길만 달려 온 그들의 몸에 밴 습관 때문일 수도 있다.

거리의 폭은 12미터는 족히 되었다. 리페이는 길 가운데만 아스팔트로 포장한 이유가 궁금했다. 길 전체를 포장하는 데 비용이 너무 많이 들거나, 마부 따위의 천한 계급은 평생 진흙길을 달리는 것이 당연하다고 생각했을 수도 있다. 더군다나 쇳덩이 수레바퀴가 바닥에 깔린 조약돌을 마구 깔아뭉개서 자동차와 인력거만을 위한 아스팔트 도로를 파괴할 수도 있는 노릇이다.

길은 도중에 공사를 멈춘 것 같은 어정쩡한 모양새이다. 60~90센티미터 두께의 흙을 깔아 놓은 보행로는 도시 미관을 지저분해 보이게 한다. 그는 이런 풍경들이 몹시 눈에 거슬렸다. 중도에서 포기한 반거충이들은 언제나 꼴 보기가 싫다. 사실 방금 전까지 이 문제를 진지하게 고민하고 있었던 것은 아니다. 유서 깊은 도시인 시안(西安)에서 태어난 것을 자랑스럽게 생각하는 그는 고향이 새롭게 근대화되는 모습을 늘 보고 싶을 뿐이었다.

자신의 성장 과정과 더불어 고향이 나날이 발전하는 것을 지켜보는 것은 매우 흥미 있는 일이었다. 학교를 다닐 때 남북대로에 처음 설치된 가로등을 보고 얼마나 기뻐했는지 모른다. 지금도 그날의 기억을 생생하게 간직하고 있다. 새롭게 조성된 중앙공원, 아스팔트로 포장된 몇몇 도로, 고무 타이어 인력거와 자동차 등도 모두 그를 흥분시켰다.

어린 시절 외국인을 여러 명 본 적이 있었다. 주로 루터교회의 선교사, 의사와 교사 그리고 양복바지와 셔츠를 입은 다리가 긴 유럽 관광객이나 엔지니어들이었다. 그들의 얼굴빛은 덜 익은 소고기 색깔을 꼭 닮아 있었다. 그는 소고기 피부색의 기원에 대해 사색하기도 했다.

시안은 당나라의 수도로서 전통적인 모습을 간직한 한적하고 우아한 도시였다. 그런 시안이 새로운 시대에 맞춰 눈에 띄게 변모하기 시작했다. 이곳은 내륙에 위치한 중국 서부 지역의 중요한 심장부이다. 리페이는 시안을 중국 전통의 닻이라고 불렀다. 그는 탯줄을 묻은 시안의 모든 것을 사랑했다. 시안은 조용하게 바뀌지 않았다. 새로운 시대는 풍속과 정치 그리고 사람들의 옷차림에도 많은 변화를 가져왔다. 변화는 급격했고 곤혹스러웠다.

리페이가 이런저런 생각에 잠겨 있을 때 멀지 않은 곳에서 악대의 연주 소리가 들려왔다. 오늘은 금요일이고 공휴일도 아닌데 무슨 행사일까? 궁금함을 견딜 수 없어 창가로 자리를 옮겨 살펴보았다. 경찰 악대가 앞서고 그 뒤로 한 무리 학생들이 둥다제(東大街)를 향해 행진하는 중이었다.

이 거리는 쑨중산(孫中山) 선생을 기념하기 위해 중산루(中山路)로 공식 개명되었다. 그러나 사람들에게는 여전히 둥다제일 뿐이었다. 국민당을 열성적으로 지지하던 어느 젊은 호사가가 중산루를 여전히 둥다제라고 부르는 사람들을 경찰이 처벌해야 한다는 내용의 편지를 신문사에 보냈지만 소용없는 짓이었다. 경찰들마저 공문서 외에는 여전히 '둥다제'라고 하고 있으니 말이다.

리페이는 거리를 뚫어지게 바라보았다. 그것은 살아 움직이는 한 폭의 그림이었다. 먼지가 날려 학생들의 얼굴에 내려앉았고 햇살이 그들을 비추고 있었다. 높이 치켜든 대나무 장대에는 하얀 현수막이 걸려 있었고 학생들이 손에 쥔 종이 깃발도 바람에 나부끼고 있었다. 모두 거창한 문구들만 적혀 있었다.

"제19로군을 지원하자!"

"전 국민은 단결하자!"

"항일전쟁을 지원하자!"

"9·18사변을 결코 잊지 말자!"

1932년 제19로군의 항일전쟁을 옹호하는 시위였다. 그러나 기대했던 전쟁은 결국 발발하지 않았다.

리페이는 기뻤다. 특히 경찰 악대를 보고 나서 더욱 그러했다. 그것은 시 정부가 뒤에서 학생들의 운동을 지지하고 있음을 의미했다. 베이핑(北平)*에서는 반일 시위를 하던 학생과 경찰이 크게 충돌했다는 소식을 들었는데 시안은 다르다는 생각에 기뻤다.

그는 성큼 문을 나섰다. 햇빛 아래 학생들의 얼굴에는 미소가 번져 갔다. 대열이 조금 어수선해 보이긴 하나 그래도 괜찮았다. 사람들은 거리에 늘어서서 시위를 구경하며 열띤 토론을 벌이고 있었고, 시위 대열에는 초등학생들도 끼어 있었다. 각 대오의 선두에 내세워진 교기가 앞을 이끌었다. 보이스카우트 제복을 입은 한 무리는 두꺼운 내복을 받쳐 입어서인지 제복이 울룩불룩 부풀어 있었다. 대부분 사람들은 그들이 연주하는 북과 피리 소리에 정신이 팔려 있었고, 석유 깡통을 마구 두드려 대는 중학생 대열의 한 남학생을 보고 웃음을 터뜨리기도 했다.

여자사범대학의 학생들로 구성된 대열도 있었다. 대부분 기다란 겨

---

*베이징(北京)의 다른 이름.

울웃을 입고 있으나 앞줄에 선 단발머리 여학생 12명은 화이트칼라 셔츠에 검정색 블루머를 입고 헝겊신을 신었다. 그녀들은 배구팀 소속이었다. 뽀얗게 드러난 그녀들의 종아리를 보고 나이든 부인네들은 얼른 손으로 얼굴을 가렸다.

"세상에, 이 무슨 꼴불견이야. 다 큰 처자들이 속바지도 안 입고 말이지."

라고 그중 한 부인이 내뱉었다.

가게 점원이나 거리에서 하릴없이 빈둥거리던 젊은 남자들은 모두 넋을 잃고 바라보고 있었다. 모든 것이 혼란스럽기만 했다. 새것과 낡은 것들이 마구 엉켜서 뒤죽박죽이었다.

리페이는 얼른 여학생 대열의 후미에 따라붙었다. 그는 이 소음, 악대, 학생들 얼굴 위로 쏟아지는 햇살, 보이스카우트, 석유 깡통 등 모든 것이 마음에 들어 좋았다. 새 중국이 앞을 향해 나아가고 있었다. 당혹스럽기도 하지만 앞날을 향한 기대가 컸다. 둥디제를 질주하는 자동차를 처음 봤을 때처럼 점차 흥분이 고조되었다.

소녀들은 깔깔 웃고 있었다. 나이가 좀 있어 보이는 여학생들은 하이힐을 신고 있어서 대열을 따라가는 것이 힘들어 보였고 사람들을 따라 구호를 외칠 때 모깃소리를 내는 데도 부끄러워하는 것 같았다. 그는 이런 모습들도 보기 좋았다. 대부분 여학생은 17세에서 20세 사이로 나이가 어려 보였다.

소녀들은 단발머리, 웃는 얼굴, 여러 가지 색상의 양털 목도리를 하고 있었다. 그중에도 대부분이 하고 있는 짙은 붉은색 목도리가 특히 예뻐 보였다. 그녀들의 머리카락이 세찬 바람에 흩날려 가끔 뺨을 때렸고 모래먼지는 거리를 지나 그녀들의 눈으로 날아들었다. 목도리로 코를 가리는 소녀도 있었고 기침을 해대는 소녀도 있었다. 길게 땋은 머리나 파마를 한 머리는 마치 바람에 날리는 목초 같았다.

리페이는 신공보(新公報)사의 시안 주재 특파원이었다. 그러나 지금은 기자의 본분으로서만이 아니라 그들과 공감하는 마음으로 대열의 뒤를 따르고 있었다. 무슨 일이 발생할 것 같은 불안한 예감이 들었다. 시위가 무사히 조용하게 진행된다면 오히려 기적 같은 일일 것이다. 경찰 악대장이 시위 현장에 관현악대를 보내 주었다. 그 역시 항일전쟁을 옹호하는 열혈청년인 까닭이었다. 그러나 시안 경찰 당국이 시위를 찬성한 것이 아니라 악대장 개인의 단독 행동일 뿐이었다.

시안은 성 소재지에 불과했고 성 정부의 주석은 문맹을 겨우 면한 군벌이었다. 학생들의 시위 소식을 접하자 그는 곧바로 경찰국장인 처남에게 전화를 걸어 시위대를 강제 해산시키도록 명령을 내렸다.

시위대가 만주성 동남쪽 모퉁이에 도착했다. 그곳은 일찍이 청나라 총독과 그의 만주 친위대가 거주했고, 또한 의화단의 난이 일어났을 때 8국 연합군의 포위에서 탈출한 서태후가 잠시 머문 적이 있기 때문에 만주성이라 불렸다.

약 오십여 명의 경찰들이 대나무 장대로 무장한 채 골목 어귀에 대기하고 있었다. 선두의 경찰 악대는 경찰들이 매복한 줄도 모르고 구부러진 길의 오십여 미터 근처까지 접근하고 있었다. 순간 호르륵 호각 소리에 맞춰 골목에서 경찰들이 튀어나오기 시작했다. 그들은 와! 와! 와!

소리를 지르며 학생들을 뒤쫓기 시작했다.

리페이는 뒤로 주춤 물러나서 팔짱을 끼고 그 광경을 바라보았다. 본인의 예감이 들어맞았다는 생각이 들었다. 대나무 장대가 부딪히며 내는 딱딱 소리와 와! 하는 고함소리가 어우러져서 마치 오리 무리라도 내쫓는 것 같았다.

그러다 학생들이 용감하게 소리를 지르며 맞서 싸우기 시작했다. 사실 대나무 장대에 맞더라도 죽지는 않는 법이다. 학생들은 그런대로 한바탕 용감하게 싸웠다. 어떤 학생은 대나무 장대의 끝머리를 꽉 붙잡고 놓지 않았다. 즉석에서 한 차례 줄다리기가 벌어졌고 양쪽 누구도 손을 떼려 하지 않았다.

대나무 장대 하나가 튕겨 오르더니 공중에서 6미터 높이 공중제비를 돌았다. 여러 개의 장대가 부러지면서 상황은 더욱 험악해졌다. 부러진 장대 끝에 긁힌 사람들은 부상을 입고 피를 흘렸다. 양쪽은 계속하여 찌르기, 줄다리기, 때리기, 발차기 등 육박전을 벌였다. 먼지가 뿌옇게 양쪽의 시선을 가렸다. 용감한 학생들은 위험을 무릅쓰고 경찰과의 대치를 계속 이어갔다. 이를 진압하는 경찰들은 매우 거칠었다.

싸움이 막 시작되었을 때 여자사범대학 학생들이 길모퉁이에 도착했다. 그녀들은 앞으로 더 나아갈 수 없었다.

경찰 몇 명이 그녀들을 쳐다보고 말했다.

"집으로 돌아가라!"

"싫어요."

경찰 한 명이 동료를 보며 말했다.

"싫고 좋고 할 게 어디 있나? 우리 임무는 시위를 막는 거잖아? 그리고 또 얼마나 재밌겠나? 빨리 가서 저 여학생들을 쫓아내자."

십여 명의 경찰이 여학생들을 향해 돌진했다. 그들은 대나무 장대를 들고 돌진했는데, 격렬한 싸움 중에 온전하게 남아 있는 장대도 있었지만 부러져서 끝이 날카로운 것도 많았다.

여학생들은 비명을 지르며 도망쳤다. 경찰들의 시선은 자꾸만 배구팀 선수들의 통통하고도 새하얀 무릎으로 향했다. 사실 경찰들도 제복만 벗으면 여느 청년들과 다를 바가 없었다. 제복을 입고 단체로 움직이면 혼자 사복을 입었을 때 감히 하지 못하던 일들도 하곤 한다. 게다가 경찰이라면 무릇 용감하게 도주하는 사람은 어떤 사람이든 끝까지 추격해야 한다.

평소 그들 대부분은 여학생들에게 말 붙일 기회조차 갖지 못했다. 공무를 수행하며 그녀들의 몸을 만지고 새하얀 팔뚝에서 깃발을 빼앗고 허리나 팔뚝에 이렇게 근접할 수 있는 기회는 더욱 없었다.

바라만 보고 있는 자신이 비겁하고 나약하게만 느껴진 리페이는 부글부글 피가 끓어올랐다. 그는 경찰을 향해 돌진했고 주먹질과 발길질이 오가는 난투극 한가운데로 뛰어들었다.

젊은 경찰 한 명이 배구선수 한 명을 뒤쫓더니 그녀의 허벅지를 붙잡고 넘어졌다. 소녀는 몸을 일으키면서 불같이 화를 냈다.

"뻔뻔스러운 자식아!"

"명령을 따를 뿐이야."

경찰은 능글거리면서 일어나더니 느긋하게 옷의 먼지를 털었다.

소녀는 경찰이 떨어뜨린 모자를 발견하고 얼른 집어 들었다. 학교 배지가 달린 하얀 와이셔츠는 어깨 부위가 찢겨져 나풀거리고 있었다.

"화내지 마, 아가씨. 우리는 명령에 따라 평화와 질서를 유지하고 있을 뿐이야. 모자는 이리 돌려줘."

젊은 경찰이 말했다.

소녀는 여전히 화가 풀리지 않고 있었다.

"싫어!"

그녀는 얼굴을 찌푸리고 입술을 뽀로통하게 내밀었다.

"이리 내놔!"

"가져가 봐!"

경찰이 한 발 다가가자 소녀는 모자를 휘둘러 경찰의 따귀를 때렸다. 찰싹! 찰싹! 하는 소리와 함께 오른뺨과 왼뺨을 한 대씩 때리고 재빨리 도망치기 시작했다.

리페이는 상황이 너무 웃겨서 자기도 모르게 큰 웃음을 터뜨리고 말았다. 그녀는 재빠르게 도망쳤지만 둘러서서 구경하던 사람들 때문에 길이 막혀 버렸다. 곧바로 뒤쫓아 온 경찰이 뒤에서 소녀를 덥석 껴안았다. 모자를 뺏기 위한 동작이라고 할 수 없었다.

그 순간, 리페이는 있는 힘껏 경찰을 걷어차서 쓰러뜨렸다. 그 틈에 소녀는 경찰의 손아귀에서 벗어났다. 리페이는 아무 일도 없다는 듯이 태연하게 자리를 떴다. 경찰은 일어나서 탁 하고 소리 나게 모자를 쓰더니 몹시 흥분한 듯 주위를 두리번거렸다.

"네가 찼지?"

"아니, 내가 왜요?"

소녀들은 비명을 지르고 욕지거리도 하고 신음소리도 내면서 빠르게 흩어졌다. 쩔뚝거리는 소녀들도 있었다. 조금 전의 그 경찰도 쩔뚝거리고 있었다. 잔뜩 흥분한 그는 씩씩거리며 거친 숨을 내쉬었다. 싸움을 즐기는 수컷 동물처럼 원초적인 모습을 드러내고 있었다. 경찰 간부 한 명이 옆에서 지켜보고 있었다.

호르륵! 호각 소리가 울리자 온몸에 먼지를 뒤집어쓴 경찰들이 골목으로 퇴각했다.

"모던한 여학생들 재미가 쏠쏠하네!"

한 명이 말했다.

"여학생들이 언제 또 시위에 가담합니까?"

다른 한 명은 이렇게 상관에게 물었다.

경찰 간부가 리페이를 주시하며 물었다.

"여기서 뭐하고 있소?"

"신문기잡니다."

리페이가 대답하면서 자리를 떴다.

경찰 간부는 그를 뒤따라오며 물었다.

"설마 이것을 보도할 생각은 없겠지요? 그렇지요? 우리는 명령을 받들어 시위 막는 공무를 수행했을 뿐이에요."

"아무리 그래도 여학생들을 그렇게 거칠게 다룰 필요는 없지 않습니까? 하물며 그녀들이 도망가는 마당에 그렇게까지 할 필요가 뭐가 있어요?"

"우리는 공무를 수행한 것뿐이오."

경찰 간부는 홱 돌아서더니 모두 따라오라고 손짓했다.

혼란이 드디어 진정되었다. 아이러니컬하게도 경찰 악대의 연주가 다시 시작되었다. 조금 전에는 시위대를 위해 연주하던 악대가 마치 경찰의 승리를 축하하며 연주하는 것처럼 보였다.

여학생들도 모두 사라졌다. 조금 전만 해도 햇빛 아래 당당하게 휘날리던 깃발들이 땅에 어지럽게 널려 있었다. 중국 젊은 세대들의 신성한 발걸음이 이렇게 비극적인 결말로 끝났다. 여기저기 흩어진 헤어핀과 헤어밴드가 아까의 현장을 한껏 드러내고 있었다.

리페이는 머리카락 한 움큼을 발견했는데 어느 여학생의 머리에서 뽑힌 것이 분명했다. 그러다 검정 두루마기를 입은 여학생이 나무 아래 벤치에 홀로 앉아 있는 모습이 눈에 띄었다. 머리카락은 온통 흐트러져 있고 손으로는 무릎을 주무르고 있었다.

리페이는 그녀에게 다가갔다.

"좀 도와 드릴까요?"

여학생은 머리를 들고 흘긋 쳐다보았다. 오른쪽 관자놀이에 진흙이 익살맞게 붙어 있었지만 그녀의 커다란 눈동자는 흑진주 같았다.

"괜찮아요, 고마워요."

"다쳤나요?"

"그렇게 심하지는 않아요."

그녀의 귀 뒤쪽에 난 상처가 눈에 띄었다. 피가 배어나고 있었다.

"귀 뒤에 피가 나네요."

"뒤에서 한 대 맞은 거 같아요. 근데 지금 손목시계를 찾고 있는 중이에요. 이 근처 어딘가에 떨어뜨린 것 같은데……."

"밟혀서 콩가루가 되지 않는 한 금방 찾을 수 있겠지요."

리페이는 여러 물건이 지저분하게 널려 있는 현장을 두리번거리며 종잇장들을 발로 질서 있게 치웠다.

"금시계인가요?"

그는 머리를 돌렸다.

그녀는 두루마기를 걷어 올리고 무릎에 난 멍 자국을 살피다가 황급히 무릎을 가렸다.

"네, 금시계예요. 분명히 오는 도중이 아니라 여기에서 떨어뜨린 것 같아요."

나뭇잎들이 날리면서 땅 위에 그림자 파편을 마구 투척하고 있었다. 소녀는 움직이려고 일어났다. 무릎의 멍 자국이 매우 아파 보였다.

그곳은 별로 넓지 않아서 빛이 나는 물건은 쉽게 찾을 수 있으렷다. 바람이 불어오자 종잇장들이 펄럭이며 날아가기 시작했다. 리페이는 나머지 종잇장들을 한 곳에 모았지만 시계는 여전히 보이지 않았다. 그는 천천히 여학생 쪽으로 걸어갔다. 그녀는 허리를 굽히고 한 손으로 무릎을 가리고 있었다. 리페이는 흐늘거리는 나무 그림자 아래에서 빛나는 물건을 발견했다.

"저기 있네요!"

시계의 일부는 흙에 묻혀 있었다. 그는 시계를 주워 귀에 대보았다. 시계는 멈춰 있었다.

"정말 고마워요!"

시계를 건네자 그녀는 고맙다는 인사를 하고는 발을 절룩거리며 벤치로 돌아갔다. 그녀의 얼굴은 작고 동글동글했으며 턱은 균형 있고 몸매는 날씬하면서도 우아했다.

"상처에서 아직도 피가 나고 있어요."

"괜찮아요."

그녀는 입술을 깨물면서 헝클어진 머리카락을 쓸어 넘겼다.

"관자놀이에 진흙 자국이 있어요."

그는 얼굴을 닦으라고 자기 손수건을 꺼내 주었다. 그녀는 혼자 열심히 닦느라 했지만 진흙 자국은 여전히 남아 있었다.

"제가 닦아 드릴게요."

그는 손수건으로 그녀의 관자놀이를 부드럽게 닦아 주었다.

"제 얼굴이 엉망이죠?"

"아니요. 매우 용감해 보여요."

그녀는 그를 보면서 웃었다.

"좀 긁혔다고 용감한 건 아니잖아요."

그는 농담이 하고 싶어졌다.

"나라를 위해 피를 흘린 건 맞잖아요! 자, 따라오세요. 상처는 반드시 깨끗이 소독하고 싸매야 하거든요. 길을 세 개만 지나면 병원이 있어요. 저랑 같이 갑시다."

그녀는 망설이는 눈빛을 보이다가 간신히 일어섰다. 그는 인력거 한 대를 불러 세우고 그녀를 부축해서 태웠다.

"같이 가요. 혼자서 가면 안 돼요."

"한 대 더 불러요."

"아니요! 저는 걸어갈게요. 멀지 않으니까요!"

리페이는 뛰어서 따라갈 테니 조금 천천히 가 달라고 인력거꾼한테 부탁했다.

"제대로 고맙다는 인사도 하지 못했네요. 성씨도 알려 주시지 않으셨고요."

"리(李)입니다."

그는 말했다.

그녀는 그를 다시 쳐다보았지만 더 이상 묻지는 않았다.

"그쪽은요?"

"두(杜)씨예요."

"이름은요? 이름을 알면 좀 있다 병원 수속에 편할 거예요."

"러우안, 부드러울 러우(柔)에 편안할 안(安)이에요."

그녀는 살짝 얼굴을 붉혔다.

두러우안은 안색이 창백했다. 귀 뒤쪽에 난 상처도 매우 아팠다. 그녀는 아까의 몸싸움 중에 난 상처와 자신의 흐트러진 모습에 몹시 마음이 불편했다. 몸에 한기가 느껴져 옷깃을 여몄다. 그녀는 바람을 맞으며 앞으로 나아갔다. 그러면서 오늘은 상당히 의미 있는 경험을 했다고 생각했다. 옆에 따라오는 사람에게 숙녀로 보이는 것이 좋았다.

그녀는 말을 걸어 보았다.

"이곳에서 태어났나요?"

"네, 여기에서 나서 자랐지요. 성북(北城)에 살고 있어요."

그의 목소리는 확신에 넘쳤으며 조금 투박하고 소탈했다.

"네, 말씀만 들어도 알 수 있네요."

리페이는 상하이에서 돌아온 후 다시 시안 사투리를 쓰기 시작했다. 산다는 뜻의 주(住) 발음이 마치 스(十)처럼 들렸다.

"그쪽도 같은 발음이네요."

"무슨 일을 하세요?'

"기자예요."

취재기자, 특파원, 편집인 모두 기자에 속한다. 유명 편집인도 자신을 기자라고 부르기 좋아한다.

"기자분이셨군요!"

그들은 시립병원 입구에 도착했다. 얼굴이나 손에 붕대를 감은 여학생들이 걸어 나왔다. 두러우안은 같은 학교에 다니는 학생 한 명과 만나 인사를 나누었다. 그녀는 인력거에서 내리는 것이 오르기보다 더 힘들어 한 손을 뻗었다. 리페이가 그 손을 잡아 주자 그녀는 천천히 내렸다. 그는 그녀를 부축해서 계단으로 올라갔다.

병원 대기실은 치료를 기다리는 남학생과 여학생들로 가득했다. 두러우안은 일단 찬바람과 먼지를 피할 수 있는 방에 들어서자 마음이 조금 편해졌다.

"순서를 한참 기다려야 할 것 같군요!"

그는 그녀에게 머리를 의자 뒤편의 벽에 기대라고 알려 주었다. 그리고 그녀 대신 접수처에 가서 접수했다.

"환자분이 어디에 살고 있죠?"

그는 수간호사의 물음에 조금 생각하다가 여자사범대학이라고 적었다. 그런데 하필이면 수간호사는 쓸데없이 까다로웠다. 그녀는 갑자기 몰려든 환자들 때문에 신경이 곤두서 있었다.

"신분 증명, 부탁해요."

"그녀의 상처가 곧 증명입니다."

그도 귀찮다는 듯이 내뱉었다.

수간호사는 그를 쳐다보았다.

"당신하고 장난할 시간 없어요. 환자분 아버지 성함, 나이 그리고 주소는?"

리페이는 응급실 치료를 접수하는 데 환자의 아버지마저 관련될 줄은 생각지도 못했다. 그는 화를 억지로 참으며 접수증을 갖고 돌아왔다.

두러우안은 머리를 벽에 대고 앉아서 비로소 눈앞의 리페이를 주의 깊게 살피기 시작했다. 중간 정도의 키에 준수한 외모였다. 얼굴 윤곽이 뚜렷하고 입술은 감성이 풍부해 보이며 눈빛도 남다르게 빛나고 있었다. 동작은 신속하고 민첩하며 발걸음을 내디딜 때는 과감하고 영민해 보이며 아무것도 개의치 않아 하는 것 같았다. 머리카락 한 움큼이 고집스럽게 이마에 드리워져 있었다.

눈길이 딱 마주치자 그녀는 얼른 고개를 숙였다. '이 사람을 알게 돼서 정말 천만다행이다.' 그녀는 여전히 피가 가득 묻은 그의 손수건으로 얼굴 부위를 누르고 있다.

"저기, 아버님 성함과 주소가 필요해요. 대신 써 드릴게요. 어디에 사세요?"

"성동(東城), 대부관저요."

리페이는 의심스러운 눈빛으로 쳐다보았다.

시안에 살고 있는 사람들은 모두 대부관저를 알고 있다. 대부관저는 두형(杜恒) 대부가 오래전에 지은 저택이다. 대부관저란 곧 고관대작의 관저라는 뜻이다. 그렇다면 대부(大夫)는 그녀의 할아버지가 지낸 관직인가!

리페이는 한편으로 머리를 굴리면서 한편으로 주소를 적었다. 그는 자신이 돕고 있는 이 여학생이 두판린(杜范林) 전임 시장의 딸이 아니기를 바랐다. 그는 시안에 돌아온 지 고작 일 년밖에 되지 않아 전임 시장 두판린에게 딸이 있다는 것을 듣지 못했다.

"아버님 존함은?"

그의 목소리가 약간 떨렸다.

"두중(杜忠), 충성할 중(忠)자예요."

그녀는 그의 얼굴 표정을 관찰하면서 빠르게 한마디 덧붙였다.

리페이는 두중이 대학자이며 두판린의 형님이라는 것을 들어서 알고 있었다. 두중은 중화민국 초기 입헌군주제에 대한 신념을 주장하는 격렬하고 날카로운 글들을 많이 썼는데, 리페이는 그 글들을 열심히 읽은 적이 있었다.

황실을 옹호한 왕당파인 두중은 변발 장군 장쉰의 어린 황제 복벽운동에 가담했다가 실패한 후 더 이상 논설을 발표하지 않았을 뿐만 아니라 정치권에서 완전히 떠났다. 이런 과거가 있음에도 불구하고 많은 사람들은 여전히 그의 성실함과 충성을 존경했다. 왕조가 망해 가고 있을 때에도 열광적으로 옹호한 대학자였기 때문이다.

군주제 시대에 그는 왕립학사원의 한림(翰林)을 지냈고 대학사이기도 했다. 그는 량치차오(梁啓超)와도 친분이 두터웠는데, 량치차오가 입장을 바꿔 공화제를 지지할 때에도 망해 가는 왕조에 여전히 충성을 다 바쳤다. 그는 맨 마지막으로 마지못해 변발을 자른 사람 중 하나였다.

두러우안은 리페이가 아버지의 이름을 적으며 자신을 살짝 훔쳐본 것을 의식했다. 그는 접수를 하고 다시 돌아왔다.

"안색이 너무 창백해요. 따뜻한 물이라도 한 잔 마시면 좋을 텐데."

그녀는 괜찮다는 듯이 웃어 보였다.

"병원 대기실에서는 따뜻한 물을 주지 않아요."

그녀는 또다시 얼굴이 붉어졌다.

리페이는 여기저기 기웃거렸다. 배를 찔린 남학생이 있어 시간이 좀 걸리고 간호사들도 그 때문에 바쁘다고 했다.

그는 성난 얼굴 기색으로 다시 그녀에게 돌아왔다.

"하나같이 다 나쁜 사람들입니다."

그가 말했다.

"나쁜 사람이 아니에요. 심하게 다친 사람부터 먼저 치료해야지요."

"간호사가 아니라 경찰들 말이에요. 몇몇은 맨 앞에 서서 시위를 선동하고 다른 녀석들은 파괴하러 달려들다니! 이게 바로 시안이에요. 진짜 별일 다 있죠. 앞장섰던 자기네 악대를 먼저 부셔 버리는 게 맞는 거잖아요!"

그는 갑자기 장황하게 말을 늘어놓기 시작했다.

그녀는 깔깔 웃었다. 웃음이 아픈 곳을 건드렸다. 그녀는 깊이 숨을 들이쉬었다.

"미안해요."

"괜찮아요. 계속 말씀하세요. 참 재밌는걸요."

"그래요, 또 있지요. 경찰 측에서 대부관저 시장님의 조카딸이 부상 당한 것을 알게 되면 국장이 허둥지둥 사과하러 시장님께 달려가겠죠! 시장님의 조카 되시죠, 그렇죠?"

그녀는 순간 긴장했다.

"네. 제가 가장 싫은 게 바로 그거예요. 작은아버지가 알게 되면 진짜 큰일 나거든요."

그는 고개를 뒤로 젖히고 껄껄 웃었다.

"그분은 아마 모르실 거예요."

그녀가 말했다.

"나도 알아요. 경찰들이 부상자 명단을 일일이 확인해서 보고할 일은 없을 거예요. 그런데 대체 언제까지 이렇게 기다려야 하는 걸까요?"

그는 또 진찰실 쪽으로 걸어가 유리창을 두드렸다. 간호사 한 명이 나왔다.

"여기 여학생이 삼십 분 넘게 기다렸어요. 아직도 피를 흘리고 있는데 방법이 없을까요?"

간호사는 그를 한 번 쳐다보더니 웃음을 머금고 말했다.

"데리고 오세요."

리페이는 돌아와서 그녀를 데리고 진찰실로 갔다. 리페이는 밖에서 기다렸다. 그녀는 들어가면서 고개를 돌려 미소를 보냈다.

그녀는 몇 분 후에 바로 나왔다. 얼굴을 깨끗이 닦았고 머리도 잘 빗었으며, 귀 뒤쪽에는 깨끗한 거즈가 붙어 있었다. 그는 그녀의 그윽하고 우울한 눈동자를 응시했다.

그녀는 손을 내밀면서 고마움을 표시했다. 그녀의 길고 짙은 속눈썹, 작고 동글동글한 얼굴, 애수를 불러일으키는 눈빛은 그에게 이렇게 그냥 헤어져서는 안 된다는 생각을 불러일으켰다.

"아직 성함도 모르네요! 이렇게 도와주셨는데 말이에요."

그녀가 말했다.

"외자로 페이예요. 리페이."

"날아갈 페이(飛)인가요?"

"네."

"큰 실례를 했네요! 유명한 기자분을 몰라뵈었으니!"

그녀는 조용히 쳐다보았다.

"그만 놀려요. 이제는 정말 안정을 취할 때니까요. 시장하시죠?"

그는 시계를 한 번 보았다.

"열두시가 한참 넘었네요. 한바탕 난리를 겪는 동안 설마 집에서 기다리고 있지는 않겠죠?"

"네."

그녀는 낮은 목소리로 내답했다.

"점심시간도 지났고 집도 멀고 하니, 저한테 점심을 살 영광을 주시겠어요?"

그녀는 다시 한 번 신기한 만남을 위해 흔쾌하게 수락했다.

그들은 한 식당에 자리를 잡고 앉았다. 그는 따뜻한 차와 밥, 그리고 신선한 잉어탕과 양고기파볶음을 주문했다.

두러우안은 원기를 회복한 것 같았다. 그녀는 평소 그의 문장을 흠모하고 있었다. 그런데 이렇게 직접 만나게 될 줄은 꿈에도 생각지 못했다. 그녀는 갑자기 익숙한 남자의 곁에 앉아 있는 느낌이 들었다.

"생각났어요. 고두(叩頭)*에 관해 토론한 글이 있었지요."

그녀는 말했다.

"괜찮던가요?"

"웃겨서 죽는 줄 알았네요!"

그는 절을 하는 것이 신체 유연성을 길러 주는 데 탁월한 효과가 있다고 풍자해서 쓴 글이 기억났다.

그는 절하는 동작을 체조라고 표현했다.

무릎을 꿇고 팔은 밖으로 쭉 뻗었다가 합장하면서 여러 번 엎드리다 보면 온몸의 근육 운동이 된다. 수영하는 것과 비슷한데 그 효과가 더욱 신기하다. 어떤 사람은 절을 잘 해서 관직을 얻기도 하는데 수영은 아무리 잘 해도 결코 관직을 얻을 수 없다. 정계에 진출할 생각이 있는 사람이라면 절하는 것부터 연습하기를 권장한다. 특히 믿음을 주고 싶

---

*경의를 표하기 위해 머리를 조아려 절하는 것.

은 벼슬아치들은 하루도 빠짐없이 실행해야 한다.……한편 여성분들은 다이어트 리듬체조로 활용해도 좋다.

나아가서 그는 성인 공자가 말한 "황제의 명령이 떨어지면 첫 번째 소리에는 머리를 숙이고 두 번째는 가슴을 아래로 향하며 세 번째는 허리를 굽혀야 한다. 그리고 벽에 붙어 물러나면 다른 사람들이 감히 무례하게 굴지 못할 것이다"라는 예법에 관한 글귀를 인용하며 조롱했던 것이다.

"벼슬아치들이 모두 그 문장을 읽었어야 하는데……"

그가 말했다. 그 글은 가볍고 해학적이면서도 풍자의 의미를 담고 있었다.

"어떻게 기자를 하시게 되었죠?"

그녀의 까만 눈동자는 반짝이고 있었으며 목소리에는 열정이 가득 묻어났다.

"글쎄요, 사람들이 어떤 일을 할 때 꼭 이유가 있을까요? 특히 삶에서 중요한 부분을 차지하는 일들 말이에요. 사실은 매우 우연한 기회에 시작하게 됐어요. 졸업할 때 마침 어떤 신문사에 자리가 있어 이 일을 하게 됐지요."

"처음부터 글을 쓰려고 하지 않으셨나요?"

"아마 글을 쓰려고 했을 수도 있겠네요. 잘 모르겠어요. 결국은 먹고 살기 위해서 이 일을 하게 된 것 같아요."

"지금은 이 일을 좋아하게 되셨나요?"

그녀는 천진난만하게 계속 물었다.

"네. 직업상 여러 곳에 여행 갈 기회가 많아서요. 여행을 참 좋아하거든요. 특히 이렇게 아리따운 아가씨가 내 글을 읽어 준다고 하니 더욱 좋아하게 되었네요."

그녀는 그의 아부에 고마움을 표시하고 싶었으나 꾹 참았다. 그녀는 그가 매우 간단명료하고 꾸밈없이 자신의 작품에 대해 말하는 것이 마음에 들었다. 그녀는 궁금하기도 하고 흥분되기도 했지만 그 감정들을 억누를 수밖에 없었다.

"제 얘긴 그만합시다. 아버님은?"

"산차이(三岔)에 살고 계세요."

"어디죠?"

"간쑤 남부에 있어요. 거기에도 땅이 있거든요."

그의 눈빛은 그녀에 대한 관심을 드러내고 있다. 리페이는 왕당파가 아니라 오히려 그 반대파이다. 그러나 기자인 그는 저도 모르게 매우 유명하고 독자들에게 강렬한 인상을 남긴 대학자의 딸에게 이끌리고 있었다.

리페이는 웨이터를 불러 계산했다. 그녀가 돈을 내겠다고 했지만 그는 자신이 사겠다고 고집했다. 그리고 일어서 나갈 준비를 했다.

"부탁 하나 해도 될까요? 오늘 오전에 일어난 일을 기사로 쓰시더라도 제 이름만은 빼 주세요."

그녀는 살짝 떨리는 목소리로 말했다.

"왜요?"

"작은아버지가 화내실 거예요. 항상 시 정부와 같은 입장이시니까요. 조카딸이 시위에 가담해서 경찰에 맞섰다는 기사가 나면 무척 기분 나빠하실 테니까요."

"이렇게 집에 들어가는데 모르실 수 있을까요?"

"학생들이 단체로 참가했다고 하면 혼내시지 않을 거예요. 이름만 기사에 나지 않으면 상관없어요."

리페이는 뚱뚱하고 괴팍한 전임 시장 두판린에 대해 들은 적이 있다. 그는 시안 사회의 기둥일 뿐만 아니라 여론과 법치의 열렬한 옹호자이다.

"이해해요."

리페이는 그녀를 보면서 말했다.

"그러나 참 훌륭했어요."

그는 그녀에게 반한 눈빛을 보이며 한마디 덧붙였다.

그는 그녀를 위해 인력거 한 대를 불러 세웠다. 그녀는 떠나면서 그가 결코 잊을 수 없는 미소를 남겼다. 그녀의 눈동자는 흑진주처럼 새까맸다.

꧁꧂

2

짧게 진행된 상하이 전투는 내륙 지역에는 별 영향을 주지 않았지만 시안에는 큰 충격을 주었다. 성 소재지는 잠시 뤄양(洛陽)으로 옮겨졌고 많은 정치 지도자, 상주 직원, 장군, 기자 그리고 소위 인텔리 계층이 구름처럼 몰려들었다.

기차역은 거의 매일 도착하는 유명 인사들로 붐볐고 군악대는 그들을 영접하기 위해 플랫폼에서 연주를 했다. 만약 더욱 중요한 거물급 인사가 오기라도 하면 경찰국과 성 정부에서 파견된 악대 두 팀이 투입되어 연주를 했다. 기차가 역에 도착해서 귀한 손님이 플랫폼을 떠나 차에 오르기까지 두 악대는 동시에 서로 다른 곡을 큰 소리로 연주하곤 했다. 연주 소리가 클수록 더욱 환영하는 격이 되기 때문이었다.

전국대표자긴급회의가 뤄양에서 열렸다. 긴급회의는 시안을 서도(西都)로 건설하려는 계획을 내놓았다. 시안이 중국 고대의 유명 도시일 뿐만 아니라 뤄양에서 기차로 몇 시간밖에 걸리지 않기 때문이었다. 많은 지도자들이 시안을 살펴보기 위해 방문했다. 그들은 룽하이 철도에서 운행하는 강철 차체의 블루 특급열차를 이용했다. 겨우 무식을 면한 정도인 군벌과 시안 경찰국장, 철도 관리국장은 모두 눈코 뜰 새 없이 바빴다.

경찰은 봄철 제복으로 갈아입었고, 거리를 달리는 자동차도 많아졌고, 길은 붐볐다. 군인이 대대적으로 동원되었다. 온몸에 먼지를 뒤집어쓰고 행색이 남루한 병사들이 행전을 감아 매고 짚신을 신은 채 거리에서 어슬렁거리고 있었다. 가끔 귀마개가 달린 털이 복슬복슬한 만주 모자를 쓴 이도 있었다.

국제연맹이 리튼 조사단을 파견하여 만주사변을 조사하고 있을 때 일본은 한창 만주의 여러 성들을 침략하고 있었다. 리튼 경이 일본과 상하이를 분주하게 뛰어다니며 조사하고 있을 즈음 일본은 황제 푸이를 앞세워 만주국을 만들었다.

고향에서 쫓겨나게 된 만주의 중국 병사들은 만리장성을 넘어 내륙으로 몰려들었다. 그들은 졸지에 근거지가 없는 군대가 되어 서북 지역을 떠돌아다녔다. 명성이 자자한 만주군 사령관도 시안에서 멀지 않은 퉁관(潼關)에 잠시 주둔하고 있었다. 수많은 남녀 배우와 여자 예술인들도 시안으로 피난 왔기 때문에 극장, 찻집, 식당 등은 모두 문전성시를 이루었다.

두러우안과 점심을 먹고 헤어진 리페이는 20분을 걸어 집에 돌아왔다. 그는 산책을 좋아했다. 비록 이곳에서 태어나 자랐지만 여전히 이 도시 때문에 혼란스러울 때가 많았다. 상하이에서 돌아온 후 그는 보다 성숙한 안목으로 이 도시를 다시 바라보기 시작했다.

도시 전체는 황홀한 색채로 가득 차 있었다. 마치 장보러 온 시골 처녀들의 차림새처럼 원색적인 빨강과 오리알 녹색, 그리고 진한 자주색을 띠고 있었다. 시안의 거리에서는 전족을 한 어머니가 반듯한 치마를 입고 파마머리를 한 여학생 딸과 함께 걷고 있는 모습을 자주 볼 수 있었다.

시안은 옛것과 새로운 것이 선명한 대조를 이루며 공존하고 있었다. 고대 성벽과 노새가 끄는 수레가 있는가 하면 현대적인 자동차도 있다. 덩치가 큰 늙은 북방 상인이 있는가 하면 중산복을 입고 국민당에 충성하는 젊은이들도 있다. 주방이 길가에 노출되고 앞문이 허름한 오래된 식당이 있는가 하면 현대적 스타일의 호화로운 관광반점도 있었다.

이 도시에는 여러 부류의 사람들이 가득했다. 무식한 군벌과 품행이 불량한 병사들도 있고 사기꾼과 기생들도 있었다. 낙타나 말에 상품을 싣고 물건을 파는 카라반, 자줏빛 도포를 두른 라마승, 타고 갈 말이 없어 망연자실해 있는 몽고인, 머리에 두건을 두른 수천 명의 무슬림 등은 특히 도시의 서북쪽에 가면 더욱 많이 눈에 잘 띄었다.

고향에 돌아온 리페이가 《신공보》에 '시안통신'을 쓴 지 일 년이 넘었다. 그전에는 뤄양통신 시리즈를 쓰기도 했다. 그가 쓴 기사는 예사롭지 않았다. 기사를 건조하게 기록하거나 통계적으로 쓰는 것을 좋아하지 않았다. 글에 자신이 느낀 점들을 그대로 표현하는 것을 좋아했다. 이 점 때문에 상하이에 있는 편집장은 여러 차례 불만을 토로했다. 한번은 그의 기사 원고를 받은 편집 담당자가 비꼬는 투의 전보를 보내왔다.

친애하는 리페이 씨, 사건이 발생한 구체적인 장소와 시간, 그리고 당사자들의 이름과 호적지를 고지하는 아량을 베풀 수는 없으신지요? 당신의 글에서는 사건의 의미와 발생 원인밖에 찾아볼 수 없군요.

그러나 편집 담당자는 리페이의 글을 읽은 많은 독자들의 편지에 곤혹스러워했다. 독자들은 그의 문체 그리고 평론에 개인의 생각을 가감 없이 솔직하게 표현하는 독특한 스타일이 아주 볼 만하다는 의견을 보내왔던 것이다. 실제로 리페이는 농담 반 진담 반으로 자신만의 스타일을 창조했다. 그의 글에는 종종 풍자적 의미가 깃들어 있어 독자들은 사건 자체보다도 평론에 더욱 관심을 가졌다. 그가 많은 독자들을 가졌으므로 이젠 편집장도 그의 스타일대로 기사를 작성하는 것을 묵인할 수밖에 없었다.

하지만 리페이는 기자라는 신분이 별로 마음에 들지 않았다. 여전히 기사를 쓰는 것보다 소설을 더 쓰고 싶었다. 그럼에도 이 일을 계속하는 것은 우선 생계를 유지하기 위해서였다. 어쨌거나 신문에 기사를 쓰는 것도 결국은 글쓰기가 아닌가. 어떤 작가는 소설을 시정 보고서처럼 쓰지만 리페이는 기사를 소설처럼 썼다. 비록 신문 기사로는 적합하지 않은 글이며 프로답지 못하다는 평가를 들을 수 있지만 그래도 그는 이렇게 쓰기를 고집했다.

예전에 리페이는 200페이지쯤 되는 소설을 쓴 적이 있었다. 북방의 군벌 정권을 토벌하기 위해 광둥(廣東)에서 북상한 국민당을 따라 다니면서 몸소 체험한 내용들로 구성한 소설이었다. 국민혁명에 열광했던 그는 군벌 타도와 전국 통일을 맹세하면서 대학 3학년의 학업마저 포기하고 다른 수많은 대학생들과 함께 북벌 대열에 합류했다. 이러한 경험을 토대로 쓴 그 소설에는 정치공작요원의 구호, 독특한 공식 행사와 연설 방식 등이 생생하게 묘사되어 있을 뿐만 아니라 정치공작요원의 일상이 재미있게 서술되어 있었다. 정치공작요원 업무 매뉴얼이라고 해도 좋을 정도였다.

예를 들면 국민당 군대가 성을 수복하면서 진격하고 있을 때 주인공은 오히려 표어를 붙이는 기술과 풀을 제작하는 방법에 대해 장황하게 늘어놓았다. 풀칠에 사용되는 솔과 깡통, 사다리를 굳이 파란색으로 고집하는 이유, 성벽이나 다리 위에 대문짝만한 글자를 칠하는 방법 등등이었다. 요컨대 사람들의 시선을 끄는 표어에 관한 내용이었다.

그리고 국민당의 공식 행사, 당원 의례, 국궁(鞠躬)* 등을 조롱하는 대목도 있었는데 특히 연설이 끝난 후 치는 박수에 관한 묘사가 일품이었다. 당원 회의의 진행 순서에 대해서는 다음과 같이 훌륭하게 요약해서 보여 주었다.

1. 개회사
2. 관중 박수
3. 상급 지도간부 소개
4. 관중 기립 박수 환영
5. 상급 지도간부 축사

---

*두 손을 맞잡아 얼굴 앞으로 들어 올리고 허리를 굽혀 공경을 표하는 절.

6. 관중 박수

7. 지도간부 축사 극찬 및 쑨중산 선생 칭송

국민들이 표어를 혐오했고 여기저기 붙인 포스터들도 도시와 농촌의 경관을 해치고 있었기 때문에 리페이의 소설은 큰 인기를 얻게 되었으며 심지어 정치공작요원들도 몰래 읽고 있었다. 따라서 그의 소설은 북벌전쟁 시기에 가장 훌륭한 풍자 글이 되었다.

그러나 리페이는 이내 혁명이 지겨워서 다시 학교로 돌아왔다. 하지만 이미 그 사이에 제법 유명해져 있었다. 졸업할 때가 되자 북벌전쟁 시기에 사귄 친구가 그를 신공보사에 소개했다. 지금까지 리페이는 특파원으로 약 3년 동안 일했고 직무와 근무지도 스스로 선택할 수 있었다. 그것은 리페이가 다른 기자들의 보도와 중복되는 기사를 작성한 적이 없었기에 가능한 일이었다.

리페이의 집은 시안 고성 동북쪽 귀퉁이에 있는데 땅값이 비교적 싼 지역이었다. 뒤편 거리에는 이웃 농민이 차린 야채가게가 있었고 정육점과 잡화점 그리고 무슬림 식당 하나와 분식집 두세 개가 있었다. 건물들은 진흙 또는 마른 벽돌로 쌓아 올렸고, 어떤 집은 시멘트를 발랐으나 어떤 집은 그대로였다.

또한 구불구불한 길을 따라가다 보면 큰 연못이 나오는데, 오리나 거위 따위들이 하루 종일 헤엄치고 있었고 연못가에는 부평초와 소택식물 등이 가득 자라 있었다. 그도 어릴 적에는 자주 이곳에 놀러 왔다. 여름이 되면 연못의 물은 절반으로 줄어들어 진흙탕을 질척거리며 조개를 줍곤 했다. 두 발을 시원한 진흙탕에 담그면 부드러운 진흙이 발가락 사이사이에 스며드는데 그 느낌을 그는 아직도 잊지 못하고 있었다. 그는 이 연못과 고대 성벽, 그 위로 이끼가 잔뜩 낀 아름다운 모습들을 사랑했다.

리페이의 집은 다른 집들보다 형편이 나았다. 튼튼한 붉은 벽돌집으로 오래되었지만 아늑한 골목에 위치해 있었고 눈을 감고라도 이 골목에서 자기 집을 찾을 수 있었다. 여기에서 나고 자랐으며 이곳에서 이웃 친구들과 소꿉놀이를 했다. 상하이에 있는 대학교에서 집으로 돌아올 때마다 그는 골목이 점점 짧아지고 비좁아지는 것을 뚜렷하게 느낄 수가 있었다.

대문 양쪽에는 붉은 벽돌 기둥이 세워져 있고 흰 회벽이 쭉 이어져 있었다. 어렸을 때 그는 눈을 감고 회벽을 따라 나무막대기를 쭉 그으면서 가는 것을 좋아했다. 나무막대기가 기둥에 부딪히면 집에 도착했다는 신호였다. 어머니가 야채나 두부를 사오라는 심부름을 시킬 때도 그는 똑같은 방식으로 다녀왔는데 어머니는 늘 대문에서 그 모습을 지켜보고 있었다. 가끔 그가 눈을 뜨면 어느새 어머니 품에 안겨 있는데 두부가 부스러져도 어머니는 웃으면서 전혀 화를 내지 않았다.

이제 어머니는 중년을 넘어섰고 그도 더 이상 눈 감고 집 찾는 장난을 하지 않는다. 그는 빠른 걸음으로 다가가서 문을 두드렸다. 식모인 리(李)어멈이 늘 문을 열어 주었다. 어렸을 때에는 집이 가난해서 식모를 둘 형편이 아니었다. 철도국의 직원이었던 아버지는 그가 매우 어렸을 때 세상을 떠났다. 그래서 홀로 남은 어머니가 온갖 고생을 다하면서 형제 둘을 키웠다. 이제 형편이 좋아져서 사람도 쓸 수 있게 된 것이다.

가난했던 어린 시절에 그는 어머니에게 앞으로 커서 '지구만큼 동전'을 선물하겠다고 맹세한 적이 있었다. 대학 다닐 때 그는 신문사에 원고를 팔아서 난생처음 3원 50전을 손에 쥐게 되었는데, 곧바로 10전·20전짜리 동전으로 모두 바꿨다. 그리고 지구본 하나를 사서 북극 위치에 구멍을 뚫고 동전을 넣었다. 그 후로 그는 지구본에 열심히 동전을 넣었다. 대학교 3학년 때 드디어 지구본이 꽉 찼고 그는 자랑스럽게 지구본을 어머니에게 갖다 드렸다.

"어머니, 이 아들이 약속대로 지구만큼 동전을 가져왔어요."

그는 지구본을 마구 흔들며 짤랑짤랑 소리를 냈다. 어머니는 웃느라고 얼굴에 온통 주름살이 생겨났다.

어른이 된 후에도 그는 여전히 어머니한테 장난쳤는데 농담 반 진담 반의 이야기로 어머니를 어리둥절하게 만들기도 했다. 따라서 어머니는 그가 하는 말을 믿어야 할지 말지 갈피를 잡지 못했다. 그러나 이렇게 장난기가 가득한 농담 반 진담 반의 성격이 그만의 개성을 만들어 냈다.

가끔 형수 돤얼(端兒)이 문을 열어 줄 때도 있었다. 그녀는 몸집이 작고 목소리는 은쟁반에 옥구슬 굴러가듯 고왔다. 돤얼은 소매상인의 딸로 어머니가 정해 준 혼사였다. 이렇게 작은 몸집에 떡두꺼비 같은 아들 셋을 술술 내리 낳다니! 그로서는 그저 신기할 따름이었다.

형 리핑(李平)은 키가 180센티미터로 리페이보다 2센티미터나 더 컸다. 형은 말수가 적고 감정의 변화를 거의 드러내지 않는다. 지금은 양모와 가죽 제품을 판매하는 성공적인 상인이었다.

어머니는 홀몸으로 온갖 고생을 다하며 자식 둘을 키워서 큰아들은 상인으로 만들었고, 작은아들은 대학교까지 교육시켰다. 이것은 리페이에게 여성이 남성보다 더 훌륭하다고 생각하는 여러 가지 원인 중 하나로 각인되었다. 리페이는 이러한 자연 법칙을 믿어 의심치 않았으며 인류는 영원히 대자연이 정해 준 모든 것에서 벗어날 수 없다고 생각했다.

수컷 거위는 새끼 거위를 키울 수 없고 수탉 또한 무능하고 우스꽝스러운 아버지에 지나지 않는다. 하지만 교육을 받은 적이 없는 길거리 여자일지라도 타고난 자질만 있다면 유명한 장군이든 학자든 모두의 마음을 사로잡을 수 있다. 남성의 마음을 사로잡는 데 여성의 학교 졸업장 같은 것은 필요하지 않기 때문이다!

그는 집에 도착하면 언제나 어머니에게 문안 인사부터 드렸다.

"점심은?"

아들은 이미 스물다섯이지만 어머니에게는 여전히 어린아이로만 보였다. 두 아들 중 막내이고 아직도 결혼하지 않았기 때문이었다.

"먹었어요. 예쁜 아가씨랑 점심을 먹었어요. 헤헤!"

어머니는 얼굴을 살짝 흐리면서 믿기지 않는 표정을 지었다. 그는 말을 계속 이어나갔다.

"학생들이랑 경찰들이 한바탕 붙었어요. 얼마나 웃기는지 아세요? 경찰 악대가 시위를 이끌고 있는데 다른 경찰들이 와서 막았거든요."

"시위는 왜 하는데?"

어머니는 글을 읽을 줄도 쓸 줄도 모른다. 그는 더 이상 설명하지 않았다. 어머니를 괜히 혼란스럽게 만들기 때문이다. 어머니의 작은 세계에는 시안과 가족밖에 없었다.

"우리 군이 상하이에서 일본군과 전쟁을 벌이고 있는데 용감하게 싸우는 군대가 있는가 하면 도망치는 군대도 있어요. 학생들은 그 싸우는 군대를 응원하고 싶은 거고요."

"너 진짜 여자애랑 점심 먹었냐? 엄마 속이는 거 아니야?"

"아니에요. 엄마, 학생들이 많이 다쳤어요. 여학생 한 명이 부상을 입고 뒤처져 있기에 도와줬지요. 병원에 데려다주고 점심도 같이 먹고요."

"착한 애니?"

어머니는 이 표현을 굳이 쓸 필요가 없었다. 사실 어머니의 눈에 이 세상 여자애는 다 착하기 때문이다.

"네, 착해 보여요!"

어머니는 이 일을 매우 진지하게 받아들였다. 무엇보다 막내의 결혼을 가장 중요하게 생각하고 있기 때문이었다. 하지만 어머니는 며느리를 물색하러 직접 나서는 대신 그저 조용히 기다리고 있을 뿐이었다.

"너도 이제는 여자애들한테 좀 신경을 써 봐. 네 형은 이미 손자 녀석을 셋이나 안겨 줬잖아. 근데 넌 아직 결혼 문턱에도 못 갔잖니. 말해 봐, 그 여학생은 어떤 애니?"

"그냥 대학생이에요."

"예뻐?"

리페이는 표현력이 풍부한 편이지만 그녀를 어떻게 묘사하면 좋을지 몰랐다.

"음, 뭐라고 할까요? 단정하고 얼굴 예쁘고 눈동자도 까맣고 그래요."

"마음에 들어?"

"그럼요. 나무 아래 혼자 앉아 무릎을 주무르고 있는 걸 발견했는데 괴로운 표정이었어요."

"또 만날 수 있어?"

"어머니, 너무 서두르지 마세요! 오늘 아침에 겨우 처음 알게 된걸요. 아버지가 유명한 학자예요. 대부관저에 사는 두 시장의 친척이고요."

"그게 마음에 걸리는구나. 나는 돈 많은 집안의 딸자식이 우리 집의 좋은 며느리가 될 수 없다고 생각한다."

어머니는 사뭇 정색을 했다.

"그녀는 달라요, 아직 보지도 못했으면서!"

"네가 또 상처받는 꼴 보기 싫어서 그런다. 기억은 하고 있겠지?"

어머니는 아직도 생생하게 기억하고 있었다.

리페이가 상하이에서 대학 다닐 때 란루수이(藍如水)라는 아주 친한 친구가 있었다. 그때 그는 온 마음과 이상을 바쳐 친구의 여동생을 사랑했다. 그러나 친구의 아버지는 돈 많은 사위만을 원했다. 친구의 여동생은 그에게 호감을 갖고 있어서 항상 웃어 주었고 데이트도 몇 번 했다. 그러나 줄곧 기회는 없었다. 결국 그녀는 돈 많은 집안의 자제와 약혼했다. 그는 가슴이 찢어지는 듯했고 불면증에 시달렸으며 세상이 온통 절망스러웠다.

그해 여름 그는 실의에 빠진 채 몹시 초라하고 비참한 몰골로 시안에 돌아왔다. 그는 아무한테도 말하지 않고 혼자서 아프고 괴로운 시간을 보냈다. 그러나 형수는 눈치를 챘고 어머니도 어림짐작 하게 되었다.

어느 날 밤 가족이 모두 잠들었을 때 그는 침대에 누운 채로 기도를 했다. 부잣집 도련님이 그녀를 행복하게 해 주길 기도했고 그녀가 마음고생을 하지 않게 해 달라고 기도했다. 이제 와서 그의 유일한 소망이기도 했지만 그렇게 되어야 자신도 즐거울 것 같았다.

그때 어머니의 침대가 삐걱거리는 소리가 났다. 그러고는 성냥 긋는 소리가 나더니 자신을 향해 다가오는 발걸음 소리가 들렸다. 어머니는 손에 촛불을 들고 와서 침대 가장자리에 걸터앉았다. 그리고 부드럽게 아들을 쓰다듬어 주었다.

"애야, 무슨 고민 있는 거지?"

어머니의 부드러운 손길에 그는 저도 모르게 눈물이 왈칵 쏟아져 나왔다. 어렸을 때 엉엉 울던 것처럼 그만 소리를 내어 울어 버리고 말았다. 어른이 되고 나서는 처음이었다.

그는 어머니한테 모든 것을 고백했다. 어머니는 그저 부드럽게 달래줄 뿐이었다.

"꼭 상하이로 돌아갈 거니? 집에 있어도 돼. 엄마가 더 좋은 여자 소개시켜 줄게."

하지만 그는 다시 상하이로 돌아갔고 겉으로 보기에는 슬픈 사연을 잊은 듯싶었다. 그러나 어머니로서는 줄곧 마음속에 그날의 기억을 간직하고 있었던 것이다.

"애야, 그래도 조심해야지."

그녀는 아들의 표정을 살피면서 말했다. 그녀는 더 이상 아무 말도 하지 않았지만 그날의 기억이 항상 마음에 가시처럼 걸려 있었다. 사실

아들이 다시 연애를 시작한 것 같아서 기쁘기만 했다. 그때 그 실연 이후로 아들은 줄곧 여자애들한테 아무 관심이 없었던 것이다.

그는 지금 원고를 쓰고 싶지 않았다. 독자들이 조금 전에 발생한 사건에 대해 알고 싶어 하는 것을 잘 알고 있었다. 하지만 조급하게 서두르지 않았다. 그는 한 달에 최소 6편의 원고를 쓰기로 신공보사와 약속했고 원고 건수에 따라 원고료를 받는다. 특별한 사건이 있을 때만 그는 전보를 친다. 어차피 다른 기자들이 쓴 뉴스 보도를 참조해도 된다. 이튿날 현지에서 발행되는 조간 신문을 읽은 후 사건의 진실을 깊이 캐면되는데, 당사자의 이름이나 사건 장소 같은 것들을 밝혀 주면 된다. 그는 이것을 양다리 걸치기 작품이라고 불렀다. 그물 벼리를 잡고 옷깃을 거머쥐듯이 사건을 기록한 다음 온갖 양념을 섞어 버무려 내는 것이다.

완성된 원고는 항공 우편으로 보내면 되는데 시안은 매주 수요일에만 항공편이 있다. 수요일이 되려면 한참 멀었다! 이번 학생 시위를 뉴스거리로 평론하는 것은 별로 의미가 없어 보이지만 연극 대본으로는 참 좋을 것 같다! 그는 이 대본들을 모아 '시안의 역사'라는 제목의 책으로 출판할까 하는 생각도 했다. 그는 시안에서 발생한 크고 작은 일들을 속속들이 잘 알고 있었다. 대부분은 모든 사람이 알고 있는 사실이기에 굳이 신문에 낼 필요조차 없었다.

성의 양 주석은 낫 놓고 기역자도 모르는 군벌이다. 키는 178센티미터로 오늘 그 자리에 오르기까지 엄청 고생을 했다. 중화민국 초기에는 일자무식임에도 불구하고 성과 중앙의 요직에 오른 인물이 여럿 있는데, 바로 그들 중 한 명이었다.

한번은 주석이 직접 계엄령을 선포하고 나서 어느 초소를 통과하게 되었다. 그런데 사복 차림이었기 때문에 꼼짝없이 초병의 검문을 받게 되었다.

"니미럴!"

그는 당장 펄쩍 뛰면서 거칠게 내뱉었다.

초병이 다시 한 번 검문했다.

"암호!"

"니미럴!"

그는 똑같은 욕을 재차 내뱉으면서 초병을 한쪽으로 밀친 다음 그 자리에서 총을 꺼내 쏴 버렸다.

그 후 다른 관리들이 주석을 흉내 내기 시작했다. 용감하게 '니미럴!'이라고 욕하는 그들을 초병들은 감히 막아서지 못했다. 나중에는 일반인들도 따라 했다. 그러니 불쌍하기 짝이 없는 초병들이 어찌 사복 차림을 한 진짜 상관 나리들을 구분해 낼 수 있겠는가?

리페이는 오늘 아침에 만난 소녀를 떠올리다가 갑자기 좋은 생각이 났다. 그는 저녁 무렵에 얼른 란루수이(藍如水)를 찾아 나섰다. 스물여덟쯤 되는 란루수이는 매우 독특한 인물이었다. 리페이가 한창 북벌전쟁에 투신하고 있을 때 란루수이는 학업을 계속 이어가기 위해 파리에 예술을 공부하러 갔다. 그러나 정작 귀국할 때 그가 배워 온 것은 뛰어난 프랑스 요리 조리법과 프랑스 사과칩의 제조법이었다.

말하자면 두 사람은 성격이 정반대이다. 란루수이는 부잣집 도련님답게 하루 종일 카메라를 만지작거리거나 그림을 그렸으며, 가끔은 바둑을 두거나 금붕어를 키우기도 했다. 그는 예민한 얼굴과 눈처럼 흰 피부를 갖고 있었고, 장사나 정치 따위에는 관심이 없었고 파리조차 잡지 못했다. 귀국한 후 그는 중국의 생활양식 중에 다른 나라의 생활양식보다 나은 점이 반드시 존재한다고 확신하고 있었지만 그것을 콕 짚어서 말하지는 못했다.

리페이는 오히려 그 반대이다. 그는 비록 란루수이와 달리 외국에 가본 적이 없지만 중국이 반드시 바뀌어야 근대화 세계에서 생존할 수 있다고 생각했다. 리페이는 군벌들이 하는 짓거리를 가소롭게 생각하며 분노를 참지 못하지만 란루수이는 전혀 관심이 없고 냉담하기만 했다. 비록 각자 생각이 다르지만 두 사람은 둘도 없이 친한 친구였다. 두 사람은 모두 여행을 좋아했다. 리페이는 그에게 옛 도읍인 시안에 놀러오라고 청했다. 란루수이는 원래 몇 달만 놀다가 가려고 계획했지만 정작 일 년이 다 되도록 떠나지 않고 있었다.

리페이는 인력거를 불러 곧장 둥다제로 향했다. 그는 만주 구역 근처에서 내렸다. 비좁은 골목 몇 개를 지나 붐비는 사람들 사이를 뚫고 드디어 란루수이와 곰보 친구 판원보(范文博)가 사는 집에 도착했다.

판원보는 키가 크지 않았고 목이 늘 쉬어 있었다. 숱이 많은 머리카락은 항상 꼿꼿하게 뻗쳐 있었다. 얼굴에 곰보자국이 조금 있기는 하지만 이목구비가 균형을 이루고 있어서 그렇게 못생긴 편은 아니었다. 친구의 얼굴을 자주 보다 보면 결함도 보이지 않는 법이다.

일반적으로 얼굴에 곰보자국이 있는 사람들은 능력이 있다. 하지만 고집도 세서 좀처럼 사귀기 어렵다. 어렸을 때부터 악담과 조롱에 길들여져 어른이 된 후에도 꽤 공격적인 자세를 취하게 된다. 요컨대 판원보는 노련하고 세상 물정을 잘 알고 있으며 사람을 대함에 있어서 차갑고 비꼬는 것을 좋아했다. 반면에 자신감이 넘치고 입담이 좋으며 특별한 이룬 것은 없지만 친구들은 아주 많았다. 그는 예술계와 사교계에 진출했으며 수많은 친구들을 사귀었다.

리페이는 그와 매우 친한 사이였다. 판원보는 독신으로 큰 집에 혼자 살고 있기 때문에 리페이는 그에게 란루수이를 부탁했다. 본래 친구 사귀기를 좋아하는 판원보는 흔쾌히 승낙했다. 그는 리페이한테도 거리낌이 없어 말도 직설적으로 하며 가끔은 놀려 먹기도 했다.

"웬일이야?"

리페이가 들어서자마자 판원보가 물었다.

"루수이와 얘기 좀 하려고."

"나랑은 할 말이 없단 말이군? 루수이는 자고 있네."

그들이 떠드는 소리에 옆방에서 잠을 자던 란루수이가 깼다. 그는 눈을 비비고 나오면서 두루마기의 단추를 끼웠다. 두꺼운 털실양말이 큰 헝겊신 밖으로 삐죽 나와 있었다. 그는 양복 입는 것을 일찌감치 포기했다. 길을 걸을 때는 어깨를 좌우로 흔드는데 영락없이 늙은 훈장의 걸음새였다. 입가에는 짧은 콧수염을 기르고 턱수염도 제법 자라 있었다. 거기에 예리하고 반짝이는 눈빛까지 더하면 꼭 교양 있는 사람처럼 보였다.

란루수이는 판원보와 달리 거칠고 직설적이지 않으며 말을 부드럽게 했다. 갸름한 달걀형 얼굴, 하얀 피부, 눈에서 뿜어내는 부드러움과 우아함 때문에 흔히들 예술가로 착각했다. 말하자면 감정이 풍부하나 아무 생각이 없으며 기억력도 좋지 않은 사람처럼 보였다.

란루수이는 검은 커버를 씌운 의자에 앉았다. 그 의자가 편안해 란루수이와 판원보는 몇 시간 동안 내처 밤새도록 바둑을 둔 적도 있었다.

남자 하인이 들어와서 차를 따랐다.

"오늘 뭐 재밌는 거라도 있나?"

란루수이가 리페이에게 물었다.

"아니. 오늘 아침에는 학생들 시위를 구경하러 갔지. 점심을 먹고는 하릴없어 심심하던 차에 자네 보러 잠깐 들른 거야."

"너한테 할 말이 있는 거야, 나한테는 말하기 싫고."

판원보가 란루수이를 보며 말했다.

"내가 언제!"

"그거나 이거나!"

"학생들이 경찰들과 맞붙었지. 양쪽 다 많이 다치고 말이야. 대나무 장대로 내리 패는데 여학생들은 옷마저 찢겨져 버렸어."

"그거 참 봤어야 하는데 말이야."

판원보가 말했다.

"양심 없는 소리 좀 그만해. 그 학생들은 상하이에서 벌어진 일 때문에 시위한 거야."

"어차피 오래 안 싸울 거야."

"왜 그렇게 생각하는데?"

"가능성이 제로니까! 스스로 자신을 기만할 필요가 없잖아. 물론 일본 놈들이 국경선까지 쫓긴 건 사실이지만 아직 해군도 출동시키지 않았다고! 우리 나가서 바람 좀 쐬자, 차도 한 잔 하지 그래?"

세 사람은 함께 집을 나섰다. 란루수이와 리페이는 걷는 것을 좋아하지만 판원보는 질색을 했다.

그들은 인력거를 타고 장터에 있는 한 찻집에 도착했다. 그들은 자리를 잡고 앉아 유리창 너머로 오후 장터의 사람들을 내다보았다. 공연이 시작되려면 아직 시간이 일렀다. 객석의 자리는 절반쯤 비어 있었다. 그들은 솜방석이 이미 딱딱해진 의자에 앉았다. 앞에 놓인 약간 흔들거리는 테이블 위에 해바라기씨, 땅콩, 개암, 오향건두부 등이 담긴 접시들이 올라 왔다. 란루수이는 고량주와 훈제 생선 한 접시를 주문했다. 그는 오후에 가볍게 한 잔 걸치는 것을 좋아했다.

고량주 한 모금을 마신 리페이는 기분이 좋아졌다. 주량이 약한 그는 천천히 마셔야 했다.

"어제 저녁 추이어원(崔遏雲)의 공연을 봤어. 베이핑에서 온 아가씨야."

판원보가 말했다.

판원보는 온갖 배우들을 아주 좋아했다. 추이어원은 이야기꾼으로 소고(小鼓)의 박자에 맞춰 역사 일화들을 들려주었다. 신기한 것은 분명 소고의 박자인데 그 북을 대고(大鼓)라고 불렀다.

"나이는 어린데 실력이 대단해! 꼭 가서 들어 봐야 해. 디성러우에서 공연하거든."

"어떤 대목을 하는데?"

"이향군의 이야기야."

"그거 괜찮지."

리페이가 관심을 보이면서 말했다.

"이향군을 강제로 결혼시키려고 괴롭히는 완대성을 호되게 질책하는 대목은 정말 잘해."

"혹시 여자사범대학에 아는 사람 있나?"

갑자기 리페이가 생뚱맞게 물었다.

판원보는 눈을 똑바로 마주치면서 되물었다.

"신문기자의 신분으로 묻는 거야, 아니면 뭐 다른 일이라도 있는 거야?"

"아마 둘 다일 수 있어. 아는 사람 있어?"

"여자사범대학에는 아는 사람 없어. 뉴스거리가 필요하면 좀 찾아 줄 수는 있지."

"신경 꺼. 다름이 아니라 오전에 부상당한 여자애랑 점심을 먹었거든."

"너 원래 스님 아니었어? 여자애한테 관심 있는 줄은 진짜 몰랐네."

리페이는 판원보의 말투가 귀에 거슬렸다. 그래서 란루수이를 만나 두러우안에 대해 얘기하려고 생각했던 것이다. 판원보에게는 세상 모든 여자가 다 똑같았다. 그러나 란루수이는 자신의 마음을 이해해 줄 것이고 결코 농지거리나 하지는 않을 터였다. 그는 천문학자라도 된 기분이었다. 따라서 조금 전에 발견한 새로운 혜성에 대해 반드시 누군가를 찾아서 대화를 나눠야 했다.

"무릎을 다쳐서 뒤처졌는데 병원에 데려다주고 밥도 사 줬어."

"얼굴이 예뻐?"

란루수이가 물었다.

"나이는 어리고 키도 작은 편인데 눈동자가 유난히 까맣고 정말 예뻐. 뭐랄까, 한 번 만난 것만으로도 진짜 잃고 싶지 않은 그런 여자야."

"이젠 끝장이군."

판원보가 빈정거렸다.

"또 만날 수 있겠지?"

란루수이가 물었다.

"노력해 봐야지 뭐! 혹시라도 모르잖아. 두판린 전임 시장의 조카래."

"진짜 완전 망했네. 너한테는 아예 기회조차 없을 거야. 네가 혹시 공장을 경영하거나 은행을 가지고 있다면 몰라도."

"그래도 시도는 해 볼 수 있잖아!"

"그래, 마음껏 시도해 봐라. 그런데 제발 그녀의 작은아버지 댁까지는 찾아가지 마. 어차피 문지기한테 즉각 쫓겨날 테지만."

리페이는 지금 자신의 처지를 확신할 수 없었다. 하지만 그래도 두러우안이 자신에게 기회를 한 번 주리라 믿고 싶었다.

리페이는 두러우안을 만나면 할 말이 참 많을 것이라고 생각했다. 아니, 거의 확신이 들었다. 그녀가 비록 작은아버지를 무서워하기는 하나 자신을 꼭 만나 줄 것이라고. 그녀가 자신의 이름을 신문에 게재하지 말아 달라고 부탁할 때부터 그녀의 영민한 눈동자 뒤에 숨어 있는 불안을 읽어 낼 수 있었다.

"그녀의 아버지 되시는 두중을 뵌 적 있어?"

"응, 서예로 유명하시지. 비림(碑林)에서 고대 비석의 글을 관찰하는 것을 두 번 본 적 있어."

"재미있는 분이실 거야."

란루수이가 말했다.

"맞아. 경전이나 고사 같은 것을 좀 인용하면서 고전 사상에 관심을 보이면 반갑게 대해 주실 거야. 대부분의 왕당파가 죽은 지금 남아 있는 몇 안 되는 분들 중 한 분일 거야."

"아, 그래서 그렇게 유별난 딸을 둔 모양이네."

화제는 두러우안 아버지에게 집중됐다.

두중은 성격이 무척 급하고 근접하기 어려운 사람이지만 매우 독특한 면도 지니고 있었다. 유교의 독실한 신봉자인 그는 사라진 왕조에 대해 묘한 충성심을 갖고 있으며 민국에는 전혀 관심조차 없었다. 두중은 비록 제정을 고집하고 있었지만 위안스카이(袁世凱)가 황제로 즉위했을 때 그 밑에서 일하는 것을 거부했다. 위안스카이가 광서제를 배신했고 제위를 찬탈했다고 생각했다. 광서제가 서태후에게 감금되었을 때 그는 다른 왕당파인 윙퉁허(翁同龢), 캉유웨이(康有爲)와 함께 쑨중산 선생이 이끌고 있는 국민혁명을 반대했었다.

두중에게는 두 가지 믿음이 있었다. 첫째는 중국이 혁신하더라도 일본처럼 제정을 유지해야 한다는 것이고, 둘째는 실용주의 노선인 중체서용(中體西用)인데 증기기관선, 총과 대포, 전기, 수도관 따위를 염두에 두고 있었다. 이는 바로 1890년 유행의 정석이었다. 그러나 시대가 발전함에 따라 사람들은 그에 대한 결론을 내릴 수가 없었다. 어찌됐든 그 누구도 두중의 두 가지 믿음을 결코 동요시키지 못했다.

그와 같이 고집불통인 왕당파로서는 시대의 변화에 실로 어찌할 도리가 없었다. 다만 그는 폭풍과 함께 사라져 버리는 한이 있더라도 결코 바람 부는 대로 물결치는 대로 살려고 하지 않았다. 중국 근대화를 둘러싼 난세의 풍경은 오히려 그의 믿음을 더욱 확고하게 만들어 그는 자신만의 목표를 위해 외롭게 분투했으며 공허한 이상을 쓸쓸히 지지했다. 하지만 그의 모습은 여전히 꼿꼿하게 솟아 있는 거목으로서 도끼날에 찍혀서 넘어질지언정 결코 속으로부터 곪아 썩는 일은 없을 터였다.

혼란스럽기만 한 공화정부와 일자무식의 군벌, 배운 것도 능력도 없는 관리들과 근대 교육의 세례는 받았지만 자기 나라의 문화와 역사에는 낯선 반거충이들을 경멸했다. 아울러 이 모든 현상은 군주제를 덜컥 폐지해 버렸기에 초래된 것이라 여겼다. 꼭 그 이유만이 아니더라도 국민정부의 정치적 분열은 그로 하여금 중국이 이미 몰락했다고 확신하게 만들었다. 그는 일본이 일어선 것은 그들에게 천황이 있고 그들 마음속의 충성심이 아직 사라지지 않았기 때문이라고 단순하게 생각했다.

저녁을 먹고 나서 그들은 추이어윈의 공연을 보기 위해 디성러우로 향했다. 추이어윈은 8시에 무대에 오르는데 찻집은 벌써부터 만원이다. 단골인 판원보가 웨이터를 잘 알고 있기에 특별히 남겨둔 지정석으로 안내받았다.

판원보에게는 집에 돌아온 것처럼 이곳이 편해 보였다. 마치 이 도시에서 유명세를 타고 있는 한량과도 같다고 할까. 그는 펠트 모자를 비뚜름히 쓰고 있었는데 실내가 너무 더워서 견딜 수 없을 때가 되어서야 벗었다.

디성러우 안은 이미 왁자지껄 시끄러운 소리가 가득했다. 사람들은 베이핑에서 온 추이어윈의 공연을 보기 위해 모여 들었다. 웨이터들은 노련한 솜씨로 손님들 머리 위로 뜨거운 물수건을 건넸다. 그들은 구리 주전자의 뜨거운 물을 손님들의 찻잔에 따라주고 해바라기씨, 사탕, 오향건두부 따위를 가져오며 거스름돈을 계산하고 의자를 옮기느라 눈코 뜰 새 없었다. 또한 늦게 도착한 손님들을 위해 새 의자를 가져다가 좌석을 만들어 주기도 했다.

아무도 무대 위의 인기척에 신경 쓰지 않았다. 마구 뒤섞여 있는 손님들은 화려하게 차려입은 부인네들부터 일반 노동자에 이르기까지 각양각색이었다. 그들은 오늘 저녁의 공연을 즐기기 위해 한자리에 모였으며, 완벽한 선율을 이루어 내는 추이어윈의 매끄러운 목소리에 매료될 준비가 되어 있었다.

드디어 추이어윈이 등장했다. 짧은 앞머리로 이마를 가린 아주 곱고 젊어 보이는 맵시였고 연한 남색의 옷을 입고 있었다. 관중은 무대가 떠나갈 듯한 열광적인 박수로 그녀를 맞아 주었다.

추이어윈은 익숙한 걸음으로 소고를 향해 다가섰다. 그리고 침착하게 무대 아래의 관중석을 한 번 쭉 훑어보았다. 전혀 감추는 기색 없이 미소 띤 얼굴로 관중을 내려다보는데 두 눈은 불빛 아래에서 반짝반짝 빛났다. 그녀는 테이블 위에 놓인 따뜻한 차를 한 모금 마신 후 함께 등장한 늙은 악공 쪽으로 돌아섰다. 그녀는 늙은 악공이 삼현(三弦)의 음을 맞추는 것을 기다렸다가 북을 세 번 두드렸다. 관중석은 점차 조용해졌다.

그녀가 오늘 공연할 대목은 공성계(空城計)의 한 대목이었다. 제갈공명이 성을 비우는 계책으로 지혜롭게 적의 대군을 물리친다는 내용이었다. 백 번 천 번도 더 들었던 이야기지만 관중은 전혀 싫증을 내지 않았다. 대화 장면에서 그녀는 혼자 여러 가지 역할을 담당했다. 완벽한 손짓, 또렷한 목소리, 고저장단의 억양은 관중에게 예상 밖의 미감을 불러일으켰다. 전체 이야기에는 뚜렷한 리듬이 있었고 북소리로 장단을 맞췄다. 그녀가 북소리 장단을 조금만 바꿔도 관중은 흥분하고 가슴을 두근거렸다. 감정이 격앙되는 대목에서 그녀는 갑자기 큰 소리로 짧은 노래를 부르기도 했다. 그녀의 노랫소리는 조금도 그녀의 이름을 닮지 않았다.* 매끄러우나 날카롭지 않고 은쟁반에 옥구슬이 굴러가는 듯했다. 관중은 상쾌한 마음으로 부드럽고 아름다운 음률을 마음껏 즐겼다.

내면의 고요함 속에서 리페이는 음악, 노랫소리, 시구(詩句), 날렵하고 우아한 손짓에 홀려 정신을 차리지 못했다. 오늘의 우연한 만남, 저녁에 조금 마신 술 그리고 무대 위 여자의 목소리는 그를 깊은 사색에 잠기게 했다.

지금 리페이에게는 추이어원의 목소리만 들리고 내용은 들리지도 않았다. 그의 마음은 온통 두러우안에게 가 있었다. 살짝 숙인 그녀의 머리, 한없이 그윽하고 들여만 봐도 숨 막힐 듯 까맣고 반짝이는 두 눈동자와 웃는 얼굴만 떠올랐다. 그는 가까스로 정신을 차리고 나서야 추이

---

*추이어원(崔遏雲)의 이름인 遏雲의 한자 발음이 악운(惡運. 중국어 발음 '으어윈')과 흡사하다.

어윈이 말을 멈춘 것을 깨달았다.

공연이 끝나자 판원보는 일어서서 두 사람에게 따라오라고 눈짓을 했다. 그는 그들을 위층에 있는 방에 데리고 갔다. 문을 두드리자 공연을 한 추이어윈과 늙은 악공이 한창 이야기를 주고받는 것이 보였다. 노인은 바로 그녀의 아버지였다. 판원보는 특별히 축하하러 왔다고 말하면서 도움이 필요하면 언제든지 도와주겠다고 제안했다. 그리고 이 도시에서 가 볼 만한 곳들을 알려 주었다.

"시안은 처음이죠?"

판원보가 물었다.

아버지 되는 이가 고개를 끄덕였다.

"따님의 공연, 정말 훌륭했습니다."

노인은 예의를 지키고 있지만 조금 당황스러운 눈치였다.

"네. 고맙게도 관객의 반응이 아주 좋았습니다. 감사합니다."

"오늘 관중도 나쁘진 않지만 그것 갖고 부족합니다. 지금보다 더 유명해져야 합니다. 상류층과 고관들을 공연에 초대해야 합니다. 신문지상에도 내고요. 운 좋으면 주석이 아가씨를 관저에 초청해 공연할 수도 있을 겁니다!"

판원보가 신나서 말했다.

"정말 고맙지만 지금도 아주 좋습니다."

"연결만 잘되면 시안을 온통 뒤흔들 수 있습니다. 돈도 안 들어요. 높은 분들한테 초대권만 몇 장 보내면 됩니다. 공연 관계자에게 부탁하세요. 제가 주소를 적어 드릴게요."

그는 주소를 몇 개 적었다. 당연히 두씨 집안도 있었는데 아주 간단하게 성동 대부관저라고만 적었다.

판원보는 쪽지를 노인에게 건네면서 말했다.

"지배인에게 초대권을 보내라 하세요. 다음 주 토요일 저녁에는 좋은 좌석 몇 테이블을 꼭 남겨 두시고요. 이 친구는 기자입니다. 신문에 공연평을 좀 쓰게 하겠습니다."

노인과 추이어윈은 판원보에게 감동을 받은 모양이었다.

"어떻게 감사를 드려야 할지 모르겠어요."

추이어윈이 말했다.

그녀는 겨우 열일곱 살이며 무대 아래에서는 옷차림도 매우 소박했다. 두 눈은 밝게 빛났다. 얼굴에 자연스럽게 윤기가 돌지 않았다면 일반 여자들과 별반 차이가 없었을 것이다. 일류 예술인에 속하는 그녀였지만 허세를 부리지 않았다.

계단을 내려오며 리페이가 물었다.

"넌 왜 그렇게 그녀한테 관심이 많아?"

"바보 아니야! 너를 돕는 거잖아! 나도 두 아가씨가 참 궁금하다고. 그래서 일부러 토요일을 고른 거야. 두 아가씨가 제발 와 줬으면 좋으련만."

3

두러우안은 학교에서 나온 이튿날이 되어서야 집에 들어갔다. 그녀의 마음에는 꽃이 활짝 피었고 목소리도 한결 맑아졌다. 누군가 말하기를 모든 생명은 똑같지만 그것을 장식하는 희망과 꿈에 따라 차이가 있다고 했다. 두러우안은 매우 자유로운 성격이었다. 공허하면서도 꿈을 꾸는 듯한 눈빛 때문에 학교 친구들은 그녀에게 관세음보살이라는 별명을 지어 주었다.

두러우안은 이번 일을 통해 리페이를 처음 알게 되었다. 그는 매우 친절했다. 비록 그녀의 출신 가문을 별로 좋아하는 것 같지 않았으나 일부러 자신을 낮추고 그녀에게 훌륭하다고 말해 주었다. 고작 그것뿐이었다. 그러나 그 한 마디만으로도 그녀는 이미 충분히 만족했다. 얼마나 신나는 일인가. 그녀는 담대한 열정으로 다음 번 만남을 기대하게 되었다.

그녀는 집에 들어서며 약간 절룩거리는 것을 감추었다. 붕대가 자신의 용감함을 상징한다는 것은 알고 있었다. 그러나 작은아버지가 이 일의 원인을 알게 되면 환영받지 못할 것임에 분명했다. 집 앞에 도착하자 그녀는 일부러 붉은색 목도리를 조금 위로 밀어 올렸다.

오후 나절의 위엄스럽고도 조용한 햇빛은 대부관저의 우뚝 솟은 대문을 비추고 있었다. 이 집은 칠십여 년 전에 지은 관저 구조의 대저택이었다. 대문 위에 가로누워 있는 푸른 현판에는 '대부관저'라는 금박글자가 새겨져 있었고 상단에는 '황은(皇恩)'이라는 작은 두 글자가 적혀 있었다.

이런 저택에는 흔히 마차를 세워 두는 공간이 없었다. 그러나 지금은 검은색의 뷰익 자동차 한 대가 주차되어 있었다. 정문 양편으로 120도 각도의 담장이 둘러 있고, 양쪽에 돌사자 두 마리가 지키고 서 있는 계단을 오르면 지붕이 있는 문간이었다. 정문은 안마당 뜰로 통하는데 공식 연회 때만 열리고 평소에는 쪽문으로 출입했다.

최근에 새로 페인트칠을 한 주홍색 대문에는 도금한 손잡이가 번쩍번쩍 빛나고 있었다. 높이 약 4미터, 너비 약 3미터의 대문은 이 저택을 지은 고관의 부와 권세를 과시하고 있었다. 바닥에 깐 짙은 붉은색의 오래된 벽돌은 크기가 한 자 반 정도이고 모양은 정사각형이었다. 문간 양쪽의 널찍한 문간방은 수십 년 전에 집과 공터가 따로 있던 시절을 연상시켰다. 정문 위의 칸막이와 쪽문은 검은색으로 칠했다. 두판린은 대문의 외관에 집착했다. 그는 대문의 고전적인 위풍을 살리기 위해 문간방 왕아범(老王)에게 손잡이 광택에 특별히 신경 쓰라고 지시했다.

"저 집은 말이야, 대문을 지키는 돌사자마저 역겹다네."

어떤 사람들은 가끔 이렇게 야유를 퍼부으면서도 대문 위의 주홍색과 황금색 문양을 보고 있노라면 저도 모르게 부유한 대부관저를 부러워하게 되었다. 대문은 공식 모임 외에는 여태껏 개방된 적이 없어 실용

적 가치보다 장식적 가치로 사용되고 있음을 알 수 있었다. 아무튼 이 대문은 방문객들의 한결같은 경앙(敬仰)을 받고 있었고 그 집안의 사회적 지위를 드러내는 하나의 상징이 되었다.

첫 번째 정원에는 커다랗고 정교한 석판을 깔려 있었다. 세 계단을 오르면 손님을 접대하는 대청으로 중앙에는 할아버지의 수채 초상화가 걸려 있었다. 정교한 격자창은 황금색과 도홍색 빛깔을 약간 띠고 있고 그곳을 통해 두 번째 정원을 엿볼 수 있었다. 가구는 모두 우아하고 소박한 단향목으로 제작되었으며 둥근 각도와 대리석 장식 면을 갖고 있다. 벽에는 범상치 않은 필체의 서예 작품이 여러 점 걸려 있었다. 서쪽 벽에는 두러우안의 아버지가 세밀하게 모사한 '한림(翰林)'이라는 글자가 보였다. 동쪽 벽에는 광서제 시대 마지막 충신 중 한 명이자 두중의 벗이기도 한 웡퉁허의 주련(柱聯)이 걸려 있는데 길이가 한 자도 더 되었다. 주련 옆은 남송시대의 화가 마원(馬遠)의 거대한 산수화가 차지하고 있는데 이것이야말로 구하기 어려운 귀중한 보물이었다.

그러나 이처럼 고전적이고 장엄한 분위기는 싸구려 유화 복제품 〈파리스의 심판〉에 의해 여지없이 파괴되고 말았다. 그림 속에는 서로 다른 자세를 취하고 있는 나체 여신 세 명이 등장하는데 전임 시장의 아들인 두주런이 장식품으로 사 온 것이었다. 그는 지금 따로 이사를 나가서 성동의 주택가에 살고 있었다.

한쪽 구석에는 도금한 타원형의 전신 거울이 비스듬하게 세워져 있었다. 18세기 규방에 진열된 것들과 비슷한 것이었다. 그것은 서양경이라는 수입품인데 사람들은 그것을 품위를 드러내는 최신 유행으로 간주했다. 소문에 따르면 평소에 보이지 않던 요괴들도 거울 앞에서는 정체를 드러내게 되는데, 이로 인해 요괴들이 감히 주위를 범접하지 못한다는 것이었다. 두판린은 사무를 보러 외출하기 전 거울 앞에서 한동안 자아도취에 빠진다. 수염을 매만지며 둥글게 부풀어서 쉽게 살이 쪄 보이는 얼굴을 습관적으로 쳐다보곤 했다.

세상의 일이란 참으로 가식적이다. 겉으로 보기에 이 집안은 대정치가 조상의 음덕으로만 사는 것 같았다. 넓은 양미간에 자상함이 가득하고 흰 수염을 기른 조상님의 초상화가 벽에서 자손들을 향해 미소를 짓고 있으나 실내 공간의 배치는 지금의 집주인처럼 눈에 거슬리도록 조화롭지 않을 뿐더러 저속한 자신감으로 가득 차 있었다. 대부관저는 대정치가·대학자 후손의 저택이라기보다 소금에 절인 생선을 파는 돈깨나 있는 장사치, 바로 그녀의 작은아버지가 살고 있는 집이라고 하는 것이 더 적절했다.

두러우안은 작은아버지가 낮잠 중이기를 바랐다. 그녀는 재빨리 첫 번째 정원을 가로질러 서쪽 회랑에 도착했다. 춘메이(春梅)가 발자국 소리를 듣고 작은아버지의 방에서 큰 소리로 불렀다.

"셋째 고모세요?"

춘메이는 원래 작은어머니의 하녀였다. 그런데 전임 시장이던 작은아버지를 위해 아들 둘을 낳아 주고 두러우안을 셋째 고모라고 부르게 되었다. 하지만 분명한 명분은 없었다. 전통 가문에서는 사촌 형제자매까지 포함해서 순서를 매기기 좋아하는데 식구들이 많아 보이도록 하기 위해서였다. 그래서 외동딸인 두러우안도 셋째가 된 것이다.

뒤뜰에 도착한 두러우안은 아치형 문을 지나 서쪽 사랑채로 걸어갔다. 그녀가 살고 있는 곳이었다. 정원은 정갈하고도 아늑했다. 오솔길에는 15자 되는 푸른 나무무늬 석판을 깔았고 그 위에 큰 어항 두 개를 놓았는데 어항에는 이끼가 가득 자라 있었다. 정원의 가장자리에는 배나무 두 그루가 벌거벗은 채로 겨울 햇빛 아래에 서 있었다. 그녀는 현관을 배회하면서 잠깐 베고니아 화분을 구경했다.

그녀는 자신이 살고 있는 이곳에 들어오면 외로움을 느꼈다. 어린 시절 그녀는 부모님과 함께 즐거운 시간을 보냈다. 부모님에게 그녀는 금쪽같은 무남독녀 외동딸이었다. 그녀는 할아버지와 할머니도 어렴풋이 기억하고 있다. 그런데 열네 살이 되던 해에 어머니가 먼저 세상을 떠났다. 당시 그들은 베이징에 살고 있었다. 그전까지는 아버지가 강남 지역 자싱(嘉興)의 도대(道臺)에 부임하여 그곳에서 살았던 것이다.

지금은 모든 것이 다 바뀌고 말았다. 어머니가 돌아가시고 나서 그녀는 줄곧 외롭게 지냈다. 아버지는 상하이의 쑨촨팡(孫傳芳) 밑에서 일했다. 쑨촨팡이 국민당에게 패배를 당하는 바람에 재산이 몰수되자 아버지는 일본으로 피신했다. 한편 딸은 고향인 시안에 보내 대학을 다니게 했다. 아버지는 그렇게 몇 년 동안 떠돌다가 대부관저에 돌아왔다. 그러나 두 형제는 도무지 마음이 맞지 않았다. 도도한 기질을 타고난 두중은 경제 형편이 어려웠지만 조상이 물려준 재산을 나누자는 말을 입 밖으로 꺼내지 못했다. 그는 산차이에 있는 조상이 물려준 땅 근처의 한 라마교 사찰을 은신처로 삼았다.

탕어멈(唐媽)은 다른 하인들과 수다를 떨고 있었다. 아가씨가 돌아왔다는 말을 듣자 그는 얼른 아가씨를 찾으러 뒤뜰로 갔다. 두러우안이 일곱 살 때부터 탕어멈이 맡아 키웠다. 두러우안의 어머니가 죽고 나서 탕어멈은 두러우안의 가장 충실한 하인 겸 친구가 되어 주었다. 그녀는 당연히 두러우안을 친딸처럼 알뜰살뜰 보살펴야 된다고 생각했다.

그녀는 베이핑 출신으로 다른 하인들과 많이 어울리는 대신 오로지 두중 일가를 보살피는 일에만 정성을 다했다. 시골에서 왔기 때문에 황제가 직접 임명한 '한림'에 대해 특별한 존경심을 갖고 있었다. 그러다 결국 그녀도 두러우안 편에 서서 두 시장 일가에 대해 부정적인 생각을 갖게 되었으며 두러우안은 그녀에게만 수많은 비밀을 털어놓았다. 탕어멈은 소박한 얼굴과 두툼한 어깨를 갖고 있으며 전족 때문에 길을 걸을 때 기우뚱거렸다.

그녀는 두러우안을 극진하게 보살폈으며 두러우안의 식사, 옷차림과 이익에 관계되는 모든 것에 항상 신경을 썼다. 따라서 그녀에 대한 두러우안의 믿음은 아버지에 대한 신뢰에 못지않았다. 일 년 전 아버지가 이곳에 머물러 살고 있을 때 세 사람은 마치 단란한 가족과도 같았다.

"돌아오셨네요, 아가씨!"

탕어멈이 말했다.

"아주머니, 이 얼굴 좀 봐요. 거리에서 경찰들과 싸우다가 다쳤어요. 그래서 어제는 귀가하지 않겠다고 전화했지요."

두러우안은 목에 바른 연고를 만지면서 말했다.

탕어멈은 인상을 쓰면서 상처 부위를 세심히 살폈다. 두러우안은 무릎의 멍 자국도 보여 주면서 싸운 과정을 자세하게 말했다.

"맙소사, 어떻게 그럴 수가 있어요?!"

탕어멈은 혀를 끌끌 찼다.

그녀는 두러우안의 무릎 상처 부위를 깨끗하게 씻어 주고 싸맨 후에야 마음을 조금 놓았다.

두러우안이 절룩거리며 침대에 올라가려고 할 때 춘메이가 들어왔다. 춘메이는 스물여덟 살의 젊은 부인이다. 오똑한 코에 광대뼈는 도드라졌으며 눈치가 매우 빨랐다. 옷차림만 보면 꼭 그 집 아가씨인 줄로 안다. 그녀는 짧은 파마머리에 검은색 긴 치마를 입고 있었는데 아름다운 몸매가 한결 돋보였다. 활력이 넘치는 그녀는 두러우안과 수다 떠는 것을 좋아했다. 이 집안에서 두러우안이 그녀와 나이가 가장 비슷하기 때문이었다. 그녀는 계단을 올라오면서 자신이 왔음을 큰 소리로 알렸다.

"셋째 고모, 잘 돌아왔어요. 어제는 들어오지 않았다고 어멈한테서 들었어요."

그녀는 두러우안이 다리를 저는 것을 보고 물었다.

"어머, 무슨 일 있었어요?"

"메이 언니, 이리 와서 앉으세요."

두러우안은 침대를 두드리며 말했다. 두러우안은 그녀를 '메이 언니'라고 불렀다. 하인보다는 지위가 높고 또한 작은아버지를 위해 아들 둘을 낳아 주었기 때문이었다.

춘메이는 침대 가장자리에 걸터앉았다. 두러우안은 생각을 좀 정리하고 나서 말했다.

"메이 언니, 저녁 식사 때 자리를 바꿔 줘요. 작은아버지한테 이것을 보여 주고 싶지 않아서요."

두러우안은 귀 뒤편의 거즈를 가리켰다.

"아니, 어쩌다가 이렇게 됐어요?"

두러우안은 어제 있었던 일들을 말해 주었다.

"그거 쉬워요, 묶었던 머리만 풀어 주면 돼요. 영감이 눈치 채지 못할 거예요."

춘메이는 뒤에서 두판린을 항상 영감이라고 불렀다. 영감 호칭이 나리에 비해서는 좀 더 친밀감이 있고 고집쟁이 늙은이보다는 예의를 지키는 편이라는 생각에서였다.

"어제 저녁에 물어보시길래 학교에 남아서 회의를 한다고 했어요."

그녀는 두러우안에게 한쪽 눈을 찡끗 하며 말했다.

"손목시계를 이리 줘요. 사람을 보내서 수리할게요."

두러우안은 진심으로 고마웠다. 춘메이는 집안 살림을 맡고 나서 항상 그녀를 배려해 주었으며 생활비도 많이 돌봐 주었다. 춘메이는 계속해서 말을 이어갔다.

"고맙긴 뭐가 고마워요? 대부관저의 재산은 형제 두 분의 공동 재산 아닌가요? 아버님도 동생 돈을 쓰고 있다고 생각하실 필요가 없어요. 영감 성격이 워낙 그래서 자주 화를 내지만 사실 조상이 물려준 재산을 나눠 쓰는 거니까 뭐라 하겠어요. 그렇게 서로 극과 극인 형제를 본 적이 없어요. 아가씨, 작은아버지가 돈을 벌고 있다고 해도 모두 그 호수 덕분이지요. 옛말에 호랑이 잡으려면 친형제에 의지해야 한다고 했어요. 큰아버님은 자존심이 강한 분이시죠. 물론 선비이시니까 당연하죠. 형제 중에 한 분은 학문을 하시고, 다른 분은 돈을 벌고 이 얼마나 자랑스러워요?"

두러우안은 자신을 병원에 데려다준 청년에 대해 말을 꺼내는 것이 춘메이한테는 쑥스러웠지만 탕어멈에게는 괜찮았다.

춘메이는 일어날 차비를 하면서 말했다.

"오늘 저녁은 내가 식사 자리를 정할게요. 영감이 주무시고 있어요. 살짝 나온 거라서 지금 바로 돌아가야 돼요."

춘메이가 돌아간 후 두러우안은 아름답고 일처리도 잘하는 춘메이에게 탄복하지 않을 수 없었다. 낫 놓고 기역자도 모르는 하녀 출신이 온전히 혼자 힘으로 이 집안의 중요한 자리를 차지했던 것이다.

일주일이 지났다. 두러우안의 작은아버지는 식사를 마치고 방에서 신문을 보고 있었다. 두 번째 정원의 구조도 다른 곳과 비슷했다. 가운데는 객실이고 양쪽은 사랑채이다. 사랑채마다 칸막이로 막아 침실 두 개를 만들었는데 옛날 집들은 매우 넓어 30자나 되기 때문에 가능했다. 마님의 침실은 서쪽 사랑채에, 영감의 침실은 동쪽 사랑채에 있으며 춘메이는 아이들과 같이 영감 침실의 뒤채에서 살고 있었다.

두 부인은 오십이 다 되어 가는 나이였다. 이제는 가정적 지위에 대해 크게 걱정하지 않아도 되고 의식주도 훨씬 더 편해졌다. 하지만 고독한 말년을 보내야 했다. 그녀는 남편을 위해 아들 둘을 낳아 주었다. 장남은 열여섯 살 되던 해 여름에 산차이에 있는 호수에서 그만 익사하고 말았다. 차남 두주런은 나중에 외국으로 떠나 버렸다. 어른이 된 두 주런은 결혼까지 했지만 따로 나가 살고 있는데 그녀는 이 사실을 받아들일 수 없었다. 그녀는 나이가 들면 손자손녀들이 슬하를 감돌며 재롱을 떠는 모습만을 상상했었다. 그러나 지금은 춘메이가 낳은 아들 둘을 제외하고 어린아이들의 소리를 전혀 들을 수 없었다. 춘메이의 자식들은 어른들이 시키는 대로 그녀를 할머니, 두판린을 할아버지라고 부르기는 하지만 결코 진짜 '손자'는 아니었다.

젊은 춘메이가 이미 집안을 장악하고 완전히 뿌리를 내렸다. 춘메이는 자신의 존재감을 충분히 증명했을 뿐만 아니라 필적할 상대가 없을 만큼 총명함을 과시했는데 그로 인해 두 부인은 몹시 마음이 상했다. 그래도 좋은 일이 하나 있었으니 그것은 남편이 더 이상 자신을 귀찮게 하지 않는 점이었다. 춘메이는 그녀에게 매우 공손했다. 하지만 그럴수록 그녀는 더욱더 무기력해지는 것만 같았다.

두 부인은 책을 읽거나 신문 같은 것을 보지 않았다. 전에는 자주 나가서 마작을 하거나 사람들을 집에 불러 마작판을 벌이기도 했다. 그러나 최근에는 신경통을 핑계로 잘 나가지 않았다. 심심하면 상자를 뒤적이면서 자신의 물건이나 남편의 물품을 꺼내 보았다. 가끔 집안일에 참견하기도 하는데 사실 그것은 춘메이가 이미 질서정연하게 잘 처리해 둔 터였다. 그녀는 자신이 결코 젊은 춘메이의 상대가 되지 못한다는 점을 잘 알고 있었다.

두판린은 스탠드 아래에 있는 광동에서 운반해 온 복숭아나무 안락의자에 앉아 있다. 춘메이는 뒤채에서 바느질을 하고 있는 중이라서 그를 전혀 방해하지 않았다. 그러다가도 그가 필요한 것이 있으면 춘메이는 즉각 대령했다. 그는 점점 춘메이에게 의지하면서 그녀의 곁에서 한시도 떨어지지 못하고, 젊고 아름다운 그녀의 매력에 완전히 푹 빠져 버리게 되었다.

춘메이가 곁에 있으면 그는 마음이 한결 홀가분해졌다. 가끔 남자가 바깥일로 오랫동안 고생했으면 이 정도의 호강은 누려도 괜찮다고 자기위안으로 삼았다. 그는 춘메이가 곁에 있기에 자신은 참으로 복이 많은 사람이라고 생각했다. 그는 똑똑한 춘메이의 능력과 자신의 상팔자에 대해 매우 만족하고 있었다. 춘메이보다 더 매력적이고 총명하며 도움을 주는 첩은 세상 어디에 가도 결코 찾을 수 없으렷다. 게다가 모든 일은 흐르는 물이 내를 이루듯 아주 자연스럽게 이루어졌다. 비록 관례를 깨긴 했지만 마음은 내내 흐뭇하기만 했다.

그는 큰 소리로 춘메이를 불렀다.

"춘메이, 디성러우에서 어떤 여자가 대고 공연을 하는데 보러 갈래? 베이핑에서 왔다는데 내일 저녁 공연 초대권 네 장을 받았어. 신문에도 났어!"

춘메이는 가고 싶다고 대답했다.

"할머니는 안 가시나요?"

그녀가 물었다. 그녀는 마님이 신경통 때문에 침대에 누워 있다는 것을 알고 있었다.

"안 갈 것 같은데."

"셋째 고모랑 아이들도 함께 가면 좋겠어요."

"그냥 젊은 사람들끼리 가도록 해. 애들한테는 안 맞으니 말이야. 주
런하고 샹화(香華)를 불러 집에 있는 차를 타고 가. 전화해서 내가 내일
저녁 먹으러 오란다고 전해. 주런한테는 따로 의논할 일이 있다 하고 말
이야. 그리고 같이 공연 보러 가면 되잖아."

그녀는 두주런의 처 샹화에게 전화로 공연을 보러 가자고 말했다. 시
안에 온 후로 무척이나 심심했던 샹화는 뛸 듯이 기뻤다.

춘메이가 방으로 돌아오자 두판린은 조금 전 형한테서 받은 편지를
그녀에게 보여 주었다.

"우리 형님이 진짜 미쳤네. 이유도 없이 다짜고짜로 노발대발하면서
편지를 보내왔어. 내가 돈 버는 게 싫은가 봐."

"뭐라고 보내셨는데요?"

춘메이는 집안의 크고 작은 일에 신경 쓰는 것을 자신의 본분이라고
생각했다.

"글쎄, 우리 호수 주변에 살고 있는 무슬림에 대해 말하고 있는데, 물
이 그들의 밭으로 흘러들도록 수문을 철거해야 한다고 하잖아."

춘메이는 집안일 중 유독 산차이의 호수에 대해서는 잘 몰랐다. 다만
그들이 하고 있는 생선 장사가 그 호수에 의지하고 있다는 것은 알고
있었다. 그곳에 가 본 적도 없었다. 두판린과 부인이 그곳에 갈 때마다
그녀는 집에 남아서 가사를 돌봐야 했다.

두 부인이 그녀를 시안에 남겨 두는 데는 또 다른 이유가 있었다. 조
상의 사당이 바로 산차이에 있기 때문이었다. 두 부인으로서는 조상님
께 제사를 지낼 때 춘메이를 절대 참여시킬 수가 없었다. 그녀는 춘메

이가 혹여 공식적인 명분을 얻을까 봐 두려웠다. 그러면 여러 가지 미묘하고 복잡한 문제가 발생할 터였다. 젊고 총명한 춘메이가 손자들의 어머니 자격으로 그녀를 더욱 납작하게 눌러 버릴 수도 있었다. 지금까지 두 부인은 자신의 몸종이었던 춘메이를 한 번도 이겨 본 적이 없었다.

춘메이는 두러우안의 아버지가 편지에서 수문 얘기만 꺼내면 영감이 코웃음을 치는 것을 잘 알고 있었다. 그 수문 때문에 산차이에 살고 있는 백성이 고생하고 있으며 형제 사이가 나빠진 것도 알고 있었다.

그녀가 두판린에게 물었다.

"주변 무슬림에 대해 말씀해 보세요. 큰아버지가 뭐라고 하셨나요?"

두판린은 춘메이가 대단한 살림꾼인 것은 알고 있지만 중요한 결정을 내릴 때는 결코 그녀와 의논하지 않았다. 무슬림을 상대하는 일은 아들과 의논할 일이었다. 아녀자들에게 말해 봤자 잘 알지도 못할 터이니 말이다.

"우리 예쁜이를 이까짓 일 때문에 고민하게 할 수는 없지."

그는 웃으면서 에둘러 붙였다.

춘메이는 못내 서운했지만 아무 내색도 하지 않았다.

이튿날 저녁에 두주런과 샹화가 식사하러 왔다. 두주런은 네모진 얼굴에 체구는 작지만 아주 다부졌다. 요즘 모던한 젊은이들처럼 그도 칼라 끝에 단추를 채운 남색 베이지 중산복을 입고 있었다. 가슴팍 주머니에는 눈에 잘 띄는 금촉 만년필을 꽂았다. 샹화는 최신 유행에 맞게 몸에 착 달라붙는 치파오를 입고 비쩍 마른 얼굴에 연지를 꼼꼼하게 잘 발랐다.

두주런은 아버지와 사업 이야기를 시작했다. 그는 젊은 여성들이 왜 대고에 그렇게 관심이 많은지 이해할 수 없었다. 국악이든 서양 음악이든 그는 음악 듣는 것 자체를 싫어했다. 뉴욕 대학에 유학할 때 그는 루시 극장에 가서 공연을 관람하는 것을 좋아했다.

한번은 다른 사람을 따라 카네기 홀에 가서 음악 연주회를 들은 적이 있는데 자리에 앉아서 도무지 안절부절 못했다. 그때 그 느낌은 한 시간 동안 어느 나라 강연인지도 모르는 내용을 강제로 듣고 있는 것만 같았는데 그렇다고 해서 일찍 자리를 뜰 용기가 나지 않았다.

오늘 저녁은 샹화가 가고 싶다고 해서 억지로 나온 터였다. 아내와 함께 이브닝 파티에 참석하는 것은 남편의 의무라는 것을 알고 있기 때문이었다.

저녁 식사 자리에서 아버지는 큰아버지의 편지에 대해 말했고 그는 편지를 한 번 읽어 보았다.

"말짱 멍청한 헛소리뿐이네요! 우리가 생선 사업을 중시하기는 했지만 호수 전체를 댐으로 만들지는 않았잖아요. 다만 한 모퉁이에 수문을 설치해 수위를 열 자 정도 더 높였을 뿐이지요. 호수에 물이 많아지니 해마다 물고기도 더 많이 잡게 되었고요. 지금 우리 생선은 멀리 타이위안이나 뤄양에까지 팔리고 있어요. 사업은 계속 확대될 거고 우리는 치어를 더 많이 방류해야 해요. 물에 떠내려가지 않는 한 더 많이 번식할 거고요. 큰아버지가 뭘 그렇게 걱정하시는지 모르겠어요. 이미 시청에 요청해서 수문 위에 포고문을 붙이게 했어요. 무단 침입자는 법에 따라 엄벌에 처한다고요. 병사 몇 명이면 충분해요."

"우리 아버지가 걱정하시는 게 바로 그거예요. 아버지는 병사들이 전쟁을 막는 게 아니라 전쟁을 불러올 거라고 하셨어요. 우리가 무력으로 멀리 산속에 있는 수문을 지킬 수 없다고 생각하세요."

두러우안의 말에 주런은 겸연쩍게 웃으면서 사촌 여동생에게 시선을 주었다.

"큰아버지는 물론 대학자이시지만 사업은 잘 모르시지."

그는 두러우안에게 미움을 사지 않으려고 애써 예의를 갖추어 말했다. 두러우안은 수문 건설이 바로 그의 못된 생각에서 비롯되었음을 알고 있었다. 그가 귀국해서 아버지 사업에 뛰어든 후 생각해 낸 첫 번째 돈 버는 방법이 수문 건설이었는데 효과가 발생하고 있었다. 하지만 그녀는 다투고 싶지 않아서 한마디만 덧붙였다.

"아버지한테서 들은 적이 있는데요, 할아버지는 무력을 사용하지 않았기 때문에 산차이 유혈 사태를 막을 수 있었대요."

춘메이는 열심히 듣고 있었으나 말참견은 하지 않았다. 샹화는 남편의 사업에 애당초 관심이 없었다.

두러우안도 이제는 대고 공연을 보러 가고 싶은 생각뿐이었다. 그녀는 베이핑에 있을 때부터 평서(評書)* 듣는 것을 좋아했다. 설창 예술인들은 모두 전문적 기예를 하나씩 갖추고 있는데 그들은 이야기 속에 노래와 음악을 삽입했다. 추이어원도 베이핑에서 왔다고 하지 않는가. 하

---

*설서(說書), 강서(講書)라고도 한다. 중국에서 옛날부터 전해지던 구연 설화의 표현 예술이다. 송나라 시대부터 유행했다. 20세기 초 북방 농촌 지역에서 '서하(西河) 대고', '동북(東北) 대고'를 공연하던 민간 설창 예술인들이 도시에 진출하면서 평서 공연으로 전환하는 경우가 많았다.

물며 두러우안은 그녀의 공연에 관한 기사를 읽은 적이 있고, 그 기사의 끝에는 '페이'라는 서명이 있어서 더욱 그러했다. 그들은 저녁을 먹고 바로 디성러우로 갈 준비가 되어 있었다.

4

디성러우는 여전히 평상시처럼 시끌벅적했다. 지저분하고 텅텅 비어 있는 벽, 몇 년 전부터 페인트칠을 했어야 하는 얼룩덜룩한 기둥, 색이 바랜 탁자와 의자. 한쪽 구석에는 먼지투성이 사다리가 버려져 있었다. 그러나 분위기는 사뭇 달랐다. 관중 속에는 옷차림이 세련된 이들도 적지 않았다.

신문 논평들은 하나같이 대고 공연을 하는 이 예술인을 격찬했다. 토요일 저녁에는 항상 자리가 꽉 찼다. 학생들도 있고 점원들도 있고, 시청과 철도국에서 근무하는 직원들도 온 가족을 거느리고 출동했다. 디성러우의 장사는 전례 없이 성황을 이루고 있었다. 주인은 계속 밀려드는 손님들을 보면서 몇 번씩 입이 귀밑까지 찢어졌다.

리페이를 비롯한 세 사람은 일찍 와서 무대와 일 미터 거리밖에 안 되는 위치가 좋은 테이블을 차지했다. 좌석은 미리 특별히 배정되었다. 다른 손님들은 몇몇 테이블 위에 놓여 있는 예약석이라는 팻말을 보고 중요한 손님이 올 것이라고 예상했다. 디성러우 주인이 직접 와서 판원보 일행에게 인사를 건넸다.

판원보는 매우 바빴다. 그는 친구를 도우려면 끝까지 도와야 한다고 생각했다. 그는 먼저 무대 뒤에 가서 자기소개를 하고 공연 초대권을 핑계 삼아 두 아가씨를 만나 보려고 계획했다. 그러나 아직 두러우안 일행은 오지 않았다. 판원보는 리페이를 추이어원에게 소개했다.

리페이의 기사로 홍보가 잘 이루어졌으며 추이어원의 인기는 날로 치솟고 있었다. 공연장 디성러우는 매일 만원을 이루었고 공연 기간도 2주 연장되었다. 추이어원의 공연 소식은 리튼 경이 상하이에 도착했다는 기사와 같은 날에 기사화되어 독자들의 관심을 더욱 끌었다. 관중 속에는 관광객과 회색 제복을 입은 군인도 적지 않았는데, 그들은 시안에 들르면 반드시 추이어원의 공연을 보고 갔다.

리페이는 두러우안을 만날 생각에 엄청 긴장되었다. 판원보가 가장 먼저 두씨 일가가 들어오는 것을 보았다.

"왔네 왔어, 작은 두씨 부부."

리페이는 얼른 고개를 돌렸다. 보아 하니 머리카락을 높게 빗어 올린 멋쟁이 부인이 앞장을 섰다. 그다음은 전 시장의 아들인데 손에 장갑을 들고 있는 것이 마치 성대한 무도회에 참석하러 온 것 같은 모습이었고. 그 뒤로 검은색 치파오를 입은 두러우안과 눈부신 미모의 젊은 부인이 같이 들어오고 있었다.

리페이는 두주런을 보자 비로소 옛날 기억이 떠올랐다. 몇 년 전 상하이의 한 무도회에서 그를 만난 적이 있는데 두항 대부의 손자로서 이름은 주런이라고 옆 사람이 소개를 시켜줬었다. 나이는 아마 그보다 네댓 살 위였던 것 같다. 나중에 외국으로 유학을 갔다는 소식도 전해 들었다. 하지만 리페이는 두주런이 자신을 기억하지 못할 것이라고 생각했다.

두러우안은 간편한 치파오를 입고 옥 귀걸이 외에는 다른 패물을 걸치지 않았다. 그녀는 아름다운 젊은 부인과 즐겁게 대화를 나누느라 여념이 없어 보였다. 리페이는 가슴이 콩닥콩닥 뛰었다. 그녀의 모습에서 우러나는 고상한 기품과 즐거운 표정은 그를 완전히 매료시켰다. 그는 판원보에게 두러우안을 가리켜 보였다.

"나한테 고맙다고 해야지."

판원보는 의기양양해서 말했다.

그는 두러우안 옆의 춘메이를 보고 리페이에게 물었다.

"그런데 옆에 있는 아름다운 분은 누구지? 한 번도 본 적이 없어."

판원보는 시안의 사교계에 대해 손금 보듯 환하다고 자부했었는데 춘메이가 누구인지 알 수가 없었다.

리페이는 그들과 등지고 서 있었다. 그들 일행이 리페이 곁을 지날 때 두러우안은 한눈에 그를 알아보고 그만 얼굴이 새빨개졌다. 그녀는 무슨 말을 하려다 삼켜 버리고 앞쪽에 있는 좌석을 찾아 앉았다. 그녀는 신이 난 듯 춘메이의 귓가에 대고 뭐라고 한마디 속삭이고는 다시 리페이가 있는 쪽으로 걸어왔다. 리페이는 재빨리 일어섰다.

"리 선생님, 안녕하셨어요?"

그녀의 목소리는 기쁨을 감출 수가 없었다.

"네, 안녕하세요. 다친 상처는 괜찮아요?"

그들은 오래된 친구처럼 이야기를 주고받았다. 그녀는 눈앞에 있는, 고작 일주일 전에 알게 된 이 남자가 정말 살아 있는지 확인이라도 하려는 듯 찬찬히 살펴봤다. 그는 머리를 뒤로 빗어 넘겼고 여전히 장난기 가득한 웃음과 명랑한 눈빛을 하고 있었다.

"러우안 씨가 올 줄 알았어요, 초대권 받으셨죠?"

두러우안의 두 눈이 반짝였다.

"페이 씨가 보내신 거예요?"

리페이는 고개를 끄덕였다.

"꼭 다시 만나고 싶었는데 방법이 생각나지 않았어요. 제 친구 원보가 여기 주인을 알고 있어서 우리는 운에 맡겨 보기로 했지요. 직접 전화해서 초대하고 싶었지만 용기가 나지 않았어요."

그는 친구들을 소개했다. 판원보는 습관대로 엄숙한 표정을 짓고 일어서서 정중하게 허리 굽혀 인사를 했다. 춘메이와 샹화는 고개 돌려 이쪽을 바라보고 있었다. 두주런은 다른 곳을 보고 있었는데 조용히 있고 싶어 하는 눈치였다. 미국에서 귀국한 이 유학생은 이곳의 분위기와 도무지 어울리지 않아서 서로 상극인 듯싶었다.

두러우안은 자리로 돌아와서 초대권을 누가 보냈는지 알려 주었다. 그녀는 리페이네 테이블 쪽을 훔쳐보면서 눈가와 입가에 엷은 미소를 띠었다.

얼마 지나지 않아 다른 테이블도 손님들로 꽉 찼다. 주인은 귀한 손님들에게 인사를 하러 다니느라 분주했다. 리페이네 테이블로 와서는 판원보에게 말했다.

"판 나리, 추이 소저가 안부를 전해드리고 나리가 듣고 싶은 대목을 주문해 달라고 했습니다."

판원보가 두 친구의 의견을 묻자 리페이는 두러우안을 향해 고개를 끄덕였다.

"저쪽 테이블의 아가씨가 뭘 듣고 싶어 하는지 여쭤 보세요."

주인이 두러우안에게 다가가자 그녀는 조금 놀란 듯이 허리를 곧추 세웠다.

"우주봉(宇宙峰)이요."

그녀는 큰 소리로 말했다. 두주련은 그때서야 조금 관심을 가졌다. 그는 판원보를 한 번 쳐다보고 두러우안에게도 저쪽 테이블에 앉은 사람들이 누군지 물었다. 그는 〈우주봉〉이 인기 없는 레퍼토리인 줄도 몰랐다.

드디어 추이어원이 등장했다. 그녀는 소매가 길고 꽉 끼는 푸른색 비단 치파오를 입었고 최근에 가장 유행하는 파마머리를 했다. 그녀 앞에는 직경 30센티미터의 작은 북이 놓여 있었다. 관중은 열광적으로 손뼉을 치며 소리를 질렀다. 판원보도 사람들을 따라 박수를 쳤다. 그녀의 아버지는 낡은 푸른색 두루마기를 입고 있고 삼현의 음을 맞추고 있다. 그녀는 귀빈석의 손님을 한 번 내려 보고는 공연 제목을 발표했다. 그리고 손님이 특별히 청한 것이라고 밝혔다.

추이어원은 천천히 노래를 시작했다. 매끄러운 목소리가 홀에 울려 퍼졌다. 〈우주봉〉은 세상의 광란에 대한 노래로, 한 여성이 황후에 책봉되는 것을 거절하는 내용을 담고 있었다.

백성에게 만리장성을 쌓게 한 폭군 진시황이 죽었다. 착한 황태자는 아버지의 폭정을 반대했다가 변방에 유배되었다. 재상 조고는 칙명을 날조해 진시황의 음탕한 둘째 아들이 황위를 잇게 했다. 또한 자신의 세력을 굳히기 위해 딸을 입궁시켜 황후로 만들려고 했는데 황제도 이미 동의한 터였다. 그러나 조고의 딸은 백성이 폭정에 시달려 고통을 받고 있고 국가가 사분오열된 것을 알고 있었다. 또한 착한 황태자가 날조된 칙명에 의해 살해된 것도 알고 있었다. 황제가 직접 명령을 내려 그녀를 황후로 맞아들이려고 하자 더 이상 혼인을 거절할 수 없게 된 그녀는 일부러 미친척 함으로써 그들의 계략을 좌절시켰다.

추이어원은 미친 척하는 대목을 너무나 생생하게 잘 표현했다. 그녀는 부모도 몰라보고 외설적이고도 음탕한 말을 내뱉으면서 미친 듯이 웃어 댔다. 그녀에게 이 세상은 완전히 거꾸로 뒤집힌 것이었다. 입궐해서 황제를 알현한 그녀는 더욱 미쳐 버렸다. 북을 두드리는 소리도 점점 빨라진다. 그녀는 거친 말로 황제를 욕하고 비웃었다. 미친 사람만이 내뱉을 수 있는 욕설들이다. 그녀는 황제에게 형을 어떻게 죽였으며 그는 왜 살해당해야만 했냐고 성토했다.

그녀는 가끔은 부드럽고 완곡하기도 하고 가끔은 분노해서 소리를 지르기도 했다. 황제는 대단히 노해서 그녀를 죽여 버리겠다고 협박했다. 그러나 그녀는 여전히 미친 듯이 웃었고 자신이 환상하는 세계 속에 빠져 있었기 때문에 황제는 그녀가 진짜 미쳤다고 믿게 되었다. 결국 황후로 책봉하려던 것을 그만두었다. 추이 소저는 히스테리적인 승리의 웃음으로 평서를 마무리했다.

조고의 딸이 폭군을 욕할 때마다 관중은 박수를 쳤다. 추이 소저는 뛰어난 말솜씨와 감동적인 어조로 관중석의 분위기를 완전히 장악했다. 두러우안도 큰 감동을 받은 듯 공연이 끝나자 큰 소리로 갈채를 보냈다. 공연에 흠뻑 빠져들었던 관중이 너도나도 떠들썩하면서 찬사를 보내고 있을 때 그녀는 리페이를 돌아보았다.

추이어원은 차를 한 모금 마시고 잠시 앉아서 숨을 돌렸다. 무대 아래가 떠들썩할 때 그녀는 아버지와 몇 마디 주고받고 나서 다른 대목을 계속 공연해 나갔다. 그녀는 무대를 완전히 압도했다. 관중은 그녀의 일거수일투족과 다양한 얼굴 표정, 그리고 그녀의 목소리에서 묻어나는 희로애락을 마음껏 즐겼다. 그녀가 익숙하게 다루는 북소리 장단만으로도 관중을 매료시키기에 충분했다.

그러나 리페이는 공연에 집중하지 못했다. 두러우안 역시 공연에 집중하지 못하고 한창 다른 생각을 하고 있는 중이었다. 두러우안은 리페이를 보기 위해 허리를 곧추 세우고 몸을 약간 앞으로 기울였다. 검은 치파오를 입어 더욱 눈꽃같이 돋보이는 얼굴에는 청춘의 숨결이 넘쳤다. 리페이는 용기를 내어 그녀 곁에 가 앉고 싶었다. 그러나 테이블에는 빈자리가 없었고 두주런이 거드름을 피우는 모습도 보기 싫었다. 리페이는 잘난 체하는 사람에게 인사하는 것을 가장 싫어했다.

추이어원이 또 한 대목을 훌륭하게 마치자 우레와 같은 박수가 터져 나왔다. 웨이터들은 장내를 부지런히 드나들면서 귤, 배, 땅콩, 사탕 같은 것들을 팔았다. 실내가 너무 더워서 두러우안은 흰 손수건으로 부채질했다. 공연 중간에 휴식시간이 주어졌고 디성러우는 이 틈에 재빠르게 매출을 올렸다. 두주런은 모든 것이 귀찮다는 듯 담배를 한 개비 꺼내 도금한 파이프에 꽂아 넣고 적당한 각도를 잡았다.

디성러우는 20전짜리 표만 끊으면 누구든지 들어올 수 있는 공공장소였다. 추이어윈이 공연하는 날 저녁에 몰려든 사람들을 관중이라고 부르기보다 오히려 그냥 군중이라고 부르는 편이 더욱 적절할 듯싶기도 했다. 그들 속에는 온갖 별의별 인사들이 많았는데 하릴없이 빈둥거리는 불량배도 많았다. 따라서 장내 분위기가 이 정도면 관객의 언행이 비교적 깨끗하다고 볼 수 있었다. 그것은 판원보의 보호막이 공연장 안팎을 물 샐 틈이 없이 둘러싸고 있기 때문이었다.

허난(河南) 홍창회(紅槍會)* 조직의 삼인자인 판원보는 결코 호락호락한 인물이 아니었다. 홍창회는 하층 사회에 널리 침투되어 있는데 종종 폭력 사건이 발생하는 극장, 찻집, 술집 같은 곳은 이런 조직의 보호가 필요했다.

리페이는 두러우안에게 손짓으로 이쪽 테이블에 아직 빈자리가 있다고 알려 주었다. 그녀는 샹화와 함께 다가왔다. 리페이는 두러우안과 회포를 나누고 란루수이는 샹화와 이야기를 주고받았다. 춘메이는 따라오지 않았다. 그녀는 남들 앞에서 자신의 신분이 소개받기 어려운 것을 잘 알고 있었다.

"두 아가씨, 같이 오신 저 예쁜 분은 누구신지요?"

판원보가 춘메이를 가리키며 물었다.

두러우안은 샹화를 힐끗 쳐다보면서 잠시 머뭇거리다가 대답했다.

---

*청나라 말기 의화단운동이 실패한 후 의화권교(義和拳敎) 참여자들이 중화민국 초기에 다시 일으킨 민간 비밀결사조직. 무기로 쓰는 창에 빨간 술을 달았다고 하여 '홍창회'라고 불렀다. 군벌이나 토비 세력에 대한 항쟁 및 항일전쟁에서 활발히 활동했다.

"작은아버지 댁의 손자를 돌보는 가정부예요."

란루수이는 샹화에게 시안에서 구경한 무슬림 사찰에 대해 이야기하고 있었는데, 그 사찰은 몇 세기 전 원나라 때 지어진 건물이었다. 그는 무슬림이 일천 년 전 당나라 때 중앙아시아로부터 중국에 온 과정을 설명해 주었다. 샹화는 무슬림 사찰에 가 본 적이 없었다. 남편은 그런 곳에 관심이 없었고 혼자서 가기에는 무서웠던 것이다. 그녀는 란루수이의 이야기를 흥미진진하게 들었다.

두러우안의 마음속에는 오직 리페이밖에 없었다.

"시계를 보여 줘요."

두러우안이 손을 내밀었다. 그녀의 손은 희고 부드러웠다.

"잘 가고 있어요, 수리했거든요."

그녀는 즐겁게 웃으면서 말했다.

"그때 시계를 잃어버리기를 참 잘했어요. 그러지 않았더라면 다른 친구들과 학교로 돌아갔을 테고 리페이 씨를 알지도 못했겠죠. 인연인가 봐요."

그녀는 리페이의 눈을 쳐다보면서 낮고 부드러운 목소리로 물었다.

"인연을 믿으세요?"

"아마도 그런 것 같아요. 잘은 모르지만 그래도 인연이 있었으면 좋겠어요. 운명이 다리를 놓아 주고 있지만 우리가 전혀 모르고 있다는 건, 참 재밌잖아요. 운명을 지배하는 신은 유머의 대가이지요. 그는 사람들을 골려 주는 것을 좋아하나 봐요. 사랑 때문에 고통 받고 있는 청춘 남녀를 보면 신나게 웃어 대지요. 웃고 나서야 비로소 실을 연결해 두 사람을 만나게 하거든요. 그런데 정작 두 남녀가 순조롭게 약혼하고 결혼까지 하면 신은 곧 흥미를 잃어버리게 되지요. 어떤 때는 사람들을 우롱하는 대가이기도 해요."

리페이의 눈길은 그녀에게만 머물러 있다.

좀 전에 그녀는 다가오면서 "안녕하세요"라고 간단한 인사만 건넸다. 리페이는 그 점도 참 마음에 들었다. 그녀는 어느덧 얼굴이 빨개져 버렸다. 입심이 좋은 리페이에게 완전히 이끌리고 말았다.

"왜 우주봉을 신청했나요?"

"예전에 한 번 들은 적이 있는데 스토리를 줄곧 잊을 수가 없었어요. 어떤 대목은 아무리 들어도 별로지만 이 이야기는 한 번 듣고 나서 엄청 감동을 받았거든요."

"그 이유를 말씀드릴까요. 이 극에는 착한 황태자와 제위를 찬탈한 잔인한 왕자가 등장하잖아요. 조고의 딸은 바로 그 착한 황태자를 사랑하게 되어서 그렇게 미쳐 버린 거지요."

"아, 저도 그렇게 생각했었어요! 물론 그런 얘기를 한 사람은 없었고요. 그러면 주인공은 진짜로 미친 거네요. 서로 똑같은 생각을 하고 있었다니 정말 기쁘네요."

"우리 둘 다 맞췄어요."

두 사람은 크게 웃었다. 두러우안은 즐겁게 다른 사람들을 바라보았다. 리페이는 어린애처럼 어리광을 피워 댔다.

"또 만날 수 있을까요?"

그가 물었다.

"네?"

"감히 댁으로 전화를 해도 될까요?"

"전화를 걸어 탕어멈을 찾는다고 하시면 돼요."

"언제 저녁 식사를 같이할 수 있을까요?"

"나올 수는 있는데 저녁 식사는 어려울 것 같아요. 작은아버지가 찾으실 테니까요. 그렇다고 사실을 말씀드리기도 싫고요."

다른 테이블에 앉아 있던 두주런은 그예 참지 못하고 일어섰다. 음식 값은 그가 냈다. 은화 한 개를 테이블 위에 던지더니 여인네들더러 따라오라고 눈짓했다. 샹화는 아직 돌아가고 싶지 않아서 일부러 못 본 척했다. 두주런은 곧장 그녀에게 다가가서 어깨를 툭툭 건드리며 말했다.

"이제 그만 돌아가지 그래!"

화가 난 샹화는 계속 무시했다.

갑자기 입구에서 소란스러운 소리가 들려왔다. 한 병사가 고량주에 잔뜩 취해서 소동을 벌이고 있었다. 늦게 와서 추이어윈의 공연을 놓쳐 버린 만취 병사는 사람들을 비집고 앞으로 들어가면서 소리를 질렀다.

"어윈, 어윈, 나와! 니 애비가 부르잖아!"

관중도 덩달아 손뼉을 치며 큰 소리를 질러 댔다.

"야, 어윈, 나와라!"

디성러우의 주인이 나섰다.

"이미 두 번이나 공연해서 많이 지쳤습니다."

"뭐야, 지 애비도 몰라? 나오나 안 나오나 한 번 볼까."

만취한 병사는 허리춤에서 리볼버 권총을 꺼내더니 곧장 무대 위를 향해 쐈다. 관중은 경악해서 마구 비명을 질렀다.

현장을 쭉 지켜보고 있던 판원보가 일어나 홀에 있던 몇몇 사람들에게 눈짓했다. 그는 고개를 들면서 한마디 내뱉었다.

"치워 버려!"

병사는 목을 한껏 빼어들고 눈을 부릅뜬 채 무대 위를 노려보고 있었다. 뭔가 딱딱한 물건이 바로 뒤에서 그의 머리를 내려쳤다. 졸지에 두 다리에 힘이 풀린 병사는 그대로 땅바닥에 쓰러졌다. 조직원들이 그의 총을 압수하고 밖으로 끌어냈다. 바짝 긴장을 하고 있던 관중은 그제야 한숨을 내쉬면서 흩어지기 시작했다.

두주런은 이미 밖을 향해 걸어 나가고 있었고 여인들도 그 뒤를 따랐다. 춘메이는 리페이의 두 친구를 흘끗 쳐다보고 지나갔다. 그들은 일어나 웃으면서 작별 인사를 했다. 두러우안이 곁을 지나갈 때 리페이가 물었다.

"두렵지 않아요?"

"괜찮아요, 쫓아내서 다행이에요."

그녀가 말했다.

그녀는 리페이를 애틋하게 바라보고 떠나갔다.

5

두씨 집안사람들이 떠날 때 공연장 밖에는 사람들로 가득했다. 두주련은 이래저래 여러 가지가 몹시 불편했다. 그는 외국으로 나가 본 적이 있고 평서보다 훨씬 더 재미있는 오락 공연을 본 적도 많았다. 오늘은 순전히 부인 때문에 같이 왔을 따름이었다. 공연장에는 통풍 설비가 없고 공기도 안 좋았으며 등갓을 씌우지 않은 조명등 때문에 너무 눈이 부셨다. 그는 밖으로 나와 신선한 공기를 몇 번 들이마시고 나서야 조금 편해졌다.

2월 저녁의 공기는 차가웠다. 두주련은 차를 문 앞까지 운전해 와서 여인들을 오르게 했다. 거지 몇 명이 그들을 둘러싸고 손을 내밀며 돈을 구걸했다. 그는 화가 치밀었다. 남의 돈을 구걸하는 거지들을 도저히 용인할 수가 없었다.

"주지 말고 얼른 타. 여기서 어서 빠져 나가자."

상화는 돈지갑을 집어넣고 앞좌석에 탔지만 많이 실망스러운 모양이었다. 두러우안과 춘메이는 뒷좌석에 앉았다. 두주련은 차문을 쾅 닫고 건너가서 운전석에 앉았다. 빙 둘러선 사람들은 여전히 눈을 휘둥그렇게 뜨고 입을 벌린 채 번쩍번쩍 빛나는 대형 뷰익 자동차를 구경하고 있었다.

두주런은 전조등을 켜고 클랙슨을 울렸다. 빵빵 하는 소리가 아니라 '솔, 도, 레, 미' 네 개 음표의 멜로디를 연주했다. 엔진이 잠깐 쿨럭하더니 부르릉부르릉 시동 걸리는 소리가 들렸다. 차가 또 말썽을 부릴 모양이었다. 그는 무작정 가속 페달을 세게 밟았다. 차가 구경하던 사람들에게로 돌진하는 듯하자 어린 거지 몇 명은 겁이 나서 얼른 도망갔다.

"어머나, 세상에!"

샹화는 하마터면 소리를 지를 뻔했다.

"이 지옥 같은 곳에 정말 오지 말았어야 했어."

"자칫하면 사람을 치어 죽일 수도 있었어요."

"한 번도 사고를 낸 적이 없는걸."

두주런은 얼굴에 노기를 띠었다. 그는 이렇게 겁이 많은 여자와 다퉈봤자 도움이 되지 않는다고 판단했다. 전조등은 거리를 더듬으면서 쭉 뻗은 골목을 환하게 밝혔다. 마침내 큰길로 나왔다. 가게는 거의 다 문을 닫았다. 어둠 속에서 아무도 말을 하지 않아서 엔진 소리만 들렸다.

두주런은 잠깐 차를 세우고 담배를 한 개비 꺼내 물었다. 샹화는 한마디 말도 없이 머리를 갸우뚱하고 그를 쳐다보았다.

"뭐가 재밌는지 도통 모르겠네. 노래하는 것도 아니고 연극하는 것도 아니잖아. 스토리는 또 원체 지루하기만 하니 말이야."

그가 말했다.

"당신 빼고는 다 좋아해요."

샹화가 말했다.

"저는 정말 재미있었는걸요. 그 아가씨가 들려주는 이야기라면 백 번 들어도 싫증이 안 날 정도였어요."

두러우안이 말했다.

두주런에게는 자신이 돌아와서 생활하고 있는 이 도시를 사랑한다는 것 자체가 줄곧 큰 도전이었다. 미국에 유학 가서 기업 경영을 전공했다. 그는 산만하고 비효율적인 것들을 싫어했다.

그는 또한 자신이 시안이 현대 사회에 진입할 수 있도록 모든 힘을 다 쓰고 있다고 생각했다. 넓은 시안에서 오직 그의 사무실에만 올리브색 캐비닛과 서류철, 그리고 회전의자가 갖추어져 있었다. 그러나 골칫거리도 이만저만이 아니었다. 그는 멍청한 직원들을 훈련시켜서 서류 기록 카드를 작성하게 해야 했다. 카드를 체계적으로 만들기 시작한 후에 그는 중국 문자에는 자료를 분류해 정리할 수 있는 인덱스 시스템이 없다는 것을 발견했다.

그는 『강희자전(康熙字典)』에 저주를 퍼부었다. 왜냐하면 그는 그 사전에서 위(爲)와 포(包) 두 글자를 찾을 수 없었기 때문이다. 위는 원숭이의 상형문자였다. 그러니 이 글자의 어원을 알 까닭이 없었다. 또한 긍(肯)은 보기에는 월(月)변 같았지만 육(肉)변에서 글자를 찾을 수 있었다. 이 글자의 본뜻은 뼈에 붙은 살이라는 뜻이다. 그는 중국 문자가 폐지되어야 마땅하다고 생각했다. 직원들은 서류 기록을 엉망으로 만들었고 마침내 도루묵이 되어 옛날 방식대로 다시 기록하기 시작했다.

두주런은 뉴욕 대학에서 회계, 매스커뮤니케이션, 마케팅 등을 배울 때를 생각하면 너무 어처구니가 없어 원망을 늘어놓기도 했다. 철도를 부설하지 않았기 때문에 산차이 호수의 절인 생선은 여전히 짐바리나 마차 또는 거룻배로 운반해서 팔아야 했다. 그의 피에는 두씨 가문의 유전자인 신비한 천성이 흐르고 있었다. 만약 자신이 시안에 적응할 수 없고 도무지 어울리지 않는다고 생각하면 시안이 자신에게 적응하도록 만들어야 했다. 그래서 그는 길을 닦기 위해 우선 시멘트 공장을 세웠다.

요즘 두주런은 체중이 많이 불었다. 마치 무한한 정력을 일에 쏟아부을 수 있을 것만 같았다. 그는 원래 대고를 듣고 싶지 않았다. 사실 새삼스럽게 꼭 실망스러운 것도 아니었다. 그가 원래 생각했던 것과 마찬가지인 까닭이다. 원시적이고 꾸밈이 없어 별 볼일 없는 수준 낮은 공연이라고 해도 무방할 정도였다.

그는 한숨을 내쉬면서 말했다.

"당신들은 뉴욕 루시 극장에 가서 공연을 봤어야 해. 조명이며 세트며 춤이며, 정말 대단하거든. 일 분도 기다릴 필요가 없어. 일 초까지 다 계산이 돼 있거든."

미국 이야기만 꺼내면 그는 엄청 신이 났다. 그럴 때야만 그는 비로소 성의와 자신감을 보여 준다.

차에 탄 여인네 중 아무도 대꾸를 하지 않자 그는 입을 다물었다. '참말로 쇠귀에 경 읽기네!' 그는 갑자기 외로워졌다.

샹화가 그의 말에 반응하지 않는 것은 좀 전에 많이 실망했기 때문이고 이미 여러 차례 들은 이야기이기 때문이었다. 그녀는 미국에 가

본 적이 없어 대화를 할 수가 없었다. 그냥 잠자코 듣고 있을 수밖에 없는 터였다. 매번 그가 시안의 어떤 일을 역겨워 할 때 그녀도 마음속으로 구토할 준비를 하고 있어야 했다. 두러우안은 가끔 미국 사정에 대해 묻기도 했지만 지금은 마음이 콩밭에 가 있었다. 지금 그녀는 온통 리페이 생각뿐이었다. 리페이가 말했던 인연, 특히 운명이 사람을 골려 주는 대가라고 했던 말이 마음에 와 닿았다.

차는 여러 굽이를 돌아서 드디어 집 앞에 도착했다. 두주런은 두러우안과 춘메이를 내려주고 그대로 운전해서 집으로 돌아갔다. 춘메이와 두러우안은 차에서 내려 문간방에 들렀다가 문제가 없는 것을 보고 문지기 왕아범과 인사를 나눴다.

문지기 왕아범은 쉰에 가까운 나이로 두씨 집안에서 이미 30년 동안이나 일하고 있었다. 그는 하늘빛을 보더니 말했다.

"메이 아씨, 일찍 들어오셨네요."

"네, 이제 대문을 잠가도 돼요. 서쪽 정원의 쪽문도 잊지 말고 잠그세요!"

"알겠습니다, 아씨."

왕아범은 춘메이가 열일곱 살 되던 해에 두씨 집안에 계집종으로 들어와서 지금의 위치에 올라 한몫을 감당할 정도로 능력을 보여 주는 과정을 쭉 지켜보아 왔다. 그녀는 작은 일에서 자주 그를 도와주었는데, 사소한 잘못 같은 것을 덮어 주는 그녀에게 고마워하며 그녀 밑에서 일하려고 했다. 예를 들면 전날 저녁 그는 쪽문 잠그는 것을 깜빡했는데 춘메이가 발견하고 직접 그를 찾아와서 살짝 일러 주었다. 물론 주인 영감에게는 보고하지도 않았다.

춘메이와 두러우안은 첫 번째 정원으로 들어섰다. 탕어멈이 혼자 우두커니 앉아서 두러우안을 기다리고 있었다. 춘메이는 그들에게 밤 인사를 하고 영감과 마님이 살고 있는 두 번째 정원으로 들어갔다.

춘메이는 우선 방에 들어가서 두 아들을 살펴보았다. 아홉 살 주언(祖恩)과 일곱 살배기 주츠(祖賜)가 쌔근쌔근 달게 자고 있었다. 그녀는 장신구를 떼어내고 이브닝드레스를 벗은 다음 솜두루마기로 갈아입었다. 그리고 부엌에 들어가 하인들이 그녀가 지시한 대로 10시에 영감에게 탕약을 갖다 주었는지 살폈다.

두판린은 부인 방에서 이야기를 나누고 있는 중이었다. 춘메이가 들어와서 침대로 다가가며 물었다.

"할머니, 필요한 거 없으세요? 차라도 한 잔 드릴까요?"

"그만 됐어. 돌아왔으니 이제 영감 모시고 가. 자야겠어."

차이윈(彩雲)이 말했다.

춘메이가 예의법도에 조금도 어긋남이 없이 행동하기에 차이윈은 도무지 방법이 없었다. 춘메이는 젊고 활력이 넘쳤다. 그녀는 아침부터 저녁까지 한시도 쉬지 않고 바쁘게 보냈다. 집안의 크고 작은 모든 일을 직접 도맡아서 처리하는 그녀는 이미 이 집안에서 명령을 내리는 핵심 인물이 되어 있었다.

학교를 다니지는 못했지만 그녀는 언제 임대료를 거둬들이고 언제 돈을 지불하고 계산해야 하는지 잘 알고 있었다. 그녀는 여러 면에서 집안일을 도맡아 꾸려 나가는 맏며느리와도 같았다. 다른 점이라면 단지

주인 영감과 잠자리를 같이하는 것뿐이었다. 그녀는 어떻게 해야 영감을 잘 모시고 마님을 회유하며 젊은 층들의 환심도 살 수 있는지 속속들이 알고 있기에 하인들은 모두 그녀를 두려워하고 있었다. 무엇이든 그녀의 눈을 속일 수 없기 때문이었다.

그녀는 비교적 공정하게 일을 처리하고 격식을 차리지 않기 때문에 하인들은 그녀를 존경하기도 했다. 그녀는 직접 일을 하는 것을 좋아하고 하인들을 잘 꾸짖지 않기 때문에 하인들은 각자 맡은 일을 착실하게 하고 있었다. 반대로 두 부인은 하인들을 더욱 엄격하게 관리함으로써 자신의 권세를 지켜 나가야 한다고 생각했다. 그러자 하인들은 주인 마님보다 춘메이를 오히려 더 좋아하게 되었다. 춘메이의 지위가 애매하기는 했지만 그녀의 잘못은 아니었다. 그녀도 이 점이 마음에 들지는 않았지만 무난하게 잘 대처해 나갔다.

춘메이가 두각을 드러내게 된 것은 그녀의 타고난 조건들 때문이기도 했지만 교활하고 노련한 두판린 덕분이기도 했다. 두판린 전 시장이 첩을 두지 않았다는 거짓 소문이 아직도 시안에서는 공개적으로 떠돌고 있었다. 춘메이가 두씨 집안에 들어올 때는 고작 열일곱 살, 그야말로 꽃 같은 나이였다. 그녀는 사람들의 시선을 끄는 뛰어난 몸매를 지녔을 뿐만 아니라 다른 계집들보다 총명했다. 열여덟 살이 되자 더욱 곱게 변했다. 두판린은 아무리 공중도덕을 부르짖고 다니더라도 총명하고 아름다운 그녀에게 홀랑 빠져들지 않을 수가 없었다. 그는 선물 공세를 퍼붓기 시작했고 시중을 들게 했으며 자신을 존경하는 사람들의 뭇 시선을 피해 그녀에게 사랑을 구걸했다.

군주제 시대에는 계집종이 주인을 위해 아이를 낳아 주면 자연스럽게 첩실로 맞아들였다. 그러나 현대적이며 진보적인 시장으로 자부했던 두판린은 축첩제도에 대해 규탄한 적까지 있어서 공개적으로 첩을 들일 수 없었다. 그러나 자신의 핏줄을 이어받은 혈육도 인정하고 싶었다. 그는 속으로 첩을 두는 것을 공개적으로 반대하지 않았더라면 얼마나 좋았을까 하는 후회마저 들었다.

두판린은 주언이 태어나자 서둘러 춘메이를 정원사에게 시집보내고 죽은 맏아들의 후사를 잇는다는 명분으로 아이를 입양하는 방식을 취했다. 아이의 항렬이 한 단계 낮아지기 마련이지만 맏아들의 제사 문제도 고려해야 했다. 그는 아이더러 자신을 할아버지라고 부르게 했다. 그는 늘 할아버지로서의 지위와 존엄도 갖고 싶었다. 그의 나이는 마흔여덟 살이었다. 장남인 주정(祖正)이 아직 살아 있고 또 결혼했다면 그는 할아버지가 되고도 남았을 것이다.

그는 춘메이를 자기 침실 바로 옆에 딸린 뒤채에 살도록 하고 아이들을 돌보는 가정부로 만들었다. 정원사는 전혀 내키지 않았지만 방법이 없었다. 이렇게 해서 두판린은 스캔들을 피하고 친아들을 상속자로 만들었으며, 또한 자신의 지위도 한 단계 격상하게 되었다.

2년 뒤 주츠가 태어나자 더 이상 숨길 수 없었다. 그래서 그는 정원사에게 은화 300냥을 주고 따로 가정을 이루게 했다. 그러나 정원사는 그의 시혜를 거절하고 문을 박차고 나가 버렸다.

"흥, 주제 파악도 못하는 놈. 제깟 녀석이 어디 가서 무슨 재주로 삼백 냥을 벌어?"

그런데 신기한 일은 아이들이 할아버지라고 부를 때마다 두판린은 자신이 진짜로 아이들의 할아버지라고 믿고 싶어지는 것이었다. 모든 것이 그야말로 뒤죽박죽 엉망이 되었다. 춘메이가 낳은 두 아들은 이복형인 주런을 삼촌, 누나인 러우안을 고모라고 불러야 했다. 하지만 두판린은 대수롭게 여기지 않고 오히려 재미로 삼았다. 고모, 삼촌, 할아버지라고 부르는 소리는 이대가 사는 집안을 마치 삼대가 사는 것처럼 만들어 버렸다.

한 번은 두러우안의 아버지가 딸에게 이렇게 말했다.

"네 작은아버지는 카드 게임을 하더라도 스스로 규칙을 정했단다."

그는 두항 대부의 명의를 빌려 자식들에게 이름을 지어 주었는데 이것도 그의 천부적인 자질에 속했다. 아들 넷의 이름 돌림자는 모두 조상을 뜻하는 '주(祖)'자로 주정, 주런, 주언, 주츠 등이다. 이때 조상은 두항 대부를 가리켰다.

두중은 주언과 주츠를 보고 딸에게 이렇게 말했다.

"둘 다 조상이 아니라 네 작은아버지의 은혜이고 그가 베푼 것이지. 모두 자기가 심고 낳고 누리는 거니까."

춘메이는 계집종이었고 호칭이야 어떻든지 결국 여자였다. 옛날 법대로 하면 그녀는 첩실로 들어앉았을 것이었다. 또한 치마를 입을 수 없으며 낡은 긴 바지를 입어야 했다. 그런데 문제는 20세기 20년대의 신여성은 짧은 상의와 긴 치마를 포기하고 치파오를 입게 된 것이었다. 첩실이 치파오를 입을 수 없다고 규정한 전통은 없었다.

하루는 춘메이가 장난삼아 치파오를 만들어 입고 싶다고 말했다. 당시에는 치파오가 한창 유행하고 있었고 치파오를 입으면 제법 우아하게 보였던 것이다. 두판린은 좋은 일이라고 하면서 크게 찬성했다. 두 부인은 그때 여전히 짧은 상의와 긴 치마로 몸을 가리고 있었다. 얼핏 보기에는 패션이 조금 바뀐 것에 불과했지만 사실은 계급장에 줄을 하나 추가한 것과 같았다. 삽시에 두 부인의 지위가 크게 흔들렸다. 춘메이는 한결 아름다워졌을 뿐만 아니라 더욱 모던해졌다. 반은 첩이고 반은 하녀인 그녀와 정실인 두 부인 사이의 경계선이 어느새 모호해지게 되었다. 두 부인의 권세는 추락하고 춘메이의 권세는 뚜렷하게 상승했다.

주언과 주츠가 어릴 때인 처음 몇 년간 춘메이는 항상 식탁 옆에 서서 주인 영감과 마님의 식사 시중을 들었다.

하루는 춘메이가 두 부인을 위해 옷을 재단하고 있었다. 두 부인은 남편이 춘메이 방에서 자는 횟수가 자기 방에 들어오는 횟수보다 많아지자 마침내 화가 치밀어 있던 참이었다. 그래서 꼬투리를 잡아 불평을 잔뜩 늘어놓았다. 춘메이가 그날 아침에 한 모든 일이 마음에 들지 않았던 것이다. 수건을 교체하지 않았고 찻주전자를 내려놓을 때도 테이블 위로 물을 가득 흘렸다. 춘메이는 할 수 없이 찻주전자를 바꿔 왔다. 그러나 두 부인은 이번에는 주전자의 물이 뜨겁지 않고 미지근한 것을 발견했다.

"새끼무당 같은 년! 미친년! 불여우 같은 년! 하기 싫으면 관둬라. 본분도 잊어버리고……. 애당초 내가 너를 거두지 않았더라면 네 년은 지금 어디로 팔려갔는지도 몰라! 천한 것 같으니라고! 여우같이 사내만 홀리고 다니는 음탕한 것……."

두 부인은 엄청 퍼부어 댔다. '무지개 구름'을 뜻하는 차이윈이란 이름이 무색할 지경이었다. 다른 욕설들은 차마 일일이 옮겨 적을 수가 없었다.

춘메이는 모든 모욕을 참아 내며 잘못을 빌기만 했다. 두 부인이 눈을 부릅뜨고 노려보자 그녀는 저도 모르게 가위를 들고 있던 손을 덜덜 떨었다. 두 부인이 끝내 분통을 터뜨렸다.

"이 백치 년아. 멍청한 년. 전생에 원수 같은 년!"

두 부인은 갑자기 춘메이가 들고 있던 가위를 빼앗아 그녀의 팔을 사정없이 찔러 댔다. 그날 저녁 춘메이는 침대에 엎드려 대성통곡했다. 더 이상 견딜 수 없었다. 그녀는 두 아이를 데리고 나가 살게 해 달라고 두 판린에게 애원했다.

이튿날 점심 식사 때 춘메이는 여전히 두 아들의 뒤편에 서 있었다. 팔에 붕대를 감고 있었지만 여전히 하녀로 여러 사람들의 식사 시중을 들고 있었다.

"춘메이, 이리 와 앉아."

영감이 불쑥 말했다.

춘메이는 깜짝 놀라 눈이 다 휘둥그레졌다.

"춘메이, 내 명령이야. 너는 내 손자들의 어머니다. 그러니 오늘부터 주언이랑 주츠랑 같이 앉아."

춘메이는 부들부들 떨면서 자리에 앉았다. 차이윈의 눈에서는 불꽃이 튕겼다. 그녀는 남편이 간접적으로 자신의 행위에 대해 꾸짖고 있음을 알고 있었다.

처첩 사이에 또 하나의 경계선이 무너진 것이다. 영감의 눈에는 춘메이가 주언의 어머니였지만 두 부인의 눈에는 아직도 종년일 뿐이었다. 두주런과 두러우안은 메이 누나(언니)라고 불렀다. 두 아이의 마음에도 춘메이가 어머니였다. 그때 두 부인은 만약 영감이 죽으면 상하이 변호사협회나 일류 대학의 로스쿨에 가야지만 춘메이가 법적으로 두씨 집안사람이 아니라는 것을 재판할 수 있을 것이라 생각했다. 춘메이는 결혼 과정도 거치지 않았고 두씨 성도 아니기 때문이었다.

하지만 이 모든 것은 벌써 몇 년 전에 발생한 일들이었다. 지금은 누구도 전혀 이상하게 생각하지 않고 현실을 그대로 받아들였다. 춘메이 마음속의 상처는 점차 아물었으며 몇 년이 지나자 팔뚝에 있던 흉터도 거의 사라졌다. 춘메이는 날이 갈수록 주인 영감의 총애를 한 몸에 받게 되었는데, 마치 조수가 서서히 밀려들고 숲이 짙어지는 것처럼 미세하여 감지하기 어려웠다. 봄이 되면 숲은 더욱 들판에 그림자를 드리운다.

샹화가 두씨 가문에 시집온 후부터 춘메이는 연지와 분을 찍고 크림도 바르기 시작했다. 또한 모던한 여성처럼 머리를 짧게 자르고 파마도 했다. 두판린은 이러한 행동에 대단히 만족스러워 했다. 그는 공식적으로 첩을 둘 수 없었기 때문에 일종의 반항에서 승리한 희열과 보복하는 쾌감마저 느꼈다.

두 부인은 이 모든 과정을 지켜보았다. 앙갚음을 하기 위해 그녀는 일부러 젊고 예쁜 계집종을 고용했으나 새로 들인 계집종은 오래가지 못했다. 춘메이가 모든 것을 눈치 채고 얼른 내쫓았기 때문이었다.

두씨 집안에 처음 왔을 때 샹화는 이런 상황이 눈에 심히 거슬렸다. 그녀는 대학 교육을 받은 신여성이었다. 상하이의 명문가 출신으로 그녀 집안의 하인들은 모두 분수를 잘 알고 있었다. 그런데 느닷없이 하녀 출신과 동석하여 식사를 하게 되자 그녀는 대단한 모욕감을 느꼈다. 샹화는 말을 아주 직설적으로 했는데, 이런 그녀를 무마해서 자기 사람으로 만든 것이야말로 춘메이의 탁월한 능력이었다.

그녀는 아이들을 따라 샹화를 '둘째 숙모'라고 불렀다. 그녀는 한결같이 겸손하게 샹화를 받들어 모셨다. 그녀는 워낙 눈치가 빨라서 샹화가 밥그릇을 비우기 바쁘게 얼른 일어나 밥을 더 가져다주었다. 샹화가 시안에 처음 왔을 때 춘메이는 그녀를 데리고 쇼핑을 하기도 하고 가장 좋은 백화점을 소개해 주기도 했다. 그리고 항상 살갑게 둘째 숙모라고 부르면서 미소를 지었으며 크고 작은 물건들을 샹화 대신 들어 줬다.

그날 저녁 식사를 할 때 춘메이는 부자간의 대화를 듣고 또 두러우안이 화를 내는 것을 보고 산차이 골짜기에서 무슨 심각한 사건이 발생해서 가족의 평화를 깨뜨렸다고 생각했다. 그녀는 산차이에 대해 아는 것이 전혀 없었기 때문에 조용히 듣고만 있었다. 두판린도 그녀와 의논하지 않았다. 이튿날 그녀는 두러우안을 찾아와 이 일에 대해 물었다.

"산차이 수문과 관련해 큰아버님이 보내신 편지를 영감이 받았잖아요. 그런데 도대체 무엇 때문에 두 분이 이렇게 편지를 서로 주고받으시는 거지요?"

두러우안은 춘메이에게 설명을 해 주었다. 그리고 아버지가 자신더러 봄방학에 산차이를 한번 다녀가라고 했다는 말도 전했다.

"아버지를 거의 일 년 동안 뵙지 못했어요. 그런데 편지에서 그 일을 언급하신 적이 있어요. 알고 있겠지만 주런 오빠가 미국에서 돌아온 후 수문을 설치했어요. 무슬림이 골짜기 서북쪽에 살고 있는데 호수 물로 농사를 지어요. 그런데 수문을 설치하니 강의 수위가 낮아져서 당연히 무슬림이 농사 지을 물이 부족하게 됐죠. 그것 때문에 흉년이 드니 무슬림의 불만과 원성이 이만저만이 아니라고 아버지가 말씀하셨거든요."

"무슨 뜻인지 알겠어요. 그런데 둘째 숙부가 수문을 설치한 건 물고기가 강으로 흘러 들어갈까 봐 그런 거 아닌가요? 기억하죠? 둘째 숙부가 아직 이 집에 살고 있을 때 흥분해서 얘기한 적이 있잖아요. 그는 대단한 계획을 세웠다고 했었지요!"

춘메이가 말했다.

"수문을 설치하지 않았을 때도 물고기는 많았어요. 굳이 무슬림의 수원을 차단할 필요까지는 없었죠. 내가 보기에는 너무 인색하고 악랄하고 이기적이에요. 아버지는 편지에서 수문 때문에 심각한 분쟁이 일어날 수 있다고 했어요."

춘메이는 상황을 파악하려고 노력했다.

"내가 보기에도 이웃의 수원을 차단하는 것은 우리 집안 가풍과 어울리지 않는 것 같네요."

"작은아버지가 뭐래요?"

"큰아버님이 미쳤대요. 또 걱정하지 않아도 자신이 어떻게 해야 하는

지는 스스로 잘 알고 있대요."

"아버지한테서 신장사변에 대해 들은 적이 있어요. 아버지가 걱정하시는 것은 그럴 만한 이유가 있어서 그래요. 그쪽 상황은 상상이 안 되죠? 호수 북쪽 지역은 전부 무슬림 구역이에요. 유혈 사태가 이미 발생했고요."

두러우안은 아버지한테서 들은 대로 예전에 할아버지가 산차이 폭동과 반란을 막아 내게 된 과정을 춘메이에게 말해 주었다. 그곳은 항상 일처리가 껄끄럽고 일촉즉발의 상황에 처해 있었다. 그렇게 때문에 자주 민족 간에 분쟁과 학살이 일어나기도 했다. 하지만 그녀는 쭤쭝탕(左宗業)이 산차이 땅을 북쪽 지역 주민들에게 나눠 준 것 같은 좋은 이야기도 많이 들었다.

두러우안의 증조할아버지는 1864년에서 1878년 사이 쭤쭝탕을 따라 무슬림 반란을 진압한 부장이었다. 두항 대부는 그에게서 관직과 산차이의 땅을 물려받았다. 그때 간쑤의 무슬림은 서북 지역의 두 성을 침범했고 심지어 시안까지 공격해 들어왔다. 신장 전체에서 반란이 일어났으며, 돌궐 명장 야쿱 벡이 그 반란을 이끌고 있었다.

쭤쭝탕은 위대한 군사 전문가였을 뿐만 아니라 훌륭한 정치가이기도 했다. 그는 처음으로 한족을 성공적으로 신장에 이주시킨 사람이었다. 군대가 서쪽 하미 사막 지역으로 진격하고 있을 때 그는 명령을 내려 병사들에게 나무를 심게 했다. 그뿐만 아니라 사막 가장자리에 밭을 많이 개간해서 안전 기지와 식량 생산 기지로 삼았다. 한편 양잠업을 전파하기 위해 병사들의 가족에게 누에알을 담은 주머니를 조심스럽게 나르도록 했다. 누에알 중 일부는 그들이 신장에 도착하기도 전에 부화했다고 한다. 또한 병사들은 버드나무 묘목과 활, 유포 우산을 챙겼다. 지금도 신장 경내에서 하미로 통하는 도로변에 있는 수양버들을 좌공류(左公柳)라고 부른다. 그것은 위대한 업적이었다. 무슬림 반란을 평정한 후 두러우안의 증조할아버지는 간쑤 남부 대부라는 영광스러운 직함을 얻었고 산차이의 호수는 그의 사유재산으로 하사되었다. 그가 세상을 떠나자 아들 두항이 관직과 지위 그리고 호수를 물려받았다.

쭤쭝탕은 탁월한 행정가였으나 토착 원주민에게는 가차 없었다. 그는 천년 동안 주기적으로 지속된 서북 변경의 돌궐, 쿠처, 준가르, 타타르 등 열두 종족의 대학살과 종교 폭동을 해결하는 유일한 방법을 한족 동화정책이라고 생각했는데, 그들에게 강제로 재래 신앙을 바꾸고 한족의 생활방식을 받아들이도록 강요했다. 무슬림 승려들을 죽이고 사찰을 파괴했다. 무력으로 반란이 진압된 후 많은 부족들이 멸망했으며 무슬림들도 정복되고 말았다. 그러나 그들은 마음속으로는 모두 깊은 원한을 품고 있었는데 쭤쭝탕이 세상을 떠나자 다시 반란을 일으킨 것이었다.

산차이는 서부 지역의 다른 곳과 마찬가지였다. 남부의 민산(岷山) 일대에는 티베트인이 드문드문 살고 있었는데, 그들은 성과 라마교 사찰을 지었다. 북부 타오허(洮河) 상류의 비옥한 골짜기에는 돌궐 부족이 살고 있었는데 그들은 무역과 농업을 하기 위해 북쪽으로 올라갔다. 두항 휘하에 있던 한족 군인들은 본래 걸핏하면 정복자의 자세로 무슬림들을 다뤘다. 그러나 그는 원주민을 착취하거나 무슬림을 학살했다는 소문이 귀에 들리면 부하를 엄벌에 처했다. 어업 문제에서도 무슬림이 생계 때문에 호수에서 낚시질을 하려고 하면 두항은 자유롭게 하도록 허락했다. 호수 전체가 사유재산이었음에도 말이다. 그는 대단한 일은 하지 않았으나 사람들을 공평하게 대함으로써 마침내 무슬림의 호감을 얻게 되었다.

1895년 시닝(西寧)에서 무슬림 반란이 일어났다. 무슬림은 쭤쭝탕 부하들의 가혹 행위에 대한 보복으로 한족을 무차별 학살했다. 이러한 무슬림의 잔혹성은 사태를 걷잡을 수 없는 상황으로 몰아갔다. 한족과 무슬림을 합쳐 무고한 희생자가 20만 명 이상에 달했다. 반란의 불길은 곧 간쑤 남부 지역에까지 미치게 되었다.

두항은 무슬림 이맘을 공관으로 초청해 사태의 국면을 설명하고 차분한 표정으로 그를 주시했다. 그러자 이맘은 미소를 보냈다. 두항은 그의 등을 가볍게 두드리는 것으로 우정을 표현했다. 두 사람은 더 이상 아무 말도 하지 않았으나 산차이는 공포의 대학살을 모면했다. 그러나 다른 지역은 어김없이 모두 재난을 당하고 말았다.

춘메이는 깊은 감동을 받았다.

"둘째 숙부가 왜 그렇게 예민하고 긴장하면서 적극적으로 나서는지 모르겠어요. 눈빛은 냉혹하기만 하고 얼굴 근육마저 항상 신경을 곤두세우고 있어요."

"나랑 생각이 똑같네요. 오빠는 자신이 하는 일에 대해 매우 만족하고 있는 것 같아요. 긴장하면서 적극적으로 일하는 것은 미국에서 배운 모양이에요. 밥 먹는 것도 얼마나 빠른지 마치 일을 하는 것 같아요.

물론 작은아버지는 오빠가 도와서 절인 생선 사업을 확장해 주는 것을 매우 반가워하고 있지만요."

두주런과 샹화는 도시 동쪽에 있는 주택에 살고 있었다. 두항의 손자로서 부모와 함께 옛집에 살지 않는 것은 아버지의 입장에서는 불효막심한 행위로 보였다. 그러나 그들에게는 그곳에 살아야 할 이유가 있었다. 그들이 사는 집에는 이웃집과 붙어 있는 작은 정원이 딸려 있었는데, 이 정원은 신식으로 흰 벽과 녹색의 블라인드로 둘러져 있었다. 그러나 가장 그럴듯한 이유는 방에 도자기 욕조가 있기 때문이었다.

두주런은 화이트 타일이 벽 중간에까지 붙어 있는 욕실에 샤워 꼭지를 설치하고 다시 미국에 돌아간 것 같은 환상에 사로잡혔다. 두주런은 항상 몸을 빡빡 세게 문질렀는데, 실오라기 하나 걸치지 않은 그의 알몸은 보기에도 흉했다. 또한 그가 욕실 바닥을 물바다로 만들어 놓아서 샹화는 깜짝깜짝 놀라곤 했다. 샹화는 남자들이 욕조가 있는데도 왜 조용하게 앉아서 샤워를 하지 못하는 이해할 수가 없었다.

그날 저녁 찻집에서 돌아온 후 샹화는 자기 방에 들어가 옷부터 갈아입었다. 조금 전에 즐겁게 논 것 같기도 하고 분위기를 망친 것 같기도 했다. 마치 목이 말라서 물을 마시고 있을 때 누군가에게 찻잔을 빼앗긴 기분이었다. 물을 마시긴 했지만 제대로 속 시원하게 다 마시지 못해서 아쉬움만 남은 느낌이었다.

두주런은 돈을 아주 잘 벌었다. 귀국한 후 그는 아버지의 사업을 이어받아 자신의 안목과 소위 진취적인 전략으로 사업을 확장해 나갔다.

그는 새로운 세상이 도래하여 중국에는 더욱 많은 도로와 새로운 건축물이 생길 것이라고 예견하고 있었다. 그렇다면 바로 시멘트가 가장 필요할 게 아닌가. 그의 사업은 매우 순조롭게 발전했고 그는 짧은 시간에 시안의 걸출한 청년 인재 중 한 명이 되었다.

두주런 부부는 각방을 쓰고 있었다. 두주런은 냉장고를 열고 수입산 화이트호스 위스키를 찾았다. 아내는 술을 마시지 않는다. 그녀의 춤사위는 환상적이지만 춤을 같이 춘 지는 오래됐다. 시안에는 변변한 댄스홀도 하나 없고, 춤을 출 기회도 별로 없기 때문이었다.

냉장고는 자주 고장이 났다. 정전이 되거나 윙윙 하는 시끄러운 소리를 내기도 했다. 하지만 그대로 두면 다시 원상대로 돌아왔다. 퓨즈가 나갈 때도 있지만 시안에는 수리할 곳이 없었다. 배에 실어 상하이까지 운반해 수리하기에는 너무 비쌌다. 오늘 저녁에는 얼음이 얼지 않았다. 그는 잠자리에 들기 전 위스키 한 잔 하는 것을 좋아했다. 모든 것을 희생하고 귀국해서 고향과 조국을 위해 한 몸을 바치는 자신을 매우 고상하고 자랑스럽게 여기며 위스키 한 잔을 즐겼다. 하지만 그래도 얼음을 넣지 않은 위스키 맛이란 참!

"들어가도 돼?"

아내의 방문을 두드렸다.

그는 서양식 예절 교육을 받았다. 전형적인 중국 남편들은 노크도 없이 그대로 들어간다. 하지만 그는 아내가 차에 타기 전에 차문을 열어주고 길을 걸을 때에도 정확한 위치에 선다. 이것은 일종의 습관이었고 별로 돋보이지도 않았다. 상화는 그가 진정으로 여성을 존중한다고는 생각지 않는다. 아내를 위해 차문을 열어 준다고 해서 결코 다정한 남자는 아니다. 여성이 마음속으로 갈망하는 그런 다정함 말이다.

샹화는 두주런이 몇 년 동안 외국에 유학해 현대적 교육을 받았지만 여성을 대하는 태도에는 결코 변함이 없음을 알게 되었다. 뉴욕 대학을 졸업한 두주런에게 이상적인 남편이 되라고 요구하기도 어려웠다. 샹화는 구태를 벗은 멋진 양복과 넥타이를 한 겉모습에 그리고 서양 교육과 해외 관광에 대해 많은 신여성들처럼 말로 표현할 수 없는 과장된 환상을 갖고 있었다.

"주무세요, 피곤해요."

샹화는 침실 안에서 방문을 사이에 두고 말했다.

"잠자리에 들기 전에 얘기 좀 나누고 싶어, 달링."

그는 발음은 중국어로 했지만 영어 단어 달링을 썼다. 샹화의 영어 회화 실력은 그럭저럭 괜찮은 편이었다. 하지만 달링이란 단어가 왜 지금은 달라진 걸까? 똑같은 영어 단어가 아닌가. 두주런이 그녀를 쫓아다니며 구애할 때 이 호칭은 그렇게 다정하고도 황홀해서 그녀의 마음을 완전히 사로잡았었다. 그러나 지금은 똑같은 단어임에도 불구하고 옛날과 달리 곰팡이가 피고 지루하기 짝이 없어 마치 음정과 박자가 엉망인 음악 같았다.

"그냥 가서 주무세요."

샹화는 결혼생활을 이삼 년은 한 부부처럼 직설적으로 말했다. 두주런은 하는 수 없이 돌아섰다. 뒷모습이 그 어느 날보다 더 외로워 보였다.

샹화는 옷을 벗고 쪽머리도 풀어 헤쳤다. 몹시 말랐기 때문에 어깨뼈가 매우 도드라져 보였다. 그녀는 얼굴을 거울에 비춰 보았다. 볼이 불그스름하게 상기되어 있지만 연지를 두껍게 발라서이거나 행복감을 느껴서도 아니었다. 그녀에게 결혼생활이란 한쪽은 부드럽고 한쪽은 딱딱한, 절반만 데운 식빵을 먹는 것만 같았다. 화려한 패션의 옷과 장신구를 좋아하고 아끼지만 장식에 불과했다. 옷과 장신구는 언제나 한참 동안 살펴보고 넣어 두거나 조심스럽게 옷장에 걸어 두곤 했다.

그녀는 폭신한 털로 장식된 슬리퍼로 갈아 신고 명주이불 속으로 미끄러지듯 들어갔다. 그녀의 침대는 번쩍번쩍 빛나는 구리로 만든 기둥으로 장식되어 있었다. 그녀는 불을 껐다. 남편의 침실 문틈 사이로 불빛이 새어 나오는 것이 보였다. 가느다랗게 새어 나오는 불빛 때문에 그녀는 쉽사리 잠을 청할 수가 없었다. 아직도 찻집에서 울렸던 총소리 때문에 놀랐던 가슴이 진정되지 않았다. 그녀는 옆방에서 들리는 남편의 서성거리는 소리에 그만 웃음이 새어 나왔다.

"잘코사니야, 찻집에서 그렇게 몰상식한 행동을 보여 주지 않았으면 들어오게 했을 텐데."

'남편은 과연 예전처럼 나를 사랑하고 있는 걸까?' 표면적으로 그에게는 그녀가 필요한 듯싶고 또한 그녀가 편히 살도록 해 준다. 그러나 어떤 여자와 결혼하든지 똑같았을 것이다.

두주런은 경제학을 배웠다. 분위기 같은 것은 잘 모르지만 그래도 착하고 모범적인 남편이며 존경할 만한 시민이었다. 하지만 함께한 지 얼마 되지 않아 그녀는 자신이 매우 따분하고 지루한 남자에게 시집왔다는 것을 알게 되었다. 이 남자의 생각은 외곬으로만 흘러 단순하기 짝이 없었다. 아내의 불만 같은 건 전혀 몰랐다. 그저 아내랑 같이 행복한 가정을 꾸려 나가려고 했다. 그가 생각하는 행복한 가정이란 좋은 집에서 살고 아내에게 아름다운 옷을 사주고 손님이 방문했을 때 근사한 요리를 선보이는 것이었다. 그러나 정작 자신은 그런 맛있는 요리에 전혀 신경 쓰지 않았다. 수프가 소시지 맛이 나는지 구분할 줄도 몰랐다. 도통 이런 것들에 관심이 없었다.

사람의 신경은 마치 필름 같다. 감광도가 높은 필름은 미세한 색조와 음조를 포착할 수 있는 반면에 감광도가 낮은 것은 표현하는 내용이 거칠기 짝이 없다. 그는 식욕이 왕성했고 정력도 넘쳤지만 추이어원의 아름다운 선율과 음색을 감상할 줄 몰랐다. 그가 들은 것은 오직 내용을 전달하는 소음뿐이었다. 또한 배우의 대고 공연은 너무 화려하고 장황하며 허장성세를 부리는 말이 많다고 느껴져서 견딜 수가 없었다.

두주런은 평소 문학을 어려워하여 절대 가까이하지 않았으며 가끔 두려워했다. 또한 아내가 거리에서 추위에 떨고 있는 걸인들에게 돈을 주려는 것도 이해가 되지 않았다. 그는 구걸을 반대한다고 말한 적이 있었다. 구걸은 사람들의 게으름만 조장할 뿐이라고 생각했다. 하지만 추운 날에 길거리에서 얼어 죽은 거지가 발견되기도 했다. 뿌리를 잘 내려 다른 사람들의 존경을 받는 것이 그의 개인적인 포부였다. 그에게 중국의 이상적인 모습이란 깨끗한 것과 잘사는 것, 그리고 시멘트였다.

"중국은 시멘트가 필요해. 미국의 시멘트길이 얼마나 깨끗한지 알아? 그대로 드러누워도 옷을 더럽히지 않거든."

그는 이 말을 아내에게 수십 번도 더 반복했다.

샹화는 미국에서 막 돌아온 두주런을 상하이에서 알게 되었다. 학교를 졸업한 지 2년이 된 그녀의 눈에 두주런은 서양식 교육을 받은 청년의 매력을 지니고 있었다. 비록 피부가 거칠고 검었지만 체격은 건장한 편이었고 옷차림도 완벽하고 화려했다. 어느 면으로 보나 그는 명석하고 능력 있고 예의 바르고 진지하고 진취심이 있는 청년으로 보였다.

샹화는 자화자찬을 늘어놓고 미국에 대해 크게 떠벌리는 그의 말에 완전히 넘어가고 말았다. 그 당시만 해도 외국물을 먹은 사람에게 시집가는 것은 유행이었으며, 사회의 상류층에 속함을 드러내는 것이었다.

샹화는 두주런이 세상에서 가장 좋은 남자로 보였다. 그들은 상하이에서 즐겁게 두 달을 같이 보냈다. 거의 이틀에 한 번꼴로 화려한 나이트클럽에 가서 춤을 췄다. 그들은 친구들을 만나고 쑤저우(蘇州), 항저우(杭州), 우시(無錫) 등의 도시를 관광했으며 마지막에 신혼집을 고도 시안에 마련했다.

결혼한 여성은 흔히 두 가지 내면세계를 만나게 된다. 첫째는 남편이다. 남성이 내면 깊숙이 감춰 두었던 비밀이나 야심 같은 것이 드러나게 되는데, 사교 장소에서처럼 꾸미거나 감출 필요가 없게 된 것이다. 인간 성격의 한계, 약점, 편견, 이기주의, 무식 같은 것들이 모두 적나라하게 드러나고 만다. 그에 따라 여성은 자신의 내면세계도 만나게 되는데 자아와 운명, 살아가야 할 목표 같은 것들을 찾게 된다.

두 번째 만남은 아이를 낳으면서 시작된다. 샹화는 이미 남편의 영혼과 성질을 꿰뚫어 보았다. 하지만 아직 아이를 낳지 못했다. 그녀는 시안에 와서 자아를 잃어버렸다. 시안은 이상하고도 낯설기만 했다. 시안은 이백, 두보, 양귀비가 살던 곳이다. 한 무제는 이곳에 도읍을 정하고 돌궐을 정벌했다. 이곳에서 많은 전쟁이 치러지고 왕조가 교체되었으며 궁궐은 몇 달씩 불에 타고 황제의 무덤은 비참하게 약탈당했다.

그녀에게 두주런은 결코 도움이 되지 않았다. 그녀는 성 밖에 폐허가 된 당나라의 궁전과 한나라의 진(鎭)이 있다고 들었지만 가 본 적이 없다. 남편은 그곳이 한 푼의 가치도 없다고 말했다.

"흙더미와 작은 마을밖에 없는데 볼 만한 게 뭐 있나?"

샹화는 대학에서 경교비(景敎碑)에 대해 읽은 적이 있는데, 일천여 년 전에 중국에 온 경교 신도들이 세운 비석으로 시안 성 밖의 한 사찰에 세워져 있다고 했다. 하지만 그녀는 이 비석도 본 적이 없다. 남편은 이 비석의 존재 자체를 아예 몰랐고 늘 경제 공부만 했노라고 핑계를 댔다.

오늘 저녁 란루수이가 당나라 때 시안에 들어온 경교, 그리고 돌궐인과 페르시아인에 대해 이야기해 주었다. 그는 페르시아관 즉 당나라 때 페르시아인들이 살고 있던 특별구역에 대해서도 말해 주었다.

어느 날 란루수이는 친구들과 함께 오래전 옛날에 새겨진 조각판 여섯 장을 발견했다. 어느 가난한 집 안의 마당에 섬돌처럼 깔려 있었는데, 사람들은 그것을 매일 밟고 지나 다녔다. 조각판에는 모두 고대 여인의 전신상이 새겨져 있었는데 페르시아 여인이 분명하다고 생각했다.

"조각 속의 여인은 겉옷을 입고 모자를 쓰고 있었으며, 신발코가 뾰족한 신을 신고 있었어요."

란루수이가 신나서 말했다.

"정말 대단했어요, 페르시아 모자 같았지요. 그 조각판은 틀림없이 팔세기의 유물일 겁니다."

란루수이의 이야기를 들으면서 샹화는 그의 열정에 매우 감동받았다.

마침 그때 두주런이 와서 어깨를 두드리며 집에 가자고 졸랐다. 남편은 그들의 대화가 끝날 때까지 앉아서 기다려 주려는 생각을 전혀 하지 않았다. 그는 천성적으로 남을 배려할 줄 몰랐다. 술에 취한 병사가 갑자기 등장하지 않았더라도 똑같은 행동을 했을 터였다. 설령 자리에 눌러 앉더라도 란루수이의 말에는 전혀 관심이 없을 것이었다.

샹화는 문틈 사이로 새어 나오는 불빛을 보면서 침대에서 몸을 뒤척였다. 그러다 그녀는 절반만 데운 빵을 맛본 것 같은 느낌으로 잠들었다. 만약 귀여운 아기라도 있어 곁에 누워 옹알옹알 재롱을 부린다면 그녀는 이렇게까지 허전하지는 않았으리라. 어린 아기의 고사리 같은 손이라면 마음속의 매듭을 풀 수 있고 여성의 잠재적인 본능을 일깨워 줄 수 있었을 것이다. 그러나 아무도 샹화의 마음속 매듭을 풀어 줄 수 없었다. 의사는 두주런이 불임이라고 했다.

6

두러우안은 인력거를 타고 기차역 근처에 있는 취향루(翠香樓)로 갔다. 가슴이 널뛰듯 두근거렸다. 비가 내리고 있어 인력거는 비 가리개를 씌웠다. 눈 위로 한줄기 빛이 스며들고 있었는데 승객이 거리를 내다볼 수 있도록 하기 위한 틈을 통해서였다. 리페이와 데이트하는 것이 문제될 것은 없었지만 그래도 다른 사람들의 눈에 띄지 않는 것이 편했다. 날은 저물어 가고 있었다. 그녀는 쪽문으로 식구들 몰래 살짝 빠져나왔다. 저녁은 반드시 돌아와서 먹어야 했다. 리페이가 학교에 그녀를 만나러 몇 번 왔었고 전화도 주고받았으나 밖에서 만나자고 데이트를 신청한 것은 처음이었다.

두러우안은 난생 처음 한 남자와 정식으로 데이트를 하게 되었다. 식당에 도착하자 심장이 콩닥콩닥 더 빨리 뛰었다. 얼마 전 공연장에서 리페이는 그녀에게 매우 진솔한 모습을 보여 주었다. 그녀는 그의 말하는 태도가 마음에 딱 들었다. 마치 아주 오래전부터 아는 사이로 느껴졌다. 리페이는 바로 그런 사람이었다. 또한 부리부리하고 또렷한 두 눈에서 내뿜는 예리한 눈빛이 사랑스러웠다. 절에 관해 쓴 글만 읽어도 충분히 그의 문필, 재능과 개성을 엿볼 수 있었다.

두러우안은 여행을 사랑하는 남자를 좋아한다. 그들은 삶의 질곡을 여유롭게 넘겼다. 리페이는 그녀가 지금까지 보던 침착하고도 능력 있는 월급쟁이들과는 완전히 달랐다. 다른 청년들에게서 수없이 많은 러브레터를 받았지만 한결같이 진부했으며 김칫국부터 마시는 그런 내용이었다.

붉은색의 양털 외투를 걸치고 인력거에서 내려 식당에 들어선 그녀는 설레는 감정을 애써 누르며 두리번거렸다. 기다리고 있던 리페이는 얼른 일어나서 그녀가 외투를 벗는 것을 도와주었다.

식당 뒤편은 철도광장을 마주하고 있고 기차역과의 거리는 약 50미터였다. 빗줄기는 점차 가늘어져서 보슬비로 바뀌었다. 플랫폼에는 승객들과 짐꾼들로 북적대고 멈춰 있던 기차 한 대가 천천히 출발하고 있었다. 비록 단둘이 있긴 하나 거리의 경치를 내다보고 있어서인지 그나마 덜 어색했다.

두러우안은 가방을 테이블 위에 올려놓고 그를 바라보았다.

"몇 시에 들어가야 해요?"

그가 물었다.

"일곱시 전에요."

"정말 기쁘네요. 두 아가씨 아니라 그냥 러우안이라 불러도 될까요?"

그는 천천히 말했다.

"네."

겉으로 보기에도 그녀가 오히려 리페이보다 더 기뻐하는 것 같았다.

"저도 그냥 페이라고 불러 주세요. 곧 란저우에 한번 다녀와야 되는데 가기 전에 만나고 싶어서 전화 드렸어요."

두러우안은 의아한 눈빛으로 물었다.

"며칠 걸려요?"

"모르겠어요. 제가 신문사에 출장을 요구했지요. 신장도 구경하고 그쪽 상황도 살펴볼 겸 해서요. 낯선 그곳에 대해 항상 동경해 왔었거든요."

"마음을 잡을 수 없어서 그러시는 거죠?"

"여행을 좋아해요. 다른 민족을 이해할 수도 있고요. 참, 조건을 얘기할까요. 저와 다시 만나 준다고 약속하면 열흘 후에 곧 돌아올게요. 비행기를 타면 돼요. 비용은 신문사에 청구하면 되고요. 기자 직업은 좋은 점이 바로 이거예요. 저 혼자는 그 비용이 감당이 안 되죠. 가난뱅이니까요, 당신하고는 다르죠."

"저도 잘사는 거 아니거든요! 아버지 재산은 정부에 전부 몰수당했어요."

"아버님이 자랑스럽죠?"

리페이가 물었다.

"네, 아버지를 존경해요. 아시겠지만 제 아버지는 왕당파예요."

그녀는 창밖을 뚫어지게 바라보았다.

리페이는 면을 두 그릇 주문했다.

"그렇죠. 아버님 글을 읽은 적이 있어요. 아버님으로부터 가르침을 많이 받으셨겠지요? 책 향기를 풍기는 대부 가문의 출신이라고 할 수 있네요."

"책 향기뿐만 아니라 소금에 절인 생선 냄새도 나죠. 작은아버지가 절인 생선을 파시는 거 알고 계시죠?"

리페이는 껄껄 웃었다. 그녀는 재잘재잘 쉴 새 없이 말했다.

"아버지가 캉유웨이와 량치차오에 대해 말씀을 많이 하셨어요. 량치차오의 글을 좋아하세요?"

"괜찮더군요."

"근대 작가 중에 누굴 가장 좋아해요?"

리페이는 한편으로 기쁘고 한편으로는 내심 놀랐다. 한림의 딸인 그녀가 이런 것을 물어보리라고는 생각지 못했다. 알았다면 더 많은 준비했을 터였다.

그녀는 환상에 빠지는 것을 좋아한다. 까맣고 짙은 눈썹을 가지고 있으며 총명하기 이를 데 없다. 그는 막무가내로 그녀에게 빠져들어 갔다.

"가음(佳音)학파요. 아쉽게도 이 잡지는 정간되었어요. 고전적인 우아함과 현대적인 강렬함을 하나로 융합하여 논리를 전개하는 것은 가음학파가 유일하죠. 고전적인 것들의 가장 큰 단점은 논리를 정교하게 전개하지 못하고 범론(泛論)적으로 흐르는 것이죠."

리페이가 예리하게 분석했다. 두러우안은 마치 오랜 지기를 만난 것처럼 놀라웠다. 《가음》 잡지는 일찍 정간되었다. 그 잡지를 모방하는 사람도 없었다. 고전문학에 정통해야 할뿐더러 서양의 논리적인 교육도 받아야 했기 때문에 아무나 만들 수 있는 잡지가 아니었다. 《가음》 편집장은 장씨로 영국에 유학해서 법률을 연구한 학생이었다. 그녀도 아버지에게서 가음학파를 들어 알고 있었다.

"아버지도 그렇게 생각하고 계시지요."

그녀가 말했다.

데이트하러 온 남녀가 이런 대화를 나누고 있으니 이상하지 않을 수 없었다. 두러우안은 약속한 장소로 나갈 때 리페이가 오늘 사랑을 고백하지 않을까 하는 기대를 내심 품고 나왔었다. 하지만 이런 대화를 나누어도 전혀 기분이 상하지 않았다.

보슬비가 아직도 내리고 있었다. 면을 다 먹고 나자 리페이가 물었다.

"좀 산책을 할래요? 저는 빗속을 산책하는 것을 좋아해요."

그녀는 조금 망설였다. 그녀는 비에 젖는 것을 싫어했다. 그러나 그를 실망시키고 싶지 않아서 같이 밖으로 나왔다. 밖은 밤이 길고 낮이 짧은 계절이라 벌써 어두웠다. 가로등이 드문드문 한 줄로 서 있었다. 그녀는 두 손을 주머니에 넣고 리페이와 나란히 걸었다. 비에 젖은 흙의 신선한 냄새가 코를 찔렀고 보슬보슬 떨어지는 빗방울도 마음을 상쾌하게 했다.

걸으면서 두러우안은 리페이의 독특한 기질을 느낄 수 있었다. 빗속의 산책은 그의 사고를 자극하게 하는 것 같았다. 그녀가 자신의 팔짱을 끼고 걷고 있다는 것조차 느끼지 못하고 깊이 생각에 잠겨 있었다. 그는 길가에서 물이 새는 배수관을 발견하고는 누수가 되는 집의 수도꼭지를 생각했다.

"서양의 물건들은 내구성이 뛰어나지요. 란루수이는 서양 문명을 믿지 않지만 저는 믿어요."

그녀가 대답했다.

"아버지가 자주 중체서용이라는 말씀을 하셨어요. 지금도 그렇게 믿고 계시지요. 어떻게 생각하세요?"

리페이의 가볍고 명랑한 면을 본 적도 있고 묵직하고 엄숙한 면도 본 적이 있어서 아버지의 견해를 어느 정도 받아들이고 있는지 그녀는 알고 싶었다.

모든 사람과 마찬가지로 리페이도 중국이 지금 우수한 서양 문명과 조우하고 있다는 것을 알고 있었다. 서양 문명은 정치, 기계, 음악, 희곡, 의약 등 모든 분야에서 중국보다 앞서 있었다. 리페이는 란루수이와는 달랐다. 그는 진화를 믿었고 중국은 일정한 조정을 해야 한다고 생각했다. 현대 중국에서 조정이라는 단어는 상대적으로 부드러운 표현이었다. 이는 사회와 지식의 거대한 변동을 의미했다. 사람들은 새로운 사물뿐만 아니라 새로운 관념에 직면했다. 그러나 결국에는 중국의 문제는 무엇이며 그 문제를 어떻게 타개해야 하느냐라는 원점으로 되돌아왔다.

두 청춘 남녀 역시 빗속에서 이 중대한 문제를 열심히 생각하고 있었다. 리페이는 중체서용을 잘 알고 있었는데 광서제 시대 유신파가 가장 좋아하는 주장이었다. '중국의 학문을 근본으로 삼고 서양의 학문을 도구로 이용한다'는 뜻인즉 우리가 일상생활에서 과학의 성과를 누리고 있더라도 중국 문화의 정수를 잘 보존해야 한다는 주장이었다. 나아가서 중국 문명은 정신적 측면에 속하고 서양 문명은 물질적 측면에 속한다는 의미를 암시하고 있었다. 우리는 마땅히 정신적으로 중국적인 것을 견지해야 한다는 뜻이었다.

"나는 그런 걸 안 믿어요."

리페이가 말했다.

"논리적으로 말이 안 되잖아요. 근본과 기능은 불가분의 관계죠. 우리가 한 나라에 대해 탄복할 때 흔히 그 나라에서 생산된 것들을 탄복하게 되죠. 그런데 그 물건들은 모두 인간의 두뇌가 만들어 낸 거 아닌가요? 인간의 두뇌가 만들어 낸 물건을 인간의 두뇌와 떼어놓을 수는 없잖아요. 라디오를 발명한 두뇌가 물이 나오는 수도꼭지를 만들어 낸 두뇌보다 천재성이 부족하다고는 할 수 없는 일이죠. 이건 마치 공자의 철학을 읽으면서 서양식 비누를 사용하고 라디오를 듣고 전보를 치는 것과 마찬가지예요. 우리가 주인이고 우리 대신 전보기와 비누를 발명한 서양 국가는 하인이라는 격이죠. 이건 완전히 스스로를 속이는 자기기만에 불과한 거잖아요! 개인은 그렇다 쳐도 국가가 이러면 안 되죠. 전기학을 모르면 전보 칠 줄을 모르는 건 당연하지요. 물건을 사용할 줄만 알고 그 원리를 모르는 것은 진짜 큰 비극이에요. 기계 상식이 없으니 케이블이나 간단한 전깃줄도 만들어 내지 못하잖아요."

"그래서 중국이 반드시 바뀌어야 된다고 생각하세요?"

"네, 그건 의심할 여지가 없는 일이에요. 예를 들어 수도꼭지, 나사, 바늘, 못 같은 것도 외국에서 만든 것이 훨씬 좋은데 그것은 그들에게 기계 이론이 있기 때문이죠. 일반 가정주부는 그 바늘이 외국산인지 중국산인지 전혀 신경을 안 쓰죠. 그냥 질이 좋은 바늘을 쓰고 싶은 것뿐이죠. 우리는 다만 만드는 것을 포기할 수 있을 뿐이지 그들이 사용하는 것을 결코 막을 수는 없지요. 하지만 우리가 발명할 수 있는 두뇌를 갖고 있지 않는 한 결코 그런 물건들을 만들어 낼 수는 없죠."

"말로는 당신을 이길 수 없군요. 그러나 아버지는 한 가지만은 꼭 믿고 계시는데요, 영혼을 잃은 국가는 반드시 망할 것이라고 늘 말씀하셨어요."

리페이는 이 논쟁에 대해 결코 낯설지 않다. 두러우안의 아버지가 잡지에 발표한 풍자 글을 읽은 적이 있었다.

"그건 착각이에요. 국가에게도 영혼이 있다면 물론 잃어버리면 안 되겠죠. 그런데 우리가 알아야 할 것은 콩비지를 사용하지 않고 비누를 사용하는 사람이 정신적으로 부족하다고 생각하면 안 된다는 거예요. 일주일에 샤워를 한 번만 하는 사람이 매일 씻는 사람보다 품위가 있다는 것은 황당한 논리이고 거짓말이죠."

"그러니까 우리는 현대적인 편안한 생활을 누리면서 정신적인 것들도 보존하면 되잖아요. 아버지도 아마 이런 뜻으로 말씀하셨을 거예요. 우리가 바른 인생관을 잊지 않으면 도자기 욕조를 사용해도 된다고 하셨거든요."

"물질적인 편안함은 오히려 서양을 따라 배울 필요가 없는 것 같아요. 이것만은 중국이 낫다고 생각해요. 아무도 모르지만 사실 우리는 물질문명을 매우 중요하게 생각하고 있어요. 서양 사람들은 아파트에서 살고 엘리베이터를 타면 그게 편안한 삶이라고 생각해요. 그들은 진짜 편안함이 뭔지를 몰라서 그래요. 엘리베이터가 필요 없는 단층집에서 사는 게 더 편하지 않을까요? 서양 사람들이 누릴 줄 안다고 생각하지 말아요. 그들은 넥타이를 매고 혁대를 차고 멜빵바지를 입죠. 그런데 그것들이 조여서 숨 쉬기조차 힘들죠. 그러나 우리는 집에서나 밖에서나 두루마기와 잠옷을 입죠."

"아버지가 들으시면 정말 기뻐할 것 같군요. 글로 쓰시지 그래요?"

"글쎄요. 무식한 군벌들이 세도를 부리면서 사람들을 마음대로 죽이는 시절에 문명을 담론하는 것은 너무 진부하고 나약한 것 같아요. 아마 제가 진짜 나서서 마음속에서 우러나오는 말을 하게 된다면 그때는 모든 사람의 미움을 사는 한이 있더라도 개의치 않을 거예요."

그들은 시청 사무처까지 내처 걸었다. 날은 완전히 어두워졌다. 거의 반 시간도 넘게 걸어서 그녀는 다리가 아팠다.

"이제 집에 돌아가야 해요."

그녀가 말했다.

그는 걸음을 멈추고 그녀를 향해 돌아섰다. 두 손은 아직 호주머니에 찔러 넣은 채로 말이다.

"정말 들어가야 해요?"

그들은 마치 거실에 앉아 있고 그는 주인이라도 되는 것 같았다.

"네, 진짜 들어가야 해요. 언제 떠나세요?"

"금요일 비행기예요. 다음 주면 곧 돌아와요. 다시 만나 줄 거죠?"

그녀는 머리를 끄덕였다. 어둠 속에서 눈동자가 반짝반짝 빛나고 있었다.

"그럼 약속한 거예요!"

그는 그녀를 위해 인력거를 불렀다. 그러고는 손을 내밀어 악수를 나누고 헤어졌다.

'그 순간에 키스할 수도 있었을 텐데 왜 안 할까? 참 이상한 사람이네!' 그녀는 속으로 이렇게 생각했다. 그러나 마음은 여전히 몹시 설렜다. 만약 그가 다른 청년들처럼 여자 친구와 산책할 때 달콤한 말만 늘어놓았더라면 오히려 그녀는 매우 실망했을 것이다.

어느덧 3월에 들어섰다. 아침 햇살이 두러우안 방 격자창을 비추고 있었다. 그녀는 흔들거리는 나무 그림자를 보고 오늘은 바람이 세차게 불 거라고 생각했다. 산들바람이 불자 땡그랑땡그랑 하는 처마 끝의 풍경소리가 들려왔다. 어렸을 때부터 익히 들었던 소리이다. 그사이 세상은 모든 것이 바뀌었지만 풍경소리만 변함이 없었다.

어린 시절 베개 위에 엎드리면 앞마당 위로 구불구불한 지붕과 추녀 가장자리에 있는 점토로 빚은 청록색의 작은 수탉이 보였다. 가성근시가 조금 있기는 했지만 그녀는 아직도 그 그림자를 또렷하게 기억하고 있었다. 어렸을 때 늘 고개를 들고 지붕 위의 작은 수탉 몇 마리를 쳐다보았기 때문이다.

오늘 그녀는 아침부터 즐거움과 기대 그리고 진지함으로 들떠 있었다. 리페이가 돌아왔기 때문이었다. 어제 저녁 전화를 걸어와 그녀를 자기 집에 데리고 가서 소개시켜 드리고 싶다고 했다.

탕어멈이 복도에서 베고니아에 물을 주는 소리가 들렸다. 그녀는 사람을 시켜 아침 식사를 방에 가져 오도록 했다. 면 한 그릇에 계란 프라이 2개, 그리고 소시지 한 조각이 아침 식사였다.

그녀는 정원 앞에 있는 흰 담벼락을 바라보았다. 바람 속에 서 있는 큰 배나무 두 그루에 새싹이 돋아 있었다. 봄이 온 것이다. 작년 봄에 그녀는 이 정원에서 배나무 꽃이 피고 지는 것을 보고 풍경소리를 들으면서 외로워 죽을 뻔했다. 그러나 오늘 아침 새싹이 돋은 배나무를 보고 그녀의 마음은 기뻐서 어쩔 줄 몰랐다. 바람이 세게 부는 날씨라서 그녀는 산책하고 싶지 않았는데 마침 리페이가 전화해서 집으로 함께 가자고 하니 하늘을 날 듯 기뻤다.

어제 저녁 무렵에 전화벨이 울리자마자 그녀는 나는 듯이 뛰어갔다.

"오늘 오후 방금 도착했어요."

"잘 다녀오셨어요?"

"조금 힘들었지만 아주 즐거웠어요. 원래는 좀 더 머물려고 했지만 러우안 씨가 너무 그리웠어요. 하나만 부탁해도 될까요? 함께 우리 어머니 뵈러 가면 안 될까요?"

"그냥 우리 둘만 만나는 줄 알았는데요. 도시 남쪽 교외의 복사꽃이 피었어요. 거기 가서 산책이나 할까요?"

"정말로 부탁해요."

"어머님께서 말씀이 있으셨나요?"

"아니, 제 생각이에요."

그녀는 조금 망설였다.

"아무래도 안 가는 게 좋을 것 같네요. 몹시 긴장할 거예요."

"긴장하지 않아도 돼요. 저한테는 매우 중요한 일이에요."

"그럼 좋아요. 집 구경 하고 싶었어요. 서재도 보고 싶고요."

저녁때가 되어야 만날 수 있는데 아직 몇 시간이나 남았다. 그를 만날 수만 있다면 모든 것을 견뎌 낼 수 있다. 그녀는 정원으로 나와서 배나무의 새싹을 구경했지만 더 이상 외롭지 않았다. 그녀는 리페이의 어머니가 자신을 좋아했으면 했다. 그뿐만 아니라 진지한 모습을 보이고 있는 리페이가 자신의 삶 속에 들어와 배꽃이 활짝 필 무렵의 허전하고 우울한 이 흰색 공간에서 구원해 주길 바랐다. 탕어멈은 창문 너머로 그녀를 바라보면서 그녀가 사랑에 빠진 것을 알아차렸다.

란저우(蘭州)에 간 지 며칠 만에 리페이는 무슬림 반란의 경위를 파악하게 되었다. 무슬림 반란은 일 년 동안 지속되었다. 최근에는 투루판 일대에서 다시 전쟁이 일어났다. 여러 가지 보도를 참고할 때 전쟁은 신장 전 지역으로 확대될 가능성이 높았다.

이번 폭동은 한 한족 세리(稅吏)가 무슬림 여인을 집에 데려간 일이 도화선이 되어 일어났다. 무슬림 여인은 이교도에게 시집갈 수 없었다. 두 사람이 서로 좋아한 것인지 아니면 권세를 믿고 납치한 것인지 판단할 수 없었다. 그러나 하미 일대의 무슬림은 이미 훨씬 오래전부터 불만을 품고 있던 터였다.

하미 왕의 대권이 박탈당하고 독재를 휘두르는 한족 진(陳) 주석(主席)은 토지를 재분할하기 시작했다. 위선적인 명분을 내세워 이 지역의 돌기시족(突騎施族)을 척박한 땅으로 쫓아냈으며 그들이 차지하고 있던 비옥한 토지는 간쑤에서 온 한족과 만주에서 온 난민들에게 분배했다.

이에 무슬림은 분노하여 저항했다. 종교적 사건을 빌미로 뿌리 깊은 원한에 불을 지핀 것이었다. 중국 관리가 무슬림 여인을 데리고 가자 하미 전체가 들고 일어나 반항한 것이다. 들리는 말에 의하면 무슬림 이맘이 중국 관리와 무슬림 여인을 모두 죽이라고 판결했고 실제로 집행되었다고 한다. 그러자 진 주석은 돌기시족 사람들을 하미에서 투루판 평원으로 쫓아내 버렸다.

돌기시족의 대이맘 율바스 칸은 한족 무슬림 명장 마중잉에게 구원을 요청했고, 마중잉은 즉시 기마병 500명을 이끌고 왔다. 그들은 다른 무슬림 군대와 회합하여 하미성을 에워싸고 6개월이나 공격했다.

마중잉은 전설적인 장군으로 나이는 스물두 살밖에 되지 않았다. 한족은 그를 작은 사령관이라고 불렀고, 무슬림은 망자의 수호신이라고 칭송했다. 그는 승승장구하며 신장 성도(省都)인 디화(迪化)*까지 진격했다. 그런데 전투 중 부상당하자 그는 같은 편인 다른 부대를 생각 않고 제멋대로 정전을 선포했다. 간쑤성 서북쪽의 쑤저우로 돌아간 그는 시쥐(西卓) 탐험대 기지의 자동차, 기선, 부품과 송신기를 약탈했다. 하지만 다른 무슬림 군대들은 계속 작전 중이었다. 한족 주석이 신장 변경을 봉쇄해서 바깥에서 전해오는 소식이 매우 드물었다.

리페이는 원래 쑤저우에 가서 마중잉을 만나려고 했다. 이슬람교를 신앙하는 한족 장군 5명이 있었는데 모두 마씨로 친척관계였다. 그중 마중잉이 가장 젊고 용감하고 야심이 컸으며 무슬림 사이에서 명성을 떨쳤다. 그러나 쑤저우는 란저우에서 400리나 떨어져 있고 리페이 마음속에는 다른 일이 자리 잡고 있었다. 그는 늦어도 다음 주 토요일에

---

* 지금의 우루무치.

는 돌아가겠다고 두러우안에게 약속했던 것이다.

리페이는 사납게 부는 모래바람을 뚫고 꼬박 닷새 동안 버스로 400여 리를 달렸다. 산과 고개를 넘으면서 달렸는데 핑량(平涼)을 지나자 사뭇 분위기가 바뀌었다. 열흘 전 란저우로 떠날 때만 하더라도 대지는 온통 겨울의 창백함뿐이었다. 들판은 황량했고 앙상한 나뭇가지가 벌거벗은 채 서 있었다. 그러나 지금은 여기저기에 보리 싹이 돋아났고 어떤 것은 한 뼘도 넘게 자라 있었다.

사람들로 가득 붐비는 버스는 언덕과 들판 그리고 수많은 도랑을 지나 계속 달렸다. 리페이의 마음은 열흘이나 헤어진 그녀에게로 훨훨 날아가고만 싶었다. 마침내 집에 도착했다. 그는 익숙한 방으로 들어갔다. 방에는 아버지가 사용하던 낡은 책상이 놓여 있고 서랍에는 네모난 구리 손잡이가 붙어 있었다. 벽에 바짝 페인트칠을 하지 않은 책장이 세워져 있고 땅바닥에는 여러 권의 책이 가지런하게 열 맞춰 놓여 있었다.

저녁을 먹을 때 그는 어머니에게 물었다.

"어머니, 두 소저를 집에 데리고 와도 될까요?"

"누군데?"

"예전에 말씀드린 적이 있잖아요. 시장의 조카딸 말이에요. 만나게 해 드리고 싶어서요. 아마 마음에 드실 거예요."

리씨 부인은 난감했다. 그녀가 자랄 때는 여자가 약혼을 해도 남자 집에 마음대로 드나들 수 없었고 장래의 시어머니를 만난다는 것은 더욱 당치 않는 일이었다.

"그럼 내가 어떻게 해야지? 호칭은 뭐라고 불러?"

"두 소저라고 부르시면 돼요. 아무것도 하실 필요가 없고요. 그냥 아들 친구로 생각하면 돼요."

어머니는 아들이 이토록 마음에 꼭 들어 하는 그녀를 만나보고 싶었다.

"그래, 요즘 시대에는 어쩔 수 없구나! 그래도 말이야, 엄마는 참 기쁘구나. 또 우리가 그 애에게 감출 게 뭐가 있겠어."

"무슨 말씀이세요?"

"음, 우리는 가난한 집안이라는 거야. 우리 집 문에는 그 애네 집처럼 돌사자가 없잖아. 우리 집 형편을 보고도 너를 계속 좋아한다면 참으로 착한 애가 틀림없을 거야. 너도 알겠지만 우리는 돈 많은 집안의 따님을 며느리로 들이기 힘들단다."

방에 돌아온 리페이는 란저우에서 보고 들은 것들을 글로 적었다. 그는 무슬림 반란과 무슬림에 관한 이야기라면 그 어떤 것에도 지대한 관심을 가지고 있었다. 그는 신장통신 시리즈를 기획했다. 본인이 수집한 에피소드들은 매우 신선한 내용들이었다. 신장의 면적은 프랑스와 독일을 합친 규모만큼 거대했다. 거의 중국 전역의 사분의 일을 차지하고 있지만 신비의 베일에 싸여 있었다.

이튿날 리페이는 친구들도 만나지 않았다. 하루를 온전히 그녀를 위해 비워 두고 싶었다. 골목 어귀에 두러우안이 오는 것을 보고 나가서 마중했다.

두러우안은 리페이를 따라 소박하고 정감이 서린 아담한 집으로 들어섰다. 심장이 세차게 마구 요동치며 뛰었다. 그녀는 오지 말았어야 했다고 생각하면서도 한편으로는 탐험하는 기분이 들었다. 이렇게 갑자기 아무 준비 없이 그녀를 자기 집으로 데리고 가는 것이 리페이의 개성이라고 생각했다. 충동적이고 틀에 박히지 않으면서도 궂은 마음이 전혀 없다.

대문이 조금 열려 있었다. 그는 문을 밀며 큰 소리로 어머니를 불렀다.

"어머니, 두 소저가 왔어요!"

두러우안의 눈에는 방으로 통하는 정원이 10자에 20자를 곱한 크기로 보였다. 부엌은 거의 대문에 닿아 있으며 돌계단 두 개를 오르면 땔감과 연탄을 쌓아 두는 곳이 나왔다. 대문이라기보다는 사실 뒤뜰이었다. 동쪽 사랑채와 서쪽 사랑채는 남쪽의 작은 마당으로 에워싸고 있으며 맞은편은 이웃집의 담벼락이었다.

두러우안은 부엌에 있는 젊은 부인의 얼굴과 거실 창문 너머로 불쑥 내민 어린아이 몇 명의 얼굴을 보았다. 리페이가 두껍고 무거운 커튼을 들어올렸다. 안뜰의 햇빛이 깨끗한 가구가 가득 들어 있는 방을 비추었다. 푸른색의 융단은 이 집안이 산시(陝西)에서는 그래도 중간 정도 사는 집안임을 말해 주었다. 리페이는 형수가 한쪽 구석에 있는 테이블 위에 붉은색 식탁보와 꽃병을 둔 것을 보고 웃음이 나왔다.

"자, 우리 집을 소개합니다."

그는 웃으면서 말했다.

아이 셋이 주변에 늘어섰는데 가장 어린애는 세 살밖에 안 돼 보였다. 좀 더 커 보이는 둘 중 하나는 남자애이고 하나는 여자애였다. 아이들은 두 눈을 동그랗게 뜨고 호기심이 가득한 눈빛으로 두러우안을 바라보고 있었다.

리페이는 조카들을 두러우안에게 소개했다. 아이들은 여전히 손님을 보면서 천진하게 웃기만 했다.

"앉아요."

리페이는 검은 천을 두른 양가죽 방석을 깐 낡은 등나무의자를 가리켰다. 두러우안은 부자연스럽게 앉았다.

젊은 부인의 모습이 눈에 스치더니 동쪽 사랑채로 사라졌다. 낮은 목소리로 이야기하는 소리가 잠깐 들리더니 젊은 부인이 노부인을 부축해서 천천히 걸어 나왔다. 노부인은 이마에 검은 머리띠를 두르고 있었는데 네모난 비취가 가운데 박혀 있었다. 또한 귀에는 작은 옥 귀걸이를 하고 있었다.

두러우안은 얼른 자리에서 일어섰다.

"어머니!"

리페이가 얼른 앞으로 다가가서 부축했다.

아들이 두러우안을 마중하러 가기 전 그녀는 가장 아껴 오던 구리 단추가 달린 짙은 남색 저고리를 입고자 했다. 리페이는 어머니에게 공식적으로 예방하는 것이 아니라고 말씀을 드렸다. 그러나 두러우안에게 특별한 관심을 갖고 있던 어머니는 전통적인 예절에 따라 신경을 많이 써 주었다. 리페이의 형수 돤얼은 마지막 순간까지 시어머니가 분을 골고루 잘 발랐는지 치마의 길이를 제대로 맞췄는지 점검했다.

두러우안은 공손히 선 채로 존귀한 어머니가 아들과 며느리의 부축을 받으면서 즐겁게 걸어 들어오는 장면을 지켜보았다. 그녀는 대뜸 가슴이 따뜻해 옴을 느꼈다.

리 부인은 고개를 들어 남다른 기질을 가진 두러우안을 똑바로 보았다. 두러우안은 저도 모르게 얼굴이 빨개졌다. 그러나 마음속으로는 잘 왔다는 생각이 들었다. 그의 가족을 만나고 그에 대해 좀 더 알게 되어서 좋았다. 그녀는 어머니가 있는 리페이가 부럽기도 했다. 둰얼도 얼른 그녀를 곁눈질했다.

"우리 어머니, 그리고 형수예요."

리페이가 소개했다.

두러우안은 허리를 굽혀 인사를 올렸다. 리페이가 어머니를 부축해 자리에 앉혀 드리자 그녀도 비로소 조심스럽게 앉았다.

"이렇게 찾아뵙는 것이 실례인 줄을 잘 알고 있습니다만 아드님이 꼭 왔으면 좋겠다고 했습니다."

두러우안은 난생 처음 이런 인사말을 하느라 진땀을 흘렸다. 말을 틀리지 않고 잘 했는지도 확신이 서지 않았다.

노부인은 오른쪽 귀가 잘 들리지 않았다. 그녀가 둰얼에게로 고개를 돌리자 며느리는 방금 두러우안이 했던 말을 얼른 되풀이했다.

"우리 가문의 영광이지요. 집이 낡았다고 나무라지 않으면 좋겠어요."

노부인이 대답했다.

"어머니! 러우안! 이렇게 인사말만 하면 우리가 끼어들지 못하겠어요."

리페이가 말했다.

"우리 아들을 탓하지 말아요, 예절을 배우지 못했어요. 아가씨를 초대하기에는 우리 집이 너무 부족하지요."

노부인이 말했다.

"어머니가 이 누추한 집을 대신해 사과를 드리려나 봐요."

리페이가 농담했다.

"아가씨, 말하기 편하게 이리 와서 앉아요. 오른쪽 귀가 잘 들리지 않아요."

노부인은 왼쪽에 있는 의자를 가리켰다.

두러우안은 불안하던 마음이 깨끗이 사라졌다. 노부인은 얼굴에 주름이 있기는 했지만 여전히 아름다웠고 눈빛은 청순하고도 밝게 빛났다. 두러우안은 이제 낯을 가리지 않았다. 돤얼은 부엌으로 차를 끓이러 가고 그녀에게 달라붙어 있던 아이들은 모두 할머니를 에워싸고 둘러앉았다. 리페이도 의자 하나를 끌어당겨 가까이 앉았다.

"내가 어디까지 말했더라?"

노부인이 물었다.

"어머니, 손님이 우리 집을 방문한 것은 가문의 영광이라고 했어요. 그리고 이 낡은 집에 대해 말했고요."

아들이 말했다.

노부인은 다정한 눈길로 아들을 바라보았다. 그러고는 예의를 갖추면서 두러우안에게 말했다.

"예절도 모른다고 탓하지 말아요. 좀 더 친해지면 마음씨가 고운 아이라는 것을 알게 될 터니까요."

"저한테 아주 잘해 줘요. 제가 부상당했을 때 도와준 적도 있어요."

두러우안이 대답했다.

"그래요, 그래서 처음 만났다고 들었지요."

노부인은 말을 천천히 또박또박 했다.

"어머님, 정말 총명한 아드님을 두셨어요. 명성도 대단하고요!"

"총명하다는 것은 알고 있지만 명성이라니 처음 듣네요."

리페이는 부엌으로 갔다.

"형수님, 제가 도와 드릴게요. 두 소저에 대한 느낌은 어떠세요?"

"굉장히 착해 보여요. 내가 생각했던 그런 부유한 집안의 잘난 척하는 아가씨가 아니네요!"

된얼은 아버지가 점포 주인이고 남편도 사업이 잘되고 있어서 자신은 운이 좋은 편이라고 생각했다. 아이 셋을 키우고 있고 하녀도 한 명 쓰고 있어서 그녀는 주부의 삶에 매우 만족하고 있었다.

리페이는 부뚜막에 있는 행주로 낡은 찻주전자의 가장자리를 열심히 닦았다. 주전자 뚜껑은 한쪽 모서리가 조금 떨어져 나갔다. 그는 한 손으로 쟁반을 받쳐 들고 와서 테이블 위에 내려놓았다. 그리고 찻잔과 찻잔 받침을 세팅하기 시작했다.

"아니, 좋은 찻주전자를 쓰지 그래, 새 거 있잖아."

어머니가 말했다.

"어머니, 이것도 좋은데요. 찻주전자는 오래 쓰면 틈이 생기기 마련이에요. 러우안, 내 말 맞지요? 이 주전자를 우리는 십 년이나 썼거든요!"

"손님이 우리 집에 좋은 찻주전자도 한 개 없는 줄 알까 봐 그런다."

리페이는 차를 따랐다. 두러우안에게 한 잔 건네주고 어머니에게도 한 잔 따랐다.

"어머니, 화내지 마세요. 낡아도 괜찮아요!"

그는 고개를 숙이고 어머니를 바라보면서 손을 부드럽게 등에 얹었다.

리페이의 조카 녀석들도 매우 친절했다. 가장 큰 조카딸 샤오잉(小英)은 앞으로 나와 의자에 기대더니 손가락으로 그녀의 머리카락을 가리키며 말했다.

"머리카락이 정말 예뻐요!"

두러우안은 고개를 숙이고 그 여자애를 보면서 말했다.

"파마했어."

"울 엄마도 똑같은 곱슬머리를 했어요. 좋아요."

샤오잉이 말했다.

돤얼이 모락모락 김이 나는 만두 한 접시를 내왔다. 리어멈이 다른 만두접시를 들고 뒤에서 따라 들어왔다. 아이들은 맛있는 만두를 향해 돌진했다.

"이제 그만!"

돤얼이 큰 소리로 아이들을 막아섰다. 그러고는 만두를 손님 앞에 갖다 놓았다.

"자, 너희들은 하나씩이야."

그녀가 다시 아이들에게 말했다.

"만두밖에 대접해 드리지 못해 미안하네요."

노부인이 말했다.

"아니에요, 제가 지금 얼마나 즐거운지 모르실 거예요."

두러우안이 대답했다.

샤오잉은 만두를 천천히 먹었다. 하나밖에 돌아오지 않는 것을 잘 알기 때문이었다. 그러나 세 살배기 샤오타오(小淘)는 그 작은 입으로 두세 번 만에 다 먹어 치웠다. 두러우안은 아직 만두에 손도 대지 않았다. 어린 녀석이 다가와서는 그 만두를 뚫어지게 쳐다보았다.

"안 드세요?"

샤오타오가 궁금해 하며 물었다.

"저리 가, 샤오타오. 괜한 욕심 내지 말고. 미리 배를 불려 놓으면 오늘 저녁은 어떻게 먹으려고 그래?"

돤얼이 다시 말렸다.

두러우안은 샤오타오가 실망한 표정으로 엉덩이를 흔들며 물러서는 것을 보았다.

"이리 와, 샤오타오. 한 개 더 먹어요."

샤오타오는 다시 돌아와서 포동포동 살찐 손을 내밀어 두러우안이 주는 만두를 받았다. 얼굴 표정은 의기양양했다.

"애들이 정말 말을 안 들어요."

돤얼이 말했다.

"정말 행복해 보여요."

두러우안이 대답했다. 그녀는 진심으로 부러워해 마지않았다. 그녀는 이렇게 따뜻하고 행복한 가정을 늘 갖고 싶었다.

방 안은 여인들이 주고받는 이야기로 가득 찼다. 리 부인은 손님 집안에 대해 묻고 아이들은 더욱 떠들어 댔다. 샤오화(小花)만 엄마 옆에

서서 조용히 어른들이 하는 말을 듣고 있었다.

시간은 빠르게 흘러갔다. 두러우안은 일어서서 이제 그만 돌아가야 한다고 말했다.

"그런데 방을 구경해도 될까요?"

그녀는 리페이에게 물었다.

그는 그녀를 데리고 서쪽 사랑채로 갔다. 창문이 안뜰을 마주하고 있었다. 그녀는 책상과 땅바닥에 널려 있는 책들을 훑어보았다. 책상은 안쪽 창가에 있었다. 저녁 무렵의 어두운 햇살이 말아 올린 창호지를 뚫고 서적과 종잇장들을 가득 쌓아 둔 책상 위에 내려앉았다. 그녀는 책상 위에 『향비지(香妃志)』가 펼쳐져 있는 것을 보았다.

"신장에 관한 자료를 보고 계셨네요."

그녀는 책상을 만지작거렸다.

"아직도 등잔을 사용하세요?"

"어릴 때 쓰던 것인데 지금도 좋아해요. 기름 냄새 맡는 것을 좋아해요. 영감을 자극하기도 하죠."

두러우안은 깔깔 웃었다.

"정말 이상한 분이에요. 방이 참 조용하네요."

"어린 녀석들이 잠자리에 들어야 조용해져요."

그들은 방에서 나왔다. 노부인이 그들을 기다리고 있었다. 두러우안은 초대해 줘서 고맙다고 인사했다.

"조금만 바래다 드릴게요."

리페이가 말했다.

골목을 나와서 리페이는 그녀를 보면서 물었다.

"우리 어머니 어때요?"

"정말 행복하세요, 이렇게 좋은 어머님이 계시니까요. 어머님같이 친절한 분은 누구나 다 좋아할 거예요."

"정말 기쁘네요, 걱정을 많이 했는데!"

"뭘 걱정하세요?"

"이 세상에서 내가 가장 사랑하는 두 분이 서로 좋은 인상을 남겼으면 했으니까요."

그녀는 얼굴을 붉혔다. 그는 이 말을 정말 자연스럽게 했다. 그녀는 지금 무슨 말을 할까 고민했다.

"이렇게 행복한 가정을 갖고 있는 당신이 부러워요."

"네, 조금은 비좁고 시끄럽고 어지럽고, 이게 바로 집이지요. 형수님도 단순해서 매우 만족하고 있어요."

"제가 상상하는 집도 바로 그런 거예요. 우리 집은 마치 무덤과 같죠. 겉으로 보기에는 화려해도 안에는 텅 비어 있고 썰렁하기만 하죠."

그들은 계속 걸었다. 석양이 온통 잿빛이었던 골목과 이웃들의 집을 부드럽게 만들었다. 까마귀가 하늘에서 빙빙 돌고 있었다. 벌판에서 농사짓던 젊은 남자는 하루 일과를 마무리하고 집으로 돌아가고 있었다. 따스한 봄바람이 부드럽게 그들의 뺨을 스쳐 지나갔고, 분홍색의 꽃을 가득 피운 복숭아나무 몇 그루는 담장 너머로 그들을 바라보고 있다.

걸으면서 리페이는 란저우에 다녀온 과정과 변경에 가서 만리장성 이북 지역의 민족을 만나고 싶었던 것을 말해 주었다.

"그들에게 관심이 많아요."

그가 말했다.

"그들을 보고 싶다면 산차이로 가야 돼요. 호수가 엄청 아름다워요. 근처에 라마교 사찰도 있고요. 닭도 강아지도 볼 수 있어요. 지붕 위에서 막 걸어 다녀요!"

"듣기만 해도 정말 근사할 것 같네요."

그는 인력거 한 대를 불러 그녀를 집에 태워다 주게 했다.

그가 집에 들어서자마자 어머니가 물었다.

"우리가 뭐 실수한 거라도 없냐?"

"없어요, 어머니! 우리 어머니 오늘 정말 예뻤어요."

그는 키가 크고 어머니는 키가 작다. 그는 손을 어머니의 어깨 위에 올리면서 어머니를 칭찬했다. 그녀는 그의 손을 뿌리쳤다.

"고만해라! 이젠 할머니가 다 됐는데! 근데 너는 왜 낡은 찻주전자를 꺼내 갖고 말이야."

그는 껄껄 웃었다. 구석에서 둰얼의 은방울같이 고운 목소리가 들려왔다.

"두 아가씨가 정말 예쁘더군요."

리페이는 즐거운 마음으로 방에 돌아갔다.

제 2 부

만주 손님

추이어원은 어려서부터 아버지의 재능을 전수 받아 노래와 평서 교육을 받았다. 사회적으로 광대, 여배우, 악사의 지위는 매우 낮았다. 그들은 같은 직업에 종사하는 사람들과 짝을 맺었고 아이가 태어나도 부모를 따라 연극을 배우게 되었다. 예술가와 악사 중에는 유명한 배우도 있고 수준이 비교적 높은 광대도 있으며 평범하게 기예를 팔아 생계를 유지하는 사람도 있다. 만약 아이가 음악적인 면에 소질이 없으면 무술을 연마하도록 했다. 그들의 세계는 매우 작았고 삶은 대체로 정해져 있었다.

기예를 파는 사람들과 무술 공연으로 생계를 유지하는 사람들은 흔히 고달픈 떠돌이 인생을 살게 되는데 사람들은 그들을 강호의 나그네라고 불렀다. 그들 삶의 공간은 무대와 수레뿐이며 가끔 부잣집의 연회석상에 모습을 드러내기도 했다. 그런데 몸을 파는 것과 기예를 파는 것의 차이가 매우 미묘해서 그 경계선을 명확하게 구분 짓기는 어려웠다. 일반적으로 직업과 관련된 사교활동을 하면서 그 경계선을 넘게 되는데 사회에서 얻은 명성이나 인기에 따라 결정되었다. 여배우의 몸을 함부로 범해서는 안 된다. 그녀들은 첫 번째 남자를 받아들일 때 흔히 조건을 제시하고 또 자신의 명성에 맞는 연회를 열어 축하하기도 했다.

추이어원은 부모로부터 연극 공연을 배웠다. 어머니는 이미 돌아가셨는데 생전에는 그녀 역시 연극 배우였다. 추이어원은 열세 살부터 이미 재주를 드러내기 시작했다. 대고 공연은 비교적 자유로운 직업이고 극단이 필요 없었다. 추이어원은 손동작이 민첩하고 상상력이 풍부하며 연기력은 천생 타고났다.

추이어원은 작년 봄에 베이핑을 떠났다고 판원보에게 말했다. 그 후에는 선양(瀋陽)에서 몇 달 살았는데 나중에 일본 사람들 때문에 쫓겨나게 되었다고 했다. 베이핑도 안전하지 않아 그녀는 난징(南京)으로 갔으며 상하이 인근 지역에서 전쟁이 발생하자 또다시 떠나게 되었다고 했다. 결론적으로 그녀는 영락없이 난민이었다.

추이어원과 그녀의 아버지 추이 노인은 판원보를 매우 고맙게 생각하고 있었다. 판원보도 스스로 추이어원의 보호자로 나섰다. 그는 친구들을 초청해 그녀를 만나고 또 야식을 대접하는 것을 자랑스럽게 생각했다. 그는 절대 엉뚱한 마음을 갖고 있지 않다고 말했는데 사실이었다.

암사슴처럼 큰 눈망울의 추이어원은 성격이 명랑하고 오늘 이룬 성취에 대해 단순히 기쁘게만 생각했다. 판원보는 매일 저녁 공연장에서 늘 앉던 자리에 앉아 있었다. 란루수이와 리페이를 데리고 와서 듣기도 했다. 란루수이는 예전처럼 조용히 앉아 감상했지만 추이어원의 매력에 푹 빠져버렸다. 판원보가 여러 번 혼자서 그녀를 만나러 간 적이 있는데 란루수이는 자꾸 불안해서 그가 돌아오기만 하면 꼬치꼬치 캐묻곤 했다. 판원보가 여자를 다루는 방법들을 잘 알고 있기 때문이었다.

"허허, 내 나이가 어원의 아버지뻘이거든. 인재를 발굴해서 만족스러울 뿐이야. 그녀의 뛰어난 재주에만 관심이 있다고."

판원보가 말했다.

판원보는 허세 부리기를 좋아했지만 친구에게는 매우 의리를 지켰다. 란루수이는 그를 믿고 있었다. 판원보는 사랑에 대한 숭고한 이상 따위는 없는 사람이었다. 판원보는 녹등가(綠燈區)를 자주 들락거렸으며 친구들에게 이렇게 주의를 주었다.

"절대 양갓집 처자는 건드리지 마. 여자는 얼마든지 있으니까 말이야. 그래야만 골칫거리가 생기지 않아. 그녀들도 나중에는 시집을 가야하거든. 이게 내 원칙이야."

판원보에게는 또 다른 원칙이 더 있는데 바로 자연의 섭리에 복종하는 것이었다. 이 말을 할 때마다 리페이와 란루수이는 그가 어디 가는지 알고 있기 때문에 따라나서지 않는다. 그러나 추이어원에 대해서만은 마치 아버지나 오빠처럼 보호해 주었다.

그날 저녁 술에 취한 병사를 내쫓은 후 판원보는 란루수이를 데리고 추이 부녀를 위로하러 갔다. 그는 자신의 행위가 매우 고상하다고 느껴졌다. 그는 두 손으로 추이어원의 작은 어깨를 잡고 물었다.

"무섭지 않아?"

"무서워요!"

그녀의 목소리는 사람들의 애간장을 녹였다.

추이 노인은 차를 두 잔 따라 판원보와 란루수이에게 건넸다. 손이 아직도 떨리고 있었다. 그리고 자신과 딸의 잔에도 따랐다. 그는 차를 마시며 판원보를 쳐다보았다.

"판 나리가 안 계셨더라면 실로 큰일 날 뻔했어요."

그는 판원보와 말할 때 의식적으로 자네라는 말을 사용하지 않았다.

"찻집에 병사들이 많아 이런 일이 일어나기 일쑤예요. 판 나리가 계셔서 정말 다행이에요."

추이어원은 풀이 죽어 긴 나무의자에 그대로 털썩 주저앉았다. 팔을 책상 위에 던지듯이 올려놓고 머리는 그 팔을 베고 엎드렸다. 기진맥진한 모양이었다. 평서는 체력 소모가 큰 공연이다. 여름에는 공연이 끝나고 반드시 속옷을 갈아입어야 했다.

관중은 그녀의 우아하고 아름다운 자세와 완벽한 박자를 보고 그저 홀가분하고 유쾌한 공연인 줄로만 알고 있다. 워낙 많이 공연을 해 왔으니 능숙할 것이란 생각에서다. 그러나 사실은 그렇지 않다. 그녀는 모든 신경을 곤두세우고 오관을 총동원해서 공연한다. 이야기에 혼신을 쏟아 부어야 하며 박자, 손짓, 억양, 북소리 하나하나를 정확하게 짚어야 한다.

란루수이는 흰 팔뚝을 책상 위로 길게 뻗은 채로 엎드려 있는 그녀가 숨을 쉴 때마다 들썩이는 어깨 위로 머리카락이 출렁거리는 것을 지켜보았다.

추이 노인은 장죽에 담배를 재여 넣은 다음 옥물부리를 입에 물고 불을 붙이더니 한 모금 길게 빨아들였다가 내뱉었다. 그러고는 판원보를 쳐다보며 말했다.

"판 나리, 우리 부녀가 여러모로 신세를 많이 졌어요. 판 나리가 괜찮으시다면 어윈을 수양딸로 삼아 주세요!"

이어 추이 노인은 딸을 돌아보며 말했다.

"얘야, 뭐 좀 먹으러 나갈래?"

추이어윈은 팔뚝을 거두어들이며 고개를 쳐들었다.

"왜요?"

그녀는 졸리는 눈으로 물었다.

"야식 먹고 오자꾸나. 판 나리께 너를 수양딸로 거둬 달라고 부탁도 드렸어."

판원보가 말했다.

"그러지 않아도 제가 초대하려고 했어요."

란루수이가 말했다.

"어윈은 많이 지쳤어요, 한숨 쉬게 하시죠?"

추이어윈은 손으로 턱을 괴고 멍한 표정으로 있다가 일어서며 말했다.

"괜찮아요."

계단을 내려오자 입구에 두 사람이 서 있었다. 얼굴만 봐서는 일반 사람들이었다. 그러나 두루마기의 깃 단추와 가슴 부위 단추는 모두 풀어 제쳐 있었다. 그들은 판원보에게 다가와서 두 손을 마주잡고 은밀한 이야기를 주고받았다.

"잘했어. 이제 그만 돌아가도 돼."

판원보는 일원짜리 지폐 두 장을 둘 중 한 명에게 건네주었다.

그들은 근처에 있는 작은 음식점에 들어가서 2층에 있는 방에 자리 잡고 앉았다. 웨이터가 추이어윈을 알아보고 달려와서 문발을 걷어 주었다. 천장에 길게 드리워진 전등이 방을 밝히고 있었는데 전구에는 평범한 백자 등갓을 씌웠다. 방 한가운데는 흰 식탁보가 깔린 사각형 테이블이 놓여 있고 딱딱한 의자 서너 개와 검은색 작은 탁자 몇 개가 벽에 붙어 있었다.

오늘 저녁은 비교적 따뜻했다. 란루수이는 창가로 가서 창문을 열고 어둠을 응시했다. 웨이터가 올라와서 손님들에게 재스민 차 한 잔씩을 따라주었다. 추이어원은 야식을 먹는 것이 몸에 배서 곧 원기를 회복했다. 판원보는 앉아서 메뉴를 고르고 있었다. 가끔 추이어원에게도 물어보고 메뉴 몇 개를 신속하게 적은 다음 조금 고쳐서 웨이터에게 넘겨주었다. 생선 튀김, 죽순편두 볶음, 닭날개 튀김, 난징 오리와 절인 생선을 주문했다. 술은 톈진(天津) 오가피주를 시켰다.

"루수이, 거기서 뭐하고 있어?"

란루수이가 고개를 돌렸다. 그는 시베리아 스타일의 페르시아 모자를 쓰고 있었는데 하얼빈(哈爾賓)을 거쳐 귀향할 때 산 것이었다. 이 모자를 쓰면 키가 조금 커 보인다.

"아무것도 아냐. 지붕을 보고 있어."

그가 테이블에 와서 앉았다.

란루수이는 추이어원을 바라보았다. 그녀는 한 손에 젓가락 한 개씩 잡고 신나게 놀고 있었다.

"그것 때문에 고생을 많이 했지요. 마지막 대목을 공연할 때 목소리가 떨렸어요."

"눈치 채셨어요? 마지막까지 버틸 수밖에 없었어요. 관중이 신경 안

쓸 거라고 생각했거든요!"

그녀의 아버지가 말을 또 반복했다.

"판 나리 아니었으면 그 주정뱅이가 무슨 짓을 했을지 몰라요."

"걱정하지 마세요. 아랫것들이 매일 저녁 지키고 있어요."

판원보는 고개를 돌려 추이어원을 보며 말했다.

"내가 이 도시에 있는 한 아무도 건드리지 못할 겁니다."

그녀는 고마워하며 말했다.

"공연 재주로 살아가는 우리는 거리의 양아치들을 무서워하지 않아요. 습관이 돼서 그냥 웃고 말지요. 베이핑에 있을 때는 우리 편이 있었어요. 강호를 떠도는 사람들은 서로 존중하거든요. 우리는 그저 부잣집 도련님 같은 사람들만 무서워해요."

그녀는 하얀 두 손을 테이블 위에 올려 두었다. 란루수이는 그 위에 두 손을 포개 얹으며 보호해 주겠다고 했다.

"이렇게 젊은 아가씨가 거친 사내들 앞에서 공연해야 하다니."

"사실 그들도 알고 보면 그렇게 나쁜 사람이 아니에요. 눈에는 눈, 이에는 이로 갚아 주면 아무도 건드리지 못해요. 그들은 결코 사악한 사람들이 못 되죠. 세상이 이렇게 넓은데 어딜 가나 풍류 귀공자들이나 혹은 거친 사내들이 있기 마련이지요. 입에서 마늘 냄새를 풍기고 다녀도 우리하고 똑같이 살 길을 찾아 떠도는 사람들이고요. 그들도 재미를 찾죠. 시골에서 올라온 촌놈이나 규칙을 모르는 사람들처럼 그들을 압박하지 않는 한 그들도 시비를 안 걸어요. 가장 상대하기 어려운 사람들은 관리 집안 출신이나 부잣집 도련님들이에요."

추이어원이 두 눈을 깜빡이며 말했다.

란루수이가 웃으면서 말했다.

"젊은 아가씨가 아는 것도 많네!"

"저는 강호에서 자랐어요. 이걸로 밥벌이하고 있고요. 우리는 그런 사내들과 같이 백 리 험한 산길도 걸을 수 있어요. 그런데 우리 보고 점잖은 사람과 같이 하룻밤 보내라고 하면 그것이 우리에게는 더 위험해요."

그녀가 하는 말들은 앳된 얼굴과 해맑은 눈빛에 전혀 어울리지 않았다.

"우리를 믿지 않는다는 말로 들리는데?"

판원보가 미소를 띠며 말했다.

"판 나리와 란 나리 두 분을 말하는 건 아니에요. 이렇게 도와주셨는데 조금이라도 나쁜 생각을 하고 있었다면 은혜 갚을 줄 아는 개보다도 못했겠죠."

그녀는 깔깔 웃었다. 그녀는 상류층 양반들을 다룰 줄 알았다.

판원보가 칭찬을 해 주었다.

"잘하고 있어, 근데 나를 치켜세우지는 말고. 나랑 같이 한 방에서 하룻밤 보낼 수 있겠어?"

"네."

"네 뜻은 내가 점잖은 사람이 아니라는 뜻이구나?"

그녀는 양미간을 찡그렸다.

"놀리시는 거죠? 읽으신 것도 많으셔서 말로 이길 수 없네요. 제 뜻은 판 나리가 정말 점잖은 분이시라는 뜻입니다."

"창피하니까 그만해. 하루 저녁 내내 고생하고 한 끼나마 잘 먹으려는 아가씨한테 무슨 말장난이냐?"

란루수이가 판원보에게 말했다.

"고마워요. 그렇게 생각하지 않을 거예요. 시안에 와서 정말 신세를 많이 졌어요. 더 나쁜 일도 생길 수 있었을 텐데 말이에요. 이런 농담도 받아 주지 못하면 이 직업을 포기해야죠! 그냥 나리들처럼 책을 많이 읽지 못해서 한스러워요."

추이어원이 말했다.

"글자를 몇 자나 익혔어요?"

"딱히 말하기는 어려운데 아마 몇 천자는 될 거예요!"

"진짜?"

란루수이가 놀라서 물었다.

"우리는 야사나 일화 같은 것을 읽어야 해요. 정사도 읽어야 하고요. 글자 몇 자 정도는 익혀야죠! 오래 하다 보니 같은 글자가 계속 나오고 그래서 익히게 되었죠."

"몇 편을 공연할 수 있어요?"

"아마 오십 편 정도요."

"기억력이 참 좋네요. 그 많은 대사를 한 글자도 빠짐없이 다 기억하다니."

"밥줄이니까 그렇죠. 오히려 란 나리처럼 배운 분들이 계속해서 책을 써내려 가는 게 신기해요. 옛날 사람들이 이미 다 쓴 것 같은 데도 말이에요."

판원보는 난징 오리 고기를 한 조각 뜯고 있었다. 오가피주가 뱃속을 따뜻하게 덥혀 주고, 농어는 혀의 미각을 자극하고, 윤기가 흐르는 닭 날개가 목안으로 넘어가니 마음이 한결 홀가분해졌다.

추이 노인은 또 한 잔을 따랐다. 그는 술잔을 들고 말했다.

"판 나리께 한 잔 올리겠습니다. 좀 전에 드린 말씀은 진심입니다. 어원, 양아버지께 한 잔 올려라."

추이어원은 마시는 시늉만 하고 술잔을 내려놓았다.

"술 마실 줄 모르는 거 아시잖아요. 정말 못해요. 싫어서 그러는 게 아니라 혀가 말을 안 들어요. 차를 마시라고 하면 큰 잔으로 세 잔 마실게요."

"잠깐만, 판 나리를 양아버지로 모시려면 예의를 차려서 절을 세 번 해야지."

그녀의 아버지가 말했다.

그녀는 옆으로 걸어가서 두 손을 몸에 붙이고 허리를 굽혀 절을 세 번 했다. 그리고 제자리로 돌아와서 차를 세 잔 따랐다.

"양아버지께 올립니다."

그녀는 세 잔을 차례로 다 마시고 빈 잔을 털어 여러 사람들에게 보여 준 다음 즐겁게 자리에 앉았다. 전혀 거리낌이 없었다.

"옛날 법에 따라 어원은 양아버지 집을 방문해야 하고 양아버지는 어원의 머리 위에 붉은 실 한 올 올려 줘야 합니다."

그녀의 아버지가 말했다.

란루수이는 잔에 술을 붓더니 깔끔하게 한마디 했다.

"축하해요!"

추이어원이 살짝 쳐다보았다.

"내 수양딸을 좀 칭찬이라도 해 줘야 하는 거 아니야."

판원보가 말했다.

란루수이는 얼굴을 살짝 붉히며,

"내가 무슨 말을 해. 말이 필요 없지. 세상에 하나밖에 없는 어원인데. 그렇다고 백합꽃에 금칠을 하겠어?"

라고 말했다.

추이어원은 기분이 좋아 란루수이에게 눈을 찡긋 했다. 자신의 일에 성취감을 느끼게 칭찬해 주는 그의 말이 정말 좋았다. 게다가 든든한 양아버지가 생겨서 더 이상 신변 문제를 걱정하지 않아도 되었다.

란루수이는 풋풋하고, 명랑하며, 우아함과 순수함이 돋보이는 추이어원의 기질에 완전히 매료되었다. 파리에 있을 때 꽃가게에서 꽃을 배달하는 여자와 동거한 적이 있었다. 꽃 배달로 삶을 영위하면서도 독립심이 강한 그녀를 보며 그는 놀라워했다.

란루수이는 중국에 돌아와서도 위트 있고 총명하며 남자에게 의지하지 않는 그런 여자를 만나고 싶었지만 신식 여성들은 개성도 없고 실로 역겨웠다. 그는 일반적인 사교활동에서 권태를 느꼈고 적응도 되지 않아 두문불출했다. 그리고 자신이 살고 있는 주변에서 아름다움을 찾기 시작했다. 그는 가난한 사람들이 더 진실하다고 생각했다. 옷차림이 남루한 길거리 여인에게서도 성스럽고 깨끗함을 느낄 수 있었다.

그러다 추이어원의 공연을 보고는 그녀의 아름다운 헤어스타일과 유연한 몸매 그리고 솔직하면서도 거리낌 없는 말과 행동을 보고는 숭배하기에 이르렀다. 추이어윈은 몽마르트르에서 만난 그녀와 비슷했다. 생활 면에서 추이어윈은 신중하고 독립적이며 낙천적이었다. 가끔은 고집이 세고 무모하기도 했지만 신화에서 등장하는 아름답고 용감한 소녀 같았다.

란루수이는 가난한 집안의 여자애들이 용감하다고 생각했다. 인생의 쓴맛 단맛을 다 겪어 보았기 때문에 그녀들은 삶을 두려워하지 않고 남성과 평등한 위치에 설 수 있었다. 그는 비록 추이어윈이 잠시 자신과 친구 판원보에게 예의를 지키고 있지만 그 뒷면에 감춰진 자부심과 냉담한 것들이 보여서 당혹스러웠다.

어느 날, 란루수이와 판원보는 추이 부녀와 함께 남쪽 교외의 두취(杜曲)에 가서 만개한 복사꽃을 감상한 적이 있었다. 날씨는 화창했고 이른 봄의 부드러운 숨결을 간직하고 있었다. 멀리 보이는 중난산(終南山)은 푸른빛이 완연했고 산기슭으로 통하는 시골길에는 복숭아나무가 몇 리씩 길게 뻗어 있고 분홍색의 꽃들이 흐드러지게 피어 있었다. 이 지역은 위대한 시인 두보가 다녀간 곳으로 유명했다.

그들은 성에서 3리 떨어져 있는 빠수이(灞水) 강변에서 쉬었다. 추이어윈은 잔디에 앉아서 다리를 한쪽으로 모았다. 그녀는 분홍색과 검은색이 엇갈려 있는 무늬의 무명옷을 입고 있었는데 소매는 길고도 좁았다. 빛나는 햇살을 받은 그녀의 검은색 머리카락은 비단같이 부드러운 갈색으로 보였다.

길거리와 공연장에서 자란 어추이원은 남자들과 같이 있는 것에 익숙했다. 그녀는 판원보와 란루수이가 자신에 비해 나이가 그렇게 많지 않고 특히 란루수이가 자신을 특별히 배려하고 있다는 것을 모르는 바는 아니었다. 하지만 그녀는 이런 것들 때문에 불편하지는 않았다. 그녀는 무대 위에서나 아래에서나 남녀가 시시덕거리는 것을 자주 봐서 그냥 그들을 천성적으로 여자에게 치근대는 것을 좋아하는 부잣집 도련님으로 분류했다. 그녀는 조금도 거리낌 없이 익살맞은 표정을 지으면서 큰 소리로 빠르게 말했다. 란루수이를 자신과 다른 부류의 사람이라고 생각했기 때문이었다. 다만 자신에게 집적댈 것이라고 예상해서 너그럽게 받아줄 뿐이었다.

"시안의 봄이 이렇게 아름다울 줄은 꿈에도 생각지 못했네요. 전쟁이 난 것이 꼭 나쁜 일만은 아니네요! 그렇지 않으면 아직도 선양이나 베이핑, 또는 난징에 있었을지도 모르죠!"

그녀의 목소리는 매끄러우면서도 사람의 마음을 끄는 힘이 있었다. 말 한마디 한마디가 감미롭고 부드러운 느낌을 주었다.

"그랬다면 어윈 씨를 모르고 지냈겠죠."

란루수이가 말했다.

"그럼 아마 다른 아가씨를 마음에 뒀을 거예요!"

그녀는 교묘하게 대답했다.

란루수이는 고통스러워하는 표정을 지었다.

"설마, 우리가 만난 게 조금도 기쁘지 않다는 뜻이에요?"

추이어윈은 즐거운 듯 웃었다.

판윈보는 나무줄기에 비스듬히 기대어 앉아서 말했다.

"어윈, 노래나 한마디 해 봐. 사랑 노래 말이야!"

155

추이어원은 두 청년을 쳐다보았다. 그녀는 가녀(歌女)들이 부르는 유행가도 많이 알고 있었는데 한결같이 낯간지럽고 음탕하며 추잡했다.

"아니에요, 다른 노래를 불러 드릴게요."

그녀는 개작한 옛 노래를 부르기 시작했는데 가사는 수많은 시인들이 쓴 것이다. 추이 노인은 막대기 하나를 집어 들고 돌을 두드리면서 박자를 맞췄다. 그 노래는 〈행향자(行香子)〉로 비교적 짧은 노래인데 매 소절의 마지막 구절은 삼언으로 끝맺고 있었다. 그녀의 목소리는 낮고 부드러웠으며 행간에 콧노래로 반주를 넣었다.

있어도 시름, 없어도 시름이라

아무려나 모두 백발인 것을

꽃은 즐겁고 술은 시름 잊게 하니

즐거움이 많으면 마시고

취하면 노래를 부르고

피곤하면 잠을 자세!

짧은 가로 담장 은근히 성긴 창

작은 연못 언덕 위에

높고 낮은 첩봉 푸른 물가에는

바람이 일렁이고

달도 뜨고

시도 있네!

앵두는 빨갛고 파초는 푸르러

돌아가는 손님도 향기 그윽해

어젯밤은 시냇물 오늘밤은 난초꽃

어이할고 구름은 한가하고

바람은 잔잔하고

비는 소슬하여라

늙어서도 늘 한가롭게 취하리라

공명으로 생긴 일은 모두 잘못이니

슬프게 돌아보면 강하기 어렵고 어눌하면 주저가 많아

오로지 술과 함께

달과 함께 살리라

그림자도 더불어 즐기리라!

쉬어가도 좋고 한가해도 좋아

억수로 노는 걸 가르친 신에게 감사하지

눈앞의 만사는 전혀 상관이 없어라

좋은 산과 숲을 찾아

신선이 사는 곳으로

아름다운 물가로 가리라!

겨울날 가게에서도 술에는 봄빛이 넘쳐

오늘은 누구와 더불어 즐기랴

시냇물은 반짝이고 푸른 산은 가없어라

가지에 핀 매화송이

그리고 올곧은 대나무와

푸른 소나무가 있을 뿐이네

물과 꽃이 사는 곳 내 집을 사랑하느니

들쭉날쭉한 바위돌이 계단을 이루고

멋대로 난 창문은 아담하기만 하네

깊고 그윽하며

맑기도 하여

마음은 편안하네!

　판원보는 눈을 가늘게 뜨고 노래를 듣고 있었다. 노래 가사를 쓴 이
의 심경을 헤아리고 있는지는 분명하지 않지만 시의 세계에 빠져든 것
같았다. 그는 눈을 감고 그녀의 노래를 따라 흥얼거렸다. 노래가 끝난
후에도 흥겨워했다!

　란루수이는 입을 다물고 있었다. 그는 추이어원이 옛 시인의 시도 알
고 있을 줄은 생각지 못했던 것이다. 그녀의 노래는 마치 시골의 종달
새가 지저귀는 것 같았다. 얼굴에는 나무 그림자가 드리워져 숨 막히게
아름다운 실루엣을 만들어 내고 있었다. 그는 마치 귀신에게 홀린 듯싶
었다. 그는 한쪽 팔꿈치로 잔디밭을 짚고 그녀의 매력적인 입술과 비단

같은 머리카락을 뚫어지게 바라보았다. 눈앞에 보이는 것이 꿈인지 생시인지 믿기 어려웠다.

추이어원의 뒤편에는 늙은 어부가 꼼짝 않고 서 있었는데 헤엄치는 물고기를 조용히 주시하고 있는 조각상 같았다. 그 외에도 건장한 말 몇 마리가 들판에서 뛰어 놀고 있었다. 추이어원의 젊은 몸매는 이것들을 배경으로 무대 위에 섰을 때보다 훨씬 균형이 잡히고 아름다웠다.

"첫 소절을 한 번 더 불러 줘요."

그녀가 승낙하자 란루수이는 그녀를 따라 가사를 읊기 시작했다.

"인간의 번뇌가 바로 즐거운데 마실 수 없고 취하는데 노래 부를 수 없고 피곤한데 잠을 이룰 수 없는 것이지요. 가사를 기억하는 재주가 정말 대단하군요."

그가 말했다.

"어렸을 때부터 어원은 한 번 들은 가사를 다 기억할 수 있었습지요."

그녀의 아버지가 말했다.

란루수이가 물었다.

"소동파가 같은 제목으로 쓴 사(詞)가 있는데 혹시라도 들어봤어요?"

"아니요."

"그럼 소동파의 「행향자」를 적어 줄게요."

"굳이 적지 않아도 됩니다. 한 번 외워 보십시오."

그녀의 아버지가 자랑스러워하며 말했다.

란루수이는 소동파의 사를 천천히 또박또박 읊었다.

"다 외웠어요?"

란루수이가 진지하게 물었다.

"네, 대충 기억한 것 같아요. 까먹더라도 비웃지 말아요! 한 번 더 읊어 주시면 더욱 자신감이 있겠지요."

란루수이가 한 번 더 읊어 주자 추이어원은 입술을 열었다 닫았다 하면서 조용히 기억했다.

"다 외웠어요."

그녀는 부르기 시작했다.

　맑고 고요한 밤 은빛 나는 달님

　잔에는 술을 가득가득 채우세

　뜬 구름 부귀공명은 헛되기만 하니

　인생이란 문틈을 스쳐 지나는 말이요

　부싯돌에 순간 피었다가 지는 불꽃이며

　꿈속에만 얼핏 나타나는 모습이네!

그녀는 잠깐 쉬었다가 또 부르기 시작했다.

　문장과 학식이 뛰어나도 그 누가 알아주랴

　걱정 없이 자연 그대로 한없이 즐기리라

　언제 돌아가서 한가한 사람이 될 수 있으랴

　거문고 하나를 마주하고

　술병 하나와

"대단하네요!"

란루수이가 감탄했다.

추이 노인이 자랑스럽게 말했다.

"우리 집안에 태어나서 한 번도 학당을 다녀 본 적이 없는 게 아쉬울 따름입니다. 고집이 센 게 흠이기는 합니다만!"

추이어윈은 그렇게 온순하고 달콤하며 전통 예절에 얽매이는 여자가 아니었다.

"아빠, 왜 그렇게 말씀하세요? 저 고집이 세지 않거든요!"

"저 말대꾸 하는 거 들어보세요. 입만 살아서."

추이어윈은 혀를 홀랑 내밀며 말했다.

"이걸로 밥 벌어먹고 사는걸요. 그렇잖아요?"

말하고는 깔깔 웃어댔다.

추이 노인은 란루수이를 보면서 말했다.

"작년에 베이핑에 있을 때 차이 씨네 도련님이 얘하고 혼인하겠다고 난리를 폈는데 얘가 죽기 살기로 거절했어요."

"흥! 아빠, 그 바보 얘기는 꺼내지도 마세요."

그녀의 아버지는 계속 말을 이었다.

"매일 저녁 와서 공연을 들었는데 정말 좋아하는 것 같았어요. 근데 얘가 한사코 싫다고 했지요."

"당연히 싫다고 하지요!"

판원보가 물었다.

"왜 싫었는데?"

"저는 그런 부잣집 난봉꾼 도령을 좋아하지 않아요! 필경은 저의 종신대사이니까요!"

"돈 많은 장사꾼 집안에 시집가기 싫어서 저래요."

그녀의 아버지가 말했다.

"따님을 나무라지 마세요, 추이 선생님."

란루수이가 두둔해 나섰다.

"이게 다 애비 된 심정이기 때문입니다. 다 큰 딸자식의 혼사를 걱정하지 않을 부모가 어디 있겠습니까? 저 자신을 생각할 때도 있습니다. 늙어서 의지할 데가 있어야지요. 같은 일을 하는 사람도 싫고, 그렇다고 돈 많은 사람도 싫다고 하니 참! 두 분이 저희를 너무 잘 대해 주시니 남 같지 않아서 이런 걱정까지 털어놓게 됩니다."

추이 노인의 시선은 란루수이에게 고정되어 있다.

"아빠, 우리 지금 신나게 놀고 있는데 왜 또 제 앞날을 걱정하고 그러세요. 이 딸은 아직 젊으니까요. 중년에도 혼자면 잘사는 집안에 시집갈 테니 걱정하지 마세요."

그녀는 일어서서 강가로 걸어갔다.

"너무 비관적으로 생각하지 마세요."

판원보가 말했다.

"돌아와, 지금 한창 얘기 중이잖아!"

그녀의 아버지가 소리를 질렀다.

그녀는 강가에 서서 고개를 돌렸다. 땅에 비친 검은 그림자에서 날씬한 몸매의 윤곽이 드러났다.

"계속 제 혼사에 대해 얘기하실 거면 저는 이만 돌아갈래요."

그녀는 말하는 한편 천천히 발걸음을 옮겨 돌아왔다. 얼굴에는 부드러운 홍조를 띠었다. 그 모습은 꼭 마치 어린 소녀와도 같았다.

8

일주일 전 만주군 부대를 거느리고 만주군 장군이 시안으로 들어왔다. 만주군은 일본군에게 쫓겨 초라한 행색을 하고 있었지만 시안을 방어하고 지켜 줄 수 있는 큰 군대였다. 시안 성 주석은 휘하에 군 병력이 3만 명밖에 없어서 만주군과 동맹을 맺고 싶어 했다. 따라서 그는 패전 후 퇴각하는 만주 군대가 자신의 관할 구역으로 들어오는 것을 환영했다.

만주군의 젊은 장군은 시안 기차역에서 유례없는 환대를 받았다. 악대 세 팀이 떠들썩하게 환영곡을 연주하고 20여 명의 시 정부 관료들이 플랫폼에 도열하여 영접했다. 선양에서 철수할 때 장군의 부인은 여러 대의 군용 차량을 동원해서 보석과 모피 옷 등을 운반했는데 이 일이 신문에 보도되어 유명해졌었다. 어쨌거나 군대의 최고 사령관으로서 상당한 영향력을 행사할 수 있었기에 그가 시안으로 들어올 때는 마치 크게 승리를 거두고 개선하는 영웅처럼 대접을 받았다.

양 주석은 몸소 기차역까지 와서 영접했고 전용차로 정원이 딸린 자신의 관저에 모셨다. 면적이 수백 평에 이르는 관저는 성북의 조용한 곳에 자리 잡고 있었는데, 주로 귀빈을 접대하는 데 사용되었다. 양 주석은 원래 이곳에 살려고 했지만 집무실이 만주 구역에 있었고 자주 그곳에서 저녁 식사를 하면서 늦게까지 머물렀기 때문에 관저에서 살지 않았다.

주석 부인은 아주 똑똑하고 유능한 여자였다. 그녀는 남편이 일부러 자신의 감시를 피하기 위해 그러는 줄로 생각했다. 남편의 일거수일투족을 지켜보기 위해 그녀는 사무 청사 내에 있는 거처에 사는 불편도 흔쾌히 감수했다. 양 주석은 키가 크고 체격이 우람했다. 웬만한 일에는 눈 하나 깜짝하지 않을 것 같았지만 부인 앞에서는 옴짝달싹도 못했다. 어떤 때는 부인이 부하들 면전에서도 아랑곳하지 않고 욕을 퍼부어도 그는 입 한 번 뻥긋하지 못했다.

양 주석은 장군을 최고로 환대하기 위해 머리를 쥐어짰다. 자신의 전속 요리사를 파견했을 뿐만 아니라 매일 아침 직접 관저를 찾았다. 하루는 장군이 당나라 양귀비가 목욕하던 화칭츠(華清池)에서 묵은 적이 있는데, 양귀비가 먹었다는 진기한 요리는 맛보지 못했노라고 말했다. 이튿날 저녁 그의 식탁에는 바로 낙타 육봉찜이 한 그릇 가득 올라왔다.

만주 장군은 한 입 맛보더니 말했다.

"정말 맛있네요. 만주 곰 발바닥 요리와 비슷한데 그렇게 느끼하지도 않고, 비린내는 조금 있지만요. 그런데 육봉을 어디에서 구했어요?"

양 주석이 대답했다.

"낙타 한 마리 잡는 게 뭐 그리 대수겠습니까? 입맛에 맞으시면 매일이라도 올리도록 하겠습니다!"

양 주석은 이처럼 장군에게 극진한 친절을 베풀었다.

만주의 장군은 춤추기 좋아하고 특히 여자를 좋아한다는 소문이 자자했다. 양 주석은 이 점을 놓치지 않았다. 또한 아내의 엄밀한 감시를 피할 수 있는 좋은 구실이기도 했다. 관료들의 부인들 역시 잘생기고 젊은 만주 장군과 함께 식사하는 것을 큰 기쁨으로 생각했다. 그래서 주석의 비서관은 부인들 중에서도 골라 뽑은 미인들로 장군의 주변을 가득 채웠다. 식탁에 육봉찜 같은 진수성찬마저 오르자 젊은 장군은 연신 건배를 했고 고주망태가 되어서도 건배를 외쳐 댔다.

"만주 수복을 위하여!"

양 주석에게 군벌로서의 교육을 받은 젊은 장군은 어느 모로 보나 아주 매력적으로 보였다. 승마나 운동을 좋아하고 춤도 잘 춘다. 노는 것은 뭐든지 배우는 것도 빨랐다.

사람들은 그가 만주에 있을 때부터 부하들의 부인과 사생활이 문란했던 것을 잘 알고 있었다. 많은 부인들이 이 젊은 독재자와 밤을 같이 보냈다. 그리고 난 이후엔 그녀들의 남편은 승진을 했다. 그녀들은 무도장이나 마작 테이블에서, 혹은 떠도는 입소문대로 침대 위에서 승낙을 얻어 냈던 것이다. 장군은 한편으로 후하게 선물을 주고 다른 한편으로는 많은 선물을 거둬들였다. 만약 어느 여배우나 유명한 여자가 마음에 들면 자택에 데려다 며칠간 머물도록 했다. 장군의 자택에서 나온 후 여자들은 마작만 하고 놀았다거나 재미있는 시간을 보냈다고 과장되게 말했다. 하지만 어떤 여자들은 한마디 말도 하지 않고 침묵만 지킬 뿐이었다.

지금 양 주석은 장군과 어울리면서 지금껏 누려 보지 못한 생활을 만끽하고 있는 중이었다. 이렇게 여자들과 즐겨 본 적이 과연 그 얼마만인지 몰랐다. 머리가 단순한 그는 중요한 결정을 내릴 때면 모두 부인에게 의지해야 했다. 정작 본인은 전쟁과 승마, 술 그리고 여자를 좋아했다. 하지만 네 가지 중 세 가지를 모두 빼앗기고 말았다. 부인은 그더러 술을 마시지 못하도록 했고 젊은 여자들과 가까이하는 것도 금지했다. 부인은 이미 중년이 다 된 나이였다. 게다가 지금 살고 있는 곳에는 전쟁도 일어나지 않았다. 그는 지금껏 모든 굴욕을 참고 잠자코 부인의 말에 따랐다. 침실에서 머리를 자를 때마저 호위병 넷이 총검을 들고 전후좌우에서 이발사를 감시했다. 물론 감시 대상에는 그 자신도 포함되었다.

　"당신 뜻은 내가 이발사 하나도 제대로 제압하지 못한다는 거야?"

　양 주석이 이렇게 말을 하면,

　"목덜미를 그렇게 내밀고 있으면 당연히 자신을 보호할 수 없지요. 모험을 할 필요는 없어요."

　부인은 이렇게 대답했다.

　그는 한숨을 내쉬었다. 과거 분대장 시절에는 여러 성을 옮겨 다니며 전쟁을 치르고 강가에서 상처를 씻기도 했었다. 지금은 모든 것이 꿈만 같다.

　"머리를 자르는데도 네 자루 총검이 지켜야 하니!"

　그러나 요즘 며칠은 광란의 파티를 열어도 부인은 반대하지 않을뿐더러 오히려 찬성이었다. 남편의 권력에 매우 큰 영향을 미칠 수 있기 때문이었다. 만약 남편이 만주 사령관과 의형제라도 맺게 되면 그의 군대를 등에 업고 자신의 군사력을 강화시킬 수 있게 된다. 때문에 양 부인은 젊은 여자들이 관저에 들락날락하는 것을 용납했을 뿐만 아니라 심지어 고무·격려까지 해 주었다. 양 주석은 마치 감옥에서 풀려난 느낌이었다. 선을 넘지 않을 것이라고 맹세하기는 했지만 결혼 전이나 주석이 아니었던 시절과 똑같이 마음껏 자유를 즐길 수 있었다.

양 주석은 다음엔 어떤 여자를 초대할지 고심했다.

"요즘 평서를 하는 예쁜 애 한 명이 왔다고 들었습니다. 한번 들어 보시랍니까?"

"정말 괜찮다면 들어 보죠."

장군이 말했다.

"젊고 예쁘다고 온 시안에 소문이 자자합니다!"

"예쁜지 어떻게 아세요?"

양 부인이 남편에게 캐물었다.

"다들 그렇게 말하더라니까."

남편은 구원을 바라듯이 주변을 둘러봤다. 누군가 나서서 자신의 거짓말을 지지해 주기를 바랐던 것이다.

"맞아요, 진짜 괜찮아요."

만주군 부관의 부인이 말했다.

그녀의 남편은 만주 군대에서 근무하고 있었다.

"그럼 들어 봅시다. 어디서 공연해요?"

"디성러우에서 한답니다. 그러나 몸소 가실 필요는 없습니다. 불러 오면 됩니다."

"나는 직접 가는 것을 좋아합니다. 미국 사람들은 낙타를 위해서라면 십리 길도 마다하지 않는다고 합니다. 그러니 젊고 예쁜 여인을 보러 십리 길을 걷는 것쯤이야."

"장군님, 정말 친히 행차하실 필요가 없습니다."

"그럼 내 명함을 갖고 가세요. 말재주나 파는 계집이니 병사를 보내서 데려오게 하지요."

부관의 부인이 호호 웃으면서 말했다.

"장군님, 새로운 메뉴를 또 추가하게 되었네요!"

그녀의 웃음소리는 한없이 간드러졌다.

"허튼 소리 말아요."

장군이 부드럽게 말했다.

양 주석은 얼른 부관을 불러서 귓가에 대고 몇 마디 지시했다. 마지막에는 큰 소리로 명령을 내렸다.

"동작 빨리, 기다리게 하지 마. 니……"

그는 욕을 조금만 내뱉었다. 하지만 부인이나 손님들 앞에서 예의를 지키기 위해서가 아니었다. 사람들마다 입에 밴 말을 생략하는 경우가 있다. 그렇게 삼킨 욕설은 오히려 효과도 더 큰 것이다. 양 주석은 부관의 어머니를 욕하는 것을 삼킴으로써 군령에 무게를 더 실었다.

양 주석은 '니미럴!'이라는 욕설을 내뱉기 좋아했다. 예전에 손님 한 분을 모시고 열병식을 거행한 적이 있었다. 그는 손님에게 구령을 부르게 했는데 광둥 출신이라 사투리가 심해서 병사들이 알아듣지 못했다.

앞으로 가라는 뜻의 '저우!' 구령을 불렀는데 마치 안녕 하고 인사를 하는 '자오!'로 들렸다. 병사들은 손님이 한바탕 애국 연설을 하려는 줄로만 알고 움직이지 않았다. 양 주석은 화가 나서 미칠 지경이었다.

그는 성큼 앞으로 나서더니 고함을 질렀다.

"앞으로 가! 니미럴!"

이 욕설 한마디는 즉시 효력을 보았다. 과연 군대가 움직이기 시작했던 것이다. 양 주석은 의기양양한 얼굴로 뒤돌아섰다. 그리고 두 사람은 친절한 대화를 나누기 시작했다.

"훌륭한 군대라는 것을 보여 주고 있을 뿐입니다."

"대단합니다!"

광둥 손님이 말했다.

그러나 이 군대는 일종의 기계 장치 같았다. 병사들의 움직임은 전동완구처럼 한번 작동되면 장애물에 부딪히지 않는 한 멈출 줄 몰랐다. 양 주석은 손님에게 이 전동완구가 어떻게 작동하는지만 자랑했을 뿐이다. 병사들은 꼿꼿한 자세로 전진했다. 무적의 로마 군대가 일사불란하게 전진하듯이 양 주석과 손님이 대화를 나누고 있는 곳에서 불과 6미터 거리밖에 남겨 두지 않았다.

"정말 대단합니다! 진짜 훌륭한 정예군입니다!"

광둥 손님이 아부했다.

"어, 그런데 군대를 멈춰 세우지 않으십니까?"

"아닙니다, 제 생각에는……"

"어서 멈추세요!"

"뭐라고요?"

거리는 1.5미터로 좁혀졌고 파도처럼 밀려왔다. 양 주석은 얼굴이 벌겋게 달아올랐다. 군대는 양 주석이 눈치 채기도 전에 그와 광둥 손님을 휩쓸어 버렸다. 사관후보생 두 명이 그와 충돌했다. 하지만 그들은 아랑곳하지 않고 여전히 군인답게 대열을 따라 계속 앞으로 씩씩하게 나아갔다.

양 주석은 상기된 얼굴로 뒤돌아보았다. 군대는 아직도 앞을 향해 꾸역꾸역 전진하고 있었는데 6미터 밖에는 개울물이 흐르고 있었다.

"물이나 실컷 마시게 내버려 둡시다!"

그가 으르렁거렸다.

강변에 가장 먼저 도착한 중사 한 명은 새로운 명령이 떨어지지 않자 무릎 깊이의 물속에 그대로 들어갔다. 사관후보생 몇 명은 강변에서 제자리걸음을 하면서 망설였다.

양 주석은 머리를 쥐어뜯으며 소리를 질렀다.

"차렷! 뒤로 돌아! 이런 병신들 같으니라고! 전진하라고 했지 물을 처먹으라고 했어?"

추이어원이 공연을 끝낼 무렵 양 주석이 보낸 병사가 도착했다. 분장실에 들어서니 병사 세 명이 기다리고 있었다.

"따라오시오."

대장이 말했다.

추이 노인은 들어오자마자 깜짝 놀랐다.

"왜 잡아가십니까. 잘못한 것도 없는데."

"겁내지 마십시오, 명령을 받고 주석님 관저로 모시는 겁니다."

대장이 말했다.

"왜요?"

그녀가 소리 질렀다.

"주석님이 모셔 오라고 했으니 나쁜 일은 아닐 겁니다. 감옥살이를 하러 가는 것도 아닌데 말입니다."

그는 고개를 돌려 추이 노인에게 물었다.

"누구십니까?"

"아버지 되는 사람입니다. 삼현을 다루고 있습니다. 같이 가도 됩니까?"

"안 됩니다. 따님만 모셔 오라는 명령을 받았습니다. 자, 어서 갑시다."

"이렇게 무례하게 나올 것까지는 없지 않습니까? 저를 불러서 공연하게 할 거면 미리 알렸어야지요. 댁들이 누군지 제가 어떻게 알 수가 있습니까?"

추이어원이 말했다.

대장은 귀찮다는 듯이 손가락으로 배지를 가리켰다. 붉은색 테두리의 네모난 천 조각에 '산시성 정부 헌병대'라는 글귀가 적혀 있었다.

"자동차가 대기하고 있습니다."

추이어원이 걸어 나가고 그 뒤를 아버지와 병사 몇 명이 따랐다. 관중은 놀란 표정으로 그들을 바라보았다. 판원보가 마침 자리를 비워 수하들은 조용히 지켜보기만 했다. 그중 몇 명이 영문을 알려고 입구까지 따라 나갔다.

검은색 소형 승용차는 시청의 번호판을 달고 있었다. 추어 노인이 차에 오르려고 했지만 헌병대장에게 저지당했다.

"죄송합니다. 같이 모시라는 명령을 받지 못했습니다."

추이 노인은 작은 북과 북채를 딸에게 건네주고 차 안을 살피며 딸에게 말했다.

"얼른 다녀와, 기다릴 테니."

"걱정하지 마십시오. 따님을 다시 댁으로 모셔 드릴 겁니다."

자동차는 즉각 시동을 걸었다. 붉은색 미등이 점차 먼 곳으로 사라졌다.

"잡혀갔어요!"

판원보의 수하 한 명이 말했다.

추이 노인은 그를 쳐다보았다. 그는 매우 친절하게 말했다.

"큰삼촌은 오늘 저녁에 여기 안계십니다."

그 수하를 추이 노인은 알아보지 못했다.

"판 나리 친구분이십니까?"

"네. 따님은 아무래도 성 주석과 그 만주 손님을 위한 공연 때문에 데려간 것 같습니다. 차는 분명 정부의 관용차입니다."

추이 노인은 고개를 절레절레 흔들었다.

"도둑 잡듯이 저렇게 여자애를 데리고 가는 것은 처음 봅니다. 베이핑에서는 상상할 수 없습니다."

"돌아가십시오. 우리가 큰삼촌에게 알리겠습니다."

추이 노인은 할 수 없이 돌아섰다. 그는 다리를 힘겹게 가누며 방으로 돌아왔다. 비록 헌병대장과 판원보의 수하가 좋은 말을 해 주기는 했지만 마음에 걸렸다. 담배에 불을 붙이며 좋은 방향으로 생각하려고 노력했다.

공연이 끝나면 항상 간식을 먹던 습관이 있어서 자주 가던 음식점을 찾았다. 웨이터는 추이어원이 보이지 않자 왜 함께 오지 않았냐고 물었다. 그는 대답을 얼버무렸다.

"손님이 청해서 갔어요."

대답을 하기는 했지만 여전히 불안하기만 했다. 그는 간식을 먹는 둥 마는 둥 하고 자기 방으로 돌아갔다.

추이 노인은 이 일을 시작한 지 오래되어서 여러 사정을 잘 알고 있었다. 재주를 파는 여자애들이 반드시 참고 견뎌 내야 하는 사정들이 있었다. 지금까지 딸은 독립적으로 살아 왔고 그런 딸을 지켜 주려고 애썼다. 아버지 된 마음에 언젠가는 딸이 공연을 그만두고 괜찮은 집안에 시집가서 잘 살길 바랐다. 그러나 대부분 여자애들은 돈 많은 집안에 첩으로 들어가고 말았다. 추이어원은 그녀들과 달랐고 줏대가 있었다.

이틀 전의 일이지만 딸의 혼사에 관한 이야기가 나왔을 때 란루수이가 딸을 보는 눈빛이 심상치 않음을 발견했다. 그러나 아무리 견주어 봐도 전혀 가망이 없어 보였다. 란루수이는 점잖은 선비인데다가 유학도 다녀왔고 또 얼마나 개성이 있는가. 추이 노인은 언감생심 기대조차 걸지 못했다. 입술 끝까지 나온 말을 도로 삼키고 말았다. 때문에 딸의 혼사 이야기는 그냥 지나가는 말처럼 했다. 추이어원은 비록 무대 위에서는 애절한 사랑 이야기를 많이 공연했지만 아직까지 마음에 들어 하는 남자가 없었다.

그들이 선양에 살고 있을 때 만주 군벌과 여배우나 유명한 여자들의 스캔들은 이미 소문이 자자하여 모르는 사람이 없을 정도였다. 만주 군벌이 하는 짓거리와 추이어원의 성격을 생각하기만 해도 추이 노인은 오싹했다. 그는 담배를 피우면서 벽에 걸려 있는 시계를 하염없이 바라보았다. 작은 시계추가 좌우로 움직이며 시간이 일분일초씩 흘렀다. 새벽 1시가 되었는데도 딸은 감감무소식이다. 째깍째깍 움직이는 시곗바늘 소리는 마치 자신을 비웃는 것 같았다. 너무 늦어서 판원보에게 알리기는 미안했다. 초조와 불안 속에서 그는 잠깐 잠이 들었다.

이튿날 아침 문 두드리는 소리에 잠을 깼다. 추이 노인은 잠을 잘 때 항상 블라인드를 내리고 자기 때문에 방안이 어두워서 시간을 확인할 수가 없었다. 밖에서 누군가 다급히 불렀다.

"아저씨, 어원이 돌아왔나요?"

그는 판원보의 목소리를 알아들었다.

이제야 비로소 엊저녁에 발생한 일이 기억났다. 추이어원은 아직까지 돌아오지 않았다! 그는 블라인드를 올리면서 물었다.

"판 나리이십니까?"

문을 열자 얼굴이 잔뜩 굳어 있는 판원보가 눈에 들어왔다.

"어원이 저녁에 안 돌아왔죠! 페이볜(飛鞭)이 말하기를 병사들이 와서 어원을 자동차로 데려갔다고 하던데요."

추이 노인은 서둘러 두루마기를 챙겨 입고 사건의 경과를 말했는데 판원보가 들었던 것과 비슷한 내용이었다. 추이 노인은 딸이 성 주석의 관저에서 밤새도록 돌아오지 않았다는 사실을 깨닫게 되자 더욱 난감했고 불안했다.

"나쁜 자식들! 내 딸을 뭐로 보는 겁니까? 기생입니까 뭡니까?"

그는 화가 나서 말을 쏟아 냈다.

"다른 사람들이 뭐라고 하겠습니까? 앞으로 어떻게 무대에 섭니까?"

"어윈을 그곳에 데려갔다고 페이벤이 말할 때부터 나는 그들이 쉽게 보내 주지 않을 줄 알았습니다."

"그들은 남의 집 딸을 납치해 놓고 법도 무섭지 않은 겁니까?"

"누구보다도 더 잘 아시잖습니까! 그들이 동북 삼성 근거지를 잃고 나니 서북 지역에 있는 여자애들이 당하는 겁니다. 일본 놈들이 만주를 점령하니 만주 군벌은 화풀이로 중국 여자들을 능욕하고 있습니다. 정말 개가 판을 치는 세상입니다."

판원보가 비꼬아서 말했다.

그는 눈알을 좌우로 굴리더니 냉정한 목소리로 물었다.

"사적인 질문을 해도 괜찮겠습니까? 어윈에 관한 겁니다."

"물론입니다. 수양딸이지 않습니까!"

"어윈은 착한 아이였습니까? 내 뜻은 남자가 있었느냐 뭐 이런 뜻입니다."

"판 나리, 우리를 많이 도와주셨으니 하는 말인데 다른 애들은 그 나이에 당연히 남자가 있었겠지만 어윈은 절대 그런 애가 아닙니다. 물론 학당을 다닌 적이 없고 배운 것도 별로 없습니다. 하지만 이런 업에 종사하는 애라고 하더라도 정조를 소중하게 생각하고 있습니다. 기예는 팔아도 몸은 팔지 않습니다. 우리는 가난하지만 매우 보수적입니다."

"상황이 오히려 더 안 좋을 수도 있습니다."

판원보가 말했다.

"무슨 뜻입니까?!"

"내가 알고 싶은 것은 어원이 처녀가 맞는지 그리고 이런 일에 대해 어떻게 생각하는지 하는 것입니다. 이런 일에 별로 신경 쓰지 않는다면 내일이나 모레면 돌아올 수 있습니다. 너무 슬퍼하지도 않을 겁니다."

판원보는 심각한 표정으로 추이어원의 아버지를 쳐다보았다.

"아저씨, 이 만주 장군에 대해 소문을 들은 적이 있으시죠?"

추이 노인은 시선을 떨어뜨리면서 말했다.

"물론 잘 알고 있습니다. 우리가 예전에는 선양에서 살았으니까요!"

"어원이 고집이 세다고 하셨지요?"

"네. 어원이 아무 일도 당하지 않고 안전하게 돌아와도 사람들의 구설에 오르기 마련입니다. 소문이라도 나게 되면 우리는 창피해서 죽을 겁니다!"

"지금 체면이 중요한 때가 아닙니다. 어쩌면 최악의 결과는 막을 수 있을지도 모릅니다. 먼저 내려가서 간단하게 요기하시고 성 주석의 집으로 찾아가 보십시오. 어원의 아버지라 말하고 상황을 좀 살펴보십시오."

아래층의 찻집이 이미 문을 열었다. 몇몇 테이블에 손님이 앉아 있었다. 그들은 차를 마시고 김이 모락모락 나는 만두를 먹으며 뜨거운 수건으로 얼굴을 닦고 있었다.

추이 노인은 인력거를 타고 주석 관저로 갔다가 약 10시쯤에 판원보의 집으로 돌아왔다. 란루수이도 함께 있었다.

"뭐 좀 알아보셨습니까?"

"아무것도 알아내지 못했습니다. 경비원이 들어가지 못하게 막더군요. 딸 찾으러 왔다고, 딸이 아직까지 집에 들어오지 않았다고 말했는데도 말입니다. 경비원이 하는 말이 당신 딸이 주석 집에 손님으로 초대받았는데 뭘 걱정하느냐는 겁니다. 뭘 좀 더 물어보려고 했더니 꺼지는 게 좋겠다면서 여기는 함부로 머무는 곳이 아니라고 말했습니다. 어윈에게 말 한마디도 전하지 못했습니다."

"경비원이 만주 사람이었습니까?"

"그런 것 같기도 하고 잘 모르겠습니다. 키는 만주 병사 같기도 했습니다."

오후에는 더 나쁜 소식을 접하게 되었다. 오후 1시쯤에 병사 한 명이 디성러우에 왔다. 그는 주인더러 대고 공연을 하는 추이어윈이 건강 이유로 며칠 쉰다는 공고문을 써 붙이게 했다. 추이 노인은 한걸음에 뛰어와서 이 소식을 판원보에게 전해 주었다. 그러고는 애가 타서 발만 동동 굴렀다.

"판 나리, 걱정돼서 미치겠습니다. 어윈이 무슨 짓을 저지를지 모르겠습니다. 어디에 갇혀 있는지도 모르고 아무도 접근할 수 없으니 말입니다. 정말 법이라는 게 없는 겁니까? 제멋대로 남의 딸을 납치해 갈 수 있는 겁니까!"

판원보는 이마를 찌푸리고 그를 보면서 말했다.

"그렇게 탄식해도 소용이 없습니다. 적어도 아직은 무사한 것 같습니다."

"아직 내 딸을 잘 몰라서 그러시는 겁니다. 정조를 지키기 위해 그 아이는 무슨 짓이든 할 수 있습니다."

조용하게 앉아서 듣고만 있던 란루수이가 갑자기 의자를 밀치고 일어서더니 말했다.

"판형, 방도를 생각해야 돼. 그 도둑놈에게 당하도록 그냥 두 눈을 뜨고 내버려 둘 수는 없잖아."

"너무 흥분하지 마."

판원보가 말했다.

그러고는 추이어원의 아버지에게 말했다.

"문제는 간단합니다. 선택을 하셔야 합니다. 어원은 제 수양딸이고 시안에서 안전을 지켜 주겠다고 약속했습니다. 저는 한번 내뱉은 말은 반드시 지키는 사람입니다. 어원을 빼내 오겠습니다. 할 수 있습니다."

"정말입니까?"

노인의 눈에는 눈물이 가득 고였다.

"어원을 빼내 오지 못하면 성을 갈겠습니다. 걱정하지 마십시오. 아저씨는 선택을 해야 합니다. 그들이 사람을 죽이지는 않을 것입니다. 말을 들을 때까지 계속 가둬 두거나 아니면 짐승 같은 그놈에게 강간당하고 풀려날 수도 있습니다. 어쨌든 영원히 남겨 두지는 않을 겁니다. 그때가 되면 아무 말씀도 하지 말아야 합니다. 물론 다른 사람들은 이러쿵저러쿵 말을 할 수가 있겠지요. 그러나 시간이 지나면 모두 깨끗이 잊게 되어 있습니다. 이것이 문제를 조용하게 해결하는 방법입니다. 그러나 지금 당장 **빼내** 오는 것을 원하신다면 그것도 가능합니다. 다만 아저씨와 따님은 즉각 이 도시를 떠나야 합니다."

"지금 당장 **빼낼** 수 있다면 뭐든지 다 하겠습니다."

판원보는 벌떡 일어서서 한 손으로 그의 어깨를 두드리며 말했다.

"집으로 돌아가세요. 아무 말도 하지 마시구요. 디성러우는 공공장소입니다. 아무 일도 발생하지 않은 것처럼 행동하세요. 돈을 계산하고 짐을 정리하십시오. 그러나 어디로 떠난다고 하지 마시고 자정이 지난 후에 여기로 와서 딸을 데려가십시오. 그리고 빨리 이 도시를 벗어나야 됩니다. 내일 바로 떠나세요."

반 시간쯤 지나서 리페이가 들어왔다. 여행에서 막 돌아와 친구들을 보러 온 것이었다. 리페이는 아무것도 모르고 있었다. 판원보는 의자 위에 다리를 올리고 앉아서 두 손을 머리 뒤로 깍지 낀 채 담배를 피우고 있었고 란루수이는 다른 의자에 앉아 있었는데 몹시 흥분한 얼굴을 하고 있었다.

판원보의 낯빛은 여느 때처럼 옅은 갈색이었지만 벌겋게 상기되어 있었고 특히 곰보자국이 더 뚜렷하게 보였다. 리페이는 예전에 그가 화내던 모습을 본 적이 있었는데 지금의 모습과 똑같았다. 판원보는 화를 낼 때 머리카락을 곤두세우고 두 눈은 부릅뜨는 모습이 매우 인상적이다. 게다가 일부러 목소리를 깔고 말해서 분위기를 더욱 무섭게 만들곤 했다.

"앉게."

판원보가 짧게 말했다.

리페이는 앉아서 담배를 꺼내 물었다. 불을 붙이기 전에 그는 판원보와 란루수이를 번갈아 쳐다보았다.

"무슨 일이야, 분위기가 왜 이래?"

"어원이 납치당했어."

원보의 목소리는 의외로 차분했다.

"납치, 누구한테?"

"그 중대가리 만주 양아치가 한 짓이야. 일본 놈들에게 쫓겨난 주제에 지금은 그 화풀이로 중국 여자애들을 괴롭히고 있어. 어원을 구해낼 거야. 속상한 건 그들이 내일 반드시 떠나야 한다는 거야."

판원보는 말을 이어 갔다.

"그 만주 양아치는 어원 양을 건드릴 작정이야. 내가 가만있지 않을 거야. 우리 서북인은 동북에서 온 양아치가 우리네 딸을 욕보이는 건 절대 용납할 수 없어. 내가 어떻게 하는지 두고 봐."

리페이가 말했다.

"오늘 저녁 중국관광호텔에서 그 만주 장군 놈을 위한 무도회를 연다는군."

판원보는 허리를 똑바로 세우고 물었다.

"정말이야? 자네가 어떻게 알아?"

"그들이 기자도 초청했다네."

"우리도 가자. 우리를 위해 입장권을 구할 수 있는가?"

"근데, 오늘 저녁에 어원 양을 빼내 온다고 하지 않았나?"

판원보가 일어섰다.

"그 장군 놈의 얼굴은 익혀 둬야지."

그는 혼자 웃으면서 머리를 긁어 댔다.

리페이가 말했다.

"나는 그런 무도회엔 가고 싶지 않아. 딱 질색이야. 정말 갈 건가?"

"입장권 몇 장 구해 주게. 그리고 다 같이 가세."

판원보는 방에서 왔다 갔다 하면서 말했다.

"나는 안 가. 무도회 가는 거랑 어원이 돌아오는 게 무슨 상관이 있어?"

란루수이가 말했다.

"내가 한다고 하고 못해 냈던 게 있던가? 걱정하지 마시게. 내가 꼭 돌아오게 할 거야. 지금이 우리한테는 절호의 기회야!"

판원보는 눈에 힘을 주며 말했다.

"한밤중이 되어야 돌아올 텐데 난 차라리 여기서 기다리겠어."

란루수이는 수심에 젖어 있었고 조금 흥분하기도 했다.

판원보는 겉모습이 거칠었지만 친구들에게는 정이 많았다. 그는 담배 한 대를 붙였다.

"나는 너를 이해할 수가 없다. 어원은 물론 착한 애야. 나도 인정해. 근데 너는 파리도 다녀왔고 예쁜 애들도 진짜 많이 봤잖아. 이제는 정말 네가 걱정이야. 거 참 이상하네, 왜 나만 빼고 다 연애질이야?!"

9

해가 저문 초저녁 중국관광호텔에서는 무도회가 성대히 열렸다. 시안
에서 이렇게 성대한 파티는 보기 드물었다. 시안 성의 관료들과 명사들
은 부인을 대동하고 화려한 의상을 입고 모여들었다. 밖에는 각양각색
의 승용차들이 즐비하게 주차되어 있고 검은색 제복을 입은 경찰들이
경비를 서고 있었다.

무도장에는 입장권을 제출해야만 통과할 수 있었다. 홀은 최대 200
명의 손님을 수용할 수 있었는데 사람이 너무 많아 비집고 들어갈 틈도
없었다. 홀에는 바이올린 4대를 갖춘 오케스트라가 연주하고 있었다.

넓은 홀에는 연단이 설치되어 있고 정면 벽에는 "환영 S장군 각하!
동북을 수복하자!"라고 쓴 큰 현수막이 걸려 있었다. 리페이는 연단을
보자마자 머리가 아팠다. 누군가 또 거창한 애국 연설을 할 것이 분명
했다. 홀은 손님들의 시끄러운 목소리로 왁작했다. 성 주석과 그의 고
집쟁이 부인도 참석했다. 현장에는 경비부대 다이(戴) 사령관과 시안 사
교계에서 내노라 하는 사람들이 모두 모였다.

남자들은 공식적인 예복 차림으로 두루마기에 마고자를 입었다. 양
주석이 특히 눈에 띄었는데 온갖 풍상을 겪은 얼굴과 몸에 걸친 비단

두루마기는 도무지 어울리지 않았다. 만주 손님인 장군은 서양식 예복을 입고 있었다. 체격은 왜소하고 얼굴색은 옅은 갈색을 띠고 있었으며 머리카락 몇 올이 듬성듬성 나 있는 대머리였다.

아름다운 귀부인들에게 둘러싸여 있어서 사람들은 그를 주목했다. 그는 꼿꼿이 선 자세로 모든 사람에게 미소를 지었다. 사람들 틈을 비집고 장군의 곁으로 다가가서 그가 무슨 말을 하는가에 귀 기울이는 소수의 사람들은 언제나 있었다. 푸른색 중산복을 입은 젊은 남자들이 사람들의 시선을 끌었다. 가족을 거느리고 온 외국인 목사 몇 명도 눈에 띄었다. 그들은 만주 S장군의 얼굴이나 한번 보기 위해 온 것이었다.

여자들은 우아하고 고급스러운 비단 치파오를 입었다. 그중에는 중년이 다 되어 가는 구식 여성도 여럿 있었는데 초청을 받고 이 자리에 참석한 것이다. 정부 관계자들은 자녀들까지 데리고 왔다. 나이가 든 노부인들은 머리를 매끈하게 뒤로 빗어 넘기고 쪽머리를 틀었으며 젊은 부인들은 웨이브 헤어스타일을 했다. 그녀들 중 몇 명만 특별히 헤어스타일에 신경 썼고 대부분은 긴 머리를 어깨에 늘어뜨렸다. 시안에서 한창 유행하고 있는 헤어스타일이었는데 상하이보다는 2년 늦었다.

춤을 추는 부인들은 모두 초청되었다. 그녀들은 옷차림은 최신 유행을 따르고 있었지만 신분은 그리 높지 않았다. 초청을 받은 것도 춤을 추는 여성들이 너무 적었기 때문이다. 그중에는 얼굴이 아주 예쁜 여자 한 명이 있었는데 재정부장의 곁을 지키고 있었다. 전에는 가희였다고 하는데 밝게 빛나는 두 눈과 아름답고 우아한 미소는 여러 여성들 가운데서 가장 **빼어났다**. 그녀도 결국은 첩이었다. 재정부장의 늙은 아내가 후난(湖南)의 한 농촌에 엄연히 살아 있기 때문이었다. 적어도 시안에서 근무하고 있는 몇 년 동안 그에게 아내라고는 이 여자밖에 없었기 때문에 사람들은 공공장소에서 그녀를 부인 또는 딩 부인이라고 불렀다. 정실과 첩 사이의 경계선이 존재하지도 않았다.

리페이는 두 부인을 제외한 두씨 일가가 모두 참석한 것을 보았다. 두 시장은 원래 춘메이를 데리고 오지 않으려고 했다. 그의 부인도 자기 지위를 빼앗길까 봐 반대했다. 그러나 모처럼 열린 사교 행사에 춘메이는 자신의 신분도 아랑곳하지 않고 고집을 부렸다. 문을 나서기 전에 한 차례의 폭풍이 집안을 휩쓸었다. 두 시장은 이러지도 저러지도 못했다.

"다른 사람들한테 뭐라고 소개해?"

그가 물었다.

춘메이에게는 시안에서 매우 드물게 열리는 오늘 저녁의 사교 행사에 나가는 것은 의미가 남달랐다. 그녀는 눈물을 펑펑 쏟으며 오늘 저녁에 반드시 가겠다고 고집을 부렸다. 침대에 엎드려서는 숨겨 두고 억눌러온 응어리를 마구 쏟아 냈는데 마치 봇물이 터지듯 걷잡을 수가 없었다.

"십일 년을 살면서 아이 둘을 낳았어요. 이렇게 오래 살면서 우리 집 같은 곳을 본 적이 없어요! 제 입장을 생각해 봤어요? 저는 도대체 뭔가요? 하녀도 아니고 첩도 아니고 말이에요. 부인을 존중하고 부인의 말이라면 다 들어 줬어요. 다른 여자들은 얼굴을 내밀고 다녀도 되고 저는 왜 안 되는 건가요? 저도 사람이에요, 귀신 아니라고요! 제가 그렇게도 망신스러운가요? 개도 제 주인을 따라다니는데 저는 개만도 못한 가요? 당신 아이들한테는 그래도 좋은 엄마였다면 아이들도 자기 친엄마가 누군지 알아야 하지 않겠어요? 제가 만약 본분을 지키지 않았고 저 때문에 당신 체면이 깎여서 싫으면 내일이라도 당장 이 집에서 내쫓아요. 물건들을 정리해서 아이들을 데리고 나갈게요!"

그녀는 눈물을 펑펑 흘리면서 불만을 토로했다.

두판린이 말했다.

"나는 아무 말도 안 했는데 왜 그래? 나는 당신이 좋아. 그런데 이번 사교 모임은 공식적인 자리야. 당신을 데리고 가서 첩이라고 소개할 수도 없잖아. 왜 그런지 당신도 잘 알잖아!"

"제가 당신 아이들의 엄마가 맞아요? 사람이 살면서 어떻게 이렇게 체면을 안 차리고 살 수가 있죠? 제가 죽으면 아이들이 묘비를 어떻게 써야 할지 모를 거예요! 제 생각은 하지 않더라도 당신 손자들 생각은 해야 되는 거 아닌가요?"

그녀는 날카롭게 풍자하면서 '손자' 두 글자를 내뱉었다.

두 시장은 고민이 되기도 하고 난처하기도 했다. 부인이 방에서 듣고 달려왔다.

"미쳤어, 미쳤네! 종년이 역시 종년이지, 저 앙탈을 부리는 거 좀 봐. 왜 하필 오늘 저녁이야!"

두 부인이 욕을 했다. 그녀는 방금 미용사가 손질해 준 춘메이의 머리채를 휘어잡고 드잡이할 듯이 춘메이가 있는 곳으로 거칠게 걸어갔다.

두 시장은 부인을 방문 밖으로 밀어냈다.

"내가 말할 테니 나가 있어."

그러나 두 부인은 방문 앞에 서서 춘메이가 침대에 엎드려서 통곡하는 것을 지켜보았다. 두 부인은 화가 나서 얼굴빛이 새파래졌다.

두 시장은 침대의 가장자리에 앉아서 인내심을 가지고 달랬다.

"춘메이, 억지를 부리면 안 되지. 나와 이 집을 생각해야지. 데려가기 싫은 게 아니라 그렇게 할 수 없는 거야. 사람들이 물어보면 뭐라고 대답해?"

"간단해요, 당신이 모르겠으면 오늘 저녁 성 주석한테 물어 볼게요. 성 주석더러 결정해 달라고 할게요. 성 주석한테 이렇게 말할 거예요. 만약 주석님이 저에게 당신 집안에 남아 있을 권리가 없다고 하면 억지로 있지 않겠다고요."

춘메이가 말했다.

"애들처럼 떼를 쓰지 마. 들여보내지 않을 거야."

두 시장이 말했다.

"흥, 두고 봐요! 누가 감히 시장 손자의 엄마 되는 사람을 못 들어가게 하는지요."

"지금 나를 협박하는 거야? 오늘같이 이렇게 중요한 자리에서 난리를 필 거야?"

두판린도 화를 냈다.

"협박이 아니에요. 엄마 신분으로 아이 둘을 데리고 들어갈 거예요."

두판린은 진심으로 당황했다. 그는 교활한 정객들은 여유 있게 상대할 수 있었지만 울고불고 하며 겁 없이 행동하는 이 여자에게는 어찌할 방법이 없었다. 그는 목소리를 낮췄다.

"어떻게 했으면 좋을지 가르쳐 줘. 그럼 그대로 할 테니까."

"당신 같은 남자들은 책을 그렇게 많이 읽었는데 우리처럼 교육받지 못한 여자들보다도 못한가요!"

"그럼 무슨 수가 있는데?"

"제가 당신 손자의 친엄마 맞죠?"

"당연하지!"

"그럼 손자의 엄마를 뭐라고 불러야 돼요?"

"당연히 며느리라고 불러야지."

두판린은 일초의 망설임도 없이 말했다. 그다음에야 그녀의 뜻을 이해했다. 그는 갑자기 얻은 깨달음에 깜짝 놀랐다.

'똑똑하네, 배짱도 있고!'

그는 속으로 생각했다.

"이렇게 쉬운 것을? 그러면 제 무덤에도 두씨라고 적을 수가 있어요."

그녀는 확고하게 말했다.

며느리! 이 얼마나 존경스러운 신분인가! 현재의 상황이 바뀔 것도 없고, 호칭조차 고치지 않아도 된다. 그러나 그는 왠지 모르게 자신이 피하고 싶은 상황으로 자꾸 빨려 들어가는 느낌이 들었다. 하지만 한참 지나서 이 말이 나중에 그에게 말할 수 없는 큰 충격을 가져다주게 될 것을 알지 못했다.

"암 그렇고말고, 내 사랑하는 며느리! 그럼 그렇지. 내 아들을 위해 수절하는 거고. 나는 왜 생각을 못했을까? 그럼 같이 가. 며느리라고 소개할 테니."

그는 그녀의 무릎을 툭툭 치고 몇 번 주물럭거렸다. 밖에 서 있던 두 부인은 분노했다기보다는 멍해졌다. 만약 사진사가 이 순간을 놓치지 않고 카메라에 담았다면 객실에 걸려 있는 〈파리스의 심판〉보다 훨씬 매력적이고 다채로웠을 것이다.

"다리를 주무르지 않아도 돼요."

춘메이는 일어나 앉으면서 그를 뿌리쳤다.

난처했던 신분상의 문제를 해결하고 춘메이의 뜻대로 해서 그녀를 진정시켰다. 그러고 나서 두판린은 부인의 방으로 들어갔다. 그런데 부인은 곱게 다듬은 머리를 풀어 헤치고 침대에 앉아 있었다. 그리고 자신은 너무 시끄러워서 머리가 아프다며 파티에 참석하지 않겠다고 선포했다.

두판린은 두 가지 선택을 할 수 있었다. 첫째는 부인을 설득해서 현실을 받아들이게 하고 파티에 참석하는 것이다. 그런데 실패했다. 기왕 이렇게 된 바에는 아예 온 집안이 가지 않는 방법도 있었다. 그러나 다시 생각해 보니 매우 중요한 자리였다. 부인이 영감탱이가 부끄러운 줄도 모른다고 욕을 하자 그는 화가 나서 춘메이의 방으로 돌아가 버렸다.

지금 춘메이는 어려운 싸움에서 이기고 나서 치장하고 있었다. 이렇게 아름다운 여인이 눈앞에 등장하자 그는 부인이 그에게 준 모욕 따위는 깨끗이 잊어버렸다. 그는 웃으면서 춘메이에게 다가가 낮은 목소리로 말했다.

"내 예쁜이, 시어머니가 안 간대."

"들었어요."

춘메이는 얼굴에 계속 분을 바르며 말했다.

춘메이는 자신이 광대뼈가 튀어나왔으나 눈가에는 주름이 없고 탱탱해서 연지를 어떻게 바르면 두 볼이 예쁘게 보이는지 잘 알고 있었다. 그녀는 앞머리 몇 가닥을 드리워서 멋을 냈다. 그리고 눈썹을 초승달처럼 가늘게 그렸다. 젊은데다가 예쁘게 화장까지 하고 나니 그녀의 미모는 더욱 돋보였다. 두판린은 그런 그녀를 즐겁게 바라보면서 파티에 가지 않으려던 생각을 모두 지워 버렸다.

춘메이는 검은색 테두리의 분홍색 치파오를 골랐다. 마음껏 젊음을 뽐낼 수 있기 때문이었다. 그녀는 거울속의 자신을 오랫동안 들여다보았다. 그 누구에게도 꿀리지 않을 자신이 있어 두렵지가 않았다.

두주런이 운전하고 왔을 때 곱게 화장한 춘메이가 같이 간다고 하자 깜짝 놀랐다. 샹화도 놀랐다. 아버지가 농담조로 설명했다.

"내가 일찍 생각했어야 하는 건데. 춘메이도 다른 사람들과 마찬가지로 공식적인 자리에 드나들 권리가 있어. 오늘 춘메이에게 합법적인 신분이 생기게 된 걸 기쁘게 생각한다."

샹화에게 갑자기 형님이 생겼다. 샹화는 춘메이의 능력에 내심 탄복했다. 춘메이가 한 번도 공개석상에 나선 적이 없어 십중팔구 망신당할 것이라고 생각한다면 오산이다. 그녀는 자태가 우아하고 몸가짐이 단정했다. 샹화를 따라다녔으며 샹화는 사람들에게 형님이라고 소개했다. 두판린은 홀에 들어서자마자 그녀들에게 자유를 주었다.

두주런은 오늘 저녁이 매우 즐거웠다. 손님들 중에는 난징에서 온 사람들도 많았다. 아버지가 그를 만주 장군에게 소개시켜 줄 때 성 주석은 곁에서 전도가 유망한 청년이라고 칭찬해 마지않았다. 그의 머릿속에는 도로를 건설할 계획이 자리 잡고 있었는데 물론 자신의 시멘트 공장을 빼놓지는 않았다. 한편으로 그는 자신이 서경개발위원회의 위원이 되길 바랐다.

홀에 고관들이 구름처럼 몰려들었다. 두주런은 멋쟁이 아내를 자랑스럽게 쳐다보았다. 산차이 근처에 있는 라마교 사원의 주어니(卓尼) 생불(活佛)도 왔다. 두주런은 그와 거래가 있어서 아는 사이였다. 이때 누군가 그의 어깨를 두드리며 말했다.

"헬로, 파커(派克)."

고개를 돌려보니 로터리클럽에서 알게 된 미국 목사였다. 그들은 영어로 대화를 나눴다. 영어를 하는 사람들이 자연스럽게 모였다. 그들은 신념이 비슷했고 새로운 사고방식을 갖고 있었다.

목사는 중국에 좋은 도로와 시멘트가 필요하다는 그의 주장에 찬성했다. 특히 서북 지역은 더욱 그렇다고 했다. 그들은 수십 년간 신문에서 다뤘던 철도 확장 건설에 대해서도 이야기를 나눴다. 브래드쇼 목사는 생불에 관심이 많았다. 두주런이 안면이 있다고 하자 그는 소개를 부탁했다.

생불은 짧은 머리를 한 티베트인이었다. 머리에는 법모를 착용하고 몸에는 자주색 도포를 둘렀으며 롱부츠를 신었는데 사람들의 시선을 끌기에 충분했다. 브래드쇼 목사의 중국어 실력은 괜찮았다. 생불은 미국 목사라는 말을 듣고 자부심에 가득 찬 미소를 친절하게 지어 보였다. 목사는 질문을 많이 했다. 그리고 지금까지 티베트인을 한 명도 신도로 만들 수 없었다고 농담했다.

"노력해 보십시오. 오십 년을 노력한 사람도 있습니다. 초청해 드리도록 하겠습니다. 당신이 우리 동포의 신앙을 바꿔 그대들 종교를 믿게 하면 선구자가 될 수 있습니다."

생불은 웃으면서 말했다.

브래드쇼 목사는 교회에서 한인(漢人) 신도는 모집할 수 있었지만 무슬림이나 티베트 불교도를 대상으로 전혀 손 쓸 방법이 없었다고 두주런에게 고백했다.

"이것이 제가 한인을 좋아하는 이유이기도 합니다."

목사가 말했다.

"한인은 종교를 별로 중요하게 생각하지 않습니다. 티베트인이나 무슬림은 다르지요. 초청을 수락하지 않는 것이 좋습니다. 놀리는 겁니다."

두주런이 말했다.

오케스트라가 국가를 연주하자 사람들은 모두 연단을 마주하고 차렷 자세를 취했다. 무대 위에는 양 주석과 만주 장군이 서 있었다. 연주가 끝나자 모두 국부 쑨원의 초상화에 허리 굽혀 절을 했다.

대부분의 손님들은 서 있었다. 벽 쪽에 좌석 한 줄이 마련되었을 뿐 다른 곳에는 의자조차 없기 때문이었다. 리페이는 이런 자리가 몸에 맞지 않은 옷을 입은 것처럼 불편하기만 했다. 두러우안은 가족들에게 둘러싸여 있어서 인사를 나누지 못했지만 자꾸 눈길이 그쪽으로 간다. 판원보는 넓은 인맥을 자랑하듯 자리한 여러 사람들과 반갑게 인사를 나누다가 경비부대 다이 사령관에 멈춰 한참 이야기를 하고 있었다.

양 주석의 환영 연설이 시작되었다. 사욕에 눈이 먼 자가 거짓으로 지껄이는 나라며 민족을 사랑하는 따위의 진부한 말을 리페이는 더 듣고 싶지 않았다. 기껏해야 초등학생 수준이라 듣는 사람에게 더 이상 어떤 생각도 하지 못하게 했다.

오늘 저녁 연설에는 그래도 나름 애쓴 흔적이 보였다. 진보나 민주 따위의 최신 유행어와 심지어는 혁명 단계나 군중 등 본인과 어울리지 않은, 어디서 주워들은 풍월의 급진적인 용어도 가져다 쓰며 자신의 업적부터 늘어놓기 시작했다. 자신이 건설한 도로, 시안 여성의 해방, 아편 금지, 축첩제도의 폐지에 대해 장황하게 늘어놓으며 시안의 도덕적 기풍을 매우 양호하게 변화시켰다고 말했다. 교육 업적에 대해서는 이렇게 말했다.

"십년 전에는 성 전체에서 글자를 익힌 백성이 백분의 십오에 불과했지만 지금은 천분의 십오에 도달했습니다!"

그는 이 말에 힘을 싣기 위해 주먹으로 책상을 꽝 내리쳤다. 주석이 이 말을 특별히 강조하는 것은 최근에 주워들은 표현이기 때문이었다. 게다가 '천'은 '백'보다 훨씬 큰 숫자이고 듣기에도 좋았다.

몇몇 손님들은 그것을 눈치 채고 속으로 비웃었지만 대부분은 연설을 듣지 않거나 성의 교육이 비약적으로 발전했다는 것만 알아들었다. 그들은 양 주석의 열광적인 모습에서 그 뜻을 판단하려고 했다.

리페이의 귀에 몇몇 사람들이 낮은 목소리로 농담을 주고받는 것이 들렸다. 리페이는 같을 일을 하는 한 기자에게 물었다.

"천분의 십오라는 말을 쓸 거야?"

그 기자는 큰 소리로 웃었다.

"총살당할 일이 있어?"

"이 속도로 발전하다가는 십 년 후에는 만분의 십오만 신문을 볼 수 있게 돼. 그때가 되면 우리는 다 굶어죽겠네."

공교롭게도 이 웃기는 소식은 널리 퍼져 며칠이 안 돼서 시안의 모든 사람이 알게 되었다. 물론 이것을 보도한 신문사는 없었다.

젊은 장군의 연설은 더욱 지루하고 진부했으나 비교적 짧았다. 목소리는 제대로 들리지도 않았다. 그는 오늘 저녁 자신을 위한 이 연회에 대해 매우 감사하게 생각하고 있다며 성 주석과 손님들에게 경의를 표한 후 갑자기 도덕에 대해 늘어놓기 시작했다. 그는 국가가 어려움에 처했을 때 그것을 인내한 위대한 사료들을 인용하면서 현수막에 쓴 '동북을 수복하자'는 것을 주제로 연설을 진행했다.

"시국이 긴박할수록 우리의 신념은 더욱 확고합니다. 동포들이 위대한 전통인 도덕적 정신과 인내심을 잃지 않고 고생과 희생을 마다하지 않으며, 끝까지 저항하고 분투하고 인내하기만 하면 최후의 승리는 반드시 우리에게 돌아올 것입니다! 장담하건대 세상에는 치울 수 없는 바위가 없고 옮길 수 없는 산이 없습니다! 저는 만주가 다시 조국의 품으로 돌아오는 그날까지 모든 고난과 시련을 극복할 수 있습니다!"

연설이 끝나자 우레 같은 박수가 터져 나왔다. 지금부터는 춤을 추는 여흥의 시간이기 때문에 지루한 연설이 끝남을 기뻐하는 박수소리 같다.

오케스트라의 연주가 다시 울려 퍼지고 연설을 마친 두 사람은 단상에서 내려왔다. 무도회가 시작되자 나이가 많은 부인들은 한 번도 구경한 적이 없는 장면을 보기 위해 벽 쪽에 마련된 좌석으로 물러났다. 양주석의 부인도 당연히 춤출 줄 몰랐다.

젊은 부관이 장군을 재정부장의 아내인 딩 부인에게로 안내했다. 그녀는 갈색 바탕에 검은색 무늬를 수놓은 화려한 치파오를 입고 있었다. 머리가 조금 벗겨졌고 짧은 수염을 기른 장군은 곧바로 무도회의 주인공이 되었다. 이미 이런 파티에는 이골이 난 듯 딩 부인과 파트너로 능숙하게 스텝을 밟았다. 홀에서는 이미 여러 쌍이 춤을 추고 있었다. 어떤 이는 서양식 예복을 입고 어떤 이는 전통 두루마기를 입고 뒤섞여 파트너와 함께 춤을 추느라고 분주했다.

옷이 날개라고는 하지만 가끔 예외도 있었다. 양 주석은 헐렁한 두루마기를 입었다. 그는 최근 배운 춤을 추고 싶어 온몸이 근질근질했다. 그가 배운 춤이란 연속해서 왼쪽 또는 오른쪽으로 두발을 내디디기만 하면 되었다. 춤을 저녁 식사 후의 산책쯤으로 생각하고 있었는데 춰보니 소화에도 좋을 뿐더러 아름다운 아가씨를 꽉 껴안을 수 있어서 재미를 더해 주었다. 그의 춤동작은 굼뜨지 않았지만 부드럽지도 않았다. 춤에 대해 마치 실내운동을 야외에서 하는 것처럼 도전했다.

그는 용감하게 플로어에 들어서서 검은색 부츠를 신은 두 발로 앞으로 뒤로 스텝을 밟으면서 춤을 추기 시작했다. 스텝을 일직선으로 밟고 있어서 가끔은 다른 사람들과 충돌했고 마치 행군을 하는 듯했다. 그러나 사람들은 그가 성 주석인 것을 알고 있기에 재빨리 그가 이동하는 코스를 파악하고는 그가 오면 미리 길을 내주었다. 결국 그는 제초기처럼 이르는 곳마다 넓은 공간을 확보하게 되었다. 헐렁한 소매로 파트너를 껴안았는데 파트너는 그의 체중 때문에 힘에 부쳐 했다.

머리 하나는 더 커서 눈에 잘 띄었기 때문에 다른 사람들은 그를 쉽게 피해 갈 수 있었다. 또한 육군의 짧은 머리와 독특한 헤어스타일을 하고 있어서 경사진 얼굴을 그대로 드러내고 있었다. 검은 콧수염을 기르고 턱과 얼굴에 살이 잔뜩 붙어 있어 얼굴 모양이 꼭 거꾸로 세워 놓은 계란 같았다. 뒤로 젖혀진 귀와 크고 납작한 코도 얼굴모양을 잘 받쳐 주고 있었다.

그럼에도 불구하고 겉으로 보기에는 밉상이 아니고 친절해 보였다. 두꺼운 입술, 통통한 볼, 넓은 납작코는 사람들에게 푸근하고 친절한 인상을 주었다. 눈은 살짝 아래로 처져 있고 그는 이 눈을 통해 자신의 발밑에 있는 세계를 즐겁게 훔쳐보고 있었다.

두씨 집안사람들은 멀리 홀 한쪽 끝에 앉아 있었다. 리페이는 그쪽으로 걸어갔다. 두러우안은 사람들이 춤을 추는 모습을 즐겁게 쳐다보고 있다가 리페이를 발견하자 부끄러워 얼굴이 빨개졌다.

두러우안은 같이 있는 젊고 아름다운 여성에게 리페이를 소개했다. 얼굴에는 연지와 분을 곱게 발랐고 오똑한 콧마루를 가지고 있는 젊은 부인이었다.

"제 올케예요, 춘메이."

두러우안이 말했다.

리페이는 자리에 앉았다.

"나랑 같이 춤출래요?"

"춤출 줄 몰라요. 좋아하세요?"

"누구랑 추는지 봐야죠. 그쪽에서 안 추면 나도 안 출래요. 같이 얘기 나누는 게 더 좋아요."

춘메이가 물었다.

"어떻게 추나요?"

리페이가 말했다.

"가르쳐 드릴까요?"

춘메이는 다른 사람들이 추는 것을 보면서 자기도 추고 싶었다.

춘메이는 일어섰다. 부드러운 옷감은 그녀의 아름다운 몸매를 한결 돋보이게 했으며 매혹적인 자태에 싱싱함이 살아 숨 쉬었다. 그들은 구석에서 스텝을 밟아 보았다.

오늘 저녁 춘메이는 기분이 매우 좋았다. 집에서 거둔 승리는 그녀로 하여금 신분의 벽을 뛰어넘었다는 생각이 들게 했다. 춘메이처럼 우아한 분위기를 타고난 여인이 춤을 추는 것은 마치 물을 만난 고기와 같았다. 그녀는 한 손을 높이 들고 박자에 맞춰 스텝을 밟았다. 이윽고 그녀는 자리에 돌아왔다.

춘메이가 두러우안에게 물었다.

"왜 안 배워요, 쉬운 것 같은데!"

"너무 게을러서요."

두러우안이 말했다.

리페이와 춤을 추면 매우 즐거울 것 같았다. 그러나 사람들의 시선이 닿지 않는 둘만의 신성한 공간에서 춰야 된다고 생각했다.

덩치가 큰 양 주석이 그들에게 걸어왔다. 그는 좀 전에 구석에서 춤을 추고 있던 춘메이를 보고 아름다운 자태에 완전히 빠져들었다. 춘메이 앞에 다가선 성 주석은 인사도 하지 않고 몹시 유치하지만 거절하면 안 될 것 같은 그런 자세로 한 손을 내밀어 춤을 청했다.

"같이 추시려고 그러는 거예요?"

춘메이가 물었다.

"당연합니다."

양 주석은 두꺼운 입술을 벌리고 미소를 지었다. 말투에는 명령 같은 것이 묻어났다.

춘메이는 일어서서 옷에 잡힌 주름을 펴기도 전에 끌려갔다. 두러우안은 춘메이가 걱정됐지만 조금 지나서 보니 잘 추고 있었다.

"당신은 누구세요?"

양 주석이 물었다.

"시골에서 올라온 여자일 뿐입니다."

춘메이는 즐겁게 대답했다. 사람들의 시선이 자신을 주목하고 있다는 사실을 눈치 챘던 것이다.

"나도 시골에서 태어났습니다. 우리처럼 긴 안목과 용기를 갖고 있는 사람이라면 정상에 오를 수 있습니다."

양 주석은 상반신을 자꾸 그녀 쪽으로 들이밀고 춘메이는 상반신을 자꾸 뒤로 젖혔다. 몸의 무게중심을 그의 팔에 싣고 그가 이끄는 대로 스텝을 밟았다. 춘메이의 나긋나긋하고도 풍만한 몸매는 양 주석의 팔안에서 녹아 버릴 것만 같았다. 급기야 모든 사람이 이 신비로운 여자에 대해 물었다.

샹화는 한쪽 구석에서 새로 생긴 형님의 용기에 내심 감탄하고 있었다. 만주 장군이 주석의 파트너를 뺏으려고 다가왔다. 양 주석은 웃으면서 연신 "안됩니다, 안 됩니다"라고 말했다."

구경꾼들은 장군이 파트너를 빼앗는 데 실패하자 키득키득 웃어댔다. 젊은 만주 장군도 할 수 없이 큰 소리로 웃으면서 물러났다.

판원보가 리페이를 찾아왔다. 그는 시계를 보면서 말했다.

"우리 이제 가야 돼."

리페이는 일어났다. 두러우안은 그들의 심각한 표정을 눈치 챘고 이렇게 즐거운 모임이 깨지는 것이 못내 아쉬웠다.

리페이가 설명했다.

"원보 집에 손님이 와 있어요. 잠시만 같이 가 주실래요?"

두러우안은 천천히 일어나서 그들과 함께 사람들 사이를 비집고 나갔다.

"내일 우리 집에 올 수 있어요? 꼭 만나야겠어요. 내가 갈 수 없으니 꼭 와 줘요."

그는 낮은 목소리로 말했다.

두러우안은 가겠다고 대답하고 자기 자리로 돌아왔다. 판원보와 리페이는 조용히 홀을 빠져나갔다.

두 사람이 집에 들어섰을 때는 이미 11시가 다 되었다. 추이어원의 아버지는 일찍 와서 란루수이와 함께 초조하게 기다리고 있었다. 그러나 딸이 나타나지 않았다.

판원보가 얼른 말했다.

"걱정하지 마세요, 곧 올 겁니다. 물건들은 다 챙기셨습니까?"

추이 노인은 소파 위에 있는 푸른색 보따리를 가리켰다.

"어원의 옷가지 중에 괜찮다고 생각되는 것 몇 개만 챙겼습니다. 다 갖고 나올 수 없었습니다."

"들어가서 좀 쉬세요. 어원이 도착하면 깨워 드리겠습니다."

10

ﻌﺤﻌ

그날 저녁 주석의 관저는 매우 조용했다. 관저는 도시 북쪽의 비교적 편벽한 지역에 위치하고 있고 사면이 담장에 둘러싸여 있었다. 정문에서 방까지 매끄러운 돌길이 길게 이어져 있고 양쪽에는 과일나무를 심었다. 뒤뜰에는 넓은 채소밭이 있고 뒷문 바로 옆에는 마구간을 지었다. 보통 저녁 시간에는 방마다 등불이 환하게 켜져 있었다. 승용차 몇 대가 문 앞에 주차되어 있고 위병이 아무도 접근하지 못하게 보초를 서고 있었다.

판원보의 수하들한테는 이런 임무가 식은 죽 먹기였다. 판원보는 이미 모든 것을 신중하게 계획했다. 그는 추이어윈이 만주군 구역이 아니라 이 관저에 갇혀 있다고 들었다. 문제가 더욱 간단해진 셈이었다. 그는 부하에게 모두가 잠든 틈을 타서 담장을 넘고 위병을 협박해서 추이어윈이 갇힌 곳을 알아낸 다음에 구출할 것을 지시했다.

페이벤과 바오산(豹三)은 전문가였다. 그들은 위병 따위는 안중에도 없었다. 상대방의 허를 찌르는 방법을 잘 알고 있었으며 동작은 민첩했다. 그들이 심심풀이로 자주 하는 운동이 있었는데 2천 킬로그램이 넘는 맷돌을 들었다 놨다 하는 것이었다. 추이어윈의 체중은 기껏해야 45

킬로그램이 넘지 않았다.

명령이 떨어지자 그들은 신바람이 났다. 600년의 역사를 지닌 백련교는 결코 만만한 조직이 아니었다. 왕조가 바뀌어도 민간 비밀결사조직은 여전히 존재해 왔고 사회 최하층에 침투되어 있었다. 백성은 자신을 보호해 줄 세력이 필요했기 때문에 민간 비밀결사조직이 존재할 수 있었고, 특히 정부가 백성을 보호하지 못하니 스스로 보호할 수밖에 없었다. 정부가 올바르고 공정하면 비밀결사조직의 숫자는 급격히 감소했다. 그러나 조직원끼리 서로 돕고 의형제를 맺으면서 의리를 지키는 모습은 누군가에게는 여전히 매력이 있었다.

정부가 부패하고 무능하면 비밀결사조직은 우후죽순처럼 늘어나는데 각종 세금에 허덕이는 농민들이 대거 가입했기 때문이다. 종교 지도자를 중심으로 막대한 힘을 길렀고 급기야 정권을 위협하기에 이르렀는데 의화단이 그 대표적인 예이다. 전통적 가치인 충(忠)과 엄격한 위계질서하에 그들은 연말연시나 섣달그믐날 서로의 빚을 갚아 줌으로써 연말을 잘 보내게 했다. 그뿐만 아니라 외지에서 온 회원들에게도 도움을 주며 서로 형제처럼 지내게 했다. 이와 비슷한 상황은 얼마든지 존재한다. 그들은 먼 길을 떠날 때 시집가지 않은 딸을 자신이 믿는 형제에게 맡기기도 했고 죽기 전에 처자식을 형제애가 돈독한 의형제에게 부탁하기도 했다.

판원보는 무도회가 열릴 것이고 만주 장군도 참석할 예정이라는 것을 듣고 마음을 조금 놓게 되었다. 추이어원을 구출할 때 다른 사람을 다치게 하고 싶지 않았기 때문이다. 구출하는 일에는 별로 신경을 쓰지 않았지만 그다음에 발생할 일들이 마음에 걸렸다.

판원보는 하인 라오루를 보내 페이볜에게 추이어윈을 구출해 오도록 말을 전했다.

페이볜은 라오루에게 말했다.

"저녁 열두시쯤에 어윈 아가씨를 보내 드린다고 큰삼촌한테 전해 주십시오. 식은 죽 먹기나 다름없습니다."

말은 이렇게 해도 페이볜은 임무를 수행하기 전에 치르는 의식을 빼놓지 않았다. 그는 바오산에게 따라오라고 눈짓했다. 어느 술집에 들어가서 삶은 쇠고기 두 근과 보리개떡 몇 개를 시켜 놓고 서둘러 먹어치운 다음 술 한 단지를 더 주문해서 들고 나왔다. 그리고 향과 초를 파는 가게에 들러 동전 두 개를 주고 향 한 묶음을 샀다.

"바오산, 샤오류를 찾아서 렌화츠(蓮花池) 연못가에 인력거 한 대를 대기시켜. 우리가 그 길을 지나게 될 거야. 인력거는 천막을 씌우고 땅에 향 하나를 피우는 것도 잊지 말고. 열두시쯤에 도착할 수 있을 거야."

페이볜은 두 칸짜리 자기 방으로 돌아갔다. 술을 조금 더 마시고 나니 마음이 한결 편해졌다. 얼마 있지 않아 바오산이 돌아와서 샤오류에게 이미 지시해 놓았다고 말했다.

페이볜은 매번 모험하러 갈 때마다 자신이 아직은 쓸모가 있다는 생각이 들었다. 그는 항상 지난번에 했던 일을 입에 달고 다닌다. 그중에는 옛날 허난(河南) 부대에 있을 때 대장을 두들겨 패고 도망친 일도 있었다. 그의 머릿속은 온통 개고기를 먹는 노지심이라든지 경양강에서 맨 주먹으로 호랑이를 때려잡은 무송 같은 영웅적인 인물들로 꽉 차 있었다.

한번은 개고기에 도전했다가 한 입 먹고 토한 적이 있었다. 그때부터 노지심을 숭배하기 시작했다. 전설에 따르면 노지심은 한 번에 개 한 마리를 먹어치울 수 있다고 했는데 실로 상상조차 할 수 없는 일이었다. 그는 주변에 이런 말을 하곤 했다.

"우리는 안 돼. 지금 사람들은 옛날 사람들과 아예 비교할 수 없어."

지난 석 달 동안 너무 조용했다. 지금은 봄철이고 도시에 자동차와 관광객도 늘었다. 무슨 일이라도 생겨서 몸을 좀 풀었으면 좋겠다고 생각하던 참이었다.

"동북에서 온 이 개자식한테 정말 감사드려야겠네. 어원을 납치해 가지 않았으면 봄철에 할 일이 없었을 테니까. 이제는 단오절이 와도 걱정 안 돼. 큰삼촌이 기억하고 있을 거야. 가자!"

페이벤은 향 몇 개를 피우더니 마당에 가서 땅에 꽂았다. 술 석 잔을 뿌리고 바오산과 함께 동남쪽 하늘을 향해 절을 세 번 했다. 그리고 적성(賊星)이라고 부르는 유성을 찾았는데 5분이 지나서 한 개가 보였다. 유성이 하늘을 가로지를 때 그는 눈썹을 만지며 매우 기뻐했다. 가끔은 남쪽 하늘에 있는 천구성(天狗星)을 보면서 노지심이 하늘나라에서 취하게 되면 저 개의 운명이 어떻게 될까 하고 궁금해 하기도 했다. 그는 이 상서로운 징조에 만족했다. 향을 땅에 박힌 그대로 두고 바오산과 함께 방으로 들어왔다.

이번 임무를 생각하기만 해도 신났다. 자신이 평소 우러러 보았던 무대 위의 그 아가씨를 구출한다고 생각하니 가슴이 더욱 뿌듯해졌다.

"어원을 구출하면 제가 업도록 하겠습니다."

바오산이 말했다.

페이벤이 실눈을 뜨고 보면서 쏘아 붙였다.

"무슨 개수작하려고! 무슨 생각하고 있는지 다 알고 있다. 내가 업을 거니 신경 꺼."

두 사람은 만반의 준비가 다 되었다. 그들은 검은 천으로 만든 넓은 허리띠 안으로 옷을 밀어 넣고 무기도 그 속에 감췄다. 머리에는 검은 천을 둘렀는데 다른 사람이 머리를 잡지 못하게 하거나 복면할 때 쓰며 상대방의 눈도 가릴 수 있어 여러 모로 유용했다.

추이어원은 꼬박 하루를 불안 속에서 보냈다. 자동차에서 내릴 때부터 속으로 떨었다. 주변에는 위병들로 가득했다. 공연 초청을 받고 왔다고는 하지만 어쩐지 잡혀 온 느낌이었다. 그래도 공연에는 최선을 다하고 끝나면 바로 집에 돌아가려고 했다.

주석 관저에 끌려들어갔을 때는 한 무리 남녀들이 술을 마시고 있었고 등불이 환했다. 그녀가 들어서자 모든 사람들의 시선이 그녀에게 쏠렸다. 병사는 잡고 있던 그녀의 팔을 놓고 뒤에 가서 섰다.

"이분이 양 주석이시다."

추이어원은 허리 굽혀 절을 하면서 물었다.

"주석 나리, 제가 체포되었나요?"

추이어원은 술상에 앉아 있는 옷차림이 화려한 손님들을 바라보면서 얼굴을 붉혔다.

"당연히 아니지, 오늘 저녁에 와서 공연해 달라고 초청한 거야."

양 주석이 껄껄 웃으면서 말했다.

그는 병사 두 명을 물러가게 했다. 하인이 술상과 멀리 떨어진 곳에 의자 하나를 갖다놓고 차까지 따라줬다.

어색함 속에 십오 분의 시간이 흘렀다. 그들은 여전히 먹고 마셔 댔을 뿐 아무도 그녀에게 신경을 쓰지 않았다. 추이어원은 이 상황을 지켜보면서 점점 화가 치밀었다. 끝이 없는 술자리였다. 그들은 요리를 기다리는 동안 농담을 주고받고 화취안(划拳)* 놀이를 하며 벌주를 마셨다. 추이어원은 한참 동안 가만히 앉아 있었다. 갑자기 모든 사람들이 조용해지더니 만주 장군이 그녀를 보며 말했다.

"어, 추이어원도 있었지. 한 대목 들어 보자고."

다른 여자들은 주석의 관저에 초청 받아 이렇게 귀한 손님을 위해 공연하는 것을 영광으로 여기겠지만 추이어원은 그 반대였다. 그녀는 얼른 한 대목을 공연하고 집으로 돌아가고 싶어 안달이 나서 죽을 지경이었다.

다행히도 절반쯤 공연했을 때 하인이 바바오판(八寶飯) 한 접시를 후식으로 들고 나왔다. 술자리가 곧 끝날 것 같았다.

"자, 자, 식기 전에 드세요."

주석 부인의 굵고 쉰 목소리는 귀에 몹시 거슬렸다.

---

*술자리에서 두 사람이 손가락을 내밀면서 숫자를 말하는데, 말하는 숫자와 쌍방에서 내미는 손가락의 수가 부합되면 이기는 것으로, 지는 사람은 벌주를 마시는 놀이.

손님들은 너도나도 요리를 맛보느라 아무도 그의 공연을 듣지 않았다. 추이어원은 화가 난 나머지 북을 크게 두드리고 공연을 중단했다. 손님들은 북소리에 놀라서 모두 고개를 돌렸다.

젊은 장군이 일어서더니 그녀를 자기 옆으로 끌어당겼다.

"뭐 좀 먹어야지."

"감사합니다. 배가 고프지 않습니다."

"앉아 봐."

누군가 의자를 끌어당겨 주었다.

"공연을 계속 듣고 싶으시다면 하도록 하겠습니다. 아니면 집으로 돌아가겠습니다."

만주 장군은 자꾸 앉으라고 하면서 한 손을 그녀의 어깨 위에 올렸다.

"장군이 앉으라고 하면 앉아야지."

양 주석이 말했다.

"저는 앉을 자격이 없는 것 같습니다."

"고집 피우지 말고."

장군은 강제로 그녀를 앉혔다.

모든 시선이 그녀를 주목했다. 그녀의 얼굴에는 내키지 않아 하는 기색이 역력했다. 장군이 술을 권하자 그녀는 입을 살짝 대기만 했다. 사령관이 가까이 다가와서 술잔을 높이 들고 말했다.

"이건 안 되지. 자, 건배."

"마실 줄 모릅니다. 손님을 모시고 마셔 본 적도 없습니다."

주석 부인이 말했다.

"장군이 체면을 세워 주는 건데. 이렇게 예절이 없고 튕기는 딴따라는 처음 보네."

"양해해 주시길 바랍니다. 머리가 아픕니다. 집으로 돌아갈 수 없을까요?"

"안 돼. 오늘 저녁은 여기 있어."

추이어원은 정말로 당황했다.

"안에 좋은 침대가 있으니 쉬고 싶으면 먼저 들어가도 돼."

장군은 또 손을 그녀의 어깨에 올렸다.

"어원이 진짜로 피곤해 보이니 좀 쉬게 하죠. 장군님도 마침 두통이 있으니 같이 들어가서 쉬세요. 두통이 자연스럽게 사라질 거예요."

부관의 아내가 말했다.

추이어원은 태어날 때부터 성깔이 있었다.

"저는 일하러 왔습니다. 여러분들하고 다릅니다. 제 두통은 다른 분의 남편과 같이 잔다고 해서 나아지는 것이 아닙니다."

"창녀 주제에 감히 어디라고!"

주석 부인이 말했다.

"나한테 맡겨요. 여러분들은 여자를 어떻게 다루는지 모릅니다. 자, 가서 조금만 누워 있어, 좀 있다 내 차로 보내 줄 테니까."

장군이 부드럽게 말했다.

"그럼 지금 보내 주세요, 쉬지 않아도 됩니다."

장군의 눈빛이 더욱 그녀를 불안하게 만들었다.

"감히 말씀드리건대 여러분들처럼 지체가 높으신 분들은 모두 남편과 부인이 있습니다. 그런데 왜 저 같이 불쌍한 여자애를 가만두지 않습니까? 저는 노래는 팔아도 몸은 팔지 않습니다."

양 주석이 일어났다.

"장군님, 대신 사과드리겠습니다. 길거리에서 재주나 파는 계집이 이렇게 무례하게 굴지는 생각도 못했습니다."

추이어원이 정신을 차리기도 전에 위병이 두 팔을 붙잡고 밀실로 끌고 갔다. 그녀는 안으로 문을 잠그고 방을 둘러보았다. 호화로운 서양식 침대 하나가 놓여 있었고 바닥에는 두꺼운 카펫이 깔려 있었다. 도무지 화가 풀리지 않았고 아무것도 할 수 없었다.

밖에서 소란스러운 소리가 계속 들려왔다. 이상하게도 아무도 그녀를 귀찮게 하지 않았다. 그래도 불을 끄고 몇 시간을 더 기다려서 모두 잠들었다고 생각될 때 잤다. 아침 일찍 일어나서 보니 아무 일도 발생하지 않았다는 것이 놀라웠다. 문을 열자 위병 한 명이 있었다. 추이어원은 위병에게 집으로 돌아가겠다고 말했다.

"안 됩니다. 장군께서 아직 일어나지 않았습니다. 지금 보내 드릴 수 없습니다."

추이어원은 자신이 어디에 있는지 알고 싶어서 하루 종일 창밖을 기웃거렸다. 뒤쪽 창문으로 채소밭과 마구간이 보였다. 정원의 낮은 담장 너머로 성벽도 보였다. 성벽 위로 햇빛이 쏟아지고 있었고 북쪽 성벽임이 분명했다. 창문의 틈새로 서쪽을 바라보면 과수나무 숲이 보였고 정원이 어디로 통하는지 알 수가 없었다.

장군이 자기를 잊어버렸거나 아니면 말을 들을 때까지 가둬 두려는 것이 분명했다. 하루 종일 그림자도 보이지도 않았다. 저녁을 먹을 때쯤에 문을 두드리는 소리가 들려서 문을 열고 보니 장군이 문 앞에 서 있었다.

"괜찮나? 어제 저녁의 내 행위는 정말 어리석었어."

사령관이 말했다.

"부탁드립니다. 제발 보내 주세요."

추이어원이 간절하게 말했다.

"오늘 저녁에 일이 있어 나가 봐야 하니 저녁에 돌아오면 그때 다시 얘기하도록 하지. 별일 아닌 걸로 그러는 건 정말 바보 같은 짓이야."

장군은 신사처럼 행동했다. 그러나 추이어원은 그의 웃는 얼굴이 정말 싫었다.

그녀는 방에서 저녁을 먹었다. 잠시 후 시동을 거는 소리와 클랙슨 소리가 들려왔다. 자동차들이 모두 출발하자 방안은 쥐 죽은 듯이 조용해졌다. 근처에 하녀 한 명만 있는 것 같았다. 그러나 둘러보니 주방에 불이 켜져 있고 말소리가 들려왔다.

추이어원은 창문 아래의 과수원을 살폈다. 탈출로는 위병이 지키는 문 앞은 안 되고 다른 쪽으로 방향을 정해야 할 것 같다. 희미한 달빛에 비친 정원의 나무 그림자들이 마치 귀신의 그림자처럼 가득했다. 마구간 근처에서 발자국 소리가 들렸고 위병 한 명이 문 앞에서 왔다 갔다 하는 것이 보였다. 위병이 몸을 돌릴 때 가끔 총검이 불빛에 반사되어 번쩍거렸다.

주방의 불이 꺼졌다. 탁자 위의 시계를 보니 11시를 가리키고 있었다.

그녀는 불을 끄고 조용히 침대에 누워 잠든 척했다.

"어윈 양!"

밖에서 하녀가 불렀다.

"네."

"얼른 주무세요!"

하녀의 발자국 소리가 점점 멀어져 갔다.

추이어윈은 살그머니 일어났다. 창문의 높이는 2미터가 좀 넘어 보인다. 신을 벗고 뛰어내려야만 소리가 크게 들리지 않을 것이다. 탈출하다 잡힌다 해도 다시 방에 갇히면 그만이다.

그녀는 마구간 쪽의 위병의 움직임을 살폈다. 사방이 조용하다. 신을 손에 들고 창문에서 뛰어내렸다. 뛰어내리면서 신발 한 짝을 잃어버렸다. 신발을 찾는 것을 포기하고 땅에 엎드린 채 인기척을 살폈다. 다행히도 뛰어내린 소리가 다른 사람에게는 들리지 않은 것 같았다. 두 눈이 차츰 어둠에 익숙해지고 신발도 찾았다.

손과 발을 써 가며 공터를 지나 과수나무가 있는 어둠속으로 기어갔다. 마른 나뭇가지를 밟아서 소리가 날 때마다 그녀는 깜짝깜짝 놀랐다. 풀에는 이슬이 맺혀 있어 두 발이 다 젖었다. 그녀는 좀 더 어두운 서쪽으로 걸어갔다. 서쪽은 나무 잎사귀가 더 무성했다. 50미터쯤 걸어가니 담장이 앞을 가로막는다. 높이는 3미터 남짓해서 넘을 수가 없었다.

담장을 따라 앞으로 가면서 담 넘을 곳을 찾았다. 마침 대추나무 한 그루를 발견했다. 가지가 담장 밖으로 뻗어 있었지만 너무 가늘어서 방법이 없었다. 마구간 쪽을 바라보았다. 마구간 지붕에 올라가서 아래로 뛰어내리는 방법도 있지만 감히 그쪽으로 움직이지 못했다. 달빛 아래 사람의 그림자가 어른거렸기 때문이다.

절망적으로 발길을 돌렸다. 젖은 땅을 밟으며 탈출로를 찾아 담 따라 수풀 속을 헤맸다. 다시 방으로 돌아갈 수는 없다. 나무 아래에서 한창 고민하고 있을 때 누군가 어둠 속에서 낮은 소리로 물었다.

"어원, 어원 아가씨 아니세요?"

그녀는 갑작스런 소리에 비명을 질렀다. 온몸이 팽팽하게 긴장되었다. 사람의 그림자가 뛰쳐나왔다.

"쉿!"

영문을 알기도 전에 페이벤이 뒤에서 그녀의 입을 막았다.

"아가씨를 구하러 왔어요. 판 삼촌이 보냈어요."

"거기 누구야?"

문을 지키던 위병이 소리를 질렀다.

위병은 나무 그림자 사이를 뒤지며 손전등을 여기저기 비추었다. 비명소리가 들린 쪽으로 점점 다가오고 있었다.

페이벤이 말했다.

"쉿."

그들은 나무숲 속에 쪼그리고 앉았다. 불빛이 점점 가깝게 비췄다. 페이벤은 한쪽 무릎을 꿇고 앉아 손 쓸 준비를 했다. 위병의 손전등이 어원의 치파오를 비췄다.

"나와라!"

위병이 소리 지르면서 호각을 물었다.

순간 송곳 모양의 뾰족한 무기가 위병의 가슴에 날아가 박혔다. 위병은 그 자리에 쓰러지면서 손전등을 땅에 떨어뜨렸다.

"여길 빨리 떠요. 앞에 있는 위병도 소리를 들었을 수 있어요."

페이볜은 추이어원을 번쩍 안아 올리고 나무 그림자 사이로 담장을 따라 뛰었다. 주방의 불이 켜졌다.

"저쪽이에요!"

페이볜은 대추나무 아래까지 뛰어가서 추이어원을 내려놓았다. 고개를 돌려보니 그녀가 갇혀 있던 방의 불도 켜졌다.

"바오산, 얼른 올라가. 내가 밑에서 받쳐 줄 테니 아가씨를 끌어올려."

바오산이 담장 위로 올라갔다. 페이볜은 쪼그리고 앉아서 추이어원을 목마 태웠다. 그리고 바오산이 그녀를 끌어올릴 수 있게 허리를 폈다. 이어 본인은 점프해서 대추나무 위로 올라간 다음 담장 위로 뛰어내렸다. 앞마당에서 달려 나온 사람들의 어지러운 발자국 소리가 여기저기에서 들렸다.

페이볜은 담장 위에서 침을 한 번 탁 뱉고 뛰어내렸다. 이것은 그가 운을 비는 습관적인 동작이었는데 그 정도만 다를 뿐이었다. 세 사람은 담장 밖으로 안전하게 탈출했다.

페이볜은 마음을 가라앉히고 행여 잃어버린 물건이 없는지 온몸을 살펴봤다. 허리띠에 둘렀던 송곳 같은 무기 두 개는 잘 감춰져 있었다.

담장 밖에는 나무가 보기 좋게 한 줄로 이어져 있다. 좀 더 가면 공터가 나오고 자전거길이 교차해서 지나가는데 지면보다 1미터쯤 낮았다.

"이제 안전해요, 저들은 적어도 반 시간이 지나야 우리가 도망친 방향을 알 수 있을 겁니다. 목숨 걸고 쫓아오지는 않을 거니까요."

페이벤은 추이어윈을 업고 서둘러 자리를 떴다.

달빛은 엷은 구름 사이로 흘러나와 환하게 길을 비춰 주어 내달리는 것이 훨씬 수월했다. 거리에는 아무도 없었다.

성벽에 이른 후 페이벤은 성벽을 타고 넘을 비상용 사다리를 구해 왔다. 성벽에 오른 후 북문 성탑 쪽으로 조심스레 기어갔다. 달그림자가 드리워진 어두운 성벽 위에서 관저를 내려다보는 페이벤과 바오산의 표정은 대단히 만족스러워 보였다.

그들은 계속해서 엎드린 채로 다른 사람들에게 노출이 안 된다고 확신이 설 때까지 한참 더 기어나갔다. 추이어윈은 긴장돼서 다리가 말을 듣지 않았다. 그녀는 두 사람의 어깨에 기대 앞으로 조금씩 나아갔다. 동쪽 성벽을 따라 20분을 더 걸은 후에야 출구에 도착했다. 그곳에서는 더 이상 발각될 위험이 없었다.

그들은 땅에 꽂아 둔 향의 미약한 불빛에 의지하여 숨겨 둔 인력거를 찾아서 추이어윈을 인력거에 태웠다. 머리에 두른 수건과 허리띠를 풀고는 그녀를 태우고 황량한 골목으로 들어섰다. 막 골목으로 들어서니 경찰 한 명이 서 있었다. 페이벤은 천막을 씌운 인력거를 주시하는 경찰에게 말했다.

"제 어머니예요. 병에 걸렸어요."

그들은 12시 10분쯤 판원보 집에 도착했다.

추이어원이 돌아오자 모든 사람이 흥분을 감추지 못했다. 기다리던 란루수이, 판원보와 리페이는 속이 타들어가는 듯 했었다. 도착한 추이어원은 아버지의 어깨에 기대어 통곡했고 그녀의 아버지도 눈물을 글썽이며 말했다.

"오냐, 아가야. 그들이 몹쓸 짓을 했더냐?"

그녀는 눈물을 멈추고는 그런 일이 생기지 않았다고 머리를 흔들었다.

"그런데 엄청 무서웠어요."

"그래, 얼른 양아버지에게 절을 올려라. 너를 호랑이굴에서 꺼내 주셨단다."

그는 판원보를 의자에 앉히고 딸의 절을 받게 했다.

"너를 이 세상에 다시 태어나게 해 준 아버지란다!"

그녀는 양아버지를 부르며 무릎을 꿇었다. 큰절이라도 세 번 올리고 싶은 심정이었다. 판원보는 웃으면서 말했다.

"괜찮아."

그는 추이어원을 부축해 일으키며 말했다.

"이제는 진짜로 수양딸이 되는 거다. 위험을 무릅쓰고 너를 구해 준 이 두 분께 인사를 드려라!"

추이어원은 그제야 정신을 차리고 자기를 집까지 데려다 준 페이뻰과 바이산에게 절을 했다.

"사람을 다치게 했어?"

판원보가 물었다.

"위병 한 사람을 어쩔 수 없이 죽였습니다."

페이벤이 말했다.

페이벤이 구출한 과정을 말하자 판원보는 이마를 찌푸렸다.

"사람을 죽이지 않았으면 했는데. 이제 경찰이 어원을 추적할 거야. 어원이 잡히면 우린 다 끝장이야."

"그런 일은 없을 거예요. 저를 어떻게 구해 주셨는데! 설령 저를 고문하고 죽인다고 해도 절대로 말하지 않을 거예요."

판원보는 두 사람에게 집으로 돌아가라고 말했다.

"조용히 돌아가서 숨어 있어. 특별한 일이 없으면 나오지 말게. 돈이 필요하면 나를 찾아오고. 샤오류한테 인력거를 골목 안에 세워 두라고 해. 내가 쓸 수도 있으니까."

두 사람이 돌아간 후 판원보가 말했다.

"이제부터 귀찮을 겁니다. 경찰이 어원을 구한 사람을 조사하고 다닐 겁니다."

추이어원은 울음을 터뜨렸다. 갇혀 있을 때는 도망칠 생각만 했고, 도망치면서는 어서 집으로 돌아갈 생각만 했지 다른 생각은 전혀 하지 못했던 터였다. 잠시 위험에서 벗어나기는 했지만 앞으로 닥칠 일을 생각하니 울음이 터진 것이었다. 한번 나온 눈물은 좀처럼 멈추지를 않았다.

"이제 어떻게 해요? 아빠와 저는 갈 곳이 없어요!"

란루수이가 그녀의 어깨 위에 손을 가볍게 얹으며 말했다.

"울지 말아요, 여기 도와주는 사람이 이렇게 많은데. 소파에 가서 조금 누워 있어요. 우리가 방법을 생각할 테니!"

추이 노인은 딸을 데리고 소파로 갔다. 란루수이가 다가가 외투를 벗어 덮어 주자 그녀는 크게 감동받았다. 양 주석이나 만주 장군처럼 나쁜 사람들이 있는 반면에 이렇듯 좋은 사람들이 자기를 도와주고 있다는 사실이 너무 고마웠다. 울다 지친 그녀는 어렴풋이 잠들었다.

판원보는 하인에게 천장에 걸려 있는 등을 끄고 들어가서 쉬게 했다. 네 사람은 테이블에 둘러앉았다. 테이블 위 붉은색 스탠드에서 미약한 불빛이 새어 나왔다.

리페이는 처음으로 인간의 추악함과 마주하게 되었다. 평소에 쌓았던 교양 따위는 모두 버렸다. 화가 머리끝까지 치밀어 오른 리페이가 말했다.

"어떻게 이런 일이 발생할 수 있어? 다음에는 무슨 짓을 할지 누가 알아? 꼭 막아야 돼."

"누가 막을 수 있는데?"

"신문 말이야. 어원이 무대에 오르지 않으면 실종됐다고 소문이 퍼질 거야. 사람까지 죽었잖아. 모든 사람이 알고 싶어 한다고. 어원만 아니었다면 나는 이 사실을 꼭 밝혔을 거야. 근데 지금은 쓰면 안 되는 거 잘 알고 있어."

"지금 우리가 할 일은 어원의 안전을 지키는 거야."

판원보가 말했다.

한 가지 사실은 분명했다. 추이어원은 다시는 공개적으로 모습을 드러낼 수 없고 사태가 진정될 때까지 피해 있거나 아니면 권세 있는 사람의 보호가 필요했다. 위병을 죽인 것은 예상치 못한 문제였다. 경찰이 수색을 시작할 것이고 누가 위병을 죽였는지 공모자는 누구인지 문

초할 것이다. 추이어원은 반드시 본명을 감추고 숨어 지내야 한다.

"아버님은 어원하고 같이 도망치면 안 됩니다. 어원이 발각될 수 있습니다. 톈수이(天水)에 가 계십시오. 이름을 몇 개 적어 드리겠습니다. 마침 내일이 장이 서는 날입니다. 우리가 따님을 숨길 테니 수색이 느슨해지면 그때 다시 방법을 생각해 봅시다."

판원보가 추이어원의 아버지에게 말했다.

11

9시쯤에 부관이 양 주석을 깨웠다. 부관이 보고했다.

"다이 사령관이 방문했습니다. 주석님을 뵙겠다고 합니다."

양 주석은 침대에 비스듬히 기대어 앉았다.

시안 경찰국의 다이 사령관은 네모난 얼굴에 검은 수염을 길게 기르고 검은 테 안경을 쓰고 있는 것이 특징이었다. 그는 주석의 침대 곁에 똑바로 서서 양 주석에게 추이어윈이 도망가고 만주 위병 한 명이 피살되었다는 소식을 보고했다.

양 주석은 대뜸 똑바로 앉았다. 턱 아래 비곗살이 부들부들 떨렸다.

"이건 치욕이야! 누가 감히 내 집까지 와서! 장군 앞에서 무슨 개망신인가! 장군의 위병 하나도 제대로 보호 못한다고 할 거 아니야."

버럭버럭 소리를 질러 대는 주석의 얼굴은 더욱 넓어 보이고, 달걀을 거꾸로 세워 놓은 모양의 얼굴은 비단 잠옷 옷깃 위로 드러난 목덜미와 하나로 붙어 있는 것처럼 보였다.

"처남을 불러, 반드시 잡고야 말 거야."

전화에 대고 고래고래 소리치며 욕까지 해 댔다.

그의 처남인 경찰국장이 전화를 받았다. 양 주석은 철저히 조사할 것을 명령했다.

"범인을 잡지 못하면 네놈 밥줄도 잘릴 줄 알아!"

두러우안은 점심을 먹고 리페이에게 갔다. 그녀는 짙은 남색의 치파오를 입고 목에는 빨간 스카프를 둘렀다. 거실에는 리페이의 형수가 있었다.

"리페이 씨가 오늘 오라고 했어요."

그녀가 설명했다.

"네, 저한테 얘기했어요."

뒨얼은 말하고 나서 안으로 들어갔다.

오늘은 날씨가 매우 좋았다. 리페이와 주말 오후 시간을 같이 보내고 싶었다. 문을 나설 때는 기분이 좋지 않았다. 모든 것이 못마땅했다. 점심을 먹을 때 작은어머니가 나오지 않았고 작은아버지도 식사를 하면서 아무 말을 하지 않았다. 작은아버지가 기분이 좋지 않자 춘메이도 조용히 아이들만 돌보았다. 잠깐 어제 저녁의 무도회며 만난 사람들 이야기를 나누었지만 작은아버지 때문에 식사 분위기는 침울하기 짝이 없었다. 이러한 분위기의 집을 나설 수 있어 정말 다행이란 생각이 들었다.

리페이 집 거실에 앉아 있는 두러우안은 마음이 불안하기만 했다. 어제 리페이와 판원보가 무도회 중간에 서둘러 자리를 뜨는 것을 보면서 급박한 일이 생겼음을 직감했다. 궁금하기도 했고 물어보고도 싶었다. 잠시 후 리페이가 나왔다. 다정하게 손을 꼭 잡아 주었으나 얼굴 표정은 심각했다.

"같이 나가도 돼요."

그녀가 말했다.

"그래요."

반응이 평소처럼 뜨겁지 않았다.

그녀는 그의 심각한 얼굴을 쳐다보며 말했다.

"알고 있나요? 사람 한 명이 피살됐대요. 경찰이 지금 모든 집을 수색하고 있고요. 탕어멈이 그러는데 경찰이 성문까지 지키고 있대요!"

"러우안 씨네 집도 수색하나요?"

그가 물었다.

"감히 그러지는 못할 거예요."

"방에 한 사람을 숨겨 줄 수 있나요?"

그는 그녀를 잠깐 쳐다보고 말했다.

"아닙니다, 바보 같은 질문을 했네요. 당신을 끌어들이기는 싫군요."

"위험한 상황에 처했나요?"

그녀가 바로 물었다.

"친구가 어려움에 처했어요."

"좀 더 자세히 말해 봐요. 저를 믿어도 돼요. 최선을 다해 도와 드릴게요."

그는 어제 벌어진 일들을 말해 주었다. 그리고 자신의 결정 사항도 이야기했다.

"이 일은 한 여자의 정조와도 관계되는 문제입니다. 저도 역시 도와 줘야 하지요."

두러우안은 모든 사실을 알고 정말로 놀랐다. 그녀는 깊은 생각에 잠겼다.

"우리가 무도회장에 있을 때 발생한 일이죠? 근데 판원보는 같이 있지 않았나요?"

"미리 준비해 뒀던 거예요. 본인이 직접 나서지 않고 다른 사람을 시켰지요. 그날 판원보 집에 가서 어윈을 봤어요. 경찰이 판원보 집을 수색하면 큰일 나요."

"만약 어윈이 잡히면 당신도 연루되는 건가요?"

그때 란루수이가 잔뜩 흥분된 표정으로 들어왔다. 리페이를 한쪽으로 데리고 가서 낮은 목소리로 말하려 하자 리페이가 말했다.

"두 아가씨는 괜찮아. 다 알고 있어."

"집집마다 돌아다니며 수색하고 있어. 추이 노인은 아침 일찍 떠났어. 원보가 어윈이 여기 오면 안전한지 살펴보라고 했어. 오늘은 이쪽 지역을 수색하지 않을 거야. 그녀를 반드시 안전한 곳에 숨겨야 되는데……."

란루수이가 다급히 말했다.

"여기도 위험해."

두러우안이 바로 말했다.

"만약 성 밖으로 **빼돌릴** 거면 저한테 방법이 있어요. 조금 위험하기는 하지만 그래도 될 것 같아요."

"어떻게?"

"작은아버지의 승용차 말이에요! 경찰들도 번호를 알고 있으니 막지는 않을 거예요.”

“그런데 러우안, 그 차를 구할 수 있어요? 책임져야 할 일이 만만치 않을 텐데!”

“가능해요. 그 차가 처음으로 좋은 일에 쓰일 터인데요 뭘. 그런데 운전하는 분을 구해야 해요.”

“러우안만 괜찮다면 내가 운전할게요.”

두러우안은 애틋한 눈빛으로 그를 한번 쳐다보았다. 그리고 아랫입술을 깨물고 결연한 표정으로 전화기를 들어 샹화의 번호를 눌렀다.

“운전은 누가 해요?”

샹화가 물었다.

“리페이요. 괜찮다면 둘이 바람을 좀 쐬고 싶어요.”

“그럼 오라고 해요!”

두러우안은 전화를 끊고 가쁜 숨을 내쉬었다.

“아, 제가 거짓말을 했네요.”

그녀는 얼굴에 미소를 띠며 말했다.

리페이와 란루수이는 두러우안의 행동에 놀랐다. 겉보기엔 현실을 잘 모르고, 부끄럼이 많고, 얌전하며, 꿈만 좇는 부잣집 딸 같았던 그녀였다. 뜻밖에도 그런 그녀가 이런 일에 용감하게 뛰어들다니! 사실 두러우안은 오로지 사랑하는 리페이를 도와주고 싶었을 뿐이었다.

“만약 잡히면 어떻게 하지요?”

리페이가 물었다.

“제 생각에는 그런 일은 없을 거예요. 그 차는 안전해요. 온 시안에

뷰익 자동차가 두 대밖에 없는걸요. 하나는 경찰국장 차고 하나는 우리 거예요. 주광암의 비구니를 알고 있어요. 작은아버지가 그 암자의 시주거든요. 어원을 그곳에 숨길 수 있어요. 우리는 북쪽 교외에 놀러 가는 척하고요."

"그럼 서둘러요. 두 사람은 차를 가지러 가고 나는 어원을 데리고 올게요."

란루수이가 말했다.

"어원이 우리 형수로 가장하고 조카들도 데리고 가자. 러우안 말이 맞아, 무사통과할 수 있을 거야."

이렇게 말하는 리페이의 마음은 두러우안을 끌어들인 데 대한 미안함으로 가득했다.

란루수이가 판원보 집에 도착했을 때 판원보는 외투를 하나 걸치고 앉아서 신문을 보는 척하고 있었다. 사실 경찰들의 움직임을 살피고 있었던 것이다. 란루수이가 전직 시장의 자동차로 추이어원을 성 밖에 대피시키는 계획을 말하자 그는 벌떡 일어났다.

"두 아가씨가 도와줄 줄은 생각도 못했네. 끌어들이고 싶지 않는데 다른 방법이 없구먼."

판원보는 곧장 추이어원에게 말해 주었다. 그녀는 이 집의 하녀로 숨어 있었다. 눈빛에는 두려움이 가득했다. 앞머리는 잘라 버리고 뒤에는 다른 하녀에게 부탁해서 가짜 쪽머리를 만들었다.

"무서워하지 말고 화를 내. 그놈들이 너한테 한 짓을 생각해 봐. 그럼 무섭지 않을 거야."

판원보가 말했다.

얼마 되지 않아 두러우안과 리페이가 탄 멋진 뷰익 자동차가 문 앞에 멈춰 섰다. 란루수이와 추이어원은 조용히 차에 올랐다. 자동차는 리페이 집에 가서 조카들을 태우고 북문을 향해 달렸다. 리페이와 란루수이는 앞좌석에 앉고 추이어원과 두러우안은 어린 조카 둘과 함께 뒷좌석에 앉았다. 큰 조카딸 샤오잉은 눈길을 끌게 앞에 앉혔다.

"어원 아가씨는 지금은 내 형수예요."

리페이가 추이어원에게 말했다. 그녀는 얼굴이 창백했고 입술을 파르르 떨고 있었다.

"걱정하지 마세요. 이 차는 경찰국장 차와 똑같아요. 할아버지 분묘에 다녀온다고 하면 돼요."

두러우안이 그녀의 손을 잡고 말했다.

북문에는 짙은 녹색의 제복을 입고 붉은색 띠를 두른 모자를 쓴 헌병 두세 명과 검은색 제복을 입고 흰색 행전을 찬 경찰 예닐곱 명이 서 있었다. 그들은 성문을 지나는 사람들을 검문하고 천막을 씌운 인력거를 수색했다.

두러우안은 리페이에게 명함 하나를 살짝 건넸다.

"주런 오빠의 명함이에요. 클랙슨만 누르면 돼요, 차를 세우지 마시고요. 차를 막으면 명함을 보여 줘요."

리페이는 클랙슨을 누를 때 여러 가지 생각이 뇌리를 스쳐 지나갔다.

"웃으면서 아이들과 노는 척해요."

두러우안이 낮은 목소리로 추이어원에게 말했다.

225

경찰 한 명이 다가와서 경례를 했다. 리페이는 보는 체도 않고 명함을 건네고는 란루수이와 가볍게 이야기를 나누는 척했다. 경찰이 웃으면서 통과해도 된다고 표시했다.

"지금 뭐하고 있는 거예요?"

리페이가 물었다.

"살인 사건이 발생했습니다. 명령에 따라 성을 나서는 사람들을 검문하고 있습니다. 안녕히 가십시오, 두 선생님. 복사꽃이 아름답게 피었습지요."

경찰은 차 안을 들여다보지도 않았고 오히려 다른 사람들에게 길을 막지 말라고 소리 질렀다. 리페이는 클랙슨을 몇 번 더 누르고 거침없이 성 밖으로 운전했다.

추이어윈은 손에 땀을 가득 쥐고 샤오타오를 꼭 껴안고 있었다. 차가 한참 더 달리고 나서야 긴장을 풀고 한숨을 쉬었다.

"제가 무사통과할 거라고 했었죠."

두러우안이 신나서 말했다.

리페이가 고개를 돌리고 물었다.

"무섭지 않았나요?"

두러우안이 대답했다.

"조금요. 근데 큰 승리를 거두었잖아요. 돌아가기 전에 꽃을 가득 꺾어 차 안에 넣고 갈래요."

란루수이는 껄껄 웃었다.

"돌아갈 때는 그들이 수색하든지 말든지 마음대로 하게 돼요. 원보

형에게 말하면 형도 한바탕 웃을 거예요."

자동차는 약 3리를 달렸다. 지세는 서북쪽으로 높아지고 있었다. 작은 산이 보였고 정상 근처에는 삼나무 숲이 있었다. 두러우안은 숲을 가리키며 리페이에게 말했다.

"우리 집 선산이 저기 있어요. 주광암은 산기슭에 있고요."

"이제 어떻게 하죠?"

란루수이가 그녀에게 물었다.

"암자로 가요. 비구니들이 저를 알고 있으니 제가 부탁할게요. 어윈이 암자에 있는 게 가장 안전해요. 우선 이 고비를 잘 넘기고 다시 어윈을 데려갈 방법을 생각해 봐요. 그리고 그때 다시 아버지와 만나게 하죠."

자동차는 암자로 통하는 진입로를 지나 한참 언덕 위로 달리다가 정문에 멈췄다. 차에서 모두 내렸다. 란루수이는 서둘러 추이어윈을 부축했다. 그녀는 차에서 내리자마자 그대로 땅바닥에 주저앉을 뻔했다.

"이제 안전해요."

란루수이가 그녀를 위로했다.

봄 햇살이 그녀의 얼굴을 비췄다. 눈 아래에는 다크서클이 올라와 있었고 우울한 눈빛으로 시안성을 굽어보고 있었다. 그녀는 자신이 위험에서 벗어났다는 것이 도무지 믿기지 않았다.

"아무도 이곳을 수색하지 않을 거예요."

두러우안이 말했다.

리페이의 시선이그녀를 향했다. 그녀도 리페이를 훔쳐보고 있었다.

"러우안은 정말 용감해요."

"우리 올라가요."

두러우안은 이 말로 대답을 대신했다.

리페이는 두 조카에게 자신을 따르게 하고 두러우안은 샤오잉의 손을 잡았다. 란루수이는 추이어윈을 부축해서 계단을 오르기 시작했다. 얼핏 보면 교외에 놀러온 관광객 같았다.

그들은 계단을 올라갔다. 암자의 측면에서 오래된 석단으로 통하는 계단이었다. 주변은 쥐 죽은 듯이 조용했다. 암자의 바깥 건물은 작은 사각형 건축물이다. 추이어윈은 외전 앞의 계단에 앉아서 두 손으로 머리를 감싸 쥔 채 망연자실해 했다. 가슴속의 두려움이 채 가시지 않았던 것이다.

두러우안이 바깥 건물 뒤로 들어간 사이 모두 밖에서 기다렸다. 뒤에는 사립문이 있었고 문 위에는 "이곳은 수행 장소이므로 관계자 외 출입 금지"라는 안내문이 적혀 있었다. 리페이가 안을 들여다보니 방 몇 개와 복도가 불당으로 이어져 있는 것이 보였다.

"여기에는 비구니 둘밖에 없어요. 잠깐만 기다려요. 제가 들어가서 말할게요."

두러우안이 말했다.

그녀가 안에서 이야기하는 동안 리페이는 마당에서 뛰노는 아이들이랑 같이 놀아 주었다. 추이어윈은 보살상 앞에 서서 향을 피우고 소원을 빌겠다고 말했다. 감실 앞에 여러 묶음의 향이 놓여 있었다. 그녀는 한 묶음을 집어 들고 불을 붙인 후 향로에 꽂았다. 그리고 감실 앞의 방석 위에 무릎을 꿇고 신명을 향해 묵묵히 소원을 빌었다. 자신과 아버지를 보호해 주길 간절히 빌고 나서 절까지 한 후에야 일어났다. 란루수이는 한쪽에 서서 여리고 가냘픈 이 아가씨가 소원을 비는 것을 지켜보았다.

"소원을 빌었어요. 만약 무사히 넘기고 아빠와 만나게 해 주면 다시 와서 발원한 약속을 지킬 거예요."

추이어원이 말했다.

"어원, 아버님께 꼭 데려다 줄게요. 날 믿어요. 여기서 며칠만 푹 쉬어요. 수색이 끝나면 같이 가 줄게요."

부드러운 란루수이의 목소리는 살짝 떨리고 있었다.

추이어원은 아버지 생각만 하면 눈물이 났지만 눈물을 머금고 미소를 지었다.

"고마워요. 같이 가 준다고 하니 정말 좋아요."

그녀가 말했다.

불당 뒤편에서 발걸음 소리가 들렸다. 두러우안이 회색 도포를 입고 검은색 법모를 쓴 늙은 비구니와 같이 걸어 나왔다.

"스님께 말씀드렸어요, 어원을 며칠만 숨겨 주시라고요."

늙은 비구니는 추이어원을 보고 손을 꼭 잡아 주었다.

"에고, 불쌍한 것 같으니라고. 놈들이 어떻게 그런 못된 짓을 할 수가……. 여기는 안전할 거야. 너같이 착한 아이는 보살님이 지켜 주실 거야."

그녀는 다른 사람들을 보며 말했다.

"당신들은 이제 오지 마세요. 괜히 의심을 살 수도 있어요. 여기 오래 있어도 상관없어요. 아무도 오지 않을 거예요. 당신들이 말하지 않는 이상 아무도 모를 거예요."

란루수이는 추이어윈의 옷 보따리를 비구니에게 건네주었다.

추이어윈은 란루수이를 쳐다보며 말했다.

"멀리서 왔는데 조금만 더 있어 줘요."

아직 어린 그녀는 줄곧 아버지와 같이 살다가 지금 그들과 헤어져서 혼자 남겨질 생각을 하니 매우 괴로웠다.

비구니가 차를 내왔고 그들은 일이 잘 풀렸다는 생각이 들었다. 샤오잉은 두러우안을 기대고 앉았다.

"오늘은 매우 특별한 나들이지요. 러우안, 솔직히 당신이 이렇게 큰 위험까지 감수할 줄은 생각도 못했습니다."

리페이가 말했다.

"왜요?"

"평소에는 조용하고 얌전했으니까."

두러우안은 말대꾸하지 않았다.

리페이가 늙은 비구니에게 말을 걸었다.

"스님, 스님은 무슨 연유로 출가를 하셨습니까?"

그들은 차를 마시고 해바라기씨를 까먹으면서 비구니의 긴 이야기를 들었다.

"저는 허난 사람이에요. 선통 원년(1909년)에 허난에 대기근이 발생한 거 아시죠? 남편이 강제로 징병당한 후 소식이 끊겼어요. 시어머니와 둘이서 갓 돌이 지난 아이를 키웠죠. 땅이 말라서 갈라지고 풀 한 포기도 구경하기 힘들었어요. 이사 갈 수 있는 사람은 모두 강가로 이사 가고 남은 사람들은 나무껍질과 풀뿌리를 먹으며 연명을 했지요. 나중에 나무껍질과 풀뿌리도 다 먹어 치웠어요. 물 한 잔 끓일 장작도 구할 수 없었고 젖도 나오지 않았어요. 시어머니가 저에게 아이를 데리고 떠나라고 했어요. 그녀는 늙고 병이 들어서 걸을 수 없었지요. 저는 아이를 안고 난민들을 따라 움직이면서 구걸을 했어요. 우리는 시안에 식량이 있다고 들어서 서쪽으로 움직이기 시작했어요. 갈수록 점점 많은 농민이 합류하고 저는 아이를 꼭 껴안고 힘들게 따라갔죠. 아이가 며칠 동안 아무것도 먹지 못한 채 조용히 안겨 있었는데 다시는 깨어나지 않았어요. 그렇다고 아이를 길가에 버리거나 묻을 수도 없었어요. 다른 사람들의 눈에 띄면 안 되거든요. 그래서 아무 말도 하지 않고 데리고 다녔어요. 저녁에 잠잘 때는 다른 사람들에게 빼앗길까 봐 꼭 껴안곤 했어요. 이렇게 정신이 나간 채 앞으로 나아갔죠. 이튿날 뿌연 먼지 속에서 절이 보여 그쪽으로 걸어갔죠. 도착해서 의식을 잃었는데 착한 스님 한 분이 저를 구해 주셨어요. 깨어나 보니 절의 마룻바닥에 누워 있었고 스님이 미음을 먹이고 있었어요. 차츰 의식을 회복했죠. 아이를 절의 뒤쪽에 묻고 스님이 거두어 주시기에 대신 땔감이라도 주워 드렸죠. 나중에 이 암자를 소개해 주셔서 이곳에 와서 출가하게 되었죠. 이십삼 년이 됐어요."

비구니의 쓰라린 과거는 지금 그녀의 차분하고 부드러운 말투와 너무도 어울리지 않아 마치 다른 사람의 이야기를 하는 것만 같았다.

"이곳에서 행복하세요?"

리페이가 물었다.

늙은 비구니가 웃으면서 말했다.

"매우 만족하고 있습니다."

추이어원은 비구니의 비참한 과거 이야기에 완전히 몰입해서 일시적이나마 자신의 고통을 잊어버렸다. 그녀는 천천히 말을 꺼냈다.

"아빠만 아니면 비구니가 돼서 조용하고 편안한 생활을 보내는 것도 저한테는 나쁘지 않아요."

"얘야, 너는 아니야. 아직은 젊고 앞날이 창창하잖아. 나는 젊은 사람들이 출가하는 것을 바라지 않아. 너는 좋은 남편을 만나 아버지 모시고 행복하게 살아야 해. 중요한 건 착한 일을 많이 해서 덕을 쌓아 두어야 해. 두고 봐. 너를 해친 그 나쁜 놈이 나중에 개나 당나귀로 태어나서 너의 부림을 받게 될 거야."

늙은 비구니가 말했다.

그들은 웃으면서 일어났다. 그리고 작별을 고했다. 란루수이는 10원을 꺼내 비구니에게 주면서 말했다.

"잘 부탁드립니다."

추이어원은 슬픈 표정으로 그들을 석단까지 배웅했다. 대문까지 바래다주려고 했지만 모든 사람이 말렸다. 그녀는 자동차가 오던 길을 되돌아가는 것을 한참 지켜보다가 돌아섰다.

성으로 돌아가는 길에 리페이는 감회가 새로웠다. 무도회에서 두러우안은 정말 얌전했다. 춤도 추지 않았고 조용히 혼자 있는 것이 좋다고 말했다. 그런 그녀가 다른 여자들은 감히 상상도 못하는 일을 해 냈다. 리페이는 처음으로 그녀의 다른 모습을 마주하게 되었다.

'역시 그 아버지에 그 딸이로군!'

리페이는 속으로 생각했다.

리페이 일행이 떠나고 얼마 지나지 않아서 경찰 둘이 판원보의 집으로 찾아왔다. 둘은 판원보에게 인사를 건네고는 자신들이 온 목적을 말했다.

"저희는 지시에 따라 어쩔 수 없이 집집마다 돌아다니며 수색하고 있습니다. 보고를 올려야 합니다. 물론 판 선생께서는 이해하시리라 믿습니다."

"당연한 일입니다."

경찰이 판원보를 따라 방으로 들어왔다. 입으로는 연신 미안하다고 하면서 명령에 따를 뿐이라고 했다. 그들은 대충 훑어보았다. 판원보는 그들에게 술을 따라 주고 자리에 앉혔다.

"도대체 무슨 일인가요?"

그가 물었다.

"못 들으셨어요? 그 디성러우에서 평서를 하는 여자애가 성 주석의 집에서 실종되고 만주 병사 한 명이 살해당했어요."

"사람을 죽였어요? 누가 그렇게 간이 배 밖으로 나왔지?"

"글쎄요, 추이어원인지?"

"모르셨어요?"

"그리고 그녀의 아버지도 실종됐어요."

"어원의 평서를 자주 들었었는데, 그녀의 아버지는 나이도 많아 보이

233

던데 그렇게 쉽게 딸을 구할 수 있었을까요? 위병까지 죽였다는 건 말도 안 되지요."

"명령에 따르고는 있지만 이렇게 수색하는 것이 정말 바보짓 같습니다. 제 생각에는 성을 탈출한 지 오래됐습니다. 아마도 날 밝기 전에 누군가가 그녀를 데리고 성을 나갔을 겁니다!"

"그렇다면 범인은 잡히지 않았다는 뜻입니까?"

"그렇죠. 말씀드리자면 만주 장군에게 보여 주려고 하는 짓 아니겠습니까? 주석이 뭐라도 하지 않으면 체면이 깎이니까요. 그 만주 병사 놈들이 성 안에서 정말 말썽을 많이 일으켰습니다. 귀찮아 죽을 지경입니다. 차라리 잘됐어요. 어원의 대고 공연을 다시는 들을 수 없게 되었지만요. 그 소리가 얼마나 듣기 좋았는데요!"

경찰은 답답하다는 듯이 갑자기 머리를 흔들어 댔다.

"그럼 그녀가 위험에서 안전하게 벗어나길 기원하며 한 잔 합시다. 그 만주 놈에게 당하지 않길 소원해야지요."

판원보가 말했다.

"그놈 때문에 우리 시안의 여자들이 마음 놓고 살지를 못해요. 사람들이 모두 알게 되면 그때야 쪽팔리겠죠!"

경찰이 욕설을 퍼부었다.

"어원을 위하여!"

판원보가 잔을 높게 들었다.

"어원을 위하여!"

경찰도 큰 소리로 외쳤다.

꧁🐍꧂

12

기차가 어둠이 내려앉은 시엔양(咸陽) 역에 도착했다. 플랫폼에 승객이 별로 없었다. 어둑해진 플랫폼에 란루수이가 큰 가죽 가방 하나와 보따리 한 개를 들고 서 있었다. 옆에는 푸른색 무명 솜저고리를 입은 시골 처녀 행색의 여자가 있었다. 그녀는 쪽머리를 틀어 올리고 머릿수건으로 얼굴과 목덜미를 감쌌다. 무명옷과 어깨 위에 걸려 있는 카메라의 벨트는 조금도 어울리지 않았다.

비구니 암자에서 기차역까지 위태로웠던 적이 한두 번이 아니었다. 그들은 오후에 노새가 끄는 수레를 타고 출발했다. 시골 경치가 참 아름다웠다. 그러나 수레는 앞부분과 양쪽을 모두 꽁꽁 가렸다. 추이어윈은 쫓기는 것처럼 계속 마음이 불안했다.

수레가 흙길 위에서 심하게 흔들렸다. 추이어윈은 그동안 란루수이에 대해 별다른 생각이 없었다. 그러나 같이 마차를 타고 여덟 시간을 오는 동안 점점 신경이 쓰이기 시작했다. 그가 지금껏 항상 자신에게 잘해 주었다는 생각이 들었다. 그녀는 란루수이와 판원보의 다른 점이 보이기 시작했다.

판원보가 자신을 보호해 준 것은 아버지나 오빠 같은 정 때문이었다.

하지만 루수이는 달랐다. 그의 얼굴은 따뜻함이 묻어나고 목소리는 특별히 부드러웠다. 그는 수레를 타고 오는 동안 그녀 곁에 바싹 붙어 앉아 그녀의 불안한 마음을 다독였다. 그녀는 사랑이 곧 시작되리라는 것을 직감했다.

그러나 그가 가진 것들은 자신보다 훨씬 우월했다. 아무리 생각해도 부잣집 도련님인 란루수이와 자신은 어울릴 수 없을 것 같았다. 그의 지위면 여자의 마음을 쉽게 얻을 수 있을 것이고 또한 아는 여자도 많을 것이다. 결코 자신이 원하는 그런 사람이 아니기 때문에 마음을 너무 쉽게 주어서 나중에 후회하는 일이 없어야 한다고 마음을 단단히 먹었다.

"어윈, 시골에 내려간 그날부터 계속 그리워했어요. 내 마음을 알죠?"

그가 말했다.

"알고 있어요. 그러나 착각일 뿐이에요."

그는 착각이 아니라고 항변했다.

"당신은 무대 위의 제 모습만 보고 사랑에 빠졌다고 말씀하시는데 그것은 착각이에요. 당신은 감성이 너무 풍부해요. 당신한테 거짓말하고 싶지 않아요. 당신은 저를 잘 몰라요."

그녀가 말했다.

"아뇨, 어윈 당신을 잘 알고 있어요. 어떻게 하면 내 마음을 알아줄까요?"

"제가 하는 일을 알고 계시잖아요. 두 아가씨처럼 학교에 다녀 본 적도 없고요. 길거리에서 남자애들과 싸운 적도 있고 땅바닥에서 같이 뒹군 적도 있어요."

"뭐가 문젭니까? 우리 집안이 돈 좀 있고 내가 또 교육을 받았다 해서 편견을 갖고 보진 않습니다."

그녀는 담담한 어조로 말했다.

"그럴 수도 있어요. 하지만 가난한 사람과 잘사는 사람은 원래 잘 맞지 않잖아요. 저는 시집을 가게 되면 그저 바구니 들고 장을 보거나 한 끼 때울 수 있는 먹을거리를 구하는 게 소원이에요. 제 말을 듣고 기분이 나빠하지 않았으면 좋겠어요. 저를 위험에서 벗어나게 해 줬는데 이런 말밖에 못해서 죄송해요."

그녀의 목소리는 조금 부드러워졌다.

그는 조용히 담배를 태웠다.

"당신은 착한 여자예요. 격식 차리는 남자는 싫어하죠."

"정말 싫어해요."

그녀는 저도 모르게 웃어 버렸다.

"그래, 좋아요. 내 단점이라고 하죠. 그런데 우리 아버지가 돈 많은 게 내 잘못인가요?"

그녀는 그를 흘끗 쳐다보았다. 그가 화내고 있었다.

"당신들은 모두 좋은 사람이에요. 저도 은혜를 모르지는 않고요."

그들은 여덟시쯤 기차역에 도착해 수레에서 내렸다. 아홉시 기차라서 란루수이는 그녀를 데리고 식당에 들어갔다. 두 사람 사이의 대화는 그를 자극했다.

란루수이는 지금껏 상하이와 파리에서 많은 여자를 만났는데 한결같이 화려하고 세속적이며 사회적으로 성공한 여자들이었다. 하지만 그녀들이 지겨웠다. 애당초 정치나 상업, 돈 버는 일에는 관심이 없었고 상류 사회의 가식적인 모습을 혐오했고 깨끗하고 진실한 삶을 추구했다. 때문에 추이어윈의 순수하고 독립적인 의지에 깊이 매료되었다.

교외에 놀러 갔을 때 그녀의 총명함과 때 묻지 않은 순수함을 발견했다. 그녀의 그림자가 시골 풍경인 숲이나 말 떼와 하나로 어울릴 때 정말 환상적이었다. 그녀와 자신이 많이 닮았다고 느꼈다. 불빛이 어두운 식당에서 가까이 앉아 대화를 나누고 있는 지금 더욱 그녀에게 빠져드는 느낌이었다.

추이어윈의 한마디가 다시 그를 현실 속으로 불러냈다.

"시안에서 무엇을 하셨어요?"

그녀가 물었다.

"그림 그리는 것과 사진 찍는 것을 좋아합니다. 취미가 많아요!"

"야망도 좀 있으시겠네요?"

"전혀 없어요."

란루수이의 부드러운 목소리는 이를 더 강조했다.

"처음 봤을 때는 매우 근엄한 분인 줄 알았어요. 먹고 마시며 여자들을 갖고 맘대로 희롱하는 그런 부잣집 도련님들하고는 다르다고 생각했어요."

"지금은요?"

"잘 모르겠어요."

그는 자존심이 상했다.

"내가 뭐했으면 좋겠어요?"

"일자리를 구하면 되죠. 저도 일하면서 컸는데요. 저는 직업이 없고 아무 일도 하지 않는 남자를 상상할 수 없어요."

"내가 말해 줄게요. 세상에는 쓸모 있는 사람이 딱 두 종류가 있어요. 하나는 어머니이고 하나는 농사꾼이에요. 어머니는 아이를 키우고 농사꾼은 농사를 짓는데 그들만이 생산을 하고 있는 거죠. 다른 사람들은 그들이 생산해 낸 것을 먹고 살 뿐이죠. 정부 관리들은 그럴듯하게 앉아서 공무를 보고 있지만 사실은 백성을 착취하는 거예요. 사무실에 앉아 서류에 도장이나 찍으면서 백성을 이것도 못하게 하고 저것도 못하게 하면서, 그들은 이것을 두고 하루의 업무를 보았다고 말하죠. 글 쓰는 사람들은 옛날 사람들의 생각이나 구절 따위를 베껴서 자신의 창작이라고 떠들고, 글을 가르치는 사람들은 다른 사람들의 지식을 훔쳐서 아무것도 모르는 아이들에게 팔아 치우죠. 장사치들도 사실은 도둑놈이죠. 다른 사람들한테서 돈 벌 줄만 알았지 생산할 줄은 모르잖아요. 인생이라는 게 마치 남의 더러운 옷을 받아서 씻어 주는 것과 같아요. 당신 옷을 내가 씻어 주고 내 옷을 당신이 씻어 주고. 한심한 건 우리가 이것을 두고 삶을 산다고 하는 거죠. 옛날에 구리를 망치로 두들겨 주전자 만드는 사람을 보고 존경한 적이 있어요. 그럼 이것까지 합쳐서 세 종류라고 하죠. 어머니, 농사꾼과 기술자. 나는 스스로를 기술자라고 생각해요. 적어도 사진을 생산하고 있으니까요!"

"당신이 배운 것으로 나라를 구하는 큰일을 할 수도 있잖아요!"

추이어윈이 순진하게 말했다.

"나라를 구하겠다는 사람이 너무 많아요. 상황이 다를 뿐이지 사실은 모든 사람이 나라를 구하고 있어요. 어떤 사람은 자기의 속셈만 차리고 있지만요."

그들이 기차에 올라 겨우 자리를 차지하고 앉았을 때 한 무리 병사들이 플랫폼에 나타났다. 오십여 명 정도로 구질구질한 회색 제복을 입고 배낭과 소총을 메고 시끄럽게 떠들며 차에 오르고 있었다. 모자 위에 털이 복슬복슬한 귀마개가 달린 것을 보면 만주 병사가 분명했다. 그들은 군사기지 없이 떠돌아다니는 부대였다. 행색이 꼭 난민 꼴을 하고 있었고 소총이 그들의 유일한 재산이었다. 그들에게는 대장이나 인솔자가 없어 보였고 모두 허겁지겁 기차에 올랐다.

"염병할! 기차는 나라 건데 그 표 파는 쥐새끼가 감히 나라를 지키는 군인인 우리에게 표를 사라고 하다니!"

사실 봉표(奉票) 거래는 한물간 일이었다.

"내가 봉표를 내미니 안 받더라고."

봉표는 악명이 자자하고 한 푼의 값어치도 없는 만주 지폐였다.

병사들은 다른 승객들은 안중에도 없이 시끄럽게 떠들어 댔다. 란루수이는 그들이 서북 지역의 신장으로 간다고 들었다. 정부에서 만주 난민에게 토지를 나눠 준다고 하는데 그곳에는 성스차이(盛世才)라는 장군이 있었고 그 사람은 그쪽 지방에서 매우 유명한 인물이었다.

병사들이 나타나자 추이어윈은 란루수이에게 바싹 붙어 앉았다. 차안의 불빛이 몹시 어두웠지만 그녀는 최대한 그림자 속으로 몸을 숨겼다. 란루수이가 손으로 허리를 감싸고 얼굴로 머리카락을 비벼도 신경 쓰지 않았다. 차 안에는 병사들의 말소리만 들렸다.

"저 군인들이 저를 알아낼까요?"

그녀가 낮은 소리로 물었다.

"아니요."

란루수이가 그녀를 안심시켰다.

저녁을 많이 먹은 그녀는 용변을 참을 수가 없었다.

"한번 일어나야겠어요."

그녀가 말했다. 복도에는 병사들이 가득했다. 그녀는 일어서서 솜저고리와 머릿수건의 매무새를 가다듬고 사람들 사이를 헤치고 나갔다. 모든 사람의 시선이 그녀에게 쏠렸다.

"죄송합니다, 지나갈게요."

추이어원은 비집고 나가면서 북쪽 사투리로 양해를 구했다. 어떤 병사는 웃으면서 길을 비켜 줬다. 한 병사의 곁을 지나갈 때 병사는 음흉하게 웃으면서 음탕한 말까지 내뱉었다. 그녀는 돌아서서

"이게 무슨 짓이야? 어미한테도 그렇게 할래?"

라고 내뱉고는 다짜고짜로 병사의 뺨을 때렸다.

그 병사는 키득거리며 지껄였다.

"그래! 이렇게 젊고 예쁜 엄마가 있는 것도 나쁘지 않지."

추이어원이 화장실로 들어갔다. 병사들은 그녀가 다시 지나가길 흥미진진하게 기다렸다. 란루수이는 병사들을 대하는 그녀의 모습이 용감해 보이기도 했지만 한편으로는 걱정이 됐다.

"저 여자 혹시 평서 공연을 하는 그 여자애와 닮지 않았어?"

한 사람이 물었다.

"너 취했구나."

"잘 봐, 얼굴하고 눈이 비슷하잖아."

"참, 너 진짜 취한 거 아니야?"

추이어원은 화장실에 오래 있었다. 자리로 돌아갈 때 조금 전처럼 힘들지 않았으면 좋겠다고 생각했다. 그러나 그녀가 나오자마자 뺨을 얻어맞은 그 병사는

"내 예쁜 엄마에게 길을 비켜!"

라고 소리를 질렀다. 놀랍게도 사람들이 진짜로 길을 비켜 주었다.

"이봐요, 펑톈(奉天)에 가 본 적 있어?"

"왜요?"

그녀는 앞으로 나아가면서 물었다.

"우리와 똑같은 난민이네."

"발음도 우리와 똑같네!"

"여자가 우리 쪽 사투리를 쓰니 기분 좋다."

그녀는 자리에 돌아와 란루수이 곁에 앉았다. 다시 몸을 깊숙이 숙여 숨기고 나니 부끄러워 얼굴이 붉어졌다.

"남자를 잘 다루는군요."

란루수이가 낮은 목소리로 말했다.

"그러게요!"

그녀는 고개를 갸웃하고 웃었다.

조금 지나자 차 안이 조용해졌다. 앞에 있는 군인들이 고향 펑톈에 대해 말하는 것이 들렸다. 밤은 깊어만 갔고 그들도 마음이 많이 가라 앉았다. 어떤 사람은 땅바닥에 쭈그리고 앉아 자고 있었다. 승객들로 꽉 찬 차 안에는 마늘 냄새와 코고는 소리가 진동했다. 추이어원은 머리를 란루수이의 어깨에 기대고 규칙적으로 들리는 기차의 덜컥덜컥 소리와 함께 깊은 잠에 빠져들었다.

바오지(寶鷄)에 도착했지만 여관을 잡을 수가 없었다. 연해 지역에서 몰려온 난민들 때문에 여관마다 손님이 꽉 찼던 것이다. 고생 끝에 허술한 여관에서 겨우 방 하나를 구할 수 있었다. 여관 주인이 가격을 비싸게 불렀다. 온돌이기 때문에 네댓 사람은 잘 수 있다는 이유에서였다. 하지만 빈 방을 구할 수가 없었다. 란루수이는 할 수 없이 돈을 지불하고 방을 얻었다.

저녁이 되자 '신사적'이고도 난감한 문제가 발생했다. 추이어원이 자기 위해 옷을 벗었다. 옷을 벗는다고 해도 솜저고리 하나를 벗는 것에 불과했다. 란루수이도 외투를 벗었다.

"아니, 어떤 신사든 믿지 못하고 같이 한 방을 쓸 수 없다고 하지 않았나요?"

"진짜 신사는 믿죠."

"나는 믿어도 돼요."

"그러죠. 어차피 저는 허리띠를 단단히 동여매고 잘 거니까요. 남자들은 대수롭게 생각하지 않지만 우리 여자들은 정조를 매우 중요하게 생각해요."

"걱정하지 마세요."

그녀는 불을 끄고 어둠속에서 옷을 벗었다.

"잘 자요!"

그녀는 이불 속으로 들어가면서 말했다.

"잘 자요!"

추이어원은 바로 잠들지 못했고 란루수이가 이리저리 뒤척이는 소리를 들었다.

"이봐요!"

어둠 속에서 그녀가 부드럽게 불렀다.

"왜요?"

"아빠에게 우리가 같이 잤다고 하면 뭐라고 할까요?"

"모르겠어요. 하지만 원보나 페이에게 말하면 그들은 안 믿을 거예요."

조금 지나자 란루수이가 말했다.

"너무 추워요."

"약속을 지키면 이쪽으로 조금만 오게 할게요."

그가 조금 다가갔다.

"조금 따뜻해졌어요?"

그녀가 낮은 목소리로 물었다.

"네. 몸을 붙여야 좀 더 따뜻할 거 같아요."

"남자들에게는 모든 여자가 똑같죠."

"원보한테는 그럴 수도 있어요. 하지만 나는 아니에요."

"저도 다른 여자들과 별반 차이가 없어 보이는데요."

"아니, 어원은 달라요."

"그만 말해요. 이제 자요."

그녀는 어둠 속에서 미소를 짓고 내심 기뻐하며 돌아누웠다.

란루수이는 자신이 굴욕적인 상황에 놓여 있는 것 같았지만 그녀의 순수함에 깊이 빠져들었다. 그녀는 진짜 잠이 들었다. 이는 그를 칭찬해 주는 그 어떤 말보다도 효과가 있었고 스스로 신사가 된 느낌이었다. 얼마 지나지 않아 그도 잠에 빠져들었다.

고요한 한밤중에 추이어원은 자기 가슴에 얹은 손의 무게를 느꼈다. 그녀는 그 손을 살며시 들어올렸다. 란루수이가 깊은 잠에 빠져 있었다. 그녀는 그 손에 살짝 입을 맞추고 옆으로 내려놓았다.

제 3 부

산차이 별장

〰🦑〰

　시안이 돌아가는 상황에 사람들은 분노했고 만주 장군의 이미지는 악화되었다. 많은 배우들이 상하이 인근에서 발생한 전쟁을 피해 서북 지역으로 몰려왔기 때문에 극장 장사는 잘되었다. 그러나 추이어원이 갑자기 실종되고 공연도 끊기고 경찰이 대대적으로 수색에 나서면서 수많은 추측을 불러일으켰다.

　사흘째 되던 날에는 온 시안이 그녀가 성 주석의 관저에 갇혔던 사실을 알게 되었다. 사람들은 모두 분노했다. 온갖 추측이 난무하기 시작했다. 어떤 이는 추이어원이 이미 살해당했을 것이라고 했고, 어떤 이는 그들 부녀가 도망갔거나 숨었을 것이라고 확신했다.

　다른 여배우들도 추이어원의 불행을 전해 듣고는 공연을 접기 시작했다. 공연장 한 곳이 또 공연을 취소했다. 얼마 후 극장 두 곳이 기예를 파는 여배우가 떠나가는 바람에 문을 닫게 되었고 이 때문에 시안의 문화계 사람들은 공연을 보지 못하는 것에 대해 분노하기 시작했다.

　상점 주인들도 만주 지폐를 꺼려 했다. 어떤 병사는 아무런 가치도 없는 만주 지폐 1원을 꺼내들고 담배 한 갑을 사고 거스름돈 90전을 받아가기도 했다. 상점 주인은 담배 한 갑을 손실 보았을 뿐만 아니라

화폐가치가 있는 현금 90전을 빼앗겼던 것이다. 어떤 상점은 이런 거래를 거부했다가 화를 입기도 했다.

신문사 몇 곳이 이 사실을 보도하고 '만주 당국'의 각성을 촉구했다. 《신문보(新聞報)》라는 석간신문에는 만주 병사들의 입성을 금지하고 부대는 병사들의 생계를 보장하고 그들에게 현지 지폐를 지급할 의무가 있다고 하면서 그들의 횡포를 반드시 해결해야 한다는 기사를 실었다.

양 주석은 처남인 경찰국장을 불러 호통을 쳤다.

"이건 모욕이야, 감히 나한테 이런 모욕을 주다니! 이제는 집에서 잠을 자는 것도 불안하네! 극장이 문을 닫았다고? 가서 문을 열게 만들어. 멍청하게 서 있지 말고 말을 해 봐!"

"주석님, 정말 난감합니다. 공연을 하는 사람이 없는데 어떻게 강제로 문을 열게 합니까!"

양 주석의 처남은 억울했다. 경찰국장은 그 길로 양 주석의 부인에게 달려가서 자신의 처지를 하소연했다.

"내가 보살도 아닌데 사람들은 어려움이 있으면 나를 찾는구나. 걱정하지 마. 극장은 다시 문을 열 거야. 장군이 온 지 두 주가 넘었지. 이제 퉁관(潼關)으로 돌아간다고 해도 상관없어. 나도 참을 만큼 참았어! 장군이 떠나면 여배우들이 다시 돌아올 거야."

그의 누나가 말했다.

과연 이틀 후에 장군이 진짜로 시안을 떠났다. 추이어원의 일로 말미암아 사람들의 관심을 너무 받기 때문이었다. 그가 퉁관으로 돌아가자 여배우들이 다시 공연을 시작했다. 병을 핑계로 공연을 중단했던 여배우도 갑자기 건강이 회복되었고 극장들도 다시 정상 영업을 시작했다.

리페이의 느낌도 다른 사람들과 비슷했다. 상황이 아이러니하기는 하지만 그는 이 일을 시안에 대한 큰 모욕으로 보았다. 그는 만주 병사를 공개적으로 비평한 석간신문 《신문보》의 양 편집장을 알고 있다. 그 신문은 진실을 밝힐 용기가 있었기 때문에 독자들의 환영을 받았다. 당국을 건드리지 않으면서 암시, 간접 표현 또는 인쇄 기교로 자신의 의견을 표현하고 있었다.

신문은 무도회 이튿날 성 주석과 장군의 연설, 추이어원의 실종, 대대적인 수색을 함께 보도했다. 천미루(天味樓)가 문을 닫자 신문은 검은색 활자로 "또 한 집의 극장이 문을 닫았다!"고 보도했는데 여기서 '또'의 가치는 거의 장편 사설과 맞먹었다. 양 주석은 불같이 화를 냈고 이 신문사가 반정부 성향이 있다고 생각했다.

"지난 두 주 동안 발생한 사건을 차례로 보도하기만 해도 재밌을 거네. 장군이 온 그날부터 말이네."

리페이가 말했다.

"자네는 왜 안 쓰는가? 쓰기만 하면 내주지. 자, 여기 모든 자료를 넘길 테니 사실대로 한번 말해 보자고."

양 편집장이 말했다.

리페이는 책상 앞에 앉아 동그랗게 내뿜은 담배연기가 등갓으로 날아 들어갔다가 서서히 흩어지는 것을 바라보며 복잡한 머릿속의 생각을 정리하고 있었다. 추이어원이 겪은 불행과 직접 그녀의 탈출을 도왔던 것들이 떠올라 머릿속이 혼란스러웠다.

그는 지방과 중앙 정부에 관련해 많은 것을 보고 들었다. 신문사 동료들끼리 신문에 난 적이 없는 군벌들에 관한 정보를 주고받기도 했다. 군벌들과 장교들은 하루하루를 바쁘게 보내고 있었다. 그들의 삶의 동기는 다양했다. 정권을 탐내거나 사리사욕을 채우거나 난세에서 살아남기 위해 몸부림치고 있었다. 마치 한 폭의 생생한 인물 풍경화 같았다.

양 주석은 나쁜 사람인가? 리페이는 그렇게 생각하지 않았다. 기껏해야 겁쟁이일 뿐이다. 비록 성의 주석이라는 높은 자리를 차지하고 있지만 정작 본인은 어떻게 그 자리에 오르게 되었는지 모른다.

리페이와 란루수이는 공통점이 많았고 정부와 정치에 대한 태도도 비슷했다. 다만 란루수이는 정치에 대해 일찍 흥미를 잃었고 리페이는 본성과 직업 때문에 초연할 수 없었을 뿐이다.

리페이에게는 소위 지식인이라는 친구들이 많았다. 대부분은 국내에서 정치학을 전공한 자들이었다. 몇 년 전 그는 지식인들을 비판한 「지식인 소전(小傳)」이라는 300자 분량의 글을 썼는데 진실만을 말했기 때문에 호평을 많이 받았다. 이 부류의 지식인들은 학업을 마치고 귀국한 후 새로운 이상에 적극적으로 뛰어든다. 우선 학문적이거나 정치적인 글을 쓰는 것을 시작으로 해서 정부의 이런저런 정책을 비판하면서 자신이 배운 사람이라는 것을 과시한다.

또한 수많은 대학 중 아무 대학이나 골라 정치학 교수를 담당한다. 정부를 비판(이런 사람들에게는 어차피 비판할 것들이 많다)하는 목소리가 충분히 신랄하고 공격적이기만 하면 이 사람은 정치할 자격이 있는 유명인사로 간주된다. 즉, 일반 사람이 해결할 수 없는 복잡한 사회문제와 경제문제, 정치문제를 처리할 자격이 주어지는데 그것은 교육을 받지 않고서는 그들 사이의 연관성을 알아낼 수 없기 때문이다. 바꾸어 말하면 그들은 통치계급에 어울린다는 뜻인데 자신이 직접 나설 필요 없이 서류에 사인해서 다른 사람들을 시키기만 하면 된다.

다음 바로 교수직을 사퇴하고 입각한다. 그러나 들어가기만 하면 관점이 바뀐다. 그쯤 되면 나이가 서른에서 서른다섯 정도는 되었을 것이고 결혼해서 애까지 둘이 있게 되며 난징에 주택까지 마련했을 것이다. 게다가 관료체제의 복잡한 특성을 숙지하게 된다. 결국 정부에 몸담고 있으면 정말 아무 일도 할 수 없다는 것을 깨닫게 되는데 외부 사람은 그것, 즉 정부에서 결정을 내릴 때 관련되는 인정이라든지 개인적인 요소를 모르기 때문에 오히려 정부를 비판하기 쉬운 것이다. 하지만 자신도 잘 모르는 일에 대해 탁상공론을 펼치기 때문에 전혀 도움이 되지 않는다.

어쨌거나 수입은 짭짤할 것이고 하녀도 몇 명 고용했을 것이다. 만약 야심이 커 현재 상황에 만족하지 못하고 무엇인가 하려고 한다면 계속 양복을 입고 다닐 것이고, 반면에 이미 정상에 올랐다고 생각하면 편안한 두루마기를 고쳐 입고 손에는 지팡이 하나를 들고 흔들거릴 것이다. 다시는 공개적으로 글을 쓰지 않고 사적으로 토론을 진행하거나 위원회에서 설명을 하는데 이런 설명들은 흔히 어떤 일이 '왜 먹혀들지 않는지', '조작이 불가한지' 판단을 내리는 것이다. 그리고 몇 년이 지나면 죽게 된다.

그러나 자신이 잘 알고 있다고 자부하는 복잡한 사회문제와 경제문제와 정치문제를 다른 사람들은 여전히 알 수 없어 결국 모르는 것과 똑같게 된다. 이것이 소위 지식인의 전형적인 인생이었다.

리페이는 줄곧 초연한 태도로 이 병적이고 유혹적이며 희비가 교차하는 인생을 냉정한 시선으로 지켜보았다. 그러나 추이어윈의 불행은 그를 정신이 번쩍 들게 했고 몹시 흥분하게 만들었다. 그녀를 잘 알고 있기 때문에 그 일에 초연할 수 없었다. 그는 화가 났고 화가 나면 글을 쓸 수가 없었다. 그는 이런 일이 틀림없이 또 발생하리라는 점에도 화가 났다.

그러나 신문업계에서 소리를 내는 사람이 한 명도 없었다. 그는 양 주석과 경찰국장을 너무나 잘 알고 있었고 그들이 왜 이런 짓을 할 수 있는지도 잘 알고 있었다. 명나라 말기 이향군이라는 미인이 잡혔던 이야기가 생각났는데 그때 그 상황과 달라진 것이 전혀 없었다. 명나라 말기 난세에 등장했던 환관들이 지금도 너무나 많았던 것이다.

그는 손에 든 작은 나사못을 응시하면서 두러우안과 나눴던 대화를 떠올렸다. 나사못을 필통에 던져 넣었다. 서양 문명을 상징하는 나사못이 필통에 들어가기는 했지만 여전히 그를 괴롭혔다.

리페이는 차분하게 앉아서 「서북 지역의 광복을 기념하며」라는 제목의 글을 쓰기 시작했다.

"유명 여배우들이 다시 시안에 돌아온 것을 환영한다."

그는 서두를 이렇게 썼다.

"동북 지역이 타격을 받자 서북 지역도 영향을 크게 받았는바 이는 중국이 하나라는 것을 잘 보여 준다. 지난 두 주 동안 발생한 사건을 되짚어 보기로 하자."

그는 지난 며칠 동안 발생한 사건들을 시간 순서로 나열했다.

'3월 18일 동북 지역에서 중요한 손님이 방문함.'

'3월 27일 여배우 추이어원, 주석 관저에 초대받았다가 실종됨.'

'3월 28일 당국이 귀빈을 위해 성대한 무도회를 개최함. 그날 저녁 디성러우 공연 중단됨.'

'3월 29일 경찰이 대대적인 수색에 나섰고 목표는 추이어원으로 추정됨. 그녀의 실종이 생뚱맞기 때문임.'

'3월 30일 수색이 계속 진행됨. 여배우 야오푸윈(姚富雲) 계약 취소하고 시안을 떠남에 따라 춘밍러우(春明樓) 공연 잠정 중단됨.'

'3월 31일 여배우 푸춘구이(傅春桂) 병가를 냄, 극장 한 집이 또 문을 닫음.'

'4월 1일 사건 사고가 끊이지 않음. 추이어원의 실종과 관련된 범인이 잡혀서 총살됐다고 전해짐. 귀빈이 교육기관을 참관하고 연설함. 둥다제에서 작은 폭동 일어남. 한 무리 병사들이 동북 장군을 가로막고 봉급 지불 요구함.'

'4월 2일. 동북 장군 중난산 관광함.'

'4월 3일. 귀빈이 시안을 떠남.'

'4월 7일. 여배우 야오푸윈 공연에 복귀하고 춘밍러우 다시 개방됨.'

'4월 8일. 여배우 푸춘구이 감기 회복. 천미루 다시 문을 열게 됨. 추이어원이 나타나지 않았으나 시안은 활기를 되찾게 됨.'

글 자체로 봐서는 별로 문제 될 것이 없는 풍자 글이고 독자들을 만족시키면서도 당국을 공개적으로 비판하지 않았다. 게다가 편집장이 시안 출신이고 글에서 나오는 사건은 시안 사람이라면 모두 아는 사실이었기 때문에 흔쾌히 신문에 실었다.

이 짧은 글은 상당한 주목을 받았다. 화젯거리가 되었고 모든 사람이 읽었다. 이 때문에 야오푸원과 푸춘구이의 공연을 본 적이 없는 사람들도 너나 할 것 없이 극장을 찾게 되었다.

리페이는 주말에 두러우안을 보지 못했다. 그녀가 감기에 걸려 집에서 쉬고 있었기 때문이다. 그다음 주 토요일에는 만날 수 있었다. 란루수이와 추이어윈은 이미 먼 곳으로 도망갔다.

두러우안을 볼 수 없는 하루가 너무나도 길어 전화를 걸었더니 그녀는 감기가 모두 나았다고 말했다.

"러우안, 오랜만이오. 원보가 고맙다고 식사를 대접하겠다는데."

"괜찮아요."

"원보가 싫소?"

"아니에요. 오히려 폐가 될 것 같아서요."

"늘 고맙게 생각하고 있어요, 위험을 무릅쓰고 도와줬다고."

"다른 여자애들도 똑같이 할 거예요, 만약……"

"만약이라니?"

"아니에요. 당신한테는 이런 일이 발생하지 않기만을 바랄 뿐이에요. 근데 란 선생은 정말 좋은 분이에요."

"루수이는 내 가장 친한 친구요. 러우안, 만나서 얘기해요. 부탁해요!"

두러우안은 판원보가 자신을 여성 영웅으로 떠받들 줄은 생각지도 못했다. 그저 리페이가 데이트를 신청하는 것이 마냥 즐거워 좋다고 했다.

그들이 판원보 집에 도착하자 그가 두러우안을 반갑게 맞이했다. 판원보가 누군가에 대해 이렇게 고맙게 생각하는 경우는 매우 드물었다.

"두 아가씨!"

그가 말했다.

"미처 인사를 드리지 못했습니다. 그날 정말 감사했습니다. 아가씨가 아니었더라면 자칫 경찰에 잡혀갈 뻔했어요."

"트렁크에 숨겨도 되잖아요!"

두러우안이 농담했다.

"그러게요! 근데 여러 날을 숨길 수는 없는 일 아닙니까. 너무 겸손하지 마십시오. 정말 큰 신세를 졌습니다. 담배를 하십니까?"

두러우안이 담배를 받았다. 리페이는 불을 붙여 주며 말했다.

"담배 피는 줄은 몰랐는데요."

"가끔 피워요."

그녀가 말했다.

"나는 담배 피는 여자가 좋아요."

"왜요?"

"그녀들 폐에도 담배연기가 가득하니까 더욱 잘 어울릴 수 있어서이지요."

두러우안은 다른 사람들 앞에서 담배를 피운 적이 없었다. 담배를 피우니 온몸이 가벼워지고 마음이 편안해졌다. 그녀는 바로 덧붙였다.

"집에서 피워요."

"작은아버지가 반대하지 않아요?"

"아니요. 남자들은 지들이 피우면서 여자들을 못 피우게 하는 건 너무 불공평하지 않아요?"

판원보는 그녀의 이런 차분한 말투가 정말 마음에 들었다.

"남자들이 여자들을 공평하게 대하지 않는다고 생각하십니까?"

"제 생각에는 그래요."

"그건 여자들 잘못 아닌가요?"

리페이가 말했다.

"남자들이 반대하면 여자들이 하지 않거든요."

"당연한 거 아니에요. 여자도 아니면서⋯⋯"

리페이는 껄껄 웃었다.

"남자들은 여자들이 담배연기를 내뿜는 거 싫어해요. 여자하고 말할 때 그 여자가 얼굴에 담배연기를 내뿜는 순간 평등하다고 느껴지니까요. 남자들이 가장 두려워하는 게 바로 그거예요."

"그게 관건이었군요."

"그럼요. 담배 피는 남자들 머리 위에는 후광 같은 게 있어요. 몸이 자연스럽게 쭉 펴지지요. 여자들도 계속해서 담배연기를 내뿜어 봐요. 남자들이 존경하게 돼 있어요. 반대로 담배연기를 삼키면 무시하지요."

두러우안은 리페이의 얼굴에 대고 담배연기를 길게 내뿜었다. 리페이는 웃으면서 기침을 해 댔다.

"거 봐요. 이제 백 프로 존경하게 됐어요."

"이제 알았네요!"

판원보가 재미있다는 듯이 그녀를 쳐다보며 말했다.

그녀도 담배연기를 즐겁게 바라보았다.

"담배는 정말 나른한 물건이에요."

그녀가 말했다.

"뭉게뭉게 피어오르는 것이 얼마나 아름다워요. 저는 자주 침대에 앉아 피면서 연기가 허공에 떠 있다가 분해되는 모습을 바라봐요. 꼭 사람이 하는 생각 같아요."

리페이는 사랑스러운 눈빛으로 그녀의 얘기를 듣다가 말했다.

"생각을 많이 하는 모양이군요, 꿈도 많고요."

"혼자 집에 있는 시간이 많았어요. 할 일도 없고 피곤하면 소설 같은 거 집어 들고 침대에 누워 담배연기를 보면서 멍하니 있어요. 둥둥 떠다니는 연기는 마치 우리가 쓸데없이 하는 생각과도 같죠. 조금 지나면 몽땅 사라지는데 소설에서 쓴 것과 똑같아요. 이보다 더 완벽한 게 있을 수 있을까요?"

판원보가 말했다.

"두 아가씨, 축하해야죠. 식사를 대접해도 괜찮겠습니까? 술은 좀 하십니까?"

"조금 해요."

그녀가 부드럽게 대답했다.

식당에서 판원보는 술잔을 들고 두러우안에게 건배를 제의했다.

"이번에 단단히 신세를 지게 됐습니다. 나중에 도움이 필요하면 친구라고 생각하고 언제든지 찾아오십시오. 리페이하고도 친하니까요."

리페이는 그녀에게 또 담배 한 대를 건네주고 불까지 붙여 주었다.

"마음껏 피워도 좋아요!"

리페이가 말했다.

"생각은 버리지 마세요."

판원보가 말했다.

"우리가 쓸 수도 있잖아요."

두러우안이 담배연기 한 모금을 천천히 내뱉었다. 리페이도 한 모금 내뱉으면서 장난쳤다. 두 줄기 담배연기가 뒤섞여서 하늘로 올라갔다.

"제 생각이 공중에서 당신 생각을 만났네요. 이건 마음이 통했다는 거지요."

그녀는 손으로 담배연기를 걷어 냈다.

"지금은 아무것도 안 남았네요."

"왜 이랬다 저랬다……"

리페이가 말했다.

"아니에요. 우리가 바보 같아서 그럴 뿐이에요."

그녀가 말했다.

"제 모든 생각을 일 온스당 일 원의 가격에 팔 수 있어요. 저한테 알려 줘요, 루수이가 어원을 사랑하나요?"

"누가 압니까?"

판원보가 말했다.

"걔는 좀 이상한 사람입니다. 너무 감성적이지요. 아무래도 어원이 곤경에 빠지게 되자 사랑하게 된 것 같습니다."

식사를 마친 후에 리페이는 석간신문 하나를 들고 와서 보았다. 리페이가 쓴「서북 지역의 광복을 기념하며」라는 글이 실려 있었다.

"뭘 보세요?"

두러우안은 리페이가 신문을 열심히 보는 것을 보고 물었다.

"글 한 편 썼어요."

리페이가 신문을 건넸다.

두러우안은 신문을 읽으면서 얼굴에서 웃음기가 조금씩 사라졌다.

"괜찮아요?"

"아니요! 왜 이렇게 썼어요?"

"아무 말도 안 했어요. 그냥 재미있다고 생각되는 것만 썼을 뿐인데요."

그녀는 얼굴에 수심이 가득했다.

"위험할 수도 있어요. 만주 장군을 조롱했으니 주석이 안 좋아할 거예요."

판원보가 신문을 건네받았다.

두러우안이 판원보를 쳐다보며 걱정 어린 목소리로 물었다.

"괜찮을까요?"

"편집인이 낸 거 보면 괜찮을 겁니다."

그녀는 다시 리페이에게 말했다.

"미리 저한테 물어보았더라면 반대했을 거예요. 당국이 어떻게 나올지 누가 알아요?"

리페이는 크게 실망했다. 그는 두러우안이 좋아할 줄 알았다. 하지만 그녀는 아무 말도 하지 않았고 저녁 식사가 즐겁지만은 않았다.

14

꧁꧂

이튿날 리페이는 상하이 신공보사에서 보내온 전보를 받았다. 란저우에 취재 가라는 내용이었는데 가능하면 더 멀리 국경까지 다녀오라는 것이었다. 신문사 측은 그가 쓴 보도 기사가 마음에 든다며 신장에 대해서도 관심을 표명했다. 편집장은 특히 한족 명장 마중잉의 생애와 야망을 추적 취재할 것을 요구했다. 신장은 폐쇄된 지역이었다. 수십 년째 인종 충돌 지역이었을 뿐만 아니라 지리적 위치로 말미암아 열강들이 다투는 곳이기도 했다.

중국도 이 지역을 확실하게 장악하지 못했다. 위구르와 기타 무슬림 부족이 주민의 70퍼센트를 차지하고 있고 수백 년째 살아오고 있다. 그들이 중국에 신복하는 경우는 왕조의 성쇠에 따라 달랐다. 이러한 정치적 공백 때문에 신장은 자주 외부 세력이 넘보는 대상이 되었다. 소련의 세력이 점점 커지고 있었고, 영국은 신장이 반독립의 완충 상태를 유지하길 원했다. 일본은 소련 때문에 몽골 후방의 위협을 느꼈다. 다시 말해서 신장은 줄곧 안개속에 가려진 지역이었고 중국으로부터 잊힌 지 오래되었다.

그러나 최근 소련의 확장과 마중잉의 개척 때문에 신장은 중앙아시아를 가로지르는 무슬림 제국으로 건설될 기미를 보였고 모든 사람이 주목하는 이슈가 되었다. 게다가 만주의 패잔병들이 그곳까지 물러남으로써 새로운 문제를 야기했는데 사태를 악화시킬 수도 있었다.

리페이는 늘 이 낯선 세계에 가서 모험을 해 보고 싶었다. 이제 시안을 한동안 떠나 있어야 할 것 같았다. 시안이 오래 사귄 친구라면 신장은 새로 사귀는 친구였다. 시안이 집 안에서 일어나는 소소한 슬픔이 있고 기쁨이 있는 곳이라면, 신장은 인종이나 종교 갈등 같은 충돌이 다반사로 일어나는 곳이었다. 더불어 그는 만주 병사들의 행적을 추적 취재하고 싶었다. 다만 두러우안과 잠시나마 헤어지기는 정말 싫었다. 그러나 서로 마음이 통한다고, 적어도 그는 그렇게 확신하고 있었다. 잠깐 떨어져 있다고 해서 상황이 바뀔 것 같지는 않았다.

란루수이가 편지를 보내왔다. 모든 일이 순조롭게 잘 풀리고 있다면서 텐수이에 가서 추이어원의 아버지와 합류할 계획이라고 했다. 그리고 추이 부녀를 데리고 란저우로 가려고 하는데 그곳이 비교적 안전할 것 같다고 했다. 행간에서 추이어원에 대한 진지한 사랑이 묻어났고 장구한 계획을 세우고 있는 것 같았다.

리페이가 두러우안에게 전화를 걸어 신장에 다녀오겠다고 하자 그녀는 깜짝 놀랐다. 한참 후에야 그녀는 겨우 물었다.

"얼마나 걸려요?"

"몇 달이면 충분해요."

"언제 떠나요?"

"내일 바로 떠날 수도 있어요."

"부탁해요, 페이 씨. 오늘 저녁은 나갈 수 없어요. 내일은 돼요, 여섯 시쯤에요. 봄방학에 아버지 보러 산차이에 다녀오려는데 같이 가 줬으면 좋겠어요."

"알았어요. 낼 봐요."

이튿날 오후 4시에 페이볜이 판원보를 찾아왔다. 페이볜은 큰일이 발생할 때마다 몹시 흥분했다. 그는 머리에 검은 천을 두르고 두 눈을 부릅뜨고 촉각을 곤두세우고 있었다.

"판 삼촌, 병사 몇이 신문보 사무실을 덮쳤습니다. 내 눈으로 직접 봤습니다. 한 사람을 수갑 채워 갔는데 편집장이라고 들었습니다."

판원보가 미간을 찌푸렸다.

"직접 봤어?"

"마침 지나가다가 봤습니다, 사람들이 많이 몰려 있길래. 한 사람을 끌고 나왔는데 삼촌이 아시는 분일까 봐 말씀드립니다."

"누가 편집장이래?"

"거리에 있던 사람들이 그랬습니다. 검은 테 안경을 썼는데 얼굴이 새하얗게 질려 있었습니다. 병사들이 사람을 몽땅 쫓아 버리고 신문사를 봉쇄해 버렸습니다. 제가 무슨 할 일이 있을까요?"

판원보는 한참 생각했다.

"아직은 없는데 일단 집에 가 있어, 내가 찾을 수도 있으니."

판원보는 바로 리페이에게 전화를 걸었다.

"빨리 피해. 양 편집장이 잡혔어. 신문사도 봉쇄되고. 일단 이리 와.

모험하지 말고.”

　신문사가 봉쇄되고 편집장이 총살된 경우가 처음은 아니었다. 리페이는 서둘러 방을 나와서 어머니와 작별했다.

　“어머니, 경찰이 나를 찾아올 수도 있어요. 오면 뤄양에 며칠 출장 갔다고 해 주세요. 오든 안 오든 원보 집에 전화해서 알려 주고요.”

　어머니의 얼굴에는 당황한 기색이 역력했다.

　“애야, 무슨 일이니?”

　“지금 말할 시간 없어요. 당분간 전화를 못할 거예요. 어머니, 잠시만 떠나 있을 테니 너무 걱정하지 마세요.”

　그는 어머니의 손을 꼭 잡았다가 아쉬워하며 놓았다.

　골목이 매우 조용했다. 뒷골목을 뛰어 지나가서 인력거 한 대를 잡아 타고 판원보 집으로 곧장 갔다.

　판원보는 리페이를 한번 훑어보았다.

　“페이볜이 양 편집장을 잡아가는 걸 봤어. 빨리 성을 떠나는 게 좋아. 톈수이 가서 루수이를 찾아.”

　“이렇게 갈 수 없어. 러우안을 만나야 돼.”

　“다음 차편을 바로 타. 빠를수록 좋아.”

　리페이는 두러우안에게 전화를 걸어 상황을 대충 말해 주었다.

　“지금 바로 떠나야 돼요. 떠나기 전에 꼭 만나고 싶어요. 제발 부탁이오.”

　두러우안은 한참을 멍하니 있었다. 그의 절망적인 목소리가 들렸다.

　“시간 없어요! 러우안, 내가 찾아가도 될까요? 꼭 만나고 갈 거예요!

아직 한두 시간 남았어요."

"서쪽에 있는 작은 문으로 와요. 마중 갈게요."

리페이는 두러우안 집 근처에서 차를 내려 걸어갔다. 대부관저에 와 본 적이 없어서 옆문을 찾는 데 한참 걸렸다.

두러우안은 문 앞에서 기다리고 있다가 그를 보자 얼른 마중했다.

"들어오세요."

그녀의 눈빛에는 초조함과 애틋함이 넘쳤다. 그녀는 조용히 문을 닫고 나서야 리페이가 허리를 껴안고 있는 것을 눈치 챘다. 그녀는 몸을 돌려 그의 뜨거운 시선을 마주보았다. 마치 해바라기가 해를 바라고 활짝 피듯이 두 사람의 입술이 자연스럽게 맞닿았다. 그들의 첫 키스였다. 그녀는 주변에 아무도 없는 듯이 아랑곳하지 않고 그를 꼭 껴안았다. 그리고 눈을 뜨고 목소리를 낮춰 말했다.

"안으로 가요, 안내할 게요."

두 뺨이 발그레 달아올랐다.

"일곱시 차를 타고 가야 돼요."

두러우안이 머리를 흔들며 어찌할 도리가 없다는 표정을 지었다.

"그럼 한 시간 남았네요. 그 보도 기사 때문일 거예요. 지금 후회해 봤자 소용없어요. 여길 반드시 떠나야 해요. 그래야 안전해요."

그녀는 말하고 나서 그의 손을 꼭 잡았다.

석양이 정원을 비췄다. 육각형의 정원 대문은 큰 정원으로 통해 있었고 그녀의 작은어머니가 거주하고 있는 방 앞의 복도를 지나면 옆에 있는 아치형 문으로 들어갈 수 있었다.

두러우안은 숨을 죽이고 주변을 두리번거렸다. 대청에는 사람이 없었다. 그녀가 앞장서서 리페이에게 따라오라고 했다. 작은어머니가 거주하고 있는 방 앞의 복도에 들어가면 다른 사람의 눈에 띌 염려가 없었다.

자기가 살고 있는 작은 정원에 들어서자 두러우안은 발걸음을 재촉했다. 탕어멈이 복도에 서 있었다.

"이제 아무도 몰라요."

탕어멈도 객실에 따라 들어왔다.

"탕어멈, 리 선생이에요."

두러우안은 리페이에게로 돌아서며 덧붙였다.

"친엄마 같은 분이니 걱정하지 않아도 돼요."

탕어멈은 인사를 하고 아가씨가 자주 얘기했던 젊은이를 찬찬히 살펴보았다.

두러우안의 표정이 한결 차분해졌다.

"당신 집에는 가 봤는데 우리 집은 처음이죠? 이 집은 할아버지가 물려준 거예요."

리페이는 방 안을 쭉 훑어보았다. 열려 있는 객실 문 안쪽에는 그녀의 아버지 방인 듯 적지 않는 책들과 오래된 장롱이 보였다. 그 맞은편에 있는 두러우안의 침실에는 수놓은 커튼이 문에 달려 있었다.

"탕어멈, 정원에 가서 망 좀 봐 줘요."

탕어멈이 나가고 그녀가 말했다.

"앞으로 어떻게 하실 거예요?"

"이렇게 정신없이 도망치는 거 싫어요. 하지만 원래 란저우에 가려고 계획했으니 그나마 다행입니다."

시선이 그녀에게 떨어지는 순간 리페이는 헤어지는 것이 너무 힘들다는 것을 새삼 깨달았다. 그는 얼른 말했다.

"러우안, 그리 오래 걸리지 않을 거요. 난 알아요. 어려울 수도 있겠지만 당신한테 꼭 돌아올 거요."

"제가 어떻게 막겠어요? 근데 신장은 너무 멀어요! 언제 다시 만날 수 있을까요?"

그는 그녀에게 가까이 붙어 앉았다.

"러우안, 시간이 많지 않아요. 많이 보고 싶을 거예요. 편지를 쓰면 돼요. 자주 편지 써 줘요. 아무도 우리를 갈라놓지는 못할 거야."

그는 그녀의 손을 꼭 잡았다. 한편으로는 짐을 어떻게 챙길지 고민이 됐다. 4월의 낮은 좀 더 길어졌고 배나무가 마당에 그림자를 길게 드리웠다.

"러우안, 원보에게 전화 걸어 봐요. 우리 어머니에게서 소식이 있는지? 만약 통화하게 되면 내 짐을 그쪽에 갖다 주라고 해요."

아직 소식이 없었다. 그들은 조용히 앉아서 기다렸다.

"내가 가고 나면 우리 어머니 좀 챙겨 줘요. 내 상황도 잘 말씀드려줘요. 어머닌 글자를 몰라요. 엄청 단순해서 당신을 딸처럼 사랑할 거예요. 내가 당신을 얼마나 사랑하는지 아시니까!"

두러우안은 리페이를 쳐다보고 있었으나 마음이 심란해서 말이 귀에 잘 들어오지 않았다. 그녀는 한참 있다가 말했다.

"페이 씨, 부탁이 있어요. 다음 주에 아버지 보러 가려고 하는데 산차이에 와서 며칠만 머물다 가면 안 돼요? 우리 아버지도 좀 만나고. 부탁해요."

리페이의 눈에서 빛이 났다.

"좋은 생각이에요! 내가 먼저 산차이에 가서 기다릴게요. 가기 전에 며칠 같이 지낼 수 있으면 얼마나 좋아요!"

전화가 울렸다. 리페이는 나는 듯이 달려가서 받았다. 판원보였다.

"페이, 어머님이 그러시는데 병사 몇 명이 너를 잡으러 집에 왔다 갔대. 아니, 어머님이 너무 놀라셔서 형수가 전화했어. 네가 뤄양에 갔다고 말했대. 병사들이 집을 수색하고……. 내 생각에는 더 이상 어떻게 할 것 같지 않아. 운이 좋은 거야……. 짐은 형수가 보내왔어. 내가 기차역에 가서 표를 살게. 부하들이 거길 지키고 있을 거야. 무슨 일이 있으면 미리 알릴 거고."

리페이는 전화를 끊고 숨을 길게 들이쉬었다.

"병사들이 진짜 왔네. 피하길 잘했네요."

리페이는 대수롭지 않다는 듯이 말했다.

두러우안은 듣고 나서 등골이 오싹했다. 그녀는 손수건에 얼굴을 파묻고 울기 시작했다.

"걱정하지 마요."

리페이는 그녀를 위로하고 싶었다.

"병사들한테 내가 이 도시에 없다고 했으니 이제 괜찮아요."

그녀는 눈물을 흘리다 말고 말했다.

"당신이 잡히면 나도 죽어 버릴 거예요."

"그 글을 당신에게 미리 보여 줬더라면 발표하지 못하게 막았을 텐데."

"당신 탓이 아니에요. 근데 당신이 시안에 돌아올 수 없으면 나도 떠날래요. 영원히 돌아올 수 없는 건가요?"

"일 년만 지나면 주석이 몽땅 잊어버릴 거예요."

"일 년! 그럼 나는 어떻게 해요?"

리페이는 두러우안을 주시했다.

"원보가 도와줄 거요. 아니면 당신 아버지나 작은아버지가 도움이 될 수도 있고. 무슨 일이 있으면 원보와 루수이는 내 가장 친한 친구니까 그들을 찾으면 돼요. 꼭 명심해요. 원보한테도 당신에게 좀 신경 써 달라고 말해 둘 거요."

탕어멈이 들어와서 등불을 켰다. 리페이는 시계를 한 번 쳐다보고 일어나서 작별을 고했다.

"바래다 드릴게요."

"아니, 괜찮소."

"먼저 가요. 멀리서 따라갈게요. 출발하는 것만 보고 돌아올 거예요."

그녀는 탕어멈더러 정원에 가서 복도에 사람이 있는지 살펴보게 했다. 리페이는 두러우안에게 가볍게 키스하며 말했다.

"산차이에서 봐요."

그녀는 대답을 하지 않고 잡고 있던 손을 마지못해 놓았다.

"나는 신경 쓰지 말고 먼저 가요. 당신은 나를 볼 수 없지만 나는 당신을 볼 수 있어요."

어둠이 완연했다. 리페이는 조용히 복도를 지나 앞마당으로 들어섰다. 탕어멈이 기다리고 있었다.

"탕어멈, 아가씨 잘 부탁해요."

그가 말했다.

"한동안 못 올 거예요."

"걱정하지 마세요. 친딸이나 마찬가지입니다."

기차역에 도착하니 판원보가 짐을 들고 기다리고 있었다. 날은 완전
히 어두워졌고 천장에 달린 등불 몇 개가 붐비는 플랫폼을 희미하게
비추고 있다.

"한동안은 못 올 거 같으니, 원보, 러우안을 부탁해. 어려운 일 있으
면 너를 찾으라고 했어. 괜찮지?"

"러우안의 일이라면 최선을 다할게."

리페이는 짐을 받아들고 플랫폼에 올라섰다. 그리고 고개를 돌려 주
변을 둘러보았다. 두러우안이 어딘가에서 자기를 지켜보고 있을 것이
다. 그는 손을 흔들어 어둠과 작별했다. 기차가 출발할 때 어렴풋이 등
불 아래에서 흰 손수건이 휘날리는 것을 보았다. 그는 기차가 역을 벗
어날 때까지 계단에 서 있다가 자리를 잡고 앉았다.

기차는 점점 속도를 높이며 밤하늘을 향해 간간이 날카로운 기적을
울렸다. 리페이는 일어나서 짐을 선반에 올려놓고 다시 앉아서 생각을
정리했다. 손으로 얼굴을 만지다가 머리를 감싸 쥐었다. 이는 마치 빗발
치는 총알을 뚫고 나온 병사가 자기 머리가 멀쩡한지 쓰다듬는 것과 똑
같았다.

그는 씩 웃으면서 담배 한 대에 불을 붙였다. 차 안에는 손님이 별로

없었다. 자신은 이제 안전해졌지만 양 편집장이 걱정됐다. 그리고 서둘러 작별한 어머니와 두러우안의 집에서 비밀리에 만났던 것도 생각났다. 혼란스러운 상황 속에서도 달콤한 순간이 있었다. 그들의 첫 키스, 그녀의 목소리, 겁에 질려 있는 그녀의 눈동자, 병사들이 집을 수색했다는 말을 듣고 눈물을 흘리던 그녀의 모습, 특히 산차이에 같이 가자고 하던 그녀의 말 등이었다.

이러한 뜨거운 것들이 오히려 쫓기는 절박한 상황을 압도했다. 그녀는 이미 적지 않은 어려움을 겪었고 앞으로도 흔들리지 않을 것이다. 활활 타오르는 불꽃처럼 그의 가슴에 불을 지른 이 감정은 마치 밤하늘을 비추는 등불처럼 환하고 투명하며 평화롭고 정교하고 눈부시다.

기차는 웨이허(渭河)를 돌아서 시엔양역에 진입했다. 언제 다시 시안에 돌아갈 수 있을지 모른다는 것이 점점 현실로 와 닿게 되었다. 자신이 아끼고 사랑하는 사람이 모두 그곳에 있음을 상기하자 가슴이 아려왔다. 그 또한 시안에 속했고 시안이 이미 마음속에 확실하게 뿌리를 내리고 있었다.

시안은 가끔 술에 취한 알코올 중독자처럼 술잔은 버리지도 않았고 치료하려는 의사도 거부하는 듯했다. 시안은 여리고 질서 없으며 새로운 것들과 낡은 것들이 뒤섞여 있었다. 제왕의 무덤, 폐허가 된 궁전, 절반은 땅속에 묻혀 있는 비석, 황량한 사원이 있는가 하면 전화와 전등과 질주하는 기차가 있었다. 리페이는 이 모든 것을 사랑했다. 이런 시안을 떠나는 것이 괴롭기는 했지만 슬프지는 않았다. 그는 속으로 말했다.

"안녕, 시안, 너를 다시 만날 거야!"

그리고 씩 웃었다.

판원보는 기차역을 나와서야 눈물을 흘리고 있는 두러우안을 발견했다. 그는 그녀에게 다가가서 말했다.

"두 아가씨, 여기 계시는 줄 몰랐습니다. 앞으로 도움이 필요하면 저를 찾아오시기 바랍니다."

그는 그녀를 위해 인력거를 불러 줬다.

저녁 식사 시간을 훌쩍 넘겼다. 두러우안이 여러 번이나 집에서 밥을 먹지 않았다는 사실을 두판린도 눈치 챘다.

"애가 어디 갔지?"

그는 탕어멈에게 물었다.

"친구를 배웅한다고 기차역에 갔습니다. 금방 들어올 겁니다."

식사를 시작할 때 그는 아내를 보면서 집안 어른의 말투로 말했다.

"계집이 발정 난 암캐처럼 자꾸 싸돌아다니니 이게 무슨 꼴이야? 도대체 뭐하고 있는 거야?"

"아무리 그래도 스물두 살이에요."

차이원이 말했다.

"남자들한테 관심을 가질 때도 됐어요."

두판린이 미간을 잔뜩 찌푸렸다.

"그건 안 되지. 걔 아버지에게도 책임져야 하고, 우리 가문의 명예도 생각해야지. 걔 아버지가 돌아오기만 하면 빨리 딸을 시집보내라고 할 거야. 은행가 첸(陳) 사장의 아들을 말한 적이 있는데 걔가 죽어도 싫다고 하더라고."

"친딸도 아닌데 마음대로 하게 그냥 둬요!"

작은어머니 차이원이 말했다.

춘메이가 옆에서 듣다가 살짝 웃으며 말했다.

"연애를 하고 있을 수도 있어요."

"당신이 어떻게 알아?"

"그날 무도회에서 리 선생하고 말하는 거 보고 눈치 챘어요. 샹화 말이 몇 주 전에 두 사람이 차를 빌려서 놀러 갔대요."

차이원이 말했다.

"정말 그러면 우리가 걱정하지 않아도 되겠네요. 요즘 어디 사위를 구하기 쉽나요? 탕어멈 뭐 좀 아는 거 있어요?"

탕어멈은 문 앞에 서서 두러우안을 기다리며 그들이 하는 말을 듣고 있었다.

"저는 아무것도 모릅니다. 아가씨가 밖에서 하는 일은 아무것도 모릅니다."

두러우안이 얼굴이 붉게 상기된 채로 방에 들어왔고 대화가 갑자기 끊겼다.

"어디 갔다 왔니?"

작은아버지가 엄하게 물었다.

"기차역에 가서 친구를 배웅하고 왔어요."

그녀는 모든 사람의 시선이 자기에게 쏠려 있고, 춘메이만 얼굴에 미소를 짓고 있는 것을 보았다. 그러나 거의 마음을 진정시킬 수 없을 만큼 머릿속이 어지러웠고 차라리 밥을 먹지 않고 방에 가서 쉬고 싶었다. 눈물을 닦고 분을 다시 바르긴 했지만 여전히 흔적이 남아 있었다. 그녀는 대충 머리를 쓰다듬고 서둘러 자리에 앉았다.

차이윈은 그녀가 눈이 퉁퉁 부어 있는 것을 발견했다.

"어, 울었어?"

"가장 친한 친구예요."

두러우안이 바로 대답했다. 탕어멈을 빼고 누구에게도 이 비밀을 말하지 않으려고 결심했다.

"미리 방학을 보내러 갔어요."

춘메이가 한마디 끼어들어 분위기를 누그러뜨렸다.

"기차역에는 그런 감동적인 장면이 자주 발생해요. 며칠 전에 어떤 모자가 이별하는 것을 봤는데 그 어머니가 우는 모습이 정말 슬펐어요."

전화가 울렸다. 샹화가 두러우안을 찾는 전화였다. 그녀는 신문사가 폐쇄되고 편집장이 잡혔다는 것과 리페이가 도망친 것을 방금 알게 되었다. 그리고 리페이의 글을 읽고는 걱정이 되어 전화한 것이었다.

두러우안은 샹화에게서 리페이가 무사한 것을 확인하고는 평정심을 유지하느라 애썼다. 샹화는 리페이가 어떠한지 물었다.

"소식을 들은 게 없어요. 아마 무사하겠죠?"

두러우안은 겉으로는 태연한 척했지만 리페이가 무사히 빠져나갔다는 사실에 쾌감을 느끼며 대답했다.

두러우안이 식사 자리에 돌아오자 모두 전화 내용을 물었다.

"신문보의 편집장이 잡혔대요. 신문사도 봉쇄되고요."

"왜요?"

춘메이가 물었다.

두판린이 말했다.

"며칠 전에 발표한 글 때문일 거야."

화제는 다시 여배우들이 도시를 떠났다가 돌아온 것에 집중됐다.

"추이어윈이 어떻게 됐는지 모르겠네요."

춘메이가 말했다.

"아직도 소식이 없는 것 같아요. 그런데 그 편집장은 어떻게 되나요?"

"아마 총살당할 거야."

두판린이 당연한 일이라는 듯이 딱 잘라 말했다. 두러우안이 몸서리를 쳤다.

"기자도 그럴 거고."

"총살당하는 게 마땅하다고 생각하세요?"

두러우안은 작은아버지를 슬쩍 훔쳐보면서 마음속의 불안을 감추려고 노력했다.

"꼭 그렇다는 뜻이 아니다. 하지만 총상당할 거야. 주석이 일하는 방식이 그러니까. 기자가 잘못했어. 어린것이 어른한테 정치를 가르치려고 하니 말이다. 내일을 기대해라. 그 편집장을 대신해 주석에게 사정하는 사람이 없는 한 머리에 총알 몇 알이 박히게 될 거다."

"원래 주석이 잘못한 거 아닌가요? 이곳 여자들이 무사하길 바라지 않는 사람이 어디 있을까요?"

차이원이 말했다.

"자기 딸을 납치하는 것을 좋아하는 사람이 어디 있겠어요! 그 만주 사람이 오니 도시가 마치 닭장에 여우가 한 마리 뛰어든 꼴이 됐어요. 그 편집장의 본뜻은 좋은 거 같아요. 당신이 대신 말해 주는 게 맞는 거 같아요."

"내일 신문을 보고 다시 얘기해!"

작은아버지가 말을 얼버무렸다.

두러우안은 리페이가 화를 이미 면한 것을 직접 듣게 되어 즐거워졌다. 리페이가 총살될 것이라고 말한 작은아버지의 한마디 한마디가 거슬렸다. 그녀는 리페이가 얼마나 아슬아슬하게 도망쳤는지는 잘 모른다. 다만 그가 위험에서 벗어날 수만 있다면 그 어떤 희생도 마다하지 않겠다고 생각할 뿐이었다.

방에 돌아오자 다리에 힘이 풀렸다. 두러우안은 한 시간 전에 리페이가 앉았던 의자를 보고 나서야 그의 어머니가 매우 걱정하겠다는 생각이 들었다. 그녀는 바로 전화를 걸어 리페이가 안전하게 차를 탔다고 말씀드렸다.

"어머님, 아드님은 안전하게 떠났어요. 다음 주에 만날 수 있어요. 전하실 말씀 있으시면 저한테 하세요. 가기 전에 찾아 뵐 게요."

전화를 끊고 나니 마음이 많이 편해졌다. 탕어멈과 한참 얘기하다가 잠자리에 누웠다. 그러나 흥분이 완전히 가라앉지 않아 머릿속이 뒤죽박죽이었다. 오늘 처음 키스를 했고 또 그가 오늘 처음 집으로 찾아왔다. 감정, 이미지, 공포, 사랑, 앞으로의 계획 등이 머릿속에 맴돌았다.

그중에서도 가장 중요한 것은 산차이에 가는 일이었다. 두 사람이 일주일을 같이 보낼 수 있고 이 소중한 시간이 지나면 그는 먼 곳으로 떠나게 된다.

그녀는 스스로에게 모든 고민을 털어버리고 산차이에서 즐겁게 보내리라 다짐했다. 그러면 그가 신장에 가서도 같이 보낸 일주일을 깊이 간직하고 떠올리게 될 것이라고 생각했다. 나중에 작은아버지가 어떤 소문을 듣게 되더라도 신경 쓸 것이 없었다. 그녀는 세상에서 벌어지는 어떤 일에도 관심 없었고 오직 리페이와의 사랑에 모든 것이 집중되어 있었다. 산차이의 라마교 사원에 가면 리페이도 아버지를 만날 수 있다. 아버지가 리페이를 마음에 들어 할지, 약혼이라도 할 수 있을지 이런저런 생각을 하다 겨우 잠이 들었다.

이튿날 조간신문에 《신문보》가 폐쇄되고 편집장 양사오허(楊少河)가 총살당했다는 소식이 실렸다. 바로 총살되었다는 사실에 많은 사람들이 충격에 빠졌다. 일반적으로 편집장이 감옥에 갇히게 되면 잘못을 인정하고 앞으로 논조를 바꾸는 조건부로 석방되곤 했었다. 그러나 양사오허는 곧바로 총살당해 버린 것이었다.

양 주석이 이렇게 빨리 행동을 취하려면 그에 합당한 특별한 이유가 있어야 했다. 정부 측 신문에 의하면 총살시키는 이유는 다음과 같았다. 첫째, 양사오허는 반정부 활동을 했고 당국에 대한 모욕죄가 인정되었다. 둘째, 양사오허는 전쟁 중에 허위 사실을 유포함으로써 민심을 어지럽히고 정부에 대한 믿음을 동요시켰다.

정부 측이 제시한 죄명은 양 주석이 생각해 낸 것이 아니었다. 그는 그저 양사오허를 총살하라고 명령만 내렸을 뿐이었다. 양 주석은 리페이의 글을 읽을 때 처음에는 재미있다는 생각이 들었다. 그래서 밥 먹을 때 아내에게 말했는데 그녀는 한 번 읽고 나자 얼굴빛이 확 달라졌다.

"이 일을 반드시 막아야 해요. 당신을 조롱하는 거예요."

"농담 몇 마디가 뭐가 대수라고?"

양 주석이 차분하게 말했다.

"장군님이 좋아할 것 같으세요? 이런 일을 가만히 둘 거면 장군님과 의형제를 맺는 것도 포기하세요!"

"그러면 어떻게 해야 돼?"

"주석이라는 분이 그것도 몰라요! 이제 정말 나이 드셨나 봐요! 강력하게 대응해야 장군님이 당신의 성의를 알아줄 거예요."

양 주석은 그날 저녁 바로 양사오허를 잡아들였다. 편집장은 두 손에 수갑이 채워져 있었고 부들부들 떨고 있었다.

"신문에 허튼소리를 지껄였던데 무슨 뜻인가?"

"사실만을 냈을 뿐입니다, 나리. 모두가 아는 일 아닙니까?"

"누가 너한테 사실을 실으라고 했지? 할 일이 그렇게 없어? 너는 네 신문이나 신경 쓰고 나는 내 정부나 신경 쓰면 되는 거 아닌가! 감히 나한테 정치를 가르치려 들어!"

"제가 어떻게 감히 그러겠습니까, 주석님."

"그랬잖아. 이리 와서 내 자리에 앉아 봐. 나는 고민이 많아서 죽을 지경이니까."

그는 일어나서 두 손으로 큰 얼굴을 문질렀다.

"이리 와서 앉으라고. 마음에 드는지 한번 해 보라고. 내가 주석을 시켜 줄 테니."

"주석님, 불쾌하게 해 드린 점 사과드리겠습니다."

양 주석이 양사오허에게 얼굴을 들이밀고 작은 눈을 깜빡거리며 말했다.

"그럴 만한 용기가 없어? 왜 자리에 앉지 못하지? 자리를 양보해 준다는데 왜 싫어해?"

"주석님, 정부를 비하하려는 뜻이 없습니다. 우리 시안의 여자들이 너무 안전하지 않아서입니다."

"누굴 함부로 가르치려 들어? 내가 하는 일은 내가 잘 알아!"

양 주석의 얼굴에서 웃음기가 싹 사라졌다. 그는 머리를 뒤로 젖히더니 부관에게 큰 소리로 명령했다.

"끌고 가서 총살해!"

그러고는 의자에 털썩 앉아 미친 듯이 웃어댔다.

며칠 후에 두러우안은 리페이가 무사히 톈수이에 도착했다는 연락을 받고 그의 어머니를 만나러 갔다. 노부인은 아들 때문에 병이 나서 침대에 누워 있었다. 돤얼이 시어머니 방으로 그녀를 안내했다. 형인 리핑도 집에 있었고 두러우안은 그를 처음 만났다.

리 부인은 몸을 일으키고 앉아서 침대 커튼을 걷고 자리를 했다. 머리에 둘렀던 검은 머리띠를 벗으니 희끗희끗 백발이 보였다. 두러우안은 처음 만났을 때보다 더욱 늙어 보였다. 그녀는 근심이 가득한 얼굴로 두러우안을 바라보았다.

"두 아가씨, 우리 아들 소식이 있어요?"

"네, 이미 톈수이에 도착했어요. 안전해요. 제가 보러 갈 거예요. 전하실 물건이라도 있으면 저에게 주세요."

노부인이 감격해 했다.

"아들이 이렇게 큰 사고를 쳤는데도 이 늙은이는 아무것도 할 수 없구려. 삼시세끼 잘 챙겨 먹고 몸조심하라고 전해 주세요. 다시 볼 수 있을지 모르겠어요."

노부인이 손수건을 꺼내 들고 눈물을 훔쳤다.

"잘 전해 드리도록 하겠습니다. 한동안 숨어 지내야 됩니다. 이 시기만 지나면 당국이 이 일을 잊어버릴 거예요. 그때 페이 씨 친구나 우리 작은아버지가 사정을 하면 집으로 돌아올 수 있습니다."

"두 아가씨는 심성이 참 고와요. 우리 아들을 이 에미 곁으로 다시 돌려보내 주면 그 은혜 잊지 않겠어요."

노부인은 두러우안의 어깨를 다독여 주었다. 두러우안은 갑자기 마음이 쓰려 왔다. 너무 오랜 시간 어머니의 손길을 느끼지 못했던 것이다. 그녀는 자기도 모르게 침대에 엎드려서 통곡했다. 노부인은 그녀가 자기 아들을 깊이 사랑하고 있지만 말로는 차마 표현하지 못하고 있다는 것을 잘 알고 있었다.

노부인은 울고 있는 두러우안의 두 손을 부드럽게 쓰다듬으며 위로의 말을 건넸다.

"러우안 아가씨를 처음 보았을 때부터 마음에 들었어요. 남이라고 생각하지 말고 우리 아들 봐서라도 자주 놀러 와요. 그럼 정말 기쁘겠어요."

두러우안은 이 살결이 곱고 자상한 노부인이 자신이 사랑하는 사람의 어머니라고 생각하자 마음이 따뜻해졌다.

"자주 놀러 올게요."

그녀가 말했다.

돤얼이 차를 내왔다. 차를 마시고는 빙 둘러앉아서 이런저런 이야기를 나눴다. 노부인이 두러우안의 어머니와 아버지에 대해 물었다. 리핑은 동생에게 보내는 편지를 그녀에게 주었다. 편지에는 톈수이와 란저우에서 미리 돈을 인출해서 쓸 수 있는 가게가 몇 집 적혀 있었다. 돤얼도 두루마기와 신을 갖고 와서 전해 달라고 부탁했다.

두러우안에게는 이 작은 가정이 너무나도 따뜻했다. 자상한 어머니뿐만 아니라 늘 만족하면서 사는 형님이 있기 때문이었다. 그녀는 인력거를 타고 집으로 돌아왔다. 리페이에게 전해 줄 옷가지들을 들고 오면서 마음이 따뜻함으로 충만해졌다. 리페이의 집에서 이미 자신을 받아들였기에 이제 더 이상 외롭지 않았다.

집에 도착하자 탕어멈이 말했다.

"아버님께서 편지를 보내왔어요."

두러우안은 얼른 봉투를 뜯어서 편지를 읽었다. 탕어멈은 곁에 서서 초조하게 그 내용을 기다렸다.

"저보고 빨리 오라는 내용이에요. 몸이 불편하신가 봐요."

그녀는 입술을 깨물었다.

"아버지는 라마교 사원에 계시면 안 돼요. 병에 걸렸으면 돌아와서 치료를 받아야죠."

저녁 식사 자리에서 두러우안은 아버지가 몸이 불편하다는 소식을 전하고 작은아버지와 작은어머니에게 편지를 보여 주었다.

"한시라도 빨리 떠났으면 좋겠어요."

그녀는 몹시 걱정하며 말했다.

"네 아버지가 거길 떠나지 않았으면 딩카얼궁바(丁喀爾宮巴) 사원을 찾아가면 돼. 사람을 붙여 줄까?"

작은아버지가 물었다.

"괜찮아요, 아산이 같이 가 줄 거예요."

두판린이 묵인하자 그녀는 한숨을 돌렸다.

"아버님이 아마 인삼을 다 드셨을 거예요."

춘메이가 말했다.

"정월 대보름에 인편으로 보내 드린 적이 있어요. 며칠 전에 첸씨 집에서 상등품 고려인삼 몇 냥을 보내왔어요. 기침 증상이 있으면 내일 내가 가서 쓰촨 숙지황과 봉술(蓬朮)을 좀 지어 올게요. 셋째 고모가 갈 때 갖고 가요. 쉰이 넘는 노인이 혼자 사원에서 지내는 것은, 정말 아니라고 생각해요. 그러다 아프시기라도 하면 어쩌시려고요?"

"우리 형님은 고집이 너무 세단 말이야."

두판린이 말했다.

"하지만 러우안, 딸인 네가 아버지를 설득해서 모셔 오는 것이 맞아."

"노력해 볼게요."

이튿날 춘메이가 약 한 봉지를 가져다주었다.

"이걸 갖다 드려요. 마음이 아프네요. 누가 약을 달여 드리죠? 하인이 있다고 쳐도 한집안 식구만 하겠어요? 게다가 제때에 약을 드시는지 알 수가 있어야죠?"

두러우안은 정말 고마웠다.

"말씀 잘 드릴게요."

춘메이가 가까이 다가왔다. 두러우안은 춘메이가 자신을 쳐다보는 눈빛이 심상치 않게 느껴졌다.

"경찰이 리 선생을 찾고 있고 리 선생은 피했다고 들었어요. 고모 친구분이라 많이 걱정했어요."

두러우안은 얼굴을 붉혔다.

"나도 들었어요."

그녀는 황급하게 대답했다.

"셋째 고모, 진실을 알고 싶어서 그러는 거 아니에요. 고모 나이에 결혼하고 싶은 건 당연해요. 무도회에서 두 사람이 얘기하는 거 보고 참 잘 어울린다고 생각했어요. 솔직하게 말하면 아버님이 두 사람의 결혼을 허락할 때도 됐다고 생각해요!"

두러우안은 조금 당황스러웠다. 올케가 한 번도 이런 얘기를 한 적이 없어 그녀와 동맹을 맺어야 할지 고민되었다. 만약 그럴 수 있다면 큰 도움이 될 터였다.

"저는 인연을 믿어요."

그녀가 말끝을 흐렸다.

"셋째 고모를 도와 드리고 싶다고 말하는 거예요. 우리 집을 봐요. 겉으로는 대단히 좋아 보이죠. 둘째 삼촌이 이사 나가고 아버님과 영감은 또 사이가 안 좋아요. 집안에 삼촌과 조카들이 너무 적어요. 아버님을 모셔 오세요. 그나마 집 같을 거예요. 나를 어떻게 보는지는 잘 모르겠어요. 하녀 신분으로 들어왔는데 선택의 여지가 어디 있겠어요? 그때는 나도 셋째 고모처럼 소녀였어요. 주언이 태어나니 엎지른 물이라 방법이 없었죠. 다른 사람들은 내가 야망이 있다고 하는데 결코 그것 때문은 아니에요. 엄마가 되고 나니 첫 번째로 생각하는 게 아이더라고요. 그래서 남기로 했죠. 떠나지 못할 바에는 이 집을 위해서 뭐라도 좀 하자고 생각했어요. 이렇게 큰 집안을 유지하는 게 쉽지는 않죠. 내가 노력해서 쟁취하지 않으면 나중에 조상의 무덤에 묻히거나 두씨 집안의 묘비를 쓸 권리도 가질 수 없어요."

지금까지 가족 누구도 두러우안에게 이런 속마음을 드러내지 않았다. 춘메이는 원래 남이었고 자신의 노력을 통해 며느리의 지위에 오르게 되었지만 진짜 며느리보다 두씨 집안에 더 충성했다. 그리고 두러우안처럼 오로지 이 집안 일만 생각했다.

"오빠의 묘비에 언니 이름하고 주언과 주츠를 같이 올려야 해요. 그래야 신분이 확실해져요."

"나도 생각해 봤어요. 십 년쯤 지나 어른들이 안 계시면 이 집안이 어떻게 돌아갈지 정말 상상도 안 돼요. 고모는 태어나자마자 두씨 집안 사람이지만 나는 아니에요. 하지만 이 집안의 운명은 여자들 손에 달려 있다고 생각해요. 지금은 우리가 돈깨나 있지만 오래가지는 않을 거예요. 잘살던 사람들만 계속 잘살라고 하면 가난한 사람들에게는 기회가 주어지지 않죠. 이런 일은 하늘에 달렸어요. 내일이 꼭 어떻게 된다고는 말하지 못하겠어요. 그냥 우리 집안이 화목하게 살았으면 좋겠어요. 말을 너무 많이 했네요. 어쨌든 아버님을 모셔 왔으면 좋겠어요. 고모가 나중에 시집가면 내가 모시고 살게요. 두 형제분은 모두 고집이 세요. 두 분이 화해하고 못하고는 우리한테 달렸다고 생각해요."

두러우안은 춘메이의 말에 진심으로 감동받았다.

"저도 말하고 싶은 게 있는데요."

그녀가 말했다.

"그날 무도회에서 작은아버지가 올케 언니라고 부르라고 명을 내려서 어쩔 수 없이 부르긴 했지만 진심이 아니었어요. 하지만 지금은 진심이에요. 남자들보다 언니가 이 집을 위해 더 신경 쓰고 있어요."

"남자들은 모두 바보예요."

춘메이가 쓴웃음을 지으며 말했다.

"또 할 말이 있어요?"

춘메이에 대한 두러우안의 호감이 배로 증가했다.

"네. 리페이와 사귀고 있어요."

15

아오싸타커(奧撒塔克) 산봉우리의 적설이 녹아 내려 산차이 호수의 물이 크게 불어났다. 리페이는 혼자서 산차이에 있는 두씨 저택을 찾아왔다. 하인 한 명만 살고 있었다. 그는 하인에게 두러우안이 청해서 왔다고 말하고 두 사람이 같이 라마교 사원에 가서 아버지를 만날 것이라고 했다. 그리고 두 아가씨도 곧 올 예정이라고 전했다.

산차이 호수는 간쑤 남부 민산의 동쪽 기슭에 있는데 잔잔한 수면이 마치 거울 같았다. 남쪽에는 거대한 바위가 호숫가로 비스듬히 기울어져 있었고 나머지 삼면으로는 적색토로 뒤덮인 헐벗은 구릉이 길게 쭉 이어져 있었다. 호수에서 시작되는 한 줄기 하천이 서북쪽의 기복을 이루는 산골짜기로 흘러들고 있었다. 하천은 옛 타오저우(洮州)와 연결되어 있었는데, 두항이 타오저우에 관청을 설치한 적이 있었다.

200미터 높이의 비탈진 언덕 위에 있는 두씨 저택은 한적한 오솔길 하나가 호수 남쪽과 통해 있을 뿐 주변이 온통 바위였다. 또한 집 뒤편에 있는 무성한 숲을 통과하면 언덕 반대편에 있는 늪지대에 이를 수 있었다.

깊은 산골짜기 옆으로 구불구불 이어져 있는 오솔길 외에는 산차이 호수의 동쪽에 도달할 수 있는 방법이 없었다. 게다가 계곡물이 타오허에 흘러들고 있는 민산 산기슭에 위치하고 있었기 때문에 마치 신비로운 에메랄드 같은 이 호수의 존재를 아는 사람이 거의 없었다. 이 지역에 흩어져 살고 있는 주민 대부분은 무슬림이고 타오저우 이북 무슬림 거주 지역의 남쪽 경계선이라고 볼 수 있다. 한편 민산 산간 지역에는 강족(羌族), 뤄뤄(玀玀) 원주민, 남쪽에서 이주한 티베트인 등이 살고 있었다.

두러우안의 아버지는 대부 시절에 이 별장에 와서 휴가 보내는 것을 좋아했다. 별장은 아름답고 유지비도 별로 들지 않았으며 또 탐내는 이도 없었다. 한족들은 번화한 도시와 멀리 떨어진 황무지에 사는 것을 원하지 않았기 때문에 그 땅은 아무런 가치가 없었다. 하지만 두러우안의 작은아버지가 소금에 절인 생선 사업을 시작하여 그곳을 두씨 집안의 수입원으로 만들면서 번화한 어촌 마을이 형성되기 시작했다. 그 어촌 마을과 호수 북안에서 3리 떨어진 무슬림 마을이 이 지역에서 유일하게 사람들이 살고 있는 곳이었다.

리페이는 고택의 복도에 서서 여러 가지 상념에 빠져들었다. 그곳은 돌로 쌓은 집으로 내부는 석회를 발랐다. 가운데는 장방형의 객실이고, 객실 양쪽 끝에는 사랑채가 있으며, 천장을 가로지르는 대들보가 눈에 띄었다. 벽에는 전투복에 무관 모자를 쓰고 장화를 신은 쮀쭝탕의 초상화가 걸려 있었다. 쮀쭝탕의 둥그스름한 얼굴에는 엄숙한 표정이 흘렀고 짧은 수염을 길렀으며 손톱의 길이가 최소한 두 치는 되는 것 같았다. 거대한 찬장과 값비싼 가구들이 한때의 영광을 잘 드러내고 있었다.

돌을 깐 복도에서 호수를 내려 보면 구불구불한 오솔길이 오랫동안 사람의 손을 거치지 않은 잡초 사이에서 보일 듯 말 듯 했다. 아래 어촌 마을에는 벽돌집이 한 줄로 길게 늘어서 있었고, 호숫가에는 많은 어선들이 둑을 따라 나란히 정박되어 있었다. 또한 굴뚝 위에 짙은 갈색의 그물을 햇볕에 말리기 위해 걸어놓았다. 아이 몇 명이 마을 뒤편에 있는 오솔길에서 장난치고 아낙들이 호숫가에서 아침에 잡은 생선을 손질하고 있었다.

호수의 동쪽 기슭에는 황금빛이 도는 초록색 버들가지가 가느다란 허리를 하느작거리고 호숫가에는 갈색 바위의 그림자가 짙게 드리워져 있었다. 바위는 수면 위로 90여 미터쯤 솟아 있었는데, 그 위에는 거대한 감람나무 한 그루가 활짝 편 우산 모양으로 가지를 사방으로 뻗고 있었다. 또한 왼쪽 기슭에 있는 디딤돌 절반은 물에 잠겨 있었다. 호숫가로 뻗어 내려온 산등성이는 무슬림 마을을 둘러싸고 소나무 숲과 백로가 깃드는 보금자리를 만드는 항구를 형성했다. 산들바람이 불어오면 솔잎이 부딪히는 소리가 마치 파도소리처럼 들리는데 그 소리가 집 안까지 들렸다.

남쪽 기슭 근처 절벽 아래의 호수 물은 검푸른 색을 띠다가 수면이 점점 넓어지면서 남보라색을 띠게 되는데 맞은편의 적색토로 뒤덮인 구릉이 반사되어 생긴 현상이었다. 산에는 봄기운이 완연했고 동쪽으로 갈수록 더욱 뚜렷해졌다. 드문드문 서 있는 백양나무, 물푸레나무, 단풍나무 등은 풀밭에서 자라는 새빨간 딸기와 함께 바람에 흔들거리고 있었다. 두항 대부가 원하지 않아서 그곳에는 울타리가 없었는데, 그는 호수를 포함해 보이는 곳은 모두 사유재산으로 여겼다.

오후가 되자 복도를 배회하던 리페이의 시선이 자꾸 동쪽 산봉우리를 향했다. 자신도 그쪽에서 왔고 두러우안도 그쪽에서 올 것이기 때문이었다.

"아가씨가 톈수이에서 일찍 출발했다면 지금쯤 도착하는 것이 맞습니다. 옛날에도 그랬습니다!"

아산이 말했다.

리페이는 비탈길을 내려와 어촌 마을 뒤편의 오솔길을 천천히 걸었다. 별장에서 약 2킬로미터 떨어진 감람나무가 자라고 있는 산길까지 걸어가 나무에 기대고는 무작정 기다렸다. 산의 반대편은 황량한 골짜기이고 계곡을 따라 작은 숲이 조성되어 있었다. 그곳에 서면 두러우안이 멀리서 오는 모습을 지켜볼 수 있었다.

얼마 지나지 않아 숲 근처에서 빨간 사람의 그림자가 움직이는 것이 보였다. 어떤 남자가 끄는 검정 노새에 몸을 싣고 오는 여자는 분명 두러우안이었다. 그녀의 빨간색 스웨터와 작고 여린 몸매를 알아본 리페이는 큰 소리로 이름을 외치며 손을 흔들었다. 상대편이 손을 흔들어 주는 것을 보자 리페이는 심장이 쿵쾅대기 시작했다. 리페이는 그녀를 향해 달려갔다. 이렇게 황량한 골짜기에서 만나게 되다니 정말 꿈만 같고 보이지 않는 끈이 두 사람을 하나로 단단히 묶어 주는 것 같았다. '러우안은 정말 용감하구나!'

"러우안! 러우안!"

50미터쯤 떨어진 곳에 이르자 리페이는 그녀의 이름을 있는 힘껏 불렀다. 노새를 타고 먼 길을 달려온 그녀는 얼굴이 벌겋게 상기되었고 머리카락도 바람에 흩날리고 있었다. 노새가 멈춰 서자 그녀는 노새에서 뛰어내려 한달음에 그에게로 달려왔다. 리페이가 아직 정신을 차리기도 전에 그녀는 품에 안겼다. 옆에 서서 미소 짓던 노새 몰이꾼이 조금 거북해 했다. 이윽고 그녀는 얼굴을 뒤로 젖히고 기쁨에 찬 눈으로 쳐다보며 말했다.

　"보고 싶었어요, 페이!"

　리페이는 두러우안을 꼭 껴안았다.

　"러우안! 정말 꿈은 아니겠지요?"

　"약속 안 지킬 줄 알았죠?"

　"아니, 지킬 줄 알았소. 그저 분에 넘치는 일이라 믿을 수 없는 거죠."

　리페이는 한숨을 돌리고 말했다.

　"어찌 됐든 왔으니 다행이야. 꿈만 같소."

　두러우안은 리페이와 나란히 걸었다. 노새 몰이꾼은 뒤에서 따라왔다.

　"우리 어머니 봤소?"

　리페이가 물었다.

　"네. 물건도 보내셨어요. 페이, 참 할 말이 많은데 어디서부터 해야 할지 모르겠어요?"

　"말하지 않아도 되오. 곁에 있는 것만으로도 너무 좋소."

　그들은 산등성이를 손잡고 올라갔다. 그리고 산 정상에서 잠깐 쉬었다. 두러우안은 숨이 턱에 닿았으나 생기가 넘쳤다. 노새 몰이꾼이 따라와서 노새의 등을 두드리며 연신 걸음을 재촉했다.

"먼저 가세요."

리페이가 노새 몰이꾼에게 말했다. 노새 몰이꾼은 노새 고삐를 당기면서 천천히 비탈길을 내려갔다. 두러우안은 리페이가 자신의 허리를 감싸 안고 있는 것을 느꼈다. 그녀는 머리를 그의 어깨에 기대고 가쁜 숨을 몰아쉬었다. 그의 숨결이 느껴졌다.

리페이는 러우안을 이끌어 나무 그늘 아래 있는 바위 위에 앉았다. 세찬 바람이 계속 불어왔고 두러우안은 호수를 내려 보았다. 절벽 아래의 호수는 이미 짙은 녹색으로 바뀌었고 산들바람이 불어오자 수면 위에 잔잔한 물결이 일렁거렸다. 그들의 오른편 서북쪽 방향에는 수문이 설치되어 있는데 절벽에 가려져 잘 보이지 않았으나 그 아래 넓은 하천은 골짜기로 통해 있었다.

두러우안은 조용히 앉아 시선을 발끝에 고정했다.

"무슨 생각 하고 있소?"

"당신이 도망치던 거 생각하고 있어요."

그녀는 모래 한 줌을 움켜쥐더니 천천히 손가락 사이로 빠져나가게 했다.

"내 걱정을 하는 거요?"

리페이는 그녀의 작은 손을 꼭 잡았다. 그녀는 몸을 그에게 기댔다.

"러우안은 이 세상에서 나한테 가장 소중한 사람이야."

리페이는 부드럽게 말하면서 열렬한 키스를 퍼부었다. 그녀는 두 눈을 꼭 감은 채 입술은 살짝 벌렸다. 리페이가 작은 귓불을 만질 때에야 그녀는 눈을 뜨고 속삭였다.

"페이, 이제 안전한 건가요?"

"응, 이제 안전해."

그녀가 허리를 똑바로 펴자 머리카락이 자연스럽게 어깨에 닿았다.

"양사오허가 총살된 거 알아요?"

"응. 톈수이 신문에서 봤소."

"앞으로 당신 혼자 잘 지낼 수 있겠소?"

"내 걱정은 안 해도 돼요. 여자를 잘 모르죠, 그렇죠?"

두러우안은 일어나서 스웨터의 구겨진 부분을 폈다.

가파른 비탈길을 내려오자 길이 점점 평탄해졌다.

"아버지가 몸이 많이 편찮으세요."

그녀가 말했다.

"우리 내일 꼭 가 봐야 돼요."

두러우안은 리페이보다 조금 뒤처져 걸었다. 따뜻한 봄바람이 풀밭을 스쳐 지나가면서 복숭아나무와 소나무의 향기를 실어 날랐다. 마을 주민들과 아이들이 그들이 왔다는 소식을 듣고 인사하러 나왔다. 두러우안도 그들과 일일이 인사를 나눴다.

"어렸을 때는 자주 여기에 와서 새우 같은 것을 잡았어요."

그녀가 말했다.

"나보다 한 살 많은 무슬림 아이가 있었는데 둘이 짝꿍이었어요. 수영을 잘해요. 내가 낚시할 때 그 애는 물속에서 장난쳤어요. 돌 위를 알몸으로 뛰어다니기도 하고요. 물고기가 미끼를 먹어치울 때마다 그

애를 불렀는데 그러면 내가 타고 있는 배 쪽으로 헤엄쳐 와 미끼를 갈아 주곤 했어요. 지금은 볼 수 없네요. 이름이 단쯔(蛋子)였어요. 산차이에 올 때마다 신나게 놀던 게 기억나요."

"단쯔라 이상한 이름이네."

"무슬림 아이예요. 바이랑(白狼)이라는 비적 두목이 난을 일으켰을 때 부모가 살해됐어요. 그때 나이가 여섯 살이었는데 아버지가 타오저우에서 발견해서 이곳에 데려왔지요. 중국어는 전혀 몰랐는데 처음 배운 글자가 단(蛋)자였어요. 그 글자가 마음에 들었는지 계속 곱씹고 있어서 단이라 부르게 되었어요."

두러우안은 현관으로 통하는 꽃길을 가벼운 발걸음으로 걸어갔다. 담장 아래 오래된 화분이 놓여 있지만 그 안에는 아무것도 없었다. 울타리 입구 근처에는 거대한 목련나무 한 그루가 자라고 있었는데 나뭇잎 색깔이 짙고 갈색 꽃봉오리가 맺혀 있었다. 정원은 잡초가 무성하고 몹시 황폐해 보였다.

"지금은 아무도 살고 있지 않아요."

그녀는 변명하듯이 말했다.

"정원을 가꾸는 사람이 없어요."

아산의 아내인 다 아주머니(達嫂)가 현관에 마중 나왔다.

"아가씨, 돌아오셨어요."

"네, 일 년 만이네요."

두러우안이 명랑한 목소리로 말했다.

"리 선생 보셨죠. 우리는 이미 약혼했어요."

다 아주머니는 바짝 마른 리페이를 한참 쳐다보다가 말했다.

"아가씨, 리 선생은 왜 말씀 안 하셨죠?"

리페이는 두러우안을 살짝 훔쳐보았을 뿐 부끄러워하지는 않았다.

"페이, 어서 들어와요."

두러우안이 안주인의 말투로 말했다. 그리고 돈을 조금 꺼내 아산에게 주면서 노새 몰이꾼을 돌려보내라고 했다. 아산이 나가고 그의 아내까지 부엌으로 나가자 그녀는 짐을 풀고 리페이의 어머니가 보낸 보따리를 꺼냈다.

"여기 있어요."

그녀는 마치 자신에게 주어진 중요한 임무를 완성했다는 듯이 의기양양하게 말했다.

"왜 약혼했다고 말했어?"

리페이가 물었다.

"쉿, 곧 알게 될 거예요."

그녀는 숨을 죽이고 말했다.

다 아주머니는 물 한 대야를 떠다 벽 쪽에 있는 낡은 오크나무 탁자 위에 올려놓았다.

두러우안은 얼굴을 씻으면서도 계속 재잘거렸다. 마치 행복하게 살고 있는 여주인이 귀한 손님을 맞이하는 것 같았다. 그녀는 쥐중탕의 초상화를 바라보면서 리페이에게는 낚시를 좋아하는지 위쪽에 있는 할아버지의 방을 구경했는지 물었다. 그리고 한쪽 벽에 걸려 있는 타원형 거울 앞에 가서 분을 바르며 말했다.

"방 구경시켜 드릴게요."

그녀는 동쪽 사랑채의 문을 열었다. 안에는 현관이 있고 호수 동쪽의 경치를 조망할 수 있었다. 사랑채 아래는 물푸레나무와 관목이 가득 자라고 있는 언덕이었다. 그녀는 외롭게 자라고 있는 감람나무를 가리키며 말했다.

"우리는 저 나무를 초병이라고 불러요. 달이 그쪽에서 떠요. 여기에 오면 이 방에서 많이 잤어요."

그녀는 베란다에 기대서 흥미진진하게 말했다.

"당신도 여기를 좋아했으면 좋겠어요. 제가 많이 좋아하거든요. 여기서 글을 써도 돼요. 저는 그냥 옆에 조용히 앉아서 귀찮게 굴지 않을게요. 좋은 글을 쓸 수 있다면 더 이상 바랄 게 없어요."

"나한테 질려 버리고 말 거야."

리페이가 농담을 했다.

두러우안은 얼른 손으로 그의 입을 막았다.

"그런 말 하면 안 돼요."

"정말 아무것도 바라지 않아?"

"참, 맞네요! 아버지를 모셔 올 거예요."

다 아주머니가 말을 끊었다.

"아가씨, 서방님. 면이 다 익었어요."

하인들이 서방님이라고 부르자 리페이는 거북했다. 리페이는 불쌍한 표정으로 두러우안을 바라보았고 그녀는 웃음을 참지 못하고 깔깔 웃어 댔다.

그들은 산차이에서 짧지만 행복한 시간을 가졌다. 두러우안은 모든 고민을 털어 버리고 지금 누릴 수 있는 것에만 집중했다. 며칠 동안 회포를 풀 것이고 이 시간이 영원한 추억으로 남길 바랐다. 그녀는 리페이가 자기 시선에서 벗어나지 않도록 한시도 떨어지지 않았고 그의 환심을 얻기 위해 노력했다. 곧 다가올 이별에 대해서는 마음을 굳게 먹고 생각을 많이 하지 않았다.

"마을 구경 가실래요?"

"하루 꼬박 노새를 타고 오느라 힘들었을 텐데."

"아니에요, 괜찮아요."

그녀는 요 며칠 기운이 넘쳐 나는 것 같았다.

그들은 손을 잡고 호숫가로 걸어갔다.

"왜 약혼했다고 말했는지 알겠죠? 며칠 있는 동안 훨씬 편할 거예요."

"알아."

말은 그렇게 했지만 두러우안이 이렇게 과감하게 나올 줄은 몰랐다. 약혼이나 결혼에 대해 한 번도 말한 적이 없기 때문이었다. 어쨌든 이 문제에 대해서는 두 사람의 생각이 같았다. 그녀는 깜찍하게 거짓말을 했고 하인들이 약혼한 사이로 받아들여 잘 대해 주길 바랐을 뿐이다.

마침 석양이 북쪽 기슭의 붉은 언덕을 비추고 있었다.

"전에 맨발로 이 골목에서 뛰어 놀았어요."

두러우안은 리페이에게 기대고 서서 말했다.

"맨발로?"

"네, 어렸을 때는 저를 남자아이처럼 꾸몄어요. 아버지가 남자아이를 원했거든요. 내일 꼭 아버지 뵈러 가요. 봄방학도 며칠밖에 남지 않았어요."

"러우안, 우리는 잠깐 텐수이에 들러야 돼. 하루 걸릴 거야. 거기서 루수이하고 어원을 만났어. 어원의 아버지가 란저우에 있는데 거기 가서 살겠다고 하더라고."

그들은 호수 기슭으로 걸어갔다. 어부의 아내들은 그물을 손질하고 있었고 어부들은 담배를 피우고 있었다. 멀리 북쪽에서 흰 안개가 겹겹이 피어올랐다.

그들은 호숫가를 따라 천천히 산책했다. 벽돌집이 한 줄로 쭉 늘어서 있고 옥상의 통풍구에 어포가 저장되어 있는 게 눈에 띄었다. 두러우안은 어부들이 동이 틀 무렵 물고기를 잡으러 나갔다가 아침 먹을 때쯤 돌아오는데, 그러면 아내들이 나와서 물고기를 손질한다고 했다. 물고기 비늘이나 내장은 남겨두었다가 밭에 비료로 주고 살코기는 절였다가 훈제해서 호숫가 풀밭에 설치한 긴 줄에 걸어 둔다. 이슬이 살코기에 스며들면 신선한 공기와 태양이 말려 주고 물고기는 딱딱해져 살짝 갈색을 띠게 된다. 산차이의 어포가 맛있는 데는 이유가 있었다. 그 속에는 햇빛, 공기, 이슬의 냄새가 스며 있었던 것이다.

어둠이 짙어졌다. 까마귀가 공중에서 맴돌고 원앙새도 바위 위의 솔숲에 날아들어 휴식을 취하고 있을 때 마을 사람들은 서로 허리를 감싸 안은 한 쌍의 그림자가 천천히 고택 앞의 공터로 걸어가는 것을 보았다. 이제 그들이 연인이라는 것을 모두 알게 되었다.

다 아주머니가 신선한 농어 요리를 해 놓고 기다렸다. 두 사람은 등잔 아래에서 밥을 먹으면서 시끄러운 속세를 떠난 것에 대해 즐거워했다.

그들은 밥을 먹고 현관에 나와 앉았다. 조금 지나 두러우안이 말했다.

"이쪽에서 달이 더 잘 보여요."

다시 방으로 돌아왔을 때 테이블이 깨끗이 치워졌고 다 아주머니가 물었다.

"더운 물이 있어요. 서방님과 아가씨는 지금 발을 씻을 건가요?"

두러우안은 시골 사람들이 일찍 잠자리에 드는 것을 알고 있었다. 다 아주머니는 하루 일과를 얼른 마무리하고 싶었고 서북 지역 사람들은 잠자리에 들기 전 발을 씻는 습관이 있었다.

"지금 씻을게요!"

그녀가 말했다.

그녀는 발을 씻고 다 아주머니에게 말했다.

"우리는 아직 자지 않을 거니까 차를 갖다 주시고 얼른 가서 쉬세요. 문은 닫아 주시고요."

다 아주머니가 차를 갖고 들어오면서 말했다.

"아가씨, 내일 아버님 뵈러 가실 거면 일찍 쉬어야 해요."

"괜찮아요. 리 선생하고 할 얘기가 좀 남았어요. 서방님 다 씻으셨나요?"

"다 씻었소. 옷 갈아입고 있는 중이야."

두러우안은 방으로 들어갔다. 리페이의 발자국 소리가 옆방에서 들려왔다. 얼마 지나지 않아 리페이가 새 두루마기를 갈아입고 거실에 나왔다.

"내일 이 옷을 입고 아버님을 뵈어도 괜찮을까?"

그녀는 찬찬히 살펴보았다.

"우리 아버지는 몹시 까다롭고 보수적인 분이에요. 앉을 때도 똑바로 앉아야 되고 말할 때는 머리를 숙이면 안 되고 다리를 꼬고 앉아도 안 돼요. 사람의 행동거지를 보고 그 사람을 판단하세요."

"떨릴 것 같은데!"

"그럴 필요는 없어요."

그녀는 좋아서 살짝 쳐다보았다.

"근데 왜 지금 입어요?"

"얘기 좀 할 줄 알았지."

"그럼 내 방으로 와요. 다 아주머니한테 문 잠그라고 했어요. 차 마시고 싶으면 그쪽에 있어요."

밤경치가 고요했고 풀벌레 소리만 들렸다. 두러우안은 창가에 작은 의자 두 개를 갖다 놓았다. 그리고 차를 한 잔 따라 주면서 말했다.

"발을 덮게 담요를 갖다줄까요?"

"아니, 고마워. 근데 이상하네, 산바람 때문에 엄청 졸려."

"피곤하면 내일 얘기해요."

"괜찮아. 당신도 쉬어야지. 이리 와, 내 곁에 앉아."

두러우안은 똑바로 앉아서 리페이를 바라보았다.

"정말 아름다워요. 너무 아늑하고 조용하네요. 우리 둘밖에 없고."

"꿈속에 있는 것 같아."

리페이는 두러우안의 손을 잡고 있고 그녀는 두 사람의 손을 자기 무릎 위에 올려놓았다.

벌레의 울음소리가 한층 요란해지고 밤바람에 향기가 방으로 날아왔다. 잠시 후 리페이의 눈꺼풀이 내려앉기 시작했고 머리도 한쪽으로 기울어졌다. 두러우안은 꼼짝도 하지 않았다. 가능하다면 숨까지 참고 싶었다. 그의 얼굴 윤곽이 불빛 아래에서 매우 뚜렷하게 나타났다. 그녀는 행복한 나머지 눈물이 핑 돌았다. 하지만 그가 깰까 봐 손을 움직여 닦으려고 하지 않았고 눈물이 볼을 타고 주르륵 흘러내리게 내버려 두었다.

꼭 잡고 있던 리페이의 손에서 힘이 빠지자 두러우안은 손을 살며시 빼내고 일어나서 등잔불을 어둡게 했다. 그리고 담요를 꺼내 다리를 덮어 주고 조용히 앉아서 바라보았다. 자랑스럽고 뿌듯한 마음이 들었다. 둥그스름한 달이 산봉우리 위로 조금씩 떠오르고 산골짜기는 은색 달빛으로 물들어 가고 있었다. 두러우안은 리페이의 얼굴을 찬찬히 들여다보았다. 턱과 입술이 아주 잘생겼다. 그녀는 다시 일어나서 등불을 끄고 앉았다.

그러나 그만 리페이의 발을 건드리고 말았다. 잠에서 깬 리페이는 그녀를 바라보며 말했다.

"어, 내가 잠들었었네!"

그러고는 고개를 들고 창밖의 달을 바라보며 물었다.

"내가 얼마나 잤어?"

"십 분 정도요."

"십 분밖에 안 돼? 긴 꿈을 꾼 것 같은데."

"무슨 꿈을 꿨어요?"

"까먹었어. 즐거웠다는 것밖에는 기억 안 나."

"차 마실래요?"

"내가 갖고 올게. 잠든 사이에 담요를 덮어 주었군!"

그는 일어나서 자기에게 차를 한 잔 따르고 그녀에게도 한 잔 따라 주었다. 그리고 의자를 당겨서 바싹 다가앉았다. 두 사람은 이렇게 앉아서 조용히 달빛을 감상했다. 밤 짐승들의 울음소리가 들렸다가 이내 조용해졌다.

리페이는 조금 추운 것 같아 담요를 두러우안에게 덮어 주고 손으로 감싸 안았다. 그녀도 편안하게 그의 가슴에 안겼다.

"꿈이 생각났어."

리페이가 말했다.

"자기랑 꽃이 가득 핀 언덕을 산책하고 있었어. 자기는 꽃잎을 따서 입에 넣고. 내가 그러지 말라고 하니 웃으면서 꽃잎을 삼켰어. 나도 자기를 따라하고 우리는 허리를 잡고 한참 웃었어. 우리 아이가……"

"아이?"

"응, 우리 아이야. 두 살 정도이고 통통한 다리로 풀밭을 누비고 있었어. 내가 붙잡아 와서 꽃잎을 먹이니 자기가 화내고 그 바람에 한바탕 싸웠어. 자기는 아이를 안고 꽃잎을 끄집어냈어. 우리는 또 곧바로 화해하고……"

"남자아이예요?"

"응."

"제가 알고 있는 사람 중에 누가 가장 행복한지 아세요?"

"나."

"우리말고요. 맞춰 봐요, 우리가 아는 사람이에요."

리페이는 머릿속에 여럿이 떠올랐지만 행복하다고 말할 수 없었다.

"모르겠어."

"말해 줄까요, 돤얼이에요. 가장 만족하고 있지요. 좋은 남편에 애까지 여럿 있고 게다가 시어머니도 엄청 좋으시니까요."

"자기 말이 맞을 수도 있어. 나는 생각해 본 적 없어서……"

"여자들이 원하는 것이 바로 그런 삶이에요. 샹화는 행복하지 않아요. 결혼한 사람들을 많이 봤는데 충격적이었어요. 사랑이라는 건 참 아름답고 신기한 것 같아요."

"그래, 참 아름답고 신기하지."

"페이, 우리는 영원히 싸우지 말고 변치 말아요. 하라는 대로 다 할게요. 말해 줘요, 남자들은 연애하면 어떤 느낌이에요?"

"그녀가 하는 일이 모두 맞다고 생각되고 그녀만을 갖고 싶어 해. 그리고 그녀가 상처받지 않게 보호해 주고 싶어 해. 내가 지금 자기한테 그래. 자기한테 무슨 일이 일어날까 봐 두려워. 내가 없어도 혼자 잘 지낼 수 있겠지?"

두러우안은 얼굴에 흘러내린 머리카락을 뒤로 넘기면서 깔깔 웃었다.

"자기하고 같이 있으면 아무것도 두렵지 않아요. 자기를 잃는 게 가장 두려워요. 여자들은 사랑을 하게 되면 맨발로 눈 위를 걸어도 떨지 않아요."

그녀의 얼굴은 절반이 그림자에 가려져 있었다. 그는 살짝 떨고 있는 그녀를 껴안았다. 따뜻한 느낌이 들었다. 그제야 그녀가 자신을 얼마나 사랑하고 있는지 깨달았다. 처음으로 여자 마음속의 비밀을 알게 되었다. 그는 며칠 후면 떠나야 했고 산차이 별장의 의미는 여기에 있었다. 자신을 초대하고 또 약혼했다고 말한 이유이기도 했다. 그는 그녀를 꼭 껴안았다. 한참 지나 조금 진정되었지만 마음속에는 이별의 아픔으로 가득 찼다.

달빛이 베란다의 문턱 아래로 사라지고 봄날의 밤은 조용하기만 했다. 멀리서 들려오는 벌레 소리도 점점 잦아들고 호수와 산골짜기도 모두 달콤한 잠에 빠져들었다. 반딧불이 수풀 사이에서 유성처럼 깜빡거리며 희미한 불빛을 뿜어냈다.

그들은 베개를 베고 누웠다. 우뚝 솟은 바위 위의 별들이 손을 뻗기만 하면 닿을 수 있을 것 같았다. 영원한 수수께끼처럼 반짝이는 별들이 그들에게 부끄러움을 느끼게 하는 대신 오히려 회심의 미소를 지어 주고 있는 것 같았다.

"다음에 또 이 별들을 보게 되면 당신이 생각나고 오늘 저녁이 생각날 거예요."

두러우안이 말했다.

그녀는 이제 완전히 리페이의 여자가 되었다. 그는 반짝이는 별을 바라보면서 그녀의 몽롱하고 따뜻한 몸을 어루만졌다. 그녀는 자기의 머리를 한쪽으로 기울여 그에게 기대었다. 용감하게 몸과 마음을 허락한 두러우안에 대한 리페이의 사랑은 한없이 충만했다.

그녀가 말했다.

"당신은 방에 가서 자는 게 좋을 것 같아요. 내일 또 한참 걸어야 돼요."

리페이는 일어나서 이불을 그녀의 턱밑까지 덮어 주었다. 희미한 불빛 속에서 그녀의 말끔한 계란형의 얼굴과 검은 눈동자를 볼 수 있었다. 허리를 굽혀 그녀에게 진한 키스를 보냈다. 그녀의 숨소리가 몹시 가파르게 들렸다.

"제가 얼마나 당신을 사랑하는지 알죠?"

그녀가 낮은 목소리로 말했다.

"괜찮겠어?"

"네, 괜찮아요."

리페이는 일어나면서 그녀의 평온하고 만족해 하는 표정을 보았다.

두러우안이 잠에서 깼다. 눈부신 햇살은 방바닥에 어지러운 그림자를 만들었다. 그녀는 일어나 앉아 베란다에 가지런히 놓인 의자를 바라보았다. 손을 머리 뒤로 해서 깍지 끼고 어제 일을 다시 떠올렸다. 자기도 모르게 미소를 띠었다. 이런 일을 미리 예상했을까, 아니면 기대하고 있었을까? 말로 표현할 수 없는 느낌이었고 마음이 움직이는 대로 했을 뿐이었다. 그를 이곳에 부른 것은 다만 아름다운 며칠을 같이 보내고 싶어서였다. 사랑의 부름에 따라 모든 것을 바쳤지만 결코 후회하지 않았다. 그녀는 옆방의 인기척을 살폈다. 아무 소리도 들리지 않았다. 벽을 살짝 두드려 보았지만 역시 대답이 없었다.

그녀는 일어나서 다 아주머니한테 물주전자와 대야를 달라고 했다.

"리 선생 일어났어요?"

"서방님은 일찍 일어났어요. 정원에서 산책하고 계셔요."

서방님이라는 말이 참 듣기 좋았다.

두러우안은 서둘러 씻고 솜바지를 챙겨 입었다. 라마교 사원으로 가는 길이 몹시 춥기 때문이었다. 낡은 거울에 비추어 보니 두 눈에서 빛이 났다. 입술을 담홍색으로 살짝 칠하고 산호 귀걸이를 골라 달았는데 리페이가 좋아했으면 했다. 샹화와 학교 친구들을 생각하자 자신의 운이 매우 좋다는 생각이 들었다.

오늘 아버지에게 리페이를 인사시킬 것이다. 그녀는 리페이를 자랑스럽게 생각했다. 리페이는 의젓하고 눈에는 생기가 넘친다. 그가 입을 열었다 하면 자신이 바보가 된 느낌이다. 시안시를 통틀어 그이처럼 총명한 청년이 없는 것 같았다.

고개를 돌리자 작은 테이블 위에 있는 이미 식어 버린 차 반 잔이 눈에 띄었다. 창밖을 내다보니 호수 기슭은 물고기를 잡고 돌아온 어부들로 꽉 찼다. 그녀는 그들 삶이 조금도 변하지 않은 것이 신기했다. 저녁에 그들의 사랑을 비춰 준 그 초병조차 꿈쩍도 하지 않은 듯 했다.

두러우안은 문을 두드리는 소리를 듣고 얼른 문을 열었다. 두꺼운 푸른색 두루마기를 입은 리페이가 밖에 서 있었다. 그는 손을 그녀의 어깨 위에 올리고 키스를 하려 했다. 그녀는 아침을 들고 온 다 아주머니가 뒤에 있다는 눈치를 주었다. 그녀는 문을 활짝 열면서 말했다.

"이리 와서 어선이 입항하는 것을 봐요!"

그들은 통로에 있는 의자를 지나 베란다로 나왔다. 그녀가 호수 기슭을 가리켰지만 그는 그녀의 이마에 재빠르게 키스했다. 새신랑의 모닝 키스에 그녀는 내심 즐거웠다.

그들은 아침에 죽을 먹고 10시에 출발 준비를 했다. 두러우안은 양털 목도리를 둘렀다. 아산이 빌린 작은 티베트 말 두 필이 정원에서 대기하고 있었다. 티베트 사람인 마부 두 사람은 모두 양가죽 코트에 뾰족한 모자를 쓰고 가죽 장화를 신었다.

양가죽은 낮에는 코트로 입고 저녁에는 담요로 덮는다. 허리 부분을 꽉 동여매고 한쪽 소매에만 팔을 끼며 다른 한쪽 소매는 무릎까지 오게 그대로 걸친다. 따라서 한쪽 팔과 어깨는 자연스럽게 노출된다. 그들은 보통 체격에 얼굴은 검고 튼튼해 보였고 생김새가 쓰촨 사람과 비슷했다.

하늘엔 솜처럼 구름이 뭉글뭉글 뭉쳐서 여기저기 산만하니 떠 있다. 그들은 동쪽 산마루를 넘어 남쪽 아오싸타커산 방향으로 향했다.

이십여 리 길을 가려면 협곡 입구 세 개를 지나고 중간에 밀림과 초원도 지나야 했다. 인적이 끊긴 산간 지역을 지나면서 가끔 티베트인들의 숙영지와 풀을 뜯고 있는 긴 털의 검은색 야크를 보았다. 두 번째와 세 번째 협곡은 특히 험준했다. 아슬아슬한 협곡 사이로 거센 바람이 매섭게 몰아치면 절벽 끝자락에선 쏴쏴 하는 소리를 냈다. 들에는 새가 많았지만 티베트인들의 종교는 새를 사냥하지 못하게 했다. 야크를 잡아서 먹거나 가죽을 쓸 때에도 먼저 야크 영혼의 평안을 기원했다. 이런 고산지대에는 한족 사람들이 없다. 티베트인은 백여 년 전 종교 때문에 타시룬포(扎什倫布) 지역을 탈출해서 그곳에 왔다. 모든 부족은 북쪽으로 이주할지언정 신앙을 포기하려 하지 않았다. 그들은 홍족(紅族) 또는 미개혁(未改革) 교파에 속하며 라마가 모든 것을 통치했다.

두러우안과 리페이는 잠시 쉬었다가 세 번째 협곡 입구로 올라갔다. 마부들은 말을 계곡으로 끌고 가서 물을 마시게 하고 자신들은 담뱃대를 꺼내 담배를 피웠다. 리페이는 두러우안과 같이 물가에 있는 바위를 골라 등지고 앉았다.

"내 귀걸이가 마음에 들어요?"

"응, 러우안이 하니 참 예뻐."

"당신에게 보여 주려고 특별히 했어요. 이번에 한 일들을 모두 기억할 거예요. 시간이 너무 촉박해요. 월요일에 돌아가야 해요. 라마교 사원이 마음에 들겠지만 우리는 하루밖에 있을 수 없어요. 이튿날 바로 돌아와야 해요."

리페이는 고개를 들고 푸른 하늘과 주변을 둘러보았다. 뒤편에 숲이 있었는데 방금 지나온 협곡에 가려 보이지 않았다. 햇빛 아래 벌거벗은 바위 산봉우리가 남쪽으로 가로놓여 있었다. 티베트인 마부 두 사람을 제외하고 주변에는 그들밖에 없었다.

"아버님이 반대하면 어떡해?"

리페이가 물었다.

"반대하지 않을 거예요. 딸이 상처받는 것을 두고 볼 수는 없잖아요. 반대하지 않겠지만 연세가 많으시고 아프기까지 해요. 페이, 부탁인데 저를 위해서라도 아버지의 뜻을 거스르지 말아 주세요. 아버지는 요즘 젊은 세대를 마음에 들어 하지 않아요. 주런은 상대할 가치도 없다고 생각해요. 당신은 똑똑하지만 당신이나 나나 아직 모두 젊어요. 그저 많이 듣고 적게 말하면 돼요."

리페이는 초조해하며 대답하는 그녀의 눈빛을 읽을 수 있었다.

"그렇게 어려우신 분이야?"

"아니에요. 우리하고 생각이 달라서 그럴 뿐이에요. 그냥 걱정돼서 하는 말이에요. 어쨌든 아빠는 대학자시고 존경할 만한 분이시잖아요."

"그럼 걱정하지 마. 약속할게."

"한 가지 더 있어요. 아버지는 전통적인 예절을 지키는 사람을 좋아해요. 당신을 받아들였으면 해서 알려 드리는 거예요."

마부가 말했다.

"이제 떠나야 합니다. 날이 저물기 전에 도착하려면 서둘러야 합니다."

리페이는 그녀를 부축해서 말에 오르고 자신도 말에 뛰어올랐다. 이런 산간 지대에서 거리를 재는 것이 불가능했다. 마지막 협곡 입구의 정상에 올랐을 때는 이미 다섯시를 넘기고 있었다.

리페이는 웅장하고 아름다운 경치를 보는 순간 정신이 아찔했다. 도저히 인간이 상상할 수 없는 세계와 조우하고 있다는 느낌이 들었다. 그들은 해발 약 3,300미터나 되는 산봉우리에 오른 것이었다. 푸른 기운이 감도는 아오싸타커산이 햇빛 아래에서 눈부시게 빛나고 있고 산 중턱을 구름이 덮고 있었다.

서쪽 지평선을 이루는 곳에 푸른 산맥이 펼쳐져 있는데 민산이었다. 하지만 가장 매혹적인 것은 역시 라마교 사원으로 하얀색 건물이 나무

숲처럼 솟아 있어 마치 왕관을 언덕 위에 세워 둔 것 같았다. 사원은 짙푸른 색과 갈색으로 얼룩진 산비탈과 선명한 대조를 이루었다.

산골짜기는 꿈속의 몽롱한 세계처럼 조물주가 방금 만들어서 아직 사람의 손때가 묻지 않은 것 같았다. 눈부신 하얀색 궁전은 골짜기 밑에 있는 다리보다 150미터 정도 높이 있는 유일한 건축물이었지만 주변 자연환경을 파괴하지 않고 어우러져 있었다. 오히려 인간 정신의 찬가 같기도 하고 사방에 펼쳐진 절벽들에 바치는 선물 같기도 했다.

황금색의 지붕은 햇빛 아래에서 번쩍번쩍 빛나고 있었다. 리페이는 자신이 문명의 끝 인적이 끊긴 산봉우리 사이에서 티베트 부족의 심혈이 깃든 결정체를 만난 것 같기도 했다. 북방의 간방(甘邦)과 라부렁(拉卜楞)*에 금불상과 황금 지붕이 있다고 들은 적이 있지만 그곳에서 보게 될 줄은 생각 못했다.

---

*라부렁사. 중국 간쑤성 간난(甘南)장족(藏族)자치주 샤허현(夏河縣)에 있는 라마교 사원.

16

두중은 딸에게 오라는 편지를 보낸 후 사랑하는 딸을 그리며 기다렸다. 시대의 운명과 환경은 두중을 민산의 깊숙한 곳에 있는 라마 사원 딩카얼궁바에 은둔하게 만들었다. 스스로 딸과 주변의 다른 사람에게서 멀리 떨어져 산중 깊숙이 숨어들었고 오로지 학문에만 파고들었다. 그는 속세를 떠나 홀로 서 있는 이 사원이 마음에 들었다. 딸에게 보내는 편지에도 늘 자신이 조용하고 아름다운 이 골짜기와 라마교 승려의 삶을 사랑한다고 썼다.

이제 그는 쉰다섯의 나이에 접어들었다. 그는 파란만장한 일생을 살아 왔다. 청나라 황실의 구성원으로서 자싱의 지방 관리, 쑨촨팡의 고문에까지 이르렀고, 쑨원의 국민당에 패하자 잠시 일본으로 망명했었다. 그동안 딸을 동생에게 맡겨다가 일 년 반이 지난 후 위험이 지나가자 중국에 돌아와 베이징에서 살았다. 러허(熱河)와 만리장성 일대를 두루 유람하고 산시에서 몇 개월 머물기도 했다. 고염무의 『천하군국이병서(天下郡國利病書)』를 통독하고 고대 조각, 비석과 서판(書板)을 연구하기도 했다.

그는 유람을 마치고 시안에 돌아와 일 년 정도 살았다. 워낙 말수가 적었고 학문하는 것을 좋아했기 때문에 딸과 같이 살면서 동생의 사업에 관여하지 않았다. 두씨 가문의 어른이라 식사할 때 윗자리에 앉았지만, 일상적인 일을 동생에게 온전히 떠넘겼기 때문에 서로 할 말도 없었다.

지방과 중앙 정치에 대해서는 그냥 웃어넘기고 별 말을 하지 않았다. 스스로 퇴직한 관원이라 생각하며, 아래 세대들이 하는 일을 탐탁지 않아 했다. 사교활동에도 참가하지 않아 시안의 유명 인사들은 그가 정계를 떠났으려니 생각하고 아무도 그에게 귀찮게 굴지 않았다.

두중은 동생이 사업하는 방식이 마음에 들지 않았지만 별다른 말을 하지 않았다. 가장 가슴 아프게 생각하는 것은 집안의 상황이었다. 두주런이 마음에 들지 않았다. 서양식 교육을 받았지만 한문으로 편지 한 통 제대로 쓰지 못했다. 그것뿐이 아니었다. 그에게 고전 작품에 대해 말하는 것은 쇠귀에 경 읽기였다. 대부의 3세대는 문맹이나 다름없었다. 대부관저 세 번째 정원에 있는 아버지의 두항의 장서실은 이미 먼지로 가득 뒤덮였다.

두러우안은 그에게 유일한 희망이자 위로였다. 부녀 사이는 특별했다. 두중은 자신의 모든 것을 그녀에게 가르쳤다. 서예의 오묘한 이치를 가르쳤고, 당시를 같이 읽었으며, 오십 년 전의 위대한 인물들의 이야기도 들려주었다. 그녀는 흥미진진한 쩡궈판(曾國藩), 장즈퉁(張之洞), 쭤쭝탕, 리훙장(李鴻章)의 이야기에 깊이 빠져들었다.

재작년 여름에 그는 샤오류(小劉)라는 젊은이를 시안에 불렀다. 쑨촨팡 밑에서 일할 때 알게 되었는데 고문에 대한 조예가 깊어 사윗감 후

보자로 삼았었다. 딸을 만나 보라는 말을 대놓고 하지 않았지만 시안에 올 것을 여러 번 권했다. 샤오류도 눈치를 챘다. 하지만 샤오류는 어렸을 때부터 어머니가 애지중지 키운 탓인지 한여름에도 스웨터와 두루마기를 입고 다녔다. 재채기 한 번 하면 옷 한 벌, 두 번 하면 두 벌, 세 번 하면 세 벌 식으로 입혀서 길을 걸을 때 항상 비틀거렸고 제대로 걷지도 못했다. 그의 어머니는 9월이 되기 바쁘게 아들 방의 창문이란 창문은 모조리 닫아 놓았다. 두러우안은 첫눈에 보자마자 그에게는 절대 시집가지 않겠다고 말했다. 심지어 아버지인 두중의 의견도 듣지 않았다. 샤오류는 나중에 상하이로 돌아갔고 이 일은 그냥 없던 일로 되었다.

산차이에는 작년 가을에 왔다. 라마교 사원을 구경하고는 한눈에 반해 눌러앉아 겨울이 되어도 돌아가지 않았다. 물론 산차이와 딩카얼궁바 사원 중간의 협곡이 눈에 막혀 버린 원인이 있기도 했다. 상쾌한 공기와 설봉 사이의 산골짜기 그리고 다분히 지적이고 평화로운 분위기는 그로 하여금 그곳이 이상적인 은신처라는 생각이 들게 했다.

딩카얼궁바 사원은 천팔백 명의 젊은 라마들이 교육받고 있는 대학이고 정규적인 과목과 학위가 있었다. 덕분에 두중은 박식한 승려들과 더불어 불교와 깊고 오묘한 학문에 대해 토론할 수 있었다. 중국 다른 지역에는 이러한 학문적 수양을 갖춘 승려들이 매우 드물었다. 학생들은 엄격한 추리 교육과 오묘한 학문을 교육받았다. 학생들은 의약뿐만 아니라 티베트 또는 중국의 역법을 공부했다. 이외에도 11월 달에는 밤에 베란다에서 몇 시간씩 서 있는 등 특별한 체육 훈련도 받았다.

두러우안은 곱고 예쁘게 자랐고 어떤 말을 해도 서로 잘 통했다. 그는 딸도 라마교 사원을 한번 와 보면 사랑하게 될 것이라고 생각했다. 올해 여름 딸이 졸업한 후 미래를 어떻게 보낼지에 대한 계획까지 세웠다. 그러던 어느 날 아침 갑자기 쓰러졌고 자신에게 주어진 시간이 별로 없다는 생각이 들어서 서둘러 편지를 써서 딸을 오라고 한 것이다.

마부들이 말들을 끌고 산을 내려가기 시작했다. 비탈진 산길은 내려 걷는 편이 훨씬 나을 것 같았다. 곧 둘은 말에서 내려 걷기 시작했다. 찬바람은 뼛속까지 파고들어 몸을 자꾸 옴츠리게 했다. 이따금 송진 냄새가 바람에 실려 왔다. 오솔길은 소나무 숲을 지나 산골짜기를 가로질러 계곡으로 통했다. 출렁다리 건너편에는 돌계단 길이 촘촘하게 들어선 하얀색 단층집을 끼고 언덕 위까지 쭉 이어졌다.

사원의 담장은 높이가 15미터, 길이는 60미터쯤 되어 보였다. 사방이 모두 첨탑이었고 땅에서 비스듬히 백여 미터 솟아 있었다. 넓은 돌계단이 큰 제단으로 통하며, 가장자리에 석대(石臺)가 놓여 있고 그 위에 묵도기(黙禱旗)가 꽂혀 있는데 한창 바람에 나부끼고 있었다.

리페이와 두러우안은 마부들에게 삯을 지불하고 사원의 안마당으로 들어갔다. 손님 접대를 담당하는 스님을 찾아 산차이에서 온 두 선생이 어디에 계시냐고 물어보았다.

"두 선생의 따님이신가요?"

스님이 물었다.

"오시면 잘 대접하라고 하셨습니다."

두중은 이곳에서 학자의 대우를 받았고 라마의 귀빈으로 모셨다.

"많이 아프신가요?"

두러우안이 초조하게 물었다.

"아닙니다, 괜찮습니다. 이리 오세요. 안내해 드리겠습니다."

스님은 티베트 사람이었지만 중국어를 유창하게 구사했고 그것 때문에 손님 접대를 담당하게 된 것 같았다. 사원 안에서 승려들이 기도하는 소리가 들려왔다.

사원 옆으로 문이 나 있고 이층집의 안채로 통했다. 베란다 바로 앞에는 돌을 깔아 놓은 정원이 있었다. 두러우안은 가슴이 쿵쿵 뛰고 입안이 타들어갔으며 만감이 교차했다. 아버지를 이렇게 먼 곳에 혼자 내버려두었다는 죄책감이 들었다. '많이 아프신 걸까? 또 너무 많이 늙으셨다면 어쩌지?'

스님이 그들을 데리고 지붕색이 바랜 이층집 계단을 올랐다. 두러우안은 잠깐 멈춰 서서 리페이를 한번 쳐다보고는 이마 위로 흘러내린 머리카락을 쓸어 넘겼다.

스님이 푸른색 커튼을 열어젖히면서 두 아가씨가 찾아왔다고 말했다. 나무 창문이 닫힌 테이블 위에는 은제 등잔 한 개가 놓여 있었다. 리페이는 흰 옷을 입은 노인이 침대에 앉아 백통대로 담배를 피우고 있는 것을 보았다. 불빛이 노인의 백발과 가슴까지 늘어뜨린 흰 수염을 비췄다. 두중은 백통대를 테이블 위에 내려놓고 격정의 눈빛으로 그들을 쳐다보았다. 리페이가 한 걸음 물러나자 두러우안이 침대를 향해 뛰어갔다.

두중은 얼른 손을 내밀어 그녀를 붙잡고 낮지만 반가운 목소리로 말했다.

"애야, 네가 오니 정말 기쁘구나."

두러우안은 아랫입술을 꽉 깨물고 흘러나오는 눈물을 억지로 참았다.

"아버지, 잘 지내셨어요?"

"응, 괜찮아. 며칠 전에 안 좋은 일이 있긴 했지만 뭐 나중에 얘기하지. 꼭 일 년 만이야."

노인의 시선이 어두운 곳에 서 있는 낯선 사람에게 향했다. 두러우안이 얼른 말했다.

"아버지, 이분은 리 선생이에요. 아버지를 줄곧 뵙고 싶어 했어요."

두중은 의아해 하며 젊은 친구를 한참 살펴보았다. 딸의 단짝일 것이라고 생각했다. 짙은 눈썹 아래에 빛나고 있는 젊은이의 또렷하고 진솔한 눈빛이 마음에 들었다.

리페이는 두러우안이 했던 말이 기억나 앞으로 나와 허리 굽혀 절을 했다. 첫인상을 잘 보이기 위해 최대한 예의를 차렸다. 그리고 자신 있는 목소리로 말했다.

"선생님의 가르침을 받들고 싶었지만 줄곧 기회가 없었습니다. 이번에 영애께서 저한테 이런 기회를 배려해 주었습니다. 정말 영광으로 생각합니다."

"거기 앉게나."

오랜만에 이렇게 부드러운 말투를 듣게 된 두중은 입가에 잔잔히 미소 지으며 말했다. 리페이는 '영애'라는 호칭을 썼는데 자연스러웠고 정중했으며 예의 없거나 가볍다는 느낌을 주지 않았다.

노인과 젊은이는 인사말을 몇 마디 더 주고받았다. 두중은 딸이 이 젊은이와 말할 때 눈빛이 한없이 부드러워지는 것을 발견했다. 노인은 말문이 트이기 시작하고 활기를 띠었다. 이마에는 푸른 힘줄이 드러나고 눈썹 끝과 눈가에 주름이 깊게 파였다. 원기가 왕성하고 혈색도 좋아 보여서 병색을 찾을 수 없었다.

두중이 딸에게 말했다.

"하루 꼬박 오느라 힘들겠구나. 방 구경했어?"

두러우안과 리페이는 방을 보려고 일어났다. 문을 막 나서려는 참에 노인이 또 딸을 불러 세우고 말했다.

"주방장한테 요리 몇 개 하고 미주(米酒)를 좀 데워서 위층 식당에 갖다 놓으라고 해. 짐 풀고 와서 얘기 좀 하자꾸나."

그녀는 10분도 채 안 걸려서 돌아왔다. 아버지는 의자에 앉아 있었는데 그녀 눈에 익숙한 소매가 넓은 짙은 남색 비단 두루마기에 옛날 헝겊신을 그대로 신고 있었다.

그녀는 방 안을 둘러보았다. 건물의 귀빈실로 나무 바닥에 두꺼운 양탄자를 깔았다. 벽에는 탕카라고 하는 불상 그림이 걸려 있었다. 탕카는 비단에 세밀화 화법으로 불교의 전설적인 이야기들이 그려져 있었다. 구석에는 청동화로와 큰 구리주전자가 있었다. 작은 테이블은 정교한 무늬가 새겨져 있고 위에는 부리가 큰 티베트 차 주전자와 정교한 은 찻잔 몇 개가 놓여 있었다. 벽에는 두루마기 여러 벌이 걸려 있었고, 문 옆의 대나무의자에는 더러워진 옷 몇 벌이 있었다.

이것을 본 두러우안은 슬펐다. 여자의 눈으로 아버지의 하얀색 속옷의 옷깃과 소매가 모두 누렇게 된 것을 보았고 이전에 아버지가 산시에서 집으로 돌아올 때 모습과 똑같았다. 탕어멈이 두 번 세 번 씻은 후에야 원래의 하얀색을 되찾을 수 있었다.

"아버지, 여기가 편해요? 시중은 누가 들어요?"

그녀가 물었다.

"응, 좋아. 하인도 한 명 있고. 너도 살다 보면 여기가 마음에 들 거야. 산차이 집보다는 덜 외로워. 절이라 하는 일도 많고."

"매일 뭐해요?"

"책 읽고 산책하고, 스님들에게 한문도 가르치고. 여기에도 한족이 있어. 지난달에는 주지 스님이 부탁해서 『금강바라밀경』 한 부 베껴 줬어. 이보다 편한 일 없지."

두러우안은 춘메이가 보낸 한약을 꺼냈다. 노인은 인삼을 불빛에 가까이 대고 보더니 최상품이라고 했다.

"지난 정월 대보름에 보낸 것도 다 못 먹었어."

두러우안이 걱정하는 눈빛으로 물었다.

"세 개밖에 없는데 두세 냥은 될 거예요. 달여 주는 사람은 있나요?"

"귀찮게 왜? 그냥 한 조각 썰어서 입에 물고 있으면 돼. 나쁘지 않아!"

"아프시다고 해서 얼마나 걱정했는데요!"

"지금은 다 나았어. 아침에 한번 쓰러진 걸 두(杜) 노인가 발견하고 침대에 옮겨 놓았을 뿐이야. 처음이야, 나이를 먹어서 그래. 나는 느낌 없었어."

"아버지를 돌봐 주는 사람이 없어서 그런 거예요. 집으로 가요. 병원에도 가고요. 적어도 탕어멈이 약을 달여 주고 아빠를 보살펴 줄 거예요."

그녀는 집안이 돌아가는 상황을 대충 말했다.

"춘메이를 미워하지 말아요. 오기 전에 얘기 많이 나눴어요. 집안일에 신경을 가장 많이 쓰고 있어요. 지금은 거의 도맡아 하다시피 해요. 작은아버지가 며느리라는 명분을 줬어요."

"미워하긴. 명분을 얻었다니 오히려 기쁘구나. 처음부터 내 동생이 잘못한 거니까. 또 어떤 얘기를 했니?"

"걱정을 많이 하더라고요. 주런이 애가 없고 집안 식구도 별로 없는데다가 아버지와 작은아버지가 또 연세가 많으시다면서요. 우리 집안이라고 계속 잘 나간다는 보장이 없다고 했어요."

두중이 의외라는 듯이 말했다.

"생각보다 멀리 내다보는구나. 맞는 말이야."

"무슨 뜻이에요, 아버지?"

"네 작은아버지가 하는 짓거리 좀 봐라. 할아버지 때는 그래도 산차이에서 명성이 높았어. 자랑이었지. 근데 네 작은아버지는 수문을 만들어 산골짜기 수원을 차단해 버렸어. 이 애비가 막지 않으면 하늘이 천벌을 내릴 거야. 창피해서 몸 둘 곳이 없구나. 좋은 명성과 두씨 집안에 대한 존경이 진짜 유산이라는 것을 몰라. 나는 살 만큼 살아서 어떤 일은 일어나기 마련이고 천리(天理)라는 게 존재한다는 것을 알고 있어. 여

319

기가 편하지. 네 작은아버지가 하는 꼴을 보지 않아도 되고 말이야."

두중이 하던 말을 멈추고 수염을 만졌다. 두러우안은 갑자기 아버지가 자기를 주시하고 있다는 생각이 들어서 고개를 들었다. 아버지가 말했다.

"리 선생 얘기를 해 봐. 정객 그룹이야?"

그녀는 정색하고 말했다.

"아니에요. 신문사에 원고 써 주는 기자예요. 똑똑하고 인기도 엄청 많아요."

그녀는 얼굴이 달아올랐고 입가에는 자기도 모르게 미소가 번졌다.

"안 지는 얼마나 됐고?"

"두 달 정도 됐어요."

두러우안은 머리를 숙였다. 하지만 눈빛에 한 줄기 부드러운 기운이 감돌더니 이내 고개를 다시 들고 떨리는 목소리로 말했다.

"아버지, 그이를 잘 알아요. 또 사랑해요. 여기에 데리고 온 것도 아버지에게 보여 드리고 싶어서예요. 처음이라 좀 긴장했을 테지만 조금 지나면 아버지도 마음에 들어 하실 거예요."

"예절은 있어 보여. 고전 문학은 좀 알아?"

"그럼요. 아무리 그래도, 아버지, 요즘 젊은이들이 아버지만 하겠어요. 그이는 똑똑하고 배우는 것도 엄청 빨라요. 근데 아버지가 대학자시라고 뵙기가 무섭대요."

두중은 흥분한 딸을 보면서 말했다.

"그래, 지켜보자꾸나."

라마교 사원의 황혼이 생각했던 것처럼 그렇게 조용하고 황량하지 않았다. 작은 새들의 저녁 노랫소리와 까마귀 우짖는 소리, 하늘을 선회하는 독수리의 날카로운 울음소리에 승려들이 염불할 때의 종소리와 북소리까지 섞여서 들려왔다. 제단에서 사람들이 웅성대는 소리가 들리고, 낮고 긴 나각(螺角) 소리와 목탁을 두드리는 소리가 저녁 기도의 분위기를 살려 주고 있었다.

라마교 사원이 마치 작은 도시 같았다. 일반 구역은 향을 피우러 오는 손님과 귀빈을 위한 공간으로 남녀 신도들이 많았고 사람들이 테라스의 나무 바닥을 밟고 지나가는 소리가 끊임없이 들려왔다.

저녁을 먹을 때 작은 테이블에 둘러앉았는데, 두러우안의 옆자리에는 아버지가 그리고 리페이는 맞은편에 앉았다. 두중은 두루마기를 벗고 대신 진보라색의 코트와 검은색의 솜바지를 입었다. 리페이에게 술한 잔 따랐고 그는 일어나서 두 손으로 정중하게 술잔을 받았다. 두러우안은 리페이가 이렇게 격식 차리는 것을 한 번도 본 적이 없었다.

밥을 다 먹고 두러우안이 말했다.

"아버지, 딸이 올해 여름에 졸업하는데 졸업식에 오실 거죠? 리페이는 먼 길을 떠나야 돼요."

"어디 가는데?"

아버지가 바로 물었다.

리페이가 대답했다.

"신장에 갑니다. 회사에서 요구하기도 했지만 저도 가 보고 싶습니다."

두러우안이 말했다.

"올해 여름에는 돌아올 수 없어요. 도망쳐 나온 거예요."

두러우안은 양 편집장이 총살당한 사연을 말해 주었다. 리페이는 또 추이어윈이 잡혔다가 탈출한 과정을 보충해서 설명했다.

두중은 머리를 절레절레 흔들었고 눈빛이 강렬해졌다.

"제가 쓴 글이 좀 경솔했던 것 같습니다."

리페이가 말했다.

"하지만 누구든지 한마디는 해야 했습니다."

"잘했네. 자네가 국민당이 아니라서 다행이네."

"당연히 아닙니다. 정치에 관심이 없습니다."

리페이가 신나서 말했다.

"보는 눈이 나하고 같다는 생각이 드는군. 자, 내 방에 가서 얘기하도록 하지."

두중이 의자를 밀고 일어났다. 그리고 수염을 만지면서 호기심이 발동한 듯 젊은이를 한번 훑어보았다.

"언제 가는가?"

다 같이 식당을 나오면서 두중이 물었다.

"먼저 란저우에 들렀다가 쑤저우에 가서 마중잉 장군을 만날 생각입니다."

방에 돌아온 두중은 리페이에게 자리를 권하고 자신은 물담뱃대를 쥐고 작은 의자에 앉았다. 하인이 수건과 차를 내왔고 두러우안은 침대에 앉아서 시트를 만지작거렸다.

등 불빛이 두중의 백발을 비추었다. 두중은 담배를 피우기 위해 종이를 말았다. 돌돌 만 종이에서 연기가 나자 입김을 불어 불씨를 살리고 다시 담배에 갖다 붙였다. 마치 담배 피우기보다는 과정을 즐기는 것 같았다. 담뱃대 밑부분에 있는 물이 끓어오르면서 꼬르륵 소리를 냈다. 두중은 푸른 담배연기를 내뿜으면서 만족한 표정을 지었다. 그는 말을 하면서 담배에 불을 붙이고 피우는 과정을 반복했다. 담뱃대를 입에 대고 한두 모금씩 빨았다.

"러우안이 유명한 작가라고 하던데, 어떤 글을 쓰는가?"

두중이 리페이에게 물었다.

"신문에 백화문으로 글을 쓰고 있습니다."

리페이는 노인의 표정이 어두워지는 것을 보고 얼른 보충했다.

"하지만 백화문을 잘 쓰려면 고문에 밝아야 된다고 생각합니다."

"튼튼한 문학적 기초와 고대 위인들의 생각이 가장 중요하다네. 고시는 읽었는가?"

"재미로 읽기는 하지만 쓰지는 않습니다."

"혹시 내가 주석의 관아에 써 준 시구를 본 적이 있는가? 응접실에 걸려 있네만."

노인의 눈빛이 밝아졌다. 마치 자기만 알고 있는 비밀이 있다는 투였다.

"본 적이 있습니다. 두보의 시구로 기억하고 있습니다. 사람들이 모두 명필이라고 칭찬이 자자합니다."

두중은 얼굴에 신비로운 표정을 지었다.

"자네 생각은 어떤가, 내용은 기억하는가?"

두러우안은 몹시 긴장됐다.

"네, 기억하고 있습니다."

리페이가 시구를 외웠다.

"차가운 천수의 소나무 슬피 울고 맑은 날 설산에 모래가 휘날리네(松悲天水冷 沙亂雪山淸). 만리장성 이북 혹한 지역의 이미지를 잘 담아 낸 것 같습니다. 천수와 설산의 대구(對句)가 정말 잘 이뤄졌습니다."

두중은 만족스러워 했고 두러우안도 다소 긴장을 풀고 웃음을 띠었다. 두중이 말했다.

"두보는 이곳 절도사로 부임한 곽중승을 위해 그 시를 지었다네. 그때는 이곳에 전란이 끊이질 않았고 오랑캐들이 약탈과 방화를 일삼았지. 나는 그 대구를 그냥 쓴 게 아니라네. 혹시 그 뜻을 알 수 있겠는가?"

"잘 모르겠습니다, 어르신."

리페이가 말했다.

노인이 담배 한 모금을 빨고 말했다.

"아닐세. 내가 생각해도 어렵네. 아무도 모를 걸세. 누군가에게 아부하기 위해 쓴 게 아니라네. 주석 본인은 당연히 모를 거고 그의 손님과 국민당 청년들도 그 뜻을 모르네. 그래서 아무 탈 없었네. 눈치 챘으면 벌써 치워 버렸겠지."

리페이는 시 전체 내용을 떠올리면서 꼼꼼히 다시 생각해 보았다. 그러자 뒤에 따라오는 시구가 떠올랐다. 그제야 뜻을 알고 자기도 모르게 껄껄 웃었다.

"무슨 뜻인지 알겠는가?"

노인이 미소 띤 얼굴로 물었다.

"뭔데요?"

두러우안도 신난다는 듯이 물었다.

리페이는 한 숨을 몰아쉬고 말했다.

"황폐한 고을에 여우와 삵이 으르렁거리고 텅 빈 마을에 호랑이와 표범이 다투네(廢邑狐狸語 空村虎豹爭). 양 주석이 이 시구가 풍자한 것을 알게 되면 미쳐 날뛸 거예요."

호랑이와 표범은 양 주석 같은 군벌과 탐관오리를 가리키는 것임이 분명했다.

"자네, 천기를 누설하지 말게. 그걸 응접실에 걸어 놓고 주석이 계속 의기양양하도록 내버려 두세."

"저는 원래 양 주석과 친분이 없습니다. 양 주석이 알게 되면 어르신도 시안에 계시기 어렵겠지요."

두중은 두보의 작품에 대해 대화를 나눌 수 있는 사람이 나타난 것이 마냥 좋았고 한시를 읊조리면서 자신만의 세계에 빠져들어 갔다.

"두보는 톈수이 근처에서 산 적이 있지."

두중이 말했다. 그러고는 시 한 수를 읊었다.

황하 북쪽 언덕 청해 서쪽 군사들은 북 치고 종을 울려 천하에 들렸지.

철마가 길게 우는데 그 수를 모르겠고 오랑캐들의 높은 코 걸핏하면 무리를 이루네.

만리 유사 땅으로 가는 길 서쪽으로 정벌을 떠나는 사람은 이 문을 지나야 하네.
다만 새로이 죽은 병사들의 뼈만이 늘어날 뿐, 원정나간 옛 혼백은 돌아오지 않는구나.

黃河北岸海西軍, 推鼓鳴鐘天下聞.
鐵馬常鳴不知數, 胡人高鼻動成群.
萬里流沙道, 西征過北門.
但添新戰骨 不返舊征魂.

"그때 위구르가 간쑤와 산시에 들어와서 당나라와 연맹을 맺었는데 전쟁이 끝나고 수많은 사람들이 그대로 남았네. 그래서 지금 이 성에 무슬림이 이렇게 많다네."

노인이 흥미진진하게 얘기하는 것을 리페이는 공손하게 듣기만 했다. 두러우안은 리페이가 자랑스러웠고 아버지의 신임을 얻은 것이 기뻤다.

"곧 떠나야 한다니 아쉽네."

두중이 말했다.

"자네하고 좀 더 얘기를 나누고 싶네. 오래 걸리는가?"

"저도 잘 모르겠습니다. 신문사 일도 있고 시안의 상황이 정리되어야지만 집에 돌아갈 수 있을 것 같습니다. 양 주석은 그래도 말하기 쉬운 편이니 어르신이나 러우안의 작은아버지가 대신 부탁을 해 주시면 될 것 같습니다."

"알고 있네. 사실 양 주석보다는 부인이 훨씬 더 똑똑하다네. 산시 정부의 실권자이기도 하지. 당분간 피해 있게나. 내가 자네를 무사히 돌아올 수 있게 할 수도 있을 것 같으니. 무슬림 일이라면 굳이 그렇게까지 멀리 가지 않아도 될 것 같네. 어쩌면 반란이 산차이까지 미칠 수도 있네."

"아, 어르신께서는 무슨 일이라도 터질 것 같습니까?"

"우리 한족이 항상 무슬림을 차별했네. 정치적인 억압을 견딜 만큼 견뎠지. 반란이 일어나기만 하면 그 불길은 걷잡을 수 없이 번질 거네. 나는 끔찍한 대학살을 직접 겪은 사람이라네. 죄 없는 백성, 부녀자와 어린이 할 것 없이 모두 피해 가지 못했네. 젊었을 때 시닝의 반란을 본 적이 있는데 시체가 산더미처럼 쌓였고 길이며 문턱마다 온통 시체가 널렸었지. 피범벅인 시체도 있었고 불에 까맣게 탄 시체도 있었지. 일부는 살해당하고 일부는 굶어죽었네. 덕분에 들개하고 대머리 독수리만 배를 채웠지. 산골짜기 전체가 시체 썩는 냄새로 진동했지. 도시와 마을이 텅텅 비었고 굴뚝이 무너졌는데 두보가 시에서 쓴 것과 똑같았네. 내 아버지 때문에 이 지역에서는 서로 다른 민족들이 원수처럼 싸우고 죽이는 비극이 발생하지 않았네. 무슬림이 사는 산골짜기를 지금 잘 봐두게. 그래야 나중에 그쪽에서 폭풍우가 휘몰아치더라도 놀라지 않을 터이니 말이세."

두러우안이 갑자기 어렸을 때의 짝꿍이 생각나서 물었다.

"아버지, 단쯔는 아직도 마을에 있어요?"

"우리를 떠나 무슬림이 사는 곳으로 갔다. 거기서 본 적 있는데 너의 안부를 묻더구나. 지금은 어른이 다 됐어."

"왜 그리로 갔어요?"

"네 작은아버지가 하는 짓을 잘 알고 있지 않니. 처음에는 무슬림이 호수에서 물고기 잡는 거 금지해서 어부들의 일을 빼앗았지. 그래서 어떤 사람은 아예 처자식을 버리고 떠났다는구나. 아자얼(阿扎爾) 수령이 하는 말을 들은 적 있지. 형제가 둘인데 형 마카쑤(馬卡蘇)는 너무 늙어 직업을 바꿀 수 없게 되자 처 미쯔라(蜜玆拉)를 남겨 두고 자살했단다. 그녀는 과부가 돼서 매일 술로 지내고 있고 동생인 아쿠이카리(阿魁卡力)가 형수와 조카를 돌보고 있단다. 그 후에는 네 사촌오빠 주런이 또 산골짜기 발원지에 수문을 설치했어. 정말 우리 가문이 해서는 안 되는 일이었어. 이웃을 죽이고 자기 배만 채우는 꼴이지. 네 작은아버지가 답장이 없으니 직접 만나서 얘기할 수밖에 없구나. 이 집안의 가장은 아직은 그래도 이 애비란 말이야! 고작 돈 몇 푼을 더 벌기 위해 무슬림 마을을 사지로 내몰 수는 없다. 넌 할아버지를 기억하지? 할아버지가 계실 때에는 무슬림과 우리 관계가 얼마나 좋았니. 너는 산골짜기에 가서 그곳 상황을 직접 보고 와야 돼. 우리 늙은 것들이 죽고 나면 주런과 재산을 나눌 터인데 이것 때문에 업보를 받지 않았으면 한다. 무슬림이라고 계속 참는다는 법은 없다. 반란이 일어나는 것도 그 때문이야. 그들의 땅을 빼앗아 생업을 중단하게 만든 것도 모자라 삶의 방식까지 바꾸려고 드니 말이야. 아직은 그래도 무슬림 마을에 친구가 몇 명 있거든. 아자얼, 하이지에쯔(海杰玆), 대부를 기억하고 있는 나이든 원로들 말이다. 하이지에쯔는 물고기를 잡을 수 없게 된 어부란다. 어렸을 때 늘 같이 낚시하고 물고기를 구워 먹었는데 아직도 여전하다. 하지만 나머지 대부분 무슬림은 원한을 품고 있단다."

두중은 다시 리페이를 향해 말했다.

"아 참, 기억났네. 그리고 보니 하이지에쯔에게 하진(哈金)이라는 아들이 있는데 마중잉 장군 수하의 중령이네. 마 장군을 만나러 갈 거면 하이지에쯔에게 소개장 한 통 부탁하게나. 요긴하게 쓸 수도 있을 터이니 말이세."

두러우안이 말했다.

"아버지, 아버지가 같이 가시지 않으면 무서워서 못 가요. 아버지 친구분들은 만나 뵙고 싶어요. 같이 가 주세요. 호수에서 며칠 보낼 수 있어요."

"그래 보자꾸나. 하루 꼬박 걸었으니 이제 쉬도록 해. 내일 아침은 일찍 일어나서 새벽에 진행하는 예배를 구경하고. 평생 못 잊을 거야."

리페이가 먼저 일어나서 인사를 드렸다. 두러우안이 말했다.

"아버지하고 얘기 좀 더 하고 갈게요."

리페이가 방으로 가자 두러우안이 물었다.

"아버지, 어때요?"

"괜찮은 것 같구나."

그녀는 자기도 모르게 눈물을 글썽였다.

"아버지에게 결혼을 허락해 달라고 부탁할 거예요. 승낙해 주실 거죠?"

"축하한다, 얘야. 그 시는 일부러 물어본 거야, 알겠지?"

"나는 아버지가 말이 통하는 사위를 만났으면 좋겠어요. 그래야 행복하게 같이 살 수 있어요."

"이제는 아버지 생각할 줄도 알고, 정말 착하구나."

노인은 딸의 손을 잡고 가볍게 다독거렸다.

두러우안은 인삼 외에도 흰목이버섯 한 봉지 갖고 왔다.

"버섯 좀 끓일게요. 드시고 쉬세요."

두러우안이 말했다. 그녀는 탁자 위에 있는 봉지를 풀고 설탕을 찾았으나 찾을 수 없어 리페이 방문을 두드렸다.

"아래층에 가서 설탕 좀 구해 줘요. 아버지에게 버섯 좀 끓여 드리게요."

리페이는 아래층으로 내려가 설탕 반 공기 구해 와서 두러우안을 껴안고 키스했다. 그녀는 입술만 살짝 댔다가 떼면서 말했다.

"이따 봐요. 아버지가 주무시면 갈게요."

방에 들어온 두러우안은 흰목이버섯을 물에 담갔다. 화로에 빨간 숯이 있었다. 그녀는 바구니에서 장작 몇 개 더 꺼내 불 속에 집어넣고 쪼그리고 앉아 부채질을 했다. 그리고 주전자를 다시 화로에 올렸다.

"너무 늦었어, 너도 자야지."

아버지가 말했다.

"졸리지 않아요. 아버지가 버섯탕을 다 마시면 갈게요. 잠깐 쉬고 계셔요."

그녀는 아버지의 두루마기를 벗겨서 침대 맡에 있는 의자 위에 올려놓았다. 손이 가는 김에 주머니를 한번 만져 보고 더러워진 손수건을 꺼냈다. 그리고 문가 의자 위에 있는 더러워진 옷들과 같이 두었다.

"깨끗한 옷은 어디에 있어요?"

아버지가 장롱 하나를 가리켰다. 깨끗한 속옷은 맨 꼭대기 선반 위에 종이 두루마리 한 묶음과 같이 있었다. 그녀는 발뒤꿈치를 들고 깨끗한 손수건 하나를 꺼내 아버지의 주머니에 넣어 주었다. 노인은 침대에 누워 딸이 하는 것을 흐뭇하게 바라보았다.

"애야, 네가 곁에 있으니 참 좋구나."

그녀는 아버지 침대에 앉아 버섯탕이 끓기를 기다리면서 담배를 피웠다.

"여름에 졸업하면 뭐할 거야?"

"아버지가 집으로 돌아오면 아버지한테 고시를 배울 거예요. 하루가 금방 가겠죠. 아버지, 양말에 구멍이 나고 두루마기 단추도 떨어지려고 해요."

"이제는 다 자라서 꼭 네 엄마 같구나. 리페이가 너를 만난 건 정말 행운이야."

"제가 좋은 아내가 될 수 있을까요?"

"그럼. 남자들은 여자가 필요한 법이란다."

"알 것 같아요. 엄마가 돌아가시고 아버지는 탁발승처럼 줄곧 떠돌아다니셨으니까요."

버섯탕이 보글보글 끓어올랐다. 아버지는 그녀의 손을 다독거리며 말했다.

"다 됐다."

"십오 분을 더 끓여야 돼요. 아무것도 모르시면서. 호호호."

"그런가?"

"옷은 누가 기워 드려요?"

"장터에 가면 여기 스님들 옷을 맡아서 수선해 주는 아낙네들이 있어."

버섯탕이 완성되자 두러우안은 아버지의 큰 찻잔에 따랐다. 아버지가 한 잔 더 달라고 했고 그녀는 다시 따라 드렸다.

"집에 있을 때랑 똑같죠?"

"그래 그렇구나. 얼른 가서 자."

두러우안은 전에 집에서 했던 것처럼 침대 커튼을 치고 편히 주무시라고 인사를 드렸다. 나오면서 불을 끄고 방문을 닫았다.

"몇 시간째야."

두러우안이 방문을 열고 들어오자 리페이가 말했다. 두러우안은 허리를 굽히고 진한 키스를 퍼부었다. 리페이는 그녀의 머리카락을 얼굴에 갖다 댔다.

"피곤하지 않아?"

리페이가 숨을 가쁘게 쉬며 말했다.

"아무리 피곤해도 자기 사랑을 느낄 수 있어요."

그녀가 낮은 목소리로 말했다.

"아버님은?"

"주무셔요."

그녀가 미소를 지었다.

"그럼 불을 끌까?"

"방에 가서 잘 거예요. 내일 아침 예배 잊지 말아요."

석단 위의 분위기는 조용했고 묵도기는 아래로 축 늘어져 잠자코 쉬고 있었다. 두중은 나각 소리를 듣자마자 일어나서는 곧바로 딸과 리페이의 방문을 두드렸다. 그들은 서둘러 두루마기를 챙겨 입었다. 두러우안은 머리에 스카프까지 둘렀다.

밖으로 나오자 석단 위에 빽빽이 들어선 사람들의 그림자가 보였다. 주변이 칠흑같이 어두웠고 대지는 아직 잠에서 깨어나지 않았다. 먼 산기슭에 검은 회색의 기운이 감돌기 시작하더니 한 줄기 은회색 비단 띠가 새벽녘의 옅은 하늘빛을 반사하고 있었다.

얼마 지나지 않아 학생 승려들이 웅성거리는 소리가 들려왔다. 두중은 그들과 낮은 목소리로 이야기를 주고받았다. 조금 지나자 자홍색의 옷 색상이 점점 더 뚜렷하게 보였다. 두러우안은 집사가 쓴 법모가 마음에 들었다. 모양이 여러 가지인데 아이들이 종이를 잘 발라서 만들어 낸 것 같았다. 질서를 담당하고 있는 승회 회장은 자주색 가사를 입고 로마 장군이 쓰는 모자와 비슷한 높다란 모자를 썼는데 윗부분이 아치형을 이루고 검은색으로 사쑤(沙蘇)가 수놓아져 있었다.

길이가 4.5미터나 되는 목각이 낮고 긴 소리로 일출을 알리며 사람들을 아침 예배에 불러들였다. 비탈진 숲 속에서 날아온 새떼들이 잿빛 하늘을 맴돌며 목각 소리에 화답이라도 하듯 요란하게 울부짖었다. 젊은 승려들이 서둘러 각자의 자리를 찾아 쪼그리고 앉아서 기도하는 합장 자세를 취했다.

그들은 각자의 위치에서 기도문을 외우면서 만물의 복을 기원했다. 새벽의 첫 햇살이 아오싸타커산을 비추고 동쪽 지평선이 새하얗고 뜨거운 빛을 토해 냈다. 흰색이 수줍어 하는 듯한 색상으로 바뀌고 여명이 조금씩 발걸음을 옮기며 어둠을 몰아냈다. 이윽고 솟아오른 태양이 사원 맞은편 깊은 골짜기와 인근 숲의 나뭇가지를 밝게 비췄다. 그 빛은 생명의 숨결처럼 단잠에 빠져 있던 골짜기 구석구석에 스며들어 잠을 깨웠다.

한줄기 산들바람이 유령처럼 석단을 스쳐 지나니 늘어져 있던 깃발이 하느작거리며 나풀대기 시작했다. 산과 들이 새들의 노랫소리로 가득 채우고 밝아 오는 새날을 반기는 것 같았다.

기도를 마친 승려들이 숙소로 돌아갔다.

"이건 위대한 삶이야."

함께 방으로 돌아온 두중이 두 사람을 향해 말했다.

"티베트 사람들은 우리가 가지고 있지 않는 것을 갖고 있어. 무슬림도 마찬가지야. 그들을 미개인으로 취급하는 이들이 있지만 정말 말도 안 되는 소리야. 왜 강제로 그들의 삶을 바꾸려 드는지 도무지 그 이유를 모르겠다."

17

이튿날, 그들은 산차이로 내려왔다. 두중은 딸을 데리고 산골짜기를 구경하러 갔다. 무슬림 마을에는 약 300명의 주민들이 산골짜기를 따라 옹기종기 모여 살고 있었다. 호수 서북쪽에 위치하고 있는 높고 큰 소나무 숲의 능선이 호수 기슭까지 쭉 이어져 내려와 무슬림 마을과 산차이 두씨 저택을 둘로 갈라놓았다.

지세는 북쪽으로 갈수록 경사졌고 귀리 밭과 농가가 **빽빽이** 들어섰으며 한가운데에 넓은 하천의 바닥이 있었는데 바위가 많았다. 또한 양쪽 강기슭은 풀밭이 언덕을 따라 끊임없이 펼쳐져 있었고, 아름다운 백양나무들이 멀리 들쭉날쭉한 푸른 봉우리와 잘 어우러져 있었다. 그곳에서 호수를 바라보니 시야가 더욱 넓어져 북쪽에 있는 마을까지 보였다. 호수는 남북 길이가 약 3리 정도이고, 동쪽에 있는 산과는 약 5리 떨어져 산마루의 남쪽 끝부분을 빙 둘러싸고 있었다.

산차이 두씨 저택은 산에 의해 호수의 넓은 모퉁이에 고립되어 있었다. 두씨 저택에서 아래로 내려다보면 경치가 장관이었다. 강 건너 무슬림 마을은 바라봐도 우아하고 매혹적이었다. 고지와 저지, 숲이 변화무쌍하고 실개천의 끝자락은 몽롱한 안개에 휩싸여 신비한 장면을 연출했다. 지평선 위로 푸른 산봉우리가 겹겹이 들어섰는데 산언덕 너머로 이런 경치가 자주 등장했다.

마을은 활 모양으로 들어서 있다. 산기슭엔 감나무와 밤나무와 단풍나무를 가득 심어 북쪽에서 불어오는 바람을 막았다. 이전에 그곳은 훌륭한 어장과 방목장이었다. 타오허 골짜기에 살고 있는 무슬림의 전초기지라고 할 수 있고 민산에 근접해 있었다.

무슬림은 원래 칭하이(靑海)와 간쑤 서부 지역에 인접한 허저우(河州)에 밀집해 있었다. 주민들 일부는 일천여 년 전에 정착한 위구르나 다른 오랑캐 병사들의 후예였고 일부는 신장으로부터 수백 년에 걸쳐 최근에까지 이주한 사람들이었다. 퇴색한 회색 사원과 유약을 입힌 황록색 첨탑, 둥근 지붕을 보면 마을 주민인 돌궐족의 이주 역사가 백여 년밖에 안 된다는 사실을 알 수 있었다. 집들은 진흙으로 벽을 쌓았고 지붕은 납작했다. 동서 방향으로 들어선 거리는 분수가 있는 네모 광장을 통해 사방으로 연결되어 있다. 그곳에는 오래된 무슬림 사원이 있었다.

광장은 격렬한 논쟁을 벌이고 있는 남자들로 가득 차 있었다. 모두 돌궐족 옷차림이었는데 모자에는 수를 놓았고, 솜두루마기는 무릎에 닿았으며, 가운데에 단추와 허리띠가 있었다. 남자들이 뭐라고 떠들고 있을 때 옷차림이 지저분한 아이들은 맨발로 옆에서 조용히 듣기만 했다. 날염한 면직물과 블루머를 입은 여자들은 머리에 하얀 히잡을 쓰고 길모퉁이와 통로에 서 있었다. 소녀와 젊은 부인들은 여전히 고향 타림분지의 위구르 전통에 따라 얼굴을 가리고 아름다운 갈색 눈동자만 드러냈다.

두중은 리페이에게 이들 모두가 타고난 춤꾼이라고 하면서 어떤 이들은 육현금(六絃琴)을 잘 켜고 돌궐 노래까지 부를 줄 안다고 말했다. 쿠처와 카슈가르 지역의 여자들은 워낙 아름답기로 소문났다. 그들은 간쑤 남부에 있는 전초기지에서도 여전히 고대의 신앙과 풍속을 잘 간직하고 있었으며, 간쑤의 대부분 한족 무슬림과 달리 돌궐의 언어와 풍습을 고수하고 있었다.

여자들은 광장의 남자들과 멀리 떨어져 있었지만 일에는 똑같이 신경 쓰고 있었다. 이번 소동은 마을의 지도자인 이맘이 가져왔다. 한족계 무슬림인 마중잉 사령관이 무슬림 군대 일만 명을 새로 모집한다는 소식을 전달했기 때문이었다. 북쪽 타오저우에서 전해온 소식인데 젊고 건장한 남자들은 누구든지 타오저우에 가서 입대할 수 있다는 내용이었다.

무슬림 사제인 아자얼은 얼굴이 길고 키가 작았으며 코가 오똑하고 수염이 반백이었다. 무슬림 사제들이 입는 흰 도포를 입은 그는 한 무리 사람들에게 둘러싸여 있었다. 아자얼은 신장에서 발생한 전쟁이며 포위된 하미, 그리고 돌궐족과 밀접한 연관이 있는 투루판의 전세에 대해 말했다. 또한 신장의 진 주석이 해당 지역 무슬림 주민에게 사용한 잔인한 방법들까지 곁들였다. 마 장군은 현재 신장 경계 부근의 쑤저우에 있고 그들을 구하기 위해 군사를 모집 중이라고 했다. 한족계 무슬림도 신앙 때문에 같은 편에 서고 신병 모집과 군마를 수송하는 일은 대부분 무슬림 사제들이 담당했다. 그는 종교 지도자였을 뿐만 아니라 내정의 수장이기도 했다.

사람들은 이야기에 몰두한 나머지 아무도 두중 일행이 온 것을 눈치
채지 못했다. 그러나 한족 복색은 곧 눈에 띄게 되었고 특히 푸른색 비
단 두루마기를 입고 그 위에 짙은 붉은색 스웨터를 덧입었으며 머리에
스카프를 두른 한족 소녀는 더 도드라지게 보였다.

두중은 아자얼을 보기 위해 앞으로 나아갔다. 리페이와 두러우안은
사람들이 왜 시끄럽게 떠드는지 궁금해서 주위를 두리번거렸다.

어깨가 넓고 수염이 희끗희끗한 오십대쯤의 남자가 다가와서 두중의
어깨를 두드렸다. 두중이 고개를 돌려 보니 어렸을 때의 단짝 친구였다.

"자네 여기는 무슨 일인가?"

하이지에쯔가 구릿빛의 넓은 얼굴에 반가운 미소를 띠면서 물었다.

"자네 마을과 아자얼을 보려고 딸하고 친구 한 명 데리고 왔네."

하이지에쯔의 괄괄한 목소리와 시원한 웃음소리가 사람들의 시선을
끌었다. 두중을 발견한 아자얼은 얼른 사람들을 제치고 나왔다. 그는
두 손을 가슴에 얹으며 한족 학자에게 무슬림의 예의를 차렸다. 그리고
수염을 만지며 인사를 했다.

"인샬라!"

마을 주민 대부분이 이 한족 학자가 두항 대부의 아들이며 호수 주
인인 것을 알고 있었다.

"무슨 일인가?"

두중이 물었다.

아자얼이 대충 설명했다. 젊은이들은 여기저기 흩어져서 낮은 목소리
로 이러쿵저러쿵 입씨름을 벌였다. 여자들은 반듯하게 차려입은 한족

소녀를 보고 가까이에 몰려들었다. 두중이 딸과 리페이를 소개했다.

웅성거리는 여자들 속에 눈빛이 초롱초롱하고 사십대로 보이는 뚱뚱한 여자가 있었다. 그녀는 기름때가 번지르르한 검은색 외투를 입고 있었고 두 손을 허리에 얹고 있었는데 말하는 목소리가 누구보다도 컸다. 리페이와 두러우안은 그녀가 하는 말을 알아들을 수 없었지만 화를 내고 있는 것만은 눈치 챌 수 있었다. 그녀의 목소리는 거칠고 빨랐으며 짧은 손가락으로 아자얼을 가리키자 아자얼이 그녀에게 몇 마디 위로해 주는 것 같았다.

두중 일행은 마을 사람들에게 불편을 준 것 같았다. 젊은이들은 숨을 죽이고 눈을 부릅뜨고 서 있었다. 분수 옆에 있던 소녀들은 눈을 휘둥그레 뜨고 두러우안을 지켜보며 뚱뚱한 여자가 지르는 소리에 웃고 있었다.

방문객들은 아자얼이 방금 투루판의 무슬림 마을들이 한족 군대에 의해 불태워지고 약탈당한 과정을 말해 주민들이 지금 분노하고 있다는 것을 전혀 몰랐다. 전쟁은 터졌고 한족이 적이었다. 무슬림 마을을 방문한 것이 정말 때가 아니었다. 마을 주민에게는 세 사람이 한족 압제자로 보였으며, 전쟁은 바로 이런 압제자들 때문에 터진 것이었다.

뚱뚱한 여자는 만족스러운 대답을 듣지 못했는지 두러우안에게 와서 삿대질을 하며 신경질을 부렸다. 두러우안의 팔을 부여잡고 뭐라고 하는데 그녀는 알아들을 수 없어 몹시 당황했다. 리페이는 할 수 없이 뚱뚱한 여자의 손을 강제로 떼어 냈다.

"뭐하는 짓이야, 미쯔라! 내 친구들한테."

하이지에쯔가 호통을 쳤다.

"저들이 방금 뭐라고 하는 것입니까?"

리페이가 두중에게 물었다.

"자기들 구역에는 못 들어가게 하면서 왜 우리가 사는 동네에 왔냐고 저러는군."

그때 청년 한 명이 사람들을 비집고 들어왔다. 몸은 말랐으나 튼튼해 보였고 눈은 푹 꺼져 있었으며 작은 수염을 기르고 가죽 모자를 썼다. 그는 소꿉친구인 두러우안을 알아보고 눈빛이 확 달라졌다.

"어, 러우안!"

그가 중국어로 말했다.

"아, 단쯔!"

두러우안도 소리 질렀다.

단쯔는 두러우안의 어깨를 붙잡고 스카프를 두른 그녀의 새하얀 얼굴을 내려다보면서 몹시 반가워했다.

"널 보러 왔지."

두러우안은 단쯔의 준수하게 생긴 얼굴과 날렵해 보이는 몸을 아래위로 훑어보았다.

단쯔는 돌아서서 손을 가슴에 얹고 그녀의 아버지에게도 인사를 했다.

"두 선생님, 저희 집으로 모시겠습니다. 간단한 식사밖에 대접할 수 없지만요. 하지만 러우안을 본 지가 너무 오래되었습니다."

"내가 이미 집으로 초대했네."

하이지에쯔가 말했다.

"자네도 같이 오게!"

두중 일행은 하이지에쯔 집으로 출발했다. 두중, 하이지에쯔와 아자얼이 앞에서 걷고 두러우안, 리페이와 단쯔가 뒤를 따랐다. 그 뒤를 맨발의 아이들이 따라왔다. 단쯔는 광장의 한쪽 구석에서 그들을 불안하게 훔쳐보고 있는 히잡을 두른 소녀를 보고 손을 흔들었다.

"미리무(米麗姆), 하이지에쯔 어르신 댁에 다녀올게. 너희 엄마한테 말씀드려, 밥만 먹고 바로 밭으로 간다고."

소녀는 짙은 속눈썹 사이에 있는 두 눈을 반짝이며 단쯔 옆에 있는 두러우안을 주시했다.

하이지에쯔의 집은 마을 외곽에 있었는데 강기슭과는 약 50미터 떨어져 있었고 마을에서 가장 좋은 편에 속했다. 다른 무슬림 주택과 마찬가지로 나무를 옹기종기 심은 정원이 있었다. 사막의 주민은 나무를 사랑했다. 나무는 수원과 서늘한 그림자를 제공해 주기 때문이었다. 무슬림이 상상하는 천당도 바로 과수원과 포도원, 샘물이 넘쳐나는 곳으로 수원이 영원히 마르지 않는 곳이었다.

하이지에쯔의 집 정원은 다른 집들보다 넓었는데, 그는 강제로 어업을 그만두고 정원사로 전업했다고 농담했다. 아들인 하진이 그나마 괜찮게 살고 있어서 재산을 조금 불리게 되었고 방이 네댓 개 되는 집을 지을 수 있었다고 했다.

집은 호수를 마주보고 있고 중간에 아직 개간하지 않은 거망옻나무가 가득 자란 넓은 땅이 있었다. 집 안에서 강기슭의 붉은 언덕이 보였는데 집 앞의 단풍나무가 가끔 시선을 가렸다. 나무 위에선 까치가 쉴 새 없이 지저귀고 있었다. 카펫이 깔린 거실에는 등받이 의자가 있었고 벽은 태피스트리로 장식되어 있었다. 가장 눈에 띄는 곳에는 마중잉이 말을 타고 찍은 사진이 걸려 있었다. 리페이는 사진 속의 준수하게 생긴 젊은 장군을 자세히 들여다보았다. 장군의 나이가 고작 스물두 살이라고 들은 적이 있었다.

손님들이 자리에 앉자 어린아이 두 명이 건포도와 밤과 말젖을 내왔다. 할아버지는 그들을 손님들에게 인사시켰다.

"엄마한테 점심 드실 손님이 몇 분인지 말해 주렴."

하이지에쯔는 조금 큰 남자아이에게 말했다. 타이야는 손가락으로 사람 수를 세어 보고 세 살인 동생 아리를 데리고 나갔다. 두중은 낮은 목소리로 딸에게 밤과 말젖을 먹으라고 했다. 먹지 않으면 주인에게 실례되기 때문이었다.

아자얼은 슬픔 가득한 눈빛으로 자신이 맡은 임무에 대해 말하기 시작했다.

"이번 달에 우리 마을에서 장정 스무 명을 뽑아서 보내야 한다네. 사람들이 마을과 밭을 떠날 수 없는데 말이네. 가끔 자원하는 사람이 있기도 하니 기다려 볼 수밖에 없지. 벌써 많은 청년이 마을을 떠났네. 결코 전쟁을 원해서가 아니지만 전쟁이 터진 이상 우리는 마중잉 장군을 지지하네. 게다가 장군의 부름도 있으니 말이네. 이 지역이 아직 전쟁에 가담하지 않았네만 그놈들이 늙은 여자, 어린이 할 것 없이 다 죽인다고 하니 끔찍하네. 하미 왕의 궁전은 일찍 약탈당해 기와 한 조각 남지 않았다고 들었네. 듣기로는 둘째 아들이 투루판 사막 일대에서 전쟁을 치르고 있다네."

두중은 당장 코앞에 닥친 일에 대해 아자얼과 얘기하고 싶었다. 지난번 다녀갔을 때 수문을 설치하면 강이 말라서 땅이 척박해지고 마을의 사정도 더욱 악화되리라고 짐작했었다.

누구는 물고기가 강으로 흘러드는 것을 막으려면 수문을 설치할 수밖에 없다고 하겠지만 산골짜기 아래에서 살고 있는 농민에게는 치명적이었다. 무슬림 사제가 장현(漳縣)에 가서 항의했지만 현장(縣長)은 거들떠보지도 않았다. 호수가 두씨 집안의 재산임이 분명했고 또 세력이 너무 컸기 때문에 감히 미움을 살 엄두를 내지 못했다.

두판린은 절인 생선을 팔아 돈을 많이 벌었고 그것에 만족했다. 두주런이 소위 효율적이라고 하는 짓거리였는데 물고기를 호수에 가둬 두려면 반드시 울타리를 쳐야 한다는 식이었다. 두주런은 잡히는 만큼 잡고 돈을 조금 적게 벌며 나머지 물고기를 도망가게 내버려 두는 것이 큰 낭비이고 중국식 사고방식이라고 생각했다. 기업을 과학적으로 관리하는 입장에서 보면 사업을 최대한 발전시키는 데 소극적이고 대규모 발전에도 적합하지 않다는 것이었다.

정작 산골짜기의 무슬림이 어떻게 생각하는지에 대해서는 별로 신경을 쓰지 않았다. 샹화는 남편을 따라 처음 산차이에 왔을 때 남편이 자기가 왔음을 알리는 방식에 깜짝 놀랐다. 남편은 사냥총 한 자루를 들고 호숫가로 나갔다. 한밤중에 산마루에 올라가서 총을 한 방 쏘았는데 그 총소리가 멀리까지 울려 퍼졌고 사방에서 상처 입은 동물의 날카로운 비명소리 같은 것이 들렸다. 이어 두 방을 더 쐈다. 샹화는 그것이 조금도 멋있어 보이지 않았을 뿐만 아니라 남자들이 심심풀이 또는 장난삼아 총 쏘는 것이 정말 싫어졌다.

"왜 그러세요?"

"호수에 올 때마다 총을 쏴. 그러면 내가 온 것을 알거든."

두주런은 무슬림 구역에 들어가 보는 것에 관심이 없었을 뿐더러 그럴 만한 배짱도 없었다. 스스로 잘난 체했고 무슬림을 교육받지 못한 미개화의 야만인으로 취급했다. 사람들이 흔히 '눈에는 눈, 이에는 이로 갚는다'는 것을 그는 미처 생각하지 못했다. 물론 그가 들었던 은행 또는 상업 교과목에 이런 내용은 없었다.

두러우안은 조금 전의 일 때문에 아직도 속상했다.

"뚱뚱한 여자는 누구예요?"

두러우안이 하이지에쯔에게 물었다.

"미쯔라야."

하이지에쯔가 천천히 눈동자를 굴리며 말했다.

"워낙 목소리가 커. 많이 놀랐지?"

"정말이지 저를 죽일 것만 같았어요."

"마음에 둘 필요 없다. 하지만 이해는 해 줘야 한다. 남편 마카쑤가 어부 직업을 잃고 이듬해에 자살했지. 너무 늙어 직업을 바꾸기 힘들었어. 하루 종일 집 안에만 틀어박혀 지냈는데 하루는 호수로 나갔다가 그대로 물에 뛰어들어 자살했대. 이틀이 지나도 시체를 못 건졌지. 동생 아쿠이가 타오저우에서 말을 기르면서 과부와 조카를 먹여 살리고 있어. 그녀도 가끔은 다른 사람들의 옷을 깁거나 밭일을 거드는 품팔

이를 하고 있지. 한 달에 두세 번꼴로 마을에서 사라졌다가 술에 취해서 돌아온단다."

마카쑤가 죽은 지 사오 년이 되었지만 작은 마을에서는 모든 것이 여전히 심각하게 받아들여졌다. 하이지에쯔는 마중잉 군대에서 중령으로 근무하고 있는 아들이 자주 돈을 보내와 크게 걱정하고 며느리, 손자와 같이 잘 살고 있었다. 모든 정력을 채소 심고 과일나무 가꾸는 데 쏟아 부었고 저녁에는 육현금을 소일거리로 삼았다.

"신경 쓰지 마."

하이지에쯔가 다시 말했다.

"잘난 너의 작은아버지가 우리를 호수에 들어가지 못하게 하여 여러 가정이 깨졌구나. 카더(卡得)네 형제 중 하산(哈山)이 집을 나가 행방불명이 되었다가 나중에 전쟁터에서 전사했다고 들었어. 지금은 쒀라바(索拉巴)가 허저우에서 가끔 돈을 보내 어머니와 여동생 미리무를 먹여 살리고 있지."

아자얼이 마침 두중에게 호수에 관해 물어보고 있었다.

"요 몇 년 사이 모든 것이 악화되었네. 지난번에 왔을 때 수문을 철거한다고 하지 않았나? 동생하고 얘기는 해 보았는가?"

"겨울 내내 딩카얼궁바 사원에만 있었네. 최근에 동생한테 편지를 썼네만 답장이 없네. 실은 오늘도 그 얘기 하려고 온 거네. 동생이 내 말을 들을 것 같지 않네. 수문을 다시 봐야겠네."

하이지에쯔가 정원에서 수문이 보인다고 해서 모두 밖으로 나갔다. 울타리 너머로 아름다운 호수가 눈에 들어왔는데 거리가 약 100여 미터 정도 되었다.

호수의 물은 수문에 이르러 둥근 돌무더기 틈새를 어렵게 뚫고 나와 가느다란 물줄기를 형성했다. 수문은 정교하게 건설되어 더 이상의 물줄기를 방해했다. 여러 개의 시멘트 기둥이 일정한 간격을 두고 배열되었고 사이사이에 둥근 돌을 쌓아 올려 수면을 3미터 정도 높여 주었다. 오래된 강바닥은 평평했다.

돌 사이를 뚫고 나온 물줄기가 가운데에 모여 100여 미터 정도 더 흐르다가 서북쪽으로 방향을 비틀었다. 물줄기는 멀리 모래톱과 여울을 끼고 돌면서 동쪽과 서쪽 강기슭 사이로 굽이굽이 흘러갔다. 강 가운데에 있는 작은 섬들은 드문드문 초록색을 띠었다. 성질 급한 물고기는 수문 앞에서 갈 길이 막혀 물위로 몇 마리씩 튀어 올랐다가 다시 물속으로 들어갔다.

흘러내리던 물의 양이 원래의 십분의 일로 줄어들었다고 했다. 호수물이 본래의 수문으로 흘러나오지 못하고 여러 개의 작은 물줄기를 형성하며 호수 맞은편 기슭으로 흘러갔다.

두중은 울타리를 나와서 수문 쪽으로 묵묵히 걸어갔다. 사람들이 뒤를 따랐고 5분이 채 안 되어 도착했다. 가까이 갈수록 물이 새는 소리가 더욱 세게 들렸다. 둥근 돌로 쌓은 제방이 그들 머리로부터 약 6미터 높은 곳에 푸른 이끼로 얼룩이 져 있다. 아주 작은 둥근 돌들이 일고여덟 자 크기의 대바구니에 담겨 있었다. 대바구니에 들어찬 작은 돌들이 뭉쳐서 몇 톤씩 되는 큰 돌덩이가 되었는데 이는 옛날 사람들이 제방을 쌓는 방법이었다. 물길은 서북쪽을 향했고 제방은 허물거나 다시 쌓는 데 편하게 만들어졌다.

단쯔는 두러우안과 리페이와 함께 걸어 내려왔다. 두러우안이 단쯔에게 말했다.

"우리가 맨발로 냇가에서 가재 잡던 게 기억나?"

단쯔는 앞에 있는 두러우안을 물끄러미 쳐다보면서 애틋한 눈빛을 조금도 감추지 않았다. 그녀가 너무 즐겁게 웃고 있었다.

"여기에서 살고 있는 줄 몰랐어. 지난번에 왔을 때 아산에게 물었더니 잘 모르겠다고 했어. 근데 왜 우리 동네로 놀러 안 와?"

단쯔는 고개를 숙이고 땅을 내려다보았다.

"너도 잘 알잖아!"

"단쯔, 내 생각에는 네가 우리를 미워하고 있어."

단쯔는 가슴을 쭉 폈다. 그리고 고개를 돌려 그녀를 쳐다보면서 말했다.

"산골짜기 사정이 예전하고 많이 달라. 너와 너의 아버지, 어머니는 잘 기억하고 있어. 나한테 정말 잘해 줬어. 하지만 수문 때문에 마을 사람들이 화내는 것도 너무 당연해. 가뭄이 들면 수문을 허물어 버리는 수밖에 없어. 아버님을 탓하지는 않아. 너의 작은아버지와 작은 두씨를 미워할 뿐이지."

단쯔는 수문 위로 올라가 둥근 돌더미 위에서 사람들을 내려다보았다.

"조심해, 떨어지겠어!"

두러우안이 소리 질렀다. 단쯔는 껄껄 웃었다.

두중은 한쪽에 우두커니 서서 깊은 고민에 잠겨 있었다. 낡은 배의 잔해가 근처에 있는 오두막 모습을 절반 드러내고 모래 바닥에 드러누워 있었다. 하이지에쯔의 구릿빛 얼굴이 햇빛을 받아 빛나고 있었다. 그는 두중 쪽으로 돌아서서 말했다.

　"우리 집 고물이네. 여름에는 가끔 나와서 하룻밤씩 누워 있다가 가네. 자네도 알겠지만 어부들이 어디 갈 데가 있겠나. 갑판 위에 담요를 덥고 누워 호수의 물고기 비린내를 맡네. 한밤중에 일어나 별을 보고 호수의 신선한 공기를 마시다 보면 영혼이 다 깨끗해지는 느낌이 드네."

　두중은 옛날 친구를 한번 쳐다보았다. 하이지에쯔의 말이 그를 몹시 부끄럽게 만들었다.

　"물고기 잡는 거 언제 그만뒀나?"

　"사오 년은 됐네. 자네 동생이 자기 집 호수에서 물고기 잡으면 안 된다고 해서 그만뒀네. 처음에는 그래도 저녁에 몰래 잡으러 나가는 사람들이 있었네. 하지만 우리가 작은 두씨라고 부르는 자네 조카가 오더니 순찰대를 불러 호수에 들어간 선박에다 발포하게 했네. 어쩌다 한 번은 잡을 수 있겠지만 죽을 노릇을 매일 할 수는 없지 않은가. 그래서 그냥 배를 처박아 두고 썩든지 말든지 신경 쓰지 않는다네."

　"저 배가 아직도 물에 들어갈 수 있나?"

　"괜찮을 것 같긴 한데 삭구(索具)* 같은 것들을 맞춰야 할 거네. 그건 왜 물어보는가?"

---

*배에서 쓰는 로프나 쇠사슬 따위를 통틀어 이르는 말.

"내 뜻은 다시 물에 들어가고 싶냐 이거네? 이 호수가 동생 것이기도 하지만 내 것이기도 하네. 내 친구가 물고기 잡겠다고 하는데 누가 감히 막는단 말인가? 정말 어이가 없네. 동생을 잘 타일러 보겠네."

이 말에 하이지에쯔는 곧바로 흥분했고 천진한 눈빛으로 바라보았다.

"자네 조카한테 사살당하는 일은 없겠지?"

"똑바로 말해 보겠네."

두중은 말을 갑자기 꺼낸 것 같았지만 얼굴 표정이 심각했고 말투에는 장난기가 없었다. 호수 문제 때문에 가정이 분열되고 동생도 쉽게 물러서지 않을 것임을 잘 알고 있었다. 아자얼과 하이지에쯔도 그 점을 잘 알고 있었다.

그들은 비탈길을 올라 다시 하이지에쯔 집으로 향했고 젊은이들도 뒤를 따랐다.

두러우안이 단쯔에게 물었다.

"지금 뭐하고 있어?"

"쒀라바네 말을 봐 주고 있어."

"말을 좋아해?"

"응. 꼭 아기 같아. 등을 두드려 주면 말은 못해도 쿵쿵거리면서 친근감을 표시해. 그리고 눈을 크게 뜨고 보면서 뭔가 표현하려고 하지."

단쯔는 손가락으로 풀밭 위의 빨간 것들을 가리키며 눈을 반짝거렸다.

"말을 가끔 허저우에 끌고 가서 팔 때가 있어. 말들이 그것을 눈치 채고 울부짖으면서 발길질을 해대. 눈을 부릅뜨고 코로 비비면서 버리지 말라고 해."

"아까 광장의 여자는 누구야?"

"쒀라바의 여동생 미리무야."

그는 갑자기 정색하더니 나뭇가지를 한 개 꺾어 들었다.

"나 군대 갈 거야. 내일 당장 갈 수도 있어. 아니면 일주일이나 열흘 후에 갈 수도 있고."

그들이 집으로 돌아왔을 때 점심이 차려져 있었다. 작은 식탁 위에 밤과 꿀떡 접시들이 가득 놓여 있었고 또 모든 식탁에 김이 무럭무럭 나는 양고기 구이가 올랐는데 소금에 절인 고기와 대파, 양의 간과 함께 쇠꼬챙이에 꽂아 구워 낸 것이었다.

두러우안은 얼핏 한 젊은 부인의 뒷모습을 본 것 같았다. 하이지에쯔 집안의 며느리인 누사이는 점심을 짓고 서둘러 옷을 갈아입으러 들어 갔다. 호수 주인인 두 선생이 딸과 같이 방문한 것을 알고 있었다.

누사이는 몇 분 후에 뜨끈뜨끈한 자웨이판(加味飯)을 들고 나왔다. 그 것을 탁자 위에 올려놓고 눈처럼 새하얀 치아를 보이며 손님들에게 인 사를 했다.

"내 며느리 누사이네."

하이지에쯔가 며느리를 쳐다보며 자랑스럽게 말했다.

누사이는 푸른 비단 블라우스와 하얀 실로 만든 블루머를 입고 있었 는데 몹시 예뻤다. 흰색 망사 베일은 머리 위에서 어깨 위에까지 드리워 져 있었다. 그녀는 허톈(和闐) 사람이었고 열 몇 살에 동쪽으로 이주했 다. 하진은 그녀를 허저우에서 만나 결혼했다.

그녀는 한족 여자들과 달리 부끄러워하는 기색이라곤 없이 고개를 꼿꼿이 들고 짙은 갈색 눈동자로 두러우안을 한번 쳐다보았다. 손님에게 자리를 권하고 자신도 두러우안의 옆에 앉았다. 허저우에서 중국어를 배운 적이 있어 일반 대화는 가능했지만 본 민족 억양이 심했고 성조 발음이 똑똑하지 않았다.

"양 한 마리 잡았어야 하는데 미처 시간이 없어서 있는 걸로 준비했어요."

자웨이판은 무슬림의 대표적 요리로 바리(巴哩)라고도 하는데 쌀밥과 카레가루, 양고기를 같이 볶다가 다진 파, 당근, 간장 등을 곁들이면 된다.

아자얼이 전쟁 얘기를 꺼내자 리페이는 주의 깊게 들었다. 마중잉은 무슬림의 구세주였다. 전쟁은 이미 일 년 넘게 진행되었고 스웨덴 탐험가 스벤 헤딘의 말을 빌리면, 1931년부터 1934년 사이 신장을 황량한 사막으로 만들어 놓은 장본인이었다.

아자얼이 하는 말에 두러우안도 자극받았다. 마중잉은 최근에 중국 군대의 사령관에 임명되었다. 하지만 그는 한족계 무슬림의 수령이었기 때문에 무슬림 편에 서서 한족 주석의 군대에 맞서려고 했다. 국경 지대는 그 상황이 매우 복잡했다. 무슬림은 땅을 지키기 위해 현지 한족 주석에 맞서 싸웠고 중국 내륙 지역의 정세와는 아무런 상관이 없었다.

두중은 한마디도 참견하지 않고 묵묵히 밥만 먹었다. 하이지에쯔와 아자얼이 하는 얘기를 듣는 둥 마는 둥 자기 일만 생각했다. 그는 이곳 형세를 살피고 문제를 해결할 방법이 없을지 일부러 들렀다. 좀 전에 수문 아래에서 수문을 철거하기가 생각보다 쉽다는 것을 발견했다. 하지만 지금 바로 철거해 버리면 동생이 미쳐 날뛸 것이었다. 그렇다고 동의를 구하는 것도 근본적으로 불가능했다. 모든 것이 자신이 하느냐 마냐에 달렸다.

그는 아자얼에게 뜬금없이 물었다.

"밥 다 먹고 한 스무 사람 정도 구해 줄 수 있나?"

"뭐하게?"

두중이 짧게, 그러나 단호하게 말했다.

"수문을 철거하려고 그러네."

주변이 삽시간에 조용해지면서 사람들의 시선이 모두 그에게 집중되었다.

"어차피 내가 책임져야 할 부분이네. 앞으로 고작 물고기 몇 마리 더 잡겠다고 수원을 차단하는 일은 없을 거네. 언젠가는 철거될 수문이고, 자네들 손으로 철거되는 것보다 내가 직접 하는 게 훨씬 낫네."

아자얼의 눈은 기쁨으로 빛났다. 줄곧 이 문제를 얘기하고 싶었는데, 두중이 이렇게 시원스럽게 결정을 내릴 줄은 생각지도 못했다. 그는 큰 짐이라도 덜어 낸 듯이 혼잣말로 중얼거렸다.

"알라신이시여, 감사합니다."

그리고 큰 소리로 물었다.

"정말로 결정했는가?"

"간단한 일 아닌가? 스무 명이면 한 시간 안에 충분히 끝낼 수 있을 것 같은데."

사람들이 흥분해서 야단법석을 떨었다. 하이지에쯔가 말했다.

"수문을 철거한다고 하면 마을 사람들이 발 벗고 나설 거네. 우선 하류 지역 사람들부터 대피시켜야겠네. 사람이야 얼마든지 불러 주지."

다섯 살배기 타이아도 제멋에 신나 깡충깡충 뛰어다녔다.

"내가 알릴래. 언제 가?"

그는 조바심을 내며 할아버지의 옷자락을 연신 잡아당겼다.

"지금은 다들 밥 먹고 있으니 그들에게 한 시간의 여유를 주자꾸나. 단쯔, 말 타고 가서 대피시키고 와."

단쯔도 기뻐하는 기색이 역력했다. 그는 밖으로 나가 말고삐를 풀고 안장을 얹었다. 사람들은 그가 말에 뛰어올라 부리나케 쒀라바 집으로 달리는 것을 지켜보았다.

"내가 나팔로 사람들을 모아 보겠네."

아자얼이 말했다.

아자얼이 탑루에 올라가서 나팔을 불자 사람들이 광장을 메우기 시작했다. 아자얼이 두중의 결정을 선포하자 사람들은 기뻐서 날뛰었다.

"수문을 철거한다네! 수문을 철거한다네!"

이 말이 이 집에서 저 집으로 빠르게 퍼져 나갔고 얼마 지나지 않아 모든 마을 사람이 강가로 모였다.

골짜기에서 돌아오던 단쯔는 한 무리 사람들이 강가로 이동하고 있고 또 한 무리 사람들이 하이지에쯔의 집 앞에 몰려 있는 것을 보았다.

아자얼이 일을 도맡았고 지원자가 너무 많았다. 아자얼은 그중에서 스무 명 정도 뽑아 삽, 낫, 갈퀴, 장대 같은 것을 챙겨 오게 했다. 그리고 그들을 둘로 나누어 한편은 단쯔가, 다른 한편은 하이지에쯔가 인솔하게 했다. 아자얼이 하이지에쯔와 두중과 함께 서 집 앞 계단으로 사람들이 점점 더 몰려들었다.

두중은 사람들의 표정을 읽으면서 큰 위안을 느꼈다. 어두운 표정들이 사라지고 대신 뜨거운 열정이 끓어올랐다. 눈물을 글썽이는 여자도 있었다. 아자얼이 두중을 소개하자 사람들이 일제히 환호하며 박수를 쳤다. 계단 근처에 서 있던 청년 둘이 죽어라 동고를 두드려 댔다. 나이를 먹은 사람들은 두 손을 가슴에 얹고 두중에게 절을 했고 두중도 허리 굽혀 답례했다.

아자얼이 명령을 내렸다.

"단쯔, 너희는 맞은편 기슭으로 가. 하이지에쯔는 이쪽에 있고. 한곳에 모여 서지 말고 흩어져. 가운데를 파서 물꼬를 틀고 양쪽으로 허물어 나가는 거야. 준비가 다 되면 내가 북을 세 번 칠 테니 그때 시작해. 너무 흥분하지 말고."

대열이 강바닥에 도착해서 제방에 올랐다. 나머지 사람들은 멀리서 조용히 구경만 했다. 드디어 그들이 수문 한가운데에 도착했다. 하이지에쯔의 우람한 체구가 특별히 눈에 띄었다. 북소리가 한 번 울리자 사람들은 각자 흩어져서 자리를 잡았다. 세 번째로 북이 울리자 가운데에 있던 사람들이 낫과 삽으로 댓가지를 자르기 시작했다. 댓가지가 느슨해지자 다른 사람들이 갈퀴나 장대로 둥근 돌들을 파냈다.

첫 번째 돌무더기가 수문 아래로 굴러 떨어지자 사람들이 환호성을 질렀다. 돌무더기가 잇따라 무너져 내렸다. 그리고 가운데 뚫린 구멍으로 호수물이 세차게 흐르기 시작했다. 사람들은 환호성을 지르면서 장

대나 갈퀴로 돌무더기가 물살에 떠내려가도록 도와줬다. 한줄기 물줄
기가 시원하게 강바닥으로 흘러갔다.

사람들이 수문 가운데 벌어진 틈새에서 물러나 양쪽의 돌무더기를
허물기 시작했다. 사람들은 호수물이 은백색의 물줄기를 형성하며 흘
러내리는 것을 보고 밭과 가축을 살릴 수 있다고 생각했다. 사람들은
감격에 겨워 박수를 쳤고, 감회에 어린 눈빛으로 바라보는 이도 있었
다. 두중은 두러우안, 리페이와 함께 한쪽에 물러서 있었다. 두 눈은 반
짝반짝 빛나고 있었다.

"농민들이 이렇게 오래 참을 수 있다니…… 문제가 해결되어 정말 다
행이네!"

두중은 즐거워하는 사람들을 보면서 말했다.

제방의 틈새가 점점 더 벌어지면서 물살이 더욱 빨라지고 흘러내리
는 수량도 증가했다. 물줄기는 크고 작은 바위틈 사이를 세차게 흘러가
며 우레 같은 소리를 냈다. 큰물이 범람하며 여기저기에 작은 못과 내
를 만들었다. 강바닥에도 물이 가득 찼다. 호수 수면과 강바닥 사이에
는 2미터 정도의 낙차가 있었다. 둘레가 15리가 넘는 호수의 수위는 천
천히 내려갔다. 틈새가 더 많아지고 물살도 더 세졌으며, 거친 물줄기
는 부서진 수문을 지나면서 흰 물보라를 흩날려 제방 위에 서 있는 사
람들의 옷깃을 시원하게 적셨다. 물고기도 신나게 뛰어놀고 있었다.

호수 물이 거품을 뿜어내면서 강바닥의 흙을 씻어 내렸다. 황토를 품
은 물의 빛깔은 탁하고 누레졌다. 하지만 농민들에게는 이것이 최근 몇
년간 본 것 중에 가장 아름다운 광경이었다. 물이 빠지며 강기슭에 나

타나는 다갈색의 흔적에서 옛날의 수위를 어렴풋하게 찾을 수 있었다.

작은 내는 마치 피골이 상접했던 동물이 갑자기 살찌고 생명력을 되찾은 모양이 되었다. 거북이 몇 마리는 이러한 변화가 안중에도 없다는 듯이 수면 위를 떠다니면서 새로운 경치를 감상하고 있었다. 마을의 개들도 흥분해서 이리저리 날뛰면서 미친 듯이 짖어 댔다.

한 시간이 빠르게 지나갔다. 수문에는 시멘트 기둥의 잔해만 남았고 물이 제멋대로 흘러넘쳤다. 강물은 마치 봄날의 조수처럼 산골짜기 아랫마을로 흘러갔다. 사람들이 일을 끝내고 내려오기 시작했다. 맞은편 사람들은 먼 길을 돌아 하류에서 강을 건너야 했다. 하이지에쓰도 돌아와서 검은 수건으로 얼굴과 머리를 닦으면서 흐뭇한 표정으로 강을 바라보았다. 사고 없이 끝내서 다행이었다. 남녀노소 할 것 없이 모두 즐겁게 집으로 돌아갔다. 두중은 딸과 리페이와 함께 내려오면서 큰일을 끝냈다는 마음에 한껏 기쁨을 느꼈다.

집으로 돌아온 하이지에쓰는 현관에 서서 멀리 북쪽을 바라보며 말했다.

"강이 원래 수위를 회복하려면 몇 시간은 걸려야 하네. 내일 아침 이 자리에서 강이 옛 모습대로 마을을 흘러 지나는 것을 지켜보겠네. 꿈에서도 그리던 일이네. 내일 꼭 와 보게."

그들이 집으로 돌아가려고 할 때 단쯔가 뛰어왔다. 두중은 옛날에 거둬 키웠던 고아를 보면서 말했다.

"단쯔, 어른이 다 됐구나. 잘 살고 있다니 정말 기쁘다."

단쯔도 즐겁게 웃었다.

"감사합니다, 어르신. 어르신이 아니었다면 저는 살아남지도 못했을 겁니다."

그들은 아자얼, 단쯔와 같이 하이지에쯔 일가와 작별하고 나왔다. 광장에서 아자얼은 거듭 고마움을 표하고 돌아갔다. 가는 길 내내 마을 사람들이 그들에게 미소를 보내 주었다. 단쯔는 절벽 아래 강기슭까지 바래다주었고, 그들은 배를 타고 산차이 두씨 저택으로 돌아왔다.

꧁

　이튿날 그들은 다시 하이지에쯔 집으로 갔다. 강물은 밤새 엄청 불어나 풀밭에 넘쳐흐를 정도였다. 돼지 몇 마리가 늪지대에서 나무뿌리를 캐먹다가 물에 빠져 죽은 것 말고는 다른 사고는 없었다. 작은 물고기들이 뛰어놀고 남자 어른들과 소년 몇 명이 강기슭에서 낚시를 하고 있었다. 여자들도 문 앞에서 강물이 옛날 모습 그대로 흘러가는 것을 지켜보고 있었다. 산골짜기의 경치가 하룻밤 사이에 완전히 바뀌었다. 농민들이 모두 나와 강물을 밭으로 끌어들이려고 도랑을 파고 있었다.

　두중은 몹시 기뻤다. 옳은 일을 했다는 확신이 들었고 동생이 반대하겠지만 신경을 쓰지 않기로 했다.

　그날은 마을 사람들에게 몹시 중요한 날이었고, 집으로 돌아온 두러우안이 첫 수업을 한 날이기도 했다. 아자얼이 하이지에쯔 집에 양 반 마리 들고 와서 경축했고 마을 사람들이 감사의 표시로 닭을 잡아 보내왔다. 단쯔와 두러우안은 단풍나무 아래에 앉아 수다를 떨었다.

　하이지에쯔는 리페이가 마중잉을 만나러 북방에 간다는 말을 듣고 마중잉 밑에서 일하는 아들 하진에게 소개장을 써 줬다. 마을에서 일어난 일을 쓰고 리 선생을 정성껏 도와 드리라고 했다.

오늘은 그들이 산차이에서 보내는 마지막 밤이었다. 리페이와 두러우안은 내일 같이 톈수이에 들렀다가 리페이는 란저우에 가고 두러우안은 시안으로 돌아가야 했다.

산차이 두씨 저택에서 저녁을 먹고 다 아주머니가 밥상을 치우자 세 사람은 상머리에 나란히 앉았다. 두중은 담뱃대를 꺼냈다. 두러우안이 리페이에게 눈치를 주자 리페이가 갑자기 진지한 표정을 지었다.

"어르신, 저는 이번에 아주 먼 길을 떠납니다. 따님을 알게 된 것이 저한테는 정말 큰 행운입니다. 만약 어르신께서 동의하신다면 귀 가문과 혼인을 맺고 싶습니다. 아시겠지만 저의 집안은 부유하지도 않고 저 또한 이렇게 훌륭한 따님의 상대가 되기에는 턱없이 부족하다는 것을 잘 알고 있습니다. 하지만 어르신께서 넓은 마음으로 결혼을 허락해 주신다면 정말 감사하겠습니다."

리페이의 말이 좀 딱딱하기는 했으나 어색하지는 않았다. 생각보다 그렇게 긴장하지 않았는데, 두러우안이 미리 두중이 동의할 것이라고 얘기해 주었기 때문이다.

두중은 리페이와 얼굴에 웃음꽃이 피어 있는 딸을 번갈아 쳐다보면서 기쁜 표정을 지었다.

"리페이 군, 나는 자식이라고는 이 딸 하나밖에 없네. 그래서 사위를 신중하게 골라야 하네. 하지만 우리는 잘 지낼 수 있을 것 같네. 딸이 행복해야 나도 행복하네. 내 딸이 자네 좋아하는 거 잘 알고 있네."

두러우안이 의기양양한 표정을 지었다. 리페이는 밥상 밑으로 그녀의 손을 살짝 잡았다가 놓았다.

"따님의 좋은 배필이 될 수 있도록 노력하겠습니다."

두러우안이 말했다.

"아버지, 고마워요. 정말 좋아요."

두중이 말했다.

"너희 둘을 축하한다. 러우안, 내 생각에는 네가 남자를 잘 골랐어. 이제는 걱정 안 해도 될 것 같구나."

그는 또 리페이에게 말했다.

"우리 집안과 혼인하고 싶다고 했으니 미리 말해 둘 것들이 있네."

두중은 운을 떼고 두 사람을 쳐다보았다.

"조상이 우리 형제한테 물려준 유산이 있네. 그 절반을 러우안이 자연스럽게 상속받게 되네. 내가 계속 밖을 떠도는 바람에 재산을 나누지 않았고 집안일은 동생이 도맡아 하고 있네. 언젠가는 동생하고 충돌하게 될 거고 그때는 재산을 나눠야 할 걸세. 자네들하고 계속 같이 살 수 없으니 이쪽 사정을 알아 뒀으면 하네. 수문 철거는 말이네, 혹시 내가 갑자기 흥분해서 그러지 않았을까 하고 생각할 수도 있겠지만 사실나는 조상이 하던 대로 했을 뿐이네. 물론 그보다 더 중요한 이유가 있네. 별장 주변이 모두 적이라고 생각해 보게. 그러면 사는 게 위험하지 않겠는가? 나는 무슬림과 최대한 평화롭게 지내려고 하네. 내가 죽은 후에도 내가 했던 말을 잘 기억하게. 어느 집안이든지 인심을 잃으면 망하게 돼 있네. 나는 내 딸에게도 우리 두씨 집안에도 모두 좋은 결과가 있었으면 하네. 무슬림도 잘 살고 조상 얼굴에 먹칠도 하지 않고 말이네. 이웃들과 평화롭게 지낼 수만 있다면 두려울 게 뭐가 있겠나."

"어르신의 말씀 꼭 명심하겠습니다."

리페이가 말했다.

"하지만 제 생각에는 두 분이 만나서 호수 문제를 잘 얘기해 볼 필요가 있다고 생각합니다."

두중이 푸른색 담배연기 한 모금을 뿜어냈다.

"조만간에 시안에 한번 다녀올 생각이네. 부탁이 하나 더 있네. 나는 아들이 없어 대를 이을 사람이 없네. 하나밖에 없는 내 딸을 봐서라도 첫 번째 아들을 내 성 따르게 해서 후사를 잇게 해 주게."

"잘 알겠습니다."

두러우안과 리페이가 동시에 대답했다.

두중은 의자 등받이에 몸을 기대고 안도의 한숨을 내쉬었다.

"더 이상 바랄 게 없네. 이제는 동생을 좀 비웃어도 되겠네. 주런이 자식이 없네. 제 아무리 잘난 체해도 춘메이를 따라가지 못하네. 춘메이는 그래도 사리분별을 할 줄 아네. 러우안, 춘메이하고 잘 지내. 우리 집안의 앞날은 너희 둘에게 달렸어. 둘이 마음을 합쳐 집안을 잘 이끌어 간다면 그나마 희망이 보일 거야."

"아버지, 주런한테 안 좋은 일이라도 생길 것 같아요?"

"결과가 안 좋을 것 같아. 얼굴에 살기가 너무 많아."

두러우안은 깜짝 놀랐다.

"아버지, 관상을 믿어요?"

"그럼. 주런은 얼굴이 험상궂고 눈빛이 너무 잔인해. 눈빛은 사람의 속내를 다 보여 주지. 흉악한 사람은 제 명까지 못 살게 돼 있거든. 십년쯤 지나면 내 말이 기억날 거야. 네 작은아버지까지 죽고 나면 뒤를 이을 사람이 춘메이 모자밖에 없지."

그날 저녁 두중은 동생에게 자신이 한 일과 조만간 집으로 돌아가면 다시 의논하자는 내용의 편지를 썼다. 우선 라마교 사원으로 돌아갔다가 두러우안이 졸업하는 시간에 맞춰 집으로 돌아갈 생각이었다.

이튿날 아침 그들은 서둘러 밥을 먹고 떠날 준비를 했다. 두러우안도 먼 길을 떠날 채비를 단단히 했다.

두중이 말했다.

"목도리 풀어라. 조상님께 인사드리러 가자. 리페이도 같이 가서 인사드리면 그걸로 두 사람이 약혼한 줄 알겠다."

그는 리페이를 아래위로 훑어보고 말했다.

"두루마기 위에 마고자 한 벌 더 입을 수 없나?"

리페이는 그렇게 중요한 자리가 있을 줄 모르고 마고자를 챙겨 오지 못했다고 말했다.

두중이 말했다.

"괜찮네. 정성스러운 마음만 있으면 되네."

두중이 앞장서서 사당의 계단을 올랐다. 입구에 잠깐 멈춰서 표정을 가다듬고 다들 옷을 단정하게 입었는지 살펴보았다. 리페이는 두러우안의 할아버지와 할머니의 관직과 성함이 위패에 금박 글씨로 새겨 있는 것을 보았다. 두중이 먼저 들어가 먼지가 가득한 제상 위에 초 두 개를 밝혔다. 리페이와 두러우안은 가볍게 한마디 주고받고 조용히 따라 들어갔다. 두중은 두 사람을 자기 뒤에 서 있게 했는데 두러우안은 오른쪽에, 리페이는 왼쪽에 서게 했다.

그들은 땅에 무릎을 꿇고 앉아서 큰절을 세 번 올렸다. 조금 지나 두중이 먼저 천천히 일어나고 두 사람이 따라서 일어났다. 두중은 예비 사위의 어깨를 잡고 미소를 지었다.

"우리는 이제 한 가족이 되었네. 자네가 신장에서 돌아오면 결혼식을 치르도록 하지."

두중은 만족스러운 듯이 수염을 만졌다.

세 사람이 같이 사당을 나왔다. 두러우안의 얼굴에는 기쁜 빛이 가득했다. 그녀는 자줏빛 목도리를 다시 둘렀다. 아버지와 헤어질 때 한바탕 울 줄 알았지만 아버지가 집으로 돌아온다니 다행이었다. 리페이는 두러우안을 부축해서 말에 오르게 하고 자신도 말에 올랐다. 두중은 안개 속의 목련나무 아래에 서서 그들을 배웅했다. 눈빛이 조금 슬퍼 보였지만 미소 짓고 있었다.

그들이 떠날 때 울타리에는 아직 이슬이 맺혀 있었다. 엷은 구름 위에서 아침 햇살이 쏟아졌다. 옅은 물안개가 호수 수면과 기슭을 뒤덮고 있어 바위가 마치 바다 한가운데 우뚝 솟아 있는 것처럼 보였다. 풀잎에 맺힌 이슬이 반짝거리면서 풀빛은 더욱 푸르게, 공작화는 더욱 노랗고 햇빛보다 눈부시게 만들었다. 어부들의 집에서 모락모락 피어오르는 밥 짓는 연기는 공중에 나른하게 걸려 있었다. 하지만 하늘 아래 우뚝 서 있는 산 정상의 절벽과 나무 그림자는 분명하고도 또렷하게 보였다.

잠시 후 그들은 동쪽 감람나무 아래 산기슭에 올라 산차이 저택을 돌아보았다. 어렴풋이 연로한 두중이 동쪽 현관에서 그들을 바라보고 있는 모습이 보였다. 그들은 손을 흔들어 작별했다. 두중은 현관에서 두 사람이 산기슭 건너편으로 사라질 때까지 지켜보면서 내심 만족감을 느꼈다.

한 쌍의 연인은 말을 타고 장현에 들렀다가 다시 차를 갈아타고 톈수이에 갈 계획이었다. 하지만 장현에 도착했을 때 아침 차는 이미 출발했고 오후 세시 차를 기다려야 했다. 그들은 여관을 찾아 밥을 먹었다. 하늘이 갑자기 어두워지더니 폭우가 쏟아지기 시작했고 여관 출입문과 창문을 통해 빗방울이 날아 들어왔다. 그들은 딱딱한 의자에 텅 빈 테이블을 마주하고 나란히 앉았다.

또다시 단둘이 남게 된 두러우안은 두 사람의 미래만 생각했다. 산차이 별장에서 같이 있을 때와 아버지를 만나면서 들떴던 마음이 이미 차분히 가라앉았다. 마음속에는 오로지 한 가지 생각밖에 없었다. '리페이는 먼 길을 떠날 것이고 오늘이 두 사람이 같이 있는 마지막 날이다.'

그녀는 앞으로 다가올 막연한 운명 때문에 마음이 무거웠다. 약혼 첫날에 여자들이 흔히 느끼는 그런 감정이었다. 여자로서의 본능이 이성을 이겼다. 첫날 저녁에 아버지가 말했던 가족의 미래가 마음에 걸렸다. 그녀는 또 앞으로 있을 결혼식을 상상해 보았지만 언제가 될지 정작 본인도 짐작이 가지 않았다. 그러나 모든 것을 리페이에게 바쳤고 결코 후회하지 않았다.

그녀는 성숙한 가정주부처럼 모든 미래를 자신이 사랑하는 남자와 연결시켰다. 그녀의 눈동자는 더욱 까맣게 보였고 마치 시공간을 초월

하는 영원히 멈추지 않는 생명의 오묘함을 보고 느낄 수 있을 것만 같았다. 수많은 여자들이 경험했던 그런 느낌이었다.

"무슨 생각해?"

리페이가 그녀의 작은 손을 꼭 잡으면서 물었다.

그녀는 리페이의 손가락을 만지작거리면서 말했다.

"아무 생각도 안 해요."

그들은 창밖을 내다보았다. 물방울이 창틀을 따라 흘러내리고 있었지만 소나기는 이미 멎어 있었다. 그들은 좋은 자리를 차지하기 위해 일찍 역으로 나가 바깥에서 질척질척한 땅을 밟고 줄을 섰다. 차가 도착하고 손님이 내리자마자 올라탔다. 운 좋게 가운데 자리 두 개를 차지할 수 있었다. 자리를 잡지 못해 그냥 서서 가는 사람들이 곧 차 안을 가득 메웠다. 차는 적어도 두 시간을 달려야 했다. 두러우안은 잠이 쏟아지자 리페이의 어깨에 머리를 기댔다. 그녀는 차가 덜컥거리고 모서리를 돌거나 기어를 변속할 때마다 잠에서 깼다.

리페이는 그녀의 어깨를 감싸 안았다. 새삼스레 이 세상을 다 돌아도 그녀 같은 여자는 만나지 못하리라는 사실을 깨달았다. 리페이도 곧 다가오는 이별과 신장 여행에 대해 생각하고 있었지만 그렇게 걱정하지는 않았다. 원래 좌절 같은 것을 잘 웃어넘겼고 무슨 일이든 낙관적으로 지혜롭게 잘 해결하려 하는 성격인 탓이었다.

톈수이는 간쑤 교통의 중심지로, 웨이허 연안의 오래된 마을 다섯 개로 형성된 옛 건물이 즐비하게 들어선 낙후된 도시였다. 란저우의 양털과 가죽 제품, 시안의 차와 방직물이 모두 이 도시를 거쳐 갔다. 주민은 대부분 한족이었고 무슬림 행상들도 이곳을 즐겨 찾았다. 집들이 촘촘하게 들어서 있는 지역에 있는 어떤 집은 옛날 성벽에 붙어 지었는데 성벽을 덮어 버린 경우도 있었다.

리페이와 두러우안은 안전을 위해 시내의 여관에 가짜 이름으로 투숙했다. 톈수이에는 시안에서 온 여행객이 많았고 리페이는 그들의 눈에 띄고 싶지 않았다. 창문을 통해 강이 보이는 붙어 있는 방 두 개를 나란히 잡았는데 강가에서 무슬림 주부들이 빨래를 하고 있었다. 조금 지나 가랑비가 내리기 시작했다. 빗방울이 수면 위에 잔잔한 파문을 일으켰고 사공들이 대나무 깔개로 선체를 가렸다. 리페이와 두러우안은 얼굴을 창문에 붙이고 어둠이 깔리는 것을 물끄러미 바라보았다.

"나가서 뜨거운 물에 몸 좀 담그고 올까?"

리페이가 물었다.

"무슬림 목욕탕이 깨끗해. 몸도 좀 녹이고."

"그래요."

두러우안은 자기 주장이 없는 사람처럼 말했다.

"아직도 비가 내리고 있어요."

"여관 우산 한 개 빌리면 돼. 근처에 목욕탕이 있을 거야. 목욕하고 괜찮은 식당도 찾아보자."

그들에게는 오늘이 마지막 밤이었고 따라서 모든 순간이 특별한 의미를 가졌다.

그들은 로비로 내려가 카운터에서 유지 우산 한 개를 빌렸다. 웨이터는 세 블록만 가면 좋은 목욕탕이 있다면서 가는 방법까지 친절하게 알려 주었다. 리페이는 한 손으로 우산을 들고 한 손으로 두러우안의 어깨를 껴안았다. 두 사람은 자갈을 깐 거리에서 물을 밟으며 조심스레 걸었고 물웅덩이에 빠지지 않으려고 가게에서 새어나오는 불빛에 의지했다.

채색 타일과 바닥에 문양이 새겨진 무슬림 목욕탕에 들어서자 한 여자가 두러우안을 여성 욕실로 안내했다. 대중목욕탕에서 목욕을 해 본 적이 없는 그녀는 신기하고 재밌기만 했다. 두 사람은 다 씻고 복도에서 만났다. 두러우안은 몸이 한결 상쾌해졌고 원기도 회복했다. 얼굴에도 생기가 돌았고 우울했던 눈빛마저 사라지고 없었다.

리페이가 우산을 펴서 들었다.

두러우안이 말했다.

"팁을 오 원이나 주다니, 자기가 미친 줄로 알겠어요!"

리페이의 마음이 딴 데 가 있었다.

"그래? 괜찮아. 복을 비는 거야. 오늘밤에 한 일들이 우리한테 행운을 가져다줄 거야."

가랑비가 비스듬히 내리면서 두루마기 자락을 적셨고 빗방울이 우산 위에 톡톡 떨어졌다. 하지만 우산 아래는 쾌적하고 따뜻하기만 했다. 대부분 가게들이 문을 닫았고 담배 파는 가게와 간이식당의 문만 아직 열려 있었다. 가끔 천막을 씌운 인력거가 지나갔고 맨발의 인력거꾼이 물을 첨벙첨벙 밟으며 달려갔다.

오래된 식당의 주방 앞에 밝혀진 불빛이 그들의 시선을 끌었다. 큰 갈고리에 야채구이, 고기구이, 생고기, 절인 닭고기 등이 걸려 있었고 구운 고기와 족발 접시들이 문턱에 즐비하게 놓여 있었다. 조리도구와 가마솥이 부딪히는 경쾌한 소리와 뜨거운 육수가 보글보글 끓어오르는 소리, 거기에 김까지 모락모락 피어오르자 그들은 몹시 배가 고파졌고 식욕이 확 당겼다.

"어서 오십시오!"

기름때가 잔뜩 묻은 검은색 앞치마를 두른 요리사가 큰 소리로 외쳤다.

식당 입구의 땅바닥은 끈적끈적했지만 주방 안은 따뜻했다. 그들은 복도를 지나 안쪽으로 들어갔다. 방 예닐곱 개가 마주하고 있었는데 거의 다 찼고 마지막 한 칸만 남았다. 문에 지저분한 회색 커튼이 달려 있었고 가끔 안에 있는 손님이 보이기도 했다.

웨이터가 마지막 한 칸의 커튼을 열어젖히며 그들을 안으로 안내했다. 방은 회녹색의 판자로 대충 칸막이를 해서 옆방 손님들이 술을 마시며 떠드는 소리가 들려왔지만 그들은 신경 쓰지 않았다. 바닥에는 옛날 기와를 깔려 있었고 안이 건조하고 따뜻했다.

두러우안이 말했다.

"배가 너무 고파서 뭐 좀 먹어야겠어요. 특별한 요리 몇 개 좀 주문해 봐요. 자기를 위해 송별연 하는 거니 내가 낼게요."

리페이는 자리에 앉아 메뉴를 적었다. 자라고기볶음, 오리똥집튀김, 닭고기말이, 푸른콩튀김, 봉지닭튀김을 주문했다. 웨이터는 특별히 구곡간장탕을 추천했다. 돼지 창자를 미리 기름에 튀겨서 하루 저녁 말렸다가 뜨거운 기름에 볶은 후 육수를 넣어 푹 고은 것이라고 했다.

소흥주(紹興酒)가 나왔다. 두러우안이 술을 한 모금 마시자 리페이가 말했다.

"기차역 맞은편 식당에서 처음 같이 밥 먹던 일 기억나? 그때는 잘 알지도 못했는데, 비도 내리고 말이야."

"두 번째예요."

두러우안이 고쳐 말했다.

"아, 그러네. 내가 착각했어."

리페이는 그녀의 손을 잡고 손가락 끝에 입을 맞췄다.

웨이터가 구곡간장탕을 들고 나왔다. 잘라서 한 토막씩 매듭지은 창자가 기름진 국물 위에서 둥둥 떠다녔는데 바삭바삭하고 토실토실했으며 살결이 부드러웠다. 한 입에 딱 한 토막인데 입안에 넣자마자 살살 녹는, 군침이 가득 도는 것이 정말 별미였다.

"정말 맛있네!"

리페이가 말했다.

"근데 이름이 너무 슬퍼."

'구곡간장'이라는 단어는 연인이 슬프게 헤어질 때의 감정을 표현한 서정시에서 많이 사용되었다. 두러우안은 토막 난 창자들이 지금 자신의 혼란스러운 감정을 나타내는 것 같다고 생각했다.

그녀가 말했다.

"괜찮은데요, 시적이고 감상적이기도 하고요."

두러우안은 창자 한 점을 집어 리페이에게 건넸다.

"꼭 기억해요. 자기가 떠나면 내 가슴도 이 창자처럼 토막토막 찢어질 거예요."

"다시 만나는 그 순간까지 안 잊을게."

리페이가 말했다.

"아직 반지도 못 줬네. 어머니한테 편지 써서 정식으로 예물을 교환하도록 할게. 우리 어머니 꼭 만나."

"그럴게요. 근데 편지를 어떻게 쓰죠?"

"아직은 나도 잘 모르겠어. 신장까지는 팔백 리나 되고 다른 성들에 고립돼 있어. 하지만 유라시아항공편을 통하면 우편이 가능하지 않을까 싶어. 란저우와 디화를 오가는 항공편이 일주일에 한 번 있거든. 나중에 편지로 알려 줄게."

"자기가 《신공보》에 쓰는 글들을 읽을 거예요."

"검열부터 통과해야 해. 우편 검사가 엄청 까다로울 거야."

"얼마나 걸릴 것 같아요?"

"확실치 않아. 신장은 동쪽에서 서쪽까지 천 리가 넘어. 독자적인 왕국이야."

두러우안은 잠깐 뜸을 들였다가 말했다.

"상황이 좋으면 따라갈 수도 있어요. 어쩌면 우리 아이가 신장에서 태어날 수도 있겠네요."

"우리 아이?"

그런 문제를 리페이는 한 번도 생각해 본 적이 없었다. 두러우안은 리페이가 왜 이렇게 뜻밖이라고 생각하는지 이해할 수 없다는 듯 힐끗 쳐다보고는 시선을 다른 데로 옮겼다.

"아직 아이를 갖고 싶지 않죠?"

"아니."

그녀는 더 말하지 않았다.

부성애가 인류 문명의 산물이라면 모성애는 타고난 것이다. 아이 문제가 뇌리를 스치고 지나가기는 했지만 마음속 깊은 곳까지는 파고들지는 못했다. 그는 그저 이렇게 말했다.

"우리가 그 신비로운 고장에서 일 년을 같이 보낼 수 있으면 정말 좋겠다. 기후도 좋고 아름다운 포도나 참외 같은 과일도 많고 말이야. 사람들은 그곳을 황량한 사막 지대라고 생각하지만, 아니야. 어떤 데서는 토착민들이 강에서 사금을 캐기도 해. 잘사는 집은 대부분 황금 몇 근씩 갖고 있어. 그래서 사람들이 간방과 라부렁의 라마들이 황금 지붕을 갖고 있다는 말하는 거야. 그러니까 굉장히 풍요로운 곳이야."

두러우안은 열의에 차 있는 리페이의 눈빛을 보면서 미소를 지었다.

사실 또 그렇다. 신장은 풍요롭고 신비로운 곳이다. 리페이가 읽고 들은 것은 모두 사실이다. 하지만 리페이는 천성이 이상적이라 신장 사람들이 매일 달콤하고 즙이 많은 포도만 먹고 지내는 줄 알고 있으며 모래를 번쩍번쩍 빛나는 황금인 줄로 알고 있다. 비록 간쑤 경계와 하미 사이에 고비 사막이 있다는 것은 알고 있지만 풀 한 포기 자라지 않는 모래언덕뿐이라는 것은 몰랐다. 거기에는 도마뱀, 짠 늪지대, 호수, 폐성, 세차게 부는 모래바람과 메마른 골짜기만 있었다. 하지만 남자들은 미지의 세계에 끌리는 법이다.

두러우안은 리페이의 정신이 온통 그곳에 가 있다는 것을 알고 있었

다. 그가 쓴 글에서도, 처음 만났을 때의 활기 찬 표정에서도 읽을 수
있었다. 그녀는 비록 최신 교육을 받기는 했지만 전통적인 사고방식도
갖고 있었기 때문에 여자의 본분이 집을 잘 지키는 것과 기다리는 것,
복종과 인내을 잘 알고 있었다.

"거기 여자들도 예뻐."

리페이가 막연하게 말했다.

"건륭 황제의 향비가 카슈가르 근처에 있는 마을 사람이야."

향비는 무슬림 수령의 아내였다. 소문에 의하면 그녀의 몸에서 한족
이 모르는 향기가 났다고 한다. 전쟁에서 패배한 남편을 죽이고 건륭
황제가 그녀를 베이핑에 데리고 갔는데 그녀는 끝내 자신의 고향을 잊
지 못했다고 한다. 황제는 그녀가 거처하고 있는 궁궐 밖에 무슬림 마
을을 만들어 향수를 조금이나마 덜어 주려고 했지만 그녀는 정조를 지
키다가 죽었다.

두러우안의 눈꺼풀이 파르르 떨렸다.

"정말로 특별한 향기가 났을까요?"

"내 생각에는 무슬림 여자들의 몸에서 나는 강한 체취야. 한족 여자
하고는 다르지."

"일부 한족 여자들의 몸에서 나는 냄새 같은 거죠. 냄새를 좋아해요?
저는 엄청 싫어하거든요."

"내 환상을 깨뜨리지 마."

리페이가 말했다. 하지만 그녀가 여자의 불안한 심리를 드러내고 있
다는 사실을 감지하지 못했다. 머릿속에는 신장 생각밖에 없었다.

"중국의 가장 위대한 시인 이백도 신장에서 나왔어."

"아니에요! 이백은 여기 출신이에요, 지금 우리가 있는 곳 말이에요."

"그건 이백의 선조야. 이백의 몸에 어쩌면 무슬림 혈통이 흐를지도 몰라. 이백이 태어나기 백 년 전에 증조부가 중앙아시아의 쇄엽성에 유배되었는데 타라무란허(塔喇木蘭河) 유역이야. 신장을 벗어난 아프가니스탄하고 가까운 곳이지. 지금은 소련 경내의 토크마크 관할 구역에 있고. 집안 삼대가 모두 그곳에서 살았어. 이백은 서기 칠백년에 태어나서 다섯 살 때 아버지를 따라 중국으로 도망쳐 왔어. 나는 이백의 어머니가 무슬림이라고 확신해. 아버지와 할아버지가 모두 그곳에서 가정을 이뤘기 때문이야. 모두 공식적인 전기에 기록돼 있는 사실들이야."

"그래서 그렇게 자유분방하고 거침이 없었나 봐요. 혼혈인이 보통 다 똑똑하죠."

"그럴 수도 있지. 하지만 어떤 사람은 이백이 쓰촨에 와서 성을 이씨로 바꿨다고 하기도 해."

그들은 밥을 먹으면서 이러저런 이야기를 많이 나누었다. 밥을 먹고 식당을 나오니 비는 이미 멎었고 거리에는 희미한 불빛이 흐르고 있었다.

여관으로 들어오니 시계가 아홉시를 가리키고 있었다. 두러우안은 고민에 빠졌다. 두 사람이 같이 있을 수 있는 시간을 시시각각 계산하고 있었던 것이다. 그녀는 내일 아침 일찍 바오지(寶鷄)로 가는 배를 타야 했다.

별도 달도 없는 밤이었다. 서쪽 산골짜기에서 불어오는 습한 바람이 수면 위를 스치고 지나갔고 지붕이 소리 내며 울었으며 창문이 바람에 흔들거렸다. 그들은 창문을 두드리는 빗소리 때문에 잠을 설쳤다.

두러우안은 슬펐고 몸이 무거웠다. 헤어지기 싫었지만 앞으로 이별의 아픔을 혼자 감당해야 하는 것을 잘 알고 있었다. 설령 아버지가 돌아오고 탕어멈이 말벗이 되어 주더라도 공허감을 채워 줄 수는 없을 터였다. 오로지 소중한 사랑의 추억만이 그런 힘이 돼 줄 수 있었다.

두러우안은 동이 트기 바쁘게 일어나 촛불을 밝혔다. 밖이 아직 어둠에 휩싸여 있고 모든 것이 희미한 그림자와 어렴풋한 형체로 보였다. 먼 산의 숲은 새카만 흙덩이 같았고 하늘이 옅은 회색을 띤 것을 보아 흐린 날씨였다. 리페이는 아직 단잠에 빠져 있었다. 그녀는 간단한 짐부터 챙기기 시작했다. 여섯시에 리페이를 깨우고 초인종을 눌러 따뜻한 물과 아침을 주문했다.

약 한 시간 후에 배 타러 내려가야 했다. 두러우안은 슬픈 표정을 보이지 않으려고 쉴 새 없이 말을 하고 물건을 챙겼다. 두 사람은 밥을 먹고 몇 분 앉아 있었다. 했던 말을 또 반복했다. 리페이는 건강 잘 챙기고 편지 쓰고 두러우안은 할 일을 찾고 어머니 보러 갔다 와서 집안의 소식을 알려주기 등등……

"도움이 필요하면 원보나 루수이 찾아가. 모두 내 절친한 친구들이야. 내가 없어도 자기를 위해서라면 뭐든지 할 거야."

문지기가 두러우안의 짐을 들어 주러 왔다.

리페이는 그녀를 강기슭까지 바래다주었다. 이제 날이 완전히 밝았다. 음침하기는 했지만 춥지 않았고 바람도 멎었다. 돛배에 올라탔다.

리페이는 그녀가 가끔 누워 갈 수 있는 좋은 자리 잡는 것을 지켜보았다. 다른 손님들이 오르기 시작했고 배가 곧 출발하려고 했다. 리페이는 사다리 계단을 내려와 강기슭에 섰다. 사공이 밧줄을 풀었다. 두러우안이 뱃머리에서 미소를 지어 주었다. 그리고 갑자기 몸을 돌려 배가 출발하기 전에 선실로 들어가 버렸다. 리페이에게 눈물을 보이기 싫었던 것이다.

리페이는 돌덩이 같은 마음을 안고 묵묵히 발길을 돌렸다.

제 4 부

금지옥엽의 수난

෴

란저우까지 하루면 충분했다. 자동차는 가오란산(皐蘭山) 협곡을 지나 간쑤성 평원으로 들어섰다. 눈부신 햇살이 깊은 도랑과 짙은 회색의 성 벽에 둘러싸인 대도시를 내리비췄다. 곳곳에는 배나무가 자라 천연의 과수원 같았다. 거대한 굴뚝 두 개는 쭤쭝탕 시대에 설립된 모직 공장 으로 현대 공업 문명의 유일한 상징이었다.

도시는 베이타산(北塔山) 산기슭에 웅크리고 자리했다. 붉은색의 산 능선이 길게 뻗어 있어 푸른 기운이 넘쳤다. 황허가 언덕을 둘러쌌고 큰 철교는 강을 가로질러 간다. 황허는 도시의 북쪽 경계선에 위치했다. 황허는 지난 수세기 동안 한족이 무슬림 또는 오랑캐와 맞서는 천연의 장벽이었다. 2천 년 전 중국의 명장이 그곳에서 북방의 오랑캐를 물리 친 적이 있는데 과거 군사용 신호탑으로 사용했던 봉화대 네 개가 아직 도 남쪽 기슭의 산꼭대기에 우뚝 솟아 있다.

자동차는 승객들을 가오란먼(皐蘭門) 밖에 있는 내성(內城) 광장까지 실 어 날랐다. 란저우는 성벽이 두 개 있는데 인구가 늘어나고 도시의 지 위가 갈수록 중요해지자 원래의 성벽 바깥쪽에 성을 하나 더 쌓아 올 렸다. 상업 지역은 강기슭으로 통하는 여러 거리에 걸쳐 있었다. 란저우시가 중국 내륙이 변방의 여러 성과 무역을 진행하는 중심지였기 때문이다. 하지만 내륙의 혼잡한 시가지와는 달리 주택가의 집이 크고 넓었다. 길게 이어진 낮은 담장 안에는 과일나무들을 많이 심었다.

리페이는 인력거 한 대를 불러 지난번에 투숙했던 여관으로 달렸다. 지금 그 여관에 투숙해 있는 란루수이가 메모를 남기라고 했고 만나야 했다. 마침 란루수이가 나가고 없는 터라 그는 전보를 치러 전신국으로 갔다. 리페이는 판원보와 신문사에 전보를 쳤다. 판원보에게는 자신이 란저우에 잘 도착했다는 소식을 어머니와 두러우안에게 전해 달라는 내용을, 신문사에는 어떤 기사를 쓸 것인지 알리는 내용이었다.

그리고 디화로 가는 항공편을 알아보았다. 항공사 직원은 항공권을 예약하는 사람이 너무 많고 정부 관원에게 우선권을 주기 때문에 많은 사람들이 표를 구하지 못해 좌절하고 있다고 했다. 그는 유라시아항공사에서 지도를 보고 거리가 너무 먼 것에 깜짝 놀랐다.

란저우에서 신장 경계까지 칠백 리 정도 되었고, 변경의 싱싱샤(星星峽)에서 하미까지 또 백 리에 달하는 사막을 지나 성도 디화까지 삼백 리를 더 가야 했다. 열흘 동안 위험을 무릅쓰고 카라반을 따라 사막을 건너는 것은 평소에도 어렵고 힘든 일이었고, 전쟁 기간에는 더욱 어리석고 위험한 짓이었다. 몇 주를 더 기다려서 항공권을 구입하더라도 카라반보다는 빨랐다. 리페이는 두러우안이 부득이한 경우를 제외하고는 모험하지 말라던 말이 기억났고 자신은 이제 완전히 가정이 있는 남자가 된 것 같았다. 두러우안의 웃는 얼굴과 목소리가 떠오르자 마음이 한결 느긋하고 따뜻해졌다.

여관으로 돌아온 리페이는 편지 몇 통을 쓰고 란루수이를 찾으러 나갔다. 란루수이의 얼굴은 여전히 새하얬다. 아무리 바람을 쐬고 햇볕을 쐬어도 바뀌는 일이 없을 것 같았다. 하지만 얼굴은 많이 야위었고 머리를 길게 길러서 시안에 있을 때보다 조금 늙고 초췌해 보였다. 두 주일 내내 여기저기 뛰어다니느라 고생을 많이 한 탓이리라.

텐수이에서 추이어원의 아버지를 만나는 한편 그녀가 경찰에게 추적당하지 않게 하기 위해 조심스레 움직였는데 그에게는 그 과정이 힘들고 짜릿했다. 그의 삶에서 그렇게 스릴 넘치는 경우는 처음이었다. 그간 온갖 고초를 겪은 듯한 표정을 하고 있었다.

"면도를 좀 하지 그래?"

리페이가 말했다.

세상이 란루수이에게는 공평하지 않은 것 같았다. 그는 마음이 여려서 파리 한 마리도 잡지 못한다. 바라는 것이라고는 자유와 평안이 있는 곳에서 추이어원 같은 여자를 만나 가정을 이루고 사는 것이다. 선천적으로 감성이 풍부하지만 모든 일에 초연해서 군벌의 정부나 악행에 대해 그리 분노하지도 않는다.

"황제의 권력이 내게 무슨 상관이랴?"

이 세상의 정부는 모두 똑같기 때문에 자신과는 상관없다는 것이다. 란루수이는 천하의 까마귀는 모두 똑같이 검다고 했다.

"어원이 잘해 줘?"

란루수이의 눈빛이 반짝이더니 처량한 미소를 지으며 말했다.

"어원? 손잡는 것만 허락해. 오만한 여왕 같아. 여기까지 데리고 오는

데는 별로 어렵지 않았어. 고맙다는 말을 천 번도 넘게 하면서 키스는 안 돼. 아이 같은 어른이야. 남자와 여자, 그리고 사랑에 관해서는 아는 게 많아. 하지만 정작 본인의 마음은 열려고 하지 않아. 내가 바라는 것은 고마움이 아니라고 분명히 말했어. 덕분에 그녀의 아버지 앞에서 망신까지 당했어. 그녀가 우정이라 물어 오면 난 아니라고 말해. 그러면 그녀는 이렇게 말해. '세상의 남자들은 다 똑같아요. 허리 아래에만 관심이 있지요. 아무리 나를 구해 줬다고 해도 허락하지 않을 거예요.' 이 말을 아버지 있는 데서 했어. 얼굴이 얼마나 뜨겁고 무안하던지! 그래도 나는 그녀를 웃기기 위해 '허리 아래에만 관심이 있다니 그게 무슨 뜻이야?'라고 했더니 그녀는 '부끄럽지도 않아요? 누가 몰라요?'라고 비웃듯이 말하더군. 리페이, 너무 불공평하지 않아? 정말이지 그녀한테서 얻은 게 없어. 그녀의 아버지가 물었을 때도 나는 맹세코 깨끗하다고 했어. 추이 노인을 잘 알잖아. 내가 이렇게 신사적으로 나오는 거 원하지 않아. 오히려 딸을 나한테 시집보내려고 해. 딸이 신사라고 하니 그대로 믿기는 하는데 실망하는 표정이었어."

"그래서 어떻게 했어?"

"다 똑같지 뭐! 가끔 텐수이 송씨 집에 우리 둘만 남게 기회를 만들어 줘. 그래도 전혀 구애할 방법이 없어. 열한두 살 때 벌써 그렇게 많은 사랑 이야기를 들었으니 내가 구애를 하게 되면 연기한다고 생각할 거야. 손은 잡게 하겠는데 여동생으로 생각해 달라는 거야. 근데 너도 알겠지만 다 자란 처녀잖아. 사랑하는 마음이 분명 있을 텐데 그것을 움직일 방법을 모르겠어. 귀공자들을 특히 경계해. 그녀의 아버지도 자연스럽게 실망을 많이 하고 있어. 어쨌든 마음속으로는 혼자 백마 탄 왕자를 그리고 있는 것 같아."

"그래서 포기할 거야?"

"둥위안먼(東園門) 밖에 방 하나를 잡아 줬어. 널찍하고 조용한데다가 예쁜 채소밭까지 있어. 집주인이 할머니인데 아들이 한커우(漢口)에 살고 있고 본인은 방 하나만 쓰고 있어. 며칠 후에 나도 들어가서 살려고 해. 할머니는 어원을 잘 몰라. 하지만 첫인상이 좋다고 하면서 밥까지 해 주겠대. 다 같이 모여 살면 재미도 있고 좋잖아."

"어원이 너를 교묘하게 피하고 이용하는 것 같지 않아?"

란루수이는 얼굴을 붉히며 목소리를 높였다.

"아니야, 그건 정말 큰 오해야! 너는 어원을 잘 몰라."

그는 추이어원과 그녀의 아버지가 모아 둔 돈이 조금 있어 일 년을 사는 데는 문제가 없다고 했다. 하지만 당분간 그녀가 공개적으로 활동할 수 없기 때문에 그 돈을 다 써 버리는 수가 있었다. 그래서 란루수이가 집세를 내겠다고 했을 때 추이 노인은 반대를 하지 않았다. 하지만 그녀는 자신과 아버지의 밥값은 자신이 부담하겠다고 고집했다. 사실 오가며 길에서 쓴 차비며 다른 지출을 모두 란루수이가 부담했다. 추이 노인은 란루수이를 마음에 들어 했고 지지했다. 그러나 이것은 임시방편이고 당당하게 사위를 보고 싶어 했다.

리페이는 란루수이가 이미 결심을 했고 의지도 확고하기 때문에 결국에는 성공할 것이라고 생각했다. 아버지의 반대에 부딪히기는 하겠지만 그는 개의치 않을 것이다. 추이어원의 순수하고 독립적인 내면에 완전히 매료되었고 그가 상하이에서 만났던 다른 명문가 규수들과는 하늘과 땅의 차이였다. 그녀의 출신과 교육을 받지 못한 것에 신경을 쓰지 않았다.

"한 남자가 아내한테 바랄 게 무어 있겠나?"

그는 전에 리페이에게 이렇게 말했다.

"레이스 달린 옷을 입고 잔소리나 늘어놓고, 케이크를 먹으면서 세균 걱정이나 하고, 아니면 남편에게 거짓말이나 둘러대는 걸 바라는 거야?"

란루수이는 사실 추이어윈을 만나기 전부터 순수한 시골 처녀를 아내로 맞이하려고 결심했었다. 구태여 졸업장이 있는 여자를 아내로 맞이할 이유가 없지 않은가? 추이어윈은 여자 선생처럼 길을 걷지 않았다. 오히려 소녀처럼 활기차게 걸었다. 성깔이 조금 있긴 하지만 좋은 배우자가 될 수 있었다. 젊고 활발하며 낙천적이고 장난기도 있으며 거친 말도 서슴없이 내뱉었다. 차에서 그녀가 만주 병사를 어떻게 다루는지 잘 보았는데 그때 따귀를 몹시 세게 갈겼다. 목소리와 자태는 타고났는데 무대에서 시문으로 풍자하는 귀부인의 목소리를 낼 때는 그야말로 절창이었다. 장난기가 섞인 거친 말에 그는 푹 빠져 있었다. 리페이가 보기에 그녀는 자신의 계층을 보호하는 것으로 신사에 맞섰는데 마치 정조를 지키듯이 강렬했다.

리페이는 추이어윈에게 구애하는 란수수이가 참 볼 만하다고 생각하면서 속으로 웃었다. 그러면서 인위적으로 서로의 감정이 자연스럽게 발전하는 것을 막을 수 없으리라 생각했다. 훗날 언젠가 란저우처럼 아름다운 곳에서 자신과 두러우안, 란루수이와 추이어원이 같이 살 수만 있다면 인생이 정말 완벽할 것 같았다.

리페이는 마중잉에 관한 무성한 소문을 들었다. 마중잉이 전쟁터에서 돌아와 란저우에서 사백여 리 떨어진 곳에 사령부를 설치했다거나, 또 간쑤 회랑을 완전히 장악했는데 신장 경계까지 칠백여 리나 뻗어 있다는 둥 여러 소문이 돌았다. 하지만 교통편이 어렵기 때문에 마 장군의 정확한 위치를 확인하지 못한 상태에서 먼 길을 떠난다는 것은 리페이가 생각하기에 시간 낭비였다. 그는 5월 말의 항공권을 예약했고 기회를 놓칠까 봐 걱정했다.

마중잉이 란저우에서 활동하고 있다는 여러 조짐은 있었다. 한족계 무슬림 신병이 끊임없이 그 도시를 통과했다. 또한 군대에서 징용한 말, 낙타, 노새 그리고 식량을 실은 마차 등이 도시를 지나갔다. 돼지가죽·쇠가죽·말가죽에 공기를 가득 채워 넣고 봉인한 후에 뗏목을 엮어 띄워서 대량의 귀리와 보리, 기타 보급품 등을 황허를 통해 운반해 갔다. 난민과 고향에 돌아온 군인들은 한족과 무슬림 간의 전쟁 소식을 가져왔다. 리페이는 지도와 뛰어난 상상력을 빌려 마침내 전시 상황 지도를 만들어 신문사에 부쳤다.

두러우안의 편지에는 란저우가 마음에 들 뿐만 아니라 도시에 대한 이미지도 엄청 좋아졌다고 답장했다. 또한 란루수이와 추이어원이 살고 있는 집에 대해서도 썼다. 란저우는 물건이 좋고 가격도 저렴하다. 일년 사계절이 눈부시게 아름답다. 란저우 특산인 흰 배는 지금 철이 지났지만 차오(喬) 할머니 정원의 모란꽃은 활짝 피어 있다. 속살이 부드러운 배는 가을에 따다가 겨울에 저장하는데 껍질이 까맣게 변하기를 기다렸다가 먹으면 즙이 많고 부드러우며 몹시 향기롭다. 쇠고기와 양고기도 질이 좋고 값이 싸다. 가죽 제품도 매우 저렴하다. 땅이 건조하고 기후가 쾌적하며 여름에는 시원하고 겨울에는 사방이 온통 옥으로 조각하고 분칠해놓은 듯한 은세계로 바뀐다.

이렇듯 리페이는 란저우를 아주 살기 좋은 낙원에 비유하면서 두러우안에게 어차피 란루수이와 추이어윈이 이곳에 살고 있으니 한번 다녀가라고 했다. 그들과 같이 정원에서 찍은 사진 몇 장도 보냈다. 물론 그녀가 올 수 없다는 것은 잘 알고 있었다. 그저 란저우에 자신이 잘 있으니 아무 걱정하지 말라는 것을 말해 주고 싶었다.

리페이는 란루수이에게 이미 두러우안과 약혼했다고 말했다. 란루수이와 추이어윈은 본인의 일처럼 축하해 주었다. 편지는 사흘이 멀다 하고 사랑의 메신저가 되어 둘 사이를 오갔다. 비록 떨어져 있어도 항상 같이 있는 듯했다. 편지가 올 때마다 란루수이와 추이어윈은 리페이를 놀려 댔다.

차오 할머니는 젊은 세입자들에게 신경을 많이 써 줬다. 정이 많고 따뜻한 사람으로 나이가 많았지만 정정했다. 젊은이들은 자주 등산을 가곤 했는데 저녁 무렵이 돼서 돌아오면 할머니는 이미 따뜻한 저녁 식사를 차려 놓았다. 화기애애한 분위기였고 행복한 일가족 같았다.

추이 노인은 진전이 안 되는 란루수이와 추이어윈이 답답했다. 란루수이가 추이어윈을 좋아하는 것이 보였으나 마땅한 묘책이 없다. 하루는 란루수이더러 차오 할머니에게 부탁해서 그녀를 설득해 보라고 했다. 란루수이는 추이 노인의 말대로 집주인 할머니에게 부탁을 했다.

란루수이는 추이어원과의 미래 청사진을 계획하고 있었다. 아직 말은 안 했지만 결혼을 하게 되면 혼자 남을 추이 노인에게 이천 원을 드릴 생각을 하고 있었다. 이 액수면 장인 될 추이 노인이 노년을 풍족하게 보내기에 충분할 것이었다.

차오 할머니는 추이어원과 둘만 있기만 하면 말했다.

"왜 란 선생한테 시집 안 가요? 점잖은 분이시잖아요. 인품도 훌륭하시고 돈도 많고 말이에요."

"그래서 그러는 거예요. 우리는 너무 차이가 나요."

차오 할머니는 이해할 수 없다는 표정을 지었다.

"이해가 안 돼요. 다른 사람들은 이런 신랑감을 찾지 못해서 안달인데, 그를 좋아하지 않으세요?"

"좋아해요. 하지만 결혼하는 것과 좋아하는 것은 다르잖아요. 제 이상형이 아니에요. 나이도 너무 많고요."

"그게 무슨 뜻이에요? 열 살 차이가 뭐가 대수인가요?"

"문제는 생각이 다르다는 거예요. 그이는 돈이 많기 때문에 하루 종일 빈둥거리기만 해요. 제가 어려서 잘 모를 수도 있어요. 시적이고 기질도 있고 저를 사랑하는 것도 알고 있어요. 하지만 이것 갖고는 부족해요. 리페이를 봐요. 오로지 자기 힘으로 살아가고 있어요. 두 아가씨가 사랑에 빠질 만하죠."

"어떤 남편을 원하는데요?"

그녀는 할머니를 힐끗 쳐다보고 말했다.

"저는요, 차오 할머니, 다녀본 곳이 많고 이런저런 사람들을 다 만나 봤어요. 저는 이세민(李世民)이나 설인귀(薛仁貴)처럼 천하를 주름잡는 영웅을 좋아해요. 말을 타고 적군을 향해 돌진하거나 적을 말에서 끌어 내리기도 하지요. 저더러 그 비극적인 왕보천(王寶釧)처럼 십팔 년을 독수공방하라고 해도 기꺼이 할 거예요. 그들은 절대로 우리가 지금 이 세상에서 만날 수 있는 그런 평범한 사람들이 아니에요. 그다음으로 소진(蘇秦)이나 장의(張儀) 같은 사람들이 있지요. 세 치 혀만 믿고 적의 진영에 뛰어들어 제왕과 제후들을 설득하죠. 난세에 나라를 구하는 학자들이라고 할 수 있어요. 하지만 그들은 모두 비범한 천재들이고 저 또한 그렇게 큰 욕심은 없어요. 그저 사냥꾼의 아내가 되어 남편이 활을 들고 사냥 나가는 것을 지켜보는 것도 좋다고 생각해요. 남편이 사슴이나 꿩이나 멧돼지를 잡아오면 저는 꿩을 잡아 털을 뽑고 손질하거나 사슴고기를 구워삶는 거예요. 그것도 가문을 빛내는 일이라고 생각해요. 한발 물러서서 농부의 아내가 돼도 좋다고 생각해요. 아침 일찍 일어나서 밥을 짓고 남편이 호미 메고 밭으로 나가면 점심 식사를 밭으로 가져가는 거죠. 어쨌거나 속물적인 상인이나 고관 또는 하는 일 없이 빈둥거리는 부잣집 도련님들에게는 시집가고 싶지 않아요."

차오 할머니는 참지 못하고 웃음을 터뜨렸다.

"젊은 아가씨가 머릿속에는 온통 이야기 대본이군요. 나도 아가씨 나이 때에는 꿈이 많았고 그런 남자를 원했지요. 하지만 아가씨도 나이 먹어 봐요, 지금 내 나이가 되면 생각이 바뀔 거예요."

"알아요, 제가 아직 어리다는 것을. 근데 생각을 바꾸고 싶지 않아요. 란 선생이 점잖고 예의바르시지만 제가 꿈꿨던 그런 남편감이 아니에요. 저는 혼자 선택하고 조금 더 기다릴 권리가 있다고 생각해요. 어쩌면 나중에 설인귀같이 검은 얼굴을 한 사냥꾼이나 무송같이 맨손으로 호랑이를 때려잡는 영웅을 만날 수도 있잖아요!"

"본인은 그렇다 쳐도 아버지 생각은 좀 해야지요. 모시는 사람이 있으면 삼시세끼를 걱정하지 않아도 되잖아요."

"제가 모시면 되지요."

추이어윈이 말했다.

"어떻게요?"

추이어윈은 자신의 이름까지는 감추지 않았지만 직업에 대해서는 한마디도 입 밖으로 낸 적이 없기 때문에 차오 할머니는 그들을 그저 베이핑에서 도망쳐온 난민 정도로 알고 있었다.

"할 수 있어요."

그녀는 한마디로 짧게 대답했다.

시간이 쏜살같이 흘러갔다. 겉으로 보기에는 유일하게 고민이 없는 사람이 추이어윈이었다. 그녀는 차오 할머니를 도와 밭에 가서 채소를 따거나 콩깍지를 벗겼다. 아침에는 솜저고리와 바지를 입은 채로 장 보러 가는 차오 할머니 대신 대바구니를 들어 주고 간혹 아는 사람을 만나면 수다를 떨거나 농담을 주고받았다. 오후에는 아버지나 다른 사람들을 따라 공공 오락장소나 찻집을 들락거렸는데 거기 있는 사람들과 이내 친해져서 잘 어울렸다. 그녀는 사람들과 같이 광장에 서서 강호를 떠도는 무술가들이 무술을 연마하면서 약을 팔거나 곰이나 원숭이가 나오는 서커스를 구경하는 것을 좋아했다. 방랑하는 예인들과 자주 한담을 나눴고 고향을 물으면서 강호에서 쓰는 말을 주고받다 보면 저절로 기분이 좋아지곤 했다. 이 세상에는 권사(拳師)나 예인처럼 버는 족족 다 써 버리면서 정처 없는 떠돌이 삶을 사는 사람이 많지 않다. 하지만 이들처럼 소탈하게 사는 경우도 드물다.

그녀의 아버지는 왕 노인이라는 사람을 알게 되었는데 백련교 신도였다. 란루수이는 이것을 별로 개의치 않아 했다. 그녀의 아버지는 딸이 숙녀가 되길 바랐지만 추이어원은 자신의 소속 계층을 잃는 것이 두려웠다. 사실 란루수이에게 시집가지 않는 진짜 이유를 아무에게도 말하지 않았다. 그녀는 란루수이에게 시집가는 순간 다시는 공개적인 장소에서 대고 공연을 할 수 없고 또 자신이 좋아하는 개방적인 삶을 살 수 없다는 것을 잘 알고 있었다.

추이 노인은 밭에서 채소 따는 딸을 보면서 마음속으로는 여전히 큰 기대를 했다. 그가 란루수이에게 말했다.

"아직은 철부지예요. 여물지 않았어요!"

추이어원이 냉담할수록 란루수이는 그녀의 순수한 매력과 활짝 웃는 모습에 더욱 빠져들었다. 그녀를 매일 볼 수 있는 것만으로도 삶이 충실하게 느껴졌다. 시간과의 싸움을 벌일 작정을 했다. 인내심을 갖고 기다리다 보면 마침내 사랑이 이루어지리라 굳게 믿었다.

란저우를 떠나기 일주일 전 리페이는 하이지에쯔의 아들 하진을 만날 수 있었다. 마중잉 장군의 최측근 중령으로 사령부 사무실에서 근무하고 있었다. 징병과 보급 문제를 교섭하러 란저우에 들렀다가 리페이에게 만나고 싶다는 전갈을 보냈다.

리페이는 란저우의 36사단 사령부 사무실을 찾았다. 하진은 중국 육군의 제복과 모자, 장화를 신었는데 젊고 생기가 넘쳤으며 키는 아버지와 비슷했다. 짙은 갈색 눈썹에 호리호리한 몸, 수염 기른 얼굴은 누가 봐도 무슬림이었다. 그는 일어서서 진솔하고 시원스러운 눈빛으로 리페이를 주시하며 말했다.

"마 장군께서 최선을 다해 도와 드리라고 했습니다. 쑤저우에 오시면 기꺼이 시간을 내주실 겁니다."

마 장군은 충동적이고 야심이 있으며 영리한 사람이라 기자를 접견하는 것을 좋아했다. 신문사 특파원이 자신을 취재하고 싶어 한다는 소식을 전해들은 그는 바로 하진에게 명령을 내려 그 기자를 쑤저우에 데리고 오라고 했다.

리페이는 쑤저우에 가고 싶지만 아쉽게도 디화로 가는 비행기 표를 미리 예매했다고 했다.

"정말 아쉽습니다. 이십 분을 기다려도 괜찮으시다면 저녁을 같이 합시다."

리페이는 흔쾌히 수락했다. 무슬림 군인과 직접 접촉할 수 있는 것이 마음에 들었다. 젊은 중령은 이내 자리에 앉아 서류 처리에 몰두했다. 이윽고 군복 외투를 챙겨 들고서 리페이와 함께 사무실을 나섰다.

하진은 아버지의 편지를 받고 수문을 철거한 일과 리페이가 아버지

집에 손님으로 초대된 적이 있다는 것을 이미 알고 있었기 때문에 리페이를 오랜 친구처럼 대했다. 장교로서의 위엄 같은 것 없이 진지한 우정을 나눴다. 그는 집에 두고 온 어린 타이야와 아리가 얼마나 컸는지, 아내 누사이는 잘 지내는지, 또 집에서 어떤 음식으로 접대했는지 물었다. 리페이가 수문을 철거한 과정을 말할 때 하진은 관심 어린 눈빛으로 쳐다보았다.

"마 장군은 바로 이런 것들을 위해 분투하고 있습니다. 중국 군대를 공격하려는 것이 아닙니다. 마 장군 자신이 중국 육군에 속하니까요. 하미 인접 지역에서 우리 부족은 땅을 모조리 빼앗겼습니다. 사람들은 할 수 없이 사막과 산간 지대로 옮겨 갔는데 지금은 또 학살을 당하고 있습니다. 그래서 스스로 지키기 위해 무기를 든 것입니다. 제 아내 누사이는 편지에 수문과 마을에 대해 썼습니다. 리 선생, 우리는 전쟁을 좋아하는 민족이 아닙니다. 제가 만약 그곳에 있었다면 벌써 마을 사람들을 데리고 수문을 철거했을 겁니다. 정말 기쁩니다. 두 나리는 좋은 분이십니다."

하진은 만주 장군 성스차이가 신장에 돌아온 소식과 마 장군이 무슬림을 돕는 계획을 말해 주었다. 리페이는 마을에서 군인을 모집한 일에 대해 말했다.

"마 장군이 직접 신장으로 출전할 계획인가요?"

"아닙니다. 군대를 훈련시켜야 합니다. 실제로 전쟁을 치르는 사람은 마푸밍(馬福明)과 마스밍(馬世明)입니다. 한족계 무슬림인데 저희 쪽에 판돈을 걸었지요. 무슬림 장군과 전 하미 왕조 수상 욜바스 칸에게 보내는 소개장 몇 통을 써 드리도록 하겠습니다."

"정말 감사합니다. 사무실에 찾으러 갈까요?"

"그럴 필요 없습니다, 사람을 보내겠습니다. 저는 내일 모레 쑤저우로 돌아갑니다. 이번에 만날 수 없는 것을 마 장군도 유감스럽게 생각할 겁니다. 겨울까지 디화에 계신다면 다시 만날 수도 있습니다."

일주일 후에 리페이는 하미로 가는 비행기에 탑승했다.

〰🦑〰

20

두러우안은 리페이가 돌아오기만을 학수고대했다. 여자는 한 남자를 사랑하게 되면 자신보다도 그 사람을 더 걱정하고 그리워한다. 그녀가 바로 그러했다. 리페이가 신장에 가고 싶다고 했을 때 그녀는 말리지 않았다. 멀리 떠나서 당분간 시안에 돌아올 수 없는 이유도 충분했다. 다만 그가 보낸 편지를 받을 수 있고 무사하다는 것을 아는 것만으로도 그녀에게는 큰 선물이었다. 그녀의 머리로는 신장까지 멀고도 험한 길이 도사리고 있고 또 원시 부족의 충돌이 발생하는 지역이라는 것 외에는 더 이상 신장에 대해 상상이 가지 않았다. 그녀는 리페이가 무사히 돌아올 수 있게끔 아버지가 나서서 주선해 주기를 기다렸다.

이별하고 나서 리페이가 보낸 편지 여덟 통을 받았는데 모두 란저우에서 부친 것이었다. 두러우안은 편지를 받으면 으레 탕어멈에게 읽어주었다. 리페이가 돌아오기만 하면 결혼할 것이고 아버지도 이미 동의했다고 말했다. 또 리페이가 아버지의 시문(詩文) 시험에도 무사통과했다고 자랑했다. 탕어멈은 시를 잘 모르지만 몹시 어렵고 대단한 것이라고 생각했다. 그녀의 아버지는 한림이었기 때문이다.

두러우안이 말하지 않아도 탕어멈은 눈치 챌 수 있었다. 그녀는 늘 한마디도 없이 조용히 먼 곳을 응시했다. 그녀의 얼굴에는 새로운 빛과 장중함이 묻어났다. 사랑에 대한 자부심은 눈빛에 기묘한 변화를 가져 왔는데 한눈에 알아볼 수 있었다. 여자는 사랑을 받게 되면 더욱 부드 러워지고 친절해지며 동정심을 갖게 되는데, 사랑하는 사람의 눈빛 속 에서 자신을 찾았기 때문이다. 꿈을 가지게 되고 나아갈 방향과 진정한 목표가 생기는데 아무도 막을 수 없었다. 여자의 사랑은 신비한 힘을 갖고 있어 그녀의 행동과 생각 그리고 선택을 좌지우지한다. 그러나 가 끔은 부드러운 사랑이 무한한 증오로 바뀌는 경우도 있다.

사랑의 묘약은 두러우안을 아주 딴사람으로 만들었다. 의기소침하고 안절부절못하게 했으며 세상의 다른 일에는 전혀 신경을 쓰지 않게 했 다. 그녀와 가장 가까이 있는 탕어멈이 이러한 변화를 눈치 채지 못할 리가 없었다. 두러우안은 리페이의 어머니를 보고 돌아올 때마다 눈에 서 빛이 났다. 리페이의 어머니를 만나는 것이 그녀에게는 그와 좀 더 가까이 있게 만드는 것 같았다.

리페이는 편지에서 자주 어머니와 형님 가족(형님에게 보내는 편지보다 두 러우안에게 보내는 편지가 훨씬 많았다)에게 안부를 전했다. 따라서 두러우안 으로서는 매주 리페이의 어머니를 만나야 하는 이유가 충분했고 아들 의 소식을 전해 드렸다.

리 부인은 부드러운 눈빛으로 두러우안을 보며 말했다.

"아버님이 돌아오시면 두 집안이 정식으로 약혼하자꾸나. 이렇게 교 양 있고 사리에 밝은 아가씨를 며느리로 삼을 수 있어 기쁘기 그지없 구나. 갖고 싶은 거 있으면 꼭 얘기해야 돼. 우리 집안이 비록 잘살지는 못해도 격식대로 할 거니까."

산차이에서 돌아온 두러우안은 줄곧 아버지의 말씀에 따라 춘메이에게 잘 대해 주었다. 아버지는 그녀와 춘메이가 두씨 집안을 일으키는 책임을 지게 될 것이라고 했다. 그녀는 춘메이에게 탄복하지 않을 수 없었고 지난번에 나눈 대화에서 춘메이의 입장을 다시 한 번 확인했었다.

한편 춘메이와 두주런에 대한 아버지의 예언이 현실로 될까 봐 불안하기도 했다. 그녀가 두주런을 좋아하지 않는 것을 그도 알고 있었다. 가끔 남몰래 두주런을 춘메이와 비교하면 그가 더욱 모자라 보였다. 두주런이 갈수록 눈에 거슬리면서 그의 험상궂은 인상과 사악한 눈빛이 더욱 눈에 띄었다. 그는 하는 일 없이 집에 있을 때도 항상 긴장한 표정을 하고 있었다. 때문에 두러우안은 춘메이와 더욱 가까워진 것 같아 자신이 리페이에게 시집가기로 마음먹었고 아버지도 그를 만났으며 동의했다는 사실을 그녀에게는 숨기고 싶지 않았다.

방학을 보내고 온 두러우안은 작은아버지와 아버지 사이에 큰 틈이 벌어질 것이라고 확신했다. 시안으로 돌아온 첫날 저녁 식사 자리에서 모두 그녀가 어떻게 방학을 보냈는지와 아버지 근황에 대해 물었다.

두러우안이 말했다.

"돌아오시라고 말씀드렸어요. 라마교 사원에 살고 계시는데요, 인삼을 달여 드리는 사람이 없어서 새해에 보내 드린 것도 다 드시지 못했어요."

"건강은?"

차이원이 물었다.

"한 번 쓰러지셨대요. 하인이 발견하고 의사를 불렀대요. 내 생각에는 처음으로 발병하신 것 같아요. 우리가 산차이에 갔을 때는 건강해 보였어요. 우리를 데리고 무슬림 마을까지 가셨거든요."

"우리라니, 무슨 말이야?"

두러우안은 말실수한 것을 의식했다.

"아산도 같이 갔어요."

두러우안이 둘러댔다. 얼굴에 홍조가 떠올랐고 춘메이가 그녀를 힐끗 쳐다보았다. 수문이 철거된 일을 얘기하고 싶었지만 어디서부터 말을 떼면 좋을지 몰랐다. 두러우안은 말을 이어 갔다.

"아 참, 아버지가 편지 한 통을 보내셨어요."

작은아버지가 편지 봉투를 뜯었다. 반듯한 글자체로 쓴 두 쪽에 달하는 긴 편지였다. 그는 젓가락을 내려놓고 읽기 시작했다. 반쯤 읽다가 편지를 땅에 던져 버렸다. 다들 그의 창백한 얼굴과 사나운 눈빛에 깜짝 놀랐다. 그는 의자를 뒤로 밀치면서 벌떡 일어섰다. 누군가에게 치명적인 곳을 한 대 얻어맞은 것처럼 눈에서는 불꽃이 튀어 나왔다.

"수문을 철거했어! 세상에, 내가 그런 바보짓을 할 줄 알았다니까!"

그는 방 안을 왔다 갔다 하며 거친 숨을 몰아쉬었다.

"밥을 다 드시고 얘기해요."

그의 부인이 말했다.

"상식이라곤 전혀 없어! 중놈들하고 같이 어울려 살더니만 완전히 미쳐 버렸네!"

두러우안은 처음에는 놀라서 얼굴이 새하얗게 질렸다. 그러나 작은

아버지가 아버지를 미쳤다고 욕하는 순간 의분을 참을 수 없었고 자신을 진정시키느라 애썼다.

"아, 정말 미쳤어. 물고기를 도망가게 하다니! 수문을 설치하는 데 돈이 얼마나 들었는데, 우리는 돈을 벌기 위해 호수를 만들었다고! 그런데 저는 사원에서 하는 일 없이 돈만 달라고 하는 주제에 수문을 철거하면서 어떻게 나한테 한마디도 안 할 수가 있어?"

두러우안은 냉정을 되찾기 위해 노력했다.

"아버지는 아무런 문제도 없어요. 왜 편지를 끝까지 읽지 않으세요?"

"내가 왜 끝까지 읽어야 하니? 안 봐도 뻔하지 뭐! 네 아버지는 다른 사람들과 잘 지내지 못하고 시안이 자기랑 어울리지 않는다고 생각해."

그는 두러우안에게 다가섰다.

"말해 봐, 봤어? 수문을 철거할 때 넌 어디 있었니?"

춘메이가 말했다.

"아버님, 앉으세요. 이러시다가 또 두통이 발작할 거예요. 이미 철거했으면 철거된 것이잖아요. 돌아오신 후에 다시 시비를 따져도 늦지 않아요. 그깟 물고기 몇 마리 때문에 이렇게 다투실 필요는 없는 것 같아요!"

춘메이는 일처리를 할 줄 알았다. 적절하고도 부드럽게 대응했기 때문에 두판린은 다시 자리에 앉았고 불쾌한 순간이 지나갔다.

"수문이 완전히 망가졌어?"

두판린이 두러우안에게 물었다.

그녀가 말했다.

"구멍을 뚫어 놓으니, 세찬 물살이 나머지 부분을 모두 무너뜨렸어요."

그녀는 일부러 몇 마디를 보탰다.

"밭에 물이 들어오니 무슬림들은 엄청 좋아했어요. 이튿날 아침에 다시 가 봤는데 강물이 불어나서 정말 아름다웠어요. 농민들이 도랑을 만들기 시작하고 말을 강가에 끌고 와서 물을 먹였어요. 마을 아이들도 낚시하러 나왔고요. 아버지는 몹시 즐거워하셨어요."

두러우안은 고개를 들고 작은아버지를 쳐다보았다. 작은아버지의 고통스러워하는 표정을 보면서 속으로는 고소하게 생각했다.

"제 생각에는 아버지가 우리 집안을 위해서 그런 것 같아요. 아버지는 수문이 언젠가는 농민들에게 철거될 거라고 하셨어요. 분노한 이웃들이 철거하는 것보다 우리가 직접 철거하는 게 낫다고 했어요."

두판린은 소리를 한번 꽥 지르고는 자리를 일어나 방으로 들어가 버렸다.

한 시간 후에 춘메이는 주방을 살피고 아이를 재우고 나서 안뜰로 두러우안을 찾아왔다. 두러우안은 침대에 기대서 담배를 피우고 있었다. 춘메이가 부르는 소리가 들렸다.

"셋째 고모, 쉬고 계세요?"

춘메이가 커튼을 젖히며 들어왔다.

두러우안은 똑바로 앉았고 춘메이는 조용히 들어왔다.

"고모가 집을 비운 후에도 탕어멈에게 평소대로 이불을 햇빛에 말리라고 했어요. 사월에는 곰팡이가 안 피는 게 없어요."

"고마워요. 이리 와서 앉아요. 얘기 좀 해요. 우리 아버지가 뭐라고 했는지 알아요? 올케 언니가 붙임성이 좋아서 우리 가족을 같이 살게 만들었대요. 올케 언니가 아니었으면 벌써 뿔뿔이 흩어져서 제 갈 길을 갔을 거라고 했어요. 가족의 미래에 대한 생각이 우리 아버지와 비슷해요. 나한테 했던 얘기를 아버지에게 들려 드렸거든요."

춘메이는 탁자 옆에 있는 의자에 앉았다. 입가에 희미한 미소가 떠올랐다가 이내 시선을 아래로 떨어뜨리고 근심이라도 있는지 한숨을 낮게 내쉬었다. 소리가 낮아 거의 들리지 않았다.

"아까 저녁 식사 자리에서 내가 무슨 틀린 말이라도 했나요?"

"아니요, 왜요?"

"그깟 물고기 몇 마리 때문에 두 분 어르신께서 감정을 상하게 할 필요가 없다고 말했잖아요."

"네?"

"한참 욕먹다가 왔어요. 애들 할머니 말씀이 내가 주제넘게 함부로 큰일에 끼어들었대요. 틀린 말을 했다고 쳐도 가족끼리 이런 일 때문에 감정이 상하지 않았으면 해서 그런 거잖아요? 가화만사성이라고 형제 사이가 안 좋은 것은 집안이 망할 첫 번째 징조예요. 그깟 물고기 몇 마리라고 했지만 물고기가 결코 중요하지 않다는 뜻이 아니잖아요? 관계 처리가 참 힘드네요. 말 안 해도 안 되고 말해도 안 되고 말이죠. 고부간은 잘 지내기가 정말 어렵네요!"

"작은아버지가 뭐라고 하던가요?"

"한마디도 없이 가만히 있어요. 계속 화를 내면서 씩씩거리고 있고요. 얼굴이 벌겋다 못해 홍당무가 다 됐어요. 큰아버님께 편지를 쓰려고 하는 것 같아요. 나는 말을 꺼낼 엄두도 내지 못하고, 애들 할머니가 들으면 또 쓸데없이 끼어든다고 할 거 아니에요? 셋째 고모, 나는 큰아버지에게 약을 달여 드리는 사람이 없다고 들었을 때 이미 거기에 계속 계시는 건 아니라고 생각했어요. 집에 돌아오신다고 하니 정말 기뻐요. 하지만 그 뒤가 더 걱정돼요. 영감이 아들에게 전화하는 것을 들었어요. 내일 만나서 얘기하자고 하는데, 수문을 다시 설치하려나 봐요. 두고 봐요. 큰아버님이 돌아오시면 한바탕 폭풍이 휘몰아칠 거예요. 나는 산차이에 가 보지 못해 그쪽 상황을 잘 모르겠어요. 끔찍한가요?"

두러우안이 설명했다.

"그곳에 직접 가 보지 않는 이상 수문이 무엇을 의미하는지 잘 모르실 거예요. 무슬림 마을이 모두 그곳에 있어요. 밭도 좋고 방목장도 좋고 모두 호수에서 흘러나오는 강물로 관개해야 해요. 무슬림들은 마음속으로는 원망하고 있었지만 행동을 하지 않았어요. 우리한테는 물고기를 몇 마리 적게 잡고 파는 것이 그리 중요하지 않지만 그들에게는 사활이 걸린 문제예요. 호수가 워낙 커서 수문을 설치하지 않아도 물고기가 충분히 많아요. 수문이 그렇게 중요하지 않다는 뜻이에요. 아버지는 수문을 설치해서 적을 만드는 것은 정말 수지가 안 맞는 일이라고 했어요. 거기에는 우리가 고용한 어부 말고는 다른 한족이 살고 있지 않아요. 단순히 무력만으로 지방을 보호할 수는 없어요. 아버지는 작은아버지가 수문을 철거하는 것에 결코 동의하지 않을 것이라고 생각해서 직접 나선 거예요. 작은아버지에게 잘 말씀드려서 이해하게 만들어야 해요."

"내 말을 듣는다고 장담할 수 없어요."

"들을 거예요."

"이런 일은 어려워요. 여자들은 사업을 아예 모른다고 생각하거든요. 여자들의 세상은 부엌이라 생각해요. 요리하고 애 돌보는 것 외에는 아무것도 모른다고 여기죠."

춘메이가 쓴웃음을 지었다.

"하지만 내가 말한 게 있잖아요. 사람은 자신이 살려고 하면 다른 사람도 살게 해야 한다고 말이에요. 하늘에는 정해진 법이 있고 결코 바뀌지 않아요."

"둘째 오빠는 어떤 사람인 것 같아요?"

두러우안은 두주런에 대한 춘메이의 생각을 알고 싶었고 아버지와 똑같은 생각을 하고 있는지 궁금했다.

춘메이는 또렷한 눈빛으로 쳐다보았다. 그녀는 새삼스레 자신이 주언과 주츠의 엄마라는 생각과 차이윈이 두주런의 어머니라는 생각이 들었다.

"무슨 대답을 원해요? 내가 어찌 함부로 말할 수 있겠어요? 다들 내가 이 집안의 계승자를 질투한다고 생각하고 있어요. 샹화를 좋아하지만 일부러 거리를 두고 있어요. 지금은 샹화의 견해에 동의해요. 남편을 가장 잘 아는 사람은 바로 아내 아니겠어요!"

두러우안은 미소를 지었다. 샹화가 자기 남편 자랑하는 것을 한 번도 들은 적이 없었기 때문이다.

춘메이가 이어서 말했다.

"사람이나 물고기나 똑같다고 생각해요. 물고기가 큰 것이 보기에는 좋지만 꼭 맛있다는 법은 없잖아요! 결혼도 어차피 똑같은 거예요."

춘메이는 그래도 두판린에게 항상 충실한 아내(이런 표현을 사용할 수만 있다면)였다. 물론 그녀에게 사랑의 감정까지 기대하는 것은 당연한 무리였다.

두러우안은 결혼 이야기가 나오자 아직 처녀라 쑥스러워서 머뭇거렸다. 춘메이는 눈치가 빨랐다. 그녀의 어떤 모습도 춘메이의 예리한 눈빛을 벗어날 수 없었다.

"산차이에는 누구랑 같이 갔어요?"

춘메이는 시선을 두러우안에게 고정했다.

"아까 말한 우리가 아산이 아니라는 것을 알고 있어요."

두러우안은 자기도 모르게 얼굴을 붉히며 말했다.

"한 사람 더 있어요. 누군지 맞춰 봐요?"

"눈은 뒀다 어디에 쓰게요? 고모가 떠날 때 꼭 아버지만 보러 가는 거 아니라는 생각이 들었어요. 고모가 기차역에 나간 그날 저녁에 리페이도 이 도시를 빠져나갔죠. 나는 이것들을 같이 연관시켜 생각했거든요."

"리페이를 어떻게 봐요? 아버지한테 결혼 허락해 달라고 했고 아버지도 동의했어요. 그래서 올케 언니 생각을 듣고 싶어요."

두러우안은 애써 태연한 척하며 말했다.

"아버지가 돌아오시면 공개하려고요."

"인내심을 갖고 기다릴 수만 있다면 고모 생각을 존중해요. 나를 믿어 줘서 고맙고 또 축하해요. 그는 정말 똑똑한 남자예요. 또 아주 성숙했고요. 이제 그만 가 봐야겠어요, 영감이 와서 기다릴 수도 있으니까요."

두러우안은 간절한 기다림 속에서 한 달을 보냈다. 리페이에게 보낸 편지에 자신의 걱정거리는 쓰지 않았다. 사랑하는 사람이 자신 때문에 걱정하는 것을 바라지 않았다. 하지만 빨리 결혼하고 싶은 이유가 충분했다. 아직은 확실하지 않지만 처음에는 생리가 올 때가 됐는데 오지 않아 반신반의하다가 임신 가능성을 생각하게 된 것이다.

두러우안은 생리가 없자 초반에는 의심을 하고 걱정에 시달렸다. 하지만 임신했을 수도 있다는 생각이 들자 이상하게도 기분이 좋아졌다. 아름답고 고상하며 더할 나위 없는 행복한 사랑을 완성했는데 그것을 잘못이라고 할 수 있을까?

산차이에 간 날 저녁 두씨 저택에서 리페이랑 함께 달을 감상했고 아름답고 황홀한 밤을 보냈다. 자신의 모든 것을 아낌없이 내주었고 이후에 일어날 일에 대해 아무런 고민도 하지 않았다. 그 순간에 그저 자신이 리페이를 얼마나 사랑하는지 보여 주고 싶었을 뿐이었다. 다시 똑같은 상황에 처하더라도 그녀는 똑같이 했을 것이다. 아버지도 리페이를 보았고 약혼에 동의하지 않았는가. 아버지가 나서서 리페이가 시안에 아무 탈 없이 돌아오게 주선해 준다면 멀리 신장까지 가서 결혼을 하지 않아도 될 터이다.

그녀는 자신의 속마음을 다른 사람들이 모르게 꽁꽁 감춰 두었는데 탕어멈과 춘메이에게도 말하지 않았다. 그녀는 속달 우편으로 아버지에게 가급적이면 빨리 돌아오시라고 재촉했다.

　나중에 두러우안은 리페이가 이미 란저우를 떠난 것을 알게 되었다. 그녀는 편지를 읽고 또 읽었다. 이번 여행은 적어도 몇 달 내지는 반년이 걸릴 수도 있었다. 그녀는 한 달을 꼬박 걱정하면서 보냈지만 정상이라고 생각했고 마음을 다잡았다. 아버지는 그녀가 졸업하기 두 주 전에 돌아올 것이라고 했다. 아버지와 대화를 할 것이고 어쩌면 거짓말을 할 수도 있었다. 톈수이에서 발생한 일이고 그때는 아버지도 동의했다고 말이다. 아버지가 이해해 줄 것이라고 믿었다. 리페이가 먼 길을 떠나기 때문에 산차이에서 간단한 혼례를 치렀다고 선포할 작정이었다. 두러우안은 아버지를 믿었고 아버지가 자신을 위해 모든 일을 잘 해결해 줄 것이라 확신했다.

　탕어멈이 가장 먼저 그녀의 이상한 행동을 눈치 챘다. 요즘 들어 정말 신기할 정도로 두러우안이 조용했던 것이다. 리페이가 먼 길을 떠난 것에 대해 얘기를 꺼내려고 하면 그녀는 의도적으로 피하거나 말을 얼버무렸다.

　탕어멈은 그녀의 눈빛이 점점 더 흐려지고 기색이 안 좋은 것을 발견하고 먼저 말을 걸었다.

　"책을 무릎 위에 두고 읽지는 않으시네요."

　그녀는 그 말을 듣지 못하고 여전히 먼 곳만 바라보았다. 한참 후에야 시선을 거두고 탕어멈에게 물었다.

　"좀 전에 뭐라고 하셨어요?"

"불안해 보여요. 기색도 안 좋고요. 고민 있으면 나한테 얘기해요. 이 대로 가다가는 아파서 드러누울 수도 있어요."

두러우안은 쓴웃음을 지었다.

"저로서도 어찌할 도리가 없네요, 안 그래요?"

리페이는 하미로 가는 비행기에 탑승했다. 장교를 제외하고 일반 승객 다섯 명이 있었다. 장교들은 임무를 수행하는 듯했다. 머리에 흰 두건을 쓰고 온갖 풍상을 다 겪은 듯 주름 가득한 얼굴에 짧은 수염을 기른 무슬림 노인을 빼면 나머지는 모두 한족이었다.

리페이가 말을 걸자 노인은 자신은 하미 상인이며 전쟁이 일어나고 란저우에 갇히게 되었다고 했다. 이미 고향 하미가 엄청 파괴되었고 전쟁은 산산(鄯善)*과 투루판까지 옮겨 붙었다고 들어서 집에 가는 중이라고 했다. 노인은 눈썹을 잔뜩 찡그리고 있어서 다른 사람이 먼저 말을 걸지 않는 한 먼저 말을 하지 않았을 것 같았다.

리페이 옆에 앉은 장교는 염증이 난 눈에 안약을 계속 넣고 있었다. 안약이 볼을 따라 흘러내리자 크게 숨을 쉬면서 약 냄새를 들이마시면서 볼에 흐르는 안약을 닦으며 코를 벌름거렸다. 약 냄새를 퍽 좋아하는 것 같았다. 청천백일의 휘장이 찍혀 있는 모자를 쓴 것으로 보아 국민당 정부의 군인이 분명했으나 어느 편인지 알 수는 없었다. 마중잉도 이런 모자를 쓰고 있었다. 리페이는 장교에게 자신을 기자라고 소개하

---

*현재 신장 투루판시에 속해 있는 지역.

면서 말을 몇 마디 걸었다. 장교는 곁눈으로 쳐다볼 뿐 고개조차 돌리지 않았다. 장교는 숨을 깊이 들이마시고 힘없는 목소리로 마지못해 물었다.

"여기에는 뭣 땜에 왔습니까?"

"전쟁이 진행된 상황을 알고 싶어서요. 신장에 와보고 싶기도 했고요."

장교의 목구멍에서 꾸르륵 소리가 났다. 비웃는 것 같기도 했고 조롱하는 것 같기도 했다.

"왜 이 생지옥을 선택했는지 모르겠군요. 들어오기는 쉬워도 나가기는 어려울 텐데요."

"왜요?"

장교가 고개를 조금 돌리고 아래위를 훑어보았다.

"신장을 통 모르는군요."

"사람을 잡아 두려는 이유를 알 수 없네요."

"들어가게는 할 겁니다."

장교가 말했다.

"한족 군대에 속하면 또 모를 일이지요. 그쪽 전쟁은 중국이나 난징 정부하고는 아무런 상관이 없어요. 진 주석은 그게 자기 집안일이라고 생각하거든요. 기자가 사사로이 자기 왕국에 침입하는 거 딱 질색합니다."

리페이는 자리에서 잠깐 졸았다. 잠에서 깼을 때는 하늘 높이 떠 있는 태양이 대지를 비추며 거대한 구름의 그림자들을 만들고 있었다. 아무리 굽어보아도 인적이라곤 보이지 않았다. 비행기 창문으로 밖을 내다보았다. 오른쪽 날개 너머 멀리로 새하얀 톈산이 보였다. 비행기는 붉은 언덕들과 하얀 마을이 있는 풍경을 날아 지나갔다. 요란한 모터 소리와 날개의 진동이 아침의 차가운 공기를 갈라놓았다. 리페이는 한 마리 새가 되어 창공을 나는 것 같아서 기분이 좋았다. 승무원 한 명이 들어와서 비행기가 곧 착륙하니 안전벨트를 착용하라고 방송을 했다.

비행기가 착륙하기 위해 지면에 다가서자 마치 땅이 나를 향해 점점 솟아오르는 것 같았다. 지구가 전복된 것처럼 지평선이 불거져 나오고 양쪽에 늘어선 백양나무들이 눈앞에서 춤추듯이 어지러웠다. 폐허가 된 변방 도시의 집들은 온전한 지붕 하나 없이 벽만 남아 있었다. 비행기는 하미성을 두고 좌우로 선회하다가 무사히 착륙했다. 비록 장교가 재수 없는 말을 하기는 했지만 하미에 안전하게 도착할 수 있어서 기뻤다.

씻지 못해 꾀죄죄한 병사 몇 명이 공항 사무실을 한가롭게 거닐고 있었다. 그들은 가슴에 붉은색 배지를 달고 헝겊신을 신었으며 행전을 동여맸다. 리페이는 서류를 검사하는 외청으로 들어가서 탁자에 엎드려 사무를 보는 머리숱이 별로 없는 노인 앞에 줄을 섰다. 회색 군복 차림의 중년 장교가 공항 청사를 왔다 갔다 하면서 들어오는 탑승객을 일일이 주시하고 있었다. 회색 군복 차림의 장교가 리페이 앞에 있는 무슬림 노인에게로 다가왔다.

"뭐하는 사람인가?"

장교가 물었다.

"여기에 살고 있는 사람입니다."

장교는 애매하고 귀에 거슬리는 소리를 내며 시선을 노인에게 고정한 채 사무 보는 탁자로 향했다. 무슬림 노인에게는 증명 서류가 없었다.

장교가 한 발짝 다가서며 윽박질렀다.

"여기에는 왜 왔는가?"

"가족을 보러 왔습니다. 집이 여기에 있습니다."

"저기 가서 기다려."

장교가 표독스럽게 한마디 쏘아붙이고는 차갑게 웃었다. 노인은 고분고분 구석으로 물러났고 얼굴이 하얗게 질려서 부들부들 떨었다.

리페이 차례가 왔다. 검사 직원이 그의 서류를 이리저리 한참 들춰 보았다. 이윽고 무표정한 얼굴로 서류에 도장을 찍어서 돌려주었다. 리페이는 짐 찾으러 갔다. 전장의 냄새가 풍겼다.

병사들이 얼굴에는 웃음기가 없는 화난 표정으로 가방을 뒤지며 검사하고 있었다. 방 안에는 고약한 냄새가 진동했다. 병사 한 명이 그의 엉덩이와 다리를 두드려 보더니 호주머니에 있는 물건들을 꺼내 보라고 했다. 그는 검은 가죽지갑과 편지 한 묶음을 꺼냈다. 병사는 편지를 장교에게 바쳤고 장교는 편지를 한 통씩 뜯어 읽다가 안색이 바뀌었다. 36사단의 편지지에 하진의 소개장이 들어 있었던 것이다. 장교는 그 편지들을 뒤지면서 이마를 계속 찌푸렸다.

"이게 뭘 의미하는지 아는가? 간첩죄는 총살감이야! 제기랄, 여기에는 왜 왔는가?"

"《신공보》에서 파견한 기자입니다. 당연히 무슬림 장교의 소개장과 이쪽의 소개장이 필요하지요. 잘못된 거라도 있나요? 삼십육사단은 우리 육군 소속 아닌가요?"

장교는 한마디도 듣지 않고 편지지를 가볍게 두드리며 혼자 중얼거렸다.

"마스밍, 마푸밍에 욜바스 칸도 있다! 이 편지를 어디서 구했나?"

"란저우에 있는 삼십육사단의 사무실에서요. 친구가 구해 준 겁니다."

"오, 친구가 마중잉 사무국에서 일을 보는군!"

리페이는 긴장한 티를 내지 않으려고 했다.

"장교님, 그렇게 심각하게 볼 필요가 있을까요? 하진 중령이 준 편지예요. 란저우에서 우연히 만났거든요."

"아주 심각한 일이야, 심각하고말고! 진 주석이나 다른 요원에게 보내는 소개장은 있소?"

"없어요."

"그럼, 당신을 연행할 수밖에 없소. 위에서 지시가 떨어지기를 기다리시오. 지금 전쟁이 얼마나 치열한지는 알고 있겠지. 간첩이 신문기자 행세를 하게는 할 수 없지 않는가."

장교가 누런 이빨을 드러내면서 처음으로 입을 벌리고 웃었다.

"어디서 왔는지는 모르겠지만 마중잉 밑에서 일하는 것 같지는 않고, 기자 같긴 한데 정말 어리석은 짓을 했군. 이보시오, 운에 맡기시오! 여기는 콩알만 한 일로 총살당하는 곳이오. 당신은 솔직한 사람 같아 보이지만 나도 도와줄 수 없소."

리페이는 입술이 바짝 마르고 목구멍이 타들어 갔다. 최악의 상황에 빠진 것이 분명했다. 이러다가 잘못되기라도 하면 애태울 두러우안부터 걱정됐다. 다른 여객들이 모두 떠나고 무슬림 노인만 한쪽 구석에 외롭게 서 있었다.

"따라오시오!"

장교가 말했다.

리페이와 무슬림 노인은 공항 밖으로 연행됐고 병사 4명이 뒤따랐다. 거리에는 인적이 드물어 신장의 대도시 하미는 마치 유령 도시 같았다. 가끔 들개가 거리를 어슬렁거렸다. 병사 몇 명이 지붕 없는 집에서 양 한 마리를 데리고 놀고 있었다. 배수구 양쪽에는 속이 비어 있는 늙은 버드나무가 가득 쌓여 있었다.

리페이는 돌로 문을 만들고 벽에는 석고를 바른 집에 끌려갔다. 상인 이 살던 집처럼 보였는데 전쟁에서 운 좋게 살아남아 장교의 본부로 징 발된 것 같았다. 도시 감옥은 무슬림 반란이 일어나자 바로 공격당했고 한족이 반격하면서 완전히 파괴되었다.

"디화에서 지시가 떨어지기 전까지 손님으로 모시도록 하겠네."

예의를 갖춰서 말을 하긴 했지만 그 목소리는 몹시 매서웠다.

리페이는 화가 치밀어 올랐고 조바심이 났다.

"장교님, 이건 말도 안 돼요. 저는 전쟁의 진행 상황을 보도하기 위해 파견된 기자입니다. 분명 《신공보》를 들어보셨죠? 가장 큰 국립 신문 아 닙니까? 정 의심되면 상하이에 직접 전화해서 알아볼 수도 있잖아요."

"그 점에 대해서는 의심하지 않소. 난징 정부에서 파견한 특사라고 해도 상관이 없소. 미안하지만 나는 임무를 수행할 뿐이오. 당신을 해 치진 않겠지만 이 방을 떠날 수 없소."

리페이는 소개장을 돌려 달라고 요구했다.

"편지를 찢어 버릴 필요가 있나? 어차피 득이 될 것도 없는데."

"내가 왜 찢어요? 욜바스 칸을 만날 거라고요!"

그날 저녁 리페이는 장교의 본부로 사용되는 집에서 잠을 잤다. 딱히 빠져나갈 뾰족한 수가 떠오르지 않았다. 리페이는 가정과 사업 문제를 진지하게 고민하기 시작했다. 무슬림 노인은 다른 방에 갇혔다고 들었다. 무슬림이 여기에 들어오는 것은 정말 한심하게 어리석은 짓이었다. 이곳의 무슬림은 벌써 남쪽 산으로 도망친 지 오래되었다.

리페이는 발자국 소리 때문에 깊은 생각에서 깨어났다. 귀를 기울이자 입구 끝에서 돌아오는 발자국 소리와 병사의 욕지거리 소리가 들렸다. 무슬림 노인이 살려 달라고 애걸하는 소리와 우는 소리 그리고 소총의 개머리판으로 사람을 내리치는 소리가 들렸다. 노인의 거친 숨소리와 사람을 질질 끌고 가는 소리가 점점 멀어졌다. 몇 분이 지나서 날카로운 총소리가 들렸다. 무슬림 노인이 황천길로 간 것이 분명했다.

총소리는 짧고 날카로웠고 이어 쥐 죽은 듯한 정적이 흘렀다. 리페이는 온몸의 신경이 바짝 곤두섰다. 총으로 사람 한 명을 더 죽인다고 해서 군인들에겐 특별할 것이 없었다. 결국 개미새끼 한 마리를 밟아 죽이는 것과 같았기 때문이다. 그동안 리페이는 수많은 무고한 사람들이 학살당했다고 들은 적은 있었다. 하지만 이것이 신장의 전쟁이라면 자신의 생각과 너무 달랐다. 뜨거운 피가 머리끝까지 솟구쳤다.

리페이는 침대에 기대서 냉정하게 지금 이 상황을 판단하려고 노력했다. 담배를 한 대 꺼내 불을 붙였다. 어둠 속에서 희미한 성냥 불빛이 손가락을 비췄다. 불이 꺼지기 전에 손가락을 구부려 보고는 살아 있음을 느꼈다. 손가락을 굽힐 수 있는 것만으로도 대단한 행운이다.

리페이는 자신이 복잡한 상황에 처해 있음을 깨달았다. 군부 측은 의심이 많고 판결을 쉽게 내리며, 사람의 목숨을 깃털보다 가벼이 여겼다. 이제 그의 목숨은 군 사령관의 손에 달려 있었다. 결국 그들의 기분에 따라 결정될 것이고 거기에는 흥정의 여지가 없어 보였다. 리페이는 자신의 운명을 자신의 손 안에 두고 싶었다. 디화 쪽의 소식을 기다리는 것보다 스스로 살 길을 찾아 도망치는 것이 낫다고 생각했다. 지금으로서 가장 안전한 방법은 하진의 소개장을 들고 무슬림 군대가 있는 곳으로 피신하는 것이었다.

그는 자리에서 일어나 창문을 열고 밖을 내다봤다. 창백한 달은 엷은 구름 뒤에 숨었고 뒤뜰 담 넘어 바깥쪽은 깜깜해서 아무것도 보이지 않는다. 여기가 도대체 어디인지 알 수가 없었다. 현관 쪽으로 귀를 기울였지만 조용했다. 이곳으로 올 때 거리에 병사 몇 명 없던 것이 기억났다. 임시 구치소라 보초를 서는 병사가 몇 명밖에 없을 것이라는 짐작이 들었다. 방으로 들어올 때 복도가 있는 것으로 보아 분명 출구도 있을 터였다.

리페이는 문을 열고 담뱃불을 붙이면서 위병의 주의를 끌었다. 복도 한쪽 끝에 있던 위병이 다가와 무슨 일이냐고 묻는다. 화장실이 급하다고 했다. 위병은 복도를 지나 계단 몇 개를 내려 뒤뜰의 작은 문으로 리페이를 안내했다. 그가 화장실에 들어가자 위병이 문 앞을 지켰다. 벽에 난 구멍으로 바깥쪽 상황을 살펴보니 지붕 없는 이웃집 담장이 보였다.

뒤뜰에 돌아와서 그는 위병과 몇 마디 더 주고받았다.

"무슨 일로 잡혀 왔어요?"

리페이는 껄껄 웃었다.

"정말 웃겨요. 진 주석을 만나러 왔는데 무작정 여기에 가둬 놓고는 디화 쪽의 지시를 기다리라는 거예요. 주석의 답장이 오기만 하면 나한테 사과해야 할 겁니다."

리페이는 무슬림 군대 쪽으로 피신하리란 결심을 내렸다. 하진의 소개장이 없었다면 이대로 앉아서 죽기만 기다릴 뻔했다. 편지는 살아서 란저우에 돌아갈 수 있는 유일한 길이었다.

동쪽보다는 서쪽 산산의 한족계 무슬림 군대가 있는 곳으로 피신하는 게 훨씬 안전한 탈출로 생각되었다. 탈출에 성공하게 되면 쿠얼러(庫爾勒)와 뤄창(婼羌)을 지나 남쪽 루트를 따라 돌아갈 수 있을 것이다. 리페이는 신장의 수많은 난민들이 그 길로 안전하게 탈출한 것을 알고 있었다. 이렇게 신장 대부분 지역을 구경할 수 있게 된 상황이 참으로 아이러니했다.

그곳에 도착한 첫날밤에 과연 어떤 대접을 받은 것인가? 무사히 탈출에 성공한다면 이번 신장 여행은 또 얼마나 많은 추억을 만들어 줄 것인가! 무슬림 군의 주둔지에 무사히 도착하려면 적어도 몇 주는 걸릴 것이다. 리페이는 마스밍을 만나면 걱정하고 있을 두러우안에게 먼저 편지부터 보낼 생각을 했다.

리페이는 신속하게 옷가지와 돈, 상세한 지도 그리고 가지고 있던 담배 다섯 갑을 비옷으로 돌돌 말아 보따리를 만들었다. 그리고 가죽 벨트를 꺼내 보따리를 꽁꽁 싸서 단단히 묶었다. 달은 하늘 한복판에 걸려 있었다.

리페이는 조용히 일어나서 인기척을 살폈다. 그리고 살금살금 걸어가서 조심스레 문을 열었다. 복도에서 비교적 멀리 떨어진 곳은 이미 불이 꺼져 있었다. 신속하게 복도를 지나 뒤뜰에 도착했다. 바람 한 점 불지 않았고 기후는 습했다. 보따리를 바깥쪽에 있는 집의 작은 지붕 위로 던지고 주변 상황을 살폈다. 아무도 모르게 지붕 위로 올라갈 수만 있다면 벽을 타고 옆집으로 넘어갈 수 있었다. 두 팔을 번쩍 들었지만 팔꿈치가 처마에 닿지 않았다. 자칫 낡은 기와를 잘못 밟아서 위병을 깨울 수도 있었다. 방으로 돌아가 의자를 가지고 오고 싶었지만 복도를 지나다가 위병을 깨운다면 만사가 물거품으로 돌아갈 것이다.

주위를 살펴보니 희미한 달빛이 비추는 담 모퉁이에 검고 긴 물체가 눈에 띄었다. 다가서 보니 자신의 키와 비슷한 녹이 슨 빈 휘발유통이었다. 밀려고 하니 무거워서 천천히 조금씩 들어 옮겼다. 한밤중에 휘발유통 움직이는 소리는 크게 들렸고, 그럴 때마다 가슴은 쿵쾅거리고 등엔 식은땀이 흘렀다. 천천히 옮긴 끝에 마침내 휘발유통을 담에 기대 세울 수가 있었다.

그는 지붕 위에 올라서서 밖을 살폈다. 대문은 6미터쯤 떨어진 배수구 위에 있으며 뛰어넘으면 바로 큰길이었다. 지붕에서 바로 뛰어내리는 것은 너무 위험해 포기하고 대문까지 담을 타고 기어가 뛰어 넘기로 했다.

위병 한 명이 총을 메고 입구에서 어슬렁거리고 있었다. 리페이는 약 15분을 기다렸다가 위병이 멀리 가자 바로 담장 위로 뛰어올랐다. 담 아래를 한번 굽어보고 고개 돌려 뒤를 보았다. 다행히 위병은 리페이를 발견하지 못했다. 몸을 일으키고 심호흡을 한 다음에 맞은편 대문까지 기어갔다. 땅 위에는 짐작대로 부서진 조각들이 가득 널려 있었다.

그는 조심스럽게 아래로 뛰어내려 큰 광장에 도착했다. 달빛이 폐허의 파손된 벽과 부러진 기둥을 비췄다. 방향을 정한 리페이는 희미한 달빛 아래 광장을 가로질러 갔다. 살금살금 발자국 소리를 죽여 가며 아주 조심스럽게 걸음을 옮겼다. 하미는 온전한 가옥이나 과수원 하나 남아 있지 않는 그야말로 완전한 폐허였다.

동틀 무렵 리페이는 하미성에서 3리 떨어진 숲의 경사진 언덕에서 보따리를 벤 채로 잠에 들었다.

6월에 두중은 시안으로 돌아왔다. 동생과 딸이 보낸 편지를 받고 일찍 돌아올 수밖에 없었다. 하지만 진짜 이유는 따로 있었다. 산차이에서 인부들이 병사들의 보호 아래 수문을 다시 복구할 준비를 하고 있었던 것이다.

두러우안은 두주런과 샹화를 따라 아버지 마중하러 나왔다. 아버지가 집으로 돌아오는 것은 병을 치료하기 위해서만이 아니었다. 기차역에서 본 아버지는 예전의 즐거워하던 모습이 아니었다. 하지만 안색이 그리 나빠 보이지는 않았다.

춘메이가 아이 둘을 데리고 대부관저 정문에서 공손히 기다리고 있었다. 아이들에게 두중을 큰할아버지라고 부르라 하면서 반갑게 맞이했다. 두러우안이 자신의 이야기로 두중과 대화 나눈 것을 알고 있기에 춘메이는 더 좋은 이미지를 남기려고 더욱 노력했다. 춘메이는 산뜻해 보이는 연보라색 치파오를 입고 머리를 단정하게 빗어 넘겼으며 눈썹을 세심하게 고쳐 그렸다. 연지를 바르지 않고 립스틱도 바르지 않았는데 누가 봐도 착한 며느리였다.

두중은 아이들의 머리를 쓰다듬으면서 흐뭇한 눈빛으로 춘메이를 한 번 쳐다보았다. 그러고는 고개를 들어 대문 위 현판과 얼룩덜룩해진 대부관저 네 글자를 보고는 가볍게 한숨을 내쉬었다. 그는 허리가 조금 구부정한 채로 천천히 안으로 걸어 들어갔다.

집 안에 들어가자 검은 옷을 입은 작은어머니 차이원이 일어나서 마중했고 두판린도 방에서 나왔다. 형이 무려 일 년 만에 돌아온 것이다. 두주런, 샹화, 아이들 모두 거실에 있었고 분위기는 떠들썩하면서도 화목한 것 같았다. 두판린은 전직 시장으로서의 거만한 폼을 잡으며 최소한의 예의로 형을 맞이했다.

"돌아오셨습니까, 형님!"

두중도 형의 신분으로 한마디 짧게 대답했다. 두 사람은 눈빛을 마주치면서 입가에 미소를 지었다. 누가 더 자제하는지 가늠하기 어려웠다. 식구들은 차와 수건을 내오면서 잘 모시느라 애썼고 여자들은 이것저것 물으면서 분위기를 띄웠다. 하지만 형제 사이의 알력에 대해서는 다들 알고 있었다. 그저 잠시 미루어 놓고 있을 뿐이었다.

"식사는 조금 쉬셨다가 하지요."

두판린이 흥미롭게 형을 쳐다보며 부드러운 어투로 말했다.

"식사를 조금 천천히 준비할게요."

춘메이가 말했다.

아버지와 딸은 자기 정원으로 돌아왔다. 두러우안이 말했다.

"아버지를 얼마나 기다렸는지 알아요?"

"넌 어디 좀 아파 보이는구나. 리페이는 아직도 란저우에 있니?"

"아니요, 하미에 도착했어요. 오랫동안 연락을 못 받을 거 같아요."

두러우안은 부득이한 경우를 제외하고는 자신이 걱정하는 바를 말하고 싶지 않았다. 두 주만 지나면 결과를 알 수 있으렷다. 아버지는 이마에 힘줄이 솟아 있을 뿐 그렇게 피곤해 보이지 않았다. 방으로 들어갔다가 이내 나왔는데 눈에서 불꽃이 튀었다. 한참 지나서 말했다.

"네 작은아버지가 무슨 짓을 했는지 아니? 병사 몇 명을 불러 공사를 감독하게 하고 수문을 복구하려 하더구나. 무슬림들이 조용히 지켜만 보고 있더라. 그래서 내가 서둘러 돌아온 거야."

두러우안이 말했다.

"이따 저녁 식사 때는 수문 얘기를 하지 않았으면 좋겠어요. 화목하게 식사 한 끼는 가볍게 할 수 있잖아요. 춘메이가 아버지를 위해 음식을 열심히 준비했는데 두 분이 밥상에서 싸우면 어쩌나 하고 걱정이 이만저만이 아니에요. 이 집안을 많이 걱정해요."

두중은 수염을 만지며 잔잔하게 웃었다.

"춘메이는 참 눈치가 빠르구나."

"이제는 우리 집안의 정식 며느리가 됐어요. 청명에 성묘할 때 봤는데요, 주정 오빠의 묘비에 빨간 글씨*로 이름이 새겨져 있었어요. 아래에

---

*중국에는 묘비에 망자의 이름은 검정 글씨로 새기고 생존해 있는 직계 가족의 이름은 빨간 글

는 두 아들 이름이 있었고요. 큰며느리 명분을 얻었다고 엄청 좋아해요."

저녁 식사는 정말 풍성했다. 작은어머니 차이원은 분주하게 움직이면서 춘메이가 세팅한 숟가락과 젓가락들을 꼼꼼히 점검했다. 경축하기 위해 아이들은 모두 새빨간 두루마기를 입었고 두주런 역시 흰 삼베로 만든 중산복을 깔끔하게 차려입었다. 큰아버지가 자신에 대한 인상이 좋지 않다는 것을 알고 있기 때문에 일부러 분위기를 만들었다. 그는 도시의 뉴스부터 시작해서 자신의 시멘트 공장과 '서경'의 발전 계획에 대해 장황하게 늘어놓았다. 샹화도 품위 있게 창사(長沙)에서 생산하는 옅은 하늘색의 여름 무명옷을 입었다.

작은어머니 차이원이 한창 밥그릇들을 살피고 있었다. 그녀는 수프용 숟가락을 식탁 위에 그냥 두지 않고 접시 위에 올려놓았다. 춘메이가 얼굴에 분을 조금 바르고 하얀색 반점 무늬의 인조 견사 옷을 갈아입고 나왔다. 그녀는 숟가락의 위치가 바뀐 것을 한눈에 발견하고 누가 그랬는지 물어보지 않은 채 원래 위치로 돌려놓았다.

차이원이 말했다.

"접시 위에 둬야 돼. 내가 숟가락을 거기에 둔 거야."

"죄송합니다."

춘메이가 말했다.

"식탁 위에 두는 것이 맞는 줄 알았습니다."

씨로 새기는 관습이 있다.

춘메이의 대답에 차이원은 못마땅한 표정을 지었다.

두중이 가장의 신분으로 가장 높은 자리에 앉았다. 두판린이 옆에 앉았고 그다음에 차이원, 젊은이들도 차례대로 자리에 앉았다. 같이 밥을 먹으면서도 형과 동생은 아무 말도 하지 않았고 각자의 일만 생각했다. 형은 이마가 높고 수염이 조금 길었으며 나이도 더 많아 보였고 눈에는 광채가 있었다. 두판린은 형보다 키가 작았고 미간이 넓었으며 얼굴에 살이 가득 쪄서 얼핏 보기만 해도 만사형통하여 득의양양한 사람 같았다.

화기애애한 분위기는 일시적이나마 불안감을 덮어 감추고 있었다. 두중은 담소를 즐겼고 그간 어떻게 살아 왔는지, 라마들은 어떻게 살고 있는지에 대해 얘기하면서 조금도 신경을 쓰지 않는 것 같았다. 두판린도 관심을 보이기 위해 질문 몇 개를 했지만 목소리는 거칠고 차가웠다. 별로 대단할 게 없다는 투였다. 두판린도 서북 지역의 토착민뿐만 아니라 티베트 라마들을 잘 알고 있었다. 그러나 찬물을 끼얹어 분위기를 깨고 싶지는 않았다.

두씨 가문의 사람들은 껄끄러운 문제들에 대해 침묵했다. 두러우안과 춘메이는 두중이 기분이 좋고 식욕도 왕성한 것을 보고 한숨을 돌렸다. 그날 저녁 두중은 기분이 정말 좋았다. 두씨 가문의 가족이 모두 그의 주변에 모여 이야기를 들었고 다시 따뜻한 집으로 돌아왔다는 생각에 마음이 많이 편해졌다.

식사를 반쯤 했을 때 두판린도 마음이 약해졌다. 정작 얼굴을 맞대고 앉으니 편지에서 보여 줬던 것처럼 그렇게 책임감 없고 꿈만 꾸는 비

현실적인 형이라는 생각이 들지 않았다. 술이 몇 잔 들이가자 식욕이 당겼고 기분도 많이 풀렸다. 맛있는 상어 지느러미 요리도 적잖이 그의 마음을 즐겁게 했다. 표고버섯고기찜 요리가 올라왔을 때는 혈육의 정이 완전히 되살아났다.

"형님, 어서 많이 드십시오. 라마교 사원에서야 어디 끼니를 제대로 챙겨 드실 수 있었겠어요?"

춘메이가 두러우안에게 눈을 깜빡거렸다. 준비한 요리가 효력을 발생해서 형제 둘의 마음이 누그러졌다는 뜻이었다. 그녀는 어린 아이의 말투로 말했다.

"큰할아버지, 이제는 가지 말고 계속 같이 살았으면 좋겠어요. 그러면 러우안 고모도 정말 기뻐할 거예요."

두주런과 샹화도 맞장구를 쳤다. 차이윈은 큼직한 돼지고기 덩어리를 집어서 시아주버니 앞에 있는 접시에 놓아 드렸다.

두중은 어리둥절해하며 두 눈을 크게 떴다. '어떻게 된 거야? 산해진미로 나를 정복할 셈인가?' 그는 속으로 이렇게 생각했다. 하지만 아무 말도 하지 않고 계속 먹었다. 본론으로 들어갈 더 좋은 기회를 기다리기로 했다.

저녁은 좀 사치스러웠고 이렇게 좋은 술안주를 거의 일 년 동안 먹어 보지 못했다. 두중은 여러 해 묵힌 소흥주를 대여섯 잔 마셨다. 그는 이마에 푸른 힘줄이 튀어나오고 아래턱과 목 부분이 벌겋게 상기되었다. 식탁에 오른 팔보밥은 샹화가 특별히 큰아버지를 위해 만든 것인데 호두며 연밥이며 용안육 같은 견과류를 넣었다.

술자리가 막바지에 다다르자 두중이 일어나서 건배를 제의했다.

"우리 할아버지를 기리며 한잔 건배하세."

두판린과 가족이 모두 건배했다. 두중은 술잔을 내려놓고 젊은 가족들을, 특히 춘메이를 보면서 말했다.

"너희는 모두 대부 할아버지를 잘 따라 배워야 한다. 지금의 집과 지위 그리고 두씨 가문의 명성은 할아버지가 주신 것이다. 할아버지가 남겨 준 가장 소중한 유산은 재물이 아니라 명성과 학문, 명예라는 것을 잊지 말아라. 결코 이 명성을 욕되게 하는 일은 하지 말아야 한다. 너희들은 마땅히……"

우렁차던 그의 목소리가 갑자기 뚝 끊겼다. 그는 의자 손잡이를 잡고 천천히 앉았다. 몸이 흔들렸고 얼굴빛이 어두웠으며 두 눈을 꼭 감았다. 그러다 손발이 경직되면서 의식을 잃고 한쪽으로 쓰러졌다.

"아버지!"

두러우안이 새된 소리를 질렀다. 모두가 달려와서 허둥대며 어찌할 바를 몰랐다. 발자국 소리가 어지럽게 들렸고 누군가 의자를 엎었다. 두중은 한 손을 무릎 위에 두고 한 손을 의자 옆으로 축 늘어뜨렸다. 두판린의 얼굴이 잿빛이 되었다. 두주런은 허리를 구부리고 큰아버지 손을 잡고 맥을 짚었다. 두중은 머리를 약간 돌리더니 입술을 씰룩거렸으나 끝내 말하지 못했다. 여자들은 입을 다물었고 아이들은 두려워서 구석에 잔뜩 움츠리고 있었다.

"빨리 내 침대로 모셔."

두판린이 말했다.

그러나 두중은 이미 사지가 뻣뻣해져서 부축할 수가 없었다. 탕어멈이 두주런을 도와 사람과 의자를 통째로 들고 정원을 가로질러 두판린의 방으로 옮겼다. 두러우안은 벌벌 떨며 그 뒤를 바싹 따랐다. 그녀는 안색이 창백했고 침대 옆에 무릎 꿇고 앉아서 아버지의 얼굴을 걱정스레 쳐다보았다. 불빛이 노인의 백발을 비췄고 가슴에 닿은 수염이 조금씩 오르락내리락 했는데 아직 살아 있음을 보여 줬다. 두주런은 서둘러 의사에게 전화하고 춘메이는 노인의 혈액 순환을 돕기 위해 손바닥과 발바닥, 목, 겨드랑이를 주물렀다.

두러우안은 아버지의 얼굴을 끌어안고 겁먹은 목소리로 크게 불렀다.

"아버지! 아버지!"

두중이 들었는지 입술을 떨고 있었으나 소리를 내지 못했다. 두러우안이 손을 놓자 두중의 얼굴이 다시 한쪽으로 돌아갔다. 두러우안은 대성통곡을 했다.

춘메이가 말했다.

"셋째 고모, 조금만 진정해요. 의사 선생님이 금방 와요."

십여 분이 흘렀다. 두러우안이 흐느끼는 소리만 들릴 뿐, 방 안에는 무서운 정적이 감돌았다. 노인의 오르락내리락하던 수염이 점점 고요해지다가 갑자기 온몸에 경련이 일어났다. 머리를 흔들면서 무슨 말이라도 하려는 듯 했지만 목구멍에서 꾸르륵꾸르륵 소리만 났다. 잠시 후 경련이 멈췄고 모든 것이 정지되었다. 두주런이 맥박을 확인하고는 조용히 물러섰다. 고개를 푹 떨어뜨리고 한마디도 하지 않았다.

춘메이의 얼굴 표정도 심각했다. 두판린은 아들이 고개를 가로젓는 것을 보고 그와 같이 방을 나왔다. 두러우안은 춘메이를 한번 쳐다보고 고개를 돌려 또 다른 사람들을 빙 둘러보았다. 눈에는 공포의 그림자가 가득했다. 그녀는 아버지 품에 엎어지듯 와락 안겨서 애간장이 끊어지도록 슬프게 울었다. 듣는 이도 목이 메었고 가슴이 찢기는 듯 했다.

두러우안은 이미 싸늘해진 아버지를 부둥켜안고 얼굴을 가슴에 파묻은 채 통곡했다. 춘메이가 그녀를 부축해서 일으켰고 그녀가 흘린 눈물이 아버지의 수염을 축축하게 적셨다. 춘메이와 탕어멈은 그녀를 의자에 앉혔다. 그녀의 슬픈 모습은 이루 다 형용할 수 없었다. 탕어멈은 눈물을 훔치면서 방을 나갔다가 수건을 들고 들어왔다. 그러고는 줄곧 두러우안의 곁을 지켰다.

의사가 왔을 땐 이미 두중의 심장은 멈춰 있었다. 의사가 자세한 상황을 묻자 가족들은 전에도 한 번 발병한 적이 있다고 대답했다. 의사는 고인이 뇌출혈로 사망했다고 결론을 내렸다. 아무래도 멀리서 집에 돌아오느라 피곤한데다 오랜만에 가족들을 만나 과음과 흥분으로 인해 뇌출혈을 일으킨 모양이라고 추측했다.

탕어멈은 두러우안을 부축해서 방에 데려다 눕혔다. 갑작스러운 아버지의 죽음에 그녀는 제 정신이 아니었고 멍하니 천장만 쳐다보았다. 찬 밤공기에 그녀의 손발은 얼음같이 차가웠고 마음은 더 추웠다. 아버지에 대한 수많은 생각들이 그녀의 마음을 슬프게 했다. 그녀에게 충격을 준 것은 비단 아버지를 잃은 슬픔만이 아니었다. 자정 무렵, 탕어멈은 따뜻한 차 한 잔을 갖고 들어왔다. 두러우안은 원기를 조금 회복하고 말했다.

"이제는 모든 것이 끝장이네요!"

"너무 절망적으로 생각하지 말고 마음 단단히 먹어요. 제가 영원히 곁을 지켜 드릴게요."

두러우안은 정신이 혼미해져 아무 말도 하지 않았다. 심지어 탕어멈이 하는 말도 잘 들리지 않았다. 반 시간이 지나 또 울기 시작했고 얼굴은 온통 눈물범벅이 되었다. 얼마나 울었는지 눈물이 말라 버렸고 울다가 지쳐서 잠이 들었다. 탕어멈은 침대 옆에 앉아 그것을 지켜보았다.

아버지가 갑작스레 돌아간 날 두러우안은 억장이 무너져 내린 것만 같았다. 아버지의 죽음은 그녀의 희망까지도 모조리 묻어 버렸다. 리페이가 란저우에 있었다면 몰래 시안으로 돌아올 수도 있을 것이었다. 하지만 뜻밖의 변고로 모든 계획은 차질을 빚었고 아름다운 꿈은 산산조각이 났다.

두러우안은 미래에 대한 두려움으로 몸을 떨었다. 이제 리페이가 안전하게 돌아올 수 있는 가능성이 더욱 희박해졌다. 결혼해서 남편과 아버지와 같이 살려고 했던 그녀의 꿈은 물거품이 되었다. 더군다나 임신한 사실까지 알려지게 되면 어떤 불명예스러운 일을 당할지 막막했다. 아버지에게 부탁해 산차이에서 결혼식을 올렸다고 선포하게 할 작정이었지만 이제는 그것마저 가망이 없게 되었다. 리페이가 지금 어디에 있는지도 몰랐고 이 넓은 세상에서 연락할 방법도 없었다.

리페이 가족들에게 알릴까도 고민해 보았다. 하지만 리페이의 어머니와 둰얼이 행실이 바르지 않다고 비웃으면서 며느리 될 자격이 없다고 할 수도 있었다. 그녀는 자존심이 강했고 궁지에 몰린 상황을 결코 누구에게도 알리고 싶지 않았다. 리페이가 어려운 일이 생기면 판원보에게 의논하라 했지만 하지 않았다. 여자의 고민을 다른 남자에게 말할 수는 없었다.

그녀는 혼잣말을 했다.

"러우안, 너는 불쌍한 여자야. 열네 살에 엄마를 여의고 지금은 또 아버지까지 너를 버리고 갔어. 너는 이제 미혼모가 될 거야. 작은아버지도 사회도 너를 내칠 거야. 어디서부터 잘못됐지? 왜 이렇게 끔찍한 일을 겪어야 해? 무슨 짓을 한 거야? 모든 여자가 자랑스럽게 생각할 남자를 사랑했을 뿐인데. 아니야, 자랑스럽게 생각하는 게 맞아. 감사할 일이야. 이 세상에서 오직 너만을 사랑하는 남자야."

그녀는 사랑을 결코 후회하지 않았다. 몸은 떨어져 있어도 마음만은 항상 같이 있었고 언젠가는 돌아올 것이라고 믿었다. 그것이 한 달 또는 두 달이 걸릴 수도 있지만 돌아올 것이다. 반드시 돌아오고야 말 것이다.

가슴속에는 사랑이 넘쳤지만 현실은 너무나도 잔인했다. 그를 만나는 일이라면 맨발로 눈길과 사막을 걸어서 어느 먼 길을 가라고 해도 기꺼이 갔을 것이다. 이제 모든 것을 혼자 버티면서 그를 기다려야 한다. 하지만 가족들의 무시와 비웃는 시선을 버텨 낼 자신이 없었다. 그녀는 조용히 변화를 기다릴 수밖에 없었고 두 주만 지나면 결과를 알 수 있으리라 믿었다.

그녀는 맥없이 침대에만 누워 있었다. 정원에서 사람들의 어수선한 소리가 들려왔다. 아침 일찍부터 식구들은 입관하는 일 때문에 바쁘게 보내고 있었다. 두주런이 들락날락하면서 성대한 장례식을 준비했다. 춘메이도 그녀를 보러 올 겨를이 없었다. 탕어멈도 아랫사람들에게 일을 시키면서 분주하게 드나들었다. 아침 식사로 국수 한 그릇 가져왔지만 보기만 해도 식욕이 돌지 않을뿐더러 오히려 위에 통증을 느꼈다. 점심이 되었을 때 탕어멈이 아몬드 음료를 갖고 들어왔다.

"아가씨, 뭐든지 좀 드셔야지요. 아니면 병이 나요. 장례를 치르는 데도 체력이 필요하고요. 오후에 입관하는데 일어나야지요."

가족들은 장례 준비 하느라 그녀의 존재를 잊어버리다시피 했고 아무도 관심을 가져 주지 않았다. 탕어멈만 자상한 어머니처럼 옆을 지켰다. 그녀는 옆에 앉아 두러우안이 아몬드 음료를 억지로 삼키는 것을 따뜻하게 지켜보았다.

샹화가 들어왔다. 아침에 조금 늦게 도착한 그녀는 큰아버지의 시신을 안치한 방에는 감히 들어가지 못하고 두러우안이 생각나서 위로해 주려고 들어온 것이었다. 샹화는 두러우안과 나이가 비슷했다. 그녀들은 최신 유행하는 것들을 좋아했다. 친한 편은 아니었지만 자주 영화를 같이 보거나 놀러 다녔었다.

샹화가 상하이 말투로 말했다.

"모든 게 다 팔자예요. 그나마 조금은 위안이 되는 게 큰아버님 연세가 많으시고 가족이 보는 데서 돌아가신 거예요. 러우안, 내가 말해 줄까요? 결혼 전에는 나도 이 삶이 행복한 줄로만 알았어요. 결혼해 살아 보니 그렇지 않더라고요. 남자들은 자기 일만 생각하고 그 외에는 전혀 신경 쓰지도 않아요. 여자들은 다르잖아요. 작은어머니나 춘메이나 나를 봐요. 가진 게 없어요. 더욱이 난 멀리 부모를 떠나 와서 이 도시에서 의지할 만한 사람이 아무도 없어요."

샹화는 앞에 있는 두러우안의 속마음은 알지도 못한 채 자기 얘기만 주저리주저리 풀어 놓았다. 그녀가 들어올 때 두러우안은 자기도 모르게 움츠러들었다. 자신의 처지를 조롱하러 온 것 같았고 그녀가 임신한 사실을 이 세상 사람들이 다 알고 있을 것만 같았다. 하지만 샹화가 자신의 불행을 하소연하는 것을 들으면서 두러우안은 긴장을 풀었고 어느덧 그녀가 하는 얘기에 귀를 기울이게 되었다.

"아버지와 어머니 보러 친정에 가겠다고 해도 오빠는 안 된대요."

"그래도 오빠는 올케를 사랑하잖아요."

샹화는 입술을 깨물었다.

"갓 결혼했을 때는 나를 사랑했던 거 같아요. 내가 지금 왜 이런 말을 하는지 모르겠어요. 결혼 전으로 돌아갈 수 있었으면 좋겠어요. 그때는 모든 일이 즐거웠고 걱정도 없었어요."

샹화는 말을 계속했다.

"아가씨는 아직 젊고 앞날이 밝아요. 리페이가 돌아오기만 하면 아가씨의 시름을 깨끗하게 씻어 줄 거예요. 좋은 분 같아요."

두러우안은 눈시울을 붉혔다. 다른 여자가 리페이를 칭찬하는 것을 두 번째로 들었던 것이다.

밖에서 북 두드리는 소리, 곡하는 소리, 그리고 사람들이 웅성대는 소리가 들려왔다. 탕어멈이 뛰어 들어와서 스님들이 왔으니 얼른 나가야 한다고 일렀다.

"관이 한 시간이면 도착해요. 마중하러 가야 해요. 우리는 지금 마지막 모습을 단장시켜 드리고 있어요."

탕어멈은 두중의 방으로 가서 옷장에서 관복, 염주, 장화, 모자 등을 꺼내 왔다. 망자를 입관할 때 의관을 모두 갖춰야 한다. 두러우안은 일어나서 아버지의 유품을 만지는 순간 감전이라도 된 것처럼 정신이 번쩍 들었다. 자신이 처한 암울한 현실이 떠올랐다. 자신이 아버지를 위해 손수 이부자리를 깔아 드렸는데 아버지는 한잠 주무시지도 못하고 그대로 돌아가신 것이다.

오후의 햇살은 따사로웠다. 집 뒤의 큰 나무에서 까마귀 울음소리가 들려왔다. 두러우안은 깨끗이 세수를 하고 거울에 비친 자신의 얼굴을 유심히 바라보았다. 이 모든 것이 현실이다. 어떻게든 버티고 이겨 나가야 한다고 마음을 다잡았다.

탕어멈이 재봉사가 임시로 만든 수의를 갖고 왔는데 가장자리를 꿰매지 않은 흰색의 거친 베옷이었다. 두러우안은 하나밖에 없는 딸이기에 장례식에서 가장 중요한 상주였다. 수의를 입고, 그 위에 구멍 뚫은 마대를 걸치고, 머리에 베로 만든 고깔모자를 쓰고, 거친 베 조각을 기워 맞춘 신을 신었다.

모든 것을 갖춰 입은 두러우안이 관을 마중하는 앞마당으로 나갔고 탕어멈이 옆에서 거들었다. 마당으로 통하는 활짝 열린 대문 안으로는 집안사람들이 흰색 수의를 입은 채 분주하게 오가고 있었다. 춘메이가 퉁퉁 부은 눈으로 다가와서 그녀의 어깨를 가볍게 두드리며 말했다.

"긴장 풀어요. 관이 도착할 때 대문 앞에서 무릎 꿇고 마중했다가 따라 들어오면 돼요. 나머지는 우리가 알아서 할게요."

두러우안은 그 자리에서 관을 기다렸다. 동쪽의 별채 앞마당에서 스님이 염불을 하고 북과 종을 치면서 목욕재계와 제사의 절차를 진행했다. 이윽고 검은색의 단향목으로 만든 관이 운반되어 왔다. 탕어멈은 두러우안을 부축해 대문 앞에 무릎 꿇게 했다. 승려들이 관을 방으로 모셨다. 북과 종소리에 간간이 여자들의 울음소리도 섞여 있었다.

처음엔 무서웠지만 바다색의 비단 두루마기를 입고 신을 신은 아버지가 마치 잠에 든 것처럼 보여 두려움이 사라졌다. 탕어멈이 계속 두러우안 곁을 지키고 있었다. 시신을 여러 번 옮기고 나서 범패 소리에 맞춰 관 뚜껑을 덮고 못을 박는 과정에 또 한바탕 대성통곡했다.

이튿날 장례 절차가 진행되었다. 저녁에는 밤 새워 관을 지키는 의식인 경야(經夜)를 치렀다. 가족들은 그녀를 위해 경야의 시간을 최대한 줄여 주었다. 장례는 여러 날이 걸렸다. 두판린은 망자의 신분과 가문의 지위에 걸맞게 장례가 진행되길 바랐다.

두러우안은 두 주 동안 꼬박 기다렸다. 장례를 마치고 사흘 후에 졸업식이 있었는데 졸업식에 참가하지 못했다. 아니 생각조차 하지 않았다. 지금 이 상황에서 그것이 그리 중요하지 않았다. 그녀는 조심스럽게 자기 몸의 변화를 살폈다. 혼자 몸으로 이 모든 것을 감당하기는 너무나 두려웠다. 그러나 그녀에게 가장 중요한 것은 리페이의 소식이었고 판원보에게 계속 연락해 보았다. 판원보는 소식이 있는 대로 바로 전화 주겠다고 했다.

하루는 리페이의 어머니가 찾아왔다. 한동안 두러우안이 보이지 않아 궁금하던 차에 두씨 집안에서 보낸 부음을 리페이의 형이 나중에 받았던 것이다. 춘메이가 두러우안의 말을 듣고 리씨 댁에도 보냈던 것이다. 리 부인은 내성적인 여자였다. 그녀는 부음을 받고 망설이다가 아버지를 여읜 두러우안을 위로하러 대부관저를 찾기로 했다. 판원보의 부탁도 있었다. 리 부인은 대부관저에는 한 번도 가 본 적이 없기에 돤얼을 대동하고 두씨 저택을 찾아왔다.

문지기가 두 사람을 데리고 오래된 집의 정원과 복도를 가로질렀다. 두 사람은 안으로 걸어가면서 길게 이어진 푸른색 돌로 깐 길과 배나무, 현관의 주렴과 페인트칠한 기둥을 보았다. 두러우안이 현관에서 그들을 맞았다.

"어머니, 형님. 고마워요."

서로 조금 어색하기는 했지만 눈빛만은 만남을 기뻐하는 기색이 역력했다.

두러우안은 손님을 방으로 안내했다. 리 부인과 돤얼은 카펫과 가구들을 신기해 하며 감탄하는 눈빛으로 둘러보았다.

리 부인은 일상적인 말로 그녀를 위로하고 말을 이었다.

"우리는 아버님이 돌아오셔서 두 집안이 정식으로 약혼하고 예물을 교환하길 바랐어. 이제 아버님 안 계시니 누가 우리 아들이 돌아올 수 있게 주석에게 사정해 줄 수 있을까?"

"아버지가 돌아가시고 좀 어렵게 되었어요."

화제가 신장으로 이어졌고 리 부인은 그쪽 상황을 전혀 모르고 있었다. 옆에서 조용히 듣고 있던 돤얼은 두러우안이 몹시 불안해 하는 것을 느낄 수 있었다. 리 부인은 팔목에 찼던 석 냥짜리 금팔찌를 빼면서 말했다.

"우리는 일반 백성 집안이야. 하지만 이걸 받아 줬으면 좋겠어. 아들이 알면 엄청 기뻐할 거야. 나머지는 걔가 돌아온 다음에 다시 의논할 수밖에 없구나."

두러우안은 선물의 무게를 느낄 수 있었다. 리 부인이 그냥 선물로 준 것처럼 보이지만 약혼 예물이나 다름없었다. 그녀는 얼굴이 빨개졌고 눈물을 글썽였다. 리페이의 어머니가 자신의 손목에 팔찌를 채워 주자 가슴이 두근두근 떨렸다.

"다른 사람들에게 말하지 않아도 돼. 러우안, 네가 이 팔찌 찬 걸 보니 정말 기쁘구나. 장래의 며느리에게 주려고 오랫동안 남겨 둔 거란다."

"내가 이제야 진짜 형님이 되었어요."

돤얼이 농담했다.

두러우안은 마음의 큰 짐을 던 것 같았다. 앞에 있는 사람이 리페이의 어머니가 아니었어도 이렇게 품위 있는 할머니를 좋아했을 것이다. 탕어멈이 찻주전자에 뜨거운 물을 보태려고 들어오자 두러우안은 손목에 찬 금팔찌를 자랑했다. 탕어멈은 처음에 고개를 갸우뚱했다가 이내 활짝 웃음을 지었다.

"비밀이에요."

두러우안이 말했다.

"당분간 다른 식구들에게 알리고 싶지 않아요."

다른 하녀가 떡 한 접시와 호두, 대추 등을 들고 와서 말했다.

"마님께서 보냈어요. 곧 오실 거예요."

춘메이의 신분이 바뀌자 하인들은 그녀를 마님이라고 불렀다. 춘메이는 하인한테서 어떤 부인이 젊은 부인 한 명 데리고 두러우안을 보러 왔다고 들었다. 마침 가게의 직원 한 명이 꿀대추며 꿀생강을 비롯한 각종 과자를 구입한 비용을 청구하러 와 있었다. 장례식에 손님을 접대하기 위한 것이었다. 금액이 천 원을 넘었다. 춘메이는 액수를 듣고는 자기도 모르게 눈썹을 치켜떴다.

"얼마라고요?"

춘메이가 물었다.

"물가가 올랐습니다. 용안육 반 근에 일 원 이십 전이나 합니다."

가게에서 파견되어 잡일을 도와준 직원이었다. 수백 명이 넘는 손님이 다녀갔고 필요한 물건이 너무 많아 예산을 초과할 것이라는 것도 알고 있었다. 두 주 동안 지출이 많았고 하인들은 이 틈을 이용해 돈을 빼돌린 것이다. 춘메이는 화가 났다. 가게 직원이 비싼 명품 신발을 새로 사 신은 것을 보고 본때를 보여 주어야겠다고 생각했다.

"그만해요, 장씨."

그녀가 말했다.

"일손이 부족해서 임시로 가게에서 장씨를 보냈는데, 내가 보기에는 용안육이 다섯 근이면 충분해요. 용안육만 갖고 손님을 접대한 것도 아니고, 푸젠(福建)에 가뭄이 들었단 얘기도 못 들었어요. 그런데 가격이 작년의 두 배로 뛸 수는 없지요."

"여기 명세서가 있습니다."

직원이 어물어물 넘기려고 했다.

"제 생각에는……"

젊고 영리한 안주인이 그의 말을 단칼에 잘랐다.

"가격이 올랐다 쳐도 이렇게 많이 살 필요는 없어요. 장씨의 안목을 믿어요. 장례를 성대하게 치르는 건 맞아요. 쓸 데는 써야죠. 대부관저의 체면을 지켜야 하니까요. 하지만 조상님의 재산이 쉽게 모아진 것은 아니지요. 내가 살림을 맡은 한 이렇게 자잘한 것에 돈을 천 원씩이나 쓰는 일은 없을 거예요. 이번에는 사천 원 갖고도 모자라요. 관 값만 팔백 원이에요. 며칠 전에 금방 설탕 백 근 산 거 같은데 단음식만 내놓아 손님을 놀라게 할 필요야 없죠. 이미 산 건 할 수 없으니 뒀다가 나중에 쓰고, 어쨌든 그렇게 많이 살 필요 없어요. 온 지 얼마 안 됐으니 적응할 시간이 필요할 거예요. 여기 연밥 한 봉지와 용안육 한 봉지를 아이들에게 갖다 줘요. 이 일이 마음에 들지 않거나 내가 마음에 들지 않으면 다른 사람 쓸게요."

젊은 직원은 연신 "네, 네!" 하고 대답하면서 두 손을 모으고 시선은 땅바닥을 보면서 공손하게 서 있었다.

"이제 가도 돼요."

춘메이가 말했다.

직원이 물러가자 그녀는 두러우안을 찾아왔다. 손님이 리페이의 어머니일 것이라고 생각하고 인사드리러 온 것이다. 두 집안이 언젠가는 사돈관계가 될 터였다. 그녀는 소매가 팔꿈치까지 오는 하얀 무명 셔츠를 입고 들어왔다. 리 부인도 춘메이를 일찍 들어서 알고 있었다. 두러우안이 이미 팔찌를 빼서 서랍에 넣어 둔 후였다.

리 부인은 일어서서 예의를 차렸다.

"주석의 무도회에서 아드님을 본 적이 있습니다. 춤까지 가르쳐 줬습니다. 이 도시를 그렇게 갑자기 떠날 줄은 생각도 못했습니다."

"뭘 잘못 써서 당국에 밉보였는지 모릅니다. 우리 여자들이 뭘 알겠습니까? 그저 주석하고 안면 있는 분들이 도와서 빨리 돌아올 수 있도록 해 주었으면 할 뿐입니다."

리 부인은 말하면서 눈시울을 붉혔다.

춘메이가 두러우안을 향해 물었다.

"리페이 소식이 있어요?"

"없어요."

그녀가 빠르게 대답했다.

"지금 어디에 있는지도 몰라요."

"남자들이 밖에 있을 때 집에 있는 여자들이 고생하기 마련입니다. 너무 걱정하지 마십시오. 도와주는 분이 있을 겁니다."

화제가 다시 장례로 돌아왔고 춘메이는 그것을 핑계로 먼저 나갔다.

리 부인이 다녀가서 두러우안의 걱정이 많이 줄어들긴 했지만 완전히 가신 것은 아니었다. 시간이 지날수록 걱정은 눈덩이처럼 불어나서 더 이상 참을 수 없는 지경에 이르렀다. 누군가에게 자신의 속마음과 두려워하는 것들을 털어놓고 조언을 구해야 했다.

두러우안은 홀로 우두커니 앉아 있었고 탕어멈도 그녀의 이상한 행동을 눈치 챘다. 아버지가 돌아간 충격이 가실 때도 되었고 이렇게 계속 의기소침할 필요도 없었다. 장례식 전날 밤에 탕어멈이 더운 물을 갖고 들어와서 두러우안에게 씻으라고 했다. 그녀가 씻고 침대에 오르자 탕어멈은 침대 맡에 앉아서 물었다.

"아가씨, 요즘 많이 이상해 보여요. 고민이 있죠? 저한테 말해 봐요."

그녀는 대답하려다가 부끄러워 말을 멈칫했다. 탕어멈이 가장 가까운 사람이긴 했지만 입을 떼기가 난처했다.

"탕어멈, 비밀 지켜 주실 거죠?"

"그럼요."

탕어멈이 낮은 소리로 대답했다.

"생리가 벌써 두 달 지났는데도 안 와요. 지난달에는 말하고 싶지 않았어요. 이제는 시간을 너무 오래 끈 거 같아요."

두러우안은 두 손으로 얼굴을 감싸고 갑자기 울음보를 터뜨렸다.

"이제 어떻게 하죠?"

탕어멈이 그녀의 팔을 쓰다듬으며 말했다.

"끝내는 알게 됐네요. 진즉에 뭔가 이상하다고 생각했어요. 소문 내지 말고 방법을 함께 생각해 보아요."

눈물범벅이 된 두러우안은 흑흑 흐느끼면서 몸을 한쪽으로 돌렸다.

탕어멈이 그녀를 돌려 앉혔다. 두러우안은 탕어멈이 자기 손을 잡게 내버려 두었다. 그녀는 코를 훔치며 말했다.

"제 잘못이에요. 그이 탓 아니에요. 너무 사랑해요. 멀리 떠난다고 하니 저도 그만 참지 못하고…… 그이를 얼마나 사랑하는지 알지요? 모든 걸 바치고 싶었어요. 먼 길을 떠나기 전에 며칠을 잘 보내고 싶었어요."

"아가씨를 나무라지 않아요. 상황이 다를 뿐 다른 여자들도 이런 경우가 많아요."

"우리가 이미 약혼했다고 말했죠. 같이 조상님의 위패 앞에서 절을 했어요. 아버지는 우리가 조상님의 위패 앞에서 절을 했으니 약혼한 셈이라고 했어요."

탕어멈은 그녀를 줄곧 쳐다보고 있었다.

"흔히 있는 일이에요. 남자와 여자가 서둘러 결혼하면 사실을 그냥 덮어 버릴 수도 있는데 불행하게도 하필 리페이가 멀리 떠난 후에 이런 일이 발생했네요."

"탕어멈, 방법이 없을까요?"

"방법이 하나 있긴 한데 원하면 알아볼게요."

두러우안은 한숨을 내쉬고는 침대에 누워 천장을 바라보았다.

"잘 생각해 봐요. 아직 시간이 있어요."

탕어멈은 말을 다하고 쩔뚝거리면서 방을 나갔다.

조문객을 맞이하는 날과 발인하는 날 두러우안의 마음은 무겁기 그지없었다. 눈물을 펑펑 쏟았다. 그녀처럼 부모님을 여읜 다른 여자들도 있겠지만 그녀의 얼굴색이 한결 더 어둡고 슬퍼 보였다. 이제 의지할 곳 없는 외로운 신세가 되었다는 느낌이 들었다. 아버지의 부재는 그녀에게 닥친 감당하기가 힘든 아픔과 시련이었다.

아침 아홉시부터 오후 다섯시까지 두러우안은 커튼 뒤에 서서 조문객들이 영정 사진에 절하고 나면 허리 굽혀 답례하느라 무릎이 마비될

지경이었고 몇 번이나 쓰러질 뻔했다. 탕어멈이 그녀를 부축했다.

두러우안은 장례를 겨우 마치고 차에 앉아 집으로 돌아왔다. 신경은 극도로 예민해졌고 비참한 상황에서 빠져나오지 못했다. 춘메이와 차이윈도 그녀의 멍하고 공허한 눈빛을 보았다. 머릿속에 수많은 생각이 이리저리 스쳐지나가면서 눈빛도 이상해졌다. 사람들은 그녀의 마음속 깊은 곳에 있는 차마 공개할 수 없는 고민을 몰랐다. 탕어멈에게 약을 좀 얻어 달라고 해야 할지 두러우안은 마음속으로 계속 갈등하고 있었다.

잔인한 운명이 그녀에게서 행복할 권리를 빼앗아 갔다. 아버지는 왜 자신이 가장 필요로 할 때 세상을 떴을까? 세상이 불공평하다는 생각이 들었다. 차라리 이런 운명과 맞서고 싶었다. 사람들의 모욕을 받고 조문객들의 비웃음을 받는 게 마땅한가? 아니다. 그렇다면 탕어멈의 도움을 받는 것 외에는 방법이 없었다.

리페이를 생각하자 생기가 돌고 힘이 솟구치는 것 같았다. 리페이 생각만 해도 지금까지 고민했던 것들이 보답을 받은 것 같았다. 뱃속의 아이는 리페이의 혈육이고 두 사람 사랑의 결정체였다. 작은 생명이 태어나고 자라면서 울고 웃는 모습이 아빠를 닮아 갈 것이다. 생명이 자라난다는 기쁨이 두러우안을 고무했고 눈에서 광채가 나게 했으며 상상을 하게 했다.

하지만 그런 상상도 잠시 동안에 지나지 않았다. 다시 절박하고 생생한 현실로 돌아와 사회적인 무시와 자신의 처지에 대한 고민이 앞선 것들을 머릿속에서 밀어냈다. 그녀의 머릿속은 이런 생각이 계속 맴돌았다. 친척과 친구들 사이에 임신 사실이 소문나기라도 한다면 그들의 눈빛을 견딜 자신이 없었다. 그녀한테 잘해 줄 사람이 누가 있을까? 탕어멈만 예외일 뿐 샹화도 리페이의 어머니도 그렇게 해 준다는 보장이 없었다. 돤얼 앞에서는 더욱 머리를 들고 다닐 수 없게 될 것이었다. 작은아버지와 작은어머니는 생각만 해도 소름이 끼쳤다.

21

꧁꧂

하미에서 치자오징(七角井)까지 가는 길 내내 한족 농민들이 살고 있는 오두막집만 보였다. 리페이의 신분증을 자세히 검사하려 드는 사람이 없었다. 군인들은 거의 없었고 대부대는 치자오징 서남쪽에 집중되어 있었다. 만주 장군 성스차이가 치자오징과 바얼쿠(巴爾庫) 지역의 무슬림을 완전히 쫓아내고 남쪽으로 진격했다. 다음 지역으로 산산을 염두에 두고 있었다. 한족계 무슬림 장군 마스밍은 산산을 근거지로 삼고 있었다. 길에는 지하의 도랑물이 넘쳐흘렀다. 그것은 그곳 특유의 관개 시스템이었다. 치자오징 아래로 경사진 넓은 초원 분지와 거친 황토 언덕이 몇 리에 걸쳐 뻗어 있었다.

리페이는 두 주 꼬박 걸어 전선을 가로질러 드디어 산산에 도착했다. 온몸이 먼지투성이었고 탈진 직전이었으나 마음만은 기쁘기 그지없었다. 신발 바닥이 닳아 떨어지고 두 발엔 물집이 잡혔으며 얼굴에는 수염이 더부룩하게 자랐다.

리페이는 곧장 마스밍 부대 본부를 찾아갔다. 란저우의 마중잉 사령부에서 받은 소개장을 내밀고 도망쳐 온 과정을 말해 주었다. 마스밍은 시원하게 생긴 한족계 무슬림 장군이었고 소개장을 보더니 의아해 하는 눈빛으로 리페이를 쳐다보았다.

"혹시 란저우에 편지 보낼 수 있습니까?"

리페이가 물었다.

"시도해 봅시다. 하미의 전보가 끊겨서 투루판을 거칠 수밖에 없습니다. 그쪽은 아직 우리 세력 범위에 있습니다."

저녁이 되자 마스밍은 리페이를 식사에 초대했다. 사흘 만에 담배를 피울 수 있었다. 저녁을 먹은 후 땅바닥에 아무것도 없는 원시적인 토담집으로 안내되었다. 탁자 한 개와 걸상 몇 개, 흔들거리는 침대와 더러운 이불 한 채가 전부였다.

리페이는 안전하다면 맨땅에 누워 자는 것만으로도 행복했다. 침대에 팔을 베고 드러누웠다. 자신이 사지를 벗어나 이렇게 살아 있음을 큰 행운으로 여겼다. 란저우를 떠나 산산까지 어렵게 천 리를 왔다. 리페이의 마음에 시안은 안전과 편안함을 상징하는 꿈의 도시가 되었다. 그곳에는 사랑하는 연인 두러우안이 있지 않는가!

위험에서 멀리 벗어나자 또 다른 슬픔이 물밀듯 밀려왔다. 두러우안의 소식을 3주 동안 듣지 못했다. 그녀가 보고 싶어 견딜 수가 없었다. 혹여 그녀가 아프거나 자신을 몹시 그리워할까 걱정이 되었다. 왜 이렇게 흥분해서 신장까지 왔지? 이러다가 죽기라도 한다면?

두러우안의 애교가 넘치는 목소리, 사랑이 흘러넘치는 눈빛, 달콤한 속삭임, 딩카얼궁바 사원 아버지 침실에서의 짧지만 뜨거웠던 키스. 톈수이 마지막 날 밤의 그녀의 체온과 눈물, 이튿날 아침 배에서 갑자기 돌아서서 들어가던 모습 등 함께 보냈던 모든 순간이 가슴을 미어지게 했다. 그녀를 혼자 두고 온 것이 정말 큰 잘못이라는 것을 느꼈다. 위험을 무릅쓰고 자신을 사랑한 그녀와 수 천리의 무자비한 전장을 사이에 두고 멀리 떨어져 있다니.

운 좋게 탈출하여 여기까지 오는 동안 본 것이라고는 파괴된 도시와 시골 마을, 오는 길에 직접 목도한 무고한 희생자들, 무자비한 살육으로 얼룩진 전쟁이었다. 이 전쟁이 얼마나 지속되고 탈출할 확률이 얼마나 될까? 두러우안에게 이렇게 많은 걱정을 끼칠 권리가 없었다. 그녀의 사랑에는 조건이 없었으며 자신이 멀리 떠나는 것에 대해 불평한 적도 없었다.

그의 감정은 어린아이처럼 여리고 약해졌다. 두러우안을 생각하자 뜨거운 눈물이 볼을 타고 흘러내렸다. 삶 속에 있었던 어떤 순간들과 모든 것이 허무하고 부질없이 느껴졌다. 순수한 사랑만이 이 세상의 진정한 존재처럼 느껴졌다. 귓가에서 사랑하는 사람의 속삭임이 맴도는 것 같았다.

"자기를 기다릴 거야."

두러우안의 속삭임이 사막 천 리 밖에서 들려오는 것 같았다.

리페이는 지금 시안과 란저우에서 더욱 멀리 떨어져 있었다. 전쟁은 서쪽으로 진행되었다. 투루판이 전략적 중심지가 되었고 북쪽 디화에서 신장 남부의 타림분지로 가는 교통을 통제했다. 무슬림이 투루판을 지켜 내지 못하면 서쪽으로 계속 후퇴해야 한다. 리페이는 자신의 소식이 언제 마중잉의 란저우 사무실에 도착하고 사무실에서 또 판원보에게까지는 시간이 얼마 걸릴지 몰랐다. 온전히 개인이 보내는 전보였기

때문이다. 유라시아항공편은 하미와 디화에만 착륙했다. 두 도시를 무
슬림의 적인 한족 군대가 장악하고 있었기 때문에 편지가 내지로 발송
되지 못했다.

두러우안은 일주일을 고민했지만 결정을 내리지 못했다. 춘메이가 그
녀를 보러 왔지만 탕어멈과 마찬가지로 비밀을 발설하지 않았다. 절망
속에서 애간장을 태우고 있을 때 전화벨이 울렸다. 두러우안은 온몸을
부들부들 떨었다. 자신이 절절하게 기다리던 전화일 수도 있기 때문이
었다.

수화기에선 상대방의 말소리가 들려왔다.

"아가씨, 리페이의 전보를 받는데 란저우를 거쳐 재발송한 것입
니다. 산산에 도착했어요. 무사해요. 특별히 사랑한다고…… 아가씨
를……"

두러우안은 수화기를 떨어뜨리고 의자에 풀썩 주저앉았다. 몇 마디만
알아듣고 나머지는 제대로 듣지도 못했다. 너무 기뻐서 눈물이 났다.
탕어멈이 달려와서 수화기를 다시 들었다.

"무슨 일이에요?"

상대방이 또 물었다.

"두 아가씨에게 전해 주세요. 리페이가 전보를 보냈는데 자신이……"

두러우안이 다시 수화기를 낚아채고 말했다.

"말씀하세요., 듣고 있어요. 저예요."

판원보의 목소리가 맞았다.

"전보는 산산에서 최초로 보낸 것입니다. 산산이 어디에 있는지 잘 모릅니다. 신장 경내에 있겠지요. 한번 찾아 봐야 합니다. 열흘 전에 보낸 것입니다. 이 정도면 빠른 편입니다. 괜찮습니까, 두 아가씨? 장례에서 감히 인사를 드리지 못하고 리페이의 어머님께 연락 드렸습니다. 도와 드릴 일이라도 없습니까? 왜 찾아오지 않습니까?"

두러우안은 기뻐서 미칠 지경이었다.

"탕어멈, 탕어멈! 그이가 무사하대요!"

그녀의 목소리는 기쁨에 가득 찼다.

"어디에 있어요?"

"아주 먼 곳에 있어요. 지도를 봐야 해요."

너무 기쁜 나머지 그의 전보가 자신의 처지를 개선하는 데 별 도움이 되지 않는다는 사실을 잊어버렸다. 연락이 닿았고 앞으로 소식을 더 많이 받을 수 있게 되었음을 의미할 뿐이다.

두러우안은 서둘러 옷을 챙겨 입고 문을 나섰다. 인력거 한 대를 불러 판원보 집으로 달렸다. 판원보는 집에 있지 않고 일 보러 나갔는데 곧 돌아온다고 했다. 거실에서 기다린 지 10분 만에 판원보가 돌아와 바로 전보를 꺼내서 보여 주었다.

전보는 36사단 란저우 사무실에서 다시 발송되었고 주소가 적혀 있지 않았다. 판원보와 두러우안은 지도를 펴서 산산이 어디 있는지 찾아보았다. 리페이는 하미를 떠나 서쪽으로 간 것이 분명했고 무슬림 군대와 같이 있을 것이다. 전보를 치고 싶었지만 36사단을 거치지 않고서는 불가능했다. 반드시 산산의 사령관에게 전보를 쳐야 했다. 하지만 사령관이 누구일까? 전쟁 관련 소식이 많지 않았고 이미 지나간 소식들이었으며 신빙성이 없었다. 판원보와 두러우안은 전보문을 작성했다. 하지만 사적인 일이라 군부대 전보국에서 발송해 줄지는 미지수였다. 어쨌든 전보는 보내야 했고 운에 맡길 수밖에 없었다.

두러우안은 며칠을 편안한 마음으로 보냈다. 리페이의 전보는 그녀에게 리페이가 일찍 돌아올 수 있을 것이라는 즐거운 희망을 품게 만들었다. 3주가 지났다. 리페이의 소식은 또 끊겼다. 그녀는 신장에 관한 신문 기사들을 샅샅이 살펴보았다. 신문마다 두서없이 서로 어긋나는 부분이 너무 많아서 사실을 조작했을 가능성이 높았다. 러우안은 신장 지도 한 부를 사서 꼼꼼히 살펴보았다. 디화, 뤄푸(洛浦), 바얼쿠, 우쑤(烏蘇), 치에모(且末), 예얼창(葉爾羌) 등 낯선 지명들을 꼼꼼히 살피고는 잊지 않으려 외웠다. 사막의 위치와 톈산이 신장의 중앙에 위치해 지역을 둘로 나눈다는 것을 알게 되었다.

두러우안의 몸에 새로운 변화가 나타났다. 매일 아침 헛구역질이 나기 시작한 것이다. 두려움은 극에 달했고 얼굴이 다시 절망적인 표정으로 돌아갔다. 이제야 자신의 처지를 완전히 깨닫게 되었다. 리페이는 짧은 기간 내에 돌아올 수 없고 설령 돌아온다고 하더라도 현재의 상황에는 도움이 되지 않는다. 결혼도 하지 않은 처녀가 아기를 임신한 것은 통념상 있을 수 없는 일이기 때문이었다. 그녀는 자신이 마음속으로 내린 결정을 탕어멈에게 말했고, 기회를 봐서 처리해 달라고 부탁했다.

탕어멈이 나가서 약 한 첩을 구해 왔는데 까만색과 누런색 등 여러 가지 색이 섞인 약 뿌리와 마른 씨앗 한 봉지가 있었다. 두러우안에게 복용하면 통증이 있을 것이고 여러 날을 앓아누울 수도 있다고 미리 경고했다. 서로 조심해야 했고 다른 사람들이 모르게 행동해야 했다.

두러우안은 저녁에 침대에 누워 뒹굴었고 속이 쥐어짜는 듯이 아팠다. 오장육부가 타들어가는 것 같았고 아파서 견딜 수가 없었다. 기진맥진했고 죽는 줄 알았다. 울면서 물을 찾았고 물을 벌컥 들이켜고 나면 통증이 조금 가라앉았다. 탕어멈도 두러우안이 엎치락뒤치락하는 것을 보고 몹시 당황했다. 나중에 통증이 갑자기 사라졌다. 두러우안은 이튿날 새벽에야 깊은 잠에 빠져들었다. 안색이 창백했다.

춘메이가 그녀가 아프다는 말을 듣고 뛰어왔다. 배가 아파서 그러는 줄 알았다. 방 안에 약 냄새가 진동했지만 아무 말도 하지 않았다. 나중에 두러우안에게 먹이라고 탕어멈에게 진통제를 조금 보내왔다. 그리고 효과가 없으면 의사를 부르라고 하자 두러우안은 더욱 겁을 먹었다.

다행히 재발하지 않았다. 멀건 국물과 죽만 먹으며 누워 있다가 사흘 만에 자리에서 일어났다. 다시 한 주가 지나고 증상이 또 나타났다. 하지만 두러우안은 다시 그 약을 먹지 않았다. 이러다가 죽을 수도 있었다. 더욱 비참한 것은 다른 사람에게 더 이상 숨길 수가 없게 되었다. 두러우안이 계속 몸이 불편한 것을 보고 집안 여인네들은 이미 짐작들을 하고 있었던 것이다.

두러우안은 마침내 결심을 굳혔다. 아침 식사 전 작은어머니 차이윈이 흘끔흘끔 두러우안의 눈치를 보면서 밑도 끝도 없는 얘기를 했다. 그냥 일상적인 이야기라서 그녀는 대답할 필요가 없었고 바보 같은 표정으로 듣기만 했다. 차이원은 원래 누구에게나 호감을 갖는 따뜻한 사람이 아니었다.

차이원은 요즘 들어 특별히 미혼모에 관한 말을 많이 했다. 그러다가 두러우안이 임신한 것 같다는 이야기를 듣고는 고양이가 쥐를 놀리듯, 어부가 미끼를 문 물고기를 놀리듯 놀려 댔다. 어부는 수시로 낚싯대를 들어 올리면서 물고기가 확실하게 미끼를 물었는지 확인하고는 천천히 스스로 지쳐서 죽게 만든다. 두러우안의 신세가 그러했고 도망갈 방법도 없었다.

"리 선생 소식이 있어?"

차이원이 즐겨 묻는 질문이었다.

"없어요."

아무렇지도 않은 척 대답했지만 두러우안은 속이 부글부글 끓어올랐고 차이원은 자기가 예상했던 대답을 듣고 몹시 기뻐하고 만족해 했다.

"이런! 이런! 안 됐구나!"

차이원이 정말 안 됐다는 투로 말했다.

"리페이 탓하지 마. 어떤 일이 일어날지 누가 알겠어? 나한테 일찍 얘기했으면 가지 못하게 막으라고 했을 텐데. 무소식이 희소식이라고 하니 기다려 보자고."

그녀는 의기양양하게 마지막 말에 힘을 주며 특별히 강조했다. 정말 기다려 보려고 작정을 한 것 같았다. 두러우안이 아무 말도 할 수가 없었다. 다들 그녀가 부끄러워서 고개조차 들지 못하는 것을 알고 있었다. 차이원은 머리가 텅 비고 행실이 바르지 않은 여자들 이야기를 늘어놓곤 했다. 이것은 두러우안을 두고 에둘러 한 이야기임에 분명했다.

차이윈은 춘메이가 첫째를 낳을 때부터 몇 년 동안 계속 울분 속에서 지냈다. 그녀에게는 춘메이가 모든 젊고 아름다운 여자들을 대변했다. 춘메이가 잘 지내는 것을 보면서도 어떻게 손쓸 방법이 없었다. 하지만 지금은 조카딸에게 도망갈 구멍이 없는 게 보였다. 그녀에게는 이런 망신거리가 자기 집안에서 발생해도 향료처럼 일상에 적지 않은 재미를 가져다주었다.

춘메이는 이런 광경을 보면서 마음으로 누구보다도 두러우안을 이해하고 있었다. 그녀는 두러우안의 사정을 눈치 채고 자신에게 모든 비밀을 털어놓기를 기다렸다. 춘메이는 오랫동안 고심했다. 비슷한 경험이 있었기 때문이다. 지난날 정원사에게 강제로 시집갔을 때 마음속의 울분은 이루 말할 수가 없었다. 춘메이는 마음속으로 두러우안을 편들었다. 자신도 그녀와 마찬가지로 사회풍조의 방해와 모욕을 받은 적이 있었다.

두판린은 그저 집안이 망신당하는 것이 두려웠고 가족의 명예를 지키는 것이 우선이었다. 이런 일이 발생할 줄은 꿈에도 생각 못했다. 두러우안의 행실에 대해 엄청 화가 났다. 시장까지 지낸 자신이 조카딸을 제대로 교육하지 못해서 이런 사단이 난 것이라고 사람들이 수근거릴 것을 두려워했다. 두러우안에 대한 걱정보다 두씨 집안에서 사생아가 태어난다면 사람들이 뭐라고 할까 하는 것에만 집중했다.

두판린은 자신의 행실에 대해서는 양심의 가책을 전혀 느끼지 못했다. 자신이 춘메이에게서 아이를 낳은 것은 받아들이기 쉬웠다. 그녀는 자신의 아들을 낳아 주었고 남자의 욕구를 채워 주는 유일한 여자였다. 그가 자신이 지금껏 살아 오면서 가장 잘한 일은 춘메이와 아이들을 얻은 것이라고 생각했다. 싯누런 이빨을 드러내고 다니는 고약한 본처와는 하늘과 땅의 차이였다. 그러나 두러우안에게는 자신이 춘메이한테 저질렀던 행실과는 다른 도덕적 잣대를 들이댔다. 아이러니하게도 여자가 정조를 더럽히고 부덕(婦德)을 지키지 않으면 세상이 망할 것이라 여겼다. 신성한 가족이 위협을 받게 되며 공중도덕의 기반이 흔들리게 될 것이라 생각했다.

나아가 두판린과 차이윈은 두러우안이 두중을 대표하는 것을 똑똑히 알고 있었다. 그녀의 아버지는 경제 관념이 형편없었다. 자신이 그것을 계속 참고 있긴 했어도 불만이 많았다. 두중은 보기 드문 청렴한 관리였다. 진짜로 월급만 가지고 깨끗하게 살았다. 얼마 안 되는 저축은 일본 등 다른 곳에서 써 버린 지 오래되었다. 국민당 정부가 들어서자 쑨촨팡 장군과 같이 무너졌으며 그나마 자신에 있던 약간의 산업도 전부 몰수되었다. 그래서 두판린이 줄곧 형의 살림을 챙겼다.

가문의 재산은 중국 전통에 따라 형제가 반반씩 나눠야 했다. 또한 하늘이 맺어 준 형제 사이였기에 서로의 돈을 같이 나눠 쓸 수 있는 권리도 있었다. 만약 형제 중 한 사람이 빚을 졌을 경우 설령 채무자가 죽었다고 하더라도 남은 형제가 그 빚을 갚을 의무가 있었다. 두중의 입장에서는 가산이 할아버지가 물려준 것이고 동생에게서 돈을 얻어 쓰긴 해도 그 돈은 물려받은 가산에서 나오는 수입에 불과했다. 동생 두판린은 다만 가산을 맡아 관리하고 있을 뿐이었다.

두중이 죽고 나서 문제가 발생했다. 두판린은 재산 절반을 두러우안에게 나눠 줄 생각을 하니 끔찍했다. 자신에게는 돌봐야 할 아들이 셋이나 있었다. 또 장사꾼이었기 때문에 이런 계산은 더욱 싫었다. 그러면서도 형의 재산을 빼앗았다는 말은 더더욱 듣기 싫었다. 두씨 집안의 돈은 자신과 아들이 번 것이기 때문에 자신이 갖는 게 당연하다고 생각하기도 했다. 하물며 조카딸이 하는 일 없이 남자와 함부로 관계나 맺고 다니는데 자신이 번 돈을 나눠 줄 수 없었다. 그래서 조카딸이 부덕을 지키지 않았다고 더욱 굳게 믿었고 집안에 먹칠했으니 곤경에 처하더라도 자초한 것이고 남 탓하지 말아야 한다고 여겼다.

사실 두중 죽고 나서 두러우안의 임신 소식을 듣기 전에 이미 그녀에 대한 두판린의 태도가 변했다. 두중에게 줄곧 화가 난 상태였고 산차이 수문 일을 가지고 한바탕 싸우려고 작정했었다. 그런데 형이 갑자기 죽어 버려서 싸우지는 못했지만 '무책임한' 두중에 대한 나쁜 감정을 계속 갖고 있었다.

걱정은 두러우안의 몸을 상하게 했다. 신체적인 문제보다 정신적인 문제로 더 고통스러웠다. 사람들의 시선이 자꾸 아랫배로 향하는 것 같아 사람들을 보는 게 두려웠다. 사실 아직 겉모습으로는 드러나지 않았다. 하지만 언젠가는 사람들에게 알려질 일이었다.

22

어느 날 차이윈이 두러우안을 보러 왔다. 두러우안은 힘이 없지만 냉담한 태도를 보였다. 그녀의 입술은 파르르 떨고 있었다.

"불쌍한 아가야, 아버지가 돌아가시고 나서 몸이 계속 불편하구나."

차이윈이 동정하는 투로 말했다.

"네가 걱정돼서 잠이 오질 않는구나. 의사를 한번 불러 보자꾸나."

옆에 있던 탕어멈의 눈에서 불꽃이 튀었다.

두러우안은 얼굴이 새빨개졌고 더 이상 이런 모욕을 참을 수 없었다. 이렇게 작은어머니의 시달림을 받는 게 싫어서 그녀는 다짜고짜 말했다.

"작은어머니!"

그녀가 말했다.

"의사 부르실 필요 없어요. 확실히 임신했어요."

"확실해?"

차이윈은 속으로 쾌재를 불렀다. 그녀는 온몸의 땀구멍이 다 열리는 듯한 시원한 느낌을 받았다. 이 순간을 오랫동안 기다렸다. 다 잡은 물고기를 육지에 끌어올리려고 하는 어부처럼 싯누런 이빨을 드러내고 웃었다.

"경사 났네!"

임신을 축하할 때 쓰는 말을 건네기는 했지만 웃음소리가 너무 징글맞았다. 사실 싯누런 이빨을 보는 것만으로도 구역질이 났다.

두러우안이 말했다.

"그렇게 기뻐하는 척할 필요 없어요. 집안 망신시킨 거 알아요. 이 집을 떠날 거예요."

"가긴 어딜 가?"

"정해진 곳 없지만 갈 거예요."

"리 선생이야?"

"네."

두러우안이 단호하게 대답했다. 따로 변명하고 싶지 않았다.

탕어멈은 두러우안이 노골적으로 분노와 반감을 드러내는 것을 눈치챘다.

"저한테 얘기한 적 있습니다."

탕어멈이 말했다.

"어르신이 혼사에 동의했고 산차이에서 약혼을 했답니다. 집으로 돌아오신 것도 정식으로 혼례를 치르기 위해서랍니다."

"그만해요, 탕어멈."

두러우안이 말했다.

"결심했어요. 다른 도시에서 글을 가르치는 일을 찾아도 먹고 살 수 있어요. 작은어머니, 작은아버지에게 폐를 끼쳐 드려서 죄송하다고 전해 주세요. 이제는 확실히 아셨죠. 그러니 의사를 부르느라 하지 말고 잔소리도 그만하세요."

차이윈은 만족스럽지 못했다. 조카딸이 솔직하게 고백한 게 오히려 궁금했고 김이 빠졌다. 그녀는 두러우안이 낯이 두껍다고 생각했다.

"몇 개월이야?"

"삼 개월 정도 됐어요."

"산차이에서 발생한 거야?"

"신경 쓰지 않으셔도 돼요. 리 선생이 없지만 아이를 낳고 기다릴 거예요."

"나는 아무 말도 안 했는데."

작은어머니가 억울하다는 듯이 말했다.

"구체적인 시간과 장소, 과정까지 알고 싶으신 거죠? 더 이상 귀찮게 하지 마세요."

두러우안의 목소리는 초조하고 불안했다.

"얘를 좀 봐!"

작은어머니가 노기등등해서 소리를 질렀다.

"다 너를 위해서야. 잘못했으면 부끄러운 줄 알아야지. 정말 구제불능이구나! 모두 네가 자초한 거야. 다른 여자애들 봐라. 이런 짓을 하고도 떠들어 대는 애가 있는지 물어 봐라. 걔네들은 가서 목을 매달아."

두러우안은 이를 악물었다.

"죄송해요, 작은어머니. 저는 목매달지 않을 거예요."

작은어머니가 나가고 탕어멈과 두러우안은 서로 말없이 쳐다보기만 했다. 두러우안은 탕어멈에게 이제 더 이상 여기 머물 수 없으니 떠나겠다고 말했다. 떠난다 해도 작은아버지와 작은어머니가 자신을 붙들지 않을 것이다.

두러우안은 속이 후련했다. 집안 식구들에게 알려질까 전전긍긍했던 시간들이 무의미해졌다. 부끄러워 쥐구멍이라도 찾을 것 같은 심정이었는데, 이렇게 후련하니 차라리 다행이라는 생각이 들었다.

"근데 어디로 가시게요?"

탕어멈이 물었다.

"란저우에 가고 싶었어요. 리페이 친구 란루수이도 거기에 있어요. 어려운 일이 있으면 판원보를 찾아가면 된다고 했어요. 삼십육사단도 거기에 있고, 신장하고 가까워 소식을 빨리 받을 수 있을 것 같아요. 일을 찾을 것이고 어윈하고 같이 살면 돼요. 어윈이 편지에서 란저우가 아름다운 도시라고 했어요. 고기와 야채도 싸고 혼자 벌어먹고 살 수 있어요. 근데 탕어멈이 필요해요, 같이 가 줘요."

"당연히 같이 가야죠. 제가 어디 갈 데가 있겠어요? 아가씨를 떠나지 않을 거예요. 아기가 태어나면 더 필요할 테니 말이에요."

두러우안은 결심을 내리고 나니 두려움과 걱정은 눈 녹듯 사라졌다. 뒤이어 춘메이가 환한 얼굴을 하고 들어왔다. 눈을 깜빡거리며 따뜻한 눈빛으로 두러우안을 쳐다보며 말했다.

"경사가 있다고요."

춘메이가 말했다. 작은어머니 차이윈과 같은 말을 했지만 비아냥거리듯이 말하지 않았다. 두러우안은 화가 나지 않은 대신 얼굴이 새빨개졌다.

"네."

두러우안은 땅바닥을 보면서 말했다.

"아, 러우안, 러우안이라고 부를게요. 나도 눈치 채기는 했지만 때가 아닌 것 같아서 묻지 않았어요."

춘메이는 한참을 기다렸다가 다시 말했다.

"이제 어떻게 할 생각이에요?"

두러우안이 마음속으로 결정한 것을 말했다. 춘메이는 일어나서 방 안을 몇 번 왔다 갔다 했다. 그러고는 앉았다가 다시 일어나서 말했다.

"음, 가장 좋은 방법일 수도 있어요. 영감의 성질머리를 잘 알고 있으니 얘기는 내가 해 볼게요. 내쫓기 전에 먼저 간다고 하는 게 나아요. 내쫓을 기회를 주지 마세요, 한동안 화를 내든지 말든지. 작은어머니랑 싸웠다고 들었어요. 작은어머니가 뭐라고 했는지 모르겠지만 마음에 두지 말아요. 젊은 사람은 앞날을 생각해야죠. 란저우가 변경하고 좀 더 가까우니 거기 가서 리 선생을 기다려요. 일이 터지면 항상 여자들이 손해 보기 마련이에요. 나도 옛날에는 미혼모였잖아요. 항상 이래요. 하지만 러우안, 남편을 잘 만났어요. 잘 잡아요."

그날은 날씨가 몹시 습했고 사람을 갑갑하게 만들었다. 바람 한 점 없이 먹구름이 잔뜩 낀 하늘은 금방이라도 비를 쏟을 듯 했다. 두러우안은 숨이 턱턱 막히는 것 같았다. 신체에 대해 이렇게 예민했던 적이 없었다. 가슴이 더 풍만해져서 속옷과 브래지어가 점점 조여 왔다. 조만간 아이를 낳을 징조였다. 하루가 다르게 몸은 점점 커졌다. 저녁 무렵에 샤워를 하고 이제는 브래지어를 하지 않으리라고 결심했다. 조금 편해진 느낌이었고 목욕 가운의 단추도 잠그지 않았다. 거울 앞에 서 있으니 성숙한 여자가 다 된 느낌이 들었다. 춘메이가 자기편을 드는 게 마냥 기뻤다.

저녁을 먹을 때 두러우안은 난감해서 죽는 줄 알았다. 작은어머니 차이원이 아직도 화가 나 있는 상태라는 것을 알고 있으면서도 가장 곤란한 상황은 지나갔다고 여겼다. 사건이 이미 완전히 공개되었고 더 이상 감출 것도 없었다. 몹시 창피를 당한 것이 사실이지만 이미 그 죄를 인정했고 이제는 다른 사람의 구설수에 오르는 게 두렵지 않았다. 가장 두려운 것이 있다면 작은아버지가 화를 내는 것이었다.

차이원은 한마디도 하지 않았고 춘메이는 아이들과 날씨, 다른 집안일에 대해 늘어놓았다. 작은아버지도 인상을 쓰고 한마디도 하지 않았다. 두러우안은 작은아버지가 이야기를 하지 않는 이유를 알 수가 없었다. 그녀는 고개를 숙이고 밥을 먹었다. 조심스레 야채를 집고 있었으나 마음은 딴 데 가 있었다. 차라리 폭우라도 쏟아지기를 기다렸다. 작은아버지가 자신을 여러 번 쳐다보면서 속으로는 다른 생각을 하고 있는 것 같았다.

두판린은 결코 하인들이 있는 데서 얘기하고 싶지 않았다.

"내 방으로 와라, 러우안."

식사를 마치고 나서 두판린이 말했다. 두러우안이 방으로 따라 들어가자 그는 화류 의자에 앉아 곰방대에 담배를 담기 시작했다. 앉으라는 말을 하지 않아 그녀는 서 있을 수밖에 없었다. 춘메이가 밖에서 분주한 척 지나다녔다.

두러우안은 마음을 단단히 먹고 두판린의 말을 기다렸다. 이상하게도 그녀의 눈은 온통 작은아버지 목덜미에 나 있는 버짐에 집중되었고, 버짐은 불빛 아래에서 반짝거렸다. 두판린은 말할 때 상대방을 잘 쳐다보지 않는 편이었는데 조카딸을 힐끗 쳐다보면서 말했다.

"내가 무슨 말을 하려고 하는지 알겠지?"

두러우안이 대답하지 않았다. 작은아버지가 다시 말했다.

"이런 일이 발생할 줄은 생각도 못했다. 큰 사고 친 것은 알겠지?"

"알고 있어요."

그녀가 대답했다.

"집안 망신시킨 것도 알고 있겠지?"

"네, 작은아버지."

"집을 떠나겠다고 하던데 지금으로서는 최선책 같다. 오후에 작은어머니한테 버릇없이 굴었지. 정말 염치가 없구나. 내가 너를 내쫓는 게 아니라 네 스스로 나가는 거야. 그러니 누구 탓하지 마라. 네 아버지가 살아만 있어도 이렇게 가슴 아프지는 않을 거다. 지금은 내게 책임이 있구나. 너는 나를 곤경에 처하게 했다. 앞으로 모든 책임을 본인이 져야 한다는 거 알고 있는지 한번 확인해야겠다."

"알고 있어요. 다른 사람이 책임질 수 있는 것도 아니에요. 그러니 이 집을 떠나겠어요."

"똑똑하게 말해서 다행이다. 내가 내쫓았다는 말을 남들이 하는 것은 듣기 싫어. 네가 스스로 나가겠다고 하니 오히려 기쁘구나. 네 아이는 우리 두씨 집안사람이 아니다. 그놈이 너를 정식으로 데려가기 전에는 나를 만나러 오지 마라. 이 일은 처음부터 나하고 아무런 관계가 없다. 그놈이 너를 버리고 도망친 거는 아닌지 모르겠다. 젊은 놈들이 자주 하는 짓이니."

두러우안은 작은아버지가 적의를 품고 자신을 공격하기 위해 일부러 그렇게 말하는 것을 알고 있었다. 말 속에 가시가 박혀 있었다. 그녀는 자기가 사랑하는 사람을 무시하는 작은아버지의 말투에 화가 울컥 치밀어 올랐다. 그녀의 입에서 생각지도 못한 말이 불쑥 튀어나왔다.

"작은아버지가 생각을 잘못하고 있는 거예요. 그 사람은 나를 피하는 게 아니라 작은아버지의 간사한 친구분들을 피하고 있는 거예요."

두판린이 동으로 만든 곰방대로 탁자를 힘껏 내리쳤다.

"누구 앞이라고 감히! 네 아버지가 생전에 돈 한 푼도 없어 내가 계속 먹여 살린 건 알고 있겠지? 이제 죽은 사람의 얘기는 하지 않겠다. 아무리 그래도 너는 조금이라도 감사하는 마음을 갖고 있어야지. 리페이가 너를 피하든지 말든지 그건 네 일이고 내가 알 바 아니다! 네가 이 집에서 사라져만 준다면 어떤 짓을 하고 다니든지 상관하지 않는다, 알겠니?"

"이제는 정말 잘 알겠어요. 나를 내쫓은 게 아니라 스스로 나간 거고 집안에 다시 얼굴을 내밀어서도 안 된다 이거잖아요. 할아버지가 물려준 집인데도 말이에요."

"얘기는 이미 끝났다. 네가 직접 말한 거야. 너를 오지 못하게 하는 것은 네가 우리 두씨 집안을 망신시켰기 때문이다. 생각하고 싶은 대로 생각해도 좋아. 어차피 너도 졸업했어. 학교에서도 내 얼굴을 봐서 졸업장을 가져다 줬지. 이제 혼자 벌어먹고 살 수 있겠지? 네 아버지처럼 허구한 날 나한테 돈만 구걸하지 말고. 오백 원을 주마. 이 돈 갖고 네가 가고 싶은 데로 가라. 가기 전에 인사하러 오지 않아도 된다."

이 쓸데없는 훈계는 두러우안이 집안에서 쫓겨난 게 작은아버지 때문이 아니라는 것을 강조하고 싶은 것이었다.

그녀는 이런 말들에 상처받지 않았다. 작은아버지를 잘 알고 있었고 뭐라고 하든지 신경 쓰지 않았다.

"말씀 다 하셨어요?"

그녀는 자리를 뜨려고 했다.

"한 가지 더 있다. 할아버지가 큰돈을 물려줬다고 생각하겠지만 사실 그렇지 않다. 물려준 거라고는 정부 채권밖에 없는데 지금은 아무런 가치도 없지. 네 아버지도 잘 알고 있어. 이 집을 물려준 거는 맞다. 네가 정식으로 결혼한 후에 돌아와 살 수는 있어. 나는 리씨 집안의 새끼가 여기서 태어나지 않으면 할 뿐이다. 산차이 땅은 너도 알겠지만, 할아버지는 어업을 하지 않았다. 어업에서 나오는 돈은 다 내가 번 것이고 네 아버지와 상관없다. 굳이 네 아버지가 한 짓은 말하지 않겠다. 장사를 망쳤을 뿐이다! 이런 것들을 분명하게 알고 가기 바란다."

"작은아버지, 산차이 땅은 공동 재산이에요."

"틀리지는 않아. 근데 네 아버지는 그걸 발전시키려고 애쓰지 않았다. 돈은 내가 번거고 최근 몇 년간은 내가 네 아버지와 너를 먹여 살렸지."

"적어도 호수 절반은 제 몫이 아닌가요?"

"그렇다고 할 수 있지. 하지만 호수를 반으로 가를 수는 없지 않니? 이 일은 나중에 얘기하자. 구태여 지금 따질 필요 없다. 어쨌든 네가 알아들었으면 된다."

"잘 알겠어요."

방을 나온 두러우안은 춘메이와 한번 시선을 마주치고 지기가 시는 뜰로 돌아갔다.

그녀는 작은아버지의 뜻을 잘 알았다. 주는 돈 외에는 재산을 나눠 갖겠다는 생각을 하지 말라는 것이었다. 그와 싸울 힘도 없었다. 이미 고아가 됐고 도와줄 세력이 없었다. 반드시 자신을 의지하고 살아야 했다. 어찌 됐든 얘기가 끝나서 한숨을 돌렸다.

두러우안은 탕어멈에게 이렇게 말했다.

"작은아버지는 필요하면 강도질도 할 수 있는 사람이에요."

작은아버지와 마주치지 않으려고 사람을 시켜 밥을 방에 가져오게 했다.

그녀는 독립했다는 느낌이 들었다. 집을 떠난다고 해서 슬프지 않았고 최근 몇 년간 이 집에서 행복을 느끼지 못했다. 떠난다고 결심하고 나니 오히려 홀가분했다. 다시는 낙태하려고 하지 않을 것이고 란저우에 가서 아이 낳고 리페이를 기다릴 것이다.

두러우안은 짐을 챙기느라 한 주일 꼬박 바쁘게 보냈다. 판원보의 도움이 필요했기 때문에 그에게 모든 것을 말할 작정이었다. 집에서 탈출하는 원인을 말해 주어야 했다. 란루수이와 추이어윈도 언젠가는 알게 될 것이었다. 리페이의 친한 친구이긴 했지만 여자로서 남자에게 이런 말을 하는 것이 민망스러웠다. 두러우안은 한참 말을 빙빙 돌렸다. 리페이와 약혼하고 아버지도 동의했으며 또 산차이에서 같이 보냈던 날들을 얘기하면서 정작 본론을 꺼내내 못했다. 판원보는 신중하면서도 동정하는 눈빛으로 그녀를 쳐다보았다.

"근데, 작은아버지가 왜 집을 나가라고 합니까?"

두러우안은 부끄러워서 고개를 숙였다.

"톈수이에서 헤어질 때 여관에서……"

그녀는 돌연 용기를 내서 고개를 똑바로 쳐들었다.

"집을 떠나는 것은 란저우가 신장하고 가깝기 때문이에요. 리페이의 아이가 거기에서 태어났으면 좋겠어요."

판원보의 표정이 바뀌더니 입꼬리를 위로 치켜 올렸다.

"알겠습니다. 이런 이유 때문이라면 얼마든지 도와 드리겠습니다. 모든 준비는 제가 하겠습니다. 그리고 직접 모셔다 드리겠습니다."

"고마워요. 탕어멈을 데리고 갈 거예요."

"차를 다섯 밤 타야 되고 중간에는 여관에서 자야 합니다. 기꺼이 모셔다 드리겠습니다. 이 정도는 기본입니다. 저를 도와주신 적도 있고 보답할 수 있어 기쁩니다. 루수이와 어원을 보고 싶기도 합니다. 리페이의 어머니는 어떻게 합니까? 미리 말씀드리지 않아도 됩니까?"

"안 돼요. 말하면 안 돼요. 부탁해요. 저를 위해서라도 제발 말하지 말아 주세요."

판원보는 두러우안이 애원하는 얼굴을 바라보았다.

"알겠습니다. 리페이가 돌아온 다음에 말하고 싶으신 거죠."

"알게 하면 안 돼요. 제발 부탁해요. 제가 떠나고 혹시 물어보면 란저우에서 가르치는 일을 찾았다고 해 주세요. 어머님께 편지를 쓰겠지만 뵐 낯이 없어요."

　장기적으로 떠나겠다고 결심한 이상 짐을 잘 챙겨야 했다. 두러우안
은 옷가지와 가져갈 수 있는 것들을 모두 챙겼다. 며칠간 정말 더워서
옷을 적게 가볍게 입었다. 방 안은 엉망진창이 되었다. 춘메이와 샹화가
인사도 할 겸 도와주러 왔다. 두러우안이 물건들을 정리하고 서랍을 비
우느라 정신없이 바쁘게 보내고 있었다. 머리는 헝클어져 있었고 슬리
퍼를 신고 이리저리 왔다 갔다 했으며 아래옷 단추를 풀어놓아 탄탄하
고 풍만한 엉덩이를 노출하고 있었다.

　춘메이와 샹화는 그녀 일로 속상해 했다. 말은 하지 않았지만 속으로
는 그녀가 집에서 쫓겨나며 재산을 물려받을 권리를 상실한 것을 알고
있었다. 두러우안은 눈물을 보이지 않았다. 표정이 차분했으며 가끔 괴
로운 듯 입술을 깨물었다. 작은아버지나 작은어머니의 반응 따위를 듣
고 싶지 않았다. 탕어멈이 짐 꾸리는 것을 도왔다. 하지만 아버지의 서
적이나 서류 같은 것들은 전혀 몰랐다. 두러우안은 아버지의 유물들을
정리하면서 옛날 가족사진을 발견했다. 젖먹이 시절과 유년 시절의 사
진이 있었고 어머니와 아버지, 할아버지 사진도 있었다. 그녀는 그제야
눈물이 주르륵 흘러내렸다.

　"아버지 물건은 남겨 둬요."

　춘메이가 슬프게 말했다.

　"아가씨가 이 집 주인이에요. 잘 정리해서 문을 잠가 두기만 하면 돼
요. 러우안, 바보짓 하지 말아요."

무엇 때문인지 모르겠지만 춘메이는 러우안이라고 이름을 부르는 게 편했다.

"영감탱이가 생각을 고칠 거예요. 아가씨는 곧 돌아올 거예요. 나는 알아요. 아가씨가 떠나고 나면 집이 더 썰렁해져요. 이렇게 나가다가는 큰일 나요. 뿔뿔이 흩어져서 살 수 없어요. 아가씨에게는 우리가 있잖아요. 아가씨가 없을 때 우리가 영감탱이와 얘기를 잘 해 볼 거예요."

"나는 잘 모르겠어요."

두러우안이 대답했다.

"나는 최악의 경우를 생각하고 있어요. 작은아버지가 내 상속권을 빼앗아 버리겠다고 암시했어요. 나처럼 세상 경험이 없는 여자애가 어떻게 싸워 이길 수가 있겠어요? 분가할 때 아버지가 진 빚을 청산하지 않는 것만으로도 다행이라고 생각해요. 빚 갚으라 하지 않아서 고맙게 생각해야죠. 아버지가 돌아가신 후에 지난 십 년 또는 이십 년의 빚을 누가 계산할 수 있을까요? 아버지에게는 물려받은 재산 외에 한 푼도 없었어요. 아버지가 더러운 돈을 한 푼도 안 받았다는 게 자랑스러워요. 아버지는 나에게 자존심을 물려줬어요. 이것만으로도 충분해요! 이제는 아무에게도 의지하지 않을 거예요."

"저 사진들을 좀 봐도 될까요?"

춘메이가 탁자 위에 있는 사진들을 가리켰다.

"그럼요."

두러우안은 란루수이가 란저우에서 찍은 사진을 춘메이에게 보여 주었다. 추이어원이 텃밭에서 채소를 따는 사진도 있었다.

"이 아가씨는 누구예요?"

두러우안이 조금 망설이다가 말했다.

"잘 봐요. 본 적이 있어요."

"아, 그 대고 공연하던 배우네요!"

두러우안이 미소를 지었다.

"맞아요. 리페이의 말이 란루수이가 보살펴 주고 있대요. 결혼도 하고 싶어 하는데 어원이 동의하지 않는대요."

떠나기 전날 춘메이가 작은아버지가 준 오백 원을 가져다주었다.

"작은아버지가 준 거예요."

그리고 따로 오십 원을 꺼냈다.

"이거는 내가 주는 거예요. 많지 않지만 도움이 될 거예요. 내게 편지를 써도 돼요. 사람을 시켜 수신과 답장을 할게요."

가죽 트렁크가 먼저 운반되었고 모든 준비를 마쳤다. 이튿날 두러우안은 여전히 하얀 상복을 입은 채 가방 몇 개를 들고 나섰다. 리페이의 어머니에게 전화를 할까 잠시 망설였지만 하지 않기로 했다. 두러우안은 모든 사람 앞에서 당당하게 말할 수 있었지만 리페이 어머니의 자상한 마음을 상하게 할 수는 없었다. 자신뿐만 아니라 아들 리페이 때문에 무척이나 맘 상해 할 게 분명했다.

두러우안과 탕어멈은 조용히 떠나려고 정문으로 나가지 않았다. 춘메이와 하인 몇이 쪽문에 나와 그들이 인력거 타는 것을 배웅했다. 뙤약볕이 내리쬐고 있었다. 춘메이는 두러우안을 태운 인력거가 골목 어귀를 돌아 눈앞에서 사라지자 집으로 들어갔다.

제 5 부

란저우

란저우는 여름에 살기에 좋은 곳이다. 도시를 둘러싼 북쪽과 남쪽의 높은 산들은 온통 푸른 옷을 입어 무더위에도 시원하고 상쾌했다. 사람이 살기 좋은 곳이 되려면 삶을 결정하는 환경과 주변의 조건이 잘 어우러져서 조화를 이뤄야 한다. 란저우는 여기에 부합하는 도시였다. 란저우의 옛 이름은 금성(金城)으로 예로부터 전략적 요충지이자 중요한 상업 도시였다. 약 2만 명의 인구를 거느리고 번화한 북방 도읍의 분위기를 여전히 간직하고 있었다. 가죽은 란저우의 주요 매매 품목으로 피혁 상인들은 발달된 북방의 도시들과 교역을 했고 도시에는 활력이 넘쳐 났다.

란저우에는 피혁 상인들이 가죽을 저장하는 큰 창고가 여기저기에 빼곡히 들어서 있었다. 물건을 가득 실은 낙타 카라반들은 느릿느릿 각자의 목적지를 따라 이동을 했다. 동쪽으로는 황허 북쪽 기슭을 따라 네이멍구(內蒙古)까지 이르렀으며, 서쪽으로는 시닝과 칭하이, 그리고 하미의 사막까지 이동했다.

란저우에는 하얀색 모자와 두건을 두른 한족계 무슬림이 많이 살고 있었다. 교통은 분주했고 도로변에는 여관과 식당이 널려 있었다. 재킷과 바지를 입고 돌아다니는 매력적인 간쑤 소녀들의 까만 눈동자와 즐겁고 밝게 웃는 얼굴을 장터 여기저기에서 만날 수 있었다.

이곳에는 몸도 마음도 상쾌하게 만드는 산바람이 자주 불었다. 낮에는 조금 덥지만 그렇게 견디기 힘들 정도는 아니었다. 저녁에는 약간 쌀쌀해 담요를 덮고 자야 했다. 란저우 사람들은 친절하고 손님 접대하기를 좋아했다. 그들은 가지를 곁들인 쇠고기와 양고기를 많이 접대하는데 신선하고 맛이 좋았다. 시장에는 싱싱한 야채와 달콤하고 과즙이 많은 참외를 아주 싸게 팔았다. 향기롭고 맛있는 배는 버터처럼 입에 넣자마자 녹는 맛이 아이스크림 같았다. 집집마다 정원에 꽃과 야채를 심어 놓았다.

설렜던 이사와 환경의 변화, 시안 집의 압박감에서의 해방은 두러우안을 짓눌렀던 슬픔에서 벗어나게 했다. 이곳에서는 잘 지낼 수 있을 것 같았다. 란저우에는 그녀를 아는 사람이 없었고 주변을 의식하지 않아도 되었다. 탕어멈이 곁을 지켜 주고 있었고 생동감이 넘치는 추이어원이 있었다. 성격이 활발한 그녀는 얼굴에 항상 웃음꽃이 활짝 피어 있었다. 시안에서 보던 무대 위의 모습과는 큰 차이가 났다. 자연스럽게 리페이의 가장 친한 친구인 란루수이와 친구가 되었다. 절대적 믿음을 주는 란루수이는 성격이 부드러웠고 예민했으며 다른 사람들에게 항상 친절했다. 추이어원을 바라보는 란루수이의 눈빛에는 사랑이 차고 넘쳤는데 두러우안을 바라보던 리페이의 눈빛과 닮아 있었다.

새로운 환경에서 두러우안은 다시 태어난 느낌이 들었다. 작은 창문을 통해 들어오는 눈부신 아침 햇살은 전과 다르게 마음을 한결 들뜨

게 했다. 란저우에 도착한 첫날 아침에 눈을 떴을 때 대부관저에서의 오랜 습관처럼 방 안에 있는 낡은 장롱을 비추는 아침 햇살을 찾았다. 그러다 이내 그곳이 란저우라는 것을 생각하고는 마음에 행복감과 신선함이 가득 찼다.

이제부터 혼자 살아가야 한다는 것에 생각이 미쳤다. 마치 처음 날개를 펼치는 아기 새처럼 홀로 우뚝 선, 한 번도 느껴 본 적이 없는 쾌감을 느꼈다. 이제부터 일을 해야 했다. 이곳에서는 아무도 그녀가 두러우안인 줄 모를뿐더러 알아도 부끄러워하지 않을 것이라고 확신했다.

두러우안은 중학교에서 학생을 가르치려 했는데 특히 중국 문학에 자신이 있었다. 그녀는 집 나올 때 받아 온 550원을 한 푼도 쓰지 않았다. 아기가 태어날 때까지 그 돈을 남겨 두려고 했다. 집세를 내려고 했지만 란루수이는 한사코 사양했다. 대신 그녀와 탕어멈의 생활비로 매달 24원만 받기로 했다.

두러우안은 주부로서의 모습을 드러내며 알뜰하게 시작했다. 이것은 아기뿐만 아니라 안전을 위해서이기도 했다. 또한 그녀는 패물도 조금 갖고 있었는데 200원이나 300원 정도는 될 것 같았다.

판원보는 같이 왔다가 일주일이 안 돼서 돌아갔다. 학교를 몇 군데 알아봐 주었지만 긍정적인 답변을 얻지 못했다. 그의 주요한 임무는 리페이와 연락을 취하는 것이었다. 리페이는 편지에서 하진의 도움을 많이 받았고 마중잉의 란저우 사무실에서 전보를 칠 수 있다고 했다.

리페이에게 전보를 보내기 위해 지난번의 발신 기관을 알아보려고 했지만 알 수가 없었다. 하진은 쑤저우에 가 있었고 사무실에는 아는 사람이 없었다. 그들은 도시에서 십여 리 떨어진 군부대 전신국으로 찾아 갔다. 스무 살로 보이는 무슬림 청년이 작은 휴대용 트랜스폰더를 조작 하고 있는 것을 발견했다.

"이 전보는 어디에서 온 겁니까?"

판원보가 물었다.

청년은 그들을 한번 훑어보고 나서 말했다.

"투루판입니다."

"산산에서 전보를 담당하는 사람은 누구입니까?"

"제가 어찌 알겠습니까?"

"산산의 사령관은 누구입니까?"

"저한테 물어보지 마시고 삼십육사단 사무실로 가 보세요. 제가 알 기로는 거기에는 지금 사령관이 없고 적군이 장악하고 있습니다!"

황망한 소식이었다! 하지만 전선이 매주 바뀌는 전쟁터에서는 충분 히 가능한 일이었다. 그들이 지금 할 수 있는 일은 사단으로 돌아가 하 진의 쑤저우 사무처 주소를 알아내는 일뿐이었다. 쑤저우에 전보를 보 냈다가는 수신자가 이상하게 생각할 수도 있어 신중하게 토론한 끝에 하진에게 두러우안이 편지를 보내 리페이와 연락할 방법을 물어보기로 했다.

란루수이와 추이어원은 두러우안이 시안을 떠나 란저우에서 일자리 를 구하게 된 까닭을 알게 되었다. 판원보가 있었던 며칠 내내 그 일이 계속 화제가 되었다.

"형제끼리 싸우고 숙질간에 다투는 거 흔히 있는 일입니다."

판원보가 말했다.

"작은아버지가 속내를 내비친 겁니다. 아버님이 돌아가시고 도와줄 사람이 없으니 마음대로 하겠다는 겁니다. 집에 돌아가기 전에 산차이에 한번 들르겠습니다."

"양아버지!"

추이어윈이 말했다.

"양아버지는 착하신 분이잖아요. 러우안이 이런 일을 당하게 하지 말아 주세요."

추이어윈은 판원보가 엄청난 능력을 갖고 있다고 믿었다. 심지어 그의 검은 곰보 얼굴과 흥분했을 때의 사팔눈까지 숭배했다. 그녀는 판원보를 좋아하고 믿었다. 판원보는 그녀를 많이 도와줬을 뿐만 아니라 번거로움도 마다않고 두러우안을 란저우까지 바래다주었다. 그는 리페이의 친구였고 의협심이 강했기 때문이었다.

판원보는 추이어윈을 쳐다보았다. 란루수이가 그녀를 위해 공을 많이 들이고 희생도 많이 했지만 전혀 진전이 없는 것을 알고 있었다.

그가 말했다.

"너는? 너는 착한 것 같지 않구나. 루수이가 어때서? 그만하면 정말 잘해 준 거 아니야?"

판원보가 엄한 아버지 또는 오라버니 같은 말투로 말하자 추이어윈은 자기도 모르게 몸서리를 쳤다.

추이 노인이 주름 가득한 이마를 판원보에게 돌리며 말했다.

"말을 많이 했는데 통 듣지 않습니다. 따끔하게 충고 좀 해 주십시오."

추이어원은 세 남자와 두러우안이 자신의 대답을 재촉하고 있음을 의식했다.

그녀가 말했다.

"양아버지, 저는 아직 어려요. 루수이는 친오라버니처럼 잘 해 줘요. 정말 고맙게 생각하고……"

판원보가 말을 잘랐다. 목소리는 여전히 단호했지만 눈빛은 부드러웠다.

"너는 내 수양딸이니 내가 아버지 신분으로 이야기하마. 루수이가 만약 장님이거나 절름발이, 손가락이 하나 더 많기라도 하면 시집가라고 하지 않겠어. 하지만 루수이는 두 눈 멀쩡하고 사지 멀쩡한 사람이야! 네가 만약 시집가지 않을 경우 다음과 같은 잘못을 저지르게 된다. 첫째는 불효녀가 되는 거야. 죄질이 가장 무겁고 용서할 수 없지! 아버지가 행복한 노후를 보내시도록 해 드리는 게 맞는 거다. 둘째는 배은망덕한 거야! 말로만 고맙다고 하는 거는 빈말이고 보답하려고 하지 않는 거다. 셋째는 동정심이 없고 마음이 너그럽지 못한 거야! 루수이는 너를 지금까지 만난 여자 중에 가장 좋은 여자로 생각하고 사랑한다. 더욱이 다른 여자하고 결혼할 생각은 추호도 없다. 루수이의 마음을 상하게 할 생각은 없는 거지? 그래, 나이가 너무 많은 게 문제야?"

추이어원은 마치 자기가 익숙한 전통극의 대사를 듣는 것 같아서 한기를 느꼈다. 불효하고 배은망덕하며 어질지 못한 것이 모두 포함되었다. 특히 불효가 그랬다. 판원보의 말투가 경박스럽긴 했지만 마지막 한마디에 추이어원은 큰 감동을 받았다.

그녀는 얼굴이 홍당무가 돼서 한참을 머뭇거리다가 말했다.

"아니에요."

"루수이를 사랑해?"

"양아버지, 그렇게 물어보시면 안 되죠. 어떻게 대놓고 여자의 마음을 물어보세요?"

"아니야. 한 집안 식구끼리는 괜찮은 거다. 그렇죠, 추이 아저씨? 어윈은 말해 봐라."

그녀는 진정하고 나서 대답했다.

"불효 죄명만은 너무 무거워 감당할 수 없어요. 저도 아빠 생각을 많이 해요. 전들 왜 결혼을 고민하지 않겠어요? 그런데 결혼은 여자의 운명을 결정하는 거잖아요. 옛말에도 바늘 가는 데 실이 간다는 속담이 있어요. 루수이에게 시집가면 란 부인이 되는 거잖아요? 근데 저는 배움이 짧은 사람이라 친구분들이 비웃을 거예요. 저는 제비집이나 상어지느러미 요리를 먹으면서 매일 아픈 척 가슴 부여잡고 골골거리는 임대옥 같은 여자가 아니에요. 행복하지 않을 거고 루수이를 부끄럽게 만들 거예요. 이게 첫 번째 이유예요."

"상어지느러미 요리를 먹든 안 먹든 누가 뭐라 안 할 텐데."

란루수이가 한마디 껴들었다.

그녀가 계속 말했다.

"지금은 저를 좋아한다 하지만 결혼하고 나면 틀림없이 자기 신분에 어울리는 미인을 넘볼 거예요. 그러면 제가 아마 살인을 저지를지도 몰라요 . 이게 두 번째 이유예요. 세 번째는 제가 아직 젊다는 거예요. 지금은 잠시 쉬고 있지만 이 기간이 지나면 하던 일을 다시 시작해서 무대에 오르고 싶어요. 란 부인이 사람들 앞에서 무대에 얼굴을 내밀고 다닌다고 상상해 보셨어요? 그래서 스스로 안 된다고 했지요. 마지막으로 네 번째가 가장 중요한데 다른 사람들에게 폐를 끼치고 싶지 않아요. 시안을 빠져나올 수 있었던 것은 도와주신 덕분이에요. 근데 지금 절대적으로 안전하다고 누가 보장할 수 있나요? 도망쳐 나올 때 위병이 죽었어요. 나중에 혹시라도 제가 잡혔을 때 다른 사람이 연루되지 않았으면 해요. 그러니까 하필이면 지금 결혼해 상황을 더 복잡하게 만들 필요가 있을까요?"

그녀는 결혼할 수 없는 이유에 대해 열변을 늘어놓았다. 그러고는 말을 멈췄다.

판원보는 반은 인정하지만 반은 아니라는 듯이 코웃음을 쳤다.

"추이 아저씨."

그가 말했다.

"따님이 무대 아래에서도 이렇게 말 잘하는 줄 몰랐네요. 이러다가 첫날밤에 신랑이 따님이 하는 말만 듣다 말겠어요."

"제 이유가 충분하지 않은가요?"

추이어윈이 말했다.

란루수이가 바로 대답했다.

"꼭 그렇지 않아요. 터무니없는 생각이에요."

란루수이는 판원보를 향해 말했다.

"쓸데없는 걱정을 하지 않게 한 가지는 분명하게 말해 두겠어. 결혼하면 무대에 오를 수 없다고 생각하는데, 사실 어떤 집안에서는 그렇긴 해. 하지만 나는 그게 부끄럽다고 생각하지 않아. 어원이 원하기만 하면 안 될 게 뭐가 있어? 고작 이것 때문이라면 나는 맹세코 장담할 수 있어. 얼마든지 무대에 오르라고."

"진짜예요?"

추이어원은 못 믿겠다는 듯 말하면서도 표정은 저도 모르게 부드러워졌다.

"그럼, 내가 바로 그런 모습 때문에 좋아하잖아! 절대 바꾸지 말고 원래 하던 대로 해."

판원보가 얼굴을 만지며 헛기침을 했다.

"어원, 루수이의 말을 들었지. 내가 양아버지 신분으로 말하는데 네가 말한 이유는 조금도 충분하지 않다. 루수이는 너를 사랑해. 나는 모든 일이 원만하게 풀릴 거라고 믿는다. 너를 먹여 살릴 거고 네 원래 모습을 좋아해서 무대에 오르는 것도 간섭하지 않는다는데 뭐가 불만이야? 내 말 안 들을 거면 앞으로 양아버지라고 부르지 마. 곤장 좀 맞아야 정신 차릴 거지?"

추이어원의 뺨이 붉게 달아올랐다. 란루수이에게 시집가겠다고 하자니 흥분돼서 온몸이 떨렸다. 그녀는 부끄러운 듯이 고개를 숙이고 여자애들이 암묵적으로 동의할 때 짓는 표정을 지었는데 눈망울이 초롱초롱했다.

"어떻게 할까? 양아버지가 곤장 한 서른 대 때릴까?"

그녀가 고개를 들고 슬쩍 란루수이를 훔쳐보았다. 그는 자리에서 안절부절못하고 있었다. 그녀의 얼굴이 새빨개졌다. 판원보는 그녀의 마음이 흔들린 것을 보고 말했다.

"너는 루수이에게 꼭 시집가야 돼."

"명령이에요?"

"그래, 명령이야!"

판원보가 말했다.

"받아들여야만 해!"

그녀더러 편하게 동의하라고 일부러 강하게 나오는 것이었다.

추이어원은 얼굴이 빨개져 부끄럽게 웃더니 방을 뛰쳐나갔다.

"판 나리."

추이어원의 아버지가 말했다.

"이 은혜를 어떻게 다 갚죠? 제가 죽어라 말해도 안 듣더니 나리가 몇 마디 하니 바로 마음을 바꾸네요."

판원보가 만족스러운 웃음을 지었다.

"보통 여자애하고 다릅니다. 마음속 꿍꿍이는 제가 잘 압니다."

그 후 며칠 동안 추이어원은 완전히 다른 사람이 된 것 같았다. 눈빛이 다정했고 란루수이를 보기만 해도 부끄러워했다. 목소리가 낮아졌으며 표정이 부드러워졌는데 보통 여자들이 약혼한 남자를 마주할 때와 똑같았다.

란루수이에게 두러우안을 부탁한 판원보는 란루수이와 추이어원을 맺어 준 것에 만족해 하며 이튿날에 시안으로 돌아갔다. 시안으로 돌아가서 두러우안에게 편지를 보내왔다. 산차이에 들러 수문을 보았고 하이지에쯔와 무슬림 마을의 문제에 관해 얘기를 나눴다고 했다.

여름이 지나고 초가을이 시작되었다. 두러우안은 한동안 휴식을 취하고 정상으로 돌아왔다. 란루수이와 추이어윈 가족과 보내는 것이 마냥 즐거웠다. 입덧이 지나자 식욕도 왕성해졌다. 체중이 많이 불어났지만 옛날처럼 쉽게 피곤하거나 그러지는 않았다.

집주인 차오 할머니를 계속 속일 수 없었다. 처음에는 두러우안이 결혼했다고 말했다가 나중에 추이어윈은 자기도 모르게 그녀가 집을 떠난 과정을 말해 버렸다. 결국 약혼만 한 사실도 말하게 되었다. 그러나 차오 할머니는 개의치 않고 두러우안을 그냥 출산을 기다리는 여자로 생각했다. 차오 할머니는 자기 집에 세 든 시안 손님들을 좋아했는데, 특히 며칠 있다가 간 판원보를 마음에 들어 했다. 탕어멈에게서 두러우안이 부잣집 아가씨이고 대저택에서 살았다는 것을 들었다. 두러우안의 미모와 성격, 슬프고 공허한 눈빛을 보고 그녀가 아직 세상 물정을 겪어 보지 못했고 한 번의 실수로 지금 이 지경에 이르렀다고 생각했다. 때문에 두러우안을 위해 사실을 숨겨 주려고 했고 이웃들에게 리 부인의 남편이 멀리 출장 갔다고 했다.

란저우의 가을은 새벽 공기가 서늘했다. 학교들이 개학했지만 두러우안은 아직 일자리를 찾지 못했다. 시안에서 아는 사람이라도 나올까 봐 정부나 공공기관은 피해서 가정교사 같은 일자리를 구하고 싶었다. 그녀는 학력 증명서를 준비했고 다른 사람이 물으면 리 부인이라고 말할 작정이었다. 현대 여성이 대부분 그렇듯이 본명으로 취직하고자 했다.

어느 날 두러우안은 가정교사를 초빙한다는 신문 광고를 보고 지원했는데 취직이 되었다. 주 10원의 급여를 받고 상하이에서 온 가정의 자녀 셋을 가르치는 일이었다. 부모는 자녀들이 국어를 배워야지 다른 교과목에 잘 적응할 수 있다고 생각했다. 아버지 되는 천(陳) 선생은 쉰 살 정도로 방직 공장에서 기사로 일하고 있었다. 그들은 집에서 상하이 말만 사용했다. 두러우안은 마침 상하이와 베이핑에서 살았던 적이 있었다. 베이핑의 국어가 표준이었기 때문에 그들은 두러우안을 선생으로 초빙한 것을 매우 기쁘게 생각했다. 그들은 또 시안에 대해 거의 아는 것이 없었기 때문에 두러우안은 안도했다. 그녀는 남편이 장기간 출장을 갔다고 이야기했다. 아기를 출산할 때 한 달 동안 휴가를 내고 싶다는 말도 했다. 천 선생 부부는 아이들이 두세 달만 배우면 충분하다고 생각했다. 그녀가 마음에 들어 문제 될 게 없었다.

그녀는 오후 다섯시부터 일곱시 혹은 일곱시 반까지 방과 후에 아이들을 집에서 가르치면 되었다. 일이 수월했고 수입이 지출을 감당하기에 충분했다. 누구나 그렇듯 아이들은 공부를 힘들어 했다. 그녀도 그런 시절을 겪었기 때문에 아이들에게 공부 부담이 크다는 것을 알고 있었다. 일곱시 정도 돼서 셋 중 막내가 꾸벅꾸벅 조는 것을 보노라면 가슴이 아팠다. 중국 학교가 아이들에게 주는 부담이 너무 컸다. 아이들에게 무조건 외우게 했으며 교과서를 뒤적이며 소홀히 하면 안 되었다. 학교에서 집으로 돌아올 때쯤에 아이들은 엄청 지쳐 있었다. 야외에서 뛰놀며 운동도 하고 그래야 하지만 바로 집으로 돌아가서 배운 것들을 복습해야 했다.

두러우안은 시간을 자유롭게 보냈다. 다른 어머니들처럼 태어날 아기를 위해 미리 털옷과 이불을 장만했고 그때마다 표정이 한없이 부드럽고 아름다워졌다. 신장의 겨울이 몹시 추울 거라고 생각한 그녀는 리페이를 위해 회색 털옷을 한 벌 뜨기 시작했다. 뜨개질을 하다가 손가락이 아플 때 가끔씩 얼굴에 막연한 표정을 짓기도 했다.

리페이에게서 산산에 무사히 도착했다는 전보 외에 다른 소식을 받지 못했다. 하진이 성의 있는 답장을 보내왔지만 별로 도움이 되지 않았다. 혼란한 국면에서 리페이의 행방을 찾기가 어려웠다. 연락이 가능하면 리페이가 무조건 시도할 것이라고 생각했다. 뜨개질을 완성했지만 보낼 곳을 몰랐다. 정성껏 뜨개질한 털옷을 상자에 곱게 넣어 보관해둘 수밖에 없었다. 닭똥 같은 눈물이 볼을 타고 주르륵 흘러내렸다.

가을색은 완연해서 온 숲과 산들에 울긋불긋 온통 단풍이 들었다. 혼탁했던 황허도 맑은 푸른색을 띠었고 나뭇가지의 푸르던 잎은 갈색으로 갈아입었다. 산비탈에 있는 양들의 털도 수북이 자라 곧 깎아 주어야 했다. 10월이 왔고 두러우안은 불안해지기 시작했다. 란루수이, 추이어윈, 탕어멈, 심지어 차오 할머니까지 모두 옆을 지켜 줬지만 부족했다.

란루수이와 추이어윈은 다정한 연인이 되었다. 아직 결혼할 날짜를 잡지 않고 정식으로 약혼을 하지 않았다. 그렇지만 추이어윈은 란루수이를 약혼한 남자로 생각했고 겉으로 드러나지 않은 그의 남다른 매력에 빠져들기 시작했다. 두러우안도 란루수이가 익숙해지자 말수가 적은 그가 마음에 들었다. 리페이의 시각에서 그를 살펴보고는 그가 리페이의 절친한 친구가 된 것을 이해할 수가 있었다.

두러우안에게 가장 큰 감동을 준 것은 동물에 대한 란루수이의 사랑이었다. 그가 검은색의 되새를 사서 훈련시키는 것을 보았다. 란루수이는 경험이 풍부했다. 날개와 부리를 다듬어 줄 때는 아이를 대하듯 했다. 손을 부드럽게 놀렸고 다정한 표정을 지었다. 그리고 수컷이 혼자 외로울까 봐 신경을 써서 암컷 한 마리를 구해다 줬다.

란루수이는 리페이처럼 유머러스하지 않았다. 그의 말투는 매섭거나 날카롭지 않았고 느리게 천천히 말했다. 또한 매우 진지한 사람이었고 남들이 하찮아 하는 작은 일들에도 흥미를 느끼는 순수한 사람이었다. 추이어원은 처음에 그를 잘 몰랐다. 두러우안도 친해지고 나서 란루수이의 성격을 알게 되었다. 처음엔 근심 걱정 없는 돈 많은 부잣집 도련님 정도로 생각했다. 만약 루수이가 돈만 아는 그렇게 천박한 사람이었다면 리페이가 좋아할 리 만무했다. 란루수이는 삶의 본질을 꿰뚫어 보고 있으며 모든 것을 초월해 있었다. 겉으로는 하릴없이 빈둥거리는 사람처럼 보이지만 사실은 깊이가 있는 사람이었다.

어느 일요일 저녁 세 사람이 같이 산책하고 돌아왔다. 집 근처에 좁은 골목이 있었고 탁 트인 마을과 통해 있었다. 양쪽에는 나무 울타리가 빽빽이 들어서 있었고, 뒤쪽으로는 들판과 농가가 있었다. 골목이 끝나는 곳에는 울창한 밤나무가 가득 숲을 이루고 있었다. 란루수이와 추이어원은 평소 이곳으로 산책하기 좋아했고 오늘은 두러우안도 같이 했다. 산책하고 돌아와서 밥 먹고 빙 둘러앉아 한담을 나눴다. 추이 노인은 저녁에 혼자 자주 극장이나 찻집을 돌면서 젊은이들끼리 있게 했다. 란루수이는 즐거운 표정으로 의자에 반쯤 누워 있었다.

"어윈, 우리가 또 하루를 보낸 거 알아?"

추이어윈이 말했다.

"그럼요."

란루수이는 추이어윈을 쳐다보며 다정한 눈빛으로 말했다.

"우리는 자신이 뭘 했는지 몰라. 오늘 무슨 일은 한 것 같지, 근데 오늘이 지나고 내년 이맘때가 되면 오늘 한 일을 기억 못해. 내일, 모레, 글피도 마찬가지야. 우리가 자신이 왜 살고 있는지 알고 있을까?"

두러우안이 말했다.

"내 생각에는 다 모르는 거 같아요. 그냥 살아갈 뿐이죠, 그죠?"

"맞아요. 사람들은 자기가 왜 사는지 몰라요. 은행가도 모르고 정부 직원도 몰라요. 아는 사람이 없어요. 사람들은 매일 어디를 향해 가고 있지만 정작 왜 가는지 모르지요."

"너무 염세적인 거 같은데요."

추이어윈이 란루수이를 보며 말했다.

"아니야. 나는 사람들이 바쁘게 사는 원인을 찾고 싶을 뿐이야. 내가 얻은 결론은 사람들이 살기 위해 살 뿐, 삶의 진정한 목표를 모른다는 거야."

란루수이의 대답을 듣고는 추이어윈이 존경하고 사랑하는 눈빛으로 말했다.

"저는 잘 모르겠어요."

란루수이가 다정하게 찬찬히 말을 이어 갔다.

"내 뜻은 우리가 뭘 하고 뭘 믿든지 다 똑같다는 거야. 네가 만약 깊은 산속의 오지마을에 갔어. 거기에 남자·여자들이 살고 있는 것을 보고 이런 곳에서 사는 게 정말 힘들겠구나 싶어. 하지만 거기에 사는 사람들은 그렇게 생각하지 않아. 왜? 살고 있기 때문이야. 전국에서 가장 잘사는 사람과 시골에서 비참하게 사는 농부에게 물어봐. 살면서 가장 관심을 가졌고 그것 때문에 힘들게 살아도 행복한 게 뭐냐고? 답은 영원히 똑같을 거야. 여자는 아이를 위해서, 남편은 아내를 위해서, 부모는 딸이나 아들이 결혼하는 걸 보고 싶어서야. 잘살고 못 살고를 떠나서 우리는 같은 목표를 위해서 사는 거야. 그래서 세계를 유지하는 힘이 우리가 가족에 대한 사랑이라는 거야. 아내도 좋고, 아이도 좋고, 부모도 좋고, 심지어 이 세상에서 가장 극악무도한 사람도 자기가 관심하는 사람이 있다는 거야. 만약 없으면 바로 자살해 버리고 말 거야."

어느덧 여름은 가고 가을빛이 감도는 10월이 되었다. 란저우는 10월에 가장 쾌적했다. 하진은 두러우안에게 이삼 주 후 란저우에 도착할 예정이라는 편지를 보내왔다. 또한 마스밍에게 리페이를 찾아 두러우안이 란저우에 도착했다는 소식을 전하라는 전보를 보냈다고 알려 주었다. 두러우안은 큰 희망을 품었다.

하루하루 커 가는 뱃속의 아이는 그녀에게 편안함과 위로를 주었다. 뱃속에서 움직이는 생명이 리페이의 일부분이라는 생각이 들어서 기분이 묘했고 날아갈 것 같은 행복감을 느꼈다. 두러우안은 생각하는 것만으로도 기분이 즐거워졌고 마음은 더 성숙해져 갔다.

휴식을 잘 취한데다 란루수이와 추이어윈, 탕어멈이 세심하게 보살펴 준 덕분에 두러우안의 몸은 마치 기적이 일어난 것처럼 건강해 보였다. 얼굴색이 좋아지고 눈빛은 반짝이며 식욕도 더욱 왕성해졌다. 그녀는 란루수이의 설득에 서양 의사를 찾아가 보았고 의사는 모든 것이 정상이라고 말해 주었다. 의사는 그녀를 리 부인이라고 기록했을 뿐 더 묻지 않았다. 그녀는 반듯하게 보이기 위해 결혼반지까지 빌려 끼고 갔다.

24

꧁꧂

10월 중순이었다. 모두 모여서 저녁 식사를 하고 있는데 대문 앞에 성 정부 경찰 몇 명이 나타났다. 그들은 젓가락을 내려놓고 바깥의 동정을 살폈다. 차오 할머니가 경찰을 만나러 나갔다.

한 남자가 말하는 소리가 들렸다.

"여기에 추이어윈이라는 여자가 있습니까?"

"무슨 일입니까?"

"그녀를 체포하라는 명령을 받았습니다."

모두 놀라서 서로의 얼굴만 쳐다보았다. 추이어윈은 더욱 겁먹고 눈이 등잔만 해졌다. 모두 어찌할 바를 몰랐다. 경찰이 방으로 들어올 때 추이 노인은 딸을 데리고 부엌문을 빠져나가려고 했다.

"추이어윈이 누구입니까?"

추이어윈은 완전히 겁을 먹고 란루수이 뒤에 숨었다.

"무슨 일입니까?"

"살인 사건의 증인을 데리고 오라는 시안의 요청을 받았습니다. 죄송합니다. 같이 가 주셔야겠습니다."

란루수이가 항의하자 그 경찰이 물었다.

"두 사람이 무슨 관계입니까?"

추이어원이 나서서 대답했다.

"아무런 관계도 아닙니다. 이 집에 같이 세 들어 사는 사람일뿐입니다. 저는 아버지와 같이 살고 있습니다."

경찰관은 다른 사람들에게도 질문한 다음에 추이 노인과 란루수이의 이름을 적고 추이어원에게 같이 갈 것을 명령했다.

"그러면 옷이라도 몇 벌 챙기게 해 주십시오."

"경찰관 나리, 차 한 잔 좀 드세요."

차오 할머니가 말했다.

"옷 좀 챙기는 동안 이리 앉으세요."

"도망칠 생각하지 말라고 하십시오. 뒤에도 지키는 사람이 있습니다."

추이 노인은 눈물까지 흘렸다.

"시안의 결정에 따라야 합니다. 우리하고는 상관없고 압송만 할 뿐입니다. 이렇게 아리따운 아가씨가 참 안 됐네요."

"제발 선처를 부탁드립니다. 시안에서 어떻게 나올지 모릅니다!"

"죄송합니다. 공적인 일입니다. 내가 무슨 방법이 있겠습니까?"

경찰관은 방 안을 구석구석 살펴보고 식탁 옆으로 걸어가서 모자를 그 위에 올려놓았다. 그리고 두러우안을 보고 물었다.

"여기서 무슨 일을 합니까?"

"가정교사로 국어를 가르치고 있습니다."

"주급이 어떻게 됩니까?"

"십 원입니다."

란루수이는 그 틈에 방을 빠져나가 추이어원에게로 갔다. 그녀는 작은 목소리로 울면서 물건을 챙기다가 란루수이가 들어오는 것을 보고 말했다.

"걱정하지 마세요."

그녀가 낮은 목소리로 말했다.

"저만 잡아 가는 거예요. 양아버지에게 전보 쳐서 걱정하지 말라고 전해 주세요. 아무 말도 하지 않을 거예요. 감옥 갈 수도 있겠지만 한마디도 하지 않을 거예요. 누가 만주 위병을 죽였는지 내가 어떻게 알아요? 어쩌면 빠져나올 수도 있어요. 양아버지가 나를 구해 줄 수도 있고요. 빠져나오지 못해도 다른 사람들을 연루시키지 않을 거예요."

란루수이가 지갑에서 이백 원을 꺼내면서 말했다.

"갖고 가. 절대 아끼지 말고. 보러 갈게."

"오지 말아요. 소용이 없어요. 아빠를 돌봐 줘요. 아빠와 함께 이곳을 떠나세요. 만약 나오게 되면 양아버지를 통해 연락할게요."

란루수이는 지금 그녀의 기분을 헤아릴 수 없었다.

란루수이가 밥 먹던 곳으로 돌아와 보니 경찰은 두러우안과 열심히 얘기를 나누고 있었다. 경찰은 눈을 들어 힐끗 쳐다보았다가 이내 고개를 숙이고 손톱을 주시했다.

"신문에 났던 그 대고 공연하는 유명한 배우네요?"

추이 노인이 여전히 애걸하고 있었다.

"그 성의 주석을 잘 모르실 겁니다. 제 딸을 납치한 적이 있습니다."

경찰의 입이 딱 벌어졌다.

마침 추이어윈이 보따리를 들고 문 앞에 나타났다. 슬픈 얼굴로 아버지를 한번 쳐다보고 아버지가 말을 너무 많이 할까 봐 얼른 말을 가로챘다.

"자, 왔습니다!"

아버지는 딸이 진짜로 잡혀가는 것을 보고 또 사정하기 시작했다. 추이어윈은 아버지의 어깨 위로 손을 올리면서 말했다.

"아빠, 걱정하지 마세요. 증인으로 출석할 뿐이에요."

그리고는 북받치는 감정을 참지 못하고 아버지의 품에 안겨 눈물을 쏟았다. 경찰이 한쪽에서 인내심을 갖고 기다려 주었다가 그녀의 어깨를 두드렸다.

"갑시다!"

경찰이 말했다.

다른 경찰이 손에 들고 있던 초롱불을 켰고 나머지 사람들도 출발 준비를 했다. 추이어윈은 문턱까지 걸어갔다가 잠깐 돌아서서 란루수이와 다른 사람들에게 작별 인사를 했다. 눈물을 글썽거리고 있었고 목소리에는 기운이 없었다.

"모두 안녕히 계셔요. 건강 챙기시고. 제 걱정은 하지 마세요."

그녀는 몸을 돌려 고개를 떨어뜨리고 경찰을 따라 나갔다. 칠흑같이 캄캄한 밤 진흙길을 초롱불에 의지한 채 걸어갔다. 밤길을 비추는 초롱불은 담벼락에 흔들거리는 긴 그림자를 만들었다. 추이 노인은 발걸음 소리가 완전히 사라질 때까지 지켜보면서 온몸이 무너져 내리려고 했다.

불빛 아래 추이 노인과 란루수이의 얼굴은 창백했고 근심이 가득했다. 란루수이는 이리저리 왔다 갔다 하면서 머리를 쥐어뜯었다. 탕어멈은 부엌에 숨어 있다가 지금은 벽에 붙어 서서 옷자락을 만지작거리고 있다.

"누가 고자질한 거지?"

추이어원의 아버지는 아직도 현관에 서 있었다.

"이제 어떻게 하지?"

란루수이는 그 말을 못 들은 것 같았다. 뒷짐 지고 창가로 가서 어둠 속을 멍하니 바라보고 있었다. 두러우안은 그가 눈물을 훔치는 것을 보았다.

"누가 경찰에게 어원이 여기에 있다고 일러 바쳤을까요?"

두러우안이 물었다.

란루수이는 고개를 돌리고 목멘 소리로 말했다.

"정말 이해가 안 돼요. 지금 바로 판원보에게 전보를 쳐야겠어요. 심문을 당하게 되면 안 좋은 일이 있을 수도 있어요. 아니에요, 내일 보내야겠네요. 대책을 생각하고 보내야 해요."

두러우안은 뜬눈으로 밤을 지새웠다. 침대에 누워 별 생각을 다 했지만 마음은 가라앉지 않고 두려움으로 잠도 오지 않았다. 추이어원이 잡혀간 것은 큰 걱정이었다. 당국이 그녀를 심문하게 되면 자칫 리페이의 친구들이 연루될 수도 있었다. 추이어원이 란저우에 있다는 것을 알아낼 줄은 생각도 못했다. 시안 경찰이 그녀가 여기 있다는 것을 어떻게 알았을까? 두러우안은 금방이라도 큰 불행이 들이닥칠 것 같았고,

운명의 여신은 자신을 시험하는 것 같았다.

캄캄한 밤은 상상력을 극대화해서 그녀를 더욱 불안하게 만들었다. 그녀는 자신이 추적을 받은 것 같았고 운명은 무자비하게 추이어원에게까지 불행을 가져다주는 것 같았다. 그녀는 옆으로 돌아누워 커튼을 친 창문 사이로 초승달을 바라보았다. 란루수이가 방안을 서성이며 왔다 갔다 하는 소리가 들렸다. 그녀는 창문을 열고 가오란산 위에 떠오른 차가운 달을 하염없이 바라보았다. 낯선 서북 변방 도시에서 의지할 사람 하나 없이 혼자 외롭게 서 있는 자신이 서글펐다.

맞은편 침대에 누워 있던 탕어멈이 뒤척이는 소리가 들려왔다. 탕어멈은 주석으로 만든 작은 등잔에 불을 붙이고 머리핀으로 심지를 돋우었다. 그러고는 솜옷을 걸치고 슬리퍼를 신고 와서 두러우안의 침대 맡에 앉았다.

탕어멈이 낮은 소리로 말했다.

"계속 생각을 해 봤는데, 작은아버지일 수도 있겠다는 생각이 들었어요. 아가씨가 어원과 같이 살고 있다는 걸 알 수도 있어요."

"작은아버지가 들어서 알고 있었을 거예요. 춘메이한테 물어보았을 거고 춘메이는 알고 있잖아요. 주소를 알려 준 적이 있거든요."

두러우안은 그렇게 생각하고 싶지 않았고 또 믿고 싶지 않았다.

탕어멈이 혀를 차면서 한숨을 쉬었다.

"작은아버지가 알고 있었다면 아가씨를 해코지하려고 경찰에게 알렸을 수도 있어요. 아가씨한테 안 좋은 마음을 품고 있기 때문에 아가씨나 리페이가 연루되기를 바라는 거죠."

"저를 해코지하고 싶어서 제 친구까지 해코지하는 거겠죠. 근데 춘메이가 같이했을 거라고는 안 믿어요."

그들은 얘기를 나눌수록 그 말에 점점 더 일리가 있는 것 같았다. 두러우안은 춘메이가 추이어원이 이곳에서 찍은 사진을 본 적이 있다는 것이 생각났다.

"사진을 보여 주지 말았어야 해요."

"제가 그 집을 떠났는데도 작은아버지가 저를 가만두지 않을 줄을 어찌 알았겠어요? 춘메이도 그런 사람이 아니잖아요."

무거운 돌덩이를 올린 것처럼 여러 생각이 마음을 짓눌렀다. 경찰에 알린 사람이 작은아버지라고 거의 확신했다. 작은아버지가 미웠고 외롭고 의지할 사람이 없었을 아버지를 생각하자 가슴이 미어졌다.

"아이가 움직이고 있어요."

그녀는 가벼운 태동을 느끼고 탕어멈에게 말했다.

"그만 자요. 하늘이 결코 무심하지 않을 거예요. 살 만큼 살아서 죄는 지은 데로 간다고 믿어요."

두러우안의 머릿속은 복잡한 생각들로 꽉 들어찼다. 추이어원의 운명과 란루수이와 판원보의 결말을 추측하면서 걱정을 했다. 또 소식 끊긴 리페이를 생각하고 자신을 생각했다. 이러저런 생각을 하다가 겨우 잠에 들었다.

아침에 일어나니 추이어원의 아버지가 일찍 나가고 없었다. 란루수이가 말했다.

"소식 알아보러 나갔을 거예요."

"어떻게 될 거 같아요?"

두러우안이 초췌한 란루수이의 얼굴을 보면서 말했다.

"원보에게 전보를 쳐야 해요. 근데 어떻게 쓰면 좋을지 모르겠어요. 원보가 시안에서 세력이 있으니 어원이 거기에 가면 방법이 있을지도 몰라요. 사람들은 어원이 송곳으로 위병을 죽일 수 없다는 걸 알아요. 어원이 또 누구한테 죽임을 당할 만큼의 원한을 산 일도 없어요."

두러우안이 마음속에 품었던 생각을 말해 주었다.

"아무래도 제가 온 것이 누를 끼친 것 같아요."

란루수이는 그 말을 믿지 않았다.

"러우안 씨 작은아버지가 왜 러우안 씨를 해치려고 들까요?"

그는 얼굴을 만지며 말뜻을 이해하려고 노력했다. 지금으로서는 그녀가 한 말이 가장 일리가 있는 것 같았고 그렇다면 결말이 뻔했다. 만약 밀고자가 두러우안을 훼방하고 그녀의 친구들을 쫓아 버리기 위해서라면 추이어원에게 한 가닥 희망이 있을 수도 있었다.

"내일 시안 가는 비행기 있어요. 원보에게 편지 써서 우리 생각을 말해 줘야겠어요. 원보라면 방법이 있을 수도 있어요. 리페이하고 친해요. 러우안 씨 작은아버지가 아마 가만두지 않을 거예요. 러우안 씨는 주소를 바꾸는 게 좋을 거 같아요. 이사한다고 해서 특별히 나쁠 것도 없잖아요. 우리 빼고는 아무에게도 알리지 말고요."

"루수이 씨 말이 맞는 것 같아요."

탕어멈이 말했다.

"저도 떠나야겠어요."

란루수이가 말했다.

"어제 저녁에 어윈이 아버지를 부탁하고 갔어요. 이것부터 처리하고 소식이 있으면 또 연락해요."

추이 노인이 돌아와서 왕 노인에게 성의 감옥에 가서 딸 소식 좀 알아봐 달라고 부탁했다고 했다. 그들은 옥졸과 연계가 있는 왕 노인을 통해 추이어윈과 연락을 취할 수 있었다. 돈을 싫어하는 옥졸은 없었다. 왕 노인이 중간에서 다리를 놓아 추이어윈을 만나기로 했다.

란루수이가 이곳을 떠나야 된다고 말했다.

"내 딸이 어디로 보내지는지 알기 전에는 떠날 수 없네."

추이 노인의 좁은 어깨가 평소보다 더 구부러졌고 숨소리도 고르지 못했다.

란루수이가 말했다.

"며칠을 기다려도 문제는 없을 거예요. 어윈이 심문을 받게 되면 원보의 사람들을 연루시킬 수 있어요. 빠져나올 길이 없어요. 어윈이 시안에 어떻게 압송되는지 알아낸 후에 우리도 잠깐 피신하는 게 좋아요."

그들은 불안 속에서 몇 시간을 보냈고 저녁 무렵에 왕 노인이 좋은 소식을 갖고 왔다. 추이어윈은 성의 감옥에 수감되었고 옥졸에게 20원 줬기 때문에 감옥에서 편하게 좋은 대우를 받을 수 있다고 했다. 시안 정부에서 공문이 더 오기 전까지는 연루될 위험이 없다고 했지만 란루수이는 안절부절못했다.

그날 저녁 추이 노인과 란루수이는 음식, 담요와 베개를 챙겨서 면회하러 갔다. 감옥장은 사복 차림의 중년이었는데 친절하게 추이어윈이 수감된 방으로 안내해 줬다. 어두운 복도에 발걸음 소리가 울려 퍼졌다.

추이어윈은 여전히 첫날에 입었던 회색 치파오를 입고 있었다. 작은 전등 하나가 벽에 희미한 불빛을 비췄고 그녀의 헝클어진 머리와 때 묻은 얼굴 위에 여러 개 그림자를 드리웠다. 불빛에 좀 적응하고 나서 란루수이는 추이어윈의 눈물자국을 발견했다. 그녀는 목소리가 맑았고 얼굴에는 지친 미소를 띠고 있었다.

란루수이는 추이 노인에게 앉으라고 의자 하나를 끌어다 주었다. 추이어윈이 아버지에게 다가가 두 손을 어깨 위에 올려놓고 말했다.

"저에게 이런 불행한 일이 일어났네요. 하지만 저를 어떻게 하지는 못할 거예요. 제가 없어도 루수이가 보살펴 드릴 거예요. 걱정하지 마세요."

아버지는 고개 들고 눈을 슴벅거리면서 슬퍼했다.

란루수이가 말했다.

"원보에게 알렸어요. 방법이 있을 거예요."

추이어윈이 씩 웃었다.

"저를 감히 공개적으로 심판하지 못할 거예요. 제가 납치된 과정을 사람들이 알게 되면 주석도 체면을 잃게 되니까요."

"공개적으로 심판하지 않을 수도 있어요."

면회를 마치고 나온 그들은 마음이 좀 편해졌다. 추이어윈도 어제보다 냉정을 회복한 것 같았다.

그들은 연속 며칠 동안 매일 추이어윈을 보고 왔다. 그녀는 모습이 바뀌지 않았다. 옥졸은 그녀가 식욕이 좋고 잠도 잘 잔다고 했다. 그녀가 감옥에서 시간을 보내는 게 힘들다고 해서 란루수이가 책 몇 권을 갖다 주었다.

"좀 괜찮아?"

란루수이가 물었다.

"괜찮아요. 밥이 좀 딱딱해서 먹기 힘들어요. 덩어리 졌고 모래까지 섞여 있어요. 조심하지 않다가는 이빨이 떨어져나갈 것 같아요."

"여기 여자 간수는 없어?"

"필요 없어요. 새파랗게 젊은 옥졸 놈이 저를 희롱하려고 했는데 기회를 주지 않았어요."

세 번째로 갔을 때 방에는 여자 수감자가 한 명 더 있었고 추이어원과 잘 어울리는 것 같았다. 그녀도 말동무가 생겨서 기분이 좀 좋아진 것 같았다.

란루수이와 추이 노인은 그녀가 묵묵히 현실을 받아들이는 것을 보고 조금은 마음을 놓았고 서둘러 이사 준비를 했다. 판원보에게서 그들이 안전한 곳으로 옮길 것과 추이어원이 시안으로 압송되는 시간을 알려 달라는 전보가 왔다. 그리고 하인 라오루를 찾으라고 했다.

란루수이가 두러우안에게 말했다.

"우리는 허저우로 가려고 하는데 같이 가요. 그러면 우리가 걱정을 덜 해도 되지요."

"저는 가고 싶지 않아요. 하진이 온다고 하니 만나 봐야겠어요. 지금 제 상황도 수레를 타고 먼 길을 갈 형편이 안 돼요. 란저우에 남아서 주소만 바꾸도록 하겠어요. 리페이의 소식이 사무처에 오기라도 하면 제가 있어야 돼요."

란루수이는 그녀의 말을 들을 수밖에 없었다. 그는 서문 밖의 시관
(西關) 지역에서 방을 두 개 잡아 주었다. 시설이 형편없었는데 마루를
깔지 않았고 가구도 턱없이 부족했으며 벽에 손이 가지 않은 지도 여러
해가 되는 것 같았다. 집주인 첸(錢) 부인은 노안이 온 과부였다.

하지만 두러우안은 과부가 혼자 사는 집이고 또 비교적 조용해서 마
음에 들었다. 집세도 싸서 한 달에 12원이면 되었다. 집의 좌향도 마음
에 들었는데 창문을 통해 황허 맞은편 기슭의 도로를 내다볼 수 있었
다. 두러우안은 저 길이 칭하이와 신장으로 통한다고 들었다. 길에는
사람과 자동차, 가축들이 끊임없이 왕래하고 있었다. 두러우안은 리페
이가 저 길로 돌아오는 것을 상상했다.

이튿날 두러우안과 탕어멈은 남방으로 간다고 하고 차오 할머니의
집을 나왔다. 두러우안은 짐이 많았다. 개인 재물과 책, 옷가지를 모두
갖고 와서 큰 트렁크 두 개를 꽉 채웠다. 그녀는 정신없이 짐을 챙겼고
탕어멈은 그녀에게 무리하지 말고 쉬라고 하면서 무거운 것들에 손을
대지 못하게 했다. 란루수이와 추이 노인은 밖으로 나르는 것을 도와
주었다.

새 집에 이사하고 두러우안이 말했다.

"탕어멈, 저를 따라오느라 정말 고생 많이 했어요. 루수이와 추이 노
인이 가면 앞으로는 혼자 지내야 돼요. 탕어멈에게 드릴 돈도 변변치
않아요. 하지만 은혜 잊지 않을게요."

"돈 얘기는 꺼내지도 말아요. 아버님을 십오 년 모셨는데 설마 아가

씨를 버리고 가겠어요. 곧 예정일인데 두렵지 않아요?"

"두렵지 않아요."

이틀 후에 란루수이와 추이 노인이 작별하러 왔다. 두러우안이 물었다.

"무슨 일 있어요?"

란루수이가 안팎을 살폈다.

"괜찮아요. 집주인 할머니가 귀가 잘 안 들려요."

두러우안이 말했다.

"우리는 내일 떠나요. 오후에 면회 갔는데 어윈이 병사 두 명에게 압송되어 가고 없었어요. 작별할 시간도 없었어요. 어떻게 가냐고 물었더니 교도관 하는 말이 당연히 걸어가는 거래요!"

란루수이가 화가 나서 말했다.

"걷는다고요!"

두러우안이 소리를 질렀다.

추이 노인이 말했다.

"관습이에요. 병사들이 거리에 따라 수당을 받기 때문에 길이 멀수록 좋아해요. 내 생각에는 자주 가던 핑량으로 갈 것 같아요."

핑량 길은 간쑤성의 경계로 가는 가장 먼 길이었고 경계에 도착해서 산시 경찰에게 넘겨지게 되었다.

추이어윈은 삼사 주면 도착할 수 있을 것 같은데 그러면 추운 겨울이 오기 전에 목적지에 도달할 수 있었다. 다행히 돈을 가지고 있기 때문에 길에서 큰 고생을 하지 않아도 되었다. 하지만 젊은 여자를 본분을 잘 지키지 않는 병사들에게 맡기는 것은 모험이었다. 만약 그들이 자동차를 타고 톈수이에 갔다가 바오지에서 기차를 갈아타면 불필요한 고생을 하지 않아도 되었다. 사람들을 화나게 만드는 것이 정부가 일할 때 돈을 가장 많이 쓰는 방법을 선택한다는 것이었다. 관습이라고 할 뿐 아무도 이상하게 생각하지 않았다.

"러우안."

란루수이가 말했다.

"혼자 두고 가는 게 마음에 걸려요. 생각을 바꿀 수 없어요?"

"아니에요. 여기에 있어야 해요."

그녀는 조금 생각하고 나서 말했다.

"근데 연락을 어떻게 하죠? 저한테 주소를 알려 주세요. 여기에 있을 때는 리 부인이라고 했는데 앞으로는 '나이안(耐安)'으로 바꿔 쓸게요."

'나이안'은 마음을 가라앉히고 인내한다는 뜻이었다. 오로지 란저우에서 리페이를 기다리겠다는 생각으로 가득 찬 두러우안을 보면서 란루수이는 큰 감동을 받았다.

"이름이 괜찮네요."

란루수이가 말했다.

"마음을 먹으면 물불을 가리지 않네요."

그녀가 말했다.

"피신할 거면 저한테 좋은 생각 있어요. 산차이 라마교 사원으로 가는 게 어때요? 거기서 일이 진행되는 상황을 지켜보는 거예요. 세상과 동떨어진 곳이라 거기보다 더 조용한 곳이 없을 거예요. 필요할 때 이틀이면 시안에 도착할 수 있어요.”

란루수이와 추이 노인은 정해진 곳이 없어 두러우안의 제안을 고맙게 받아들였다. 톈수이를 거쳐 쉽게 산차이에 도달할 수 있을 것이었다.

그들이 일어나서 작별을 했다. 루수이가 50원을 꺼내면서 말했다.

“러우안, 제가 잘 보살펴 드리지 못했어요. 이 돈을 받아 두세요. 갖고 있는 돈이 많지 않아요. 어윈에게도 좀 줘야 하고요. 하지만 수시로 부쳐 드릴게요. 이곳이 마음에 들지 않으면 다른 집을 찾아도 돼요.”

두러우안이 감격해서 말했다.

“리페이가 알면 정말 고마워할 거예요.”

란루수이가 떨리는 목소리로 말했다.

“혼자 잘 지내요.”

두러우안은 두 사람이 떠나는 것을 보면서 자기도 모르게 눈시울을 붉혔다.

그날 저녁, 두러우안은 창가에 서서 밖을 내다보았다. 휘영청 밝은 가을달이 베이타산의 철교 위로 천천히 떠올랐다. 외로움이 물밀 듯 밀려오는 것을 막을 수 없었다. 곁에는 탕어멈밖에 없었다.

가을 한낮 짙은 푸른색을 띠던 황허는 밤이 되니 시커멓다. 달빛은 수면 위로 흐르는 물결에 따라 굴절을 일으키며 흘러갔다. 황허는 작은 섬을 두 개를 지나며 나뉘어졌다가 그녀의 집 근처에서 다시 합쳐졌다. 밤하늘은 갈라지고 합쳐지는 황허를 조용히 지켜보고 있었다.

두러우안은 강을 쳐다보며 깊은 생각에 잠겼다. 아버지, 리페이, 어린 시절의 자신과 어머니, 베이핑에서 보냈던 나날 등이 주마등처럼 떠올랐다가 사라졌다. 시안은 떠난 지 두 달밖에 되지 않았는데 아득히 멀게 느껴졌다.

안락한 자기만의 공간이었던 작은 정원이 그리워졌다. 그곳은 아무런 근심과 걱정이 없이 살던 때의 아름다운 추억으로 남았다. 창가에 기대어 황허를 바라보니 분노가 모두 사라져 갔다. 작은아버지는 불행한 사람이란 생각이 들었다. 이기적이고 어두운 그의 모습이 이젠 흐릿한 형체로만 보였다. 춘메이가 보고 싶어졌다. 춘메이는 작은아버지와 아무런 연결이 되지 않는 사람으로 여겨졌다. 뱃속의 작은 생명이 한번 꼼지락거렸다.

그녀는 다시 현실로 돌아왔다. 꼼지락거리는 뱃속의 작은 생명 때문에 이곳까지 왔다는 생각에 미치자 온몸은 행복으로 가득 찼고 힘이 솟았다.

"무슨 생각을 하세요?"

탕어멈이 조용히 창가에 서 있는 그녀를 보고 물었다.

두러우안이 고개를 돌려 탕어멈을 쳐다보며 말했다.

"이제는 진짜로 둘밖에 안 남았다는 생각을 했어요. 녀석이 방금 발길질을 했어요. 튼튼하고 활발한 아기일 거예요."

"조금 누워요. 차를 끓여 올게요."

두러우안은 나무 침대에 올라가 누웠다. 탕어멈은 침대가 딱딱하지 않게 자기 이불을 깔아 임시로 요로 만들었다. 방 안에는 전등이 없었다. 기름등잔 하나가 탁자 위에 놓여서 낡은 바람벽에 가냘픈 불빛을 내던졌다.

탕어멈이 따뜻한 차를 가져다주었다. 두러우안은 탕어멈의 손을 꼭 잡았다. 탕어멈은 다른 손으로 이불을 어깨 밑에 받쳐 주었다.

"아가씨."

그녀가 말했다.

"그래도 하늘은 결코 무심하지 않아요. 내일 절에 가서 향을 피워야겠어요. 아가씨 복을 빌고 리 선생님이 무사히 돌아오기를 빌어야겠어요."

그녀는 손을 빼서 불빛을 약하게 조절했다. 달이 더욱 높게 떴고 창가 마루에 한줄기 흰 빛을 비췄다. 두러우안의 눈꺼풀이 내려온 것을 보고 불을 꺼 버렸다. 그리고 조용히 자기 침대에 올라 두러우안의 조용하고 고른 숨소리에 귀를 기울였다.

25

두러우안이 세 든 새로운 집은 강변에 위치하고 있었다. 오래되어 낡았지만 보수한 흔적은 없었다. 여느 시골에 있는 가난한 사람들의 낡은 집과 같았다. 페인트칠하지 않은 좁은 대문은 너비가 1미터 정도 되었는데, 흙벽돌로 쌓은 낮은 담 사이에 세워져 있었다. 대문 위에는 짚을 덮었다.

붉은색 벽돌로 지은 집은 페인트칠한 흔적이 지도 위의 섬처럼 여기저기 누렇게 얼룩져 있었다. 생활의 궁핍함으로 말미암아 외관에 전혀 신경 쓸 여유가 없었음이 분명했다. 담장과 집 사이에 있는 공터에는 양배추와 부추를 심었다. 서쪽 담벼락은 포도덩굴로 뒤덮였고 공터 한쪽에는 지붕을 만들어 땔감을 쌓아 두었다. 얼마간 돈 들여 보수하면 작은 가구가 살기에는 좋은 깨끗한 집이 될 수 있을 것 같았다. 작은 언덕 위에 위치해 있어 가오란산의 경치가 잘 보였다. 또 도시의 집들을 굽어볼 수 있었다.

북쪽은 강의 수면보다 9미터 정도 높았다. 강가로는 갯벌이 펼쳐졌는데 자갈이 널려 있었고 잡초가 무성했다. 황허는 높낮이가 고르지 않아 자주 범람해서 아무도 저지대에서 살려고 하지 않았다. 강 북쪽은 수심이 깊고 물살이 빨랐다. 급류는 강기슭을 훑으며 흘러 근처에 황토더미를 만들었다. 강에는 선박이 없었고, 소나 돼지, 말의 가죽으로 만든 뗏목이 시닝으로부터 짐을 날라 왔다.

집주인 첸 부인은 1년 내내 기름때가 번지르르한 까만색 외투를 입고 있었다. 언제나 우거지상을 하고 있었는데 사람이 집처럼 구질구질했다. 깨끗한 집을 원한다면 당초 이곳에 오지 말아야 했지만 적은 돈으로 생활해야만 했다. 첸 부인은 세입자에게 부엌의 아궁이를 쓰게 하고 자신은 휴대용 화로로 밥을 지어 먹었다.

두러우안은 탕어멈과 단둘이 살 수 있는 것에 만족했다. 며칠 동안 닦고 쓸고 한 끝에 부엌과 방 두 개가 조금은 사람이 살 만한 공간으로 바뀌었다. 청소는 두러우안을 손도 대지 못하게 하고 탕어멈 혼자서 다 했다. 첸 부인은 바라만 볼 뿐 전혀 도움을 주지 않았다.

두러우안은 거의 600원이나 되는 큰돈을 저축하고 있었지만 함부로 쓰고 싶지 않았다. 다만 태어날 아기를 위해 조그마한 돈을 쓰기로 했다. 새 이불과 담요, 방석 같은 것들을 샀고 아기 침대까지 사서 남쪽 창가에 두었다. 또 마루를 깔지 않은 침실 바닥을 가리려고 돗자리를 구입했다. 그 외에 가구를 늘리거나 새 찻주전자를 사는 것에는 돈을 쓰질 않았다.

두러우안은 자신과 아기를 위해 새 보금자리를 꾸미기 시작했다. 남색 천을 사서 가죽 트렁크를 덮고 그 위에 책과 잡동사니를 두었다. 또 가죽 액자에 리페이의 사진을 넣어 화장대 위에 두었다. 그리고 아버지의 서예 작품 중에 특별히 그녀를 위해 써 준 쭤쭝탕의 명시를 골라 란루수이의 수채화와 함께 벽에 걸어 두었다. 꾸미고 나니 방 안에 따뜻한 분위기가 감돌았다. 새하얀 아기 침대를 남쪽 창가에 들여놓은 후에는 새로운 집이 생겼다는 느낌이 들었다.

방을 새롭게 꾸미고 첸 부인을 초대했다. 그녀의 얼굴에 흔히 볼 수 없었던 미소가 떠올랐다. 집주인은 두러우안이 부잣집 딸이라는 것을 알고서는 지금껏 보여 왔던 쌀쌀했던 태도를 싹 바꿨다. 도대체 그녀로서는 부잣집 딸이 이런 곳에 와서 사는 까닭을 알 수 없는 노릇이었다.

두러우안은 여전히 천 선생 집에서 가정교사를 했다. 걷기 힘들어서 처음에는 인력거를 타고 출근했다. 하지만 의사가 많이 걸을 것을 권했고 그녀는 의사 말대로 아침 여유 시간을 좀 더 두고 일찌감치 출발했다.

그녀는 그때까지 사람을 만나는 사교적 행사를 피해 왔다. 하루는 천 선생 가족이 일요일에 함께 식사하자고 초대했다. 그녀는 천 선생네가 자신을 가족으로 생각하는 것 같아서 기쁘게 응했다. 천 선생 집안 식구들은 두러우안이 가정교사답지 않게 옷을 너무 잘 입은 것에 놀랐다. 그녀는 목 부분에 단추가 달린 검은색 비단 두루마기를 입었고 그 위에 다람쥐 가죽 옷깃의 빨간색 양털 외투를 걸쳤는데 몹시 우아해 보였다. 천 부인은 호기심이 발동해서 가정형편을 물어보았다. 그녀는 아버지가 쑨촨팡 밑에서 일한 적이 있고 최근에 돌아가셨다고 말하고는 더 이상 자세한 얘기를 하지 않았다.

천 부인은 출산을 앞둔 두러우안이 안쓰러워 자주 저녁을 먹여 보냈다. 날이 점점 짧아졌고 인력거를 타고 집으로 돌아오는 횟수가 많아졌다. 그녀는 저녁 무렵의 몇 시간을 제외하고 비교적 자유롭게 보냈다. 해가 뜨면 텃밭에 작은 걸상을 갖다 놓고 앉아 심어 놓은 채소가 자라는 것과 언덕 아래 도시를 바라보면서 다가올 미래를 생각했다. 그러다가 근심이 가득한 얼굴로 잿빛 하늘의 구름을 쳐다보기도 했다. 가끔은 다리가 아플 때까지 창가에 십여 분씩 멍하니 서 있었다.

그녀는 일기를 쓰기 시작했다. 지금껏 생각해 왔던 것과 소망하는 일들을 적고 싶었다. 일기는 어느덧 리페이에게 보내는 편지가 되었고 내면의 깊은 곳에서 리페이와 대화를 했다. 하루도 거르지 않고 써 내려갔다. 몸은 쉽게 피곤해져서 어떤 때는 두세 줄밖에 쓰지 못하고 잠이 들기도 했다.

어떤 날은 하늘이 시커멓고 먹구름이 산꼭대기에 낮게 깔릴 때도 있었다. 그때는 몹시 어두웠지만 불을 켜지 않았다. 작은 창문을 통해 햇빛이 희미하게나마 들어오기 때문에 불을 켜도 그만 안 켜도 그만이었다.

10월 하순이 되자 모래바람이 많이 불고 비가 자주 내렸다. 비는 시원하게 내리지도 않고 그렇다고 개이지도 않아 날씨가 항상 흐렸다. 빗방울이 가을바람에 날려 갈 길을 잃은 것 같았다. 며칠 동안 먼 산이 안개에 휩싸여 있었다. 거실 바닥은 안개에 젖어 축축했다. 걸으면 침실 마루에는 검은색 발자국이 남았다. 마루는 닦아도 마르는 데는 며칠씩 걸렸다. 두러우안은 침실에 작은 화로를 사서 들여놓았다. 화로는 습기를 제거하는 한편 난방으로도 사용했다.

천 선생 집까지 얼굴에 빗방울을 맞으면서 걸어갔다. 두러우안은 자립해서 스스로 생계를 유지하고 있다는 생각이 들었다. 그녀는 수많은 여자들이 자신과 같은 이유로 집을 나섰다가 자신보다 더욱 비참한 상황에 몰릴 거라고 생각했다. 작은어머니는 이렇게 말했었다.

"벌 받을 짓을 했으니 벌을 받아야 한다."

지금 이 상황이 꼭 그러했지만 후회하진 않았다. 낯선 도시에서 혼자 비를 맞으면서 걸어가는 것이 리페이에 대한 사랑을 증명하기라도 하는 것 같았다. 고생 속에 즐거움이 있고 즐거움 속에도 고생이 있는 법이다. 그녀는 이 두 가지를 함께 경험하는 경계에 서 있다는 생각을 했다.

매주 수요일 저녁이면 언제나 하미에서 날아오는 비행기가 머리 위를 지나갔다. 그때마다 마음이 몹시 설렜고 이튿날에 편지를 받을 수 있기를 간절히 기원했다. 하지만 우체부가 오는 것을 보지 못했다. 지난번 리페이가 무사히 도착했다는 전보를 받은 지가 어느덧 석 달이 흘렀다. 그녀는 이제 감감무소식이 가져다주는 불안감에 익숙해져 갔다. 매주 목요일 아침이면 여전히 기다리고 있지만 더 이상 새삼스럽지 않았다. 목요일은 항상 그녀를 낙담하게 만들었다.

그녀는 《신공보》 외에도 지방 신문을 한 부 주문해서 신장 전쟁에 관한 모든 소식을 열심히 읽었다. 유라시아항공의 운항 시간표가 특히 그녀의 눈길을 끌었다. 매주 정기적으로 란저우와 하미, 디화 사이를 오가는 항공편이 있었다. 공항에 나가면 매주 수요일마다 신장에서 오는 여행객이 있을 것이고, 그쪽 상황을 아는 사람을 만나 물어볼 수도 있을 것이었다.

그래서 그녀는 매주 수요일 저녁마다 인력거를 타고 천 선생 집에서 직접 공항으로 나가 비행기가 들어오는 것을 지켜보았다. 공항 응접실은 비행기를 기다리는 손님들이 커피를 마시거나 샌드위치를 먹을 수 있게 되어 있었다. 베를린과 상하이 사이를 오가는 유럽 손님들이 많았다. 비행기가 도착하면 항상 하얀색 옷을 입은 조종사가 먼저 들어왔고 뒤이어 승객들이 들어왔다.

그녀는 응접실에 앉아 손님들의 세상 관심사에 귀를 기울였다. 이는 그녀가 머나먼 다른 세상과 만나는 방식이었다. 특히 사막에서 온 사람들의 이야기에 많이 집중했는데 리페이는 마치 사막에서 실종된 모래 알 같았다. 공항의 직원들이 그녀를 주시했지만 그녀가 다른 사람들에게 말을 거는 것을 보지 못했기 때문에 먼저 방해하지 않았다.

어느 날 36사단 본부의 전령병이 전갈을 보내왔다. 하진 중령이 이튿날 점심에 만나자는 것이었다. 그녀는 심장이 쿵쿵 뛰어서 뜬눈으로 밤을 지새웠다. 한밤중에 오라고 해도 달려갔을 것이다. 하진은 신장과 연결되는 유일한 사람이었기 때문에 전날 밤부터 여러 가지 소식을 들을 수 있을 것이라고 상상했다.

동이 트고 아침이다. 시간이 더디 흘러갔다. 한시라도 빨리 하진의 사무실로 달려가고 싶었다. 하진의 아버지와 그녀의 아버지가 친한 사이였기 때문에 이렇게 쉽게 만나 주는 것이었다. 점심시간을 내준 것만으로도 충분했고 그때 천천히 이야기를 나누면 된다.

물론 하진은 두러우안의 처지를 눈치 채게 될 것이고 그녀 또한 숨기고 싶지 않았다. 자신이 왜 시안을 떠나 란저우에 와서 혼자 사는지 이유를 말해 줄 필요가 있었다. 그를 통해 리페이에게 이 소식을 전해 주고 싶었다. 하진은 자신의 모든 이야기를 듣고는 도움의 손길을 내주리라 믿었다. 리페이의 편지에서도 하진은 매우 친절한 사람이고 도움을 많이 준 믿을 만한 사람이라고 했다.

약속 시간은 12시 반이었지만 러우안은 30분 먼저 하진의 사무실에 도착했다. 그녀의 가죽 핸드백과 빨간색 외투는 그녀를 패션을 아는 중국의 모던 소녀로 보이게 만들었다. 큰 사무실로 회색 제복을 입고 러시아 양가죽 털모자를 쓴 병사들이 분주하게 드나들었다. 그녀는 가죽 핸드백에서 손거울을 꺼내 립스틱을 살짝 발랐다.

12시 반이 되자 사무실 문이 열리면서 수염이 가지런하고 호리호리한 군관이 걸어 나왔다. 그는 빨간색 옷을 입은 젊은 부인을 보고 짙은 갈색 눈이 자기도 모르게 밝게 빛났다. 그녀는 넓은 외투가 배를 가려줄 수 있을까 잠깐 생각했다. 하진이 두 손을 내밀었다.

"아, 아가씨가 두 아가씨군요? 믿기지 않습니다!"

목소리가 빨랐을 뿐만 아니라 낮고 묵직했다. 갈색 머리를 뒤로 빗어 넘겼고 한 손에는 군모와 모직 코트, 낡은 소형 여행 가방을 들고 있었다.

"자, 갑시다. 근처에서 식사를 하지요."

그는 모자를 쓰고 앞장섰다. 사무실 직원들이 호기심 가득한 눈으로 바라보았다. 날씨가 쾌청했지만 두러우안은 그것에 신경 쓸 겨를이 없었다.

"란저우에 돌아오니 정말 좋습니다."

붐비는 거리를 보면서 하진이 가슴을 쑥 내밀고 말했다.

"쑤저우는 도시가 작고 지금 이 계절에는 추워 죽습니다."

"리페이의 소식이 있습니까?"

두러우안이 한숨을 몰아쉬고 물었다.

"아직 없습니다."

"어디에 있는지는 아시겠지요?"

하진이 그녀를 쳐다보며 말했다.

"아직은 모릅니다. 한 가진 분명히 말할 수 있는데 마스밍 장군이 행방을 알게 되면 바로 연락할 것입니다. 식사하면서 얘기를 나누도록 하지요. 무슬림 식당 괜찮습니까?"

"네, 괜찮아요."

그들은 앞문이 활짝 열려 있는 한 식당에 들어갔다. 앞문에 걸린 청진(淸眞) 두 글자를 새겨진 나무 간판이 무슬림 식당임을 알려 주었다. 가게 앞의 쇠갈고리에는 양 반 마리가 걸려 있었다. 햇빛이 격자 창문을 통해 들어와 마루와 걸상 위에 하얀색 반점 무늬를 만들었다. 무슬림 식당은 정갈하고 깨끗하기로 유명했다. 걸상과 식탁보를 깔지 않은 식탁은 티끌 하나 없이 반질반질했다.

하진은 두러우안이 외투를 벗는 것을 도와주고는 자신의 코트와 군모를 의자 위에 올려놓았다. 그리고 그녀를 햇빛이 들어오는 자리에 앉혔다. 그녀의 불룩해진 배를 발견하고 말했다.

"리페이가 결혼했다는 말을 하지 않았습니다만."

"우리는 아직 결혼하지 않았어요."

두러우안은 이렇게 대답하고 손으로 턱을 괴면서 하진을 쳐다보았다.

부끄러워하는 기색을 찾아볼 수 없었다. 반짝이는 햇빛이 그녀의 얼굴을 비췄다. 하진은 눈알을 한번 굴리고 나서야 무슨 뜻인지 이해했다.

그는 밥과 소고기곰탕, 닭고기냉채를 주문했다.

"소고기는 여기보다 더 맛있는 곳이 없습니다."

그는 말하면서 소주를 주문했다.

하진이 술을 따랐고 두 사람은 리페이를 위해 건배했다.

"왜 이렇게 감감무소식인지 모르겠어요."

그녀가 말했다.

하진이 빙그레 웃으면서 말했다.

"신장은 내지하고 다릅니다. 또 다른 대륙으로 보는 게 맞습니다. 물론 우편이 있긴 하지만 하미의 항공편을 이용할 수밖에 없는데, 지금은 적이 장악하고 있습니다. 리페이가 디화나 하미 같은 적지에 있어야지만 편지를 직접 보낼 수 있습니다. 편지가 두세 달이 걸리는 것은 자주 있는 일입니다. 그들이 뤄창 방향으로 갔다면 군사우편밖에 없고 토요일이 돼야 도착합니다. 모든 것이 불확실합니다."

하진은 잠깐 쉬었다가 최대한 낙관적으로 말했다.

"전에 마스밍 장군과 마푸밍 장군, 욜바스 칸에게 보내는 소개장을 써 준 적 있습니다. 욜바스 칸과 허야 니아쯔는 모두 무슬림 수령입니다."

그는 말을 일부러 천천히 에둘러서 말했다.

"그들은 하미 폐왕의 수상입니다. 아마 들어서 알겠지만 황궁이 모두 약탈당하고 불태워졌습니다. 한족계 무슬림이 우리 편을 드는 게 다행입니다. 물론 제 심정을 잘 아시겠지요? 저는 착한 토박이 위구르입니다. 선조는 허톈에서 왔지요. 하지만 리페이 얘기를 합시다. 나는 리페이가 어떻게 최전방을 뚫고 우리 측으로 넘어와서 산산에서 전보를 칠 수 있었는지 잘 모르겠습니다. 산산은 지금 만주 사령관이 장악하고 있습니다. 마스밍 장군이 후퇴할 때 리페이가 낙오된 게 분명합니다."

두러우안이 입을 크게 벌리고 물었다.

"그게 무슨 뜻입니까?"

"다른 곳으로 도망쳤거나 아니면 중국 신문사 기자 신분으로 남았을지도 모릅니다. 우리가 알기로는 마 장군과 연락이 끊긴 것 같습니다."

"그이를 죽이지는 않겠죠?"

그녀는 불안해서 가슴이 마구 뛰었다. 하진이 웃었다.

"그럴 리가요? 무슬림도 아니잖아요. 우리라면 만주 장군이 사정을 안 봐주겠죠. 전쟁 통에는 어디나 다 똑같습니다. 혹시 그쪽에 아는 사람 있습니까?"

"없어요."

"리페이의 신문사를 통해 알아보는 게 어떻습니까? 그들이라면 신장 주석에게 물어볼 수도 있을 것 같습니다."

하진은 상하이 신공보에 전보를 보내 보라고 했다.

"우리 사무실은 입장이 애매합니다. 중국 육군에 속하기는 하지만 신장하고 싸우고 있지 않습니까. 사실 그 괴물이 독립한 거나 다름없습니다. 제 마음대로 하고 있으니까요."

하진이 신문사를 통해 알아보라고 해서 두러우안은 다시 희망을 가지게 되었다. 지금은 외롭고 의지할 데 없는 신세라 하진이 자기 문제에 관심을 가져 주니 기뻤다.

그가 말했다.

"두 아가씨, 아버님은 우리의 친구입니다, 하지만 작은아버님은 정말 나쁜 사람입니다. 작은아버님 때문에 아버지와 저는 어업을 포기할 수밖에 없었습니다."

그는 머리를 뒤로 넘기면서 환하게 웃었다.

"뭐 그래도 지금은 잘 나가고 있습니다. 작은아버님이 물고기 잡는 거 금지하지 않았으면 저는 아직도 어부 하고 있었을 겁니다. 리페이가 하는 말이 아버님이 수문을 철거했다고 했는데 그때 자리에 있었습니까?"

"네, 있었습니다. 골짜기에 다시 강물이 넘쳤고 마을 사람들이 정말 기뻐했습니다."

"그러게 말입니다. 근데 지금 또 수문을 다시 고쳐 놨다고 들었습니다. 사촌오빠 되는 작은 두씨가 병사들을 거느리고 공사를 감독했다고 들었습니다."

"왜 허물어 버리지 않으세요?"

하진이 고개를 흔들었다.

"두고 보십시오. 언젠가는 사고 칠 겁니다. 우리는 당신들의 관청에 억울함을 호소할 수 없습니다. 그러기에는 작은아버님과 작은 두씨의 세력이 너무 크지요. 하지만 전쟁이 끝나고 고향으로 돌아가는 군인들은 가만 있지 않을 겁니다. 법 따위는 신경도 쓰지 않습니다. 그들의 분노가 걷잡을 수 없이 번질 겁니다. 동족이 쫓겨나고 마을과 집이 불태워지고 소떼들이 몰살당하는 것을 직접 보았기 때문입니다. 솔직하게 말씀드리겠습니다. 러우안 씨 할아버지가 대부를 할 때 덕정을 많이 베풀었다는 얘기를 아버지한테서 자주 들었습니다. 하지만 다 지난 일입니다. 피를 봐야지만 끝날 겁니다."

두러우안이 말했다.

"중령님, 저를 도와주셨으니 다 말씀드릴게요."

그녀는 리페이가 시안에서 도망친 이유와 산차이에서 가졌던 짧은 만남, 그리고 작은아버지에게 쫓겨난 과정을 말해 주었다.

하진이 동정심이 끓어올라서 말했다.

"이 일이 그렇게 단순하지 않다는 생각을 해 본 적이 없습니까? 산차이는 아버님 형제간의 공동 재산이고 러우안 씨는 상속인 아닙니까! 적어도 우리의 적은 같은 사람입니다. 기다리십시오. 제가 돌아가서 결판낼 겁니다! 관원들의 법정을 거치지 않고 말입니다. 러우안 씨와 함께하겠습니다."

그가 손을 내밀자 그녀도 작은 손을 내밀었다.

"러우안 씨 일은 저한테 맡기십시오. 작은아버님이 그렇게 나온다고 하니 더 도와 드리고 싶습니다. 앞으로 여동생처럼 대하겠습니다."

식당을 나서서 하진이 그녀를 사무실로 데리고 가 아두얼 베이거라는 소령에게 소개시켜 줬다. 베이거 소령은 마흔 살 정도로 보였고 얼굴은 통통하고 코는 납작했으며 회갈색을 띤 수염을 제외하면 한족 사람과 똑같았다. 하진은 란저우에 한 달에 한 번밖에 올 수 없기에 항상 사무실에 있는 베이거 소령을 소개한 것이었다.

하진이 말했다.

"리 부인은 우리 집안 친구네. 내가 없을 때 잘 도와주도록 하게."

두러우안은 신공보사에 전보를 쳤다. 리페이의 소식을 얻지는 못했지만 한족 군대와 무슬림 군대 둘 다를 통해 리페이를 찾아볼 수 있어 기뻤다. 적어도 비보는 없었다. 리페이에게서 편지가 없는 것을 보면 어려운 상황에 처해 있음이 분명했다.

탕어멈이 두러우안을 바라보았다. 그녀는 침대에 누워 하염없이 벽만 바라보고 있었다. 이윽고 다시 정신을 차리고 아이의 털 담요를 뜨개질하기 시작했다. 한 뜸 한 뜸 뜨개질하는 그녀의 얼굴 표정이 우울했다. 리페이가 곤경에 처했을 것을 생각하고는 마음속으로 계속 걱정하고 있는 탓이었다.

신장에 벌써 눈이 내리기 시작했다고 들었다. 투루판 일대는 추위가 더욱 혹독할 것이었다. 그녀는 자기의 고민을 잊어버렸고, 방 안의 추위를 느끼지 못했으며, 리페이에 비하면 자신이 너무 편하게 지낸다고 생각했다. 하지만 하진이 도와주고 있기 때문에 리페이가 무사히 돌아올 것이라고 기대했다. 심지어 리페이가 돌아올 때 어떻게 경축할지를 상상해 보기도 했다.

그녀가 갑자기 말했다.

"탕어멈, 오늘 우리 외식해요. 준비하고 있다가 제가 천 선생 집에서 돌아오면 바로 나가요."

그들이 도시에서 가장 좋은 식당인 진청러우(金城樓)로 들어갔을 때

날은 이미 저물었다.

두러우안은 얼굴에 기쁜 빛을 띠고 웨이터에게 물었다.

"여기에 구곡간장탕이라는 요리가 있어요?"

"못 들었습니다."

"돼지 곱창을 푹 고운 거예요. 한 토막씩 썰어서 매듭짓고 부드럽게 삶는 거예요. 진한 국물이 일품이죠!"

"아, 알 것 같습니다."

그리고 닭고기말이, 오리똥집튀김(리페이가 가장 좋아하던 요리), 자라고기 찜을 주문했는데 톈수이에서 마지막 날에 리페이와 먹었던 메뉴와 똑같았다. 그녀는 소흥주도 주문했다.

큰 사발에 담은 구곡간장탕이 올라오자 두러우안의 눈빛이 밝아졌다. 그녀는 뜨거운 창자 한 점 집어 맛을 음미하면서 이별 전야의 정경을 떠올리려고 노력했다. 탕어멈은 그녀의 이렇게 밝은 눈빛과 즐거워하는 표정을 본 지가 실로 여러 달 만이라고 생각했다.

"아가씨, 표정이 밝아지니 저도 기뻐요."

"네, 기분이 좋아요. 리페이가 돌아오면 여기 와서 경축해요. 셋이서 아기까지 데리고요. 작은아버지가 사과하러 올 수도 있어요. 우리가 얼마나 행복하게 지내는지 알게 될 거고요. 내가 똑똑한 사람에게 시집갔고 행복하게 살고 있는 모습을 꼭 보여 줄 거예요."

그녀는 눈시울을 붉히더니 또 말했다.

"꼭 돌아올 거예요."

그러나 목이 메어 말을 잇지 못했다. 탕어멈이 다독거리며 위로해 줬다.

"실컷 우세요. 우는 것도 몸에 좋아요. 리페이가 돌아오면 그때는 또 다른 행복의 눈물을 흘리게 될 거예요."

다행히 그들은 룸에 있었다. 탕어멈은 뜨거운 수건을 달라고 해서 두 러우안의 얼굴을 닦아 주었다.

"정말 바보 같네요."

두러우안이 말했다.

집으로 돌아온 두러우안은 기분이 많이 좋아졌다. 탕어멈이 잠자리를 봐 주었고 그녀는 곧바로 잠들었다.

며칠 후 우체부가 처음으로 그녀 집을 찾아와서 리나이안 부인에게 보내는 편지를 전했다. 편지를 개봉하니 란루수이가 보낸 것이었다.

그녀는 편지를 읽다가 눈이 점점 휘둥그레졌다.

"무슨 일 있어요?"

"주런이 죽었어요!"

편지는 산차이에서 보낸 것이었다.

친애하는 러우안 씨에게

추이 노인과 내가 여기 도착한 지 벌써 열흘째 됩니다. 매일 어윈 걱정만 하면서 지내고 있습니다. 아직 소식이 없고 아마 시안에 도착하지 못했을 겁니다. 원보가 상의하러 왔습니다. 어윈이 일주일 후에 시안에 도착한다고 하니 그를 따라갈 생각입니다. 따로 묵을 숙소가 있습니다.

원보의 집이 아니기 때문에 당분간 편지를 쓰지 마십시오. 어원의 아버지는 아직 라마교 사원에 있습니다. 나만 산차이에 내려와 원보를 만났고 같이 무슬림 마을로 가서 수문을 보았습니다. 하이지에쯔 집에서 하루 묵었습니다. 하진의 부인도 만났는데 모두 너무 잘해 주었습니다. 젊은이들은 대부분 군대 갔습니다. 우리는 하루 내내 골짜기를 둘러보았습니다. 원보는 러우안 씨가 말했던 것들에 큰 관심을 갖고 있었습니다. 이제 엄청난 소식을 전해 드리지 않을 수 없습니다. 주런이 이곳에 와서 수문 건설을 감독하다가 그만 수문 아래로 추락해서 낙석에 맞아 죽었습니다. 하이지에쯔가 알려 줬습니다. 뜻밖의 사고였고 아무도 그를 살해하지 않았습니다. 목격자들의 증언이 일치했습니다. 머리가 터져 있었고 시신을 수문 아래의 못에서 찾았습니다.

우리가 언제나 러우안 씨와 리페이를 걱정하고 있다는 것을 잊지 마십시오. 원보와 나는 러우안 씨 얘기를 많이 했습니다. 우리는 모두 러우안 씨의 굳센 의지에 감탄했습니다. 사촌오빠의 사망 소식 때문에 많이 놀라셨겠지만 진정하시길 바랍니다.

딩카얼궁바 사원은 말씀하신 대로 정말 아름다운 곳입니다. 여기가 정말 마음에 들지만 사람들의 추악한 심리가 만들어 낸 비극을 보고 이 아름다운 경치를 도무지 차분하게 감상할 수가 없습니다. 원보가 시간이 나는 대로 편지를 쓸 것입니다.

러우안 씨, 부디 건강 잘 챙기시길 바랍니다. 겨울이 다가왔습니다. 아이가 태어날 때까지 삼시세끼 잘 챙겨 드시고 좋은 기분 유지하시길 바랍니다. 가장 따뜻한 사랑과 관심 보내 드립니다.

그녀는 편지를 계속 들고 있었다. 편지는 열정이 넘치고 진지했으며 편지 쓴 사람을 잘 드러냈다. 다만 충격적인 내용이 담겨 있을 뿐이었다. 그녀의 머릿속에 가장 먼저 떠오른 생각은 아버지의 예언이 사실이 되었다는 것이었다. 샹화 생각이 났고 그녀를 비롯해서 작은아버지와 작은어머니, 춘메이가 어떤 반응을 보일지 궁금했다. 비록 사촌오빠와는 마음이 맞지 않았지만 그가 갑자기 죽어 버리자 슬퍼졌다.

그녀는 편지를 한 번 더 읽다가 밑줄 친 구절에 신경이 쓰였다. 이런 자연스럽지 못한 강조는 사촌오빠가 뜻밖의 사고를 당한 것이 아니라는 의심이 들게 했다.

"아무도 그를 살해하지 않았습니다."

그녀는 밑줄이 판원보의 머리에서 나온 아이디어라는 생각이 들었다. 아버지는 수문을 철거하지 않으면 산차이에서 사는 게 안전하지 않다고 말한 적이 있었다. 그녀는 아버지의 선견지명에 다시 한 번 놀랐다.

나중에 판원보가 그녀를 보러 왔을 때 그에게 물어 직접 내막을 듣게 되었다. 판원보는 산골짜기를 둘러본 적이 있었다. 그는 한가롭게 수문 아래에 서서 하이지에쯔에게 물었다.

"병사들이 일 년 내내 있습니까?"

"아닙니다. 수문이 완공되고 장현 현장이 수문을 함부로 건드렸다가는 엄벌에 처한다는 명령을 내린 후에 바로 철수했습니다."

"그 포고문을 본 적이 있습니다."

판원보가 말했다.

"그런데 그 어획 금지령 때문에 남편이 죽은 미쯔라는 포고문 따위는 신경도 쓰지 않았습니다. 하루는 호미를 가지고 가서 댓가지를 몇 개 잘라 버렸습니다. 혼자 한 짓이었는데 작은 틈새를 만들어 놓아 돌더미가 몇 개 물에 떠내려갔습니다. 틈새가 크지는 않았지만 이 일이 위에 보고됐습니다. 며칠이 지나 어느 날 저녁에 총소리가 울렸고 우리는 주런이 온 것을 알게 되었습니다. 항상 이런 방식으로 자신이 온 것을 알렸으니까요. 지금은 산차이 두씨 저택에 머물고 있습니다."

"병사들과 같이 왔습니까? 아니면 혼자 왔습니까?"

"어제 수문 검사하러 왔는데 병사들은 보지 못했습니다."

"수문을 빨리 고쳐 놔야 하는데 말입니다. 제가 보니 돌더미가 너무 느슨하던데요. 아시겠지만 얼마나 위험합니까?"

판원보가 하이지에쯔를 슬쩍 쳐다보면서 말했다.

"틈새가 있어 가까이 갔다가는 자칫하면 굴러 떨어지기 십상입니다. 병사들이 있으면 모르겠지만요. 느슨한 돌더미를 잘못 밟아 굴러 떨어지면 목격자도 없게 됩니다. 정말입니다. 이건 장난 아닙니다. 물이 깊지는 않지만 사람이 빠질 때 돌더미도 같이 굴러 떨어지면서 사람을 깔아뭉개게 됩니다. 이런 일이 언젠가는 일어나게 돼 있습니다."

판원보가 이야기를 마저 했다.

"나는 그 말밖에 하지 않았습니다. 이튿날에 바로 루수이와 같이 딩카얼궁바 사원으로 갔습니다. 우리가 다시 산을 내려왔을 때 하이지에쯔가 일이 발생한 과정을 말해 주었습니다. 주런이 마을로 와서 무슬림 이맘에게 누가 수문에 틈새를 만들었냐고 물었답니다. 아자얼이 무슨 틈새를 말하느냐고 묻자 당국에 보고하겠다며 따라오라고 했답니다. 마을 사람들은 주런이 이맘과 같이 가는 것을 보면서 엄청 화가 났겠지요. 몇몇 남자와 여자들이 같이 따라나섰는데 미쯔라도 있었답니다. 주런은 댓가지 몇 개가 잘렸다고 고집 부려서 두 사람이 같이 올라가 보기로 했답니다. 근데 믿으시겠습니까? 갑자기 검은 사냥개 한 마리가 뛰쳐나와 충실한 무슬림이라도 된 듯이 주런에게 사납게 짖으며 달려들었습니다. 주런이 놀란 나머지 뒷걸음질 치다가 실족해서 물에 빠졌답니다. 불행하게도 돌더미가 같이 무너지면서 머리를 덮쳤답니다. 주런의 시체가 수문 아래에 엎어져 있었는데 아무도 감히 건지지 못했답니다. 이튿날 경찰이 와서 물어볼 때 사람들의 증언이 일치했겠지요. 주런 본인이 조심하지 않아 떨어진 걸 다들 제 눈으로 똑똑히 보았으니까요."

판원보는 한참 뜸을 들였다가 말했다.

"사람들은 개 얘기를 하지 않았답니다. 하이지에쯔가 몰래 알려 준 건데 미쯔라가 기른 개라고 합니다."

판원보는 말하면서 눈을 깜빡거렸는데 분명 숨기는 것이 있는 것 같았다. 더 이상 말을 하지 않았는데 듣는 사람으로 하여금 내용을 추측하게 만들었다.

26

무슬림 군대가 산산에서 철수할 때 리페이도 따라나섰다. 마스밍 장군에게서 대우를 받았기에 무슬림들은 리페이를 무시하지 않았다. 그들을 따라가는 것이 생명의 안전을 보장받는 길이었다. 무슬림 군대를 따라 투루판으로 갔다가 다시 남쪽 루트를 경유해서 돌아가기로 결심했다. 그러면 하미의 사막을 피해갈 수 있었다.

진 주석의 오른팔인 성스차이가 무슬림의 거점을 찾기 위해 한 발짝씩 계속 앞으로 밀고 나왔다. 시골에는 온통 무슬림 마을뿐이었는데 주로 위구르인이 살고 있었고, 소수의 구자족(龜玆族) 유민이 있었으며, 한족계 무슬림도 적지 않았다.

성스차이가 벌이고 있는 전쟁은 양군의 싸움이 아니라 종족 말살 전쟁이었다. 때문에 마스밍 장군은 모든 시골 마을의 지지를 얻을 수 있었다. 전쟁은 무자비했다. 성스차이 군대는 무슬림을 보이는 대로 죽였고 도시나 마을 할 것 없이 그들이 가는 곳마다 쑥대밭이 되었다.

잔인하고 처참한 살육은 잠시 무슬림을 내쫓았을 뿐 결코 굴복시키지 못했다. 마스밍 장군의 병력은 점점 더 늘어났다. 소문에 따르면 마스밍 장군의 군대도 한족과 반란에 가담하지 않는 자기 편 사람들을 마구 죽였다고 했다. 가슴에 하얀색 천 조각 휘장을 부착한 무슬림이 여기저기 눈에 띄었다. 보충병 행렬에 가담한 사람들로 정세가 혼란스러워 아직 군대에 정식으로 편입되지 못했다.

성스차이 군대가 산산의 북쪽 지역을 휩쓸고 다녔지만 마스밍은 저항하지 않고 서쪽으로 퇴각하면서 적을 투루판으로 유인했다. 그곳 지형은 지키기 쉽고 공격하기 어려웠기 때문이었다. 교통수단이 부족해 낙타를 비롯한 모든 수단이 징발되었고 소수 장교를 제외한 대부분 사람들이 걸어서 이동했다.

아직 피해를 입지 않은 옥수수밭과 보리밭을 지나 연속 며칠을 걸었다. 높게 자란 백양나무 숲과 풀 한 포기 나지 않은 작은 언덕을 벌써 여러 차례 넘었다. 산기슭의 바위 지지대가 돌출되어 여기저기에 기둥 모양처럼 세워진 것이 옛날 사당을 방불케 했다. 옷을 산뜻하게 차려입은 아름다운 젊은 부인들도 아이를 안고 피난길에 올랐다.

투루판은 큰 고성이었다. 탑의 높이가 약 30미터에 달하는 이슬람 사원이 있었는데 외관이 로켓 모양으로 몸체가 둥글고 끝부분이 뾰족했다. 기와에는 그림을 새겨 넣어 정교하고 아름다운 도안을 만들었다. 수백 년 동안 중앙아시아 부족의 침략을 여러 번 받았지만 건축물들은 원래의 모습을 잘 간직하고 있었다.

골목길은 포장되지 않았고 납작한 지붕을 한 사각형 하얀색 집들은 높이가 무려 8~9미터는 되어 보였는데 리페이 같은 한족의 눈에는 보루나 다름없었다. 골목에는 볏짚이나 갈대를 깐 장터 자리가 여기저기 널려 있었다.

이 도시는 신장에서 톈산 남쪽과 북쪽의 여러 큰 마을로 가는 길목에 위치해 있었다. 부유한 지역으로 포도와 맛 좋은 술로 유명했다. 마을은 지하 수로를 통해 산기슭으로부터 물을 끌어다가 관개했다. 한족계 무슬림 장군의 사령부가 이곳에 설치되어 있었다. 이곳에서는 북쪽으로 성도 디화를 공격할 수 있었고 남쪽 또는 서쪽으로는 고대 실크로드를 따라 타림분지에 이를 수 있었으며, 병력이 충분하면 하미로 반격해 마중잉의 군대와 합류할 수도 있었다.

투루판에서 보낸 날들이 헛되지 않았다. 신장의 생활방식을 연구하고 싶었던 리페이는 소원을 이루게 되었다. 투루판 말 몇 마디 배웠고 무슬림과 한족계 무슬림을 많이 봐서 이제는 어느 정도 분간이 되었다. 한족계 무슬림은 중국 말을 하고 중국 의상을 입고 다녔지만 동부 지방의 한족들과는 차이가 있었다. 눈썹이 짙고 이마가 네모났으며 비교적 둥근 눈에 오뚝한 콧마루를 하고 있었는데 특히 모두 수염을 무성하게 기르고 다녔다.

리페이도 다른 사람들처럼 하얀 천 조각을 가슴에 달고 다녔는데 그럼으로써 현지인들과의 소통이 한결 편해졌다. 리페이는 이번 전쟁을 더 이상 알고 싶지 않았다. 치자오징에서 산산에 이르기까지 길에서 본 것이라고는 충격적인 상황과 야만성뿐이었다. 전쟁의 발단과 구실이 무엇이든지 간에 그에게는 이제 의미가 없어졌다. 전쟁은 저주에 불과했다. 수많은 난민들과 불타 버린 마을, 까맣게 그을린 시체는 모든 문명적인 삶을 파괴했다. 남자들과 여자들은 숨을 쉬고 생활하고 잠잘 수 있는 땅바닥을 차지하기 위해 야만적으로 발버둥 쳤다.

투루판은 그나마 평화로운 분위기였다. 하지만 이런 불안과 파괴에 임박한 평화로움이 리페이로 하여금 더욱 비애를 느끼게 했다. 한 가지 분명한 점은 고향에서 쫓겨나고 가족들이 살해당한 사람들의 마음속에는 분노와 원망이 가득하다는 것이었다. 죽기 살기로 한판 싸워서 이긴 쪽이 강제로 긴장이 흐르는 평화를 가져다주지 않는 이상 어느 쪽의 화도 쉽게 풀리지 않을 것이 뻔했다.

이제는 그에게 무슬림이라는 단어도 별 의미가 없어졌다. 그들도 역시 자신과 마찬가지로 생명을 지키려는 남자와 여자이고 소년소녀일 뿐이었다. 리페이는 심지어 자신도 무슬림의 일원이 된 것 같았다.

다반청(達坂城)에서 전투가 벌어졌을 때 리페이는 이런 생각을 했다. 다반청은 투루판에서 고작 20킬로밖에 안 되는 거리였다. 도시라고 말할 수 없는 작은 소읍에 불과했다. 진 주석의 군대가 20여 킬로미터 밖 디화로 통하는 길목을 장악하고 있었다. 그곳이 진 주석 군대의 수중에 있었지만 무능한 디화의 최고 사령부는 일이백 명의 병력만 보내 이 전략적 거점을 지키게 했다. 만주 장군과 소련의 이민 부대가 없었다면 디화는 이미 무슬림에게 함락되었을 것이었다. 진 주석의 병사들은 옷차림이 남루했고 기율이 매우 산만했다.

마스밍 장군은 병력이 점차 강해지자 다반청을 공격한 후 디화로 진격하려고 했다. 오백 명이 산길을 따라 출동해서 손쉽게 군사적 거점인 다반청을 함락시켰다. 그날 저녁 한족 군대는 흥청망청 술 마시고 있다가 급습을 받았고 극소수만 살아 도망갔다. 전쟁이라고 할 것도 없이 다반청을 점령한 무슬림 군대는 디화로 진격하기 위해 전열을 가다듬었다.

이튿날 마스밍의 본대가 도착했다. 수레와 말, 보급품이 도로를 가득 메웠다. 그날 저녁 무렵 리페이는 사령부 근처의 민가 뒷골목을 산책하고 있었다. 갑자기 총소리와 함께 총알이 근처 바위를 때리면서 날카로운 소리를 냈다. 하루 종일 고생한 병사들이 배불리 먹고 쉬려던 참이었다. 군대 나팔소리가 요란히 울려 퍼졌다. 병사들은 옷도 제대로 입지 못하고 우왕좌왕했다. 깎아지른 듯한 절벽 위 초승달은 슬픈 미소를 짓고 있었다.

땅거미가 아직 완전히 내려앉지 않은 산기슭에서 한 무리의 검은 그림자가 움직이는 게 보였다. 환하게 밝히던 모든 불이 꺼졌다. 사방은 온통 군인들의 발자국 소리였다. 멀리서 딸가닥 하는 말발굽 소리가 처음에는 낮고 묵직하게 들려오더니 이내 소나기 쏟아지듯 세차게 울리면서 적군의 기마병이 산간 지대의 협곡을 뒤덮었다.

기마병이 골짜기를 향해 돌진하자 리페이는 산 위로 내달렸다. 리페이가 투숙했던 집이 총알의 세례를 받기 시작했다. 리페이는 본능적으로 골짜기 중심 지역을 벗어나야 된다고 생각했다. 한 민가에서 불길이 치솟는 것이 보였다. 활활 타오르는 불빛은 산비탈을 환하게 비췄다. 사방이 온통 총소리로 요란했다. 병사들은 기마병을 향해 집중적으로 총을 난사했다. 간헐적인 불빛 사이로 하얀 섬광과 앞발을 든 말들, 뛰어다니는 사람들이 보였다. 기마병이 밀집된 공격을 받고 사방으로 흩어지기 시작했다.

한 무리는 무슬림군의 퇴로를 차단하기 위해 불타고 있는 보급품을 가로질러 지나왔던 산마루를 다시 올라갔다. 달이 엷은 구름 뒤로 숨어 버렸고 어둠 속에서 뿜어져 나오는 총의 불빛이 가끔 어지러운 상황을 밝혀 주었다. 부상당한 병사의 신음소리와 욕설, 외치는 소리들이 총소리와 뒤섞여 들렸다. 적들은 목표물을 찾아내 공격하는 게 용이하지 않게 되자 공격을 조절했다. 총소리가 조금 잦아들면서 규칙적으로 바뀌었다.

리페이는 주위를 살피다가 자신이 바위의 지지대 위에 엎드려 있다는 것을 알았다. 몸을 앞으로 굽히고 있었지만 오히려 밖으로 위험하게 노출한 모습이었다. 얼른 몸을 감출 수 있는 곳을 찾아 기어갔다. 손에 따뜻하고 축축한 것이 만져졌다. 뒤틀린 몸에서 신음소리가 났다. 강렬한 불빛이 한번 번쩍거렸다. 불빛은 열 예닐곱으로 보이는 소년의 얼굴과 공포에 질린 하얀 눈동자를 비추었다.

"어디 다쳤어?"

남자애가 신음소리를 냈다. 그의 몸을 뒤집어 부상 부위를 살피려 하자 날카로운 비명을 질렀다. 무릎이 완전히 으깨져 피범벅이 되어 있었다. 아래에서 날아오는 총알이 바람을 가르며 위에 쌓아 둔 바위와 흙들을 부셔 버렸다.

리페이는 소년을 업고 몸을 감출 수 있는 어두운 곳을 향해 뛰어갔다. 그러나 다섯 발짝도 못 가 총알 한 발이 그의 발꿈치를 명중했다. 순간 무릎이 꺾이고 자기도 모르게 앞으로 꼬꾸라졌다. 등에 업었던 소년도 쿵 하고 떨어졌다. 리페이는 일어서고 싶었지만 오른발이 움직여지지 않았다. 탄약과 흙 냄새가 코를 찔렀다. 그는 얼굴을 아래로 향한 채 조용히 엎드려서 땅바닥을 스치고 지나가는 찬바람을 들이마셨다. 팔을 뻗어 소년을 만져 보았지만 더 이상 신음소리가 들리지 않았다.

그는 낙석과 날아오는 총알을 피하기 위해 불룩하게 튀어나온 바위 지지대의 구석진 곳으로 천천히 기어갔다. 머리 위의 나뭇가지가 서로 얽혀서 뻗어 있는 게 어렴풋이 보였다. 그는 정신이 멀쩡했다. 집과 보급품을 태우고 있던 불길이 점점 사그라지면서 회색 연기만 남게 되었는데 흰 안개처럼 보였다. 그는 마지막으로 기마병이 맞은편의 가파른 바위 위에서 움직이는 것을 보았다. 그리고 심한 충격과 함께 의식을 잃었다.

리페이가 다시 의식을 회복했을 때 젖은 풀 냄새와 차가운 물방울이 얼굴에 떨어지는 것을 느꼈다. 눈을 뜨자 전투의 기억이 떠올랐고 아직 살아 있다는 생각이 들었다. 머리를 한번 만져 보고 또 얼굴을 만져 보았다. 그제야 나무줄기에 다리가 깔려 있다는 것을 깨달았다. 일어나 앉으려고 했지만 두 다리가 말을 듣지 않았다. 그는 있는 힘껏 나무줄기를 밀어젖혔다.

나무 꼭대기에서 물방울이 떨어지면서 땅을 적셨다. 하늘이 어두침침했고 먹구름이 짙게 깔려 있었다. 지금이 밤인지 낮인지 분간이 되지 않았다. 산골짜기는 쥐 죽은 듯이 조용했다. 눈의 초점을 먼 곳에 맞추고 나서야 일그러진 형체가 고정된 모습과 그림으로 바뀌기 시작했다. 비 냄새와 화약 냄새, 재 냄새가 뒤섞여서 코를 찔렀다. 그는 날이 밝았다는 것을 알았다.

눈이 주변의 빛에 적응하면서 그는 산 아래의 깃발이 무슬림군의 것이 아니라 한족 군대의 청천백일만지홍기라는 것을 발견했다. 골짜기에 있던 집의 잔해가 바로 아래로 보였다. 저녁에 매우 먼 길을 달려 산에 오른 것 같았는데 고작 60미터 정도밖에 이동을 못한 것이다.

가끔 먼 곳에서 총소리가 들렸다. 침입군은 아군의 부상병을 구조하는 한편 남아 있는 무슬림 군인들을 처단하고 있었다. 리페이가 투루판에서 산 짧은 양가죽 저고리는 흠뻑 젖었고 셔츠도 여러 군데 젖어 있었다. 파편이 허리를 스치고 지나간 모양이었는데 다행히 큰 부상은 입지 않았다. 아무래도 낙석이 나무줄기를 부러뜨려 머리를 명중하고 다시 다리 위에 굴러 떨어진 것 같았다. 그는 죽음의 순간에서 다시 살아난 것이다. 다친 데가 없는지 살피고는 팔과 다리를 쭉 뻗었다. 두 손은 흙투성이지만 얼굴은 빗물로 깨끗이 씻겨 있었다.

그는 얽혀 있는 나뭇가지를 밀어내고 온 힘을 다해 일어섰다. 발꿈치가 뼛속까지 아파 왔지만 그는 기를 쓰고 바위 지지대까지 기어가서 바위에 몸을 기대고 아래에서 벌어지고 있는 대학살을 살펴보았다. 시체가 산더미처럼 쌓였고 죽은 모습도 다양했다. 무슬림군은 패전해 도망친 것이 분명했다. 한참 어찌할 바를 모르고 서 있는데 갑자기 뒤에서 누군가 잠긴 목소리로 외치는 것이 들렸다.

"누구냐?"

스무 발자국 떨어진 곳에서 누군가 총을 겨누고 있었다. 상대방이 무슬림으로 보았더라면 벌써 쐈을 것이다. 그는 얼른 두 손을 들고 말했다.

"쏘지 마세요. 저는 한족이에요. 상하이에서 온 기자예요."

군복을 입은 남자가 앞으로 다가왔다. 뒤에는 병사 서너 명이 따라왔다. 리페이는 남몰래 셔츠에 달았던 하얀 천 조각을 얼른 뜯어 버렸다.

군인은 리페이를 아래위로 쭉 훑어보고 그가 일반 사람들의 옷을 입은 것을 발견했다. 온몸을 뒤지고는 신분을 증명할 것을 요구했다. 리페이는 검은색 지갑에서 신문사 이름이 적혀 있는 명함을 꺼냈다.

장교는 말했다.

"운 좋은 줄 아시오. 총을 쏘려다가 수염을 기르지 않은 걸 봤소. 따라오시오."

다른 병사들도 올라왔고 다 같이 리페이를 부축해서 골짜기로 내려갔다. 리페이는 한 발로 뜀뛰기하면서 이동했다.

장교가 작은 모닥불 근처의 바위에 앉아서 신문사 명함을 한참 쳐다보다가 물었다.

"왜 무슬림 반군과 같이 있는가?"

"저는 기자라 전쟁 소식을 보도해야 합니다. 제 임무이기도 하지요. 저는 완전히 중립입니다."

장교가 이맛살을 찌푸리더니 머리를 절레절레 흔들었다.

한 시간 후에 날이 완전히 밝았고 부상자들도 하나둘씩 모두 찾았다. 그에게도 다른 사람들과 똑같이 따뜻한 차 한 잔이 주어졌다. 점심이 다 되어서야 군대 측에서 들것을 마련해 부상자를 나르기 시작했고 노새와 당나귀를 구해 와 말을 탈 수 있는 사람들을 실어 날랐다.

일행은 디화에 도착해서 리페이를 주석의 동생 앞으로 데리고 갔다. 그는 그곳 사령관이었다. 진 사령관도 형처럼 짙은 눈썹과 가는 눈의

긴 얼굴을 하고 있었다. 눈썹에서 입 사이의 길이가 특별히 길었는데 흔히 얘기하는 말상이었다. 그는 리페이를 가두라고 명령했다. 의논의 여지가 없이 기자의 신분이 모든 것을 결정한 것 같았다. 진 주석은 모든 기자를 검문하고 이 지역을 빠져나가지 못하게 했다. 더군다나 리페이는 무슬림 군대와 같이 있다가 잡힌 까닭도 있었다.

"당장 총살당하지 않은 게 얼마나 행운인지 아는가? 살아 있는 것만으로도 고맙게 생각하게."

그는 성에서 세운 감옥으로 압송되었다. 디화에서 본 것이라고는 육군 본부에서 감옥으로 압송되는 길뿐이었다.

감옥은 여러 부류의 사람들로 꽉 차 있는데, 대부분 성 당국의 미움을 산 사람들이었다. 이틀 후 군은 리페이가 마중잉 사무실과 관련 있는 편지를 갖고 있고 또 하미 감옥을 탈출한 사람이라는 것을 알게 되자 시다차오(西大橋) 부근의 무슬림을 가둔 감옥으로 이감했다. 그는 신문사에 연락해 줄 것을 요구했지만 거절당했다. 예전부터 주석의 횡포에 관한 소문을 많이 들었는데 지금 그것을 직접 겪고 있는 것이다.

이제 운명을 하늘에 맡기고 감옥에서 전쟁이 끝나길 기다릴 수밖에 없다고 생각했다. 두려우안과 어머니가 걱정됐지만 현실을 받아들이고 건강이나마 잘 지켜야 했다. 전혀 다른 방법이 없었다. 당국이 책 보는 것과 글 쓰는 것을 허락한 것만으로도 큰 위안을 느꼈다. 옥졸은 그가 학자인 것을 보고 종이를 제공해 주려고 노력했다. 조명이 몹시 어두웠지만 글을 쓰는 몇 시간이 가장 행복했다.

신문사에서 주석의 관공서에 전보를 쳐 자신의 행방을 물어보았다는 것을 리페이는 전혀 알지 못했다. 진 주석은 신문사에 친절을 보여 주었으나 정작 리페이를 그냥 방치해 두고 있을 뿐이었다.

하진을 만난 두러우안은 그가 양쪽에서 알아봐 주겠다고 해서 희망을 되찾았다. 그녀는 베이거 소령의 사무실을 여러 번 찾아가 상하이 신문사에서 소식이 있는지 물어보았다. 전혀 소식이 없었다. 그럴수록 하미와 디화 항공편의 여객들에게서 알아봐야겠다는 생각이 들었고 수요일 저녁마다 공항으로 나갔다.

비행기는 보통 한두 시간 머물다가 상하이로 날아갔다. 이따금 승객 몇 명이 응접실에 들렀는데 주로 장교와 정부 관원이었다. 이런 사람들은 요직에 있는 사람들이었고 또 엄청 바빴기 때문에 물어볼 시간이 없었다. 그녀는 한번은 용기를 내서 일반인으로 보이는 노인을 가로막고 물었다.

"디화의 날씨는 어떻습니까?"

"얼어 죽을 지경입니다. 상황이 엉망입니다. 식품이 엄청 비싸고 보급품도 없고 물가가 치솟고 있습니다. 군대가 모든 것을 쥐고 있습니다."

"들어가기는 쉬운가요?"

노인이 쓴웃음을 지었다.

"다들 나오려고 한답니다."

인력거는 반 시간도 넘게 걸려서 공항에 도착했다. 길이 몹시 어두웠고 못 견디게 추웠다. 그녀는 온몸을 꽁꽁 싸고 얼른 따뜻한 커피 한 잔을 마시고 샌드위치 한 개를 먹었다. 그리고 난간이 있는 복도에서 비행기가 선회를 하다가 하강하여 활주로에 내려 마침내 멈춰서는 것을 지켜보았다. 잠시 후 하얀색 모자를 쓰고 제복을 입은 조종사가 비행기에서 내려 커피 마시러 응접실에 들어왔다.

두러우안은 테이블에 자리 잡고 앉아 샌드위치 한 개와 커피를 더 주문했다. 젊은 조종사 둘이 옆 테이블에 앉아 있었다. 그들은 이 빨간색 옷을 입은 젊은 부인이 혼자 외롭게 앉아 있는 것을 이미 여러 번 보았는데 표정이 항상 심각했고 눈빛도 공허했다.

"사람을 기다립니까?"

그중 한 명이 물었다.

"네. 친구를 마중하러 왔는데 아직 오지 않았습니다."

그녀의 시선은 조명을 환하게 밝힌 활주로를 향해 있다가 가끔 머리 돌려 두 조종사를 바라보았다. 한 조종사가 일어서서 모자를 쓰더니 그녀 옆으로 다가왔다.

"날씨가 추운데 저희 차로 시내까지 모셔다 드려도 되겠습니까?"

"상하이로 계속 비행하시는 거 아닌가요?"

"아닙니다. 우리가 뭐 강철인 줄 아십니까? 상하이까지는 하루 저녁 꼬박 걸립니다."

"그러면 여기에서 자고 가시나요?"

"네, 금요일에 다시 출발합니다. 제가 우리 차로 시내까지 모셔 드리겠습니다. 날씨가 너무 춥습니다."

이 젊은 조종사는 매우 낙관적이었고 호감이 가는 사람이었다. 이름이 바오톈지(包天驥)이고 상하이에 살고 있다고 했다. 길에서 두러우안은 신장의 전쟁 소식을 많이 들었다.

"디화까지 비행하시나요? 아니면 더 멀리 비행하시나요?"

그녀가 물었다.

"아닙니다. 디화에서 독일 조종사가 교대합니다. 저는 거기에 남았다가 그다음 주 수요일에 돌아옵니다."

차가 시가지에 진입하자 그녀는 광장에서 내려 달라고 했다. 그리고 최대한 따뜻한 미소를 지어 고마움을 표시했다.

매주 디화와 란저우를 오가는 사람이 천리 밖의 소식을 가지고 올 수도 있다는 사실이 흥미로웠고 기분이 날아갈 것 같았다. 하늘이 내려준 귀인 같은 조종사를 알게 된 것이 그녀에게는 몹시 중요했다. 조종사는 도움을 주겠노라고 약속까지 했다.

토요일에 베이거 소령이 한번 다녀가라는 전갈을 보내왔다. 눈이 내리기 시작했다. 온 산이 온통 하얗게 뒤덮였다. 하지만 두러우안은 순백의 아름다운 경치를 감상할 마음이 없었다. 그녀는 한참 걸어 소령의 사무실에 도착했다. 하늘에서 흩날리던 눈꽃이 그녀의 머리와 얼굴, 목덜미에 사뿐히 내려앉았다. 그녀는 사무실에 들어서면서 가슴이 마구 뛰었다. 베이거 소령이 그녀의 빨개진 얼굴을 한번 쳐다보았다. 그는 입술을 꾹 다물고 눈썹을 잔뜩 찌푸리고 있었다. 그녀는 그의 표정에 잠시 멍해졌다. 그는 손에 전보 한 통을 들고 있었다.

"빨리 말씀해 주세요. 무슨 소식이 있나요?"

"리페이의 행방을 찾았습니다. 디화에 있습니다."

그는 또 천천히 말했다.

"감옥에 있습니다."

그는 그녀에게 전보를 건네주었다. 그녀는 이 종잇조각에 담긴 뜻을 이해하려고 노력했다. 신공보사에서 보낸 것이었다. 신문사가 전보를 여러 번 쳐 마침내 주석 관공서의 답장을 받았다는 것이다. 리페이가 전쟁에서 포로로 잡혔고 무슬림 군대와 같이 구속 수감되었다는 내용이었다. 내용은 공식적이면서도 간단했고 모든 군대에서 쓰는 통신과 똑같았다. 한마디도 더 붙이지 않았다.

그녀는 쓰러지듯 방석을 깐 한 등나무 의자에 털썩 주저앉아 가쁜 숨을 몰아쉬었다.

"그이가 아직 살아 있어요."

"좋은 소식이라고 보시면 됩니다. 흔한 일입니다. 많은 사람이 별것도 아닌 거 갖고 잡히는 경우가 많습니다. 우리도 어떻게 할 방법이 없습니다. 그렇지 않습니까?"

그녀는 떨리는 목소리로 물었다.

"어쩌면 연락이 닿을 수 있지 않을까요? 적어도 제가 여기 있는 거 알게 할 수 없을까요?"

"우리 사무실을 통해 소식을 보낼 수는 없습니다. 우리가 보내면 오히려 독이 됩니다. 특별히 조심해야 합니다. 반드시 중립 기자 신분을 유지해야 합니다. 스스로 견뎌 낼 수밖에 없습니다. 전쟁이 끝나면 석방될 것입니다."

두러우안은 머리가 어지럽고 눈앞이 어질어질했다. 최악의 경우까지 생각했었는데 '아직 살아 있다!'는 구속 소식은 실망스럽지만 살아 있고 언젠가는 자기에게 돌아올 것이었다. 소식은 마치 한 줄기 은빛처럼 그녀에게 드리워졌던 먹구름을 걷어 갔다.

집에 도착한 그녀는 곧 바오 성을 가진 조종사를 떠올렸다. 그에게 리페이를 찾아 편지를 전해 달라는 부탁을 할 생각이었다. 자기의 소식을 전해 듣는다면 얼마나 기뻐할까! 아기가 곧 태어날 예정이고 자신이 란저우에서 리페이를 즐겁게 기다리고 있다는 소식과 사촌오빠의 사망 소식도 알릴 생각이었다. 또 얼마간 돈도 보내야겠다고 마음먹었다.

그녀는 안절부절못하며 다음 주 수요일이 오기만을 기다렸다.

하루 종일 눈이 많이 내려서 길이 미끄럽고 질척거렸다. 손이 얼어서 감각을 잃을 정도로 추위는 매서웠다. 일곱시까지 아직 15분 남았지만 그녀는 서둘러 주인집을 나섰다. 조종사가 도착하기 전까지 잘 준비하고 있었다가 편안하고 밝은 모습을 보여 주기 위해서였다.

바오가 공항 응접실에 들어와서 모자를 테이블 위에 던지더니 의자에 걸터앉았다. 그는 담배 케이스를 꺼냈다. 이번 비행이 힘들어 보였다. 그는 담배 한 개비를 물고 불을 붙였다. 고개를 돌리니 빨간색 옷을 입은 두러우안이 그를 향해 미소 짓고 있다.

그녀는 조종사 바오의 테이블로 걸어왔다.

바오는 그녀에게 웃어 보였다.

"또 차를 태워 드릴까요?"

"아니요. 도움이 필요해서 부탁을 드리러 왔는데 괜찮으세요?"

"앉으십시오. 무엇이든지 기꺼이 도와 드리겠습니다."

그는 그녀의 미소를 보고 거절할 수 없었다.

그녀는 자리에 앉았다.

"염치불고 하고 찾아왔어요. 제가 아는 사람 중에 디화 가는 사람이 그쪽밖에 없어서요. 디화 감옥에 가서 사람 좀 찾아 줄 수 있어요?"

"감옥 말씀입니까?"

"네. 제 남편이에요."

그는 커피를 급하게 마셨다.

"잠깐만요."

그는 일어서서 성큼성큼 카운터로 걸어갔다. 그녀는 그의 뒷모습을 바라보면서 마음속에 고마움이 가득했다. 아래턱이 넓고 눈치가 빠른 사람이었다. 그는 카운터에서 고개를 숙이고 무엇인가를 썼다. 머리카락 한 줌이 이마 위로 흘러내렸다. 그는 동작이 빨랐다. 얼른 테이블에 돌아와서 말했다.

"저녁을 같이하시는 건 어떻습니까? 배고파 미칠 지경입니다. 기꺼이 도와 드리겠습니다. 하지만 남편분에 대해 상세하게 말씀해 주셔야 제가 찾을 수 있습니다."

그녀의 눈빛은 기쁨으로 가득 찼다.

식당에서 그녀는 부탁할 일들에 대해 차근차근 얘기했다. 바오는 그녀의 얘기에 점점 빠져들었다.

"저랑 만났고, 제가 여기에서 잘 살고 있고, 그이가 돌아오기만을 기다린다는 것을 꼭 전해 줘야 해요. 두 달만 지나면 아기가 태어나요. 다행이라도 찾게 되면 뭐가 필요한지 물어봐 주세요. 옷이라도 몇 벌 가져다 전해 줄 수 있지 않을까요?"

두러우안은 바오가 자신을 도와주겠다고 한 이상 그를 완전히 믿어야 한다고 생각했다. 그녀는 두 사람이 아직 미혼이고 자신이 두판린 전 시장의 조카라는 것을 제외하고는 모든 것을 말해 주었다. 바오는 리페이의 이름을 모르지만 《신공보》는 알고 있었다.

"금요일까지 편지를 써 주십시오. 다음 주에 돌아오니 운에 맡겨 봅시다."

식사를 마치고 두러우안이 말했다.

"제 집에 한번 가 보실래요? 그이를 만나게 되면 제가 사는 곳에 가 봤다고 말해 줄 수도 있잖아요."

바오는 그녀가 사는 집에 따라왔다. 그는 이렇게 잘 차려입은 아가씨가 매우 낡은 집에 살고 있다는 사실에 놀랐다. 그녀는 방 안에 있는 새로 산 아기 침대를 그에게 보여 주었다. 그리고 직접 뜨개질한 청회색의 스웨터와 돈 100원을 꺼냈다. 하지만 바오는 이렇게 말했다.

"돈은 잠시 두십시오. 아직 찾을 수 있을지도 미지수니까요. 만약 돈이 필요하다고 하면 그때 다시 말씀드리겠습니다."

그는 가기 전에 이렇게 말했다.

"이제 공항에는 그만 나가십시오. 이달은 날씨도 안 좋아 비행기가 몇 시간씩 연착될 수 있습니다. 도착하면 제가 여기로 오겠습니다."

그가 가고 나서 그녀는 홀가분하게 의자에 앉았다. 몹시 고맙고 기뻤다. 노력만 하면 어떻게든 방법이 있을 줄 알았다.

27

러우안은 판원보에게 긴 편지를 썼다. 자신과 리페이의 소식을 알려 주고 리페이의 어머니에게도 전해 달라고 부탁했다. 판원보의 말대로 편지를 하인 라오루에게 부쳤다. 사실 그녀는 판원보가 지금 어디에 있는지 몰랐다. 추이어원의 소식을 오랫동안 듣지 못해 몹시 걱정되기도 했다. 그녀가 떠난 지 몇 주가 되었고 지금쯤은 시안에 도착했을 것이다. 판원보의 행방 또한 은밀했다. 그녀를 어떻게 구하지? 뾰족한 수가 없을 것 같았다. 신고했을 작은아버지와 작은어머니가 몹시 원망스러웠다. 그들이 두주런의 죽음에 대해 어떻게 생각하는지 궁금했다. 그녀에게는 미운 감정이 여전히 남아 있었다. 두주런의 죽음이 평생 탐욕스럽고 비정하며 이기적인 것에 대한 그들의 업보라고 생각했다.

날씨는 뼛속까지 춥게 만들었다. 이렇게 추운 날씨는 란저우에서도 드물었다. 그녀는 작은 침실에 숯불을 피워 몸을 따뜻하게 할 수밖에 없었다. 따뜻한 방이라고는 그 방밖에 없어 그녀와 탕어멈은 대부분 시간을 그곳에서 보냈다. 한밤중에 불이 점점 꺼지고 아침에 일어날 때는 추워서 죽을 지경이었다. 창문에는 늘 두껍게 성에가 끼었다.

두러우안은 매일 아침 늦게 일어났다. 탕어멈이 먼저 일어나 뜨거운 숯불을 들고 왔다. 숯을 흙과 섞은 숯불은 아주 천천히 골고루 타올랐다. 그녀는 난로 위에 올려놓은 찻주전자가 부글부글 끓어올라 물도 데워진 다음에야 일어나곤 했다. 세수를 방 안에서 했고 부엌으로 나가지 않았다. 황허는 꽁꽁 얼어서 사람들이 걸어서 건널 수 있었다. 가끔은 창문으로 아이들이 얼음 위에서 노는 것을 구경했다. 길에는 차량과 사람의 왕래가 끊이질 않았고 병사와 수레가 무리 지어 지나갔다.

몸은 점점 무거워져 걷는 것도 힘들었다. 가끔 일어날 때는 허리가 쑤셨다. 길 곳곳이 결빙되어 있어 걷기에도 힘들었다. 천 선생 집으로 가르치러 갈 때마다 탕어멈이 인력거를 불러 주었다. 천 부인이 그녀의 몸 상태가 걱정돼서 물었다.

"언제 휴강할까요?"

두러우안에게는 미래를 위한 10원이 결코 적은 액수가 아니었다.

"한 달을 더 가르칠 수 있어요. 십이월 초밖에 안 됐는데요."

"애들 아빠와 의논해 볼게요."

천 부인이 말했다.

"어쩌면 강의 시간을 조금 줄이는 것도 좋을 것 같아요."

이튿날 날씨가 흐리고 추웠다. 몽고 사막에서 불어오는 북풍이 도시 동쪽의 협곡을 가로질러 와서 온 세상을 차갑게 만들었다. 두러우안은 손가락이 빨갛게 얼었고 입술이 새파랗게 질렸다. 천 부인이 말했다.

"애들 아빠와 얘기했어요. 날씨가 너무 안 좋아요. 원하시면 오늘부터 휴강해도 좋아요."

"아니에요. 저는 가르치는 거 좋아해요. 견딜 만해요. 어차피 차를 타고 다니니 괜찮아요."

"걱정돼서 그러는 거예요. 그러면 강의를 일주일에 세 번으로 줄여요. 애들 아빠가 그러는데 급여는 원래대로 드릴 거라고 했어요."

두러우안은 이 제안이 마음에 들었다. 특히 수요일을 비우고 싶었다.

"고마워요, 천 부인. 아이가 태어나면 다시 보강할게요."

두러우안은 화요일과 목요일 저녁에 국어 수업을 하고, 그리고 토요일 오후에 와서 서예를 한 시간 가르치기로 약속했다.

천 선생 집에 다녀오는 것이 좋은 점도 있었는데 운동이 되었다. 아이를 가르치는 일도 즐거웠고, 거기서 얻는 수입으로 대부분의 지출을 감당할 수 있어서 좋았다. 그녀는 조용히 기다리기로 마음먹었다. 란저우에서 오래 살아야 할지도 몰랐다. 또 리페이가 돈이 필요할 수도 있었다. 리페이에게 보내는 돈 외에도 리페이를 위해 물건을 좀 사려고 했다. 그녀에게는 돈이 참으로 소중했다. 겨울을 나는 몇 개월은 많이 힘들겠지만 봄이 오면 일이 쉬워질 것이었다. 그녀는 아이가 출생하면 좀 더 나은 집으로 이사하기로 작정했다.

"탕어멈, 저는 탕어멈이 부러워요. 고민 같은 거 없잖아요."

하루는 저녁에 두 사람이 같이 불을 쬐면서 그녀가 말했다.

"내가 왜 고민이 없어요? 아가씨가 준 고민이 얼마나 많은데요."

"의식주와 돈은 걱정하지 않으셔도 되잖아요."

"그건 그래요. 나도 모은 돈이 칠십 원 있어요. 댁에서 일하면서 먹고 입는 걱정은 하지 않았어요. 고향에 땅도 한 조각을 사 뒀어요. 늙어서 더 이상 아가씨를 모실 수 없으면 고향으로 돌아가야지요."

며칠 후에 판원보가 보낸 전보를 받았다. 리페이의 어머니에게 이미 알렸고 직접 와서 대책을 의논할 것이라고 했다. 아랫줄에는 또 이렇게 적혀 있었다.

"어윈의 일이 잘 해결됨. 루수이가 돌아가서 설명해 줄 것임."

그녀는 판원보가 말을 아낀 것이 신비주의를 좋아하기 때문이라는 것을 알고 있어 한결 마음이 놓였다.

수요일이 되자 그녀는 떨리는 가슴으로 비행사 바오가 돌아오기만을 기다렸다. 바오가 만약 리페이를 만났다면 며칠 전에 벌써 자신이 보낸 편지를 받았을 것이라고 줄곧 계산하고 있었다.

뼛속까지 파고드는 찬바람이 골짜기를 불고 지나가 산꼭대기에서 윙윙거리는 소리를 내며 나무 위의 눈덩이를 흔들어 떨어뜨리고 고드름까지 부러뜨렸다. 매번 폭풍우가 올 때마다 강 위의 철교가 덜커덩덜커덩 소리를 냈는데 방 안에서도 들렸다. 그녀는 오늘 저녁에 비바람을 무릅쓰지 않아도 돼서 천만다행이라고 생각했다. 조종사가 오면 대접하게 탕어멈보고 닭고기면 한 그릇을 끓여 놓으라고 했다.

그녀는 8시부터 비행기 소리에 신경을 곤두세웠다. 비행기의 불빛을 찾기 위해 창밖의 밤하늘을 뚫어지게 바라보았다. 아니나 다를까 악천후 때문에 비행기가 두 시간이나 연착되었다가 간쑤의 폭풍우를 어렵게 뚫고 도착했다.

45분이 더 지나서 집 앞으로 다가오는 자동차 소리가 들렸다. 잠시 후 바오가 세찬 비바람을 피해 문을 열고 집으로 뛰어 들어왔다. 쏟아지던 빗방울도 같이 날아 들어왔다. 탕어멈이 얼른 방으로 안내했다.

따뜻하고 환한 방이 그를 기다리고 있었다.

"리페이를 만났습니다."

그는 비옷을 옷걸이에 걸고 큰 소리로 웃으며 말했다.

두러우안은 흥분돼서 입을 크게 벌렸다.

"진짜예요?! 그럼 제가 보낸 편지를 받은 건가요?"

두러우안은 기뻐서 얼굴이 환해졌다.

"그럼요."

바오는 난로로 다가가 손을 내밀고 불을 쬐었다. 가죽 장화가 돗자리
를 긁는 소리가 났다.

탕어멈이 면을 데우러 나갔고 바오는 재킷의 주머니를 뒤졌다.

"여기 답장이 있습니다."

그가 말했다.

두러우안은 얼른 편지를 받아들고 봉투를 뜯었다. 안에는 그가 형님
과 어머니에게 보내는 편지도 같이 들어 있었다. 바오는 그녀를 바라보
면서 내심 만족해 했다. 편지는 리페이가 연필로 급하게 쓴 것이었다.
그녀는 절반을 읽다 말고 눈시울이 뜨거워져 아래 글씨가 보이지 않았
다. 한 단락은 그가 몇 개월 동안 겪은 일들을 적은 것이었는데 그녀는
그것을 뛰어넘었고 또 속마음을 드러낸 부분이 몹시 아름다웠지만 조
금 있다가 보기로 했다.

"말씀해 보세요, 어떻게 잘 있던가요?"

"건강에는 문제가 없는 것 같았습니다. 디화에 감옥이 두 개 있는데
그는 두 번째 감옥에 수감되어 있었습니다. 다른 죄수 셋과 같이 있었

습니다. 누가 자신을 면회하리라고는 생각 못한 모양인데 제가 처음이었습니다. 물론 아가씨가 보냈다고 했습니다. 아가씨에 대해 물어봐서 제가 아는 것은 다 얘기해 줬습니다."

"스웨터를 드렸나요?"

"네. 감옥이 춥기는 했지만 그나마 건조했습니다. 돈이 필요한가고 물었더니 웃으면서 필요 없다고 했습니다. 대신 양가죽 담요와 솜이불 한 채를 사 줬습니다. 이거면 충분하다고 했습니다. 아시겠지만 그들은 더러운 회색 담요 한 개씩밖에 갖고 있지 않았습니다."

탕어멈이 닭고기면을 들고 왔다. 바오는 면을 먹고 두러우안은 다시 편지를 읽기 시작했다.

바오가 말했다.

"두 번 만났습니다. 전옥관(典獄官)하고 관계 처리를 잘 해 됐습니다. 오원짜리 난징 지폐가 도움이 되더군요. 리페이에게 알리고 싶은 말을 저한테 일러 주십시오. 시안시장의 조카분일 줄은 몰랐습니다."

두러우안은 그를 한번 힐끗 쳐다보았다.

"아가씨 남편이라고 했습니다. 아가씨만 그리고 있었습니다. 아가씨를 봤기 때문에 그의 심정을 이해할 수 있었습니다."

두러우안은 꼿꼿한 자세로 난로만 하염없이 바라보고 있었다. 불빛이 그녀의 얼굴을 붉게 비췄다. 깊은 생각에 잠긴 듯한 슬픈 표정을 짓고 있었는데 젊은 어머니처럼 보였다. 그녀는 자기 가족과 자신이 여기에 오게 된 과정을 말하기 시작했다.

그녀가 말했다.

"리페이와 다시 모이게 되면 꼭 큰 선물을 드리겠어요."

"반드시 다시 만날 것입니다."

"무슬림 군대가 디화로 쳐들어갈 낌새는 있나요?"

"아무도 모릅니다. 바싹 접근해 있고 세력도 점점 커지고 있기는 합니다. 주석이 인간관계가 엉망이라 수하에 있는 한족 군대와 벨라루스 사람들이 모두 그를 싫어하고 있습니다. 무슬림은 그가 사직하기만 하면 전쟁을 중단할 것이라고 했습니다. 한족 장교나 벨라루스 사람들이 언젠가 그를 처치할지도 모르지요. 전임 주석이 바로 연회에서 피살되었으니까요. 그쪽에는 이런 일이 자주 있습니다."

이튿날 두러우안은 나가서 75원의 거금을 주고 짙은 갈색 털실로 장식된 검은색 양털 외투를 샀고 리페이에게 보낼 긴 편지를 썼다. 그리고 그녀는 소포를 바오가 있는 여관에 보내면서 그를 알게 되어서 정말 다행이라고 생각했다.

다음 날 10시에 판원보가 왔다. 목도리를 칭칭 두르고 검은색 두루마기 위에 외투를 한 벌 더 걸쳤다. 그는 작은 집을 한번 쭉 훑어보았다. 침대는 정리가 되어 있지 않았고 방 안도 지저분했다. 두러우안은 그가 못마땅하게 생각하고 있는 것을 눈치 챌 수 있었다.

"루수이가 아가씨를 이렇게 열악한 곳에 모시지 말았어야 했습니다."

그가 말했다.

"추워서 얼어 죽겠습니다."

두러우안이 탕어멈에게 숯덩이를 좀 더 넣으라고 했다. 숯에 불이 붙으면서 짙은 연기가 솟아올랐다.

"나쁘지 않은데요."

그녀가 말했다. 그리고 그가 팔에 두른 검은색 천이 언뜻 눈에 스쳐 깜짝 놀랐다.

"왜 이걸 하고 있어요?"

그녀는 검은색 완장을 가리키며 물었다.

"내 수양딸을 위해서입니다."

판원보가 한 마디밖에 하지 않았다.

그의 얼굴 표정이 갑자기 엄숙해졌고 입술을 굳게 닫았다.

그가 말했다.

"실패했습니다. 미처 구해 내지 못했습니다. 지난주에 팅커우(亭口) 부근의 강가에 묻어 주었습니다. 루수이는 시안으로 돌아갔습니다. 우리는 그녀의 아버지를 모셔 왔습니다."

말이 여기서 뚝 끊겼다. 두러우안은 그의 목소리가 이렇게 떨리는 것을 처음 들었다. 말을 더 이상 이어 가지 못했고 화제를 돌렸다.

"리페이를 도울 일이 없을까 하고 찾아왔습니다."

그녀는 추이어원의 사망 이유를 묻고 싶었지만 참았다.

"연락이 닿았어요. 비행기 조종사가 그를 만났고 편지까지 가져다주었어요. 어제 저녁에 또 디화로 날아갔어요. 여기 오실 때 타고 온 비행기일 거예요."

그녀는 리페이가 자기에게 보낸 편지와 어머니에게 보낸 편지를 모두 꺼냈다. 그리고 바오한테서 들은 것들을 모두 말해 주었다.

판원보는 계속 눈을 깜박거렸다.

"바오라는 분은 어떻게 알게 되었습니까?"

"공항에 자주 나갔더니 눈에 띈 모양이에요. 말을 주고받으면서 알게 되었어요."

판원보는 코를 벌름거리면서 잘했다고 칭찬해 주었다.

"정말 잘했습니다, 러우안 씨. 어떻게 이런 방법을 생각해 냈습니까?"

"제가 생각해 낸 게 아니에요. 그냥 비행기가 제가 알아볼 수 있는 유일한 방법이라고 생각했어요. 오랫동안 헤맸고요. 바오는 엄청 착해요. 도와주겠다고 했어요."

"아가씨 같은 분이라면 다른 조종사들도 기꺼이 도와 드렸을 겁니다."

"어윈 얘기를 좀 할 수 있을까요?"

그는 담배 한 대를 꺼내 물고, 드디어 입을 열었다.

"강물에 투신했습니다. 다른 사람들을 보호하기 위해 죽음을 선택한 겁니다. 루수이와 나는 먼저 시안으로 돌아갔습니다. 내가 얻은 정보에 의하면 관선으로 징허(涇河)를 거쳐 압송된다고 했습니다. 어윈은 아무래도 삼 주 꼬박 걸어서 산시 경계에 도착했을 겁니다. 그리고 곧바로 헌병대에 넘겨졌지요. 나는 정보를 입수하자마자 몇 명을 데리고 작은 배에 올랐습니다. 꼭 어윈을 구하기 위해서라기보다 자신을 구하기 위해서였습니다. 반드시 재판에서 벗어나게 해야 했습니다. 고문을 이기지 못하고 자백할 경우 저도 끝장이니까요. 결국 어윈에 대한 믿음이 확실치 못했던 겁니다. 내가 사람을 잘못 본 거지요. 산시 경계에서 기다리는 게 맞는 거였습니다."

"어떻게 구하려고 했어요?"

그녀는 그가 이렇게 슬퍼하는 것을 보고 위로해 주고 싶었다.

"원래는 구할 수 있었습니다. 능력 있는 사람들만 골라서 갔지요. 수영을 잘하는 사람들이었습니다. 관선에는 붉은 깃발이 꽂혀 있어 찾기도 쉽습니다. 배가 이틀을 가니 중간에 얼마든지 기회를 잡을 수 있을 터였습니다. 위병들이 있다고 해도 아무것도 아니었으니까요. 나는 그들이 수영할 줄 모른다고 확신하고 충돌 사고를 낼 작정이었습니다."

"그 후에는 어떤 일이 있었어요?"

"내가 하루 늦었습니다. 원래 팅커우 아래쪽에서 관선과 마주칠 줄 알았는데 아무리 기다려도 오지 않았습니다. 팅커우에 도착하니 위병의 작은 배가 강기슭에 정박해 있었습니다. 그녀는 벌써 틈을 타 강물에 투신했던 것입니다. 그들이 다리 근처에서 시신을 발견하고 건졌습니다. 나는 사법관한테 가서 시신을 찾아 묻어 줬습니다."

그는 한참 있다가 다시 말했다.

"엄청 말라 있었어요. 몸무게가 사십오 킬로도 나가지 않을 것 같았습니다. 거의 스물다섯 날을 걸었으니까요."

"루수이는요?"

그녀가 화제를 돌렸다.

"우리 집으로 돌아왔는데 슬퍼서 죽을 것만 같았습니다. 강가에는 같이 가지 못하게 했습니다. 돌아와서 내가 루수이보고 이장할 준비를 하라고 했습니다. 그렇습니다. 루수이가 이제 자유를 얻은 것입니다. 그녀는 말을 할 수 없게 되고 우리는 자유를 얻은 것입니다. 그녀는 이제 한마디도 할 수 없게 된 거지요."

그는 날카롭고 괴로운 목소리로 말했다.

두러우안은 그가 추이어원의 죽음 때문에 몹시 후회하고 괴로워하는 하는 것을 알 수 있었다. 팔에 두른 검은색 천이 그의 슬픔을 잘 말해 주고 있었다. 추이어원은 법정이 자신을 심문할 기회조차 주지 않았지만 그럼으로써 친구들이 그녀를 구출할 기회마저 가져가 버렸다. 어쩌면 잘된 일일 수도 있었다. 스스로 고문을 당하지 않으리라고 결심했을 것이고 일찍 죽는 한이 있더라고 자백하지 않을 것이라고 말했었다. 두러우안은 두 달 전까지만 해도 추이어원의 활짝 웃는 모습을 마주하고 있었는데 그녀가 죽었다는 소식을 접하고 나니 마치 망치로 한 대 얻어맞은 듯한 느낌이었다. 그녀는 목구멍이 꽉 막혀 와 손수건으로 얼굴을 가리고 흐느끼기 시작했다.

판원보는 대책을 의논하러 왔기 때문에 두러우안은 조종사를 기다렸다가 만나 보고 가라고 했다. 판원보 또한 바오와 얘기를 나누고 싶어 했다. 판원보가 오니 두러우안은 몇 달 전처럼 혼자 외롭게 싸우고 있다는 느낌이 들지 않았다. 뜻밖에도 판원보는 갓난아기가 입을 옷 몇 벌도 챙겨 왔다.

"춘메이가 보낸 것입니다."

그녀는 눈이 휘둥그레졌다.

"어떻게 알고 부탁했죠?"

그녀는 새삼 춘메이를 의심했던 것이 미안해졌다.

"혼자서 나를 찾으러 왔습니다. 러우안 씨 올케분, 정말 대단합니다. 내가 본 여자들 중에 가장 훌륭한 분인 것 같습니다. 라오루가 대부관 저의 젊은 부인이 나를 만나러 왔다고 했을 때 내가 얼마나 놀랐을지 짐작이 가시죠?"

두러우안이 한마디 껴들었다.

"어떤 옷을 입었던가요?"

그는 보기 드물게 열성적으로 말했다.

"갈색의 명주옷을 입었던 것 같습니다. 몹시 우아해 보였어요. 그렇게 말을 부드럽게 하는 여자는 처음 봅니다. 먼저 불쑥 찾아온 것에 대해 죄송하다고 사과하고 나에 대해서 러우안 씨가 자기 친구일 뿐만 아니라 리페이의 친한 친구라고 얘기한 적이 있다고 했습니다. 그리고 조금 수줍어하는 듯하기는 했지만 진짜로 수줍어하는 것 같지는 않더군요."

판원보는 잠시 숨을 돌리고 춘메이가 말한 것을 이어 갔다.

"저한테 이렇게 이야기를 했어요. '판 선생님, 제가 두씨 집안사람이라 말투도 두씨 집안사람을 닮았을 것이라고 오해하실지 모르겠지만 저는 두씨 집안이 다 그렇다고 말하고 싶지 않습니다. 저는 셋째 고모를 늘 러우안이라고 이름 그대로 불렀어요. 러우안이 다 잘했다고 말하지는 않겠습니다. 리페이의 아이를 임신했으니 집안으로서는 불미스러운 일이지요. 하지만 영감이 러우안을 내쫓은 것은 정말 못할 짓이라고 생각합니다. 집안일이 가장 어렵지요. 이것 때문에 폐를 끼치고 싶지는 않습니다. 어쨌든 지금은 러우안이 자기 아버지를 대표하고 있습니다. 영감은 형님이 살아 계실 때의 추억을 존중하는 게 맞는 일이지요.

형님이 돌아가자마자 조카딸을 내쫓은 것은 정말 못된 짓입니다. 조상이 물려준 재산이 복이 될 때도 있고 화가 될 때도 있는 것 같습니다. 젊은 아가씨가 혼자 집을 떠나는 것 때문에 정말 걱정 많이 했습니다. 다행히 판 선생하고 같이 란저우에 간다고 해서 마음을 조금 놓았습니다. 그래서 이렇게 찾아오게 되었습니다. 한 가지는 미리 말씀드려야 될 것 같습니다. 영감이 하루는 저한테 러우안의 주소를 물은 적이 있습니다. 시어머니한테서 러우안이 대고 공연을 하는 여배우와 같이 있다는 것을 들은 거지요. 제 잘못입니다. 시어머니한테는 제가 말했거든요. 영감이 주소를 달라고 계속 고집 부렸지만 저는 말하지 않았습니다. 근데 제가 가지고 있던 편지를 발견한 모양입니다. 이것이 그렇게 큰 화를 불러올지는 정말 생각지도 못했습니다. 저를 믿어 주시겠어요?' 이렇게 말하고는 자신이 할 말을 전해 줄 것과 대신 설명해 줄 것을 부탁했습니다. 마지막으로 러우안의 새 주소는 알고 싶지 않다는 말도 전해 달라고 부탁했습니다."

두러우안의 뜨거운 눈물이 두 볼을 타고 주르륵 흘러내렸다.

"곤경에 처하니 친척보다 사돈이 낫네요."

"두씨 집안에 그런 여자가 있다는 게 정말 다행이라고 생각합니다. 작은아버지 같은 나쁜 사람에게는 정말 분에 넘칩니다."

"높게 평가해 줘서 고마워요."

"대단한 여자예요! 그렇게 매력 있는 여자가 그런 말투로 말한다는 것이 남자들에게는 얼마나 큰 마력인지 아십니까? 하늘이 무심한 겁니다. 그 늙은이한테는 정말 분에 넘칩니다!"

판원보의 말투가 가끔은 너무 낭만적이어서 사람을 놀라게 했다. 두러우안은 다른 생각을 얼른 지워 버리고 샹화의 안부를 물었다. 그가 말했다.

"주런의 장례에 참석하지 않아 보지 못했습니다. 듣기로는 상하이 친정집으로 돌아간다고 합니다."

두러우안은 리페이가 어머니에게 보낸 편지를 판원보에게 줬다.

"리페이의 어머님에 대해서는 묻지 않으시네요."

그가 말했다.

그녀가 머리를 숙였다.

"부끄러워서요. 제 얘기를 하셨죠?"

"그럼요."

"이제는 저를 무시하시겠죠. 얼굴을 내밀지도 못하겠어요. 인사도 드리지 않고 떠난 거 아시죠?"

"많이 상심하셨습니다. 러우안 씨가 왜 그렇게 서둘러서 떠났느냐고 물어서 할 수 없이 말씀드렸습니다."

"무슨 말씀을 하시던가요?"

"무슨 말을 했으면 좋을지 모르겠다고 했습니다. 그리고 당신 아들이 이런 짓을 할 줄은 생각지도 못했다고 했습니다."

"저를 용서할까요? 정말 잘 해 주셨는데 이제는 저를 딴사람으로 보겠죠?"

"자상한 분입니다. 결국 리씨 집안의 자손 아닙니까? 돌아가서 한번 얘기 잘 해 보겠습니다. 아들을 위해서 이렇게 고생도 많이 하지 않았습니까. 리페이의 편지를 전하기 위해 돌아가는 즉시 찾아뵙고 러우안 씨가 혼자 리페이를 찾으러 여기까지 온 과정을 잘 말씀드리겠습니다. '불쌍한 아이'라고 얘기했던 것 같습니다. 그래도 두 분이 지금 리페이를 가장 사랑하지 않습니까? 힘겨운 날들이 결국은 러우안 씨와 리페이를 같이 있게 할 겁니다."

"리페이가 돌아오지 않으면 저 혼자는 감히 찾아뵙지 못해요."

판원보는 수요일까지 조종사가 돌아오기를 기다렸다. 두러우안은 판원보를 집에 불러 그를 소개시켜 줬다. 판원보는 리페이의 소식을 듣고 또 신장의 전쟁에 대해 물었다. 대체적으로 무슬림 군대에게 유리한 국면인 것 같았는데 신병을 모집하는 등 디화를 공격할 준비를 하고 있다고 했다. 만주 장군 성스차이는 훌륭한 장교였지만 한족 군대의 최고 지휘부는 무기력했다. 결단력이 부족했고 내부에서 서로 의심하고 시기했다. 반면에 무슬림 군대는 싸울수록 더욱 용감해져 갔다. 전쟁에서 무슬림은 엄청난 살육을 당할 것임이 분명하기 때문이었다. 진 주석은 많은 인재들을 거느리고 있으면서도 자기 동생만 신임했다. 그렇다고 그를 탓할 수만은 없었다. 참모진과 벨라루스 연대 본부 모두 불만이 많았고 그에게 충성하는 사람이 몇 명 없기 때문이었다.

판원보는 그다음 날에 떠났다. 그는 할 수 있는 방법은 모두 시도했고 스스로에게 만족했다. 리페이 문제는 조용히 국면이 바뀌기만을 기다리는 수밖에 없었다. 판원보는 두러우안에게 200원을 주면서 나중에 더 필요하면 편지를 쓰라고 했다. 그리고 두러우안과 함께 무슬림 소령과 의사를 만났고 그녀가 아이를 낳을 병원에 같이 가 보았다.

28

출산 예정일이 임박했다. 아기를 위해 모든 것을 잘 준비해 뒀고 털실로 이불까지 떴다. 이제 리페이가 보내는 편지를 매주 받아볼 수 있었다. 그는 심지어 감옥의 식사를 가지고 농담했고 같이 수감된 사람들의 이야기며 자신이 무슬림 말을 얼마나 많이 배웠는지 자랑했다.

상황이 급격히 바뀌지 않는 한 그도 풀려 나는 것에 대해 욕심 부리지 않았다. 바오가 전쟁에 관한 소식을 좀 전해 주기는 했지만 그는 감옥의 작은 세계를 연구하는 것과 가족에게 관심을 가지는 것 외에는 다른 것에 신경 쓰는 것 같지 않았다. 그는 또 배불리 먹지 못한다고 투덜댔는데 두러우안은 이것이 건강하다는 것을 의미한다고 생각했다. 그녀에게 보내는 편지에는 항상 어머니와 형님에게 보내는 편지가 같이 들어 있었다. 그녀는 편지를 제때에 전달했다.

섣달 그믐날을 앞두고 적지 않은 한족계 무슬림 장교들이 란저우에 휴가 보내러 왔다. 폭우철이 지난 란저우는 구름 한 점 없이 쾌청했다. 공기는 차고 건조했고 새하얀 눈이 온 산과 숲을 뒤덮고 있었다. 두러우안은 하진을 만나러 사무실로 갔다. 전쟁에 대해 묻자 하진은 통쾌하게 웃었다.

"진 주석이 우리 안에 갇힌 꼴이 됐습니다."

마중잉 장군이 언제쯤 진군하느냐고 물었지만 하진은 말해 주지 않았다.

이튿날 생각지도 못한 단쯔가 찾아왔다. 무명으로 만든 제복이 날렵한 몸매를 감싸고 있었고 가장자리가 털로 된 모자를 썼는데 키가 훨씬 더 커 보였다.

"너는 잘생긴 병사야."

그녀는 그의 옷깃에 삼각형 구리 모양이 세 개 달린 계급장을 쳐다보며 말했다. 리페이를 제외하고 단쯔가 가장 반가운 사람이었다.

"계급이 뭐야?"

"상위(上尉)야."

단쯔가 우쭐거렸다.

"내 주소는 어떻게 알았어?"

"하진보고 달라고 했지. 나는 하진의 참모야."

그는 갑자기 정색하고 말했다.

"아버님이 돌아가신 거 최근에야 알았어. 아버님을 위해 한 달 동안 상복을 입고 다녔어. 내 목숨을 아버님이 구해 준 거나 다름없지. 미리무가 또 편지에서 사촌오빠가 죽었다고 하던데."

"사고 맞지? 내가 듣기로는 개가 갑자기 덮치는 바람에 수문 아래로 굴러 떨어졌다던데."

단쯔가 재미있다는 표정으로 그녀를 바라보았다.

"떨어진 건 맞아. 근데 죽지는 않았어. 무슨 일이 일어났는지 맞춰 봐?"

"돌려서 얘기하지 말고 그냥 말해 봐."

"무슨 일이 일어났는가 하면 미쯔라가 돌멩이를 한 개 주워서 머리 위에 살짝 던졌지. 내 생각에는 아자얼 등도 돌무더기를 발로 걷어찼어. 그래서 깔려 죽은 거야. 경찰이 왔을 때 마을 사람들이 다 사고라고 하니 방법이 없었던 거야. 이제 알겠어?"

두 사람은 다른 소식들을 더 주고받았다.

"그믐날 어떻게 보낼 거야?"

단쯔가 물었다.

"내가 가정교사를 하는 집에서 같이 밥 먹자고 하는데, 아직 결정하지 않았어."

"그러지 말고 그냥 나하고 같이 있을래?"

그는 두 눈을 깜빡거리면서 그녀가 어린 시절에 익히 봐 왔던 천진난만한 미소를 짓고 있었다.

"그러지 뭐."

탕어멈이 옆에 계속 서 있었다.

그녀가 말했다.

"아가씨, 계속 이사하겠다고 하지 않았어요. 단쯔가 있을 때 도와 달라고 하면 좋잖아요?"

두러우안이 사실대로 말했다. 단쯔는 그저 그녀를 도와줄 수 있어서 기뻐했다. 그는 괜찮은 집을 찾으려고 이틀 동안 뛰어다녔다. 이튿날 오후에 그는 두러우안과 탕어멈을 데리고 꽝위안먼(光園門) 안에 있는 집을 보러 갔다. 번화가 주택들 사이에 있었지만 비교적 깨끗하고 마루가 깔려 있었다. 창문과 가구들이 모든 좋은 재료로 만들어졌고 방한시설까지 갖춰져 있었다. 집을 절반만 세놓고 있었는데 그들이 갔을 때 태양이 작은 뜰을 비추고 있었다. 집주인이 마루에 낡은 카펫을 깔아 주겠다고 하자 두러우안은 바로 결정을 했다.

12월 28일 그들은 새 집으로 이사했다. 단쯔가 짐을 꾸리고 이사하는 것을 도와줘 저녁 무렵에 모두 마쳤다. 아기 침대는 햇빛이 흠뻑 드는 구석에 두었고 탕어멈에게도 자기 방이 생겼다.

섣달 그믐날 모두 한자리에 모여 풍성한 만찬을 즐겼다. 두러우안은 바오가 도시에 있다는 말을 듣고 불러서 함께 식사했다. 그녀는 방금 판원보와 춘메이의 편지를 받았는데 바오가 또 리페이의 편지를 가지고 왔다. 리페이는 편지에서 아이의 이름을 '란성(蘭生)'이라고 짓는 게 어떠냐고 물었는데 란저우에서 낳은 아이라는 뜻이었다.

폭죽 소리가 요란하게 들렸다. 그들도 식사를 하기 전에 폭죽 한 꾸러미를 터뜨렸다. 그리고 모두 마당에 서서 하늘의 별을 바라보았다. 별똥 하나가 밤하늘을 가르고 지나갔다.

두러우안이 말했다.

"단쯔, 별똥 얘기 아직도 믿어? 어릴 때 나한테 얘기해 줬잖아. 요정이 자꾸 하늘로 올라가려고 해서 천사가 별똥을 보내 못 올라오게 하는 거라고."

"나는 아직도 믿어."

그들은 방으로 들어가서 저녁 식사를 즐겁게 했다. 탁자 위에 빨간색 촛불을 켜 두어 명절 분위기를 냈는데 가운데에 리페이의 액자가 있었다.

밥을 다 먹고 두러우안이 단쯔에게 물었다.

"마중잉 장군의 군대가 디화를 공격할 때 이길 가능성이 얼마나 돼?"

"내가 장담하는데 봄에는 우리 손 안에 들어 있을 거야."

단쯔는 또 마을 사람들 얘기를 했다. 쒀라바와 미리무의 형인 하산을 만났는데 다들 그가 죽은 줄로 알고 있었다. 아쿠이도 입대했다고 했다. 단쯔는 또 한 가지 비밀을 더 말해 줬다. 7천 여 명에 달하는 마중잉 자신의 군대는 아직 전쟁에 투입되지 않았지만 수많은 무슬림 신병이 이미 최전방 군단에 편입되었고 마스밍의 군대가 한창 쿠얼(庫爾)을 경유하는 남쪽 루트를 통해 탄약을 운반하고 있다고 했다.

"단쯔, 진군할 때 너도 따라가는 거지. 그러면 하나 부탁할게. 하진과 같이 꼭 리페이를 구해 줘."

그녀는 바오를 향해 말했다.

"감옥의 위치를 알려 주세요."

바오는 감옥이 시다차오 근처에 있고 무슬림 주택가라고 했다.

바오가 말했다.

"듣기로는, 리페이가 감옥에 있는 게 밖에 있는 것보다 안전하다고 합니다. 도시에서 전쟁이 일어나면 사상자가 엄청 많을 겁니다. 제 생각에는 마스밍 장군이 감옥에 갇혀 있는 무슬림들부터 구해 낼 겁니다."

단쯔가 말했다.

"내가 하진하고 얘기해 볼게. 어쩌면 내가 도착하기도 전에 마스밍 장군이 도시를 장악했을지도 몰라."

시안으로 돌아간 판원보는 두러우안에 대해 새삼 탄복하면서 리 부인을 만나러 갔다. 리 부인은 아들 리페이가 신장으로 떠난 후부터 한시도 마음을 놓지 못했다. 10월과 11월이 거의 다 지나가는 동안 판원보의 얼굴도 볼 수 없었다. 판원보가 와서 아들이 지금 감옥에 있다고 하자 그녀는 가슴이 몹시 아팠다.

"아이고, 불쌍한 내 아들!"

그녀는 판원보에게 말했다.

"추운 겨울에 감옥에서 골병이라도 들까 봐 밤에 잠이 오지 않아요."

판원보가 세모꼴 눈을 치켜뜨면서 한숨을 쉬었다.

"러우안이야말로 불쌍한 아이입니다. 자기는 아껴 먹고 아껴 쓰면서 리페이에게는 가죽 코트를 사 주었습니다. 란저우는 지금 엄동설한입니다. 제가 가 보니 한 달에 십이 원밖에 하지 않는 낡은 집에 세 들어 살고 있었는데 방에 침대 두 개를 놓고 난방이라고는 작은 난로밖에 없었습니다. 탕어멈과 같은 방을 쓰고 있었습니다. 아드님을 위해 정말 아끼는 것 같았습니다."

어머니의 안색이 환해졌다.

"그래요? 작은아버지라는 분이 그렇게 내쫓는 걸 보니 정말 모진 사람이네요."

판원보는 그녀의 슬픈 얼굴을 똑바로 쳐다보면서 말했다.

"아드님한테 이렇게 잘하는 며느리를 어디 가서 찾을 수 있겠습니까?

보십시오. 리페이의 소식을 얻으려고 그런 곳에 사는 것도 마다하지 않습니다. 그 조종사를 찾아낸 건 정말 대단한 일입니다. 저는 죽었다 깨도 못할 것 같습니다. 다른 사람이 신장 얘기 하는 거 들으려고 비행기가 올 때마다 비바람을 무릅쓰고 나갔답니다. 하도 많이 가서 다른 사람들의 눈에 띈 겁니다. 그래서 그 조종사를 알게 되었지요. 그뿐만 아니라 삼십육사단의 사무실에 가서 아드님을 찾아 달라고 무슬림 중령에게 부탁까지 했습니다. 무슬림 군대를 통해서 찾을 수 없으니 또 신문사에 부탁을 했습니다. 덕분에 리페이가 디화에 있다는 것을 알게 된 겁니다. 정말 아드님을 위해 모든 것을 바쳤습니다. 제 생각에는 요즘 이런 여성은 정말 보기 드물지요! 리페이를 사랑하고 온갖 고생을 다하면서도 마음이 변하지 않는데 이것이야말로 한결같은 사랑 아니겠습니까!"

판원보의 말이 기대한 효과를 가져왔다.

"러우안 덕분이 크구나!"

어머니가 크게 탄식했다. 뜻인즉 두러우안은 존경받을 만한 일을 했고 웬만한 사람이 할 수 있는 일이 아니라는 것이었다.

"이런 것들을 생각하면 다 내 아들 잘못인 거 같아요."

"언제 출산해요?"

돤얼이 물었다.

"다음 달입니다."

"어쨌든 아이는 우리 살붙이 아닙니까! 어머님, 우리가 좀 방법을 생각해야 될 것 같습니다."

"네 말이 맞구나, 돤얼. 일찍 와서 사실을 이야기했더라면 이해해 줬을 텐데."

"어머님, 그런 처지에 있는 러우안이 어떻게 먼저 어머니한테 말을 꺼낼 수 있겠어요? 우리가 나설 때예요."

정월 첫째 주에 리페이의 어머니는 두러우안이 보낸 첫 번째 편지를 받게 되었는데 리페이의 최근 소식을 전해 주는 것을 핑계 삼아 쓴 것이었다. 그녀의 편지 내용은 매우 조심스러웠다.

사랑하는 어머님께

판 선생이 전한 리페이의 소식을 받으셨으리라 믿습니다. 모든 것을 말씀드렸겠지요? 제가 전달한 몇 통의 편지도 받으셨지요? 조종사 바오는 정말 착한 사람입니다. 감사를 표시하기 위해 그믐날에 식사를 대접했습니다. 그는 열흘 전에 리페이를 만났습니다. 제가 이 편지를 쓰는 이유는 리페이가 부족한 것 없이 잘 있다고 말씀드리기 위해서입니다.

이번 주에는 어머님께 편지를 쓰지 않아서 제가 대신 써 올립니다. 전쟁은 우리에게 희망적입니다. 저는 지금 산차이에서 온 무슬림 장교 몇 분과 연락하고 있는데 모두 오랜 친구입니다. 무슬림 군대가 곧 디화를 공격할 것입니다. 저는 중령에게 부탁해서 무슬림군의 마스밍 사령관에게 전보를 치게 했습니다. 마스밍 장군은 리페이의 지인입니다. 하진 중령이 자신의 명의로 전보를 치겠다고 약속했습니다. 만약 마스밍 장군이 디화를 함락시키게 되면 감옥에 갇혀 있는 무슬림들을 구하면서 리페이를 특별히 신경 쓸 것입니다. 제가 간절히 바라고 또 할 수 있는 일은 이것밖에 없습니다. 이제는 조용히 기다릴 수밖에 없습니다. 저는 3주 후에 입원합니다. 모든 것이 순조롭게 잘 풀렸으면 좋겠습니다.

어머님, 제가 어머님을 잊었다고 생각하셨겠지요. 하지만 저는 한시도 어머님을 잊지 않았고 저한테 잘 해 주신 걸 잘 기억하고 있습니다. 건강 잘 챙기시고 돤얼 형님에게도 안부 전해 주시길 바랍니다.

러우안 올림

어머니가 맏이를 불러 편지를 읽게 했다.

"핑아, 네 생각은 어때?"

"운 좋은 편인 거 같아요."

어머니가 말했다.

"내 생각은, 아이가 곧 태어나는데 내 손자새끼야. 다른 사람이 뭐라고 하든지 살붙이는 살붙이야. 만약 걔가 돌아갈 집이 있다면 우리는 천천히 얘기해도 돼. 근데 집에서 쫓겨난 후부터 줄곧 혼자 거기서 고생하고 있어. 이건 정말 아니라고 봐. 의지가 강한 애야. 잘못을 했다고 쳐도 우리 아들 잘못이야. 페이가 돌아오기 전에 만약 우리 집으로 올 수 있으면 적어도 우리가 애를 봐 줄 수 있고 따뜻한 가족이 돼 줄 수 있어. 중요한 일이니 너희도 생각을 말해 봐라. 너희 둘 다 말이다."

"저는 당연히 데리고 와야 된다고 생각합니다. 받아들이고 안 받아들이고는 다른 문제입니다."

돤얼이 말했다.

"네 생각은, 핑아?"

"이게 뭐 특별한 일이라고 그러세요? '민며느리'는 옛날부터 있었던 건데. 우리 집안에서 자란 민며느리로 보면 되잖아요. 지금 같아서는 그 방법밖에 없는 거 같아요. 그녀가 받아들이기에는 좀 쑥스럽겠지만 시도는 해 보죠."

두러우안은 리페이의 어머니가 친필로 서명한 편지를 받았다. 동정과 고마움을 표시한 것뿐만 아니라 아기가 먼 길을 떠날 수 있게 되면 집으로 와서 같이 살자는 것과 리펑이 기꺼이 데리러 갈 것이라는 내용이었다.

러우안은 큰 감동을 받았다. 이 말은 그녀가 리페이 집안의 며느리로 인정받았음을 의미했다. 하지만 이웃들에게는 뭐라고 하지? 그녀는 이것이 리페이의 생각이 아니라는 것을 알고 있었기 때문에 얼른 편지 써서 그의 생각을 물어보려고 했다. 어쩐지 리페이를 기다려서 같이 돌아가는 게 맞는 것 같았다. 그때는 다른 사람이 뭐라든지 상관없을 것 같았다.

정월 셋째 주 그녀는 리 부인의 명의로 입원했다. 부모란에 리페이와 자신의 이름을 적어 넣었다. 괜한 것에는 이젠 신경 쓰지 않았다. 리페이의 사진을 들고 간호사들에게 자랑하기도 했다. 간호사 한 명이 리페이의 글을 읽은 적이 있어서 그녀에게 특별히 예의를 지켰고 배려해 줬다.

그녀는 3시에 입원했다. 저녁을 먹을 무렵에 진통이 점점 강해졌다. 저녁 11시에 분만실로 들어가서 자정이 지나자마자 아이를 낳았다. 새벽에 깨어났을 때 탕어멈이 옆에 앉아 있었다.

"아들이에요? 딸이에요?"

그녀가 조바심이 나서 물었다.

탕어멈이 말했다.

"아들이에요. 몸무게가 삼점사 킬로예요."

젊은 어머니는 비몽사몽간에 어렴풋이 웃으면서 다시 잠에 들었다.

며칠 동안 그녀는 큰일을 해냈다는 성취감에 푹 빠져 지냈다. 이 모든 일이 원래부터 자연스럽게 자신의 의도한 것이라는 엉뚱한 생각도 들었다. 사랑하는 사람의 아기를 가지는 것이 너무나도 자연스러운 일이기 때문이었다.

란성은 머리숱이 많았고 두 눈은 아빠를 닮아서 반짝거렸으며, 입이 작고 예뻤다. 아기의 우렁찬 울음소리를 듣고 있으면 자신이 겪었던 수모와 고통이 말끔하게 사라지는 것 같았다.

두러우안은 아기에게 젖을 물리고 아기의 머리카락을 만지면서 탕어멈에게 말했다.

"탕어멈, 내가 옛날에 했던 바보 같은 짓을 아직도 기억하고 있죠?"

"잘 모르겠는데, 뭘 두고 하는 말씀이에요?"

"내가 그 약을 먹던 거 기억해요? 아기가 다치지 않아서 천만다행이에요."

그녀는 간호사에게 부탁해서 아기 할머니에게 사진 한 장 보냈다. 그리고 아기 할머니의 축하를 받았을 뿐만 아니라 판원보, 란루수이, 심지어 춘메이와 샹화의 축하장까지 받았다.

"탕어멈, 우리가 시안으로 돌아가야 할까요?"

"글쎄요, 여기가 애 아빠와 가깝고 도움이 필요할 때 도와줄 수도 있을 것 같은데요. 그러나 시간이 오래 걸릴 거 같으면 아무래도 돌아가는 편이 나은 거 같아요. 어차피 아기가 아직 먼 길을 떠날 수 없으니 천천히 결정하죠."

제 6 부

귀환

바오가 다시 와서 놀라운 소식을 전해 주었다. 당시 디화는 군법의 통제하에 있었다. 한족 군대의 슝(雄)씨 여단장이 산산인들을 대상으로 끔찍한 보복을 자행했는데 반군에 가입한 혐의가 있는 사람들을 전부 학살한 게 도화선이 되었다. 게다가 만주 장군 성스차이도 그 수를 헤아릴 수 없을 정도로 많은 사람을 죽여 무슬림 반란의 불길이 신장 전역에서 활활 타오르게 되었다. 성스차이가 산산과 투루판을 수복하면서 무슬림들은 산간 지역으로 쫓겨나게 되었다.

전쟁은 이미 인민들의 전쟁으로 바뀌었고 평화를 사랑했던 무슬림들도 분노와 증오에 물들어 끔찍하고 혼란스러운 거대한 물결을 형성하게 되었다. 무슬림을 억압하는 자들을 모두 삼켜버릴 기세였다. 서쪽으로는 아커쑤(阿克蘇), 동쪽으로는 하미에 이르기까지 한족계 무슬림과 다른 무슬림들이 똘똘 뭉쳤다. 한족과 무슬림들은 모두 자기 도시에서 종족 간 폭동이 일어나는 것을 두려워했다. 성스차이가 마스밍을 옌치(焉耆)까지 쫓아 버렸지만 그가 철수하자자마 무슬림들이 다시 투루판을 수복했다.

바오가 말했다.

"거리는 쥐 죽은 듯 조용합니다. 비행기를 착륙시키니 성 안으로 들어가지 말라고 경고하더군요. 그래도 다른 조종사와 같이 성 안으로 들어갔습니다. 우리 유라시아항공사의 제복과 모자가 안전을 보장해 주는 셈이지요."

"리페이를 만났나요?"

"네. 하지만 미리 말씀드리자면 동문을 제외하고 다른 성문을 모두 닫아 버렸습니다. 우리도 이 제복 덕분에 들어갈 수 있었습니다. 가게도 모두 문 닫고 지원병이 거리를 순찰하고 있었는데 거의 모든 군대가 출동했다고 들었습니다. 또 사람들더러 헛소문을 퍼뜨리지 말 것과 외출하지 말라는 공고문을 써 붙였답니다. 많은 사람이 안전을 위해 교외를 떠나 성 안으로 들어왔다고 합니다. 우리는 공원을 지나 유라시아항공사로 갈 때 현청 앞에 시신 네 구가 방치된 장면을 보았습니다. 듣기로는 몇몇 무슬림이 시골 한족 일가족 다섯 명을 살해한 혐의로 잡혀 와서 재판을 받고 있답니다. 우리는 또 지저분한 제복을 입은 벨라루스 군인들을 보았습니다. 그다음에야 리페이가 있는 시다차오의 감옥에 도착했지요. 사람들의 얼굴에는 두려운 기색이 역력했습니다. 시다차오는 번화가이고 반 리 정도 되는데 한족이 별로 없고 대부분 무슬림입니다. 한족도 무슬림도, 심지어 벨라루스 사람들까지 모든 사람이 종족 간 폭동이 일어나는 것을 두려워하고 있었습니다. 그걸 원하는 사람이 아무도 없지만 다들 곧 일어날 거라고 예감하는 눈치였습니다. 저는 혼자 감옥에 들어갔습니다."

"감옥 사정은 어떻던가요?"

"마흔 살 정도로 보이는 한족 장교가 우두머리를 하고 있었는데 그도 자기 목숨을 걱정하고 있었습니다. 무슬림이 아무 때나 감옥에 쳐들어와 자기 동포를 구할 수 있는 노릇이었으니까요. 일촉즉발의 상황입니다."

"리페이는 상황을 잘 알던가요?"

"조금 알고 있습니다. 탈옥할 생각 하지 말고 감옥에 있는 게 더 안전할 거라고 말해 줬습니다. 마스밍 장군한테 이미 부탁했기 때문에 감옥에 무슬림 장교가 찾아올 때까지 기다리는 게 맞다고 했습니다. 러우안 씨 안부만 계속 물어보고 또 다음에는 언제 오냐고 물어서 노력해 보겠다고 했습니다. 항공사에서 하룻밤 묵고 이튿날에 바로 떠났지요. 역시 바깥의 자유로운 공기가 좋습니다. 음식물이 비싸고 물가가 치솟아 쌀을 거의 구할 수가 없습니다. 우리 사무처 직원도 개떡과 무장아찌밖에 먹지 못하고 있습니다. 몇몇 지역을 제외한 거의 모든 마을을 무슬림이 차지해 버렸습니다. 그들이 수많은 도시의 군량창고를 불태워 버렸습니다. 지금 디화를 포위하고 있는데 머지않아 공격에 들어갈 겁니다."

바오는 그다음 주에 리페이를 한 번 더 만날 수 있었다. 우편물에 대한 검사가 엄격해져 편지를 가지고 오지는 못했다. 공원에서 폭발물이 발견되었고, 무슬림 상인들이 그곳의 소식을 빼돌리는 것을 발견하고 아예 모든 우편물을 몰수하거나 압수해 버렸다. 일부 상인들은 천을 구입하는 주문서를 부칠 때 여러 가지 색상을 사용했는데 파란색, 빨간색, 노란색, 푸른색 등으로 여러 도시를 표시했고 일부는 빈 봉투만 부쳤는데 이는 수비하는 군인이 없다는 것을 의미했다.

바오는 리페이에게 두러우안의 말을 전했다. 그녀는 리페이가 집으로 돌아올 여비가 없을까 봐 걱정했다. 그녀는 바오에게 부탁해서 돈 300원을 보냈고 자신은 100원만 남겼다.

바오가 도착하기 하루 전에 투루판이 무슬림군에게 함락되었다. 성스차이는 종족 간 원한에서 출발해 진군했었는데 처음엔 누구도 그를 당해 낼 자가 없었다. 하지만 그에게는 수천 명의 군대밖에 없었고 시간이 흐르자 신장의 하미·투루판·디화의 땅을 지켜 내지 못했다. 그가 퇴각하자마자 무슬림이 따라 들어갔다.

다반청을 얻었다가 다시 잃었고 창지(昌吉)의 우체국과 현장(縣長) 관공서도 불태워졌다. 지방의 폭동을 빠른 시간 내에 진압되었고 질서를 되찾은 것 같았다. 하지만 사람들은 관리와 지방의 우두머리들을 믿으려 하지 않았다. 소문에 의하면 장페이위안(張培元) 장군이 명령을 받고 500리 밖의 이리(伊犁)에서 군대를 파견한다고 했다. 과연 올 것인가? 온다고 해도 어느 편에 설 것인가? 그리고 아커쑤와 쿠처의 정세도 안정되지 못했고 반란이 곧 톈산 남부까지 확대될 조짐이었다. 성스차이가 마스밍을 디화와 옌치 사이에 있는 산간 지대로 내쫓은 것이 오히려 재앙의 불씨를 퍼뜨린 꼴이 되어 결과적으로 더욱 큰 불길로 번졌고 이듬해는 신장의 서쪽 끝인 소련 경계까지 미치게 되었다.

조종사는 특권이 있는 소수 계층에 속했고 성문을 드나드는 데는 아무런 문제가 없었다. 위병은 조종사의 출입을 막지 않았다. 디화의 고위 관료로서 유라시아항공사와 선을 대고 싶어 하지 않는 사람이 없었다. 조종사의 출입을 막지 않는 것은 자연스러운 현상이었다. 사실 바오는 전옥관을 반쯤 협박해서 들어갔다. 감옥 측에서는 외부 사람이 죄수와 접촉하는 것을 엄격하게 제한하라는 명령을 받았다. 죄수 중에 하미 왕의 조정에서 요직을 담당했던 무슬림 장교가 몇 명 있었던 것이다. 전옥관이 그를 못 들어오게 막으려고 하자 그는 이렇게 말했다.

"솔직하게 나는 내 한족 친구를 보러 가는 거요. 그는 무슬림이 아니오. 지금 나를 도와주면 나중에 내가 도와줄 수도 있소. 여기 재수 없는 곳을 떠나 내지로 가고 싶지 않소? 정 못 믿겠으면 따라와서 무슨 말을 하는지 들으면 될 거 아니오."

전옥관이 그를 데리고 리페이의 감방으로 갔다. 바오는 짧게 말했다.

"부인이 아들을 낳았습니다. 제가 직접 아기를 봤습니다."

"애 엄마는 무사한가요?"

리페이가 큰 소리로 물었다.

"무사합니다. 지금은 괜찮은 집으로 이사해서 살고 있습니다. 여기 새 주소가 있습니다."

"우리 어머니 집으로 이사해서 살라고 전해 주세요. 제가 덜 걱정하게요."

바오가 300원을 건네주자 그는 바오의 손을 꼭 잡았다. 햇빛이 창문을 비스듬히 뚫고 들어와서 그의 얼굴을 비췄다. 바오가 처음 만났을 때보다 수척해진 것 같았다. 두 사람이 작별할 때 그의 목소리는 잠겨 있었다.

그다음에 갔을 때는 바오는 시내로 들어갈 수조차 없었다. 인근에서 전투가 벌어졌고 창지와 더화(德化) 일대가 몹시 혼란스러웠다. 비행기는 멈출 수밖에 없었다. 조종사도 바뀌게 되어 바오는 공항에 체류하게 되었다.

2월 21일부터 무려 46일간의 디화 공격이 시작되었다. 아침 일찍부터 포탄의 소리가 집과 기와를 진동했다. 며칠 전에 600여 명의 무슬림 군대가 남쪽으로부터 이 도시에 접근했고, 성벽까지 바싹 다가왔다가 벨라루스 병사들에게 격퇴되었다. 이외에도 옌치에서 온 군대가 있었는데 자원입대하는 무슬림들이 끊이지 않았고 그들은 비밀리에 홍산취(紅山嘴)로 진군했다. 인원이 1,500명도 넘었다. 그들은 말을 탔으며, 대포 2문과 기관총 몇 정, 그리고 소총 600여 정으로 무장했다. 무슬림 기마병들은 대부분 곡도와 군도, 긴 창을 차고 있었다. 홍산취는 도시의 높은 지대에 위치해 있었다. 홍산취를 지키던 병사들은 전술이 형편없는데다가 훈련까지 부족해 한밤중 꿈속에서 여지없이 공격당했다. 다른 무슬림 군대는 야오모산(妖魔山)과 즈주산(蜘蛛山)을 점령했다. 날이 채 밝기도 전에 교외 작은 연병장에 있는 전신국이 무슬림의 수중에 들어갔다.

리페이는 감옥에서 포탄이 터지는 소리와 기관총 소리를 매일 들었다. 감옥에서 갇혀 있던 무슬림들은 흥분해서 이리저리 날뛰며 욕질하고 미친 듯이 웃어 댔다. 모두 자유를 갈망했다. 리페이는 자신의 목숨이 무슬림에게 달렸다는 것을 잘 알고 있었다. 이 도시 주민의 90퍼센트는 한족계 무슬림이거나 오리지널 무슬림이었다. 그는 무슬림 말을 많이 배웠는데 마을을 통과할 때 필요하면 요긴하게 사용할 수도 있을 터였다.

저녁 무렵에 총소리가 멈췄다. 그는 옷을 입은 채로 침대에 누웠다. 이튿날 새벽에는 총소리가 점점 가까이서 들렸다. 정부군이 훙산취를 수복하려고 성벽 위에서 대응 사격을 했다. 멀리서 포탄이 반격하는 소리가 들렸다. 포탄 몇 발이 근처에 있는 민가를 맞추는 바람에 땅이 흔들렸다. 오후에는 기관총 소리가 다른 곳에서 들려왔는데 전장이 전신국 쪽으로 옮겨 간 것 같았다. 약 300명의 벨라루스 군인이 훙산취로 돌격하여 진지를 되찾았다.

성을 공격하던 무슬림들은 산언덕의 거점을 빼앗기자 교외로 이동했다. 시다차오의 무슬림들이 무슬림 기마병을 열렬하게 환영했다. 만주 장군은 류다오완(六道灣)에 막혀 있었고 성을 지키는 병사들은 벨라루스 군인들까지 포함해서 고작 700명이었다. 감옥 밖에서 말발굽 소리와 남자들의 고함소리, 여자들의 비명소리와 총알이 날아가는 소리가 들렸다. 집 몇 채에 불이 붙었고 감옥의 창문을 통해 검은 연기가 치솟는 것이 보였다. 총알 한 발이 천장을 뚫고 지나갔다. 이어서 쥐 죽은 듯 조용해졌다가 총소리가 띄엄띄엄 들려왔다. 무슬림군이 이미 시다차오를 점령했고 민가와 근처에 있는 면화 공장을 거점으로 삼았다. 5시에 기마병이 공원 방향으로 진군하기 시작했다.

감옥 안이 몹시 혼란스러워졌다. 일부 죄수들이 소란을 피우려고 일부러 큰 소리를 지르거나 이상한 소리를 냈다. 전옥관의 주의를 끌어 감방으로 유인하려고 했지만 그는 코빼기도 보이지 않았다. 사람들이 문을 부수기 시작했다. 리페이 근처에 있는 한 감방의 두꺼운 나무문의 쇠사슬이 풀리면서 갇혀 있던 일고여덟 명의 사람들이 뛰쳐나왔다.

다른 문들도 차례로 열리기 시작했는다. 그때 밖에서 갑자기 기관총 한 정이 사격을 가했다. 전옥관이 돌로 만든 대문에서 거점을 잡은 모양인데 죄수 서너 명이 마당에 쓰러지자 다른 사람들은 신속하게 후퇴했다. 그러나 죄수들이 점점 더 불어나 복도를 완전히 차지했다. 나이가 많은 사람들은 수염을 쓰다듬으며 손을 가슴에 얹고 기도했다. 젊은이들은 머릿수만 믿고 뛰쳐나가 대문을 공격하려고 했다. 오륙십 명이 한데 엉켜서 뒤죽박죽이 되었다. 여자 죄수 대여섯 명은 구석에 웅크리고 있었다.

작은 모자를 쓰고 넓은 두루마기를 입은 노인이 모두에게 날이 어두워지기를 기다리는 게 낫다고 말했다. 한 시간만 지나면 해가 질 것이다. 노인의 침착하고 단호한 말투는 사람들에게 깊은 인상을 남겼다. 소란이 조금 진정되었다. 사람들은 벽 쪽에 쪼그리고 앉거나 이리저리 왔다 갔다 했다. 불안한 기색이 역력한 사람도 있었다. 전옥관이 바깥의 거점을 지키고 있었고 기관총이 감옥 문을 겨냥하고 있었다. 사람들은 책상다리, 문고리, 의자 같은 것을 들고 있었다. 무기로 사용할 수 있는 것은 모두 동원했던 것이다.

감방에서 대문까지의 거리는 약 9미터 정도였다. 한 무리 사람들이 같이 뛰쳐나가면 대문에 도착하는 사람이 있을 터였다. 마당은 9미터 높이의 담장으로 둘러싸여 있었다. 감옥 건물의 꼭대기에는 작은 보루가 있어 창구를 통해 마당의 사정을 살필 수 있었다. 보루를 지키는 위병이 없었고 보루 안에서 대문에 있는 전옥관의 일거수일투족을 감시할 수 있었다. 네 명이 팀을 이루어 보루를 차지하자 사람들은 다양한 물건을 건네주었고 그것들을 보루의 땅바닥에 쌓아 두었다. 동시에 젊은 사람들로 구성된 팀이 뒤편의 천정 구멍으로 빠져나갔다. 집의 끄트머리를 돌아서 양쪽 담장 사이에 있는 비좁은 통로를 따라 조용히 앞마당으로 접근했다.

리페이도 작은 보루에 기어올랐다. 서남쪽에 불길이 치솟고 있었는데 집 몇 채에 불이 붙어 끊임없이 불똥을 하늘로 튕기고 있었다. 감옥의 마당에 땅거미가 깔렸다. 대문에 등불이 걸려 있어 전옥관 두 명의 머리와 병사 몇 명이 고개를 숙이고 앉아 있는 게 보였다. 또 다른 위병은 뒤편에 서서 손전등으로 마당을 비추고 있었다.

신호와 함께 육중한 문고리가 대문으로 날아갔다. 전옥관이 깜짝 놀라서 튀어 일어났고 기관총을 난사하기 시작했다. 책상다리, 나무오리, 장화, 벽돌 등이 마구 날아다녔고 손전등이 마당을 어지럽게 비췄다. 갑자기 불이 붙은 모자가 캄캄한 마당으로 떨어졌다. 신호였다. 이십여 명이 건물 양쪽의 복도에서 뛰쳐나와 대문으로 돌진했다. 그들은 건물에서 뜯어낸 몽둥이와 벽돌로 전옥관을 공격했다. 한 명이 머리를 얻어맞고 피를 줄줄 흘리며 땅에 쓰러졌고 다른 몇 명은 두 손이 결박당한 채 재갈이 물렸다. 다른 죄수들도 몰려와 전옥관들을 죽일 듯이 두들겨 패기 시작했다. 리페이는 마당에 십여 명이 쓰러져 있는 것을 보았다. 몹시 조용했고 기관총이 한쪽 구석에 버려져 있었으며 작은 연기 기둥만이 희미한 초롱불빛 속에서 서서히 하늘로 피어올랐다.

지금은 남자 여자 할 것 없이 저마다 보따리 한 개씩 챙겨서 마당으로 뛰쳐나갔다. 앞장선 사람이 전옥관의 몸에서 열쇠를 뒤져 문을 열었다. 옥에는 죽거나 부상 입은 사람이 많았다. 리페이도 사람들을 따라 뛰쳐나갔다. 우선 시급한 것은 밖에 나가서 안전한 곳으로 대피하는 것이었다. 리페이는 죽은 사람의 모자를 벗겨 썼다. 초롱불빛이 엎드려 있는 위병의 시체를 비추고 있었는데 머리며 목 부분이 상처투성이였고 유혈이 낭자했다.

2월의 찬바람이 뼛속까지 파고들었다. 그는 작은 모자를 눌러쓰고는 옷깃을 여미며 걸어 나갔다. 지세는 아래로 기울어져서 오래된 묘지로 통해 있었다. 주위가 쥐죽은 듯 조용했고 총소리도 완전히 멈췄다. 그는 지금 어디에 있는지 알 수 없었다. 작은 개울가에 있는 버드나무 몇 그루의 어렴풋한 형체와 정자 크기의 네모난 초소가 보였다. 왼쪽은 시가지였고 집에서 불빛이 새어 나왔다. 그는 버드나무 쪽으로 가서 땅에 주저앉았다. 거리로 나가지 않는 게 안전할 것 같았다. 그제야 사람이 데리러 올 때까지 감옥에 있으라는 말이 생각났다. 근데 그 무슬림 장교를 어떻게 찾지? 과연 데리러 올까?

리페이는 나무 그림자 속에 파묻혀 있어 다른 사람들의 눈에 띄지 않았다. 그는 다음에 어떻게 해야 할지를 고민하고 있었다. 가죽 장화를 신은 사람 몇 명이 대문 안으로 들어갔다가 조금 지나 기관총을 질질 끌고 나왔다. 대문을 나서자마자 십여 명의 병사와 마주쳤는데 말을 탄 장교가 인솔하고 있었다. 새로 나타난 그들은 흰 두건을 쓴 것으로 보아 무슬림이거나 한족계 무슬림인 것이 분명했다. 느닷없는 고함소리와 함께 일제히 만도를 휘두르는 것이 보였다. 한족 순찰병이 그 자리에서 쓰러졌고 시체가 길바닥에 널브러졌다. 무슬림 병사들은 감옥으로 향했다.

리페이는 그 틈에 감옥으로 걸어갔다. 무슬림 두 명이 밖에 서 있었다. 그는 무슬림 말로 크게 소리 질렀다. 상대방은 꼼짝 말라고 명령했다. 리페이는 두 손을 들고 천천히 걸어갔다. 시체 옆을 지나칠 때 그들이 군복을 입지 않았다는 사실을 발견했다. 리페이는 감옥에서 도망쳐 나온 사람이라고 설명했다. 한창 말하고 있을 때 구레나룻으로 뒤덮인 얼굴에 키가 작고 뚱뚱한 무슬림이 걸어 나왔다.

"저는 마스밍 장군의 친구입니다."

리페이는 이렇게 외치며 명함을 꺼내 들었다.

"아, 당신이 우리가 찾는 사람이군요. 마스밍 장군이 계시는 곳으로 모셔 오라는 명령을 받았습니다."

"어디에 계십니까?"

"여기서 한 삼십 리 되는 남산에 있습니다."

리페이는 안도의 한숨을 길게 내쉬었다.

그들은 어둠 속에서 쥐 죽은 듯 조용한 거리를 가로질러 시다차오 구역의 무슬림 군대가 점령한 면화 공장으로 들어갔다. 앞장선 장교가 말했다.

"제 임무는 여기까지입니다. 사람을 파견할 수는 없지만 안전을 걱정하지 않으셔도 됩니다. 남쪽으로 가기만 하면 무사할 겁니다. 통행증 한 장 드리도록 하겠습니다. 우리 쪽의 누구를 만나든 마스밍 장군이 어디 계시는지 알려 드릴 겁니다."

이튿날 리페이가 출발하려고 할 때 포격이 다시 시작되었다. 포탄이

시다차오 구역에 떨어지면서 민가 여러 채를 태워 버렸다. 무슬림 마을 전체에서 불길이 솟구쳤다. 집들이 불타면서 무너졌고 여기저기에서 검푸른 연기 기둥이 피어올랐다. 총알이 비 오듯 쏟아졌다. 요새의 기관총이 도망치는 어른들과 아이들을 향해 난사되기 시작했다.

무슬림들은 거점을 지키기 어렵다는 것을 알고 성 밖으로 후퇴했다. 남산으로 가는 길은 사람들로 꽉 차 있었다. 시다차오 전쟁으로 말미암아 하루 만에 일반 백성 2천 명이 죽었는데 양측 군인 사망자의 10배에 달하는 숫자였다. 전체 마을이 초토화되다시피 불에 타 버렸다.

리페이는 앞으로 나아가면서 남산으로 철수하는 수많은 군인과 난민을 하루 종일 만날 수 있었다.

"이런 옷차림으로 나다니는 것은 너무 위험합니다."

마스밍 장군이 말했다.

"한족계 무슬림의 군복을 드리겠습니다. 전쟁이 지금 톈산 남쪽에서 서쪽으로 확대되고 있습니다. 투루판에 가서 기다리는 게 가장 좋습니다. 제 사촌동생이 그곳의 무슬림 군대를 통솔하고 있습니다. 그쪽에는 소수의 몽고 병사밖에 없습니다. 그곳에는 거의 전쟁이 없습니다. 아직 하미에는 입성할 수 없지만 마중잉 장군이 출병해서 우리와 합류하기로 했습니다. 나도 이제 가 봐야 합니다. 디화를 이미 포위한 이상 무력으로 도시를 함락시키지 못하면 식량 공급을 차단해서라도 항복하게 만들 겁니다."

리페이는 투루판에 도착하자마자 마푸밍 족장에게 부탁해 하진한테 전보를 쳐 자신이 무사히 탈출한 과정을 두러우안에게 전해 달라고 했다. 아직 상황이 호전되지 않았고 하미로 가는 길이 막혀 당분간 돌아갈 수 없다고도 했다.

낮에는 매서운 한기가 엄습했고 밤에는 사막의 강풍이 들판을 쌩 하고 가로질렀다. 우물이 말라 주민들은 마당에 쓸어 모은 눈으로 요리와 빨래를 했다. 리페이는 몹시 지치고 몰골이 말이 아니었지만 잠시나마 몸을 의탁할 곳을 찾았고 또 자유롭게 숨 쉴 수 있어서 기뻤다.

리페이는 두러우안이 자신을 위해 해 준 것들을 떠올리면서 큰 감동을 느꼈다. 너무 많은 것을 빚졌다! 리페이의 가슴에는 일 년 전에 알게 된, 조용하고 사랑스런 두러우안이 굳건하게 지켜 온 소중한 사랑이 가슴 깊게 각인되었다.

"사랑은 이 세상에서 가장 아름다운 일일 거예요!"

그녀가 이렇게 말한 적이 있었다. 지금 비로소 그 말의 뜻을 완벽하게 이해할 수 있게 되었고 사랑이란 지극히 아름답고 사심이 없으며 용감한 일이라는 것을 깨닫게 되었다.

그녀를 못 본 지 여러 달이 되었다. 마음속 깊이 간직하고 있는 그녀의 모습은 아름다움과 청순함이었다. 하지만 그녀는 시련 앞에서 결코 좌절하지 않았고 꿋꿋이 견뎌 냈다. 지난 일 년 그녀가 자신에게 보여 준 사랑은 이 세상에 있을 법하지 않은 그런 사랑이었다. 거리낌 없었고 한결같이 헌신적인 사랑을 보여 줬다. 마치 하얀색 불꽃처럼 그를 감싸고 앞으로 나아갈 길을 밝혀 줬으며 무한한 따뜻함을 느끼게 했다. 언제 가야 그도 그녀처럼 자신의 영원한 사랑을 증명할 수 있을까? 그는 당장 그녀 곁으로 돌아가 그녀의 얼굴을 보고 목소리를 듣지 못하는 것이 한스러웠다.

그는 하루하루를 힘들게 보내고 있었지만 대수롭지 않게 여겼다. 몇 달이나 쌀알 한 톨 구경을 못했고 말젖과 양고기로 하루 세 끼를 때우는 것에 점점 익숙해졌다. 심지어 무슬림의 관습에 따라 세숫대야를 쓰지 않고 세수와 양치질했다. 아침이면 마당에 나가 눈을 한 움큼 쥐고 얼굴에 문질렀다. 뜨거운 물로 샤워하는 것이 아득한 꿈이 되었다.

투루판은 함락되고 수복하기를 여러 번 반복했지만 큰 피해는 입지 않았다. 마스밍 장군이 있을 때 종족 폭동을 엄격하게 금지해 그곳에서는 야만적인 보복 행위가 일어나지 않았다. 거리는 난민들로 가득 찼다. 수많은 사람들이 시장의 정자에서 밤을 보냈다. 이 성의 화폐가치는 50냥으로 겨우 법정화폐 1원을 바꿀 정도로 추락해 리페이는 별로 돈을 쓰지 않아도 되었다. 1원이면 아주 오래 쓸 수 있었기 때문이다.

그는 투루판에 도착한 두 번째 주에 사령관서에서 쭈글쭈글 구겨진 회색 솜 제복을 입은 잘생긴 젊은 장교를 만났다. 몹시 익숙한 얼굴이었다. 사령관하고 얘기하고 있을 때 그 젊은 장교가 연신 리페이를 쳐다보았다. 얘기가 끝나자마자 그는 리페이에게 다가왔다.

"아, 맞군요! 리 선생! 저 단쯔입니다."

리페이는 곧바로 산차이에서 만난 적이 있다는 것을 기억하고 놀라움과 기쁨에 벌떡 일어섰다.

"여기는 무슨 일입니까?"

"마중잉 장군이 여기로 마 사령관에게 전갈을 보내왔습니다."

"여기까지 어떻게 왔습니까? 하미를 거쳤습니까?"

단쯔가 웃으면서 말했다.

"하미에는 이월에 도착했습니다."

그의 눈빛이 반짝거렸다.

"만나서 정말 반갑습니다. 란저우에서 러우안을 만났습니다. 그믐날에 저녁을 같이 먹었습니다."

마푸밍 장군이 다가와서 말했다.

"리 선생이 란저우에 돌아가고 싶어 하는데 갈 때 모시고 가게."

그리고 리페이에게 말했다.

"가는 길을 알고 있습니다."

두 사람이 같이 사무실을 나온 후 단쯔가 말했다.

"가서 점심을 함께 합시다!"

그들은 도시 번화가에 있는 한 식당으로 들어갔다. 그곳에는 중국 가게 몇 개와 러시아 사람들의 상점 몇 개가 있었다. 그들은 자리 잡고 앉아서 보리개떡과 양고기튀김을 먹었다. 리페이가 디화를 빠져나온 과정을 말해 주었다. 단쯔는 란저우에서 휴가를 보낸 일과 좋은 집을 구해 두러우안을 이사시킨 것을 들려주었다.

"제가 떠날 때 출산 예정일을 코앞에 두고 있었습니다."

"이미 낳았는데 사내아기입니다!"

"전혀 모르고 있었네요! 신정이 지나고 바로 쑤저우로 돌아갔으니까요."

"하미를 어떻게 통과했습니까?"

리페이가 물었다.

단쯔가 머리를 흔들면서 껄껄 웃었다.

"리 선생이 만약 무슬림이고 무슬림 말까지 할 수 있으면 아주 간단합니다. 시골 마을은 모두 우리가 장악하고 있습니다. 한족 군대는 병영에 박혀서 감히 성 밖으로 나오지도 못합니다. 성 밖으로 나올 때는 항상 무리를 지어 단체로 행동합니다. 잘됐습니다. 마침 우리 마을 사람들이 고향으로 돌아가려고 기다리고 있습니다. 하미 근처에는 가지 못하고 한 시골 마을에 숨어 있습니다. 낙타가 없으니 사막을 건널 엄두도 못 내고 있지요. 그들이 온 지는 이미 일 년 정도 되었습니다. 산산 부근에서 부상당한 사람들도 있는데 고향에 데려다주겠다고 약속했습니다."

리페이의 가슴속에서 희망의 불꽃이 타올랐다.

"그들을 데리고 직접 사막을 건널 생각입니까?"

"사막으로 가면 열흘 정도밖에 걸리지 않고 도중에 서너 개 휴게소도 있습니다. 첫 번째 휴게소를 지나면 한족 군대 보초가 없습니다. 물론 당장이라도 하미를 자유롭게 통과할 수 있었으면 좋겠습니다. 열흘 전에 하미를 떠날 때 한족 군대가 전신국을 철거하고 있었습니다. 서쪽으로 옮겨 갈 조짐이 많이 보였습니다."

단쯔는 웃으면서 물었다.

"저를 따라가다가 리 선생의 위장이 견딜 수 있겠습니까?"

리페이는 잔인한 살육 장면을 가리키는 거면 이미 많이 봤다고 했다.

"가는 길에 눈 덮인 들판에 시체가 널려 있는 것을 보게 될 겁니다. 어른 아이 할 것 없지요. 가끔은 칠팔십 명씩이나 됩니다. 저도 처음에는 엄청 불편했습니다. 지금은 그냥 지나칠 수 있지만 이번 전쟁이 정말 무의미하다고 느껴집니다. 저는 무슬림입니다만 중국 여자와 아이들도 무슬림에게 살해당한 거 알고 있습니다. 하지만 한족 군대가 더 잔인하지요. 이런 것들이 무슨 의미가 있을까요? 이제는 진저리가 납니다. 라면, 아쿠이, 쒀라바 등 친구들도 이제는 다들 집으로 돌아가고 싶어 합니다."

"군대에서 풀어 줍니까?"

"전쟁을 한번 치르고 나면 어떤 모습인지 잘 아시죠? 이런 전쟁에서는 아무도 당신의 행방을 조사하지 않습니다. 그들은 작년 여름에 왔습니다. 마푸밍 장군을 육 개월 동안 따라다니면서 가장 처절한 싸움을 겪었습니다. 마 사령관을 만나서 얘기해 볼 작정입니다. 아마 풀어줄 겁니다. 사령관에게 지금 정작 필요한 건 총알이지 병사가 아닙니다. 그들을 위해 공식적인 증명서 같은 것을 부탁할 생각입니다. 그러면 군 여행단과 같이 떠날 수 있습니다."

단쯔는 리페이를 데리고 무슬림 숙소 한 칸 구경시켜 줬는데 일부 장교들의 병영이기도 했다. 그리고 또 자신이 쓰고 있는 건조하고 따뜻한 지하 침실을 보여 줬다. 투루판의 주택은 대부분 지하실이 있었고 여름에 피서용으로 사용했다. 투루판 분지는 해발보다 낮아 비옥한 산골짜기의 기온이 약 48도까지 오르내렸다. 지금은 시골 마을이 눈에 덮여 있지만 기온이 갈수록 높아지기 시작했고 쌓인 눈이 녹으면서 길거리를 질퍽하게 만들었다.

사흘째 되는 날 단쯔가 모든 증명서를 받자 두 사람은 하미로 출발했다. 오래된 실크로드를 같이 걸으면서 두 사람의 화제는 항상 두러우안에게로 돌아갔다.

"정말 훌륭하지요!"

단쯔가 말했다.

"강가에 살고 있었는데 집이 하도 낡았기에 다른 집을 구해 줬습니다."

리페이는 모든 말을 새겨들었다. 편지에 이런 사정을 한 번도 쓴 적이 없었기 때문이다. 조종사가 소식을 조금 전해 주기는 했지만 그녀에게 일어난 모든 것을 알고 싶었다. 어떤 집에서 살고 있고 가정교사로 얼마나 벌며 또 모습이 어떻게 바뀌었는지 모든 것이 궁금했다.

"작은아버지가 정말 나쁜 사람입니다. 러우안의 아버지가 돌아가시자마자 러우안을 집에서 내쫓았습니다. 조카딸을 쫓아내면서 엄청 좋아했을 겁니다. 형의 재산을 독차지할 수 있으니까요."

단쯔는 또 두주런이 어떻게 죽었는지를 말해 주었다.

"가끔 고향에서 보낸 편지를 받습니다."

단쯔가 말했다.

"미리무가 쓴 건데 우리는 편지를 받으면 마을의 소식을 나누곤 했습니다."

"무슨 일이 있었던 겁니까?"

"주런이 살해당하고 경찰이 출동했지만 당국이 어떻게 할 도리가 없었던 겁니다. 나중에 병사들이 수문을 보호하기 위해 순찰을 돌았답니다. 그런데 지난번에 병사 두 명이 실종됐다고 들었습니다."

단쯔가 목소리를 낮췄다.

"어떻게 실종됐는지 아시겠지요? 고향의 사정도 여기하고 똑같습니다. 규모가 작을 뿐이지 피는 피로 갚아 주는 겁니다. 우리가 고향에 돌아가서도 한바탕 할 겁니다. 마을에 지금 장정이 없으니 군인들이 제멋대로 날뛰는 겁니다. 우리가 돌아가면 상황이 확 바뀔 겁니다. 라먼 그들이 서둘러 돌아가는 것도 그 때문입니다."

산산시는 폐허 그 자체였다. 주민 대부분이 무슬림이었는데 한족 군대가 점령하고 있을 때 루커친(魯克沁), 카라, 쥐허 남쪽의 마을로 모두 피난 갔다. 산산은 북적거리는 작은 도시였다. 피잔주가 유명했는데 현지인들이 산산을 '피잔'이라고 부르기도 했다. 특산물로 포도, 목화, 양모 등이 있었다. 사람들은 군대가 북쪽으로 이동해 톈산 협곡을 공격하러 갔다는 소문을 듣고 모두 지붕조차 없는 집으로 돌아와 서둘러 정원이며 가구들을 복구하기 시작했다. 거리가 많이 침수되었지만 어떤 집은 침대와 부엌을 들이기 시작했고 몇몇 굴뚝 잔해에서는 연기가 피어올랐다.

리페이와 단쯔는 이틀을 꼬박 걸어서 기진맥진했다. 산산에서 하룻밤 묵어가기로 결정했는데 하미로 향하는 위험천만한 길이 이제 시작에 불과했다.

30

ᘘᙅᙠᖉ

바오가 지난번에 비행기가 디화에 진입할 수조차 없었다고 말하자
두러우안은 온몸이 굳어지는 것 같았다. 줄곧 무슬림군이 디화를 공격
해 들어가길 바라고 있었지만 지금은 그것이 몹시 두려워졌다.

그녀는 아기의 만월(滿月)잔치*를 했다. 마침 리페이도 그날에 자유를
되찾았다. 그녀는 약 3주 동안 편지를 받지 못했다. 신문에 난 기사들
은 막연하기만 했고 사람을 불안하게 만들었는데 대부분 정부군이 승
리했다는 보도였다. 다시 보도할 때도 전쟁이 치열하게 진행되고 있다
는 식으로 보도할 뿐 반란을 '진압'하는 전쟁이 어떤 방향으로 진전되
고 있는지를 설명해 주지 않았다. 시다차오 전투를 보도한 적이 있기는
했지만 두러우안은 시다차오가 어디에 있는지도 몰랐다.

2월 말 두러우안은 불안과 걱정을 덜 방법이 없어서 베이거 소령을
만나러 갔다. 그런데 뜻밖에도 디화가 포위된 상태이고 무슬림군이 일
주일 전에 도심에 진입했다가 다시 쫓겨났다는 소식을 듣게 되었다.

리펑이 란저우에 다녀갔다. 아기에게 선물을 챙겨 주고 또 어머니를

---

*백일잔치. 중국에서는 아기가 태어난 지 100일 되면 만월이라 해서 축하한다.

대신해 그들 모자를 데려가려고 했다. 하지만 그녀는 군대를 통해 직접 소식을 알아보기 위해 시안으로 돌아가려 하지 않았다.

그녀가 말했다.

"꼭 여기에서 소식을 기다리겠습니다."

리핑이 말했다.

"아기를 데리고 비행기 타시면 됩니다. 시안까지는 두 시간 반밖에 걸리지 않습니다. 탕어멈하고 저는 차를 타고 가면 됩니다."

하지만 그녀는 단호했다. 리핑은 장사 때문에 란저우에 가죽 제품을 구입하러 왔고 한 주 동안 머물면서 그녀가 마음 바꾸기를 기다렸다.

3월의 첫째 주, 란저우는 아직도 추위가 가시지 않았다. 베이거 소령이 통지를 보내왔다. 안에는 투루판 마푸밍 사무처의 전보가 들어 있는데 리페이가 감옥을 탈출했고 상황이 호전되면 그때 돌아간다고 했다. 리페이가 드디어 돌아온다! 리페이가 감옥에 갇히고 반년 만에 처음 듣는 희소식이었다. 그녀는 기쁨의 눈물을 걷잡을 수 없이 줄줄 흘렸다. 아기를 가슴에 꼭 껴안고 큰 소리로 외쳤다.

"란성아, 아빠가 돌아온대!"

아기는 조용히 엄마를 쳐다보면서 마치 알아들었다는 듯 미소를 지었다. 리페이가 마침내 자유를 찾았다. 그녀는 아기를 안고 방 안을 왔다 갔다 하면서 재우려고 등을 살살 토닥거려 주었다. 갑자기 두 다리에 힘이 생기는 것 같았고 발걸음도 한결 가벼워졌다.

그녀는 탕어멈에게 리핑의 숙소를 찾아가 감격적인 소식을 전하도록 했다. 리핑이 한달음에 뛰어왔고 그녀는 전보를 보여 주었다. 리핑은 전보를 쥐고 한참 동안 생각에 잠겼다.

"상황이 호전되기를 기다린다고 했으니 돌아오는 데 몇 달은 걸릴 것 같습니다. 이제는 걱정하지 않아도 될 것 같습니다."

그는 말을 잠깐 멈추고 그녀를 쳐다보았다.

"제 동생을 위해 해 준 모든 것에 저뿐만 아니라 어머니도 정말 감사하게 생각하고 있습니다. 어머니는 지금 손자를 너무 보고 싶어 합니다. 우리는 한 가족입니다. 저랑 같이 시안으로 돌아갑시다. 조금 불편할 수도 있겠지만 '민며느리'라고 들어보셨죠? 이웃들의 눈치를 보지 않아도 됩니다."

두러우안은 영리한 눈빛으로 살짝 쳐다보았다.

"저는 이웃들이 뭐라 해도 상관없어요."

"그렇다면 돌아가지 않을 이유가 없지 않습니까? 우리는 모두 와서 같이 살기를 원하고 있습니다. 동생의 소식이야 그들이 여기로 보낼 수 있으면 시안까지 보내 주는데도 문제가 없으리라고 생각합니다!"

탕어멈이 말했다.

"아가씨, 서방님도 이제 자유를 얻었고 돌아올 준비를 하고 있으니 돌아가서 기다리는 게 맞는 거 같아요. 여기서 너무 오래 있었어요. 한 겨울을 같이 지냈어요. 지금은 저도 돌아가고 싶어요. 거기가 좀 더 편하고 집 같을 거예요. 그러면 서방님도 걱정을 덜고 마음을 편하게 가지실 수 있을 거예요."

두러우안이 결국 결정을 내렸다.

"어머님이 정말 좋으시네요! 저를 민며느리로 삼으셔도 괜찮아요. 다른 사람들이 어떻게 보든 중요하지 않아요."

리핑이 가고 나서 그녀는 갑자기 온몸에 힘이 풀리는 느낌을 받았다. 몇 달 동안 혼자 몸부림쳤고 이제는 다른 일에 신경 쓸 여력이 없었다. 그녀는 침대에 쓰러지듯 드러누워 누군가 와서 위로해 주고 무거운 짐을 덜어 주기를 바랐다. 시선이 아기에게 쏠리자 그녀는 얼른 일어나서 아기의 작은 침대 맡으로 다가갔다.

"란성아, 이제는 할머니 곁으로 돌아가자꾸나."

마침내 시안으로 날아가는 비행기에 탑승한 두러우안은 머릿속이 혼란스러웠고 긴장도 되었다. 리핑은 그녀를 비행기에 태우고 자신과 탕어멈은 노자를 아끼기 위해 차를 탔다. 큰 짐은 리핑이 다 맡았고 그녀는 작은 트렁크 하나만 챙겼다.

두러우안은 아기를 안고 가면서 저도 모르게 지금의 처지에 대해 고민하게 되었다. 집안사람들이 아무리 잘 해 줘도 거북할 것이었다. 동정심 때문에 자신을 받아들이는 것은 아닐까? 오점이 있다고 꺼리지는 않을까? 형수 돤얼이 자초지종을 묻게 되면 부끄러워서 죽을 것만 같았다. 한편 누가 공항에 마중 나올지 궁금했다. 리씨 집안에 들어가서 어떤 대우를 받을지, 또 리페이의 어머니를 어떻게 부를지 자신이 없었다. 그녀는 비행기가 연착되어 아무도 그녀를 보지 못했으면 좋겠다고 생각했다. 그러면 나중에 아무도 모르게 집 안으로 들어갔다가 이튿날 아침 아기를 안고 나오면서 이렇게 말할 것이다.

"어머님, 손자 좀 보세요."

그녀는 공항에서 남자의 도움이 필요할 것 같아서 판원보를 불러 달라고 리펑에게 미리 부탁했다. 판원보라면 괜찮을 것 같았고 어쩌면 란루수이도 같이 나올 것 같았다. 리페이의 친구들한테는 별로 부끄럽지 않았다.

비행기가 곧 착륙할 예정이었다. 그녀는 아기를 조심스럽게 안고 머리카락과 옷깃을 매만졌다. 비행기 바퀴가 땅에 닿았다가 가볍게 살짝 한 번 튕겨나는 것만 같았다. 정각 다섯시, 해는 아직 하늘 높이 걸려 있었다. 그녀는 심장이 마구 뛰었다. 조용히 앉아서 다른 손님들이 먼저 내리기를 기다렸다가 모두 내리자 입구 계단으로 향했다. 입구 계단에서 판원보가 불과 3미터 거리에 서 있는 것이 보였다. 그녀는 웃어 보이면서 용기를 다시 냈다. 판원보는 항상 규정을 지키지 않고 일하는 방법이 있었는데 이번에도 경비원에게 어떤 젊은 부인이 아이를 데리고 오는데 반드시 들어가서 부축해야 된다고 했다.

그녀는 계단을 조심스럽게 내려갔다. 판원보가 도우려고 벌써 계단 아래에서 대기하고 있었다. 고개를 들자 돤얼이 얼굴에 미소를 띠고 난간에서 하얀 손수건을 열심히 흔들고 있는 것이 보였다. 그녀 옆에는 아이들이 난간을 꼭 붙잡고 서 있었다. 그 뒤편으로 리페이 어머니의 가냘픈 모습이 보였다. 돤얼이 대문을 얼른 뛰쳐나와 아기를 받아 갔다. 샤오잉, 샤오화, 샤오타오 모두 아기 보러 달려왔고 신이 난 듯 깡충깡충 뛰면서 웃고 떠들었다.

리 부인이 옆에 서서 눈물을 훔치면서 떨리는 목소리로 말했다.

"아가야, 마침내 돌아왔구나!"

리 부인이 반갑게 손을 내밀자 두러우안도 얼른 손을 내밀어 그 손을 잡았다. 말로 표현할 수 없는 느낌이 들었다. 돤얼이 재빨리 아기를 리 부인에게 안겨 주었다. 그녀는 아기를 받아 안고 볼에 입맞춤 했다.

"페이 소식 있어?"

리 부인이 어두운 표정으로 물었다.

"그날 투루판의 전보를 받고 다른 소식 듣지 못했습니다."

한창 리 부인과 얘기하고 있다가 문득 춘메이가 예쁜 눈웃음을 짓고 자신을 바라보고 있는 것이 보였다. 샹화도 왔고 란루수이 옆에 서 있어서 깜짝 놀랐다. 아, 모두 다 왔구나!

춘메이는 앞머리를 파마했다. 그녀는 두러우안을 다시 보고 기쁨을 감추지 못했다. 샹화는 조금 야위었지만 옅은 화장을 하고 나왔다.

"판 선생한테서 돌아온다고 들었어요."

춘메이가 말했다. 이어서 샹화와 란루수이가 다가와서 악수를 했다. 란루수이는 부쩍 말랐다.

이런 환영 장면은 생각지도 못했다. 그녀는 부끄럽다는 생각이 전혀 들지 않았고 아기를 데리고 온 그녀를 친구들이 예전과 똑같이 대해 주었다.

돤얼이 다시 아기를 안아 갔고 두러우안은 리 부인을 모시고 걸었다. 그녀가 조금 비틀거리며 걷자 두러우안이 팔을 잡고 부축했다. 마음속에는 기쁨이 가득했다.

입구에 나와서 춘메이가 말했다.

"먼저 갈게요. 영감이 몰라요. 말하지 않았어요. 내일 다시 보러 갈게요."

"작은어머니는 잘 있어요?"

두러우안이 물었다.

"둘째가 죽고 매일 염불만 하고 있어요."

샹화가 작별 인사를 하려고 할 때 란루수이가 말했다.

"집까지 모셔다 드리려고 하는데 같이 가요?"

"그래요. 러우안하고 얘기도 좀 하고 싶어요."

인력거는 눈 깜짝할 사이에 리페이의 집에 도착했다. 두러우안은 아기를 안고 차에서 내렸다. 작은 바깥문을 통과할 때는 마치 꿈속을 걷는 것만 같았다. 신부가 되어서 이 문을 통과하는 꿈을 꾼 적이 있었고 그때는 리페이가 옆에 있었다. 그녀는 여기가 자기 집이고 자신이 속하는 곳이라는 것을 알고 있었다.

거실 테이블 위에는 생화가 놓여 있었고 리 부인은 곧바로 그녀를 데리고 리페이 방으로 갔는데 하얀 시트를 간 아기 침대가 벌써 준비되어 있었다. 방 안을 따뜻하게 하기 위해 또 화로를 들여놓았다. 두러우안은 아기를 침대에 내려놓고 빨간색 코트를 벗었다. 허리를 굽혀 아기를 내려놓을 때 일부러 손목에 찬 금팔찌를 리 부인에게 보여 주었다. 그러고는 의자에 앉았는데 목이 메어서 말이 나오지 않았다.

"아가야, 여기가 네 집이야."

리 부인이 말했다.

"어머님!"

두러우안이 한 치의 망설임도 없이 '어머님'이라고 불렀다.

모두 거실에 모여서 이야기를 나눴다. 다들 두러우안에게 묻고 싶은 게 많았다. 샤오잉은 처음에 쑥스러워하다가 지금은 그녀 옆에 딱 붙어 섰다. 샤오잉의 동생들도 아직 그녀를 기억하고 있었고 그녀가 아기 하나 더 데리고 온 것에 마냥 신나 했다. 아이들의 눈빛은 진실하고 자연스러웠다. 아이들에게는 여자가 아기를 데리고 집으로 돌아오는 것이 위대하고 신비한 일이었고 사실 또 그랬다.

두러우안이 사촌오빠의 죽음에 대해 샹화를 위로했다.

"상하이로 돌아가려고요."

샹화가 차분하게 말했다.

"나는 시안에 있으라고 했어요."

란루수이가 말했다.

판원보가 두러우안에게 살짝 눈치를 줬다.

"지금 대부관저에서 살고 있어요."

샹화가 말했다.

"살던 집을 포기했어요. 러우안도 집으로 돌아올 때가 됐어요."

"안 되는 거 알잖아요. 돌아갈 수 없어요. 집안 분위기 어때요?"

"똑같아요. 공허하고 음산하고 숨이 꽉 막혀요. 주런이 죽고 아버님은 마음이 몹시 상하셨어요. 연세가 있으니 가업을 돌볼 수도 없고요. 식사 때 웃는 거 한 번도 보지 못했어요. 어머님은 현실을 도피하려고 불교에 빠졌어요. 방에 자꾸 비구니를 불러 들여요. 가 보면 집안이 무슨 저주라도 걸린 거 같아요. 나는 오월에 떠날 거예요."

그녀가 일어나서 작별 인사를 하자 란루수이가 모셔 드리겠다고 했다. 그들이 간 후 두러우안이 판원보에게 말했다.

"루수이는 예전보다 더 조용해진 거 같아요."

판원보가 말했다.

"정말 고생했습니다. 어원의 관을 운반해 와서 직접 성 밖에다 안장했습니다."

그녀는 한 마디 더 묻고 싶었지만 참았다. 판원보가 말했다.

"요즘 샹화와 자주 만납니다. 동병상련 아니겠습니까? 샹화를 좀 자주 만나라고 했습니다. 집 안에만 박혀 있는 게 결코 좋은 일은 아니지 않겠습니까!"

"샹화는 어떻게 생각해요?"

"루수이한테 호감을 갖고 있습니다. 두 사람이 잘 어울리는 거 같습니다. 나이도 비슷하고 취미도 맞는 거 같습니다. 주런이 죽은 것에 대해 그렇게 상심해하는 거 같지 않습니다."

"주런을 별로 사랑하지 않았어요. 직접 들었어요."

"두 사람 다 과거를 잊었으면 좋겠습니다."

판원보가 간단명료하게 말했다.

판원보도 일어나서 작별 인사를 했다. 가면서 도움이 필요하면 언제든지 찾아와도 좋다고 했다.

식구들이 간소하면서도 풍성한 식사를 준비했다. 식탁 위에 있는 술잔이 두러우안의 눈에 들어왔다.

"어떻게 하는 게 맞는지 모르겠구나."

리 부인이 말했다.

"네가 우리 집 며느리로 들어오는 첫 번째 식사니 술을 좀 준비했다.

페이가 돌아오면 그때 다시 경축하자꾸나."

"어머니."

두러우안은 이제 '어머니'라고 부르는 게 더 자연스러웠다.

"집으로 돌아오니 정말 좋네요!"

그녀는 어머니, 돤얼과 아이들이랑 같이 있는 게 좋았다. 집안 식구만 있을 거라고 예상했다. 또 어머니가 따뜻하게 반겨 주고 아이들이 분위기를 가볍게 만들어 줄 것이라 생각했다.

리 부인이 술잔을 들고 말했다.

"아가야, 건배하자꾸나. 페이가 돌아오는 것도 미리 축하할 겸."

그리고 덧붙여 말했다.

"페이가 너의 갸륵함을 평생 잘 기억하도록 잘 타이르마!"

돤얼이 웃으며 말했다.

"어머님이 말씀하지 않으셔도 도련님은 잘 아실 거예요!"

"그럼 그렇지! 내가 말을 잘 못해서 그렇다. 그냥 내 생각이 그렇다는 거야. 페이는 꼭 영원히 기억해야지!"

두러우안이 말했다.

"저는 할 일을 했을 뿐입니다."

"페이가 너를 만난 게 얼마나 큰 행운인지 모르겠구나. 페이를 도와준 것에 나도 진심으로 고맙게 생각하고 있다. 다른 사람들이 뭐라고 하면 너희가 란저우에서 결혼했다고 말할 작정이다. 페이는 그 후에 먼 길을 떠난 거고."

밥을 먹고 세 아이는 아기를 한 번 보고 자겠다고 떼를 썼다. 큰것

둘은 옆에서 조용히 보고만 있었지만 샤오타오는 아기에게 관심이 많았는지 어른들이 한참 달래서야 잠자러 갔다. 리 부인이 젖이 충분한지 물었다. 두러우안이 말했다.

"네, 충분한 편입니다."

"좋은 일이야. 젖이 많이 나오게 당귀를 좀 고아 줄게."

그녀는 중국의 전통적인 어머니들처럼 모두가 있는 자리에서 젖을 물리고 싶지 않았다. 집으로 돌아온 첫날밤이고 또 부끄럽기도 해서 리 부인이 방을 나간 후에 아기에게 젖을 물렸다.

그날 저녁 두러우안은 리페이의 침대에서 자면서 자신이 이제는 가정주부가 된 것 같았고 이 가족의 식구가 된 것 같았다.

리핑과 탕어멈이 시안으로 돌아왔을 때에는 두러우안은 이미 잘 적응해 있었고 리핑과 함께 겸상해도 무안해 하지 않았다. 그뿐만 아니라 그들이 돌아오기 하루 전에 36사단 사무처의 전보를 받았는데 날짜가 여러 날 지난 전보였다.

"단쯔 같이 투루판 떠남. 하미 도착이 어렵지 않음. 하미에서 기별하거나 하지 못할 수도 있음. 하진 연락 해 보기 바람. 식구들에게 안부 전함."

리페이가 직접 서명했다!

이 소식에 식구들이 모두 뛸 듯이 기뻐했고 온갖 추측을 했다. 하미는 어디에 있지? 단쯔는 누구지? 하진은 또 누구지? 식구들은 그 관계를 몰랐다. 단쯔의 이름이 나오자 두러우안은 정말 기뻤다. 단쯔와 하진이 친하다는 것을 잘 알고 있기 때문에 리페이가 36사단의 도움을 받고 그들의 교통수단을 이용해 돌아올 수 있으리라는 생각이 들었다.

　두러우안이 돌아온 이튿날 오후에 춘메이가 보러 왔다. 빈손으로 오지 않았고 아기에게 옥 장신구를 가지고 왔다.

　"작은아버지가 알아요?"

　두러우안이 물었다.

　"알아요. 말했어요."

　춘메이가 더 이상 말하지 않자 그녀는 작은아버지가 아직 자신을 용서하지 않았다는 것을 알았다. 춘메이가 다시 입을 열었다.

　"차츰 다 잊어버릴 거예요."

　"아쉽거나 그런 거 없어요."

　그녀가 꿋꿋하게 말했다.

　"고모가 떠나고 나서 큰아버님 묘소를 완성했어요. 곧 청명인데 가봐야겠죠. 묘비에 고모 이름은 쓰고 사위 이름은 비워 뒀어요. 나중에 보충해요."

　"샹화가 들어가 산다고 들었어요."

　"맞아요. 앞채에서 살아요. 밥은 자주 방까지 가져오게 해서 먹지요. 그게 편한가 봐요. 다들 모여서 식사할 때는 분위기가 너무 침체되어 있어요. 영감도 거의 침묵을 지키고요. 샹화는 너무 답답해서 남방으로 돌아가려고 해요. 나만 떠날 수 없으니 간신히 버티고 있는 거예요. 먹던 밥이나 먹고 하던 일이나 하는 거예요. 샹화는 집안 살림에 별로 관심이 없어요. 마음이 이미 떠났지요. 영감은 샹화가 상복을 일 년도 채 안 입었다고 화를 내요. 물론 샹화는 신경 쓰지 않아요. 석 달 만에 벗어 던졌으니까요. 현대 여성은 이런 풍속을 중요하게 생각하지 않는다면서요. 내가 보기에도 남편에게 정이 없는 거 같아요."

"란루수이와 자주 만나지 않아요?"

춘메이가 미소를 지었다.

"돌아온 지 하루밖에 안 되는데도 아는 게 많네요. 이건 감정 문제예요. 샹화가 재가하겠다고 하면 아무도 못 막죠. 나는 젊은 과부가 스스로 자신의 삶을 바꿀 권리가 있다고 생각해요. 지금 아니고 옛날이라도 황제가 강제로 과부를 수절하게 하지는 못했을 거예요. 그것도 본인이 원해서 수절해야 존경받을 만하죠. 주런 도련님은 비록 고급 인텔리가 아니지만 그렇다고 못 배운 사람도 아니고 외국 교육까지 받았잖아요? 샹화가 재가한다고 해도 저세상에서 원망하거나 그러지는 않을 거예요. 봐요, 우리 집안은 이제 뿔뿔이 흩어졌어요! 주런 도련님은 대를 이을 후손도 없어요. 어른들까지 다 돌아가고 나면 이 집이 무슨 꼴이 되겠어요?"

"작은아버지가 왜 그렇게 풀이 죽어 있어요?"

"일이 잘 안 풀려요. 아들의 돌연사로 받은 충격이 참으로 컸지요. 가업은 직원이 알아서 하는데 믿을 수가 없는 거죠. 내가 듣기로는 작년 그믐날 전까지도 밀린 돈을 많이 거둬들이지 못했어요. 내가 경리를 불러다가 물어보기는 했지만 일을 너무 지나치게 하지 말라고 눈치 줄 수밖에 없었어요. 젊은 내가 사무실에 가서 모든 일을 따질 수는 없지 않겠어요? 영감은 지금 산차이를 가장 걱정하고 있어요."

"왜요?"

두러우안이 관심을 갖고 물었다.

"주런 도련님이 저세상에 간 후 영감한테 더 이상 수문에 신경 쓰지 말라고 여러 번 말했어요. 호수가 재산을 가져다줬지만 아들 목숨을 빼앗아갔잖아요! 내가 미신을 믿는다고 말할 수 있겠지만 나는 그렇게 큰 호수는 신령님이 계신다고 봐요. 호수 신령님이 분노했을 수도 있어요. 누군가에 의해 물길이 끊어지는 거를 싫어했을 거예요. 하지만 영감이 말을 듣지 않아요. 수문은 주런 도련님이 생각해 낸 거고 그것 때문에 목숨을 잃었으니 수문을 기어코 복구하겠대요. 장현에서 병사까지 불러 지키게 했는데 나중에 병사 둘이 실종되니 나머지도 다 도망쳤어요. 내 생각에는 무슬림들이 한 짓이에요. 영감도 그렇게 생각해서 현장한테 편지 써서 어떻게 해 보라고 했지만 현장이 동의하지 않았어요. 부하들을 사지에 내몰 수는 없다고 말이에요. 시체도 없고 증인도 없으니 신고할 수도 없고요. 그래서 복원 작업을 하다가 말았는데 듣기로는 돌더미가 더 많이 무너졌대요. 영감은 물고기가 걱정돼서 또 시멘트 수문을 건설하려고 난리예요. 그러면 철거될 염려도 없고 지키는 사람도 필요하지 않다고 말이에요. 나는 사람이 호수 신령이나 산신령의 뜻을 거역해서는 안 된다고 생각해요. 내 말에 동의하나요? 신을 건드렸다가는 천벌을 받을 거예요! 아무리 똑똑한 사람이라고 해도 예외는 없는 거 같아요. 내 말에 일리가 있죠?"

"맞아요. 작은아버지는 한 번도 산골짜기에서 살고 있는 무슬림의 입장을 고려하지 않았어요. 춘메이, 내 생각을 솔직하게 말하면 호수 신령이나 산신령이 있을 수도 있고 없을 수도 있어요. 하지만 이웃들의 관개용수를 막아 버리지 않는 한 신의 노여움을 사는 일은 없을 거예요. 우리가 약혼하던 날에 아버지가 나와 리페이한테 말했어요. 우리가 이웃 무슬림들과 친구관계를 유지할 수 없으면 산차이에서 사는 게 위험하다고 말이에요. 호수의 절반은 아버지 소유예요. 작은아버지가 내 상속권을 빼앗고 싶겠지만 나도 두씨예요. 골짜기 사람들이 우리 두씨를 저주하길 바라지 않아요. 작은어머니가 아무리 불경을 천 번 만 번 외운들 무슬림의 분노를 꺼트릴 수는 없어요."

"고모가 작은아버지를 말리거나 마음을 바꿔 먹게 하면 그 공이 나보다 커요. 남자들은 스스로 여자들보다 똑똑하다고 생각하고 전혀 말을 들으려 하지 않아요."

두러우안은 춘메이가 하는 말 속에 원망이 많다는 것을 느낄 수 있었다.

"올케가 결정할 수 있으면 수문을 철거하겠어요?"

두러우안이 물었다.

"그럴 거예요. 내가 하고 싶은 말이 바로 이거예요."

"그러면 적어도 우리 아버지랑 생각이 같네요!"

31

投루판에서 하미로 가는 길에 차단(恰丹)이라는 작은 마을이 있었는데, 톈산 산기슭에 자리 잡은 이 마을에는 100여 가구가 살고 있었다. 거리는 온통 진창길이었고 사막에서 불어온 황사가 투루판 분지로 통하는 회색 골짜기에 가득 쌓여 있었다. 수레가 지나간 자리에는 여러 갈래의 바퀴 자국이 남았다. 모두 초조한 심정이었다. 산차이에서 온 무슬림 병사들은 초췌하고 남루하기 짝이 없었으며 온몸에 흙먼지를 뒤집어썼는데 동쪽 편에 있는 희뿌연 언덕과 똑같았다. 그들은 그곳에서 벌써 한 달가량 머물렀다. 그들은 진창길을 밟으며 전진했는데 흙이 가죽 장화에 스며들어 걷기 힘들었으며 마치 벌꿀을 밟는 것만 같았다.

일주일 전에 그들은 한족 군대와 몽고 병사가 마을을 가로지나가는 것을 보았다. 산산에서 물러나 북쪽으로 옮겨 가는 중이었다. 무슬림들은 인상을 쓰고 그것을 묵묵히 지켜보았다. 한족 군대도 그들과 똑같이 우거지상에 몹시 지쳐 있었으며 산만하게 앞으로 나아가고 있었다. 무슬림은 바로 길옆에서 적들을 마주보고 있었는데 양쪽 다 풀이 죽어 있었고 한족 군대는 그대로 지나가 버렸다. 마치 나무꾼이 호랑이를 스치고 지나가듯 했는데 호랑이가 배가 불러 서로 관심을 갖지 않는 꼴이었다. 무슬림 또한 작은 충돌을 두려워하지 않으면서도 일내고 싶지는 않아 했다. 서로 죽이고 싸우는 것에 질렸던 것이다. 서로 경의를 표시할 필요가 없었고 그렇다고 친구인 척할 필요도 없었다. 차단의 주민은 한족 군대와 무슬림군이 지나갈 때마다 도망쳤다가 다시 오고 또 도망치기를 여러 번 반복했다.

맨 뒤에 처져 있던 한족 군대의 대장이 담배 한 대 꺼내더니 키가 크고 수염을 기른 무슬림 병사 라면에게로 걸어갔다.

"불 좀 빌립시다."

라면이 성냥을 꺼내 불을 붙여 주면서 말했다.

"같이 피웁시다."

대장은 담배가 세 대밖에 없었지만 친절하게 한 대를 나눠 주었다.

"어디로 갑니까?"

라면이 물었다.

"치타이(奇臺)로 갑니다. 거기서 당신들을 만나는 일은 없겠죠?"

"모르는 일입니다."

한족 대장이 씩 웃더니 대열을 쫓아갔다.

북쪽 아득히 먼 톈산 위에서 푸른 흰색의 빙하가 햇빛 아래 반짝거리고 있었다. 이 길은 푸른색을 띠고 있는 절벽으로 통해 있었고 절벽은 낮은 평원 지대에서 우뚝 솟아 있었다. 남쪽의 마을은 잡초가 우거진 언덕에 자리 잡고 있었고 구불구불 이어져 있는 개천과 나무다리 그리고 숲이 있었다.

무슬림 병사들은 지금 주막에 움츠리고 있었고 주막 대문이 활짝 열려 있었다. 단쯔는 텅 빈 식탁을 사이에 두고 밖을 내다보다가 멀리 동쪽에 있는 누런 모래 언덕을 가리키며 리페이에게 말했다.

"우리는 저 길로 하미에 갈 겁니다. 네댓새면 도착합니다. 백이십 리 정도밖에 안 됩니다. 대부분 모래 언덕이고 가끔 갈대와 키 작은 나무가 자라고 있는 오아시스도 있습니다. 제가 지난번에 그 길을 거쳐 왔습니다."

"음식은 어떻게 구합니까?"

"휴게소가 몇 개 있습니다. 남쪽으로 몇 리만 더 가면 작은 하천이 있습니다. 하천을 따라 유얼(猶爾)에 도착하기만 됩니다."

치차오징으로 통하는 도로는 산언덕에 둘러싸여 있기 때문에 한족 군대를 만날 위험이 높았다. 그들은 치차오징과 하미 사이의 상황이 어떤지 알 수 없었다. 단쯔는 한족 군대가 그곳으로 올 것이라고 추측했다. 고비사막의 가장자리에 있는 마을을 통해 가면 비교적 힘들지만 한족 군대를 만날 위험이 없었다.

모두 서둘러 출발하려고 했고 기운이 나 있었다. 단쯔가 마푸밍 사령관에게서 얻은 명예 제대증을 갖고 있었기 때문이다. 산차이에서 온 사람이 약 스무 명이었는데 그중 열두 명이 고향에 돌아가도 좋다는 허가를 받았다.

"우리는 허저우에서 좀 체류해야 할 것 같습니다."

아두얼 아파커(阿都爾阿帕克)가 손에 서류를 들고 말했다. 그는 키가 크고 말랐으며 시체에서 벗겨낸 새 장화를 신고 있었다. 사실 이렇게 옷을 바꿔 입은 사람들이 많았다. 열여덟 살인 뤄시(羅西)는 끝자락이 털실로 장식된 외투를 입고 있었는데 무릎까지 내려왔다. 두 치수는 커 보였지만 옷감이 좋았고 거의 새것이었다.

그들이 출발할 때는 푸른 하늘이 눈부셨고 날씨도 따뜻해졌다. 전시(戰時) 기준으로 볼 때 옷차림이 가지각색인 이 민병 대오의 장비와 무기는 그나마 괜찮은 편이었다. 사람마다 칼끝이 휘어진 만도를 차고 있었고 소총도 합쳐서 10정이 있었다. 아쿠이는 어깨에 얼린 사슴 고기를 메고 있었는데 라먼이 사흘 전에 잡은 것이었다. 리페이는 떠들썩한 그들과 같이 귀향길에 올라서 마음이 놓였다.

사막 길을 꼬박 나흘 걸어 드디어 하미에 도착했다. 리페이는 그날 저녁 자신이 어둠을 뚫고 성을 빠져나오던 기억이 되살아났다. 지금은 주변이 이렇게 아름다운 마을을 처음 보게 되었다. 무슬림 동네는 한족 동네에서 서쪽으로 1리 정도 떨어진 곳에 있었고 지붕이 날아간 집들과 무너질 듯한 담장만 남았다. 하지만 남쪽 산언덕 아래에는 기름진 들판이 펼쳐져 있었고 포도밭과 목화밭, 잔디가 가끔씩 보였다.

단쯔가 예상했던 대로 한족 군대는 이미 서쪽으로 떠나고 없었다. 한족 가게 주인들은 겁먹고 절반 이상이 문을 닫았다. 하미는 텅 빈 성이나 다름없었고 지키는 병사들도 없었다. 전신국과 전보국을 철거해 갔고 우체국만 정상적으로 영업하고 있었다.

리페이가 유라시아항공사에 가서 조종사 바오의 소식을 묻자 직원이 다음 주 수요일에 온다고 했다. 수중의 돈으로는 란저우까지 가는 비행기 표를 살 수 없었고 대기자도 엄청 많았다. 위층은 유럽에서 상하이로 가는 여행객들로 꽉 찼는데 적어도 한 달은 기다려야 할 것 같았다.

디화와 하미에서 비행기를 내리는 사람이 거의 없어 빈자리는 네댓 개 밖에 없었다.

리페이는 항공사와 두 블록 정도의 거리에 있는 더성가(得勝街)의 여인숙으로 돌아왔다. 그리고 집에 긴 편지를 썼는데 형한테 시안에서 비행기 표를 사서 부쳐 달라고 했다. 사흘 후에 전신국이 다시 개방하자 전보를 치고 주소를 적었다.

4월이 되었다. 단쯔와 라먼 일행이 먼저 카라반을 따라 출발했는데 사막을 열흘 걸어야 했다. 사막에 길이 있기는 했지만 봄에 바람이 많이 불어 수많은 여행객들이 길을 잃곤 했다. 리페이는 그다음 주에 바로 형이 보낸 전보를 받았는데 비행기 표 요금을 이미 지불했으니 항공사에 가서 좌석을 예약하라고 했다. 또 두러우안이 어머니와 같이 살고 있다고 해서 한시름을 놓았다. 이제는 안전감이 있어서 편했고 가족과 연락도 할 수 있었다. 그는 하진에게 도와줘서 고맙다는 전보를 쳤고 둘째 주 수요일에 바오와 만났다. 바오 덕분에 5월의 첫째 주의 좌석을 예약할 수 있었다. 이것들을 마무리하고 그는 인내심을 가지고 기다리면서 신문사에 보낼 원고를 썼다.

바야흐로 봄날이 한창 무르익고 있었다. 하미성에는 원래 인구가 2만여 명 있었고 지금은 정상적인 상업 생활로 돌아갔다. 전쟁이 치타이-디화 일대로 옮겨져 많은 무슬림도 집으로 돌아가고 있다고 들었다. 리페이는 시간이 많았다. 신장에 와서 걱정 없이 마음의 평온을 유지할 수 있었다. 성 밖에는 아름다운 쑤바스(蘇巴什) 호수가 펼쳐져 있었다. 구불구불한 곡선으로 이어져 있는 호숫가에는 정자가 두 개 있었는데 버드나무가 우거진 제방과 기슭이 통해 있었다. 바람과 파도가 잔잔한 날에는 산봉우리의 그림자가 수면에 어렸고 호수 가운데서는 한족 동네와 무슬림 동네의 모습을 볼 수 있었다.

4월 중순, 그는 정부군이 전쟁에서 지고 있을 때 소련의 묵인하에 7천 명의 만주 병사가 시베리아를 통해 들어와서 디화를 위기에서 구했다고 들었다. 때문에 무슬림 군대는 다시 산으로 쫓겨났다. 또한 며칠이 지나서 진 주석의 부하들이 진 주석을 몰아냈다고 들었다.

리페이는 희곡 같은 인생의 한 장을 바야흐로 넘기게 되었다. 자신이 부재중일 때 집안에서 더욱 위대한 연극이 상연되었다. 그 자신이 바로 원인을 제공한 장본인이며, 한 여성의 힘으로 무사히 살아난 것을 잘 알고 있었다. 수많은 학자와 작가들이 평생 글을 벗 삼아 살면서 다른 사람이 했던 말을 반복하거나 추상적인 토론 속에서 종횡무진 하는 것으로 생명에 대한 자신의 무능력함을 덮어 숨기곤 했는데 리페이는 본래부터 그런 사람들을 믿지 않았다. 지금 그는 남자와 여자에 대해 중요한 것을 배웠는데 여자가 남자에 비해 삶의 시련에 더욱 잘 대처한다는 점이었다. 이런 삶이 주변에서 자주 등장하지만 추상적인 문제만 다루는 사람들은 작으면서도 진실한 이런 문제를 무시했던 것이다. 정작 남자이고 작가라고 할 수 있는 자기 자신도 삶에서는 보잘것없는 역할을 맡고 있었다.

5월의 첫째 주, 그는 이런 생각을 안고 비행기에 올랐다. 마중잉 장군이 한창 하미 사막으로 쳐들어가기 시작했는데 다시 무슬림들을 이끌고 신장 전체에 옮겨 붙은 큰 전쟁을 치렀다가 마지막에 소련의 비행기에 의해 무너졌다.

비행기는 아침 8시에 출발했다. 도중에 큰 소나기를 만나 두 시간이나 연착하여 란저우에 도착하는 바람에 저녁 8시 이전에는 시안에 도착할 수 없었다.

시안은 하루 종일 보슬비가 내렸다. 하늘에는 낮고 어두운 구름층이 가득 깔려 있었고 비행기가 도착했을 때 날이 완전히 저물었다. 리씨 집안 식구들은 리페이를 마중하러 모두 공항에 나가려다 비행기가 연착되고 저녁 무렵 비가 점점 더 세게 내리자 리 부인과 돤얼은 음식을 준비할 겸 집에 남고 리핑과 두러우안만 나가기로 했다.

판원보와 란루수이가 차를 몰고 와서 두 사람을 태우고 공항으로 갔다. 8시가 채 되기 전 비행기 소리가 들려오기 시작했다. 그런데 구름층이 너무 낮게 깔려 비행기가 착륙할 수 없었다. 윙윙거리던 비행기 소리가 사라졌다 20분이 지난 후 구름 너머에서 다시 들려왔다. 도시 남쪽에 타이바이산(太白山) 산봉우리가 있어 조종사가 쉽게 착륙을 못하고 한 바퀴 선회한 것이었다. 구름 너머에 있는 비행기와 아래에서 기다리는 사람들이 꼬박 40분 동안 숨바꼭질을 했다. 두러우안은 기다리다 못해 가슴이 무너지는 것 같았다. 나중에 조종사가 웨이허의 기차 다리를 통해 12리 밖에 있는 시엔양(咸陽)을 알아보고 날아올 수 있었다.

두러우안, 판원보, 란루수이는 난간 근처에 서 있었다. 그녀는 일 년 전 찻집에서 리페이와 만났을 때 입었던 검은 비단 두루마기를 입고 빨간색 스카프를 둘렀다. 그녀의 몸매는 아직도 소녀처럼 늘씬하고 아름다웠다. 다만 얼굴에 모유 수유를 하는 여자들만의 광택이 있었다. 기다림과 애간장을 태웠던 모든 것이 지나갔다. 오늘은 그녀가 승리하는 날이었다.

공항 탐조등의 조명 아래 비행기 통로에 키가 크고 말랐으나 탄탄한 체격을 가진 리페이가 보였다. 그는 얼굴에 미소를 띠고 두리번거렸다. 리페이는 두러우안 일행이 어두운 곳에 서 있어서 미처 알아보지 못하고 밖으로 걸어 나왔다.

"페이! 페이!"

두러우안이 부르는 소리가 들렸다.

그가 똑바로 보기도 전에 그녀가 달려와서 안겼다. 그는 그녀를 품에 안고 낮은 목소리로 불렀다.

"러우안."

그녀는 촉촉한 눈빛으로 그를 쳐다보면서 미소를 지었다. 그가 고개를 숙여 키스했다. 격정적으로 깊은 키스를 나누었다. 절절히 서로를 그리워했던 마음이 조금 진정된 후에야 잠깐 떨어졌다. 그는 그녀를 꼭 껴안고 그녀의 체온을 느꼈다. 사랑이 두 사람을 다시 하나로 만들었다. 서로를 바라보는 애틋한 눈빛은 사랑으로 가득했다. 판원보와 란루수이는 뒤로 물러나 방해하지 않았다. 나중에 두러우안이 목구멍에서 올라오는 뜨거운 열기를 이기지 못해 고개 숙이고 말했다.

"아주버님하고 루수이, 원보도 다 함께 왔어요."

판원보와 란루수이 그리고 리핑이 리페이를 반갑게 맞이했다.

"아기는?"

리페이가 물었다.

"집에 있어요. 비가 와서 안 데리고 나왔어요."

판원보와 란루수이는 가족 모임을 가지라고 하면서 저녁을 먹고 다시 보러 가겠다고 했다.

리핑의 아이들이 문 앞에서 기다리다가 그들이 오는 것을 보고 소리질렀다. 샤오타오는 리페이의 바짓가랑이를 붙잡고 동동 매달렸다. 그는 허리 굽혀 작은 녀석을 번쩍 들어 올려 품에 안았다. 그러고는 나는 듯이 달려가 가늘게 떨고 있는 어머니의 몸을 껴안았다. 그녀는 고개를 들고 보면서 말했다.

"페이야, 혈색이 나쁘지 않구나. 다친 데는 없어?"

"없어요. 어머니, 아들은 건강하고 안전해요. 하미에서 한 달이나 쉬었어요."

"너는 우리를 일 년 동안이나 걱정하게 만들었단다."

"다시는 떠나지 않을게요. 어머니, 걱정하지 마세요. 어머니와 러우안을 걱정하게 해서 정말 미안해요."

신기하게도 간단한 말밖에 나오지 않았고 여느 때처럼 흥분되지도 않았다. 어머니와 두러우안을 마주하고 있으면 진심으로 부끄럽다는 생각이 들었다.

탕어멈이 아기를 안고 들어오자 두러우안이 얼른 받아서 자랑스러운 눈빛으로 아기 아빠에게 보여 주었다.

"넉 달이 됐어요. 웃을 줄도 알아요."

그녀가 말했다.

리페이가 아기를 안고 뽀뽀를 하자 아기는 낯선 사람에게 겁을 먹고 울음보를 터뜨렸다. 두러우안은 즐겁게 다시 아기를 안아 갔다.

저녁을 먹을 때 두러우안과 리페이가 한쪽에 같이 앉고 형님네 부부는 다른 쪽에 앉았으며 어머니는 상석에 앉았다. 리페이는 말을 별로 않고 두러우안만 바라보았다. 오히려 두러우안이 말을 더 많이 했으며 눈빛이 평소보다 더욱 빛났다.

"페이, 어머님께 아직 고맙다는 말씀을 안 드렸어요. 저를 받아들여 주셨잖아요!"

"응, 인사드릴 거야."

리페이가 낮고 차분한 목소리로 말했다. 최대한 흥분을 가라앉히려고 노력했다. 그는 잔을 들고 말했다.

"러우안을 집까지 데려와 줘서 고마워요, 어머니! 다들 고마워요. 굳이 러우안에게는 인사하지 않겠어요. 우리 다 같이 러우안을 위해 건배해요."

어머니가 목청을 가다듬고 말했다.

"애야, 어미가 한마디 해야겠다. 네가 떠나가고 러우안은 너와 좀 더 가까운 곳에 있으려고 란저우에 갔다. 임신까지 한 상태에서 어려운 날들을 혼자 견뎌 냈다. 친구를 찾아 너를 만나게 하고 돈도 보내고 옷가지도 보내고 말이다. 이렇게 훌륭한 아내를 얻을 수 있다니 너는 정말 복도 많구나! 언제 어디서나 항상 이것들을 기억하길 바란다. 러우안이 너를 위해 온갖 고생을 다 겪었으니 너는 항상 아껴 주고 보호해 주고 즐겁게 해 줘야 한다. 서로 의견이 맞지 않을 때도 젊었으니 당연히 있기 마련이지만, 늘 양보하고 잘 해 줘야 한다. 그래야 이 어미도 기쁠 테니까!"

아들이 대답했다.

"어머니, 러우안이 고생한 거 잘 알고 있어요. 어머니 말씀대로 다 할 테니까 그저 두고 보세요!"

"그러면 이 잔을 건배하자꾸나!"

어머니가 말했다.

돤얼이 두러우안과 리페이에게 술을 따라주자 두 사람이 서로 건배를 했다. 그리고 집안 식구들이 같이 두 사람에게 건배를 제의했다. 신랑신부를 축복하는 것과 똑같았다.

"이거 결혼 축배잖아!"

리페이가 말했다.

돤얼이 웃음을 참지 못했다.

"결혼은 벌써 했잖아요!"

그녀가 크게 소리 질렀다.

"진짜예요!"

어머니와 형님도 배꼽을 잡았다.

"증인도 있어요!"

돤얼이 말했다.

리페이는 두러우안에게 물었다.

"어떻게 된 일이야?"

두러우안은 그저 짧게 대답했다.

"조금 있으면 알게 될 거예요."

리페이는 더 이상 캐묻지 않았다. 두러우안이 식구들에게 뭐라고 했지만 아직 자신한테는 미처 이야기할 겨를이 없었다고만 생각했다.

저녁을 마치자 란루수이와 판원보가 보러 왔고 식구들은 용안차를 내왔다. 반 시간 후에 춘메이와 샹화까지 온 것을 보고 리페이는 정말로 놀랐다.

"우리가 초청한 거예요."

두러우안이 낮은 목소리로 말했다.

손님들이 리페이에게 인사하고 자리에 앉았는데 춘메이는 특별한 자리에, 샹화는 란루수이 옆에 앉았다. 춘메이가 실내를 한번 둘러보고 말했다.

"빨간 촛불이라도 두 개 밝힐 줄 알았는데요."

"갖고 올게요."

리핑이 말했다.

리페이는 란루수이를 보다가 또 판원보를 번갈아 보면서 어리둥절한 표정을 지었다. 돤얼이 춘메이와 샹화에게 용안차를 권했고 리핑은 빨간 촛불 두 개를 가지고 와서 식탁 위에 밝혔다.

"뭐예요?"

리페이가 물었다.

"좀 있으면 알게 될 거야."

판원보가 춘메이에게 물었다.

"인감도장을 가지고 왔습니까?"

"그럼요."

판원보는 소매 속에서 빨간색 리본으로 묶은 두루마리 종이를 꺼냈다. 그는 천천히 리페이에게 다가가 두루마리를 펼치면서 말했다.

"이것 봐. 너는 이미 결혼했어. 너 자신만 모르고 있지."

리페이는 눈을 크게 뜨고 재미있다는 듯이 미소를 띠었다. 두루마리는 결혼증서였는데 양쪽에 용과 봉황의 붉은색 그림이 새겨 있고 날짜는 1932년 8월 5일이었으며 장소는 란저우였다. 신랑신부의 이름 외에도 혼인신고 증명인으로 판원보의 이름이 적혀 있었다. 여자 측 가장은 춘메이, 남자 측 가장은 리 부인, 증인은 란루수이와 추이 노인이었다. 이름들은 만년필로 썼고 그 아래 개인 인감도장을 찍었는데 신랑과 춘메이의 도장이 빠져 있었다.

"이건 어머님과 우리가 너희한테 주는 선물이야."

판원보가 말했다.

"러우안의 아버님이 안 계시니 우리는 항렬에 따라 올케 언니가 여자 측을 대신해 서명하는 게 맞다고 생각했어."

"그런데 말이야……."

리페이가 난감한 듯이 털어 놓았다.

"나는 그날에 란저우에 없었잖아. 떠난 지 석 달도 넘었지."

"형식일 뿐이야. 아무도 따지지 않아. 러우안은 이미 도장을 찍었어. 봐봐, 어머님과 춘메이의 성함 뒤에 '보(補)'자가 있잖아. 이건 그들이 동의하지만 혼례에는 참가할 수 없었다는 뜻이야. 도장은 나중에 찍은 거고. 너는 말이다, 우리가 현장에 신랑까지 없었다고 말할 것 같니?"

리페이는 두러우안을 바라보았다. 그녀는 재미있다는 듯이 마주보고 있었다.

그는 신나서 환성을 터뜨렸다.

"정말 좋은 생각이야! 역시 여자들이 머리가 좋네!"

두러우안이 말했다.

"이번에는 아니에요. 원보가 생각해 낸 거예요. 어머님도 찬성하시고요. 신랑이 없는 결혼식은 아마 이번이 처음일 거예요."

리페이는 즐겁게 방으로 돌아가 작은 상아 도장을 가지고 왔다. 증서는 빨간 촛불 아래에 반듯하게 놓여 있었다. 모두 한쪽에 조용히 서서 리페이가 조심스럽게 도장 찍는 것을 지켜보았다. 리페이가 뒤로 물러서자 춘메이도 도장을 꺼내 자기 이름 아래에 찍었다.

리페이가 고개를 돌리자 돤얼과 어머니가 방 안에서 걸어 나오고 있었다. 두 사람 모두 모습이 바뀌었다. 어머니는 짙은 자주색의 비단 두루마기를 입었는데 바지 위에 주름치마를 더 입었다. 리페이는 무엇을 하려고 하는지 눈치를 챘다.

어머니는 탁자 옆의 의자에 앉아서 기다렸다. 다른 사람이 시키지 않아도 리페이는 얼른 두러우안의 손을 잡고 어머니 앞에 섰다. 리펑과 식구들이 한 줄, 춘메이 등이 한 줄로 섰다. 판원보가 앞으로 두어 발짝 나와서 주례를 담당했다. 그는 부모님께 큰절을 올리라고 우렁차게 외쳤다.

"자, 한 번!"

"두 번!"

"세 번!"

리페이와 두러우안은 판원보의 사회에 따라 절을 올렸다.

어머니는 신랑신부를 즐겁게 바라보면서 눈물을 훔쳤다. 리페이 아버지 생각이 나자 어미로서의 임무를 완수한 것 같았다.

판원보는 신랑신부에게 가족과 하객에게도 인사를 드리라고 했다.

"우리 줄을 잘못 섰어요."

춘메이가 샹화에게 말했다.

"우리는 하객이 아니에요."

"괜찮습니다."

판원보가 말했다.

춘메이가 두러우안에게 다가서서 말했다.

"우리 두씨 집안과 아버님을 대신할 수 있어 정말 영광이에요. 아버님이 결혼 찬성한 거 알아요. 나는 그냥 유언을 따랐을 뿐이에요. 샹화도 이제 곧 떠날 거고 나도 노친네 다 됐어요. 친정에 꼭 놀러 와야 돼요."

"나는 여기가 좋아요. 돌아가기 싫어요."

두러우안이 말했다.

다들 자리에 앉자 춘메이가 다시 말했다.

"고지식하게 생각하지 말아요. 영감이 돌아오지 말란다고 그 소원 들어줄 거예요? 돌아와야 돼요. 집주인이 돌아오는데 영감이 뭐라고 하겠어요? 게다가 이제 정식으로 결혼까지 했잖아요. 며칠 전에 시어머니에게 돌아왔다고 말했더니 간섭하지 않더라고요. 집 안에 비구니들이 드나드는 게 싫어요. 사흘이 멀다하게 와서 염불해요. 덕분에 집이 더 음침해요. 샹화까지 돌아가면 더욱 답답할 거예요. 내가 오지 않게 우리 보러 와요. 정말 나를 도와주는 거예요."

그녀는 또 리페이에게 말했다.

"어떻게 생각하세요? 내 말이 맞죠?"

리페이가 두러우안에게 눈길을 주자 그녀가 말했다.

"싫어요. 즐겁지 않아요."

"셋째 고모."

다른 사람들 앞에서 춘메이는 두러우안을 아주 공식적으로 불렀다.

"나는 세상사를 많이 겪었어요. 어떤 때는 본인이 쟁취하지 않으면 아무것도 얻지 못해요. 아버님 유물이 아직도 거기에 있어요. 할아버지 서가도 아직 있고 조상님의 초상화도 아직 있어요. 이제 결혼했으니 영감이 못 오게 할 수 없어요. 우리 두씨 가문을 위해서라도 보러 와 줘요. 친정이라고 생각해 줘요. 고모가 아버님의 권리를 위해 노력하지 않으면 누가 하겠어요?"

리페이가 말했다.

"올케 말이 맞아요. 말 들어요!"

"적어도 나를 보러 와야죠?"

샹화가 말했다.

"언제 가요?"

두러우안이 물었다.

"페이 씨가 돌아오기만을 기다렸어요. 루수이 씨가 상하이까지 바래다주기로 했는데 페이 씨를 만나고 떠나기로 했지요."

"페이 씨가 친구의 결혼식에 참석하고 싶으면 상하이로 갈 수밖에 없어요."

춘메이가 리페이에게 말했다. 그가 란루수이에게로 고개를 돌리자 그는 맞다는 듯이 고개만 끄덕였다.

리페이가 빙그레 웃었다.

"루수이가 결혼한다고 해도 나는 다시 집을 안 떠날 거예요. 결혼하고 다시 와요!"

모두가 떠나고 리페이와 두러우안은 방으로 가서 쉬었다. 오늘은 그들이 확실히 동방화촉을 치르는 날이었다.

32

란루수이와 샹화가 떠나기 일주일 전에 두러우안과 리페이는 샹화를 보기 위해 그녀가 머물던 정원으로 갔다. 두판린은 몹시 화가 나 있었다. 며느리가 전통을 무시하고 남편이 죽은 지 6개월 만에 재가하려고 하기 때문이었다. 두씨 집안의 재산이 며느리조차 붙잡아 두지 못하는 것이 더욱 치욕스러웠다. 샹화는 이미 남편의 유산을 상속받지 않겠다고 분명하게 밝혔다.

두러우안은 춘메이의 말에 따라 대청에 문안드리러 갔다. 춘메이는 작은아버지를 달래 놓고 그녀에게 아랫사람이 먼저 성의를 보여 줘야 한다고 했다. 예상했던 대로 분위기는 쌀쌀했고 절차도 간단했을 뿐만 아니라 딱딱했다. 두러우안은 작은아버지와 작은어머니를 보는 순간 저도 모르게 공포심을 느꼈다. 두판린은 기력을 많이 잃은 것처럼 보였다. 눈이 움푹하게 꺼지고 살쪘던 얼굴도 피부가 축 처졌다. 작은어머니 차이윈은 회색 머리가 백발로 바뀌었다.

열흘쯤 지나서 춘메이가 전화로 산차이에 간다고 알려왔다. 그녀가 말했다.

"영감이 수문 문제를 해결하러 가요. 기어코 가겠대요."

"같이 가요?"

"그래요. 혹시 내가 할 수 있는 일이 있지 않을까 싶어서 따라가요. 어떻게든 방법이 있겠죠!"

두러우안이 리페이에게 말하자 그가 말했다.

"작은아버지가 벌집을 건드리러 가시네!"

일주일이 지났다. 리페이는 판원보를 불러 간단한 식사를 하면서 산차이에서 발생할 문제에 대해 의논했다.

"나는 고향으로 돌아가는 산차이 무슬림 병사들과 같이 사막을 건넜어. 그들을 잘 알아. 내 생각에는 라면, 아쿠이, 아두얼 아파커 등은 수문을 다시 건설한다고 하면 절대로 가만두지 않을 거 같아."

판원보는 심각한 표정을 지었다.

"작은아버님이 수문을 복구하러 갔습니까?"

그는 두러우안에게 물었다.

"네."

"아마 병사들을 데리고 갈 거야."

리페이가 말했다.

두러우안이 말했다.

"올케 언니가 병사를 데리고 간다는 말을 하지 않았어요. 어떻게 해서든 평화적으로 해결해 보겠대요. 그래서 따라가는 거래요."

판원보는 하마터면 의자에서 튕겨 오를 뻔했다.

"올케도 갔어요?"

"네, 간 지 일주일 됐어요. 작은아버지가 일을 경솔하게 처리하는 것을 막겠대요."

"이것이 무엇을 의미하는지 아십니까?"

판원보는 갈라진 목소리로 말했다. 그는 다시 리페이에게 말했다.

"우리 중에 적어도 한 사람은 가야 돼. 전쟁이라도 일어나면 그녀가 어떻게 될지 누가 알아? 네가 그 군인들을 잘 알잖아. 방법을 좀 생각해 보자."

"페이는 안 돼요."

두러우안이 말했다.

"제가 이기적인 거 용서해 줘요. 하지만 올케 언니도 걱정돼요. 우리가 전갈이라도 보낼 수 없을까요?"

판원보는 담뱃불을 눌러서 껐다.

"두 분이 지금 밀월을 보내고 있는데 내가 리페이보고 가라는 거는 너무 불공평합니다. 두 분 다 무슬림을 잘 알고 있으니 쪽지를 써 주면 내가 직접 다녀오겠습니다."

"혼자 갈 거야?"

리페이가 물었다.

"최선책이야. 다른 사람한테 의지하지 않아도 되고."

"제가 단쯔한테 쪽지를 쓸 테니 단쯔보고 춘메이를 보호하라고 하면 돼요!"

두러우안이 말했다.

"페이, 라먼한테 편지 써서 춘메이가 그들 편이고 작은아버지를 말리러 갔다고 해요. 우리 편이라고 확실하게 말해 줘야 돼요."

판원보가 말했다.

"쪽지를 갖고 하이지에쯔부터 만날게. 아직 나를 기억하고 있을 거야."

그날 저녁 판원보는 편지를 가지러 왔다가 바로 차를 타고 바오지로 출발했다. 이틀 후 산차이에 도착하자마자 하이지에쯔를 찾았다. 일부러 춘메이를 찾지 않았는데 두판린과 마주치기 싫어서였다.

"러우안이 단쯔한테 보내는 편지를 가지고 왔습니다. 여기 상황은 괜찮습니까?"

하이지에쯔가 큰 소리로 말했다.

"아직 괜찮네! 너무 괜찮아서 걱정이네."

판원보는 하이지에쯔의 마당 입구에서 수문을 내려다보았다. 수문의 길이가 20미터 정도였고 시멘트 기둥이 받쳐 주고 있었으며 가운데가 직선이었지만 양쪽 끝이 안으로 휘어 들어갔다. 호수 물은 가운데에 있는 큰 구멍과 양쪽의 작은 틈새 사이로 천천히 흘러나왔다. 기슭에는 시멘트 몇 통과 나무로 만든 탄약 상자가 몇 개 있었다. 이것들은 최근 이삼일 내에 운반해 온 것이라고 했다. 병사 둘이 지키고 있었다. 마을 사람들은 두씨 집안이 영구적인 시멘트 수문을 만들어 원래의 돌더미들을 대체하려 한다는 것을 알고 있었다. 호숫가에는 병사 여섯 명이 번갈아 당번을 섰고 공사가 시작되면 추가로 파병할 예정이었다.

하이지에쯔가 말했다.

"병사들은 상황을 더욱 나쁘게 만들 뿐이네. 며칠 전에 아자얼이 두씨 노인을 찾아가 사정했네. 지금의 수위대로라면 산골짜기에 아직 물이 조금 남아 있어 겨우 밭을 관개할 수 있는 정도라고 했네. 우리 마을 사람들이 돌더미를 한두 개 무너뜨려 구멍을 크게 만든 거 인정하고 수위만 더 이상 내려가게 하지 않으면 다른 건 바라지 않는다고 했네."

"두씨 노인이 뭐라고 했습니까?"

"아자얼이 헛고생했네. 두씨 노인은 호수가 자기 재산이고 절인 생선 사업을 계속 해야 하니 자기가 하고 싶은 대로 할 거라고 했네!"

"아자얼이 혹시 젊은 부인을 봤다고 했습니까?"

"있네. 며느리라고 들었네."

"아자얼은 두씨 노인을 찾지 말고 그녀를 찾았어야 합니다. 그녀는 우리보다 머리를 더 잘 씁니다."

판원보는 단쯔를 찾았다. 고향으로 돌아온 단쯔는 미리무와 결혼해서 쒀라바 모자와 함께 살고 있었다.

단쯔는 두러우안과 리페이가 보낸 편지를 읽었다.

"화해시키려고 왔습니까?"

"아닙니다, 러우안의 편지를 대신 갖고 왔을 뿐입니다. 혹시라도 분쟁이 일어나게 되면 춘메이를 다치게 하지 말아 주십시오."

"어떤 분쟁이 일어날지 모릅니다. 상대방한테 달렸습니다. 나는 이제 전쟁이 지겹습니다. 마을에서까지 싸우고 싶지 않습니다. 러우안의 작은아버지가 병사를 데리고 온 거 정말 미친 짓입니다. 사람들만 자극할 겁니다. 시멘트 수문이 무슨 소용이 있겠습니까? 폭약 오십 파운드면 큰 구멍을 낼 수 있습니다. 우리에게 폭약이 쌔고 쌨습니다. 아두얼 아파커와 라먼은 이미 엉덩이를 들썩거리고 있지요. 그러나 어떤 사람은 수문이 완공되기를 기다려서 폭파시키자고 합니다. 일 년 내내 병사를 파견해 지키게 할 수는 없지 않습니까? 어떤 사람들은 지금 수문 공사를 막아 보자고 합니다. 마을 사람들이 다 싫어합니다. 공사가 시작되기만 하면 아무리 작은 일이라도 싸움을 불러올 겁니다."

판원보가 리페이가 돌아온 것과 결혼식 장면을 얘기해 주자 단쯔는 흥미진진하게 들었다.

"러우안 부녀는 우리 친구입니다. 그녀를 위해서라면 뭐든지 하겠지만 작은아버지만은 구해 줄 수 없습니다."

"춘메이라는 분은 당신들과 같은 편입니다. 러우안과 생각이 같아 수문 건설을 반대하고 있습니다. 당신들 대신 말려 주려고 온 겁니다. 그녀를 구해 줄 수 있겠습니까? 마을 사람들한테도 얘기 좀 해 주고요?"

"제가 직접 그녀의 안전을 책임지겠습니다. 여기에 남으실 건가요?"

"하루만 지켜보다가 가겠습니다. 하이지에쯔 집에 있을 겁니다."

그날 오후 마을 주민이 한족 병사 열두 명이 동쪽 산등성이를 타고 왔다고 보고했다. 무슬림 이맘 아자얼은 서너 시에 벌써 두씨 저택에 가서 두판린을 만나 병사를 철수시킬 것을 부탁했다. 아자얼이 한나절이나 입씨름했지만 결과가 없었다. 두판린은 타협하려고 하지 않았다. 병사들이 어촌에 진주했다.

아자얼이 배 타고 돌아왔을 때는 저녁이 다 되었다. 강기슭을 지날 때 잠깐 멈춰서 시멘트 통을 보았다.

"여기서 뭐하는 거야?"

병사 한 명이 다가와서 도발했다.

"지나가는 길입니다."

늙은 이맘은 말했다.

아자얼은 앞으로 나가 시멘트가 몇 통이나 되는지 세어 봤다.

병사가 그의 어깨를 거머잡았다. 아자얼은 그를 뿌리치고 계속 앞으로 걸어갔다.

"게 섰거라!"

병사가 꽥 소리를 질렀다. 다른 병사도 나와서 그의 앞길을 막았다.

"우리는 아무도 여기에 접근하지 못하게 하라는 명령을 받았다."

아자얼이 두 번째 병사까지 밀어 내자 그들은 그의 어깨를 잡았고 그 바람에 몸이 기우뚱거렸다.

"고분고분 따라오는 게 좋을걸!"

그중 한 명이 말했다.

아자얼은 반항했지만 힘으로 이길 수가 없었다. 그는 손이 뒤로 묶인 채 작은 배에 끌려갔다. 그들이 배에 오를 때 주민 몇이 그것을 보았다.

무슬림 이맘이 잡혔다는 소문이 들불처럼 온 마을에 번졌다. 하이지 에쯔는 등받이 의자에서 벌떡 일어났다. 거대한 몸집이 화가 나서 부들부들 떨고 있었고 험악한 얼굴을 하고 있었다.

"아자얼이 한 시간 후에도 돌아오지 못하면 전쟁을 할 수밖에 없네."

산골짜기에 검은 그림자들이 움직이고 있었다. 누사이와 아이들은 겁먹고 떨고 있었다. 얼마 지나지 않아 소총을 어깨에 멘 아두얼 아파커가 앞마당에 나타났다. 그가 말했다.

"모두 모이세요. 반 시간 후에 광장에서 집합니다. 그들을 나중에 막는 것보다 지금 막는 게 낫습니다."

하이지에쯔가 광장으로 나가자 판원보도 따라갔다. 남자와 여자 한 무리가 어둠 속에서 저주를 퍼부으면서 소리를 지르고 있었다. 라먼이 도착했다. 그 뒤에는 단쯔와 다른 사람 다섯 명이 따라왔는데 모두 말을 탔고 허리에는 넓은 칼을 찼다. 그 외에도 70여 명이 모였는데 호미, 단도, 긴 창 같은 것을 들고 있었다.

"아자얼이 돌아오는지 반 시간만 더 기다립시다."

라먼이 말했다.

"만약 오지 않으면 구하러 갑시다. 가장 중요한 것은 병사들의 퇴로를 차단하는 것입니다. 우리는 산꼭대기 소나무 숲으로 갑시다. 조용히 산등성이에 올라가서 어두운 곳에서 공격합시다. 우리에게는 말 삼십 필이 있습니다. 몇몇은 다른 산꼭대기에 가서 동쪽으로 후퇴하는 길을 막고 나머지 사람들은 두씨 저택과 어촌을 공격해서 아자얼을 구합시다. 버릇을 단단히 고쳐 줍시다. 한족 병사들이 다시는 산차이에 오지 못하게 말입니다."

별 몇 개가 어두운 골짜기의 하늘에서 반짝거리고 있었다. 머리 위의 신선한 바람이 소나무 숲을 스치고 지나갔다. 두 사람이 아자얼의 소식을 알아보러 갔다가 지금 내리막길을 걸어서 돌아오고 있었다.

"아무런 낌새도 없습니다. 어부 집 몇 채와 두씨 집에 불이 켜져 있습니다."

모두 자정까지 기다리기로 했다. 80명이 출발 준비를 마쳤고 무기도 나눠 가졌다. 꼬박 두 시간을 더 기다려야 했다. 어떤 사람들은 말을 묶어 두고 모닥불을 피웠다. 어떤 사람들은 집으로 돌아가 칼을 더 갈 았다. 산등성이에 사람을 보내 보초를 서게 했으며 다른 쪽의 불빛을 주시하게 했다. 어촌의 불빛이 모두 꺼졌지만 두씨 집 창문이 아직 환 한 것으로 보아 주인이 잠들지 않은 게 분명했다.

판원보는 모닥불 옆으로 다가가 단쯔에게 춘메이를 구해 줄 것을 부 탁했다.

"걱정하지 마십시오. 두씨 집은 내가 이끄는 사람들이 공격할 겁니 다. 부하들에게 그녀를 찾아서 이곳에 데리고 오라고 이미 말해 뒀습 니다."

"두판린은 어떻게 할 겁니까?"

단쯔는 혀만 내밀어 보였는데 불빛 속에서 두 눈이 반짝거리고 있었다.

"그 사람의 운을 봐야겠지요. 아마 반항할 겁니다. 나는 운명에 대항 하는 거 썩 좋아하지 않습니다."

별이 총총한 밤은 쥐 죽은 듯 고요했다. 아파커는 기마병 한 소대를 이끌고 무슬림 마을과 한족의 땅이 맞닿아 있는 산 어귀로 향했다. 산 등성이에 오르자 지세는 남쪽 기슭으로 서서히 경사졌다. 사람들은 빽 빽한 관목 숲을 지나 조용히 아래로 내려갔다. 아래 어촌은 불이 모두 꺼져 있었다. 평지까지 약 300미터 정도였는데 걷기가 별로 어렵지 않 았다.

평지에 도착하자마자 라먼이 이끄는 주력 부대가 마을을 포위하고 아자얼을 찾기 시작했다. 아파커가 이끄는 기병은 외곽에 대기하고 있 다가 총소리가 울리자마자 동쪽 산등성이로 뛰어올라갔다. 단쯔는 자기 소대를 이끌고 두씨 저택을 포위했다. 순찰대가 먼저 다가갔다. 한 족 초병 둘이 부두에 웅크리고 앉아있었다.

"방법이 없네!"

순찰대 대장이 말했다.

순찰대가 첫 번째 촌가에서 6미터 정도 다가섰을 때 인기척에 초병이 놀랐다. 그들은 곧바로 일어서서 주변을 수색했다. 무슬림이 담장 근처 까지 기어갔다가 갑작스레 덮쳤다. 혼전 끝에 초병 둘이 살해당했고 죽 기 전에 총알 한 방 쐈는데 공기를 가르며 허공 속으로 날아갔다.

다른 소대들도 지체하지 않고 어둠 속에서 뛰쳐나와 돌진했다. 한밤 중에 말발굽소리와 발자국소리가 어지럽게 들렸다. 단쯔가 이끄는 소대 는 두씨 저택에 이르는 작은 자갈길에 들어서고 있었다. 미처 목적지에 도착하기도 전에 날카로운 비명소리가 들려왔는데 한밤중이라 더 크게 들렸고 이어서 탕탕 하는 총소리까지 들려왔다.

두판린은 앞쪽 사랑채에서 잠을 자고 있었다. 그는 첫 번째 총소리가 울리자마자 일어나서 골짜기 아래를 내려다보았다. 창문으로 사람들이 뛰어다니는 그림자가 보였다. 조금 지나 병사 한 명이 문을 쾅쾅 두드리 며 아래에 사람이 있다고 했다. 그는 서둘러 두루마기를 걸쳤다.

발자국 소리가 코앞까지 다가왔다. 집에는 위병 넷뿐이었고 다른 사 람들은 모두 어촌에 있었다. 꿈속을 헤매던 위병들이 겨우 잠을 깼을 때 베란다에서는 벌써 총소리가 울리기 시작했다. 두판린이 방을 뛰쳐 나와 큰 소리로 춘메이를 불렀다.

"무슬림이 쳐들어왔다! 전쟁이다. 정원으로 도망가자!"

밖에서 총소리가 연신 들려왔고 위병들이 사방으로 도망쳤다.

춘메이는 잠옷 차림으로 침대에서 뛰어내렸다. 방에 불이 없었다. 두 판린은 춘메이를 기다리지 않고 혼자 집 뒤로 도망쳤다. 마침 단쯔가 손전등을 비추며 쳐들어오고 있었다. 그는 불을 켜고 샅샅이 뒤지라고 명령했다.

문이 열리자 춘메이는 구석에 숨어 벌벌 떨었다. 손전등이 침대 근처에 움츠리고 있는 그녀를 비췄다. 들어왔던 사람이 나가고 단쯔가 들어왔다. 그는 테이블 위에 있는 스탠드를 켰다. 불빛이 춘메이 반라의 몸을 비추고 있었는데 검고 큰 눈동자에는 두려움이 가득했다.

"누구십니까?"

단쯔가 물었다.

"저는 춘메이라고 합니다."

"겉옷을 입으십시오. 겁먹지 마시고요."

단쯔가 말했다.

"두씨 노인은요?"

"모르겠습니다. 저한테 뭐라고 말하다가 총소리를 듣고 뛰어나갔습니다."

단쯔는 다른 부하에게 명령했다.

"이 여자를 잘 지켜. 다치게 하지 말고."

그는 부드럽고 침착한 목소리로 춘메이에게 말했다.

"도망갈 필요 없습니다. 이 병사가 여기 남아서 보호해 줄 겁니다."

그는 집 뒤에서 한 무리 사람을 만났다.

"두씨 노인이 도망쳤습니다."

그중 한 명이 말했다.

"언덕으로 쫓아가고 있는 중입니다."

집 뒤에는 비탈길이 있고 관목과 대나무, 키 큰 나무가 가득 자라고 있었다. 집에서 도망쳐 나온 두판린은 비탈길로 내처 달려 산등성이를 타려고 했다. 아래에서 들려오는 총소리를 듣고 그 길이 막혔다는 것을 알고 뒤편에 있는 언덕으로 기어오르기 시작했다. 그는 쫓아오는 사람을 보고 포위된 것을 알았다. 유일하게 도망칠 수 있는 기회는 깎아지른 듯 우뚝 솟아 있는 바위를 타고 올라가 반대편에서 산을 내려가는 것이었다. 하지만 그러기에는 나이를 너무 먹었고 추격하는 사람들이 점점 늘어났다.

두판린은 비탈길을 뛰어 내려갔다. 앞에서 늪지대가 길을 가로막았다. 다른 출구가 없었다. 뒤에서 사람이 쫓아오는 소리가 들렸다. 그는 어둠을 뚫고 계속 앞으로 내달렸다. 그러다 발아래 땅이 갑자기 꺼져 들어가면서 두 발이 완전히 젖어버렸다. 기어 나오고 싶었지만 그럴수록 점점 더 빠져 들어갔고 무릎까지 빠졌다가 마지막에는 어깨 부위에 도달했다. 사람들은 그가 미친 듯이 구해 달라고 소리치는 것을 들었다. 희미한 불빛 속에서 두판린의 머리가 천천히 잠겨 들어가는 것이 보였다. 두 손을 높이 들고 세차게 흔들다가 끝내 사라졌다.

사람들은 왔던 길을 되돌아가기 시작했다. 절벽에서 단쯔를 만나 좀 전에 봤던 상황을 말해 주었다. 그는 두씨 저택으로 돌아와 춘메이에게 말했다.

"두씨 노인이 죽었습니다. 늪에 빠져 죽었습니다."

"나를 어떻게 할 건가요?"

춘메이가 눈에 불꽃을 튕기며 물었다.

"나는 단쯔라고 합니다. 러우안과 친하시죠?"

"네."

"러우안은 내 친구이기도 합니다. 보호해 달라고 친구분을 보냈습니다. 만나러 가시죠."

춘메이가 의심스럽다는 표정을 지었다.

"그 친구분은 누구세요?"

"성이 판씨입니다. 우리 마을에 있습니다."

그는 주머니에서 두러우안과 리페이가 보낸 편지를 꺼냈다. 춘메이는 두러우안의 필적을 알아보고 판원보가 특별히 자신을 구하기 위해 달려온 것을 알게 되었다.

마을에서는 아직도 전쟁을 치르고 있었다. 깊은 잠에 빠졌던 병사들은 쥐도 새도 모르게 죽임을 당했다. 네 명이 도망쳤는데 동쪽 산등성이 아래에 도착하자마자 아파커의 부하에 의해 사살되었다. 불행하게도 어민 두 명이 어둠 속에서 죽임을 당했다. 무슬림 이맘 아자얼은 한 촌가에 갇혀 있었는데 무사했다.

단쯔는 춘메이를 데리고 비탈길을 내려갔다. 아래 마을에 도착해서 그녀가 탈 말 한 필 가져왔다.

"말 탈 줄 몰라요."

그녀가 말했다. 그는 그녀를 부축해서 말 위에 오르게 하고 그녀 뒤에 훌쩍 올라탔다. 아자얼이 다른 말을 타고 그들 뒤를 따랐다.

하이지에쯔 집에 도착하니 판원보가 애간장을 태우며 기다리고 있었다. 판원보는 하이지에쯔와 누사이 두 사람과 한창 얘기를 나누고 있다가 단쯔가 정원으로 들어오는 것을 보고 자기도 모르게 눈빛이 밝아졌다. 문이 열렸고 집안에서 새어 나오는 불빛을 통해 춘메이가 단쯔 앞에 앉아 있는 것이 보였다. 그는 얼른 뛰쳐나가 마중했다. 단쯔는 안장에서 미끄러지듯 내려와 한 손을 내밀어 춘메이더러 잡게 하고 다른 한 손으로 그녀의 허리를 부축해 내려오게 했다.

판원보를 본 그녀는 가슴이 콩닥콩닥 뛰었다. 듣기는 했지만 실제로 눈앞에 나타나니 믿기지 않았다.

단쯔가 판원보에게 말했다.

"약속 지켰습니다. 무사히 모셔 왔습니다."

춘메이의 얼굴에는 감동과 곤혹스러워 하는 표정이 섞여 있었다. 두 판린은 죽었고, 처음 본 무슬림 남자와 같이 한 말을 탔으며, 판원보가 무슬림 마을에 나타났고, 지금은 낯선 무슬림 주택에서 전통 복장을 한 하이지에쯔와 누사이를 보고 있었다. 이 모든 것이 춘메이로 하여금 혼란스럽게 했다.

누사이가 말젖과 건포도, 꿀떡 같은 것을 내왔다. 새벽 1시 반이 넘었다. 판원보가 춘메이에게 말했다.

"오늘 저녁 고생 많이 했습니다. 푹 쉬십시오. 내일 마을 구경하고 댁으로 모시겠습니다."

누사이가 방으로 안내했다. 그녀는 잠이 오지 않았고 인생에 갑자기 닥친 변화들이 낯설기만 했다.

두판린이 죽었다. 춘메이는 앞으로 혼자서 두씨 집안의 전 재산을 관리해야 한다. 두 부인은 건강이 좋지 않고 집안일에 신경도 쓰지 않았다. 두러우안은 시집갔고 샹화도 재가하기 위해 상하이로 돌아갔다. 일 년 사이에 이렇게 큰 변화가 발생할 줄은 생각도 못했다. 아들 주언과 주츠 생각이 났다. 두 아들이 아직 어려 자신의 의무와 책임이 크다는 것을 다시 한 번 느꼈다. 한편 알 수 없는 것도 있었다. 샹화처럼 굳이 계획하지 않아도 잘 지내는 사람이 있는데, 자신은 하루하루 고민만 깊어 가는 것 같았다. 두러우안은 고난을 한 차례 치렀고 용감하게 살아남았다. 지금은 비가 그치고 날이 개어 젊은 남편과 행복하게 살고 있다. 그녀는 그들이 마냥 부러웠다.

그녀는 이튿날 아침 일찍 일어났다. 방 안은 벌써 남자들이 말하는 소리로 떠들썩했다. 사람들이 정원에서 모두 어제 저녁의 일을 얘기하고 있었다. 아파커와 라먼은 시멘트 기둥을 어떻게 폭파시킬지 의논하고 있었다.

아침을 먹고 아자얼과 단쯔가 왔다. 아자얼이 사람들에게 시신을 매장하는 게 좋겠다고 했다.

"우리는 어떻게 하지?"

그는 하이지에쯔와 단쯔를 번갈아 쳐다보았다.

"정부에서 가만두지 않을 텐데."

단쯔가 말했다.

"이미 저질렀으니 뒷감당을 해야 합니다. 정부에서 군대를 파견하면 호숫가에서 싸웁시다. 온전한 군대를 조직할 수 없으니 산속에서 싸워야 될 것 같습니다. 북쪽이 모두 무슬림 구역이고 서쪽의 높은 산과 계곡은 매복에 적합합니다."

줄곧 고개를 숙이고 생각에 잠겨 있던 판원보가 말을 꺼냈다.

"저한테 말할 기회를 주신다면 몇 가지 건의해 보겠습니다."

사람들은 그의 차분한 목소리에 끌려 모두 그를 주목했다.

"아직 최악의 상황이 아닙니다. 호전될 여지가 있습니다."

판원보가 말했다.

"무엇보다도 두판린이 죽었으니 산차이 산업은 이제 두 여자분의 수중에 있고 두 분 모두 여러분의 친구입니다. 바로 두중 어르신의 따님 러우안과 단쯔가 어제 구해 준 춘메이 말입니다. 두 분 다 수문 건설을 반대했습니다. 적어도 러우안의 아버지도 철거하려고 하지 않았습니까? 때문에 이제는 분쟁을 초래한 원인이 존재하지 않는다는 말입니다.

둘째는, 현장이 두판린의 압력 때문에 병사를 파견했다는 겁니다. 그 자신도 정작 병사를 다시 파견하고 싶지 않을 겁니다. 돌아가서 춘메이와 러우안이 공식 청원서를 내는 겁니다. 산차이의 상속자 신분으로 현장에게 일을 평화롭게 해결했고 병사를 더 이상 파견하지 않아도 된다고 말입니다. 현장도 이런 일은 바로 끝내야지 아니면 신장처럼 여기에서도 무슬림 반란이 일어날 수 있고 간쑤 남부까지 그 전쟁에 말려들 수 있다는 거 잘 알 겁니다. 만약 러우안과 춘메이가 청원서를 내게 되면 현장이 기뻐해도 모자랄 판입니다.

셋째는, 제 생각에 여러분이 괜한 걱정을 하고 있는 거 같습니다. 현

장이 개인의 부탁을 받고 병사 몇 명 보냈다고 겁먹을 필요가 뭐가 있
겠습니까? 여러분이 현장을 상대하기 어려우면 본성 마부팡(馬步芳) 주
석 있지 않습니까? 한족계 무슬림이라는 거 잊으셨습니까? 아자얼 어르
신이 한번 찾아가서 공평하게 일을 처리해 달라고 부탁하면 됩니다. 그
는 무슬림입니다. 명령만 내리면 모든 게 해결됩니다. 이곳 현성의 말단
관리는 신경 쓰지 않아도 됩니다."

　판원보가 말을 마치자 하이지에쯔의 두 눈이 휘둥그레졌고 턱을 받
쳤던 손도 자연스럽게 내려왔다. 아자얼은 이마를 찌푸리고 있었지만
수염을 쓰다듬으면서 맞다는 듯 고개를 끄덕였다. 누사이의 짙은 갈색
눈에서 감탄하는 눈빛이 흘러나왔다. 단쯔도 가슴에 품었던 돌덩이를
내려놓았다. 춘메이는 등받이 의자에 똑바로 앉아 열심히 듣고 있었다.
그녀 또한 판원보의 생각에 찬성했다. 그의 말이 모두를 놀라게 하고
기쁘게 만들었다.

　"어떻게 생각하십니까, 춘메이 씨?"

　판원보가 그녀에게 물었다.

　"두 분 다 상속자 아니십니까? 생각을 말해 보십시오."

　춘메이가 말했다.

　"판 선생의 말에 저도 찬성합니다. 이 지역을 평화롭고 같이 지낼 수
있는 곳으로 만들었으면 좋겠습니다. 수문이라면 지금 당장 사람을 보
내 폭파시켜도 좋습니다."

　아자얼이 두 손으로 수염을 만지면서 일어나 춘메이에게 말했다.

　"우리 전체 마을 사람들의 우정을 바치겠습니다. 우리를 두려워하지

않아도 됩니다."

늙은 이맘이 손을 내밀자 춘메이도 일어나서 손을 잡았다.

아자얼이 말했다.

"두항 대부님의 후계자로 손색이 없습니다. 두 대부님 역시 생전에 저희 선배하고 손잡고 산차이를 지켜 냈습니다."

현장에 있던 사람들이 모두 눈을 크게 떴다. 이렇게 간단한 악수가 마을 사람들을 전쟁의 위협에서 벗어나게 한 것이다.

밖에 있던 아파커 등이 시멘트 기둥에 폭약을 묶고 있었다. 사람들이 모두 나와서 구경을 했는데 두중이 사람들을 데리고 수문을 철거하던 날과 똑같았다. 사람들은 안전한 곳에서 폭파하는 장면을 지켜보았다.

11시에 시멘트 기둥이 폭파되었다. 폭약이 거대한 물보라를 일으키면서 시멘트 기둥과 돌더미들을 무너뜨렸다. 모래와 자갈이 강바닥에 굴러 떨어졌고 큰 물줄기가 망가진 수문을 통해 세차게 흘러나왔다. 강가에 있던 남녀노소가 모두 큰 소리로 환호했다.

이튿날 춘메이와 판원보는 산차이를 떠났다. 그들은 시안으로 돌아가 두러우안과 리페이에게 모든 것을 말해 주었다. 두판린은 죽어도 몸이 묻힐 곳이 없었다. 판원보는 두러우안과 춘메이를 도와 현장에게 보내는 청원서를 작성했다. 판원보가 예상한 대로 모든 것이 진행되었고 그들은 아자얼의 뜨거운 감사 편지를 받았다.

7월이 되자 산차이는 산간 지역의 명승다운 아름다운 경치를 드러냈다. 호수에서 리페이가 노를 젓고 있는 작은 배에는 두러우안이 6개월 된 아기를 안고 앉아 있었다. 춘메이도 아이들을 데리고 호수에 있었는데 판원보와 같은 배를 타고 있었다.

판원보는 배를 호수의 중심으로 저어 갔다. 그리고 배가 혼자 떠다니게 노 젓기를 그만두고 반 리 밖에 있는 리페이와 러우안이 타고 있는 작은 배를 주시했다.

"산차이 정말 아름답지 않습니까?"

판원보가 말했다.

"매년 여름에 한 번씩 꼭 오는 게 맞는 거 같습니다."

"아쉽네요. 두씨 집안에 온 지 십일 년이 되는 올해에야 이런 곳을 보게 됐네요."

"상복은 왜 입고 계십니까?"

그가 물었다.

춘메이가 눈을 살짝 흘겼다.

"왜 물어보세요? 관례잖아요!"

"샹화 씨는 석 달밖에 입지 않았습니다. 법이 바뀐 거 잘 아시지 않습니까?"

춘메이는 영리한 사람이라 말뜻을 알아채고는 저도 모르게 얼굴을 붉혔다.

"아직 석 달이 안 됐어요!"

그녀가 말했다.

"샹화 씨의 재가를 어떻게 생각하십니까? 나는 옛날 법 같은 거 믿지 않습니다. 춘메이 씨는 믿으십니까?"

춘메이는 살짝 고개를 숙이고 아들애의 애꿎은 머리만 매만지면서 말했다.

"그때 가 보면 알겠죠."

린위탕(林語堂, 1895~1976)은 세계적으로 널리 알려진 중국인으로서 언어학자, 고전문학 연구자, 번역가, 소설가 등 아주 다양한 신분을 갖고 있다. 그는 중국 푸젠성(福建省) 룽시(龍溪)의 기독교 목사 가정에서 태어나서 상하이의 기독교대학인 세인트존스대학을 나왔다. 1919년 하버드대학교 대학원에 입학하여 비교문학을 공부하였으며, 1923년 독일 라이프치히대학교에서 비교언어학 전공으로 박사학위를 받았다. 귀국 후 베이징대학교에서 교수생활을 하는 한편 중국어의 로마자 병음 연구에 종사하였으며 적극적인 문필활동을 펼쳐 나갔다.

린위탕은 스스로 "두 발은 중국과 서방의 문화를 디디고 서서(兩脚踏中西文化) 한 마음으로 우주의 문장을 평한다(一心評宇宙文章)"라고 할 만큼 동서양 문화의 교류와 융합에서 선봉 역할을 많이 하였다. 뛰어난 영어 실력을 가지고 있었던 그가 처음 미국에서 출판한 『내 나라 내 국민(My Country and My People)』(1935)은 노벨문학상 수상자인 펄벅 여사가 서문을 써서 극찬할 정도였다. 펄벅 부부의 권유로 1936년에 미국으로 건너간 후에는 주로 영어로 저술활동을 하였으며 생애 동안 30권 이상의 영문 도서를 출판하였다. 그중 1939년에 간행한 『경화연운(Moment in Peking)』으로 노벨문학상 후보에 추천되기도 하였다.

　장편소설 『붉은 대문(The Vermilion Gate)』은 1953년 뉴욕의 존 캐이 출판사(The John Cay Company)에서 출간되었다. 펄벅 부부가 소유한 존 캐이 출판사는 1953년에 이르기까지 린위탕의 저술 대부분을 출간했으나 『붉은 대문』을 끝으로 결별하였다. 『붉은 대문』은 『경화연운』, 『폭풍 속의 나뭇잎(A Leaf in the Storm)』과 더불어 린위탕의 '삼부작'으로 불린다. 그러나 『붉은 대문』의 인물이나 줄거리는 다른 두 소설과 별다른 관련이 없고 상대적으로 독립적이다.

　이 소설은 상하이 《신공보》의 시안 주재 기자 리페이와 사범대학 여학생 두러우안의 사랑 이야기를 담고 있다. '날 비(飛)'를 사용하는 리페이는 이름자 그대로 역마살이 끼어서 신장 위구르 지역까지 취재를 갔다가 전쟁 때문에 위험에 빠지게 된다. 두러우안은 외유내강의 여성으로 사랑하는 리페이를 위해 모든 것을 헌신한다. 두 사람은 천신만고 끝에 마침내 행복한 가정을 이루게 된다.

　그러나 소설은 단순한 연애 소설이 아니라 여러 가지 복선을 깔고 있으며 독자들에게 많은 사색의 공간을 남겨 준다. 첫 번째는 바로 근대에 관한 작가의 시선이다. 소설에서 두러우안의 사촌인 두주런은 미국에서 경영학을 전공하고 시안에 돌아와서 근대화의 선봉장으로 군림한다. 그에게 "중국의 이상적인 모습이란 깨끗한 것과 잘사는 것, 그리고 시멘트"였다. 그는 시안의 양옥에 살면서 시멘트 공장을 경영하는 한편 호수에 수문을 설치하여 절인 생선 사업의 이익 극대화를 도모한다. 그러나 주변에서 농사를 짓는 무슬림들을 전혀 아랑곳하지 않아 마침내 비극적인 죽음을 당하고 만다.

　두 번째는 민족문제에 대한 작가의 태도이다. 이 소설의 가장 중요한 배경은 바로 1931년부터 1934년까지 진행된 위구르 무슬림의 반란이다. 이 반란으로 말미암아 종교적·민족적 갈등은 아주 심각한 대립을 보이게 되었고, 심지어 벨라루스 군대 등 외부 세력들까지 가담하게 된다. 주인공 리페이의 시선을 통해 작가는 전쟁에 반대하고 민족 간의 상호 존중과 화합을 일관되게 주창하고 있다.

　세 번째는 신분 타파에 관한 작가의 긍정적 입장이다. 소설에서 추이어원이나 춘메이 같은 여성들은 모두 비천한 출신이다. 하지만 추이어원은 자신의 뛰어난 재능으로 상하이 부잣집 도련님의 사랑을 받게 된다. 춘메이도 역시 두씨 집안에서 자신의 위치를 확보할 수 있는 명분을 얻고 만다. 그리고 소설의 결말이 암시하다시피 춘메이는 판원보의 구애를 받아들여 새로운 사랑과 행복을 이루게 될 전망이다.

　이 소설에서 린위탕은 또 '유머 대사'의 호칭에 손색없는 문필을 선보였다. 소설 곳곳에 날카로운 기지와 재치 있는 위트가 넘쳐나고 있다. 그리고 위에서 언급한 여러 가지 복선들은 사실 오늘날의 중국 현실에서도 여전히 유효한 점들이 상당히 많다. 독자들이 보다 깊은 사색을 얻기를 기대해마지 않는다.